アジア太平洋戦争

セレクション　戦争と文学　2

太宰　治 他

集英社文庫

ヘリテージシリーズ

アジア太平洋戦争　目次

I

アジア太平洋戦争

セレクション　戦争と文学　2

I

待つ

太宰　治

省線のその小さい駅に、私は毎日、人をお迎えにまいります。誰とも、わからぬ人を迎えに。

市場で買い物をして、その帰りには、かならず駅に立ち寄って駅の冷たいベンチに腰をおろし、買い物籠を膝に乗せ、ぼんやり改札口を見ているのです。上り下りの電車がホームに到着する毎《ごと》に、たくさんの人が電車の戸口から吐き出され、どやどや改札口にやって来て、一様に怒っているような顔をして、パスを出したり、切符を手渡したり、それから、そそくさと脇目も振らず歩いて、私の坐《すわ》っているベンチの前を通り駅前の広場に出て、そうして思い思いの方向に散って行く。私は、ぼんやり坐っています。誰か、ひとり、笑って私に声を掛ける。おお、こわい。ああ、困る。胸が、どきどきする。考えただけでも、背中に冷水をかけられたように、ぞっとして、息がつまる。けれども私は、やっぱり誰かを待っているのです。いったい私は、毎日ここに坐って、誰を待っているのでしょう。どんな人を？　いいえ、私の待っているものは、人間でないかも知れない。私は、人間をきらいです。いいえ、こわいのです。人と顔を合せて、お変りありませんか、寒くなりました、などと言いたくもない挨拶を、いい加減に言っていると、なんだか、自分ほどの嘘つきが世界中にいないような苦しい気持になって、死にたくなります。そうしてまた、相手の人も、むやみに私を警戒して、当らずさわらずのお世辞やら、もったいぶった嘘の感想などを述べて、私はそれを聞いて、相手の人のけちな用心深さが悲しく、いよいよ世の中がいやでいやでたまらなくなります。世の中の人というものは、お互い、こわばった挨拶をして、用心して、そうしてお互いに疲れて、一生を送るものなのでしょうか。私は、人に逢うのが、いやなのです。だから私は、よほどの事でもない限り、私のほうからお友達の所へ遊びに行く事などは致しませんでした。家にいて、母と二人きりで黙って縫物《ぬいもの》をしていると、一ばん楽な気持でした。けれども、いよいよ大戦争がはじまって、周囲がひどく緊張してまいりましてからは、私だけが家で毎日ぼんやりしているのが大変わるい事のような気がして来て、何だか不安で、ちっとも落ちつかなくなりました。身を粉《こ》にして働いて、直接に、お役に立ちたい気持なのです。私は、私の今までの生活に、自信を失ってしまったのです。

家に黙って坐って居られない思いで、けれども、外に出てみたところで、私には行くところが、どこにもありません。買い物をして、その帰りには、駅に立ち寄って、ぼんやり駅の冷たいベンチに腰かけているのです。どなたか、ひょいと現れたら！　という期待と、ああ、現われたら困る、どうしようという恐怖と、でも現われた時には仕方が無い、その人に私のいのちを差し上げよう、私の運がその時きまってしまうのだというような、あきらめに似た覚悟と、その他さまざまのけしからぬ空想などが、異様にからみ合って、胸が一ぱいになり窒息する程くるしくなります。生きているのか、死んでいるのか、わからぬような、白昼の夢を見ているような、なんだか頼りない気持になって、眼前の、人の往来の有様も、望遠鏡を逆に覗《のぞ》いたみたいに、小さく遠く思われて、世界がシンとなってしまうのです。ああ、私は一体、何を待っているのでしょう。ひょっとしたら、私は大変みだらな女なのかも知れない。大戦争がはじまって、何だか不安で、身を粉にして働いて、お役に立ちたいというのは嘘で、本当は、そんな立派そうな口実を設けて、自身の軽はずみな空想を実現しようと、何かしら、よい機会をねらっているのかも知れない。ここに、こうして坐って、ぼんやりした顔をしているけれども、胸の中では、不埒《ふらち》な計画がちろちろ燃えているような気もする。

　一体、私は、誰を待っているのだろう。はっきりした形のものは何も無い。ただ、もやもやしている。けれども、私は待っている。大戦争がはじまってからは、毎日、毎日、お買い物の帰りには駅に立ち寄り、この冷たいベンチに腰をかけて、待っている。誰か、ひとり、笑って私に声を掛ける。おお、こわい。ああ、困る。私の待っているのは、あなたでない。それでは一体、私は誰を待っているのだろう。旦那さま。ちがう。恋人。ちがいます。お友達。いやだ。お金。まさか。亡霊。おお、いやだ。

　もっとなごやかな、ぱっと明るい、素晴らしいもの。なんだか、わからない。たとえば、春のようなもの。いや、ちがう。青葉。五月。麦畑を流れる清水。やっぱり、ちがう。ああ、けれども私は待っているのです。胸を躍らせて待っているのだ。眼の前を、ぞろぞろ人が通って行く。あれでもない、これでもない。私は買い物籠をかかえて、こまかく震えながら一心に一心に待っているのだ。私を忘れないで下さいませ。毎日、毎日、駅へお迎えに行っては、むなしく家へ帰って来る二十《はたち》の娘を笑わずに、どうか覚えて置いて下さいませ。その小さい駅の名は、わざとお教え申しません。お教えせずとも、あなたは、いつか私を見掛ける。

歴史の日

上林　暁

昭和十六年十二月八日は、遂に歴史の日となってしまった。

「寝ていて人を起すなかれ」という篤農家《とくのうか》の金言を読んでから、少々こだわるけれど、今朝も子供に新聞を取って来させて、私は寝床のなかで読んでいた。「米政府の態度硬化、会談重大段階に到達」という記事を読んで、或る予感を感じた途端であった。隣のラヂオが突然臨時ニュースの放送をはじめたのである。

「大本営陸海軍部発表、十二月八日午前六時、帝国陸海軍は本八日未明、西太平洋において米英軍と戦闘状態に入れり。」

私はガバと起きて、台所で朝の支度をしている妹に向って叫んだ。

「いよいよアメリカ・イギリスと戦争がはじまったよ。」

私はもう、新聞なんか読みたくなかった。今朝来たばかりの新聞だけれど、もう古臭くて読む気がしないのだ。我々の住む世界は、それほどまでに新しい世界へ急転廻したことを、私ははっきりと感じた。

「今日はこれから重大放送があるかも知れませんから、そのままスイッチを切らずにおいて下さい。」とアナウンサアが繰りかえし言っている。次はどんな放送があるのだろうか。その予測が一種の重苦しい緊張を漂わした。

軍艦マアチの奏楽が湧き起っている。

私はそばに寄って来た、五つになる女の子を抱き上げると、平生《へいぜい》ぐずって仕方のない子だから、この際活《かつ》を入れておこうと思った。

「アメリカと戦争がはじまったんだから、もうぐずぐず言っちゃ、駄目だよ。好い子で居さえすりゃ勝つんだから。」

そんな言い方も、今朝はちっとも不自然でなかった。子供は素直にうなずいた。

私は朝の食卓に向うと、妹相手に、ベチャクチャと饒舌《しゃべ》った。日米会談進行中は、息詰るような気持だったが、いよいよ火蓋《ひぶた》が切られてみると、なんだかカラッとした気分で、誰彼なしにお饒舌りがしたくてならなかった。

朝飯をすますと、私は机の前に坐《すわ》った。昨夜遅くまで書いた作品のあとをつづけるのである。締切の迫っている仕事なので、私は焦るのだが、気持がどうしても乗って来ない。私は煙草をのまず、先《ま》ず一服ということがないので、取っ掛かりの悪いのはいつものことだが、今日は心が逸《はや》って、取っ掛かれないのだ。自分では十分落着いているつもりなのに、次の臨時ニュースはまだかまだかと聞き耳を立てている。隣の家の茶の間で臨時ニュースがはじまると、勿論《もちろん》縁ばたまで出て行った。相撲の放送の時などは、いつも盗み聴きするような気持でこっそり聞くのだが、今日は大っぴらで聞いても好いような気持だった。「我が軍がハワイの西に迫っています。ニューヨーク七日発同盟、ホノルルよりのUP電によれば真珠湾西方のバーバーポイント沖に日本軍を積載せる輸送船の影が認められた。」「ワシントン七日発同盟、木材を積載して太平洋を航行中の米陸軍輸送船はサンフランシスコを距《へだた》る千三百浬《カイリ》の水域で魚雷攻撃を受けた。」「サンフランシスコ七日発同盟、当地に達した情報によればガム島は目下日本軍包囲下にあり燃料タンク及びホテルは目下炎々として燃えている。」

そんな放送を聞くと、一瞬胸が緊《し》まって、疼《うず》くような気持がした。情景が眼に見えるようで、放送の後味を楽しみながら、その情景を追っているうちに、時間は経って行った。

やっと我に返ると、私は、「仕事をするということは地味なことなんだから、落着かなくちゃ出来ないんだ」と自分に言い聞かせながら、ペンを取りあげた。すると私は、グスターヴ・フロオベルのことを思い出した。プロシャの軍隊がパリ郊外に迫って来た時、フロオベルは一心にペンを執《と》っていたということを、誰かの文章で読んだことがあるのだ。私もフロオベルに倣《なら》うつもりで、ペンを二三行動かしてみたが、上ずった文章しか書いていない。私はいやになってペンを擱《お》いた。原稿紙の上に、一点陽《ひ》が射しているのを、眩しみながら、私は見詰めていた。

その時、妹が庭で干し物をしていて、隣の女中が、垣根越しに、話しかけている。何を話しているのかと思って耳を立ててると、

「今朝はとってもひどい霜ね。」と隣の女中が言った。

「屋根が雪みたようでしたね。」と妹が答えた。

戦争のはじまった朝だから、霜の印象が深いのにちがいない。

そうかと思って、私は目をあげた。隣の屋根が水びたしになって濡れている。うちの樋《とい》からは湯気が立っている。私はそれを見ながら、戦争のはじまった朝に、隣の女中が、霜の話をしたのが、印象に深く残るであろうと思った。

私は霜の話を聞くと、少し落着いたので、昨夜書いた分をもう一遍読みかえしてみた。字が乱暴なのが気になりはじめた。字が乱暴なのは、心がガサガサしていた証拠なのだと思うと、私はその二三枚をじっくり書き直さねば承知出来なくなった。

書き直しているうちに、今度は作品そのものが気になり出した。例の如《ごと》く、家庭の不幸や、それにつれて思い悩んだ心境を取扱ったものなので、民族が壮大な理想を樹《た》てようとしている時に、このような私事に類することを書くのは、大変気が咎《とが》める。自分の感情だけに、いつまでも甘えていると言われそうな気がする。けれども私にしたって、得得として、このような作品を書いているのではない。もう少ししゃんとした作品を書きたい。もう少し際立った小説を書きたい。いつもそう私は念願している。うじうじした小説ばかり書いて来たのは、自分でもいやで、慚愧《ざんき》に堪えぬ。ただ、自分をつくろわずに、ありのままの自分を実験台において、何物かを示してみたいというのも、私の念願であった。あらゆる作家の生活と作品とは、一つの実験であり、あらゆる作家は、一生に一度は必ず自分自身を実験に供しなくてはならぬと、私は予《かね》てから考えていた。そこから、新しい生活や倫理が抽き出《だ》されるのではないか。それは、決して個人主義と呼ばれるようなものではない。それは、一種の献身である。——そんなふうに自分に納得させながら、私は字を正しく、端々《はしばし》まで気を配りながら、疎《おろそ》かならぬ気持で、清書を進めて行った。

宣戦の御詔勅《ごしょうちょく》が、愈々《いよいよ》渙発《かんぱつ》あらせられ、つづいて東条首相の「大詔を拝し奉りて」と題する放送が行われる趣きが予告せられた時、朝の第一発表があって以来急速調で高まりつつあった感動が、最高潮に達して、大詔を拝承するまでの間が待ち遠しくて、鼓動が苦しくなるような気持だった。

「情報局発表、八日午前十一時四十五分、只今《ただいま》アメリカ、英国に対する宣戦の大詔が発せられ、また同時に臨時議会召集の詔書が公布されました。」

宣戦の大詔は、遂に発せられた。容を正して、私は拝承した。つづいて、内閣総理大臣の放送が行われた。

これは、最も歴史的な瞬間であった。私は常々、日露開戦の詔勅の降《くだ》った時は、どんなだったろうと空想することがあった。三歳の時であったから、何も知らぬのである。それは自分が想像し得る限りの最も感激的な瞬間であっただろうと思うのだった。それを今、まのあたりにしたのである。

そこらの街へ買物に出ていた妹がかえって来た。

「街はどんなだった?」と私は訊《き》いた。

「みんな、ラヂオの前に立って、ニュースに聞き入っていた。さっき、宣戦の御詔勅をお降しになられたね。」妹の顔も紅潮していた。

ひるまでに、私は、昨夜書いた原稿を二枚半ばかり、書き直したきりだった。

昼飯のあと、茶の間の火鉢の側に坐っていると、また臨時ニュースがはじまったので、私は縁側に走り出た。

「大本営海軍部発表、八日午後一時。一、帝国海軍は本八日未明ハワイ方面の米国艦隊並《ならび》に航空兵力に対し決死的大空襲を敢行せり。二、帝国海軍は本八日未明上海に於《おい》て英砲艦『ペトレル』を撃沈せり、米砲艦『ウエイキ』は同時刻我に降伏せり。三、帝国海軍は本八日未明新嘉坡《シンガポール》を爆撃し大なる戦果を収めたり。四、帝国海軍は本八日、ダバオ、ウエーク、グァムの敵軍事施設を爆撃せり。」

明日が原稿の締切なので、あと七八枚、今日のうちに是非とも書き上げねばならぬ。私はひるからも机の前に坐ったが、もちろん心爰《ここ》になく、原稿紙の上は、ひる前のままでいるうちに、二年生の男の子が学校からかえって来た。

「今日は学校で何かお話があっただろ。」

「うん、戦争のお話があったよ。」

「なんてお話があったんだ?」

「今までよりも、もっとずっと勉強しなくちゃ、いけないんだって。」

「そうだろ。」

「お父ちゃん、ホノルルってどこ？」男の子は棚から地球儀をおろして来た。

「太平洋のまん中にハワイって島があるだろ、そこの港なんだよ。」

「うん、ある、ある。ここを日本が攻めたんだね。」

四時頃になると、四年生の女の子がかえって来た。

「今日、遅くなったでしょう。学校でラヂオばっかり聞いていたのよ。お父さん、西太平洋ってどこ？」

女の子もまた地球儀を持ち出して来た。

暫《しばら》くすると、「子供の臨時常会だ」と言って、男の子が地球儀を取りにかえって来た。地球儀を見ながら、皆で戦争の話をするのだそうだ。

「どこであるんだ。」

「高塚君ちで。六時頃になってもいいだろう。」

「うん。いいよ。さきに御飯食べとくよ。」

子供達は、一日で、見ちがえるように成長したように思われた。彼等は、今日はふざけ散らさない。小言屋の私から、小言を食うこともない。彼等の理解力は深まり、視野はひろがり、昨日と今日とでは、いや、今朝起きた時と学校から帰った時とで、格段の相違があるように思われる。彼等も身を以《もっ》て戦争の体験をはじめたのだ。

子供達が常会へ出かけた時には、妹はもう台所で、煮物の匂いを立てていた。勿論電灯もつけていた。その頃になって、私のペンはやっと辷《すべ》りはじめた。「御飯ですよ」と呼ばれるまでに、すらすらと一枚書きあげた。

夕飯を済ませて坐ると、又すらすらと二枚ばかり書けた。

「とにかく出来た分だけ、速達で出しとこう。あとは帰ってから書いて、明日の朝送ることにしよう。」

そう言って、私は郵便局へ行く支度に取りかかった。もう七時を過ぎていた。近くの郵便局は六時迄《まで》だから、八時まで扱う遠くの特配郵便局まで出かけねばならない。

そこへ、年取った退役陸軍少将の隣組長が見えた。

「いよいよ始まりましたな。」とニコニコ笑って、灯火管制の注意をして行った。

子供にハトロン封筒をつくらせ、宛所を書いていると、もう七時半であった。

「おい、タオルと石鹼《せっけん》とを持って来い。かえりに湯に入って来るから。」

私はタオルと石鹼箱とをくるんで袂《たもと》に入れ、原稿の封筒をふところにすると、慌《あわただ》しく夜の道へ出て行った。外はまっ暗であった。急がなくては八時の間に合わないので、私は近道して、裏道を取って行った。時間ギリギリに原稿の袋をふところにして、郵便局へ駆けつけるのは私の癖である。直そうと思ってもなかなか直らないのである。いつも慌てふためいて、この裏道を急いでゆく。

「これは防空演習でも、防空訓練でもないんだ。本当の戦争なんだ。」

警戒管制の行きわたった裏露地を、歯の欠けた下駄で踏みしめてゆきながら、私はそう心に繰りかえした。戦時灯火管制を現実に経験する時が遂に来たのを強く感じた。

遠くから人の来る気配がすると、私は突き当らないように、わざと下駄の音を立てて歩いた。

露地を抜けて、電車通りに出てから郵便局までが、日頃に比べて遠いような気がしてならなかった。いつも目じるしになる炭屋も運送店も酒場も、なかなか来ないのだ。ひょっと、反対の方角に行ってるのではないかと不安になって、二度三度立《た》ち停《どま》ったりした。いつの間にか、炭屋も運送店も過ぎていたと見え、暗い酒場が来て、直《す》ぐ郵便局だった。随分急いだつもりだったが、時間を喰ったらしく、もう八時を過ぎて、郵便局はしまっていた。

私はがっかりしたが、明日の朝纏《まと》めて出そうと諦めると、ふところの原稿を確かめ、その足で、近所のアパートにいる八浜さんを訪ねて行った。昨日のひるから夕方まで、色々話して別れたばかりだったが、今夜も何か話したくて堪《たま》らぬ気持だった。

「八浜さん。」訪う私の声は少し上ずっていた。

「はアい。」と八浜さんの声も張っていた。

「いよいよ始まりましたなア。」

「始まりましたなア。」

座敷に通ると、八浜さんは、ジャケツ一枚になって、火鉢の網の上で、鮒《ふな》の骨を焼いていた。額が汗ばんでいた。奥さんと娘さんとは、押入の整理をしているらしく、バスケットやボオル箱などを座敷の上に取り出して、そこらが散らかっていた。

「愈々今日から戦時生活ですなア。」と奥さんに声をかけながら、私は火鉢の側に坐った。

「わたし、不用のものと必要のものと、きちんと整理して、これから必要なものだけ身の周りに置いて、しゃんとした生活をしたいと思いますわ。」と奥さんが答えた。

「そうですね。僕なども、余分なものを全部取り除いて、必要なものだけで、緊《しま》った生活がしたいですね。こういう時代には、求めることの少い者ほど、強く生きられると思いますね。」

「差し当り、武智さんなんか、強いですよ。」八浜さんが笑った。

「いや、僕などは意気地なしで、求めて得られないから、止むを得ず求めることを少くしてたんだけれど、今になってみると、最低生活で苦労して来たのも、よかったと思いますね。」

「今日の海軍の立ち上り、見事ですね。」

「きれいに行ったようですね。殊《こと》にハワイ急襲なんか、全く思いがけなかったですね。」

「戦艦オクラホマ号がやられましたねえ。」

「そうですか。僕はうっかり見落したかな。」

八浜さんが差し出す新聞を、私は手に取って見た。正しく、米戦艦オクラホマ号（二万九千トン）は、ホノルル沖の海戦で炎上しつつあるとのことである。

「昨日までは、日米会談がどうなるか、気にかかって仕方がなかったけれど、今日は肚《はら》が決って、却《かえ》って気持が好いですね。」鮒の骨を丹念にかえしながら、八浜さんが言った。

「僕も同じ気持ですね。事は勿論重大だけれど、気持の上では肚が決って、なんだかカラッとしましたね。僕のうちの子供なんかも、今日一日で、急にしっかりして来たような気がするんですよ。」

子供のことを言うと、奥さんと娘さんとが、笑った。

話したいことが、もっと沢山あるような気持だったが、残りの仕事が気にかかるので、私は腰をあげた。

「じゃア、今夜はこれで失敬します。これから途中で風呂に入って、かえってからまた書かねばなりませんから。」

「武智さん、今夜はえらいお急ぎですね。」と奥さんが顔をあげた。

「締切の仕事にギュウギュウやられてるんです。」と私は笑った。

「じゃア、僕も一緒にお風呂にお伴しましょう。」と言いながら、最後の鮒の骨を炙《あぶ》り終《お》えた八浜さんは箸を置いて、立ち上った。

八浜さんは、ジャケツの上に丹前をひっかけ、私達はアパートを出た。

「今日も浜田山の池でしたか。」と歩きながら、私が尋ねた。

「いや、もう釣どころではないですよ。この間、安食《あじき》で釣って来て鉢に飼ってあった平鮒を、今夜身だけ食べて、骨は味噌汁のだしにするつもりで炙ってたんです。女房に焼かせると、焦がすから任せられないんです。」

洋品店の前に来ると、ラヂオの前に人だかりがしている。道行く人が皆足を停める。私達も足を停めた。

「大本営海軍部発表、八日午後八時四十五分。一、本八日早朝帝国海軍航空部隊により決行せられたるハワイ空襲において現在判明せる戦果左の如し。戦艦二隻轟沈、戦艦四隻大破、大型巡洋艦四隻大破、以上確実、他に敵飛行機多数を撃墜撃破せり、わが飛行機の損害は軽微なり。二、わが潜水艦はホノルル沖において航空母艦一隻を撃沈せるものの如きもまだ確実ならず。三、本八日早朝グァム島空襲において軍艦ペンギンを撃沈せり。四、本日敵国商船を捕獲せるもの数隻。五、本日全作戦においてわが艦艇損害なし。」

「よかったわねえ。一隻も損害なしだって。」と、二人連れの女学生が、歩き出した私達を追い抜いて行った。

「航空母艦一隻を撃沈せるものの如きもまだ確実ならず、と余韻を持たしているところがいいですね。」と私が言った。

「マニラ、シンガポール、香港、グァム、ハワイ、敵の空軍基地は全部爆撃されたじゃないですか。これでは敵は手も足も出ないでしょう。」と八浜さんが安心した声で言った。

露地の突き当りの電柱の肩に、ひしゃげた黄色い月が静かに昇っている。

「いい月だなア。」と八浜さんが顔を月に向けた。

暫く歩いてから、八浜さんがまた、「オリオンも今夜ははっきりしてるなア」と指差した。オリオンは縦に懸《かか》っていた。下界が暗いので、星が非常にはっきり見えた。

風呂から出ると、月は大分昇って、靄《もや》に溶けた柔らかな月の光の中を歩いて来る人の影が長く、映画の一場面のような感じだった。

「風呂の雰囲気も、いつもとちがった感じですね。」と私が言った。

「みんな、なんにも云わないけれど、戦争のことが腹の中にあるものだから、いつもとちがいますね。」

私達は、そんな話をしながら、踏切のところへ来ていたので、そこで別れた。

「一日一日が大切ですからお互《たがい》に腰を据えましょう。」

そう言って、私は帰って来た。途々《みちみち》、白壁の家に、月の光がくっきりと射しているのも、歴史的な夜だけに、心に沁《し》みた。

私は十二時過ぎまでかかって、やっと原稿を書き上げた。

米英に対する宣戦の第一夜は、静かに更けて行った。

十二月八日の記

高村光太郎

今度の第二回中央協力会議開会の当日は実に感激に満ちた記念すべき日となった。丁度《ちょうど》対米英宣戦布告大詔渙発《かんぱつ》の日となったのである。

昭和十六年十二月八日、私は電車の混雑を避けるため朝早く家を出たのでラジオの放送を聞かず何も知らずにあの座席についていた。すると隣席の某新聞社の編輯長《へんしゅうちょう》が、今朝の三時頃ハワイで戦争があったと私に囁《ささや》いた。さてはとはじめて私は今日のただならぬ日であることに気がついた。話はそれぎりで詳しい事は何もわからぬ。開会予定の午前九時半が来ても政府側の人も閣僚も、議長の姿すらも席に見えない。議場にはもう或る空気が漲《みなぎ》って来た。千何百名かが一種の不安と一種の期待とでどよめきともつかぬどよめきの中に時刻の移るのを見ていた。やがて後藤議長の壇上に棒立ちになったのが見えた。議長の声が重く、ゆるく短かく議場にひびいた。時局は非常に重大なる事態に立ち到り、東条総裁は只今《ただいま》宮中に伺候《しこう》致されて居り、開会不能につき、午後一時まで開会を延期するから、それまで各位は休憩せられて静かにお待ち願いたいということであった。しずかにお待ち願いたいという言葉が妙に強く心に響いた。十一時に詔《しょう》勅《ちょく》が発せられるというような囁きがそこらに聞えた。人は多く控室に出たので議場は人影まばらになった。私は議長席の両側にある大きな菊の挿花を見たり天井を見たりしていたが、やがて控室に引きあげた。大きなライトや写真機や録音機の台が議場の後方に数多く並んでいる間を歩きながら、これは歴史的な時間だなと静かに思った。控室に居ても誰も知った人が居ないので、私は窓際の椅子に腰かけて晴れた冬の日のあたたかい丸の内の風景を見ていた。ただうつけて見ていた。何も頭に出て来ない。頭はただ一点にだけ向って激しい傾斜のようなものを感じているだけであった。二時間もそのままじっとしていた。時計の針が十一時半を過ぎた頃、議場の方で何かアナウンスのような声が聞えるので、はっと我に返って議場の入口に行った。丁度詔勅が捧読《ほうどく》され始めたところであった。かなりの数の人が皆立って首をたれてそれに聴き入っていた。思わず其処《そこ》に釘づけになって私も床を見つめた。聴きゆくうちにおのずから身うちがしまり、いつのまにか眼鏡が曇って来た。私はそのままでいた。捧読が終ると皆目がさめたようにして急に歩きはじめた。私も緊張して控室に戻り、もとの椅子に坐して、ゆっくり、しかし強くこの宣戦布告のみことのりを頭の中で繰りかえした。頭の中が透きとおるような気がした。

世界は一新せられた。時代はたった今大きく区切られた。昨日は遠い昔のようである。現在そのものは高められ、確然たる軌道に乗り、純一深遠な意味を帯び、光を発し、いくらでもゆけるものとなった。

この刻々の瞬間こそ後の世から見れば歴史転換の急曲線を描いている時間だなと思った。時間の重量を感じた。十二時近くなると、控室に箱弁と茶とが配られた。箸をとろうとすると又アナウンスの声が聞える。急いで議場に行ってみると、ハワイ真珠湾襲撃の戦果が報ぜられていた。戦艦二隻轟沈というような思いもかけぬ捷報《しようほう》が、少し息をはずませたアナウンサアの声によって響きわたると、思わずなみ居る人達から拍手が起る。私は不覚にも落涙《らくるい》した。国運を双肩に担った海軍将兵のそれまでの決意と労苦とを思った時には悲壮な感動で身ぶるいが出たが、ひるがえってこの捷報を聴かせたもうた時の陛下のみこころを恐察し奉った刹那《せつな》、胸がこみ上げて来て我にもあらず涙が流れた。

午後一時、議場は既に人で一ぱいであった。職員席や政庁席も追々にふさがり、やがて閣僚達が人を押しわけて揃って入場した。東条総裁の決然たる面貌を私は遠くから凝視した。開会が宣せられ、宮城遙拝《ようはい》、皇大神宮《こうたいじんぐう》遙拝が終ると、議場の中央から実に静かに詔書が議長の前に捧げられた。議長はそれを謹厳に、ゆるやかに、しかし淀《よど》みなく捧読する。議場には息の音もしない。個々の人影はまるでなくなり、ただ一団の熱気の凝塊《ぎようかい》が感じられた。やがて英霊に対する感謝、将兵の武運長久祈念の礼があってそのまま会議は終了し、つづいて総裁、議長、副総裁、情報局総裁の挨拶演説があった。力に満ちた東条総裁の簡潔な挨拶はよく人の肺腑を貫いた。会議を今日一日で終ることの意味がつよく人を打った。人は皆同じ決意に昂然《こうぜん》とした。

宣言決議の案文が委員達によって出来上ると、会議員職員等二千人にあまる人は四列縦隊を作り、米英膺懲《ようちよう》の旗をなびかせて宮城前に行進した。宮城前には既に四方から団体の列が集っていた。順を追って整列して、議長の宣言決議の朗読、国歌斉唱、副総裁のよくとおる発声に和しての万歳奉唱が行われ、引きもきらぬ多くの他の行列の中を、冬の日の漸《ようや》く傾く頃、再び議場に帰り、四五の議員の所感の披瀝《ひれき》があり、閉会の儀礼を終って、この記念すべき忘れ難い一日の会議は散会した。私は負傷している肋骨の痛さを他人事のように覚えながら、騒然たる数寄屋橋あたりの灯火管制の往来を歩きまわらずに居られなかった。地下鉄で帰路につき、駒込林町の高台に上ると、まるで四十年前の千駄木山のようにまっくらで、満天の星が大きく、近く、ぎらぎらと光り、木星らしい抜群の巨星が昔太平洋の波の上で見た時のようにエーテルの中にゆらゆらと揺れていた。

時局がこう一転してみると会議に提出した議案の如《ごと》きは何だか昨日のもののような、そぐわぬ感じが一時はしたが又考えてみると、時局の重大となるにつれて尚更《なおさら》その考慮の重大性も加わるわけで、これは忽《ゆるが》せに出来ぬと今は強く思う。議案のいわれを、それゆえ、此所《ここ》に一応説明して置こう。

私の提出した議案は次の通りである。

議案「全国の工場施設に美術家を動員せよ」

提案理由「国民士気の昂揚に関し、全国に漲る工場従業員の精神的健康の有無は極めて重大である。国民士気の源泉は健康な精神生活にあり。健康な精神生活は身辺日常の健康な美の力に培《つちか》われることを看過すべからず。此の美を欠く時人心は荒廃する」

建設案「あらゆる大工場の食堂、休憩室、合宿所、病院等の設計に合理的な美を与えるため、夫々《それぞれ》適当な美術家を動員して壁面彫刻、壁画、日用什具《にちようじゆうぐ》、びら其他《そのた》の図案並びに製作に従事せしめる道をひらくこと」

右の提案理由について今更くどい説明もいるまい。有史以前の時代から人間が美の力によってその品性を養われ、その精神の調和を整頓せられて来たことは、うっかり自分で気のつかないほど常住不断の事実である。美の本能は生理的、心理的、社会的其他あらゆる面にはたらいて、人間生活を健康に保ち、その進歩発展を容易ならしめ、此世《このよ》に人間が生存することの意味を深め、高める役をしている。朝起きて顔を洗い含漱《うがい》をして、ああせいせいしたと思うのも美である。そういう単純な感覚上の美がいつのまにか最も深い精神上の美にまでもつながるのである。人は日常身辺の健康な美によって無意識裡《むいしきり》に力づけられる。その力が大きい。時局の重大となるに従って日本全国は一つの大きな軍需工場となるとも言える。工場の労務者の身辺にこの美の力が欠け、人間が人間である自覚を失い、単なる機械の部分品であるような感じを持つに至るほど恐ろしい事は無い。農山漁村にはまだ大自然があって人を養う。工場を唯《ただ》乾燥無味な物質ばかりの処と人に思わせれば人は必ず精神的に堕落し、肉体的に廃頽《はいたい》する。機械の美に眼を開き、其《それ》を愛すること吾身《わがみ》を愛するように育つには、日常身辺の健康にして合理的な美にいつとなく教えられねばならぬ。まるでこれと逆な条件のために心身荒廃の域に瀕《ひん》している実例が世に甚《はなは》だ多いのである。美術家の一つの役目がここにある。私は例えば厚生省のようなところが此事《このこと》を深く考慮して、実際的な規定をつくり、産業報国会のような有力な機関がその実行の促進にあたって、美術界の諸団体を組織的に動員徴用し、大工場施設と美術家とを緊密に結びつける方策の立てられる事を熱望する。規定としては例えば工場建設費の何パーセントを美の領域に割当てる事、大工場には必ず美術家の顧問なり嘱託《しょくたく》なりを置く事というような簡単なもので足りるであろう。然《しか》るべき美術界の大家が指導し、中堅後進が実際の工作に当ればいい。仕事は着々と進むであろう。国家総動員の今日、美術家は必ず勇躍して事に当るに違いない。その巨細《こさい》の方法工夫については衆智に諮《はか》るがいい。私も亦《また》機会を得ていつかそれを述べよう。

真珠湾・その生と死
特殊潜航艇の戦い

豊田　穣

一

昭和四十六年、九月初旬、私は広島県江田島の母校を訪れた。

私が海軍兵学校を卒業したのは、昭和十五年八月であるから、三十一年ぶりである。九州へ何度も行き、ソ連、中近東など、外国へも行っているのに、なぜ、江田島を訪れなかったのか。理由は簡単である。私が捕虜になって、アメリカの収容所から帰って来たからである。

江田島の表桟橋は、戦功に輝く凱旋《がいせん》の勇士か、それでなければ、勇敢な戦死をとげた卒業生の遺骨しか受け入れない……。これが海軍兵学校三ヵ年半の教育の間に、私の脳裡《のうり》にしみついた思考法である。

江田島の旧教育参考館には、戦死者の姓名を刻んだ大理石の名牌《めいはい》が並んでいる。そのなかには、二〇〇人に及ぶ私の同期生の名前がある。私にはその名牌と語る勇気がない。

今回、島を訪れたのは、私の兵学校生活を描いた小説が映画化されるので、そのロケを見に来るように誘われたからである。私には依然として戦友の名牌と対面する勇気がない。しかし、私が戦友の青春時代を克明に描いたのは、私なりの一つの供養の方法である。死んだ者は生き返らない。生き残っている者に供養の義務があるとすれば、私が書き続ける戦争に関する文章は、戦死者をとむらう香烟《こうえん》の代わりと言ってもよい。

私は、自分の小説を演じる若い俳優諸君をながめながら、そこに私なりの葬送の儀礼が執行されているのを感じていた。

夕刻、私は参考館講堂の前に立った。厚い鉄の扉は閉じられていた。潮風が私の耳元をかすめ、戦死者の声を運んで来た。私はそのなかに多くの声を聞いた。一つの声はこう言っていた。――生きろ！　生きてくれ、おれたちの分まで生きてくれ――

頭《こうべ》をめぐらした私は、参考館のかたわらに、古びた小型潜航艇を発見した。黒塗りの船《せん》殻《こく》は錆び、司令塔は半ば崩れ、それを突き破るように、潜望鏡が屹立《きつりつ》していた。

説明のボードを読むまでもなく、これが昭和十六年十二月八日、真珠湾の米艦隊を奇襲した特殊潜航艇であることが了解できた。米軍が引き揚げ、日本に返還したのである。私はその錆び朽ちた船腹にさわってみた。だれが乗っていたものか……。私の頭のなかに、海軍少尉酒巻和男《さかまきかずお》の姿があった。開戦当日、特殊潜航艇に乗り組み、ただ一人生存して、捕虜第一号となった。私の同期生である。

五隻の潜航艇に十人が乗り組み、九人が戦死して、九軍神という名で神に祀《まつ》られた。ただ一人、生き残った酒巻は、生を選び、そして、生の重味に耐えたのである。陽《ひ》は江田島の対岸能美島《のみじま》の山なみに近づき、参考館の周辺に夕暗《ゆうやみ》がしのびよっていた。

私はブラジルで自動車の会社を経営している酒巻のことを考えていた。あれから三〇年が経過している。日本が太平洋戦争を始め、酒巻が真珠湾の湾口で、苦渋な戦いを経験してから、三〇年の歳月が流れ過ぎようとしているのである。

二

太平洋戦争は、昭和十六年十二月八日午前一時三十分（日本時間）機動部隊からの攻撃機発進によって火ぶたを切られたと考えられている。ハワイ現地時間によれば、十二月七日午前六時である（以下現地時間を用いる）。しかし、それに先立つ午前三時四十二分、日米の戦いはすでに始まっていた。真珠湾の港外二マイルのところに、国籍不明の潜望鏡を発見したアメリカの掃海艇コンドルは、駆逐艦ウォードに連絡し、これを爆雷攻撃した。事実上、これが日米両軍接触の初めであるが、この報告が真珠湾のキンメル提督の司令部に着くまでに、日本軍はフォード島のアメリカ艦隊を爆撃しているので、米軍当局は、空襲をもって攻撃開始と考えていたのである。

掃海艇コンドルに発見された特殊潜航艇には二人の日本軍人が乗り組んでいた。艇長の海軍少尉酒巻和男と、これを補佐する艇付《ていづき》の稲垣清《いながききよし》二等兵曹である。

コンドルが酒巻の艇を発見したとき、酒巻の潜望鏡も、コンドルをレンズのなかにとらえていた。切り立ったオアフ島の岸の手前を、のんびりと哨戒する米の小艦を発見した酒巻は、なおも、真珠湾の湾口を探ろうとしていた。山本《やまもと》五十六《いそろく》連合艦隊司令長官からハワイ攻撃部隊に発信された命令は、「ニイタカヤマノボレ一二〇八」すなわち、日本時間十二月八日午前零時戦闘開始である。これはハワイ時間の七日午前四時半にあたる。酒巻の受けている指令は、開戦までに真珠湾口に潜入し、開戦と同時に敵の空母もしくは戦艦に九〇式四五サンチ魚雷を発射することになっている。

開戦前に、真珠湾の港外にいるようでは、特殊潜航艇による攻撃はおぼつかない。三五〇機の攻撃隊が真珠湾を空襲した後では、米軍の警戒は厳重となり、湾口突破の可能性は零《ゼロ》に等しいからだ。

敵に発見されながらも、酒巻の艇は潜望鏡による真珠湾口の強行偵察を続行していた。開戦時間まで、あと一時間足らずしかない。それまでに湾口を発見して潜入しなければならない。東の空はかすかに白み、間もなく夜明けがやって来るのである。

「畜生、ジャイロさえ故障していなければな」

酒巻は、潜望鏡の把手《はしゆ》を握りしめながら、舌打ちをした。方向を定めるジャイロコンパス（転輪羅針儀）は、母艦の伊号第二四潜水艦をはなれる前から故障し、どうしても動かなかったのだ。

「艇長！　何か見えますか。湾口はまだですか」

立っている酒巻の膝の位置にしゃがんでいる稲垣兵曹も心配そうだ。

「うむ、小さな船が見える、哨戒艇かな。あ、大きいのが来た」

酒巻の潜望鏡には、黒々とした駆逐艦ウォードの姿が映っていた。

「いかん、駆逐艦らしい。こちらへ来る。急速潜航！」

哨戒艇と駆逐艦がチカチカと発光信号で交信するのを見ると、酒巻は反射的に叫んだ。

「急速潜航！」

復誦《ふくしょう》した稲垣兵曹が水平舵《すいへいだ》の舵輪を回して、下《さ》げ舵《かじ》をとった。長さ二四メートル、重量四六トンの特殊潜航艇は、ガクンと急激な舵の利き方を示し、急角度で真珠湾沖の海底を目ざした。

酒巻は、潜望鏡のわきにある深度計を見守った。
一五、二〇、二五……
深度計の針が回ってゆく。針が三〇を指したときだ。

ガガーン!!

最初の衝撃が来た。艇全体が巨人の掌ではたかれた笹舟のように揺れた。酒巻は潜望鏡にしがみつき、稲垣は舵輪で胸を打ったらしく、うめいた。艇内灯が急に暗くなった。

「艇長、爆雷ですね」

「うむ、駆逐艦の攻撃だ、潜航を続けろ」

「はい、潜航を続けます」

これが、米軍の第一撃だとすると、太平洋戦争開始の第一弾は、米駆逐艦による爆雷攻撃だということになる。

深度五〇メートルで、酒巻は「潜航止め」を命じた。普通の爆雷ならば、この深度でまず安全であるし、特潜（特殊潜航艇）の強度も、これ以上では船殻にひびが入るおそれがある。

米艦の爆雷攻撃は続いていた。

ズズーン、ズズーンという炸裂音が、海水を伝って、特潜のわき腹に、無気味な衝撃を与えた。

「艇長、大丈夫でしょうか。敵がふえると浮上が困難になります。開戦時刻まであと四〇分しかありません」

稲垣兵曹が、下から酒巻の顔をふり仰いだ。

「心配するな。まだ戦争は始まっとらん。敵はわが軍の企図に気づいていない。間もなくあきらめて、立ち去る」

酒巻は力強い声で言った。緊急非常のとき部下は必ず指揮官の顔を見る。そのときに決して弱音をはいてはいかん、と海軍兵学校で何度も教えられて来たのである。

しかし、彼にも自信はなかった。特潜の動力は二次電池による電動機《モーター》であるが、長時間海中に停止していると、艇のツリム（釣り合い）を失して艇が傾き、二次電池のなかにある液体が混合し、硫酸ガスを発生することが多い。

「艇長、艇が左に傾いて来ました」

「うむ」

艇の傾きを直すためには、モーターを始動し、舵の利きに頼らねばならない。しかし、いま、モーターを回せば、猟犬のように海上をかぎ回っている敵駆逐艦の音響探知機に探知され、爆雷のねらい撃ちをされるおそれがある。——ここは『忍』の一字あるのみだ
——酒巻は、傾いて来る体を、潜望鏡で支えながら、眼をつむった。

「艇長！　においませんか。硫酸ガスです」

稲垣兵曹に注意されるまでもなく、刺激性の強いガスが、鼻を衝《つ》き、眼頭《めがしら》にしみこんで来ていた。

——だいたいこの艇は構造に無理がある。従って事故が多い。諸君は、新兵器の実験台として、身をもって構造の不備なる点をつきとめてもらいたい——

初めて特潜乗組を命じられ、呉《くれ》の潜水学校に着任したときの訓示を酒巻は思いうかべていた。いま少しで遭難するところだった岩佐隊長のことを彼は想起した。——おれもいまにあのような目にあうのだ。顔の皮膚が全部焦《や》けただれて……。

酒巻は傾いてゆく艇のなかで眼をひらいた。艇内の灯火が吸い取られるように細り、回想が海面下五〇メートルの闇をひたした。

三

昭和十五年八月、海軍兵学校を卒業した酒巻が、特型格納筒の要員を命じられたのは、昭和十六年四月、海軍少尉任官と同時である。特型格納筒すなわち特潜は秘密保持のためこう呼ばれ（甲標的《こうひょうてき》と呼ばれたこともある）、極秘裡に研究が進められていた。一般に、特潜による特別攻撃隊員は志願によると考えられているが、このときは海軍大臣の任命によるものであった。

攻撃隊は五隻編制で、隊長の岩佐直治《いわさなおじ》大尉はすでに半年前から訓練に従事していた。他の艇長は、酒巻より一期上の古野繁実《ふるのしげみ》中尉、横山正治《よこやままさはる》中尉、それに酒巻と同期の広尾彰《ひろおあきら》少尉であった。

岩佐大尉は海兵六十五期生で、酒巻たち六十八期生からいえば、鬼よりこわい一号生徒だ。なかでも岩佐生徒は、剣道四段、全校剣道係主任で、色の浅黒い精悍《せいかん》な一号生徒であった。しかし、実際に生死を共にする特別攻撃隊員となってみると、緻密《ちみつ》でよく後輩の面倒をみるすぐれた隊長であった。大きく鋭い眼が、笑うと、クリクリと愛嬌のある眼つきにかわった。上州の生まれで、少量の酒が入ると詩吟や八木節などを歌って聞かせることがあった。

特潜講習員となった酒巻たちは、まず特殊潜航艇母艦、千代田乗組を命じられ、呉海軍《かいぐん》工廠《こうしょう》に通うことになった。特潜こと特型格納筒は海軍工廠の魚雷実験部で製作されていた。

機密保持のため、作業員には、魚雷を格納する鋼鉄製の円筒だと説明されていた。そして、船殻すなわち胴体が完成すると、モーターと電池が設置され、隠密裡に司令塔と潜望鏡が取り付けられ、夜陰に乗じて、すぐ近くの呉海軍潜水学校の密閉された秘密桟橋に運ばれた。ここで、訓練用の九〇式魚雷を積み、訓練のため佐田岬に近い愛媛県の三机《みつくえ》基地に向かうのである。

特潜の性能はモーターの出力六〇〇馬力。全速・時速一九ノット（三五キロ）、半速一〇ノット、微速六ノット。航続力、全速で一六マイル、微速で八〇マイル。内殻の直径は一・八五メートルで機器があるため、艇長は司令塔内に立ったまま潜望鏡をのぞき、艇付は機械の上に腰をおろすか、しゃがんだまま舵輪を握り、機械の運転を行うことになっていた。

艇の中央に司令塔があり、その前後に二次電池室、最前部に魚雷発射管二基、最後部にモーターと推進器《スクリュー》があった。前部と後部にツリム（釣り合い）修正用の鉛塊バラストが積んであり、司令塔の近くには、圧搾空気を詰めた気蓄器があった。

訓練が始まって間もない昭和十六年夏のことである。

山口県岩国に近い阿多田島の沖で、岩佐大尉の第一号艇が消息を絶った。

特潜の二次電池は、連続使用するとだいたい一五時間でバッテリー・アップ（費消）することになっている。朝から母艦千代田を目標とする襲撃訓練に従事していた岩佐艇は、昼過ぎになっても浮上しなかった。

三机基地に帰投した他の乗員は心配し始めた。バッテリーがアップすれば、特潜は操縦不能に陥る。もし、モーターが始動しなければ第一号は永久に浮上せず、海底に沈下したままとなってしまう。

岩国に近い臨時基地に集合した古野中尉や横山中尉は、顔をよせあい、不吉な予感に眉をしかめていた。阿多田島の沖は、その昔、第六潜水艇が遭難した場所である。潜水艦がまだ実験段階のころなので、事故が時々あった。第六潜水艇はついに浮上せず、乗組員は全員殉職したが、艇長の佐久間大尉は沈着に、最後まで艇内やモーターの様子をノートに記録した。これが引き揚げ後、貴重な資料となり、佐久間大尉の名は長く記念され、第六潜水艇は、海軍兵学校の校内に記念碑として保存されていた。

――岩佐大尉は、佐久間艇長のあとを追うのではなかろうか――

他の艇員たちの心配はこれであった。当時の第六潜水艇と同じく、特潜も現在は実験段階である。岩佐大尉はその犠牲の第一号となるのではなかろうか……

午後三時を過ぎると、その憂いはますます濃くなって来た。二次電池は一五時間の容量を持っているが、高速を出せば消耗の率は早い。――やはり、隊長は先に逝ってしまったのだろうか――

酒巻たちがうなだれていたころ、岩国の航空隊から連絡の電報が入った。

「ワレ、アタダジマオキニテ、小型潜水艇ノ如キモノヲ発見、ミカタナリヤ、調査サレタシ、一三〇〇（午後一時）」

呉鎮守府から潜水学校を経由して、三机に到着したものである。

続いて、漁村の漁民が、阿多田の沖で、イルカのようなものがはね回っていた、と速報してくれた。

「よし、隊長は生きているぞ」

「ゆこう！」

隊員たちは、直ちに二隻の小型救難艇に乗って、阿多田沖に急いだ。

間もなく、眼のよい広尾彰少尉が〝イルカのようなもの〟を発見した。

「あ、あそこだ」

指さすところ、イルカよりはるかに大きい黒い船体が海面より高くとび上がり、再び海面下に姿を消した。

「どうして浮上しないのかな」

「間もなく電池が切れるというのに……」

酒巻も古野中尉らと共に不思議がった。

やがて、一時間後、黒いイルカは、横腹を露出したまま、海面によこたわった。

「それ行け！」

「あそこだ！」

救難艇はわれ先に現場に急行した。

基地まで曳航《えいこう》して、第一号艇の司令塔ハッチをあけてみると、息も絶え絶えの岩佐大尉と艇付の佐々木一等兵曹が発見された。

「隊長、大丈夫ですか」

「佐々木兵曹、しっかりしろ」

手当ての結果、元気をとり戻した岩佐大尉はベッドの上で語り始めた。彼の顔面は赤く焦《や》けていた。

「いや、水深五〇メートルで、岩礁にぶち当たった。そのとき、バラストが衝撃で前方に移動してしまい、艇は下げ舵の状態となり、どんどん沈下を始めた。そこで、上げ舵をとったが利かない。仕方なく、前部の空室にゆき、バラストを移動させようとしたが、このため、余計にツリムが悪くなり、前方に傾く。止むを得ず、おれと佐々木兵曹がバラスト代わりとなって、後部の空室に移動した。ところが、今度は上げ舵が強くなりすぎ、深度一五メートルであわてて二人とも司令塔に戻ったが、ツリムは上げ舵のままで、艇は勢いよく海上にとび出す始末だ。その反動で艇は横向きになってしまう。二次電池からは硫酸ガスが出る。モーターをとめたので、艇は沈下する。そこで、モーターを始動し、やっと艇を水平にし、こんどは、佐々木兵曹一人が後部に移動したが、それではやはりまだ前部が沈下し、艇はどんどん沈んでゆく。これではならじとおれも後部へ移動すると、艇は再び海面にとび出すという始末だ。もう電池がなくなるというので、モーターをとめたら、横向きのまま海面にのびとったわけだ。おかげで、顔がこんなにはれた」

と岩佐大尉は焦けた顔をなで、

「イルカよりひどいだろう」

と苦笑した。

古野中尉はじめ、他の艇員たちは、笑うことを忘れて顔を見合わせた。岩佐艇だけではなく、他の艇にもこの運命は待っているのだ。瀬戸内海でこの有様では、外海で、しかも敵襲のあるところで、ツリムを失った場合、回復は至難なのではないか……その思いが彼らをとらえたのである。

四

艇の傾きが四五度に達したところで、爆雷攻撃は止んだ。敵はあきらめたらしい。

「よし、艇を復原しよう。モーター始動!」

酒巻が、硫酸ガスにのどをつまらせながらそう命じたとき、

「艇長、音が聞こえませんか。前部に浸水がある模様です。このままでは前ツリムで沈下する一方です。私がバラストを移動させるため後部二次電池室にもぐります」

と稲垣兵曹が叫んだ。

爆雷攻撃のため、前部魚雷発射管室にひびが入り、浸水が始まったのである。早くも様

相は、岩佐大尉の遭難しかかったときの状態に似て来たのだ。

「うむ、頼むぞ、艇付。早く浮上して、湾口を目ざさねば、開戦時間に間に合わないぞ」

酒巻はガスが濃くなりつつある二次電池室へもぐってゆく稲垣兵曹に、そう声をかけながら、他の艇の運命を思った。

伊号第二二潜水艦から発進した岩佐隊長はどうしたろう。艇付の佐々木一曹は今もやはり、バラストの代わりに前部か後部にもぐっているのだろうか。それとも、隊長は経験豊富であるから、早くも湾内に入って開戦時間をいまや遅しと待ち構えているのだろうか。

酒巻は時計をみた。すでに午前四時を回っている。開戦まであと二〇分足らずである。

彼は再び考えた。伊号一八潜から出発した古野中尉はどうしているだろう。相撲の強い豪快な一期上の先輩である。一〇人のなかでは一番肥満しているので、特潜のハッチを入るとき苦しそうに体をすぼめていた。古野中尉の艇付は横山薫範《よこやましげのり》一曹である。伊号一六潜からは横山中尉が発進している。兵学校時代柔道二段、とくに体操のうまい俊敏な生徒だった。横山中尉こそは艇付の上田兵曹と共に真っ先に湾口突破を果たしているのではなかろうか。

いや、しかし……と彼は考えた。すでに湾内に進入しているのは、やはり同期の広尾だろう。剣道をやっていたが、負けん気の強い佐賀っぽで、小さな体で必死になってカッターを漕いでいた。彼こそは、伊号二〇潜から発進し、艇付の片山義雄《かたやまよしお》二曹と共に、すでに湾内の海底に沈下して、午前四時半の攻撃開始時間を、今や遅しと待ち構えているに違いない。なにしろ、やるとなったら火の玉のように突進する男なのだ。

それにひきかえ、このおれはいったいどうしたというのだ。酒巻は潜望鏡に顔を押しつけたまま眼をつむった。艇のツリムはまだ前傾のままである。このままでは海底に着くまで沈下は止まらぬかも知れぬ。着底して、そして死を待つ……それでは意味がないではないか。――やはり、ジャイロをよく整備しておくべきだった……。彼の思いはまたそこに帰って行った。

彼の特潜が母艦の伊号第二四潜から発進したのは、日本時間で開戦の前日十二月七日の夜十時、ハワイ時間で七日の午前二時半である。

発進の約一時間前、浮上航走している母艦のデッキにいると、ジャイロ係の整備員、吉本兵曹が、

「どうしてもジャイロが直りません。申し訳ありません」

とうなだれて報告した。

「どうなんだ、艇付！」

「はあ、どこかでショートしていると思うのですが、部品が足りないものですから……」

稲垣兵曹もこくびをかしげていた。

特潜はまだ開発途上にあり、部品も用具も十分ではないのだ。

「そうか、止むを得ない。ジャイロなしでゆこう」

酒巻はそう言って、東の方をみた。夜空にぼんやりとオアフ島の島影が浮かんでいた。

「なかへ入ろう。もう潜航する時間だ」

酒巻は二人をうながして、司令塔の方へ急いだ。

二四号潜水艦は、親亀が子亀を背負うように第五号特潜を後甲板に繋止《けいし》したまま真珠湾付近の海面にもぐりこんだ。発進地点は真珠湾口まで四五マイルの地点である。

士官室では艦長の花房義太中佐が待っていた。

飛行服に似た搭乗服をつけ、ひたいに白鉢巻をまいた酒巻は、同じ服装の稲垣兵曹と並んで、艦長の花房中佐に出撃の挨拶をした。

「艦長、行って参ります」

「うむ、ご苦労。ところで、ジャイロが故障だそうだが、大丈夫かね」

それに対して酒巻は、

「天佑を信じて行って参ります」

と答えた。

「うむ、よい覚悟だ」

艦長は、酒巻に近づくと肩に手をのせ、その眼をのぞきこみ、

「しっかりやってくれ。しかし、死に急ぎをするな。生き残った場合の集合地点はラナイ島の西南一五マイルだ。九日の夕刻まで、そこで潜望鏡をあげて待っている。何べんもいうが、死ぬだけが能ではないぞ」

艦長は別れが辛そうだった。

十一月十八日に呉軍港を出発した伊号二四潜は、三机基地で特潜を背中につけ、この日まで、昼は潜航、夜は浮上をして、ハワイを目ざして来た。酒巻とは二十日足らずの縁である。しかし、一緒に飯を食い、トランプをやっていた二一歳の青年が、今から決死の特別攻撃に出発するのを見送る艦長の胸は複雑だった。この生きのよい青年は二四時間以内には敵艦に体当たりして最期をとげるだろう。集合地点などを打ち合わせても、この青年はまず戻っては来まい。常に食欲旺盛で、愉快なことがあると、高々と天井を向いて笑う、この天真らんまんな青年を、花房艦長は死なせたくはなかった。しかし、今はもう送り出さねばならない。

「くどいようだが、もう一回だけいう。山本連合艦隊司令長官も、この特別攻撃は、攻撃終了後、母艦へ帰還収容のめどがつくまでは、許可されなかったものだ。長官閣下の心づかいを忘れないように……」

そう言って、酒巻の肩に手をおいたとき、花房中佐の鼻先をかすめた芳香があった。

「ほう、よい匂いだな」

「はあ、香水であります。同期生の広尾と共に、呉の中通りで買い求めたものであります」

「そうか。兜《かぶと》に香をたきしめた木村長門守重成《きむらながとのかみしげなり》が、大坂夏の陣における最後の出陣の心がけだな。ところで、その瓶を持っているかね」

「はあ、ここにあります」

酒巻は、搭乗服の膝のポケットから香水の瓶を出した。

「うむ、これか。記念にもらっておくぞ。君に万一のときは、家族の方に届けよう」

艦長は香水の小さな瓶をポケットにしまうと、

「急速浮上！」と命じた。

バブーッ!! という音と共に、メーンタンクをブロー（放水）して、艦はオアフ島の近海に浮上した。

「では行って参ります！」

最後の敬礼を残して、酒巻と稲垣の二人は、まだ海水に濡れている司令塔の外へ出、自分たちの特潜へと急いだ。あとは電話のみが母艦との連絡方法である。

「五号艇、ハッチ、計器よし。出発用意よし！」

こう報告すると、母艦の艦長は、「急速潜航」を命じ、二四潜は再び、海面下に没し、潜望鏡のみを露出して、周囲の様子をうかがった。

「酒巻少尉、こちら艦長だ。わかるか」

「了解、こちら五号艇」

「ただ今、山本長官よりの訓辞を受信した。いいか、『連合艦隊ハ、ハワイ真珠湾ニ集結中ノ、米艦隊ヲ奇襲スルニ決ス、開戦ハ八日午前零時、航空部隊ノ攻撃時刻ヲ現地時間午前六時トス。機動部隊、特別攻撃隊ノ成功ヲ祈ル』以上だ」

「了解！」

「では、特別格納筒を発進せしめる」

「五号艇、モーター起動しました」

「発進！」

艦長の命令と共に、今まで、特潜を巻いて母艦につないでいた鉄製の帯が、ガクリという衝撃と共にはずれた。五号艇はいきなり太平洋の潮のなかに投げだされた。最初は後《あと》ツリムで、船は頭をもちあげ、イルカのように洋上にとび出した。

「こいつはいかん、やはり、ツリムが悪い」

酒巻は一応機械を停止し、ツリムの調整をはかった。

前部と後部の電池室には、人間一人が辛うじてはって通れる狭い通路がある。酒巻と、稲垣は、代わりばんこにその通路を通って、船のバラストを移動し、やっとのことで、ツリムを平衡に保ち航行できるようになった。この完了までに、すでに一時間近くを費していた。

「さあ、これでいいぞ」

「あとは湾内進入、そして、攻撃あるのみですね。艇長、これで別杯をあげましょう」

膝の下で、稲垣兵曹がぶどう酒の栓をぬいて渡してくれた。酒巻はそれをラッパ呑みすると、下へ向かって言った。

「艇付、おれは腹がへった。握り飯の方がいいな」

「あいかわらずですね、艇長」

「まだまだ食欲は旺盛だぞ」

握り飯をうけとると、酒巻は、

「ワッハッハー」

といつものくせで高笑いをした。笑い声が長さ二四メートルの狭い艇内に、無気味にこだました。そのとき、稲垣兵曹が心配そうに言った。

「艇長――コンパス（羅針儀）は大丈夫ですか。どうも、真珠湾からはなれて行くような気がして仕方がないのですが……」

「うむ……」

酒巻も難しい顔をして磁気羅針儀をみつめた。針の動きが怪しい。針路二〇度で真珠湾を目指しているはずなのだが、どうも信用し切れない。ジャイロコンパスが故障した以上、磁気コンパスによるより仕方がないのだが、鋼鉄製の船のなかでの磁気コンパスは、修正が非常に難しかった。

「よし、思い切って海面近くまで浮上しよう。そして、潜望鏡を上げてみよう」

酒巻は握り飯をほおばったまま、命じた。

「海面下二メートルまで浮上」

やがて、上げてみた潜望鏡をのぞいた酒巻はがっかりした。あたりはまだ暗いが、黒々としたオアフ島の影は、はるかに遠ざかっている。船は逆の方向に走っていたのである。

「これはいかん、やはりジャイロなしでは無理だ」

「どうします、艇長」

「止むを得ん。潜望鏡で島影を見ながら航走し、湾口を捜そう」

「大丈夫ですか。開戦前に敵に発見されると、具合の悪いことになりますよ」

「いや、決行するんだ。ここまで来たら、あとにはひけない。たとえ、敵の哨戒艇に発見されても、湾口を強行突破し、湾内の艦隊に一撃を与えるのだ。それがおれたちの任務だ。そのためにいままで訓練して来たのだ」

酒巻は、慎重にあたりを見張りながら、湾口を求めつつ、航走を続けた。やがて、東の空が白んで来た。

「あ、あれが湾口だ。今一息だ」

しかし、そのとき、潜望鏡には二つの艦影が映っていた。掃海艇コンドルと、駆逐艦ウォードであり、時に午前三時四十二分であった。

五

稲垣兵曹が苦労して、後部の二次電池室にあるバラストを移動させたが、まだ艇の前ツリムは復原しなかった。前部の魚雷発射管室の浸水は徐々に増しつつある。

「艇長、どうですか、やはり直りませんか」

後部通路からはい上がって来た稲垣兵曹の顔はガスのために眼のまわりがはれ上がり、うす暗い照明のなかで、四谷怪談のお岩のようになっていた。

「うむ、このままでは着底してしまうな」

すると、稲垣兵曹は、かれた声で言った。

「艇長、前部にあるバラストを、後部に移動させましょう。このままでは戦闘に参加できません」

「よし、おれも手伝おう」

酒巻も少しかれた声で言った。

「いや、艇長は司令塔にいて下さい。私が前部のバラストを運びますから、それを後部に移して下さい」

「よし、やろう」

やがて、前部の狭い通路にもぐって行った稲垣兵曹は、一個数キロもする鉛の塊を、足の先で押して来た。

「よしきた!」

酒巻もそれにならって、鉛塊を後部通路に移し、足で押しながら、二次電池室に送りこんだ。こちらはガスが立ちこめ、凄く眼と鼻を刺激した。

「艇長、次のバラストです」

稲垣が声をかける。

「よし！」

同様にしてこれを後部に運ぶ。

苦しい作業が続いたが、艇のツリムは復原せず、やがてガクンという衝撃と共に、海底に着いてしまった。深度計は七五メートルを示している。

「艇長、大変です。もう四時半を回りました。開戦時刻を過ぎたのです」

稲垣が叫んだ。

「うむ、このままでは、水圧がかかるから発射管室の浸水も、ふえる一方だな」

酒巻はここで一つの決意をした。それを見抜くように、稲垣が言った。

「艇長、私がバラストの代わりに後部にゆきましょう。モーターを始動しておいて、後部へ行けば、必ず浮上します」

「それしかないな。開戦時間を過ぎれば、もう発見されても平気だ。こいつは殴りこみの一手あるのみだな、おれも行こう」

これを以心伝心というのか、二人はしめしあわせると、モーターを始動し、あいついで、狭い通路をはって、後部の二次電池室に向かった。硫酸ガスがのどを焼き、息が苦しい。

電池室の最後部に檻《おり》のなかの動物のようにより添って身を縮めていると、ガタリと艇首が海底をはなれる音がした。

「しめた！」

「はなれましたね」

艇はモーターの震動音をひびかせながら、ゆっくり浮上を続ける。

やがて、

「もうよい頃だ。海面にとび出さぬうちに」

と酒巻が司令塔にはって行ったが、それよりも、艇がとび出す方が早かった。いったん、とび出した艇は、再び海面にもぐる。モーターと舵の力で、やっと平衡をとり戻し、酒巻は潜望鏡にしがみついた。

夜はすでに明けはなたれ、真珠湾口の断崖が迫っている。

「おい、稲垣兵曹、来てみろ。湾口が近いぞ」

その声に応じて、稲垣が司令塔に近づこうとしたとき、近くに水柱が上がり、艇はしぶきに包まれた。潜望鏡を回してみると、断崖の上の砲台から射撃をしているのだ。

「稲垣兵曹、今度は陸上から大砲だぞ」

「艇長、かまわずに行きましょう。こんなところでガスに巻かれているよりは、強行突破で湾内に突入して、体当たりした方がましです」

「よし！　前進全速」

酒巻はモーターの全速を命じると、潜望鏡を凝視した。

陸地が近づいたが、湾口の見通しは悪かった。真珠湾の湾口は、いくつも小さな半島が突き出しているので、ストレートに進入することは難しいのだ。

——えーと、湾口の地図はどこだったかな——立ったまま、腰のポケットをさぐっている酒巻の視野に、突然、巨大な黒煙が立ち上った。それは、茶色になり、やがて赤くなり、次々に数がふえて行った。航空部隊の突撃である（攻撃隊長の淵田《ふちだ》中佐がトラ・トラ・トラ＝ワレ奇襲ニ成功セリ＝を打電したのはこのときである）。

「おい、やったぞ。航空部隊が突入したぞ。見てみろ」

酒巻にいわれて、潜望鏡の前にたった稲垣は、

「わあ、やりましたね。艦爆が次々に突っ込んでゆきますね。ああ、上空には艦攻が水平爆撃の編隊を組んでいますね」

元気のよい声をあげたが、

「しかし、艇長、我々はどうするんです。まだ、湾の外じゃありませんか」

と悲壮な声をあげた。

「うむ、わかっとる。いまや突入あるのみだ」

酒巻は大きくうなずいた。艇は湾口の入り口に入っていた。空襲に気をとられたのか、砲台も撃って来ない。

真珠湾の中心フォード島の上空は凄い黒煙が天に冲《ちゅう》し、煙が渦を巻いている。あれでは、特潜が行っても、撃沈する艦は残っていないのではないか……。酒巻がそう心配したとき、艇は、ズシリという音響と共に停止し、酒巻は潜望鏡でおでこを打った。

「いかん、リーフ（珊瑚礁《さんごしょう》）にのりあげた。後進全速！」

スクリューを逆回転させて、リーフから脱出した後、酒巻は、損害を調べてみた。

「艇長、魚雷発射管は一基が発射不能です。今の座礁で故障が生じました。このまま発射すれば、発射と同時に爆発です」

「かまわん。本艇はどっちみち体当たりするのだ」

酒巻は再び艇首を立て直し、湾口を、フォード島と思われる方向に前進した。潜望鏡に監視艇が現われ、爆雷攻撃が始まった。艇は爆雷の炸裂の度に震動したが、こちらが海面すれすれのため、それほど被害はない。

真珠湾の入り口は、ここぞと思って進入すると、それがフィヨルドに似た深い入江であって、また引き戻さなければならない。

フォード島方面の黒煙は、まだ上がっていたが、ようやく日本軍の空襲も一段落したらしい。爆雷が効果がないと見た監視艇は、今度は四〇ミリ機銃で射撃を始めた。しかし、あわてているとみえて、いたずらに、周囲に海水の飛沫をあげるのみである。

一回、二回と入江にまぎれこんでは脱出を繰り返しているうちに、二度目の座礁に見舞われた。今度はスピードが出ていたので、後進全速だけでは、艇は離礁しそうにない。

「おい、稲垣。また例の手だ」

「了解、艇長」

二人は前部二次電池室にもぐって、鉛塊バラストを後部に送る作業を始めた。

「痛《っ》つつ……」

と稲垣が身をすくめた。バッテリーの電気が、水分を伝って、鉄板に漏電しているので

ある。鉛塊についている鉄の板に触れた酒巻も、

「おーた、ビリッと来たぞ」

と手を振りながら眉をしかめた。

バラストを運び終り、例によって、モーターを後進全速にしたまま、二人はバラストの追加として後部にもぐったが、艇は急にはリーフから離脱しようとはしなかった。

――ほかの艇はどうしているかな――暗黒に近い二次電池室で、感電にビクリ、ビクリと身をふるわせながら、酒巻は再び僚艇の運命に思いを馳せた。

――空襲前に突入できただろうか。それとも、突入の前に空襲が始まったので、敵に発見され、あえなく撃沈されたのだろうか、なかにはおれと同じように、湾口のリーフにさえぎられて、苦戦している艇もあるのではなかろうか。岩佐隊長はどうしたろう。横山中尉は……そして、同期の広尾はどうしているのか――

やがて、大きな震動音と共に、五号艇は身ぶるいしたように離礁した。

「よし、損害調査だ」

やがて、前部にもぐった稲垣は、司令塔に不吉な知らせをもたらした。

「艇長、いけません。魚雷発射管が二基とも駄目になりました。発射用意の状態にしても、赤ランプがつきません。これだけぶつかったりしていては、どこかでショートしているに違いないです」

「そうか、いよいよ、体当たりの一手あるのみだな。木村長門守大坂夏の陣の出陣だな」

そこまで言ったとき、艇内灯がプツリと消えた。あたりは真の暗黒である。眼の前にある稲垣兵曹の顔すらわからない。そのとき、稲垣が言い出した。

「艇長、胸が重くありませんか。さっきゲージを見たら、艇内気圧が一八〇〇ミリに上がっていました。これじゃ、空気が重いです」

「わかった……」

当然のことであるが、そのとき、酒巻の脳裡を占めていたのは「死」の概念であった。開戦時刻はすでに過ぎ、味方の航空部隊は予定通り見事な成果をあげている。奇襲は成功したのだ。もう今頃は、母艦に帰投して、祝杯をあげ、日本へ向かって帰路を急いでいるのかも知れぬ。そして、特潜の他の艇もそれぞれにはなばなしく最期を遂げているかも知れぬ。もし……特潜のなかで、奇襲に失敗したのが、おれの艇だけだったら、どうしたらよいのだ。「家のことは心配するな」「立派にご奉公するように」と言って、海軍に送り出してくれた両親にどう言って申し開きをすればよいのか……。

「おい、急速浮上だ。湾口の強行突破だ」

あとに残されているものが、「死」だけだとするならば、「死」へ向かって直行するよりほかはない。

五号艇は再び、海面近くまで浮上し、潜望鏡から、うっすらと艇内にあかりがさした。

「何か見えますか、艇長！」

「うむ、ふねと、陸と、水だ。とにかく、行く」

今度はかなり進んだ。もう砲台はうしろになり、監視艇の爆雷も炸裂しなかった。

しかし、昼を回ったころ、五号艇は再びリーフにのりあげた。

「おい、稲垣！　また人間バラストだ。後部に行こう」

二人は、さもなれた道を行くように、後部二次電池室へ潜行を再開した。最後部の空室に身をこごめたとき、稲垣が言った。

「腹がへりましたなあ、艇長。もう、握り飯はなかったですかな」

「うむ」

酒巻が暗やみのなかで、搭乗服のポケットをさぐったときだ。ひどい衝撃が艇の後部を襲った。それが爆雷か、砲弾か、それとも航行中の監視艇が衝突したのか、内部の人間にはわからない。要するに、これからしばらくの間、酒巻の記憶は途切れたのである。

——シンガポールへ行け——

天からの啓示に似た声で酒巻は正気を取り戻した。この声は彼の「生」にとって、一つの救いの声であったといえよう（もし、このとき、この声がひびかなかったならば、彼は稲垣と共に、湾口のリーフの上で生を終り、後に岩佐大尉が葬られたように、ホノルルの日本人墓地に眠る運命をたどったかも知れない）。

さて、シンガポールとは何を意味するのか、特潜による攻撃が立案されたとき、第一案は、真珠湾、第二案はシンガポール、そして第三案はシドニーであった。真珠湾攻撃の選に洩れた者はシンガポールの港内に在る英東洋艦隊に特攻をかけることになっていた。

このとき、天がシンガポールへ行け、という啓示を与えたとすれば、この攻撃をあきらめよ、という意味にほかならない。もう、これ以上苦しむ必要はない、ということなのであろうか。

酒巻は波の音を聞いていた。艇の外殻に波が当たっているのだ。反射的に彼は潜望鏡にとりついた。小さな光るものが見えた。星だった。潜望鏡を回すと、見なれた南十字星がひときわ美しく輝いていた。夜であり、南海の星々は健在であった。海は干潮で、リーフの上にとり残された五号艇は、艇尾だけを波に洗わせていた。遠くに船のあかりが見えた。監視艇は、右舷《うげん》が緑、左舷が紅の航海灯をみせながら、ゆるゆると動いていた。干潮なので、ここまでは来ないし、爆雷の心配もない。

陸上に灯火がなかった。昼の猛空襲にこりて、灯火管制をきびしくしているのであろう。はるかに遠く、ヒッカム飛行場かと思われるあたりに、火の手が残っていた。ガソリンタンクがまだ燃えているのであろうか。

「おい、稲垣、起きろ。外へ出てみよう。もう戦闘は終ったぞ」

酒巻は、稲垣をゆり起こすと、司令塔のハッチをあけて、外へ出てみた。大気がのどの奥を冷やし、肺の細胞の一つ一つにしみこんだ。潜水艦乗りのいう「生《なま》の空気のうまさ」が実感として了解できた。これだけうまい空気を、今後おれは味わうことはないだろう……酒巻は思い切り大きな深呼吸を一つすると、「生きることはいい」と思った。

「空気が痛いですね」

独特な表現をしながら、稲垣も出て来ると、特潜にまたがり、

「星がきれいだ。いつのまにか夜ですね」

と言い、不思議にも、

「艇長、シンガポールへ行きましょう」

と言った。

「うむ……」

同じことを考えていたのか、と思いながら酒巻はうなずいた。

「集合地点は、ラナイ島の西南だったな」

「もう、母艦が待っているはずです」

「満潮を待とう」

二人はあらためて、大きく息を吸い込んだ。

六

湾口のリーフからラナイ島に向かう航行は静かな航海であった。それは夜が深く、海が凪《な》いでいたからだけではない。艇の電池が切れかかって、スピードがあまり出なかったか

らなのだ。

遅い月が出ていた。艇は浮上し、酒巻は司令塔のハッチから上半身を出し、稲垣はその下で、くずおれるようになって眠っていた。ダイヤモンドヘッドの削ぎとられたような山影が左に見え、やがて遠ざかって行った。

——生きることはいい——

酒巻はもう一度自分に言って聞かせた。

電力はますます消費され、ようやくラナイ島らしい島影が見えたと思われる頃、電池は白煙をあげ、艇は激しく震動し、ストップと前進を繰り返していた。酒巻は、島影の方に急いだ。

——今日は日本の十二月八日の夜、つまりアメリカでは十二月七日の夜。しかし、もう日本では九日の未明になっているかも知れぬ——

そう考えていたとき、スクリューは、空転の音を立ててストップしてしまった。

「稲垣兵曹、起きてくれ、スクリューが止まったぞ」

稲垣は、さっそく後部に行って、電池の点検をした。間もなく艇は動き始めた。

「艇長、あとしばらくで、艇を脱出しなければ駄目です。電池の放電が終ると、爆発するかも知れません」

「そうか、爆発か、それもよいだろう」

酒巻は落ち着いている自分を意識していた。うまい空気を吸う「生」もよいが、自艇と共に爆発して海底に沈むのもよいではないか。他の僚友も多くは海底に先行しているのかも知れぬ。

スクリューは再び停止し、突然、全速がかかったかと思うと、ガリガリとリーフにのりあげてしまった。

「艇長、またリーフです」

「うむ」

このとき、モーターは完全に停止したかに見えた。バッテリー・アップである。

「艇を爆破しよう。敵に捕獲されてはまずい」

特潜は、機密保持のため自爆装置をつけていた。稲垣が司令塔の下部にある導火線に点火した。

「よし、陸地まで泳ごう。二〇〇メートルぐらいだ。発光信号で、母艦に合図をするのだ。懐中電灯を持って行こう」

酒巻は油紙に包んだ懐中電灯を搭乗服のふところに入れると、ハッチの上から一度、司令塔の内部をふりかえった。導火線が暗《やみ》のなかで、蒼白《あおじろ》く燃えていた。

「おい先に行くぞ」

酒巻は、ハッチから下におりると、リーフの近くの海にとびこんだ。続いて稲垣のとびこむ音が聞こえた。

艇の上から見ると、海は凪いでいたが、なかにとびこんで泳いでみると、波は意外に高かった。体が予想以上に疲労しているので、濡れた搭乗服が重く、搭乗服をぬいで、腹巻とふんどしだけになった。何度も水を呑んだ。

「艇長！」

と稲垣の呼ぶ声が聞こえた。

続いて何か言っている。「艇の爆破が……」とも聞こえるし、「眼の視力が……」と聞こえたような気もする。

「しっかりしろ、岸は近いぞ」

そう激励しながら、海水を呑み、ふり返ると、自分の艇の方を見た。リーフに前部をのりあげ、それは、陸地に顎《あご》をあずけた巨大な鱶《ふか》のように見えた。

「稲垣！　おれについて来い」

酒巻は、平泳ぎでゆっくり泳いだ。右の足首に痛みがあった。とびこんだとき、リーフに当たって、肉を削られたのだ。血が海中に流れ出ている。死ぬかも知れない。泳ぐのに疲れた。爆破音はまだか……。

多くの想念がかわるがわるに酒巻の頭の中を去来した。

——あわてるな、ゆっくり泳ぐのだ。ゆっくり……。そう。泳がなくともよい。浮いておればよい。助かるものなら助かる。もう、死は幾度もおれの前を通りすぎて行ったのだ——

酒巻は無意識に近い状態で、時々手足を動かした。時々彼は背泳ぎになり、あるいは単なる浮身となって星の輝く天を仰ぎ、そして、海水のベールがその星々を霧のように蔽《おお》うのを見たりした。

ハワイ諸島の海岸にはリーフがあり、リーフと浜との間には磯波があった。サーフィングと呼ばれる波乗りに利用される磯波である。酒巻の体は、この磯波に乗って上下していた。酒巻は再び失神状態に陥った。次に彼が意識をとり戻したとき、彼は両腕を強くつかまれていた。

「サージャン（軍曹）」

ということばが耳に入った。この時の酒巻はこの単語を知らない。後日、酒巻は捕虜収容所随一の英語の達者ということで、よく収容所係の米軍サージャンと交渉をしたが、彼にとって、最初に聞いた英語である「サージャン」は、彼の耳の奥にこびりついてはなれない。

ということは、この英語を聞いたときから、酒巻の変身が始まったということなのだ。彼はそれまでの忠実なる特別攻撃隊員であることを止め、日本の軍律においては生存を認められぬ捕虜というものに変身したのである。

捕えられたとき、最初に彼が心配したのは縦付の稲垣兵曹のことであった。彼はそれをサージャンに訊《き》いてみたいと思ったが、まだ物を言う気持にはなれなかった。一人のサージャンと、一人の兵士は、搭乗服をぬいで、憔悴《しょうすい》し切った酒巻を、砂の上を引きずるようにして、哨所の方に歩いて行った。彼らは気負っていた。哨戒中に、裸で海岸に倒れていた酒巻を発見し、その近くに打ちあげられている搭乗服をみて、この男を日本のパイロットだと考えたのである。昼間空襲をかけて来た日本のパイロットが海岸に不時着したのだ。これはえらいものをつかまえた。彼らはこう考えていた。

哨所に着くと、サージャンは意外にも日本語で尋ねた。

「キミノナハ？　キミハ、ナンノヒコーキニノッテイタノカネ」

このサージャンは、日系二世のダビッド・阿久井軍曹であった。

酒巻は、日本人の顔をしながら、米軍のカーキ服をつけているこの男をにらんでいた。ダビッド・阿久井は、酒巻に毛布を与え、また熱いコーヒーを運ばせた。酒巻はそれを呑まなかった。

「ここはどこだ？」

と彼は訊いた。彼の予想に反して、あの海岸は、ラナイ島の近くではなく、真珠湾がある同じオアフ島の南にあるカネオヘ飛行場の近くであったのだ。この日はカネオヘにも多くの日本機が来襲したので、兵士たちは夜も哨戒を続けていた。日本軍が上陸するというわさがあったからだ。

ダビッド・阿久井は再び訊いた。

「キミハナニケンカネ、ワシハヒロシマケンジャガノウ」

酒巻はやはり答えなかった。どうせ殺すのだろう。それならば、米軍の司令官の前で、はっきり官姓名を名乗った後、死のうと考えていた。急に眠くなり、彼は毛布を肩にかけたまま床に倒れた。

「彼は疲れている。まず、足の手当てをしてやろう」

ダビッド・阿久井は、眠っている酒巻を病室に運んだ。

七

翌日、酒巻はジープで真珠湾の太平洋艦隊基地に運ばれた。途中、ダイヤモンドヘッドの峠を越えた。南海の楽園と呼ばれるハワイの海は美しかった。

峠を登ってゆくジープの上から濃紺の海面を眺めながら、酒巻は女のことを考えていた。

彼がこの世に生まれて親しみを感じた女というのは二人しかいない。一人は母親であり、一人はいとこの好子《よしこ》である。

彼は郷里のことを考えていた。徳島県の真中を西から東へ流れる吉野川は、四国三郎と呼ばれ、阿波の人々には忘れられない川である。この中流に脇町という町があり、彼は脇町中学の出身である。脇町の近くに、天然の土柱で名高い川田という所がある。土柱というのは、風雨の侵蝕によって土の柱が林立する奇景である。酒巻の郷里からはこの土柱が近く、幼年時代にはよく遊びに行った。

いとこの好子はその頃からの遊び友だちである。しかし、結婚の約束をしたわけではない。親同士はそのように考えていたかも知れぬが、特潜乗組に決まったとき、酒巻は誰とも結婚しない旨を母に書き送った。好子の細面《ほそおもて》と、しなやかな体つきが印象に残っているのみである。

呉を出撃する前夜、特潜の隊員は中通りの料亭で、ささやかな宴をひらいた。出撃は軍事機密であり、大酔することは許されなかった。酒巻も、同期生の広尾も酒には弱かった。二人は宴が果てた後、黒いマントを肩にかけて中通りの繁華街を歩いた。モンペの女にまじって、日本髪の芸者が料亭へ急ぎ、洋装の女もいた。

「おい、酒巻……」

と広尾が呼びかけた。

「おれたちは、ついに好きになる女もいなかったな」

「うむ……」

酒巻はうなずき、広尾もさみしいのだろう、と考えた。出撃に心を決し、勇んでいるように自分に言い聞かせていても、確実な死が二週間後に訪れるとなれば、誰の心も孤独にならざるを得ない。

「おい、おれたちはこのまま死んでゆこう。女には無縁で死んでゆく男がいてもいいだろう」

童貞を守って死地におもむこうと、広尾はいうのである。

「いいな、おれも同感だ。日本の女も今夜が見納めだ。何も思い残すことはない」

酒巻も賛成した。それが決死隊に参加する男の、一つの決意であるべきだ、と考えていた。

突然、広尾が立ち止まった。

「おい、香水を売っているぞ。買って行こうか」

「香水なんか何にするんだ」

「出撃の前に搭乗服にふりかけてゆくんだ。そのくらいのたしなみはあってもいいだろう」

「そうだな、出陣の前に兜に香をたきしめた武将の話があったな」

広尾のあとについて、化粧品店に入りながら、佐賀っぽの広尾にも、案外奥床《おくゆか》しい心があるのだな、と考え、それも決意の一つだろうと考えた。

時ならぬ海軍士官の入来に、女店員はとまどいながら、何種類もの香水を並べた。

「ヘリオトロープ、ジャスミン、それともローズになさいますか」

二人はいろいろな形をした香水の瓶を手にとり、栓をぬいてその匂いをかいだ。女の匂いがした。二人は好みの一本ずつを選んだ。これが出撃前に用いた香水である。二人にとって「女」は香水の瓶であった。

ダイヤモンドヘッドの峠からはまだ煙がくすぶっている真珠湾がながめおろされた。基地司令部に送られた酒巻は、憲兵司令官の部屋に連れてゆかれた。

負傷し、包帯を巻いた兵士が多勢おり、基地の空気は険悪であった。

「ジャップが来た」

彼らはこう言って、酒巻に憎悪の眼を向けた。

「私は海軍少尉、酒巻和男だ。家族は日本の徳島県にいる。銃殺したら、そちらに知らせてもらいたい」

酒巻は司令官の前で、官姓名を名乗った。

司令官は難しい顔で、

「エンスン（海軍少尉）サカマキは、何の飛行機に乗っていたのか」

と尋ねた。

「飛行機ではない。私の乗っていたのは、小型潜水艇だ」

「オー、スモール・サブマリン・ボート!!」

司令官の眼には驚愕《きょうがく》の色が宿った。

真珠湾内に二隻の小型潜水艇が潜入し、一隻は司令塔を砲撃されて沈没し、一隻は岸に擱座《かくざ》し、乗員は全部死んでいたことを、司令官は酒巻に告げた。日本ではこの夜、戦艦アリゾナに爆発が起こったので、これを特潜の攻撃と発表していた。

——誰だろう、岩佐大尉だろうか、それとも広尾だろうか——

酒巻はそう考えていた。

その日から病院の一室で彼の捕虜生活が始まった。トムという憲兵中尉が彼の監視に当たった。ところが、トムは時々監視から護衛の任務にかわらなければならなかった。

クリスマスの夜であった。

病室の外で銃声が聞こえた。しばらく交戦する様子が酒巻の耳にも聞きとれた。間もなく、拳銃を手にしたトムが、興奮した様子で酒巻の部屋に入って来た。

「今、一〇人ほどの男が、サカマキをよこせ、と襲撃して来た。おれが本気でぶっぱなしたら、彼らも酒の酔いがさめて、退却して行った。おれも、日本軍の空襲で友だちを多勢失った。しかし、お前を護《まも》るのがおれの任務だ」

彼はそう言いながら、拳銃の手入れを始めた。

真珠湾で日本軍がどのような成果をあげたかは、間もなく酒巻の耳にも入った。しかし一緒に出撃した特潜の運命については、湾内の二隻以外は知らされなかった。

年があけて、昭和十七年三月七日、日本の大本営は、特殊潜航艇に乗って真珠湾攻撃に参加した四人の士官と五人の下士官を、二階級特進せしめることを発表した。岩佐大尉は中佐に、古野、横山両中尉は少佐に、そして広尾は大尉に任ぜられた。稲垣二等兵曹は兵曹長になった。九人は軍神と呼ばれ、九軍神として神に祀《まつ》られることになった。酒巻の名前はそれから洩れていた。ハワイの総領事館にいた日本の諜報《ちょうほう》部員は、いち早く特潜乗員の少尉が、一名捕えられたことをキャッチし、その名前を本国に打電したため、酒巻は戦死とみなされなかったのである。

酒巻がこのニュースを聞いたのは、五月を過ぎてからである。彼は米本国のミシガン湖に近いウイスコンシン州の収容所にいた。四月十七日、米航空機の東京空襲のとき、米軍駆逐艦に捕えられた監視艇の乗員がウイスコンシンに送られ、この話を酒巻に伝えたのである。

——広尾もついに神になってしまったか。そして、おれはこんなところにいる——

彼は収容所の鉄条網をみつめながら考えた。

——おれは多分生きるだろう。おれの運命は、五号艇がラナイ島沖のリーフにのりあげたときに転換してしまったのだ——

彼は、このあと、自分にのしかかって来る生の重味について考えていた。

酒巻が四年間の捕虜生活を終って日本へ帰ったのは、昭和二十一年一月十一日の夜である。いとこの好子の父は、裁判官で広島の控訴院長を勤めていたが、八月六日の原爆で、長男と共に死亡した。郷里に疎開していた好子と母だけが助かった。好子の母は、酒巻の母に頼んだ。

「和男さんをうちの養子におくれんかいのう。うちの男は全部原爆で死んでしもうた。そのかわりに、和男さんが帰って来たと思うては、いけんですかのう」

酒巻の母は承知し、酒巻も了解した。

二人は結婚し、酒巻は捕虜時代に知り合った下士官の縁で愛知県の自動車会社に勤めた。今は、その会社がブラジルにつくった自動車製造会社の社長である。

思い出深い十二月八日、真珠湾攻撃の三十周年を彼はブラジルで迎えることになった。

日本は冬だが、向こうは夏である。かつて酒巻が潜望鏡のなかからみつめた南十字星の燦《さん》然《ぜん》たる光が、ひときわ、彼の瞳にしみいることであろう。

注　この作品は同期生、酒巻和男氏の『捕虜第一号』(新潮社)を参照しました。　著者

バターン白昼の戦

野間　宏

一

戦闘中水沢たち初年兵のする仕事は弾薬と水とをはこぶことだった。四年兵と三年兵は砲手として砲の側にいたが、水沢たち弾薬手兼雑役の初年兵は砲手達の使う弾薬と水とを後方から運び再び後方の退避陣地のなかへかえってくるのである。水沢二等兵達は、はらばいながらその弾薬と水とをはこぶので、ずい分時間をとった。彼等は雑草や灌木《かんぼく》のなかを身体の重みで道をつけながらはこぶのである。しかし砲手たちは弾薬よりもむしろ水の方をよく使った。敵の攻撃をふせぐことは退避すれば可能だが、熱帯のはげしい暑さはいかにしてもふせぎようがなかったからである。

すでに戦闘は追撃戦にはいっていた。それ故《ゆえ》両軍が真正面から対陣し、小銃よりも砲の方が戦力の中心になるなどということは余りなかったので、砲を用いる回数はかなり減っていた。もちろんときに松林や竹藪のかげに集結した敵の部隊を見出して砲が要求されることはあった。しかし砲が射撃準備をしているうちに、目標の敵部隊はさらに敏速に後方に移動していて、砲は射撃開始の命令に達しないうちに移動を開始しなければならなかった。そして水沢二等兵達は主として水をはこぶ役目を引き受け、それをはたしたのである。しかし水を運ぶということは弾薬をはこぶよりもむしろ困難な仕事だった。もちろん弾薬は重かった。それは一発で一貫目を越えていた。一発ずつを別々にはこぶのではなかった。三発入りの鋼製の弾薬箱に弾丸を三発あるいは二発入れたものを引きずるようにしてはこぶのだ。しかもその重さは主として弾薬箱の方にあるといえた。しかしそれにしても弾薬箱の位置ははっきりときまっていた。支那馬の背にのせた駄載具《ださいぐ》の両側につけられていた。それを馬の背から二人がかりで引きおろす。しかし水の出る場所はそのようにはっきり一定しているとはいえなかった。それは山と山との間の谷底の小さな流《ながれ》からくむほかはない。ところが部隊の進む場所はむしろ山の高みであり、あるいはまた頂きの背に通じる高い道路だった。すると水沢たちはその谷底からその頂きのところまで水を運んで行かなければならないのだ。しかし一体どこにその谷があるのか、それをみつけるのは困難だった。なぜといって敵の部隊を発見するか、あるいはまた前方の部隊から連絡があるかして、ただちに砲の位置を決定して砲を据えたとき、あたりの地形がほとんど頭にはいっていないうちに、谷底の在り処《ありか》をさがし出さなければならなかったから。少しでもぐずぐずしていようものなら、たちまち三年兵たちは砲の傍からとんで来てなぐり据えたろう。四年兵たちは砲側をはなれるということはなかった。しかしじっと三年兵の気合いの入れ方を監視した。するとすでに弾薬箱をはこびにかけだしていた二年兵が、後へひきかえしてくる。そして初年兵達にはげしい言葉をあびせかけながら、手をかける。すると水沢二等兵たちは「はいっ、二年兵殿」といって、ただうろうろと体を動かした。やがて彼等は辺りの竹藪のなかへはいって行くのだが、谷底の方向をかんだけでさがしあてるなどということは、よほど戦闘に熟練した古い兵隊でもすぐにはできるものではない。ただ後を追われるようにしてさがしながら、すすんで行くが、谷底への下り道はみつかりはしない。すると、もうすぐにせきこんでくる水沢達の頭のなかにうかんでくるのは、「なんだ、こんどの初年兵のにぶいこと、まだかえってきやがらん……何という役にたたんやつらぞ」などといいながら、かわいた口からねばねばしたつばきを地面にはきだしている陰気な四年兵たちの姿である。(四年兵たちは満洲から北支、中支にわたる三年間の戦闘にたえてきたのだが、このフィリッピンに渡ってくるときに、こんどこそは死ぬ時期がきたのではないかという予感をもっていたので、ときどきひどく陰鬱な沈黙におちいって下の兵隊たちを恐怖させた。)

水沢二等兵たちは駈けて行った。水沢二等兵たちはもう連日のはげしい行軍で体力を失い、歩くだけの力もないといってよかった。しかし彼等は駈けた。少なくとも四年兵の眼のとどく間はかけださなければならなかった。彼等はやせ細り、埃《ほこり》だらけだった。ここへ来る少し前、(それだから二カ月程前)冬のさむい風の吹く日に、上海で支給されて、しばらくそれをつけてふるえ上っていた新しい夏服もいまは汗と埃で幾つも汗の縞《しま》ができていたが、その上へまた埃をかぶって真白だった。しかもその服は肉の少なくなった体の上におおいかぶさって彼等の行動を重々しくした。彼等は三年兵や四年兵や二年兵のように現役兵ではなかった。年齢のいった補充兵だった。大方は兵隊になる前に勤務をもっていたので体力は弱くその行動は敏速を欠きがちだった。しかしそれはもはや単に動作が鈍くなったなどというのではなかった。彼等はもうすでに百キロ以上の道をあるいていた。しかしいまや歩行も困難で、四年兵の前では一応駈けてみせることはみせたが、やがてみなが茂みのなかへ体をひそませて監視の眼もとどかなくなると、そこにしゃがみこんでしばらく呼吸をし、ようやく箚《は》いだすのだ。……すでに多くの兵隊はマラリヤのために一線から後送されていた。幹部候補生出身の二人の小隊長はいずれも熱病のために倒れて、マニラに急送され、准尉と曹長とが小隊長の位置についていた。当番兵を二人も手元におき、兵隊たちが食糧がとだえて、一日中乾パン十個ですごしたときでさえ、観測指揮班の傍にいてコーヒーをわかさせ、十分飲み食いしてきた隊長さえ、てりつける太陽の下で酔ったように顔を真赤にしてぐらぐらする首をふっていた。もちろん中隊長には乗馬があったので、落伍するなどということはなかったが、……すでに砲をひく日本馬はみな、鞍傷《あんしょう》が化膿し背中の両側に大きな穴があいて使いものにならず、第二線陣地の留守隊に引き渡した。そして残っている馬といっては、ただ暑さにつよい小さな支那馬だけだった。すると部隊のなかで照りつける熱の下で、まるでその熱を受取ることがないかのような無表情な硬い顔をして、硬い蹄《ひづめ》でつながれた柵のあたりを平気でけりつづけているなどというのは、この馬くらいのものだった。

砲はＭ……山の中腹のごつごつした岩の間から砲身をのぞかせて据わっていた。太陽はまだ真上の空にはなかったが、烈《はげ》しい暑さをまして、カムフラージをほどこした太い砲身と四角い防楯《ぼうじゅん》をやき、砲手たちのシャツの外に出た首筋や顔をやきつけ、さらにシャツのなかの身体をむしやきにした。

ようやく山ぎわの茂みのところまできて、水沢二等兵は後をふりかえってみたが、向うの砲手たちは焼けつく砲の側から少しく身をはなして前方の崖の左の方にひらけている遠景のなかの小さな山の突角の辺りをじっとみつめていた。そこに先程敵の姿がみえ、その砲身の先らしいものがその茂みの間からみえたのである。分隊長の梶本軍曹がバナナの葉っぱをくっつけた戦闘帽を防楯の横からつきだして、双眼鏡で偵察をつづけていた。四番砲手の背の高い西田上等兵が背をかがめて砲眼鏡をのぞきこんでいた。体のごつい木寺上等兵は土の上に足を折ったまま、背をのばして向うをむいてじっと二人の観測を待っていた。しかし先程のアメリカ軍の大きな砲身らしいものはもはや姿を消してとらえることができないのだろう……分隊長の梶本からは、射法と標準点を示すための号令がかかりはしなかった。それ故に砲から少し後にさがったところに、「伏せ」の姿勢をとってじっと待機している二年兵たちもいつまでも立上らなかった。

二

水沢たちは茂みのなかをわけて谷をめざしてくぐって行った。するとすぐに傾斜がはじまり、谷間の在り処はいつもとはちがってそれほどの努力をすることもなくみつけることができるように思われた。その上一たび四年兵三年兵たちの眼からとおざかったことがはっきりすると、いかに敵の前であろうと、初年兵たちの足はもはや動かなくなってくる。彼等はいつも強気の水沢の言葉で斜面にどたりと身をころがした。

「おい、もうちっと、向うへ行ってから、休もうや……」という洗濯屋の江本の言葉は空《むな》しく茂みのなかに消えて行った。

水沢たちを谷底の方へみちびき引いて行くものがないのではない。谷底は彼等を強い力でひっぱっていた。そこには水があったからである。すでに水はみなの水筒のなかには一滴もなかった。彼等が身体につってきた大きな竹筒のなかにも一滴もなかった。そしてあの砲側の人たちもまた、彼等が谷底からくんでくるその水をまっているのである。……しかし彼等はみなしばらくまるでぼろくずのように動かなくなった。ときどき薄い埃をかぶった黒い唇が、もじゃもじゃした鬚《ひげ》だらけの口のところで、はーはーと動くだけだ。……水沢もしばらく何をすることもなく、身体を投げて眼をとじていた。彼の頑丈な身体ももうその体力の限界にきていることが、自分でもはっきりしていたが、いまはそのことを思うことも彼にはできなかった。斜面のあらい砂が下から身体にふきかけてくるあつい熱につつまれて、見えてくるのは母親らしいものの姿。小さな体、小さな顔。いつもさむさにいたむ若いときから曲った腰。母親は父親とは全く反対にじつに小さかった。しかし体の大きな父親よりはずっと丈夫だった。そのはやく夫を失って、ひとに雇われ、いろいろの家庭にはいって働いてきた母の姿——決して楽ではない生活のなかから、学費だけは欠かすことなく送ってきたなかの姿も、いまはそれほどはっきり感じとることが出来なかった。過去はすべてどこかへ消えたのだろうか……。すると次にようやく母親の姿よりもよりたしかな姿をとって浮んでくるのは、自分自身の姿である。少し骨ばった頬をした、眼玉の大きい顔、十分体重のある、わざとのそのそと歩く身体……二度ばかり学生運動を通じて留置場にほうりこまれ、倒れることのなかった自信のあった身体。……自分は一体どこにいるというのだろうか……。このあつい砂の斜面の上にごろんとしていてどこへ行こうも行きようがないではないか。どこへも行こうとて行けはしない、軍隊のなかへしっかと囚《とら》えられて、その外のどこへも行けはしないのだ。かつて内地にいて戦争について論じていたとき、学生時代戦争反対の決意をかためるために、警察の眼をのがれて郊外の友人の家に集ったときには戦争について互いに論じながら、誰一人少しも戦争を知りはしなかった。水沢はようやく眼をあけて真上をみた。その濃青の空はまさに青い、フィリッピンの空である。そしてその空に向う彼の眼のはしにごじゃごじゃうつっている、太い大木のしげみのようなものは、鼻の下からつきでた鬚の一本一本である。彼のその顔は全くやせはてて骨がつきでていた。顔色は黄色く、また青かった。そして長い細い身体がその下にだらりとのびている。そこには全く過去の彼の姿はなかった。

傍では身を起した八木が巻脚絆《まききゃはん》を解いて袴下《こした》を用心しながらめくりあげていた。するとたちまちくさった肉の匂いがあたりにちり鼻をついた。八木の右脚はすでに腐っていた。それは次第にはれ上りがりがりにやせた足の他の部分とはっきり対照をつくっていた。彼の股のつけ根にもまた大きなかたまりができていた。彼は菓子屋の息子で高商出だったが、この戦地に出発するために内地の兵営を出発し、広島の近くの小学校に船をまってとめられていたときにも、面会にきた父親からすでにほかでは手に入ることのなかったチョコレートや色々の西洋菓子を手に入れて、ひとにかくれてこっそり食いつづけてみなに憎まれていた。彼はまた英語がよくしゃべれたので、ときどきこの山岳戦になるまでには、小隊長につかわれて原地人との間に交渉をすすめる役目もした。しかしいま彼は部隊のあとについて歩いて行くというだけがせい一杯だった。彼はただ一日もはやく戦闘が終って入院し、大きくはれ上った身体を切りとってもらうことを考えていたが、敵をおいつめる速力と腫物《はれもの》が身体をくさらせて行く速力のいずれがはやいかは、予測することができなかった。八木は腫れ上った足をぼんやりした小さい眼でただじっとみつめるだけだった。以前は彼がこうして自分の足をいたましそうに出してみるとき、だれもかれもがよく横からのぞきこんだものだが、いまは、誰一人、見向こうとしなかった。先程から四年兵たちのことを気にして長い首を動かしていた江本も、もう動かなかったし、斜面の一番下にころがって、無表情な顔で空に見入っていた一番年の若い原口も、眼をとざしていた。彼は昨日は谷底へ水を取りにおりながら、「つらいわなあ、つらいわなあ——、俺あ、もう、すすめんよう」といいながらかがみこんで、泣きだした。そしてその子供のような恐怖と苦しみをもうかくすことのできない泣声は、みなの身体をつらぬいた。それはみながいつしか一様にあげたいと思っていた泣声であり、またいつかあげさされるにちがいない泣声であった。「つらいわなあ——俺はもう、あかんよう」原口は今日はまた力をたくわえることができたのだろうか……。そのようなことはある筈《はず》もなかった。彼はときどきつぶった眼をひらいた。しかし眼をひらいても閉じても、その顔中砂埃で、塩のふいたようなむくれた顔は表情がかわらなかった。トッケーが左の大きな竹藪のなかでないていた。その肉をふるわせてでてくるような陰鬱な声はそこにころがっている兵隊たちの魂をとおってどこかへきえて行く。兵隊たちはこうしてこんなところで身体をごろごろさせて時間をついやしていれば、やがてひどいめに合わなければならないということをはっきりしっていたが、いたいめに合うのはいまではなく、それは一時間のちか、あるいは今夜、全員が戦闘をおえてねる前かだ。それまで生きていられるかどうかはわかりはしない。腹わたのゆれ動くような苦しみはころがっている兵隊たちのなかで、ばくはつするだろうか。兵隊たちはすでに自分の苦しみをはぜあがらせる力さえ失って、よろよろした生命で自分を保っている。

水沢たちの水汲み作業は長い時間かかってしまった。それほど遠くはなかった谷間に行きついて分隊全員の水筒に水をつめ、さらに持ってきた四本の竹筒をみたしてはこんでかえるのに一時間以上の時間を費したのである。もちろん水を一ぱいつめた水筒を何本も肩にかけ、その上竹筒をかかえて傾斜を上ってくるということは、体力のいる困難なことだった。水沢たちは行く途中、身体をごろごろころばせてようやく保つことができた体力をまたこれでつかいはたさなければならなかった。彼等が谷底の細い水流にそれぞれ顔をつっこんでのみあかした水は、たちまち汗となって流れでて、埃まみれの上衣を黒く濡《ぬら》した。すると首筋や手首や額などが照りつける日にやかれて肌がいたみだした。すでにその辺りもまた着ているものにすれて赤くはれあがろうとしていたのである。……汗をふきだした彼等の体は急に体重をましたように重くなった。彼等の足は一歩ふみだす毎《ごと》に次第に上らなくなって行った。……そして彼等が砲のところまでかえりついたときにはすでにそこにはけわしい空気が流れていた。それは近よらなくとも、遠くからちょっとみただけで明らかなことだった。そして彼等はすでにそこに行きつくまでになぐり倒されることを覚悟した。(彼等は内地で三カ月間教育をうけて、外地に出発したのだが、もし外地にでたならば、毎日班内で受けてきた私的制裁も少しはゆるむのではないだろうかと思っていたがそのようなことは少しもなかった。外地には、内地ではみることもできなかった四年兵が三年兵のまだ上にいて、初年兵たちをしめ上げていた。そこで彼等はこんどは戦闘がはじまったならば、まさか戦闘中に、敵とたたかっているときに、味方の兵隊をなぐり倒すなどということはないだろうと期待したが、戦闘になって敵を眼の前にするような状態になったときも、決して私的制裁はやまなかった。四年兵たちは砲側に弾薬をはこんで行く初年兵の弾丸のはこび方が少しでもゆるむと、敵を前にしていつ一弾でやられるかもしれないいらいらした気持を初年兵の身体のなかへ拳骨《げんこつ》にしてぶちこんだ。）

水沢たちはまず後方の二年兵たちに水筒を渡すと砲のところまで竹筒をかかえてよろよろしながら進んで行ったが、双眼鏡をすでにケースにおさめた梶本軍曹は、まがったような頬を一層深くまげて、彼等をじろりとみた。西田上等兵はその大きな手をぐっとつぐつきつけるようにして、水筒の紐をひったくった。竹本兵長の厚い大きな唇はぐっとみなにまれたまま開かなかった。木寺上等兵も何もいわなかった。三年兵の上等兵たちもみなこれにならって黙ったままだった。それは気味の悪い時間だった。水沢たちはすでにいまに怒声と拳《こぶし》がとんでくると思っていた。

「水のあるところが、いくらさがしても解らないので、みつけるのに手間取り、おそくなりましたです。」八木は小さい低い肩に引きずるようにしてかけて運んで来た水筒を一本一本肩からはずして上等兵達に渡しながらいつものよだれのたれるような調子で言訳をしつづけた。彼は哀れそうに眼をしょぼしょぼさせて、相手の顔をうかがっていた。しかし八木のやせた手から水筒をうけ取る方は、一言も言葉をもらさなかった。水沢は砲の後尾に腰をおろしている三年兵たちのところに水筒をもって行ったが、「おい、やろう……息をいれてきやがったな……今晩、その眼玉をもっと外へつきだしてやるぜ……」とうなるようにいうのを聞いた。彼はたち上ってのそのそとちかづいてくると、水沢の水筒をいくつもつるした自由のきかない体に足をあげた。そして水沢がどうと倒れた上にのしかかって水筒を一つ一つ取った。彼等は初年兵の水沢たちよりもはるかにまだ体力を保っていたが、それは初年兵たちが小休止がかかったときでも、馬の水をさがすために駈け廻っているにもかかわらず、休息をとることができるからであり、初年兵が全員の飯盒《はんごう》をたいているとき、天幕をはっているとき、夕食の後始末をして、馬に水をやり、翌日の朝食の米を洗っているとき、すでに寝入ることができるからなのである。

上の兵隊たちはものを言わなかった。そして無言の威圧が初年兵の上にかけられていた。しかしそれは初年兵たちにとってはむしろ好都合なことだった。一言もものを言われないということは、薄気味のわるいことであり、恐ろしいことだが、手をつかって限りなくなぐり倒されるよりは、はるかにしのぎよいことだった。すでに神経などというものは消耗しつくした体力とともに、身体のどこにもないかのようだった。

梶本軍曹は水筒の水を一気にのみおわった。そしてこんどは竹筒の栓をぬいて口をあてたが、たちまち口にふくんだ水をはきだした。

「ちぇっ、なんちう水をくんできやがったんや……一時間も二時間もかかって、一体どこのどぶの水をくんできやがったんや。おい、西田、お前、こんな水を、この俺にのませる気か。」

「はいっ……班長殿」分隊長のところにかけつけた西田上等兵の顔はかわっていた。「初年兵の野郎、班長殿に、なんちうことしやがるか……。」

「おいっ、西田、えらい水飲ませてくれるな……え、戦闘になったら、お前ら班長の世話がやけんとでもいうのか……え、それならそれでよい！　俺は明日から、なんでも自分でやるぞ……おい、西田、こんな兵隊つくりゃがって、これで敵にかてるおもてやがったら、あてがちがうぞ……。」

そして梶本班長のこの声で、すべてが爆発し一変したのだ。古い兵隊たちはたちまち、猛《たけ》り狂《くる》う犬のように初年兵の上にとびかかって行った。そして自分の貴重な体力を費すのもかまわず、うちたおした。「おい、初年兵、お前ら、班長殿に、あんなことをいわして、どういう気持か、いうてみい。え、恥《はず》かしいおもわんのか。え、一体、何時間あったら、水がくめるいうのか。水をさがすのに手間どった？　うそつけ、水がどこにあるかくらい、ちょっと、辺りをみまわしたらわかる。この俺の眼をごまかすことはできんぞ……」西田上等兵は、うつぶせになっている初年兵の頭を、編上靴《へんじようか》で一つ一つけって行きながら言った。それから倒れてじっとしているものの上に冷酷な命令をだした。

「おい、初年兵、もう一度水を汲み直してこい。行って班長殿にのみ直してもらえる、きれいな水を汲んでこい。野戦やおもてちょっと、ゆるめておいてやると、手をぬきやがるけど、こんどこんなことをしやがったら、承知せんぞ。」

三

初年兵たちは再び全員の水筒を集めて肩にし、流れのあるところまで、水を汲みに行ったが、こんどは彼等のうしろには、二年兵の石山一等兵が監視のためについてきた。彼等は石山一等兵に後を追われるようにして、水を汲んでかえった。しかしながら水筒は空にされた。そして彼等はまた水汲みにやらされた。

石山一等兵は後から初年兵たちを追いながら、ときどき水沢のところにきては、お前は生意気だといって、背中をつついては、またやってきた。するとこんどは二本の指で頭の後をきつくつついた。「おい、返事せんか、返事。」

「何の返事するんですか？」水沢はゆっくりと首をまわして、相手の顔をみた。水沢は相手の低いつぶされたような鼻の頭をじっとみた。この農村出身の石山はむら気な人間で、以前の駐屯地ではよく水沢にパンなどを酒保《しゅほ》で買ってきてくれたが、野戦にでてからは、まるで初年兵いじめを固く決意でもしたかのように、初年兵につきまとい、それによって古い兵隊に認められようとした。古い兵隊にみとめられれば、野戦では楽にすごせたし、たとえ体力がないとしても、一人前の顔ができるのだ。石山はしばらく水沢をじっとにらみつけてとびかかってくる気配を示していたがようやく茂みのなかで、自分は初年兵に取りまかれているということに気づくと、薄笑いをうかべてだまってしまった。水沢はわざと両肩をゆすって歩きだしたが、彼のつかれ切った体のうちにもえ上った怒りはやがてすぐぐったりと消えて行くようだった。いかにばく発させようにも、初年兵である限り、どこに向ってもばく発させることのできない怒りは、水沢のうちにつみかさなって、幾度か体をこまかくふるわせたが、やがてまた小さくしぼんで体のどこかに消えて行くのだ。

初年兵たちがようやく二度目の水を汲んでかえってきたとき、すでに班には出発準備がかかっていた。二年兵たちは、ずっと後の茂みのなかにつないであった馬をひきだして、弾薬箱に弾薬をおさめていた。水沢たちは水筒を渡しておいて砲のところにかけつけなければならなかった。彼等は左側の切りたった崖のところにかためておいてある照準具箱と轅桿《えんかん》と砲尾被、表尺被などを持ってかけて行くのだ。

「出発準備」梶本軍曹は繰返していた。水沢は轅桿と担綱《にないづな》を取りに行って、かけつけようとしたが、しばらくかけるうちに肩の水筒の一つがずりおりて腰から足にまといついて、ぶっ倒れた。「おーい担綱はやくもってこんか……」西田上等兵が向うでどなっていた。水沢が顔中真白にしたまま、起上ってはしって行くと、「こいつ、おそいわ」西田上等兵は担綱を取って、そこについている金具で彼の顔をはたいた。「おい、背負袋をどこいやりゃがった……背負袋を忘れやがって、出発する気か。」

水沢はようやく自分の肩にはまだ背負袋がのっかっていないことに気づいて、長い轅桿を砲の側においたまま、また後の方にはしって見廻したが、すでに全員の背負袋をかためておいてあったところには、背負袋は一つものこっていず、何度さがし直しても、みあたらない。〈おお、だめだ、見当らない……背負袋がない！〉背負袋なしで、これから先へ行くなどということができようか……。すると初年兵のうちで、もっとも強気だといわれた彼の足は膝の辺りでぐらぐらゆれはじめた。

「おーい、だれか、背負袋、忘れたやつ、いるか——」向うの馬の口をとって、出発の号令のかかるのを待っている二年兵のところから声がとどいたので、水沢が行って受取ろうとすると、後から何ものかががんと横面をくらわせた。みると石山一等兵だ。「ちぇっ、背負袋を忘れやがってからに、しっかりしろ。」

もう水沢の頭は全く混乱しきっていた。彼の肩にはまだ何本かの水筒がだらりとかかっていた。彼はその上に背負袋を負って、また砲のところにかけつけたが、彼が休む間もなく、分隊長の出発の号令は出されていた。

「前進。」

四

第二分隊は出発準備が手間どったために右手の茂みのなかから前進した第一分隊の砲よりもずっとおくれてしまっていた。梶本分隊長はただそれを取りかえそうとあせっていた。大陸で幾度か戦闘に参加しそれをいつも誇っていたこの体の大きい強気の軍曹も、このバターンの山岳戦では、アメリカ軍を次第にこの半島の尖端《せんたん》の方に追いつめているという勝利の意識をもちながら、次第に弱りはてて行く部下の兵隊たちの姿を眼の前につきつけられて、気持を定めることが出来にくくなっていた。かつて大陸では身近に迫らなかった死が、彼の身体を底の方からしめあげていた。

「出ろ！　出ろ！」彼は十分おきくらいに、竹本兵長を呼びだして、前進の速力をあげるように命令をださずにいることはできなかった。するとかけつけた竹本兵長は、「ちぇっ、」と小さく叫びながらも、前進する砲側のところにもどって、

「おーい、力をだすんだ、しっかりしろ……第一分隊はもう砲を据えたぞ！」とどなって廻った。

「兵長！　勝手にしろ……。どなりやがるな！　くそったれ。初年兵、曳《ひ》き綱《づな》がゆるんでるぞ……」西田上等兵は砲側から外に出ながら、砲の左側にあって、長い引手の轅桿を右手で握り、車輪の心棒のところに引っかけた曳き綱を肩にかけて、前倒しになって前進している水沢の背後に声をかけた。しかしもはや水沢の体にも力がのこっている筈はなかった。彼の真白になった編上靴は、あるくたびに足をさしてくるとがった小石の上で、ずるずるすべる。呼吸ははげしくせまる。心臓は限りなく打つ。

馬を使うことの出来なくなったとき、馬の負担は初年兵の上におちてくる。それに道は崖道をつたって左に折れ、さらにまた左に折れて少し下り、やがて広い公道に出るとそこからずっと上り坂がつづいて行った。するとみるみる砲の車輪は厚くしきつめた白い砂塵《さじん》のなかに沈んで、もうもうと砂埃をあげはじめた。兵隊たちの足は砂塵のなかに没した。

着ているものも、たちまち白くなって行き、帽子からはみでた髪や眉やのびほうだいの長い鬚もまた白くなって行った。砲の後に長くつづく弾薬馬の牛のような体軀《たいく》をもった支那馬の列も白くなり、馬の口を取っている二年兵の馭兵《ぎよへい》たちも白くなって行った。その列の一番後のところから少しおくれて、八木二等兵が同じように真白になって歩いている。その姿勢はむしろうしろにのけぞってでもいるかのようだ。みるみるその真白の顔のうちから鼻柱と唇とが黒くしめってあらわれてくる。上衣の背が次第に黒くなってくる。額からふきでる汗が、白い砂塵を黒い塊にしてぽたぽたと落す。彼が水筒の水をすっかりのみほしてしまったことは明らかだった。そしてすでにのどの渇きが再び彼の内臓と咽喉とをかきむしっているのだ。いや渇きの意識ももはや彼のうちにはたらくことがないのではなかろうか。あるいは彼が腫れ上った足の痛みを意識にのぼせないでいられることは幸いだというべきだろうか。「歩けないよう……もう歩けないよう……。」彼の砂埃をかんでざらざらかわいた唇は、もう発音しないが、こう言っている。

原口二等兵の小さな体は七五ミリの砲口を後に向けた砲身のちょうどうしろのところに動いている。彼は一体どこをみつめているのだろう。眼はすぐ前の砲身の背にそうておかれている。すると彼の眼にうつっているのは、砲の両側にひろがって、車輪からのびている曳き綱をになって前倒しになっている兵隊の姿。……もはや彼には曳き綱につくだけの力はのこってはいない。彼はトランクのような照準具箱《こ》を両手で体の前にさげて歩いているだけだ。とすれば今夜もしどこか山のなかの樹かげに野営するならば、彼の代りに曳き綱の位置についた古い兵隊は、とことんまで彼をしぼりとるだろう。いや野営などということがありうるだろうか……。いかにしぼりとられようと、少しでも足を休ませることができれば、それは救いである。体をよこにすることができさえすれば……。眼の前の皮のの砲口被をかけられ、ぐっとつきでた長い砲身もいまは白い埃をあつくかぶって材木か何かのようである。ところどころ塗料がおちて地肌のではじめたカムフラージの黄色もいまはみえない。……やがてこの白い公道もつきていよいよ山地にでたときには、分解搬送の号令が出されれば、彼はこの貫近い砲身を砲托架からおろして、かつがなければならないのである。それは不可能だ……「出来ません……。」すると彼の上におちてくるのは、限りない拳。すると彼のうちにあらわれてくるのは、一昨日一分隊の方で自殺して後送されていった落合二等兵のことである。落合二等兵とは彼は内地では仲がよかった。同じ班にいたし、その寝ていた寝台も近かった。年も彼とはそれほどへだたってはいなかった。一時彼は落合二等兵のずるいやり方がたまらなくいやだったことがある。その玉突屋を経営していた人間は、よくうそをついて彼の持物をとったからである。それはいまでも同じように身が痛むようにいやだ……二人が会ったならば、きっと先《ま》ず最初、いやな思いをするだろう……。しかしそれもまた彼がこれまで暮しの苦労をすることの必要のない家で生きてきたからではないだろうか。……原口二等兵はちらとこのようなことを考えたが、彼がそれを考えたかそれとも考えなかったかは、むしろわからないといってもよいようだった。彼のうちに再びつき上ってくるのは、咽喉の渇きと、落合がじつにうまいこと自殺をしそこなって病院に後送されて行ったということだった。

五

やがて長く続いた白い公道も頂きに近づくと、その向うにかがやく日光をあびて褐色にきらめく高い山の地肌がせまってきた。道の右側の高い赤い花をつけた大きな木は、その赤いあつくるしい色を兵隊の赤く血走った眼に上から重くおしつけた。と突然、空のなかに唸《うな》り声《ごえ》がして、ヒュルヒュルヒュルという空気の震動がこちらに近づいてきたと思うと、砲を打ちだした大きな砲声がとおく山々をならしてひびいてきた。敵の砲撃は再び開始されたのである。大砲の音はとだえなかった。といままで全く山の中にひそんでしまったかのように静まっていた日本軍の砲が一せいに火蓋《ひぶた》を切った。

どどん、どどん、どーん

どどん、どどん、どーん、

すると真上の濃青の空は、次々とかさなる砲撃のために波のように揺れ動いた。

わーっ、わーっ、わーっ……山の下の方から聞えてくるのは小銃隊のあげるかん声だ。

ど、ど、ど、ど、どどどど……機関銃がいたるところでなりはじめた。

シュル、シュル、シュル――ヒューッ……真上にとんできた迫撃砲の弾が空中で、さく裂したと思うと、砲側の西田上等兵の鉄兜《てつかぶと》をかすめて破片がはげしい勢《いきおい》で左の崖につき当って、穴をあけた。破片は西田上等兵のかぶっていた鉄兜を一間程先にはねとばし、その太い首をさかさにねじあげた。上等兵はあおのけに、そこにひっくりかえって倒れた。

「伏せ！　開け！」

「砲を崖ぎわにつけろ！」

砲を崖の下によせると砲側の兵隊たちは左右にひらいて地面にふせた。

〈もしも、砲弾がここにさく裂しなかったならば、俺はもうへたばってしまってたろう〉

水沢は熱い砂埃の上に身をうめながら、おどるように打ちだす心臓をぐっと両手でおさえるようにした。〈いつまでもつづけ、いつまでもつづけ、この瞬間〉

しかしそれはつづかなかった。

「前進！」

「身を低くして前進！」

またもや、前進だ。もう身体はつづきはしない。しかし砲は前進した。水沢もまた曳き綱をかけて砲をひいていた。

「砲は崖下にそって前進！」

泣ききれない。におってくるのはものの腐れた匂い。だれかが大便を服の上からたれ流したのだろうか。

坂の頂きは予想に反して灌木の生えた広場だった。それはずっと向う側に傾斜して谷となりやがて大きな山林につながっている。その山林は中途で切れて、その上は、伐採を終った木のない褐色の肌をむきだしにした固い岩石の山である。それが先程道の曲り角のところで兵隊たちの眼に威圧を加えたあの高山だった。そしてその高い山に達するためには、そこから下っている道を下ってもう一度のぼり直さなければならないのだ。

「砲寄せ、砲寄せ」

突然、梶本軍曹はかけだして行った。彼がめざすところは、左方の広場のはしにつき出た背の高い灌木の茂みだった。

「砲の位置ここ、砲据え！」

兵隊たちは砲を押した。砲は広場の砂のなかに車輪をめいり込ませて動かなかった。

「もう押せない、もう、動けない。」水沢二等兵は車輪のなかに手をつき入れたままじっとしていた。

「何だ、そのざまは、水沢。」西田上等兵はその後にきて彼の頭を滅多うちにうった。水沢二等兵は砂の上にうち倒されて、そのなかに顔をつっこんだが、すぐ起き上って再び車輪をまわすために手をそえた。

ようやく砲は前進しはじめ、分隊長の指示した茂みのところにちかづいて行ったが、再びこのとき敵の攻撃ははじまった。真上の空で迫撃砲はさく裂した。すると後の方で弾薬箱をのせた支那馬が大きな声をあげて、はしりはじめた。手綱をにぎっていた兵隊の一人がそれを引きとめようと力を入れたが、逆に引きずられて、地面の上を引っぱられて行った。尻をひきさかれた馬は血のふきだす尻を自分の眼で見ようとするかのように尻を振りたてたてとびまわったが、次第に力をなくして足を折ってしまった。

シュル、シュル、シュル、迫撃砲弾がまたとんできて真上でさく裂した。この場所が敵の弾着にはいっていることは明らかなことだった。しかし敵の眼鏡のなかに存在がとらえられたかどうかはまだはっきりはしなかった。「姿勢をひくくしてかくれろ。」梶本分隊長は後の方に向って手をふった。しかしすでにつったっているものなどは一人もなく、みなはしゃがみこんでじっと前方をうかがっていた。馬をひいたものたちは前進して左方の灌木の林のなかへ馬をかくしにはいって行った。

砲はなかなか据わらなかった。地盤が柔らかいのでたとい砲をすえたとしても、弾丸をうつことができるかどうかは疑問だった。しかし梶本分隊長の眼鏡のなかには前方の高い山の中腹の辺り、そのぐっと右手の方につき出た松林のさきのところに陣地をつくった敵の砲口がはっきりうつっていた。それは緑の松の林の間から、黒いような茶色の円をのぞかせている。そしてその林のなかでときどきアメリカ兵の白い顔がみえる。

「砲尾のところに石をつめろ……木を切って砲口のところにのせろ……。」梶本軍曹は灌木の後のところに身を収めてうしろに向ってどなった。

砲声は再びはげしくなってきた。しきりに弾丸は空のなかでさく裂し、灌木の上に破片を次々とおとした。

「弾薬、はやく来んか。弾薬！」分隊長はさけんだ。

「初年兵、後へさがれ。」西田上等兵は叫んだ。「水筒をおいて、後へさがれ。」

二年兵たちが灌木の林のなかからでて、はらばいながら弾薬をはこんできたが、姿勢が高いと分隊長にどなられ、あわてて砲側に弾薬箱をおくと、さらに平べったくなって、長い時間をかけてもとのところへかえって行った。ようやくにして砲側をはなれた水沢二等兵と江本二等兵も、その後について後方の灌木のところまで、大きな亀のように身を平《たいら》にしてさがって行った。彼等をそこまで運ぶことができた力は、古い兵隊の多くいる砲側をはなれることができるという哀れな喜びだった。

六

二年兵たちは灌木の林の奥深くはいってかたまっていた。尻をやられた馬は広場の端の方で哀しい声をだして啼《な》きつづけた。

「とうとう、はじめやがったなあ。」

「こら、たすからんなあ。」などといいながら、彼等は水筒の栓をあけて、ごくごくのんでいたがたちまち水筒の水はなくなってしまった。

初年兵たちはその少し横で一かたまりになって身を横たえていた。彼等はもはや身動きすることができなかった。彼等もまた水筒の水をすっかりのみほしてしまったが咽喉の渇きは、腹に入れた水がたちまち頭の頂上から足先までをずくずくにぬらすような汗になって出てくると、いよいよまた深くなってきた。彼等は二年兵たちのように背負袋のなかから乾パンを引きずりだしてきて食うなどということはできなかった。腹はこの上なくすいていたが、食物はのどに通りはしなかった。

砲声はいよいよ烈しくなって行った。そして山の裾の方でしていた小銃の音は次第に山全体をとりかこんでいるかのように、ずっと四方にひろがって行った。

シュール、シュルシュルシュルシュル――、迫撃砲の弾がとんできたが頭上をこして行ったと思うと、やがてまた次の弾がとんできた。それはすぐ後の林の頂上のところを貫いて行った。するとまた次の弾がきた。そしてそれは前の弾よりも低くなっていて、右方の一本の太い樹の幹をへし折った。すると弾の破片がからからと二、三本の樹の間をけずって草むらのなかに音もなく沈み入った。

シュル、シュル、シュル、またとんできた。

「初年兵、もっと奥へはいれ、やられるぞ……」二年兵たちは、たちならんだ木につきあたるので奥の方へはいりたがらない馬の尻をこづきながら、移動した。

「馬を殺してみろ、めもあてられんぞ……馬の運んでやがったもの、みなして運ぶことになるんやぞ……」

「畜生め、大砲の弾丸がこわいとみえる……ちっとも動こうとしやがらんぞ……」

「陸王のやつが弾丸にあたったのをかぎつけてやがるな……。ひと思いに打ち殺してやればいいに。」尻をやられた馬の啼声はやはり哀しげにつづいていた。

シュルシュルシュル、またとんできた。こんどはすぐ眼の前の細い木の頂上をふっとばしてうしろへ通って行った。

「初年兵、もっと奥へはいれ、なにをしてる！　はいらんか……水沢！　奥へはいらんか！　死んでしまうぞ。」

しかし水沢二等兵はねころんだまま立上ろうとはしなかった。江本も八木も原口もまた同じように立上らなかった。水沢二等兵は先程ようやく冷《ひ》いやりとした風が林の奥のうすぐらい闇のなかから動いてくるし、自分の寝転んでいる地面には、同じように冷たくて快い水を吸った柔かい葉っぱがしきつめていることに気付いたのだが、いまは死の脅かしも彼等をそこから動かすことは出来ないようだった。

「もっと平らにならんか……おい、水沢。」二年兵は後から叫んだ。

水沢二等兵は顔を深々とつみかさなった落葉のなかにつっこんで、じっと自分の心臓の鼓動をかぞえはじめた。その鼓動はようやくにして静まって来ようとしていた。

シュルシュルシュル……またとんできた。シュルシュルシュルまたとんできた。死ぬかもしれない……俺は死ぬかも知れない……水沢二等兵は思った。彼の眼には尻の半分と顔の半分とを引さかれて、呻《うめ》いている自分の姿がちらとうつった。それは瞬間彼に恐怖をあたえた。一片の肉の形も残らないほど粉みじんになって、この自分がふっとんでしまったらどうだろう。二十七歳の人生がすべてこの見知らぬ人の来るのもまれなこの熱帯の林のなかでふっとんでしまう！　母ともう会うことはできないだろう。母と再び会うということなどはもはや考えようとも考えられないことだ。それから静子、彼の眼には最後にみた静子の新しい鼠色《ねずみいろ》のスカートの色がうつっている。やはり二人は一つになることはできはしなかった。しかしその静子もいまでは無限にとおい存在だ。その無限にとおい存在のために、かつて苦しんだ彼の存在はここのところで夢に帰そうとする。その静子のいるアパートの下を夜おそく何度もぐるぐる廻ったことがある。会社から帰る途中、幾度ドアの戸をたたいても、留守で会えず、ようやく窓に明りがついたのをみてたずねると、一度別れたものが、もう会う必要はないでしょうと、内から紙片をさしだしてきた。静子の勤め先は勤務がきびしく、彼女は朝はやくアパートをでて行ったが、次第に彼を恐れて夜おそくしかそこにかえってこなくなって行った。二人が別れたのは合意である。ついに静子は彼の愛にたえることができなくなったのである。一体彼ははたして静子を愛していたのだろうか。それほど取りたてていえる特徴ももたない静子を彼は心のどこかで見下げていた。それ故に彼の静子にたいする態度には許すことのできないものがあった。彼は静子が自分を愛していることを確信すると、あらわに彼女に対して荒々しい態度を取った。一日中二人が出会っても、口をきかないことがあった。静子の無知をののしることがあった。そして静子はついに彼のところで限りなく冷たい心をつくったのである。彼女ははやく母親をなくしていた。それ故に彼女はよく彼の母親にしたしんだ。そして彼女の田舎の父親もまた彼等の結婚を考えていた。二人の間をひきはなす何の要素も二人の外にはなに一つありはしなかった。ところがこのような状態にありながら静子の心をそのように冷たくひやしきったのは結局彼の心であった。学生運動に破れて以来彼の心はひとを愛するすべを失った。二人は別れ、それ以後、いかに彼が弁解しようとも静子の心をもはや自分の方に向けることは出来なかった。もっともそのような静子も、最後に彼の外地出発がきまったときには、面会にきてくれたのである。しかしそれによって二人の心がどうなるというものでもなかった。それから五カ月間、内地からの便りは、一片の葉書さえとどきはしなかった。

「なあ、これやったら、弾丸にあたって死んだ方が、よいよ。」八木二等兵が沈黙を破っていった。彼は寝転んだまま袴《こ》（ズボン）の紐をといて手をつっこみ、腫れあがった場所の方へつき入れて行った。するとたちまち肉の腐った匂いがあたりにとびちった。原口二等兵は何も言わなかった。彼は口の上で水筒をさかさにし、音をたててその底をたたいた。水沢二等兵は八木の言葉に小さくうなずいてやった。もちろんその言葉をすっかり承認したわけではない。しかしその言葉を全然否定してしまうなどということはできはしない。その言葉は彼の心のうちでも鳴りひびいていた。江本二等兵は地面に頭をつけたまま、首をまわしてしきりに前方をのぞき見ようとしたが、すでに前方の砲側からは伝令が近づいてきた。そして初年兵たちの久しぶりで得ることのできた慰みにみちた休息はたちきられた。

「一体、何してるのか、こんなところに寝転びやがって、こっちから伝令をよこさんか。おい初年兵おらんのか……。砲手に水をはこべ……。後方に退避したら、言われなくとも、水をさがして前方にはこばんか。」伝令にきたのは三年兵の上等兵だった。

しかし初年兵たちは少しばかり休息して一層疲労の深くなった体をすぐに起すということはできなかった。

「初年兵おきろ、二年兵もおきろ……」三年兵の上等兵は走ってきて手をふりあげた。そして水沢達は水を汲みに行かなければならなかった。

「お前ら、どこまで要領のわるいやつや。一人ずつ交代で、のそのそ水を汲んで運んでおけば、それですんでるものを。みんながかりで行くんでは、交代に休もうにも休むことができんじゃないか……。それじゃ、体は弱る一方だぞ……。もっと考えて、要領ようやれ。」三年兵が帰って行ったとき、ついに奥から出てきた一人の二年兵は初年兵を哀れに思ったのだろう、言った。「気をつけろ、な。水汲みにでて撃たれるな。」

初年兵たちは、みなの水筒をあつめてさらに左の方に林のなかをくぐって行った。水はその林のはてたところからはじまる傾斜の底にあった。彼等はその底までおりて行って水筒に水をつめたが、彼等が砲側にそれを運んで行くのにはさらに二十分以上もかからなければならなかった。

「上等兵殿、水汲んでまいりました。」水沢二等兵は砲側についたとき言った。

「馬鹿野郎、班長殿に、先にとどけんか。」西田上等兵は水筒をひったくるようにしてとると、たちまちのうちにのみほしてしまった。汲んできた水筒は、ただ渇いた咽喉の渇きを一層はっきりとさせたにすぎなかった。

「竹筒をもって行って汲んで来い。後の日蔭《ひかげ》のなかで休んでやがって、ちょっと、水汲みをしたら、もうぜいぜい咽喉をならしてみせやがる。おい、つらいか。つらいか、つらいか。」西田上等兵は右足をあげて、初年兵の胸をけりあげ、一人一人をその場に倒して行った。

「すぐ、行って代りの水を汲んでくるんじゃ。」

「出た！　出やがったぞ！」木の枝で偽装した砲口のところに立って眼鏡をのぞいていた梶本軍曹がこのとき突然さけんだ。「砲に着け。撃つぞ！」

そのときすでにはるか右方の小さい谷を一つへだてた小さい山の上に据わった第一分隊の砲が火を吐いた。

「どかん……」「どかん……」「どかん……」

「目標、前と同じ」

「距離0」

「撃て」

西田上等兵は引金を引いた。

「どかん……」

「撃て！」

「どかん……」

「撃て！」

水沢二等兵たちは竹筒をだいたままはらばいになって帰りはじめた。するとすでに敵の迫撃砲は攻撃を再開した。

シュルシュルシュル、シュルシュルシュルシュール。

「やったぞ！　みやがれ、ぶったおしたぞ！」水沢二等兵は梶本軍曹の声を後にきいて、はらばう速度を速めたが、すでにそれまでなりつづけていた敵の砲声の一つが、ぺたりと鳴りをしずめたのがはっきり彼の耳にも感じとられた。シュルシュルシュル、シュル、シュルシュル……彼の眼は何一つみなかったといってよかった。彼は最後の力をふりしぼって砂をかきわけて、はって行った。彼はようやく後方の灌木の林のところにたどりついてみると、同じように全力を体の底からかきだして、もぐらのように砂をかきわけてくる原口、江本の二人の姿をみつけることができた。おお、八木は？　その八木はちょうど砲とこちらの林の真中辺りのところで、砂の上におき直って、足のところに手をやっている。それは先程支那馬が尻を裂かれたところである。

シュルシュルシュル……シュルシュルシュル……危い！　近い音だとみなが頭をふせた瞬間、弾丸はちょうどその上でさく裂した。そして次の瞬間、みなが首をつきだしてみたときには、砂塵とともに、はねあげられた八木二等兵の体は大きな音をたてて砂のなかにめりこんでいた。二年兵たちが馬にくくりつけた担架をだして、その上に八木二等兵の体をのせて後方にはこんで行ったときには、彼の頭蓋はもはや形もなく、そのひきさかれた服の間からは屍臭《ししゅう》のような匂いがたち上った。右方の崖の方におりる道の辺りで足を折って啼きつづけていた馬もこのとき全く啼かなくなって、あたりはしばらく静寂に占められた。

軍曹の手紙

下畑　卓

栗田　忠夫君
栗田　義夫君

あれからのち、お母さんはじめふたりとも、げんきですか。あの日は、ついながくあそんでしまって、すみませんでした。それに、いろいろと、ごちそうになったりおみやげものを、いただいたりして、ありがとうございました。

おじさんは、ふたりのげんきなすがたを、この目で、はっきりみることができて、こんなうれしいことはありませんでした。

あの日、いえへかえってからも、よる、ふとんのなかにはいってからも、ふたりのことを、あれこれとおもいだしました。

もんを、がらがらとあけて、ごめんくださいというと、一ばんはじめに、忠夫君の、お父さんそっくりのかおが、みえましたね。と、つづいて、お母さんににたらしい義夫君のかおが、ひょっこりのぞいて、「お母さん、おきゃくさまですよ」といいましたね。おじさんは、それをみただけで、もう、うれしくてうれしくてたまらず、かけよって、だきあげほおずりをしてしまいました。すると、ふたりも、おじさんが、戦死されたお父さんの戦友だということが、わかったのか、にこにこわらいながら、ばんざい、ばんざいと、いってくれましたね。おじさんは、軍曹のくせに、なみだがぼろぼろと、こぼれて、しかたがありませんでしたよ。

それから、ふたりが、おじさんに、しゃしんをたくさんみせてくれましたね。そして「これが、お父さん」「お父さんここにいる」と、一つ一つのしゃしんを、ゆびさして、おしえてくれましたね。おじさんは、ゆびさされたしゃしんが、みえないほど、なみだでめが、うるんでしまいましたよ。けれども、これはけっして、かなしいからでもなく、さびしいからでもありません。ただ、栗田上等兵の、のこしていったこどもふたりが、すくすくとのびそだって、げんきでいるのが、うれしくて、うれしくてならなかったのです。そんなうれしなきはべつとして、おじさんは、一日、あの日をわらってすごしましたね。

みんなで、うたをうたってはわらい、せいくらべをしてはわらい、かくれんぼをしてはわらい、しまいには、おじさんが、おぜんざいをたべたといってはわらいましたね。それから、つれだってさんぽにいったときも、わらいましたね。

「なにが、そんなにうれしいんだい」と、おじさんがきくとやっぱり、ふたりはくすくすとかおをみあわせて、わらってばかりいましたね。しかし、忠夫君がちいさなこえで「おじさんは、お父さんのようだからね」と、義夫君のほうをのぞいていうと、義夫君は、おじさんのかおをしげしげとみながら「うん、そうだね。かおだってよくにているよ」と、いいましたね。そして、どっとわらったでしょう。おじさんも、ふたりのかおをみていて、おもわずわらおうとしたのですが、ふと、わらえなくなって、おこったようなかおをしました。それを、ふたりは、ふしぎそうにながめていましたが、おじさんは、わらえなかったのですよ。それもそのはずでしょう。忠夫君が三つの春、そして義夫君が、ようやく二つになったというころ、ふたりのお父さんは、へいたいさんになっていかれたのでしょう。そのお父さんのかおを、忠夫君も義夫君もはっきりとおぼえているわけがありませんね。それをちゃんと、ふたりはおぼえているのですね。おじさんは、それにおどろきました。そして、ついむつかしいかおになって、一つのことをかんがえはじめたのです。それはほかでもありません。忠夫君と義夫君のお父さんのことです。このお父さんがバタアン半島の山の中で、どんなに、ふたりのことをおもっていたかということです。その一つ一つを、おじさんはニュースえいがのように、おもいだしました。そして、このことはぜひ、ふたりにはなしておいてあげたいと、おもいましたよ。だけど、しずかにかんがえてみると、七つと六つのふたりには、おじさんのはなしが、わからないかもしれないでしょう。そこで、またしてもちょっとこまったのです。

しかし「そうそう、てがみにかいて、大きくなればよめるように、のこしておこう」と おじさんはおもいつきました。これが、なかのよいほがらかな栗田上等兵の、ふたりのこどもへの、一ばんよいおみやげだとおもいました。そこでこれから、戦地でふたりのお父さん、栗田上等兵はどんなことをしていたかということを、かいてみます。

栗田　忠夫さま

栗田　義夫さま

栗田上等兵が、二人の子供の親であるということを私が知ったのは、われわれの部隊が、船に乗る二三日前のことでした。

兵器、弾薬、糧秣《りょうまつ》、その他の軍需品の積込みも終って、ほっとしたわれわれは、宿舎である旭旅館で一風呂あびると、短い自由の時間を連れ立って、にぎやかな本通まで散歩に出かけました。ところが、いつの間にか、一緒にいたはずの栗田上等兵の姿が見えません。案じたわれわれが、手分けして探していると、「やあ、すまん、すまん」と、笑いながらある店屋からひょっこり姿をあらわしました。見ると、両手に大きな紙包をもっています。「なんだい、それは」と、私がいうと、「はい、自分の子供に送ってやるのであります」と栗田上等兵が大きな声でいいます。「なんだい、中味は」と重ねて問うと、「はい、玩具であります」と答えます。その答にわれわれは思わず笑いだしました。というのは、栗田上等兵に、まさか子供があるとは思わなかったからです。

顔は見たところ少年兵のようですし、人一倍元気で、てきぱきと何ごともやり、その上中学生のようにほがらかで、いつもにこにこしています。年を聞けば二十九歳で、幼い子供がいてもなにの不思議もないのですが、顔かたち、話すことするすることからうける感じは、どこまでも元気な若者としか思えませんでした。

そのことがあってから、私は今までとちがった目で、栗田上等兵の姿を見るようになりました。それは私も十歳と七歳の子供の親であるだけに、栗田上等兵の子供を思う気持が、ありありとわかるからです。それだけに、あの顔、あの元気、あのほがらかさに驚きと尊敬の心をいだきました。しかし、あわただしい出帆前の明け暮れは、そんなことをしずかに思うことも少く過ぎました。

やがてわれわれを乗せた船は、あらかじめ定められた日と時に、一分一秒の違いもなく出帆しました。われわれもまたふたたび踏むこともあるまい内地の山々に、威勢のよい万歳をとなえて別れを告げました。この万歳は、またわれわれの心の隅にのこっている軍人らしくない思出を、あらためて絶ち切る掛声でもありました。しかし、のぼり降りにあぶない階段をごとごとと降りて、薄暗い板づくりの寝棚に入ると、またしても寒さのようにさまざまの思出が、われわれの心の中にしのびよって来ました。

ある兵隊は、さびしさをまぎらすためかやたらと騒ぎ、ある兵隊は、階段からさしこんでくる光をたよりにしきりと鉛筆を走らせ、ある兵隊は、寝棚の中へひとりもぐりこんで低い天井板をじっと見つめていました。その時私は、栗田上等兵がいつもの調子で「これはあぶないぞ」とつぶやきながら急な階段を降りてくるのを見うけました。乗船早々もう気軽く、みんなのことをしてやっているのです。それは見ていても楽しいような働きぶりでありました。

その夜、私は甲板へあがって、ちらちらと遠くに見える岸の灯を見つめていました。と、ことことと足音が近づき「内地だと思うと、電燈の光でも温かですね」といいます。「うん」と答えて、それが栗田上等兵の声だとわかると、私は「栗田は子供がたしかあったんだな」といいました。すると急にうれしそうな声で「はい、二人あります」といいます。「えっ、二人もあるんかね」「はい、三つと二つであります」「幼いから父親の顔も知るまい」「はっ、そうであります。しかし自分はちゃんとおぼえております。二人ともかわい奴です」「ウッフッ、フッ」、私はおかしさともうれしさともつかぬ気持で笑いました。栗田上等兵もハッハッハッと笑っていましたが、「軍曹殿は子供さんはおられんのですか」と問います。「十と七つの乱暴者がいるよ」と、ふりむいて答えると「そりゃ、自分よりも安心ですね」といい、つづいて「自分だって二人の奴が、立派にあとをついでくれるから安心です。本当に安心です。いつ死んだっていいと思っています。もっとも戦地でなけりゃ死にませんがね」と、ひとりごとのようにいいました。私はそれを聞いていて、まだ二つ三つの幼い子供に、これほどの信頼を感じている栗田上等兵の美しい心持に、いい知れぬよろこびを感じました。そしていつもほがらかで、元気な栗田上等兵の心の秘密を、ここにはっきりと見つけたように思いました。

このほがらかさは、長い船中生活の間にもかわることなく続きました。

われわれが船酔いなどで弱っている時でも、栗田上等兵はいつもの調子で、味噌汁や飯の入った容器をもって、ごとごとと階段を降りて来ました。また毎朝、Bデッキでする体操にもかかさず出ては、汗を流していました。また救命具をつけて避難演習でもやることがあれば、きっと栗田上等兵の元気で駈け廻っている姿が見うけられたものでした。

しかし、このほがらかさ、元気さは、船中だけで終ったわけではありません。

われわれの部隊は、一月一日リンガエン湾に上陸したその足で、休む暇もなく続けられた二百四十キロの強行軍にもめげず、バタアン半島ヘルモサにたどりつき、すぐさまマバタン河の線を守る敵に攻撃をはじめました。その時、伝令の役を笑いながらひきうけたのはほかでもありません。栗田上等兵でありました。それからナチブ山攻撃で戦死するまで、通ることはもちろん、五メートル先まで見すかせないジャングルと、小銃弾のように数多く浴びせてくる敵の砲弾の中で、苦しいその任務を果しました。しかしその間、栗田上等兵はいつもの通りのほがらかさを失いませんでした。二日三日と飲む水がなくなると、いつの間にか青竹を切って水滴で口をうるおすことを考えだしました。また食べものとてない攻撃が何日も何日も続いたある日、生芋を二つ三つぶらさげて笑いながら帰って来ました。また時に「いま、そこのジャングルでやっつけたのだ」といって、アメリカ製の煙草を五六本土産に持って帰って来たこともありました。そのたびに、われわれがどれだけ栗田上等兵のほがらかさに、笑い励まされたか知れません。しかし、栗田上等兵にも、やはり声をあげて泣くことがありました。

それはサマル河を渡河《とか》しようという前の夜でした。ジャングルの中の壕にもぐって、時のくるのを待っていました。敵弾は一弾落下する毎《ごと》に附近の樹木をふきとばし、何十メートルもある大木を倒して行きました。その時、私はつい近くで誰かの泣いている声を聞きました。時が時だけに、私はかっとして二三歩その方へ近づきましたが、それが栗田上等兵だとわかると「どうしたのだ」と問わずにおれませんでした。すると栗田上等兵は、涙ぐんだ声でいいました。

「軍曹殿、これを見てやって下さい」

さしだした掌のものを、かすかにさしてくる月の光をたよりにのぞいてみましたが、紙片のようなものがあるだけで、それが何だかわかりません。

「何だい、それは」と重ねて聞くと、栗田上等兵は鼻汁をすすりながら話しはじめました。話によると、はげしい渡河戦をはじめようとする今、ポケットに入れてある子供の写真をとりだして見ようとしたのです。ところが、いつ敵弾があたったものか、写真の納めてあった皮の物いれが粉々になり、写真もまた数片の紙ぎれとなっていました。

「見てやって下さい、これです」栗田上等兵は、またしても掌をさしだし、泣声になっていいました。

「軍曹殿、子供っていいものですな。自分の顔もおぼえているはずのない子供が、父の身体を救うため、これこの通り粉々になって……」そういうと、掌の中から小さな紙ぎれを一つつまみ上げて、私の目の前につきだしていいました。

「しかし、これごらんなさい。二人のにこにこ笑っている顔は、ちゃんと残っています」

私は見えもしない小さな写真を、月の光にかざしてしばらくは見つめていました。しかしそれもほんのしばらくで、栗田上等兵はそれをとりもどすと、大事そうにまたしても胸のポケットに納めました。そしてからからと笑うと、いつもの調子で「子供という奴は、いいものですな。この子供のためには、はずかしくない死に方をせねばなりませんわい」といいました。

このはずかしくない死に方を、われわれの前に見せてくれたのは、そのことがあってから四五日たったある日のことでした。

敵の第一線陣地を苦闘の末奪取したわが部隊は、四周から攻めよせて来る敵を、よせては撃ち、よせてはつぶして戦っていましたが、残念なことに食べるもの一つなく、辛うじて水を飲んで銃をとっていました。しかしその水もまたたく間になくなり、後方三百メートルのクリークまで汲みに行かねばなりません。そこで各分隊から選ばれた兵隊が、七つ八つの水筒をもって、くらやみに乗じ出かけることとなりました。「うん、よし、わしがやる」栗田上等兵はいつもの笑顔をみせて、この役をひきうけました。しかし出かけてはみたものの、日本軍がそのクリークへ水を汲みに行かねば水のないことを知っている敵は、無暗《むやみ》にクリークめがけて小銃弾や機関銃弾を浴びせて来ます。そのため出かけた者のうち、一人二人と死傷者を出しました。だが水筒一杯の水が、われわれ一日分の食糧であるからには、この危険をおかしても水を汲みに行かねばなりません。二日目の夜も「うん、よし、みんな水筒かせ」そういって両肩に水筒をぶらさげ、栗田上等兵は出かけて行きました。またしても機関銃弾を、クリークめがけて浴びせかけて来ました。しかししばらくすると、がちゃがちゃと水筒のふれあう音が近づいて来ます。われわれはほっとして「おい、栗田」と小さい声でよびました。くらやみからはそれに答える声はせず、ただがちゃがちゃという音がします。「おい、栗田」誰かがまたよびましたが、やはり声はしません。不安を感じたらしく、壕の中から誰かが這《は》い出《だ》して行きました。その間もやはり、がちゃがちゃと水筒のふれあう音は聞えて来ます。私は敵かも知れんぞと思い、栗田上等兵がまた愉快なたくらみでもしているぞと思い、銃をにぎってくらやみをのぞいていました。

その時「栗田、どうした」という低いが、力のこもった声が聞えて来ます。何かあったのだと思い、私は壕からのりだし「どうした」とくらやみに問いました。すると「くそっ、アメリカ奴《め》」という今出て行った兵隊の声がします。あわてて二三人がとびだして行きました。そして間もなく、壕の中へ重くなった栗田上等兵の身体を運びこんで来ました。一番あとから入って来た兵隊は、がちゃがちゃと水筒を投げるようにおくと「栗田の奴、這ってやがるんだ。胸をうたれて、胸をうたれて」と泣きふしました。そしてとぎれとぎれに、栗田上等兵が片手に水筒の束をひきずって、壕の方へ這い進んで来ていたということを報告しました。その兵隊は、そこまでいうとまたはげしく泣きながら「栗田の奴、おれの顔も見えんくせに、これをつき出しやがるんだ。これを」といって、われわれの前に白いものをさしだしました。手にとってみると、ひんやりとした冷たさが心持よく感じます。私は叩かれたようにはっとしました。それは栗田上等兵が水汲みに出かける前「軍曹殿、今夜はさっぱりさせてあげますよ」といった言葉を思い出したからです。その約束通り、栗田上等兵は手拭をクリークの水にひたして持って来てくれました。私はそれがわかると、栗田上等兵にすまなくなり、看護兵に最後の手当をうけている栗田上等兵の方へ近づきました。そしてかすかな星明りをたよりに、顔をおしつけてのぞきこみました。と、私はまたしてもはっとしました。四五日前「はずかしくない死に方をせねばなりませんわい」といいながら子供の写真を納めた胸のポケットのあたりに、繃帯が白々と浮き上って見えるのです。私は思わず大きな声で「栗田、栗田、立派な、立派な戦死だぞ」といいました。そして「写真が、写真が」と、しばらくはわけのわからぬことを、ひとりごとしていましたが、ひんやりと冷い手の感じに気がつき、私はあわてて栗田上等兵の顔にぬれた手拭をひろげておきました。これが栗田上等兵の最後でありました。

時は一月二十一日午前二時十七分。

所はナチブ山、マバタン西方、アブカイハシエンダの敵陣の一角でした。

栗田　忠夫君

栗田　義夫君

おじさんのながいてがみを、ふたりはいつになったらよんでくれるでしょうか。十になったら、十一になったら、おじさんは、てがみをかきながら、そんなことをかんがえてみましたが、ふと、こんなてがみは忠夫君にも、義夫君にも、いらないのではないかとかんがえつきました。なぜでしょうかね。それはふたりが、おじさんにいったことばを、おもいだしたからです。つれだってさんぽにでかけ、川のつつみにたったとき、忠夫君と義夫君が、こんなことをいったでしょう。

「おじさん、大東亜戦争は、百ねんも二百ねんもつづきますね」

「さあ、百ねんも、二百ねんも、たつまでには日本が、アメリカや、イギリスをやっつけているだろう」

「こまったなあ、にいちゃん」

「うん、こまったね。じゃおじさん、十ねんか二十ねんは」

「十ねんか、二十ねんは、つづくかもしれんね。しかし、日本がかってしまうかもしれんよ。いったい、どうしたのだね」

するとふたりは、しばらくかおをみあわしていましたが、とつぜん大きなこえで「ぼくたち、戦争へいきたいんです」といいましたね。それから「ぼくたちのなまえはね、天子さまに忠義をつくす、こどもになれって、お父さんがつけてくださったのです」といいましたね。

あの、ことばをおもいだしたのです。

こどものしゃしんを、むねにもって戦死した、お父さんのこころもちを、ふたりはちゃんと、しりぬいているのです。そしてお父さんのように、いつもにこにこしながらげんきで大きくなっているのです。そして一日もはやく兵隊になって天子さまのために、たたかいたいとおもっているのです。

こんなふたりに、はたしておじさんのあんなてがみがいるでしょうか。じっとかんがえてみましたが、おじさんにもわかりません。しかしおじさんは、やっぱりかいておくります。それはほがらかで、げんきなことがどれだけ、たくさんのひとをよろこばすことができるかということを、ふたりに、しっておいていただきたいからです。

ではこれで、さよならします。

どうか、からだにきをつけ、お母さんのいわれることをよくきき、一日もはやく、天子さまのために、たたかう兵隊になってください。さよなら

ふたりの戦友

浅井　新蔵

嘔気

北原武夫

1

　暑さのために叩き起されたような、息苦しい、ぐったりした感じで、いつものように信吉はベッドの中で眼を醒《さ》ました。恰度《ちようど》乾期の真ッ只中《まただなか》のこの熱帯では、何か爽やかな、極《ご》く自然な感じで、スッと眼が醒めるということは出来ない。それは何か、いつも、立《た》ち籠《こ》った熱気で身体の何処《どこ》かを叩かれたような、苦しい、唐突な、息の詰まるような目醒めだった。……汗で、全身がねばっていた。硝子《ガラス》の嵌《は》まってない窓（ジャワではどの家の窓にも硝子は嵌まってなかった）では、強い光りを浴びたパパイヤの葉がギラギラと輝き、壁と甃石《しきいし》の床だけのがらんとした部屋の空気には、早くももう、音がしそうな程、じいんと熱気が籠っていた。信吉は、懈《け》懶《だる》い頭を動かす元気がなく痴《う》けたように、そのままぼんやりしていた。

「トワン、アダ？……」

誰かが、扉《ドア》を叩いた。若い下僕《ジョンゴス》のサジャンの声だ。返事もしないでいると、すぐつづいて、

「青木さん、お客様です。女の、異人さんですよ！」

この邸《やしき》を接収以来、一緒にこの家に住んで、身の廻りの世話をしてくれている若い小山田上等兵の声であった。

「——あ、起きる……」

まだはっきりしない頭で、身体を拭いたり歯を磨いたりしている間、「女の異人さん」という今の言葉が、彼の中では、怪訝《けげん》な念と不安の念とを伴って、いろいろに絡みついていた。どんな「異人の女」か分らなかったが、そういう女に朝早く訪れて来られるような覚えはまるでなかったし、それに第一向うから訪れて来たにしろ、そういう女を自宅に入れるということはかねて軍から厳しく禁止されていたから、それが先《ま》ず彼には不審でもあり不安でもあったのだが、しかしそれだけでなかった。そういう心の中で、彼はその時、まるで忘れていたことのようにそのことを思い出し、その女というのは若《も》しかしたら昨夜のあのアニイではないのだろうかとふっとそう気がついたのだ。そんな筈《はず》はないと思った。昨夜のそのアニイの気持は、今でも彼には不可解だったが、しかし、思いがけない偶然の導くがまま、彼としてははじめて軍紀を破ったその昨夜の行為の中で、その翌朝彼女をして直《す》ぐ様《さま》彼の家に駈けつけさせるようなものは何もなかったと、彼は信じていた。軍紀を破るということに対する彼の小心な懼《おそ》れもあり、また一種自己防衛的な要心深さから、そ

ういう無用な複雑な種は何一つ蒔《ま》かなかった筈だと、彼は信じていたのである。が、勿論《もちろん》そういうことに、彼は自信の持てる方の人間ではなかった。……彼は何となしに、『ああ、厭《いや》だ！』と思い、信吉達がいつも感じる、何か脅かされているような、何者かに絶えず頭の上から圧迫されているような、あの陰鬱な、重苦しい、無気力な気持に、またもや自分が陥ったのを感じながら、重い足取りで玄関に出ていった。

玄関のテラスに出てみると、掃除が済んで艶々《つやつや》と光り、前庭の樹木の色を深々と眩《まぶ》しく照り返している、そこの広い甃石の床の一隅に、一人の見知らぬ女が立っていた。女は、彼を見ると、何か確かめるような眼の色をしながら、おずおずと彼に会釈した。それはアニイではなかった。アニイなどより遙かに年上の、と言ってもまだ二十六、七位にしかなってはいまいと思われる、小柄な、少し肥った、純粋に白人の、金髪の女であった。薄ものの、可なり色の褪《あ》せた花模様《プリント》のワンピイスを著《き》て、肥ってあまり恰好《かっこう》のよくない脚に、ジャワにいる女には珍らしくきちんと靴下を穿《は》き、暑苦しそうに何度もハンカチを顔にやっていた。そういう方面に知識も経験も尠《すくな》い彼の眼には、何国人だか分らなかった。信吉は、女がアニイでなかったことに一ト先《ひとま》ず安心し、それと同時に何やら失望に似たような気持も味わいながら、とにかくそこの籐椅子に掛けるように女に薦めた。——そこは、テラスの一番前面の街路からすぐ一ト目で見渡される場所だった。自宅で婦人と、それも特に純粋の白人の婦人などと話したりすることは、軍政下のこの土地では特別に厳しく禁じられていることだったから、どういう用件か分らなかったが、とにかくもう相手が来てしまった以上、誰の眼からも見える公明正大な場所で、成るべく早く用件を片づけたいと思ったのだ。

「Good morning, sir……」

滑らかな英語で、女はそう口を切った。ジャワ上陸以来まだ四月目位だったが、和蘭語《オランダご》訛《なま》りの強い、ブロークンな英語ばかり聴き馴れていた彼の耳には、はじめて聴く流暢《りゅうちょう》な、快い英語だった。sir という言葉もはじめてだった。そしておまけに、彼などの耳にも一語一語はっきりと聴き取れるようなそれは正確な発音だったが、何となく警戒しているような、要心しているような曖昧《あいまい》な彼の顔つきを看て取ったのか、落著《おちつ》かない、事務的な口調ですぐ様《さま》話し出した女の話というのは、結局就職の依頼であった。自分は波蘭《ポーランド》の生まれだと、女は言った。八年間シンガポールの国際銀行《ナショナル・バンク》でタイピストとして働いていたが、シンガポールも戦場になってしまったので、陥落直前このバタビヤに逃れて来たこと、自分はタイプライターが巧く、英語も堪能で、その八年の間事故一つ起さず、極めて勤勉に過して来たことなどを話し、それに対する支店長の感謝状もここに持って来ていると、それをハンドバッグの中からわざわざ取り出して見せたりした。そして更に語を継いで、自分は今シンガポールを一緒に逃げ出して来た二人の友達と一緒に、前からバタビヤにいた同国人のある女の許《もと》に厄介になっているが、もう二《ふ》タ月も前にお金がなくなってしまった、時計や宝石類を金に換えて今日まで支えて来たが、もうどうすることも出来ない、何かちゃんとした収入のある職業に就かなければ、もう文字通り餓死するばかりだ、貴方はその方面にいろいろの伝手《つて》を持っているCivil Officerだそうだから、どんな方面の仕事でもよいが、何か探して貰えないだろうか、というのであった。そう言いながら、女は、外国の女の常で粉を吹いたように真ッ白く塗ったその白粉《おしろい》の上に、光って、玉になって噴き出て来る汗を何度も何度もハンカチで拭《ぬぐ》っていた。

咄嗟《とっさ》にどう答えていいか判断がつかず、信吉は暫《しば》らく黙って女と向き合っていた。女は成る程、頸飾《くびかざ》りはもとより、大抵の女のしている腕輪や指輪一つ、身につけていなかった。恐らくこういう訪問の儀礼上から、顔に白粉を刷《は》いてはいたが、弾力がなくぶよぶよという感じに肥ったその両腕には、あちこちに、蚊か何かに螫《さ》されたらしい痕《あと》が、密生した金色の生毛《うぶげ》の中で、赤い、醜い斑点をつくっていた。そして、女は、気の毒な位あとからあとから顔に噴き出て来る汗を拭いながら、もう言葉もなく、一種の警戒心と不安の色の混ざった眼眸《がんぼう》で彼を見守っていた。そういう女の様子を眺めながら、『ふうむ、これが波蘭の女なのか……』と、何か確かめるような気持で彼はそう思ったが、詳しい身元も具体的な生活感情も何一つ推察しようのない彼には、そういう彼の一種の感慨も、この目前の女が縁もゆかりもない外国の女だという感じを、彼自身の心の中に、却《かえ》って一層強める役にしか立たなかった。彼は、率直に、思いがけない戦争のためにそういう境遇に落ちた女の身に同情した。女の言っていることは、恐らく決して嘘ではあるまいと思った。が、彼の同情も感慨も、それ以上には進まなかった。彼女がもっと若く、そしてもっと美しかったら、好奇心からだけでも彼女を雇おうという人間が或《あるい》は出て来るかも知れなかったが、どの官庁でも会社でも、既に多数、もっと若くて綺麗な、活気に溢れた、そしてちゃんと国籍もジャワにある混血児を、殆《ほとん》ど無数の志願者の中から好き勝手に選び出すようにして使っている現在の状態では、ジャワに国籍もなく、一種の流浪民で、おまけに純粋の白人であるこの彼女のような女が、日本軍政下のこの土地で生計を得てゆく道は、もう殆ど皆無だと言っていいことを彼はよく知っていたからだ。信吉は、二タ言三言、ただほんの儀礼的な意味で口を利いていたが、ふッと気がついて、女に訊《たず》ねた。

「それでこの僕のことを、貴女は一体誰からお聞きになったのです？」

「おお、それは、ミスタ・ラウジンから聞きました」

「ミスタ・ラウジン？　……」

「リラという酒場《バア》のマスターです。彼が貴方の許に行って依頼するようにと忠告してくれたのです。彼は、貴方は非常に親切だと私にそう言いました……」

「そうですか」

と口ではそう言ったが、彼は「へえ！」と言った感じで、心の中で苦笑した。この見も知らぬ女が突然彼のところなぞに訪ねて来た理由が、これで彼にははじめて納得出来たような気がしたからである。彼は改めて「へえ！」と思った。それは、全く、それ以外に思いようのない気持だった。と、女が、つづけて意外なことを言い出した。

「ミス・ロオラも同じような忠告を私にしてくれました。——ミス・ロオラ、貴方はご存知ですか？」

「ミス・ロオラ?」

「私の言ったリラという酒場で今働いている女性です」

「ああ、ロオラ?　それなら、よく知っています」

「彼女は私と同国人で、私達は今彼女の家で世話になっているのです。彼女は、貴方の性格をよく知っていると言いました……」

「性格?　彼女がそう言ったのですか?」

「Oh, yes!……」

言下に、勢い込んでそう返事したその女の声には、無邪気で虚心な口調ではあったが、何かはっきりとした証拠を摑んでいるような、そしてそれを唯一の力頼みにしているような、ある張り切った、思いもかけない調子が、潜んでいた。この弾んだ調子の意味が、彼にはすぐ分った。彼は思わずまごつき、我知らず顔を赭《あか》らめた。それを見ると、女の顔にも、極く幽《かすか》だったが、ある種の微笑が泛《うか》んだ。それは、この女がはじめて見せた、寛《くつろ》いだ、やっとホッとしたような、明るい表情だった。このまるッ切り見当違いな女の笑顔が、この場面をもうこれ以上つづけることの無意味さを、もう否応なく、はっきりと彼に悟らせた。

——彼は「一寸失礼《ちよつと》」と言って立ち上ると、急いで部屋に戻り、そこにあった幾ばくかの紙幣を封筒に包んで引ッ返して来ると、二タ言三言、言葉を添えながらそれを女に差し出し、結局この女のためには何もしてやれないことを心の裡《うち》に明瞭に感じながら、「何か試みてみましょう!」と口だけではそう言った。女は、驚いたような顔で二、三度辞退したが、結局その彼の差し出したものを受け取り、「You are very kind……」という言葉を何度も口にしながら、椅子から立ち上った。近々と見ると、白粉の下から無数の雀斑《そばかす》の透いて見える、柔かな生毛が一面に煙っている、何か急に疲れの出たような、赤味を帯びた顔に、いかにも意外そうな、今すぐこの場で言葉には言い現わせないというような、一種の表情を泛べ、眼の中にはっきりと涙を見せながら、女は彼の手を握り、それから前庭に降り立った。離れて後から見ると、彼などの日本人の眼には滑稽という程度を超えた感じに見える、丸々とお臀《しり》の出張った、ずんぐりと小柄な、どう見ても美しいとは言えない姿でその女が歩き出してゆくのを、彼は一寸の間そこで見送っていたが、すぐ屋内に取って返した。

2

用の済むのを待っていた小山田上等兵と、彼はそれからすぐ食卓に向った。が、忌々《いまいま》しいとまではゆかない、そしてただ不快とも言い切れない、たった今のその些細《ささい》な出来事から受けた印象が、その食事の間も、彼の心から離れなかった。ジャワという土地、それからそこに文化班として来ている信吉達いわゆる『軍属扱い者』達の位置、そういうものの意味が、改めて様々に彼には考えられた。

リラという酒場は、そういう軍属扱い者の信吉達が、毎晩のように飲みにいっている酒場の一つであった。何国人だか分らないそこの主人のラウジンや、そこに働いているロオラという女とも、だから勿論彼は顔馴染みであったが、特にどうということはなかった。酔うと、時々自分でアコオディオンを弾き、ロシヤ語で「ヴォルガの船唄」などを歌うそのラウジンという男に、酒を奢《おご》ったり、チップを弾んだりしたことはあったが、そのラウジンに特に非常に親切な男だと思われるようなことを何一つした覚えは信吉にはなかった。またそのロオラという女には、英語という羞恥《しゅうち》を感じないで済む便利な言葉のお蔭《かげ》で酔った紛れに、求愛に類した甘ッたるい言葉を、執拗《しつよう》な位に何度となく口にした覚えは、彼にはあった。が、それは女の方がよく心得ていて、体よく相手にしていなかったし、また酔うと女に向ってそういう言葉を口にするのは、第一彼一人ではなかった。他国の言葉という無責任な便宜さに隠れて、彼等の仲間の大抵の連中が、酔うと、至《いた》る処《ところ》でそういう言葉を濫発《らんぱつ》していた。が、そういう多くの日本人の酔客の中で、信吉だけが特に親切な男と見られたり、「性格《キャラクター》を知っている」などと言われたりして、就職希望の見も知らぬ女を差し向けられたのには、そこに何かがあったに違いなかった。自分では気がつかないでいたにしても、相手にははっきりとそう思わせるような何かが、そこにあったに違いなかった。酒の雫《しずく》や煙草の灰で汚れたスタンドにぐったりと肘《ひじ》をつき、暑さの疲れと酒の酔いとで何かもやもやと痺《しび》れたような頭で、「君には恋人があるの？」とか、「君を好きになってはいけないだろうか？」とか、そんなような言葉を何か口説のようにしきりに言っていた彼自身の顔つきが、――いくらかは照れたり、相手に対して気兼ねしたりしながら、そういう雰囲気を懸命に自分でつくり出し、誰よりも先に自分自身が先ずそれに酔って、既に女との間にある種の共感が成立しているかのような感じを、当の女にも彼自身にもしきりに与えたがっているような、何かそんな風なひとり好《よ》がりの、甘ッたるい顔つきが、今になると、彼にははっきりと見えて来た。そういう彼の軽薄さ、というより、そういう軽薄さが何かいかにもよく身につき、よく似合っている全体のその彼の人間の感じが、その異国の女の眼にも、やはり誤たずに、はっきりと見えていたのに違いなかった。確かに、そうに違いなかった。今朝のこの、ただ忌々しいとだけは言い切れない、何か不快な後味の残る出来事の一切の原因は、すべてそこにあったのだ。彼はそう考えてみて、我ながら『ふうん！……』と思い、『俺という人間は、どの国のどんな女の眼にも、やっぱりそんな風に見えるんだな！』と、そういう自分自身に対する何かどうにもならない――あるやり切れない感じ、――もう長い間苦《に》がい思いで噛みしめて来たあの嫌悪感を、今更のように感じないわけにはゆかなかった。が、その時彼を、陰鬱な、もっと重苦しい思いの中に誘い込んだのは、それだけではなかった。今朝のこの一寸した出来事は、特に彼自身のみにとってのことだったけれども、ひとり彼だけでなく、彼の仲間の多くの者も、多かれ少かれ、周囲の力で、半ばは否応なしに、この彼と同じようなあるやり切れない、苦々しい自己嫌悪感へ、それぞれ例外なしに駆り立てられているということだった。

現在バタビヤには、戦争前からあったもののうち、再営業を許されて店を開いている酒場が、このリラという酒場の他にまだ二三軒あった。信吉達の仲間、作家、画家、新聞記者などから成っているいわゆる文化班の連中は、夜になると、大抵毎晩のようにそれらの酒場に飲みに行った。信吉も勿論その一人であった。彼等は、毎晩飲みに行った。実によく飲みに行った。倦《あ》きずに、まるでそれだけが生命のように、飲みに行った。酒を飲むことが、そんなに愉《たの》しかったのだろうか。そこにいる白人や混血の女達が、彼等にはそんなに魅力があったのだろうか。おお、そうではなかった。

酒を飲むことは、少しも愉しくはなかった。そこの女達の中には充分人目を惹《ひ》く美しさを持った女もいたが、（ロオラもその一人だったが）そういう女の美しさとして享《う》け入《い》れるような心の余裕は、殆ど誰の中にもなかった。そういう意味では、めいめい遠い故国に残して来たものの面影を、何物にも換え難い懐かしさとして、或はいつも心にかかる重荷として、それぞれしっかりと心に抱いており、（それが日本人のいいところか悪いところかは分らなかったが）何かの弾みで単なる情痴の相手にはなったかも知れなかったが、真剣な恋愛の対象などとしては誰も考えてはいなかった。勿論それは女の方にもよく分り、はじめからそういう一種の警戒と要心とをもって彼等に臨んでいるので、双方がどんなに酔い、どんなに打ち解けた、例えば身の上の告白や慰藉《いしゃ》や求愛の口説に似た言葉などを取り交している最中でも、一寸した眼の表情や笑いの表情の中に、はっきりとそういうものが光っていた。それが彼等の酒の酔いを、何か冷やッとしたような思いで醒まさせることもあったが、また逆に却って一層煽《あお》り立《た》てる場合もあった。その度に何か苦々しい、おまけに何かちくッと心を刺すようなものを、心の底に明瞭に感じながら、信吉達は、そういう場所でつとめて強い酒をあおり、従って三度に一度は誰かが必ず泥酔した。いや、それどころではなかった。泥酔するということは、そういう彼等にとっては寧《むし》ろ絶対の条件なのであった。そして、そうすることによって、もう長い間かかって、じりじりと、彼等の裡に溜って来ているある何かを、信吉達はやっと処理していたのである。

では一体それは、そのある何かというのは、何だったのか。――漠とした郷愁、勿論それもあった。いつ内地へ帰れるか分らない、その日その日の不安定な生活感、帰れる日が来たにしても、その肝腎の帰《かえ》り途《みち》が果して無事に済むだろうかどうかという漠とした恐怖、それもあった。また戦闘中は、戦闘という凡《およ》そ無用な思考を必要としない画一的な行動性によってともあれ保たれて来た精神の秩序が、急速な戦闘停止後に来た軍政下で、特に『軍属扱い』というその曖昧な身分も手伝い、なまじ中途半端な自由な境涯に置かれたため、不意にその均衡を失ったこと、それもあった。その他、毎日毎日、昨日も今日も明日も判で捺《お》したように、同じように熱い陽《ひ》が照り、空が燃え、のしかかるように樹木が輝き、凡そ変化というもののない驚くべく単調なこの島の風土の影響、それもあった。が、それらは結局、彼等にとっては何ものでもなかった。彼等にとって、それよりももっと根本的なことは、どうにもならない根本的なことは、この土地で、彼等のすることがまるで何もないということだった。どうしてそんなことになったのか。(それは実は信吉達は心の中では、よく知っていたが)最初はある確とした目的も方針もあるかの如《ごと》くにして慎重に編成され、兵として訓練も受け、戦闘部隊と一緒に敵前上陸までしてやって来た信吉達文化班が、いざこの地に来てみると、具体的な施政の面からも文化工作の面からも宙に浮いてしまい、何の意味もない、殆ど余計者のような、空《うつろ》な存在に化してしまったということであった。短日間に戦闘が終ってともあれ平和が恢復《かいふく》したこの島では、外部から侵攻して来た占領軍としての日本軍にとって、為《な》すべきことは山程あった。特に人種や経済関係の異常に複雑なこの土地では、何よりもその人心の安定と経済関係の安定とを図るために、直《す》ぐにも為さなければならないことが、素人《しろうと》の信吉達の眼にも、殆ど無限にあるように見えた。けれども、信吉達には、何もすることがなかった。それは、軍属扱いという妙な身分のために、そういう具体的な実際の政策に関与する権限も力も、もともと彼等には与えられていなかった、というだけではなかった。決してそんなことではなかった。平和恢復後次々にこの島に起って来ている現実の新しい事態は、そういう中途半端な身分と組織とに縛られている文化人を使ってするいわゆる文化工作などというものでは、到底弥縫《びほう》も出来なければ誤魔化しも利かないということを、そこには、ただこの島の現実に即した、卑近な、単純な、そして何よりも実際の効果のある、日々の具体的な政策の実行が何よりも焦眉《しょうび》の急だということを、その当の現実の事態自身がはっきりと明示していたからだった。実際、ある種の露骨な精神運動や、ある明瞭な意図の下に編輯《へんしゅう》されるマレー語新聞の発行や放送や、街のビラ貼りや、そういうものが、この島の現実の事態に、一体どれほどの力を持っていたろう。現に同じ信吉達の仲間の中には、熱狂的な確信をもってそういう仕事に熱中し、そこに自分自身の信じている理想や意義を見出そうとつとめているものもあったけれども、仕事そのものが一応形がついてしまうと、もうそれ以上には発展も出来ず、また実際の人心の上にそれ以上実効も及ぼさないという根本の矛盾に突き当り、自縄自縛《じじようじばく》の形でだんだんに気を腐らせて来ている者が多かった。そうして、その結果、この頃では、もとから軍の中にあったある考え、抑《そもそも》文士だの絵描きだの新聞記者だのを集めて、こういう文化班などというものを作り出したのは、ひとり好がりな軍首脳部の重大な過誤であるという考え、——それは高々一部の軍人の文学趣味か、或は半可通な文化かぶれの頭脳が考え出した、空想的な思いつきであって、実際の現地の軍政などには役立たぬばかりか、寧ろ余計な障碍物《しようがいぶつ》だという考え、(信吉達が召集されてそういう文化班などに編成されたその抑々の時、根本的な問題として、信吉達自身が直感的に疑問を持ったのも、実はやはりそのことだったが……)そういう考えが、肝腎の現地軍の中で徐々に強くなり、実際の面からだけでなく、命令系統の上層部からも、信吉達は完全に浮いてしまっているのだった。勢い、信吉達には、何もすることがなかった。第一、自分達の存在自体が無意味だという根本的な疑惑に、日に日に心を蝕《むしば》まれながら、一体人間に何が出来ただろう。

信吉は食事を済ませると、勤めの場所の事務所に出勤するために、すぐ卓子から立ち上った。情熱も意義も感じてはいなかったが、しかし、仕事はやはり仕事であった。彼の仕事は、『八重潮』という陣中新聞と『ジャワ・バルウ』というマレー語の新聞を発行している新聞社に午前と午後出、（尤《もつと》もそれは強《し》いて出なくともよかったのだが）午前は陣中新聞のために短文やエッセイのようなものを書き、午後はマレー語の新聞に日本語読本のための日本文のストオリイを書くことであった。その他に、いわゆる現地視察のために時々内地からやって来る将軍連のために博物館を案内したり、直属の長官であるM隊長の放送原稿の代作をしたりすることがあったが、この日は恰度そういう種類の原稿が大分溜っていた上に、殆ど連日のように何の意味もなく開かれる軍隊独特の『会食』が、昼と夜に二つも重なっていた。信吉のように、格別文化班の首脳部でもなく、またそれ程重要なポストの仕事を持っていないような人間でも、ここではそれ程忙しかったのである。そしてこの時も、鞄を抱えて玄関から出ようとした彼は、ジリジリという電話の音で呼び戻され、某参謀が急に内地に帰ることになったため、送別の意味で会食をするから、すぐ将校集会所に集まるようにと命令された。

3

車を廻して将校集会所に駈けつけた彼は、同じようにして集まって来た仲間の十数人のものと一緒に、そこの広間の一つで可なり長い間待たされていたが、肝腎のその参謀は中々姿を現わさなかった。仲間同士何やかや無駄話をしている間に忽《たちま》ち時間が経ち、これから会食がはじまるとすると、たとえ午後から新聞社に出たとしてももういくらも仕事する時間がないな、などというようなことが彼の頭の中ではっきりして来た時分に、漸《ようや》くその当の参謀が入って来た。彼はその時まで別段そのことに深く心を奪われてはいなかった昨夜の思いがけない出来事にとって、蔭で間接に関係のある画家の吉村の、色の白い、端麗な顔をその席上に見出した時、反射的にその昨夜のアニイのことが頭に泛んだが、それも間もなくその場の話に紛れてしまった。が、長い間待たせたその当の参謀がやっと現われ、愈《いよいよ》これから会食がはじまって、可なり長時間無駄な時間を更にここで過さなければならないことがはっきりして来ると、若《も》しかしたら今日はアニイとは会えないかも知れないということが何か大変心残りのような、惜しいような気が、彼には突然して来たのだった。

アニイというのは、彼の出ているその新聞社で働いている、まだやっと二十になったばかりの、混血の少女だった。彼女をはじめ十人余りの主として混血の娘達が、募集した志願者の中から選ばれて新たにその新聞社に勤めるようになった時、信吉は恰度旅行に出ていたので知らなかった。久し振りでバタビヤに帰り、ある日社に出てみて、そこではじめて男ばかりでひどく殺風景だった社内に、色とりどりのワンピイスを著《き》て、花のようにざわめいている彼女達を見たのだが、その中でやはりアニイの姿が、すぐ彼の眼についた。特別に美しいというのではなかったが、唇の色の鮮やかな、眼の深い、いかにも異国的な顔立ちに、浅黒く、固く、見事に引き緊った肢体を持ち、おまけに冷たくツンと取り澄した、何か意地悪げな、高慢そうなその物腰に、何か妙に男心を唆《そそ》るようなものを持っていたからである。はじめ彼女は信吉などは見向きもせず、時々他の女達と話をしている彼などの様子を、何やら冷やかな意地悪そうな眼でじろじろ眺めていたが、ある時偶然なことからはじめて言葉を交した時、「貴方はミスタ・ヨシムラと同じ職業か？」といきなりそんなことを訊ねた。その時何の気なしにそうだと答えた彼に向って、翌日彼女は、何かの話の間で、「ミスタ・ヨシムラは画家《ペインター》だけれど、貴方はそうではないではないか。貴方は嘘つきなのね？」とそう言い、不思議に吉村のことばかり彼に向って言うので、彼が黙って女を眺めていると、「ミスタ・ヨシムラは綺麗《グッド・ルッキング》でもあるけど、戯談《ジョーク》が巧いから、ここにいる日本の男達の中では一番好きだ！」などとそんなことも言い、何か誘い込むような、釘を刺すような笑い方をして彼を眺めたことがあった。やがてあとになって彼は、このアニイという癖の強そうな混血の娘が、画家の吉村に一ト方ならず打ち込んでいるらしいということを他の者から聞き、『ふうん、そうか！』と思ったのであるが、それから暫《しばら》く経った昨日の夜、そのアニイの思いがけない行動に彼は接したのだった。

彼はその晩珍らしく仲間の者から離れ離れになり、一人で酒場に出かけてゆく気も起らなかったので、ふらりと映画を見に出かけた。そしてある映画館に入ろうとした時、恰度その前で三輪車《ベチャ》から降り立ったアニイとばったり出会ったのである。アニイは同じ位の混血の娘二人とやはり同じ位の年齢の一人の混血の青年と連れ立っていたが、彼を見ると、追いかけるようにして走り寄り、「とても幸運だったわ。私達も今ここに見に来たんだけど、一緒じゃアいけなくって？」と、薄く笑みを泛べながら、誘うような、押しつけるような、例の調子でそう言った。彼は躊躇《ちゅうちょ》した。彼女の方ではそういう事情を全く知らないらしいので、その通りに口に出して言えなかったが、混血児であれ白人であれ、また日本の女性であれインドネシア人であれ、とにかく女性同伴で映画館その他の場所へ出入することは、ここでは軍紀によって固く禁止されていたからである。彼等の中ではまだそういう罰に処せられた者はなかったけれども、若しそれに違反して憲兵にでも発見されたような場合は、それは想像以上に重い罰に処せられることになっていた。況《ま》して平生《へいぜい》、身分が中途半端なため、正規の軍属や軍人達に比べると遙かに自由な、殆ど法外な程に自由な境涯に置かれている彼等のような軍属扱い者には、そういう場合それは、恥を知るというような意味からでも、更に一層重い罰を食う筈であった。彼はそれで、躊躇したばかりでなく、心の中では滑稽な位に狼狽《ろうばい》し、『飛んでもない、俺にはそんなことはとても出来ない！』と殆ど竦《ギヨ》っとしたような思いでそう思ったのである。が、それにも拘《かか》わらず、彼はそう出来なかった。躊躇している彼に向って訝《いぶか》しげに、それから何も知らないために一層冷たく、意地悪げに聞える言い方で、弱く、「What matter？……」とそう言ったその彼女の一ト言と、夜の色と灯の蔭になっているのとではっきりとは見えなかったが、純白なレースのワンピイスを著て、珍らしく口紅などを塗っている彼女の、勤め先以外の場所ではじめて見るその何か異常な新鮮な姿に、激しく好奇の心を刺激されたのとに負け、思わずずるずると引きずられてしまったのだ。彼は先に立って彼女達のために切符を購《あがな》い、（信吉達日本人はどんな映画館でも無料だった）万一を慮《おもんぱか》って、誰にも見られぬよう、今まで上ったことのない二階席の方に、彼女達と一緒に上っていった。

二階席には滅多に誰も席を取らないと見え、がらんとしていて、信吉達以外には一人も客がいなかった。が、信吉は、気が気でなかった。二階は一階からの人いきれがむウッと立《た》ち騰《のぼ》って来るので、それでなくとも密閉されたように暑かったが、その暑さのためだけでなく、若し見つかったらという恐怖と、そういう恐怖を女には覚《さと》られたくないという緊張した思いとで、汗びっしょりになり、何かしきりに話しかけて来るアニイの言葉も、彼には殆ど耳に入らなかった。彼は腹の底から後悔し、俺はどうしてこんなことをしてしまったのだろうと、今更取り返しのつかない苦い嫌悪と自責の思いとに胸を刺されながら、それでもそこにじっとしていた。

ところが、あたりが暗くなって写真が映りはじめると、「ここでは私見にくいわ」と不意にアニイがそう言い出したので、彼がその気になって席を立ち、二三列後方の座席に先に立って移ってゆくと、アニイ一人だけが、そのあとからすっと立って来た。

「おや、あの人達は？」

「あれはいいの、介意《かま》わないの——」

アニイはそう言いながら、その辺の座席の一つにストンと蓮っ葉に腰を下し、

「ここが好いわ。ね、貴方もここに！」

そして彼が、脱いだ上衣を手に持ったまま躊躇《ためら》いがちにその隣りに腰を下し、何がなし額の汗を拭っていると、「そんなに暑くって？」と悪戯《いたずら》っぽく手に持っていたハンカチで

彼を煽ぐようにし、その拍子にぐっと身体を摺《す》り寄《よ》せ、裸《はだ》かの腕を、やはり裸かの彼の腕にするりと捲きつけた。信吉は思わずアニイの顔を見たが、アニイはもう正面を向いていて、映画に見入っているのか、睫毛《まつげ》一つ動かさずにじっとしていた。

信吉は、そのままの姿勢で画面の方に顔を向けながら、何か不当に心を掻き乱されたような気持で、容易に落著けなかった。アニイというこの混血の少女が、男に対してこの程度の果敢さや積極性を持ち合わせているだろうということは、それは前から彼にも薄々察しられていたことなので、アニイのこういう動作を、彼は格別意外には思わなかった。が、彼に対して全然無関心でそうしているのか、或はどういう意味にせよ多少の関心を持ってそうしているのか、アニイの態度からは、そういう点が、まるで、ほんのこれっぽっちも、彼には見究められなかったからだ。あたりが暗くなってからは、彼の恐怖心は、何と言ってもいくらか薄らいではいた。が、しかし、こうなると、今度明るくなってこの映画館を出る時のその新たな懼《おそ》れや、第一こんな風に不意に彼に近づいて来たこのアニイに対して、これからどういう態度を取ったらいいのかというようなことなどが、また別のこととして心に塞がり、彼は殆ど上の空でそこの椅子に坐っていた。

その映画館を出ると、（どやどやと一緒に出て来たので、幸いに彼は誰にも誰何《すいか》されなかった）アニイはもうそのつもりでいるらしく、三輪車にも乗らず、連れの若者達にも声を掛けず、彼の腕にしっかりと自分の腕を巻きつけたまま、誘うようにして、人通りの尠《すくな》い、暗い裏町の方へ歩き出した。そこは表通りから比べて遙かに暗かったばかりでなく、多くは華僑の人々が住んでいるその辺の家々では、どの家でも暑苦しく鬱蒼と茂っている樹木の深みのために屋内の灯の光りが遮《さえ》ぎられてしまっているので、殆ど真の闇に近かった。この辺の人々は食事時間が遅いので、今が恰度その時間らしく、どの家からも洩れて来る一種油臭い、強い椰子油の匂いが、その路上にまで匂っていた。この暗さと、人っ子一人通らないひっそりした静かさとが、彼を一ト先ず安心させたが、しかし、この辺は一般の日本人などの立ち入らない区域らしいので、若し路上で不意に巡察の憲兵などに会い、懐中電燈でパッと照らし出されでもしたら、却って決定的に動きが取れなくなりはしないだろうかというような不安と懼れをも、一方では彼の心に抱かせるのだった。彼はそれで、ふっと気がつき、

「君の家はここから余程遠いの？」

とアニイに訊ねると、アニイは、あの取り澄ました、素っ気ないような調子で、言下に答えるのだった。

「すぐ近くよ。だけど、今夜、私は遠い道を歩いて散歩したいの！」

そして、煙のように柔かい断髪の裾を彼の耳のあたりに擦りつけながら、彼の肩に自分の顔を凭《もた》せかけ、いかにも夜の散歩を愉しむように、ゆっくりした歩調で、アニイは歩きつづけていた。この女は一体何を考えているのだろう、と彼は思った。彼には全く、このアニイの気持が分らなかった。彼女の父親が、（それはやはり和蘭系の混血児で、ある銀行に勤めていたのだそうだが）日本軍の捕虜になり、このバタビヤから七、八十粁《キロ》もある、

或る高原地の捕虜収容所に現在収容されていることを、彼は前に彼女自身の口から聞いて知っていた。そればかりではない、その時の彼女の話によれば、このバタビヤの郊外にあった彼女の家は、日本軍に接収され、今はそこには見知らぬ日本人が入っているそうだし、彼女はそのことは言わなかったけれども、この町中の小さい家で母親と姉妹二人との四人で暮らしている目下の彼女の家庭が、恐らく彼女一人の月給で生計を立てているに違いないことも、彼には察しがついていた。そういう彼女が、どういう気持からにせよ、日本人の一人である彼のような男とどうしてこんな風に腕を組み、さも夜の涼しさを愉しむようにして散歩していられるのか、彼には想像がつかないのだった。敗戦国の人間の心理というものを、彼は知らなかった。それは全く、彼の想像を超えた感情だった。が、それにしても、どっちかというと頑固な日本人である彼のような男には、どう想像しても彼女の気持が分らなかったのである。

ある曲り角に来て、「あ、私の家、もうすぐそこよ」とアニイが呟《つぶや》くようにそう言った時、彼は何か我慢が出来ないような気持になり、前から頭の中にあったことを到頭口に出して言ってしまった。

「ね、君はミスタ・ヨシムラの恋人《スイートハート》だという噂だけど、それは本当?」

「誰がそんなこと言ってるの?」

「みんなが、あの新聞社の連中がみんなそう言っている……」

「ふウん? ……」

肯定も否定もせず、何か冷笑するように、鼻を鳴らすようにしてそう言った彼女は、なおもぴったり彼に寄り添って歩きつづけながら、不意に彼女の方から問い返した。

「だけど、貴方はどうしてそんなこと今私に訊《き》いたの、こんなに突然？」

「どうッて、別に……」

「私の中の何かを確かめたいからなの？　そう？　違う？」

彼が黙っていると、「ここで一寸休まない？」と言って、アニイは突然立《た》ち停《ど》まり、樹が覆い被さるようにして茂っていて、ほんのちらッとしか灯の洩れていないある人家の白い柵のところに、そのまま彼と一緒に寄りかかるようにし、暫らく黙っていたが、不意に彼の名前を呼んで、言った。

「私は貴方に会う前にミスタ・ヨシムラに会ったの。ミスタ・ヨシムラは私のことを好きだと言ったわ。それだけよ！」

どう返事をしていいか分らず、なおも彼が黙したままでいると、アニイは突然自分の腕を彼の腕から振りほどき、思いもかけず癇高《かんだか》い、激したような声で言った。

「私は貴方が嫌い！　貴方はいつまでも自分の気持を自分で言わないのだから！」

彼は唆《そその》かされたような衝動を感じ、「アニイ！」と言いながら、彼女の方を振り向いた。そして彼女の両肩に手を置き、何かを言おうとした時、倒れるように、アニイが身を寄せて来た。彼はそのまま引き寄せられたように、アニイを両手の中に抱いたが、思い切って接吻は出来なかった。彼はただ、何か妙に乾いた匂いのする、煙のように柔かい彼女の髪にそっと脣《くちびる》をつけ、そのままじっとしていた。暫らく経った。と、アニイが、彼の腕の中で、身悶《みもだ》えするように身を動かし、不意に甘えた。囁《ささや》くような声で「蚊《モスキト》！……」と言った。

「蚊《モスキト》？……」

「そう！　私の脚のところに……」

何処《どこ》？　などと言いながら、彼は彼女の身体から手を離し、女の足元のところに屈《かが》み込《こ》んで、じっと動かさずにいる彼女の二本の脚の、固く引《ひ》き緊《し》まった滑々《すべすべ》した皮膚の上を、そこここと、二三度掌で叩いた。「Thank you！……」というアニイの声が聞えた。と、彼は突然、何か激しく頭の中に逆流して来るものを覚え、眩《く》ら眩《く》らとした感じで、そこの暗いところで、思わず眼をつぶった。女の足元に屈んで、撫でるように女の脚などに触ったりしているその自分の恰好、――愛してもいない女に圧され、いつもそのままずるずると虜《とりこ》になってしまう、弱い、そのくせ充分に卑《さも》しい、あの彼という人間の、恰度その象徴《シンボル》であるようなそういう自分の恰好が、もう隠しようもなく、その時はっきりと自分の眼にも見えたような気がしたからだ。

4

「青木さん、あんた知ってますか。来月からこのジャワでは、一切の英語の会話が禁止になるんですぜ。公用でも私用でもね。知ってますか？」

挨拶代りの参謀の演説が終ったあと、どやどやと広間から出て来る途中、新聞記者の尾沢がにやにや笑いながら、彼の肩を叩いてそう言った。

「いいや、ちっとも……」

「僕等も酒場《バア》なんかに行った時差しずめ困りますがね、あんたなんか、もっと切実な意味で困りアしないかな。ふふッ。――そしてね、その命令ッてのは、今のあの参謀が置土産に置いてったんですよ。全くあの理論屋のやりそうなこったが！……」

「へえ……」

別の意味である重苦しい不快さを感じながら、信吉がその尾沢の顔を眺めていると、

「やっぱりあんたなんかには痛手ですかな。――いや、それは冗談ですがね！」

と尾沢は、もう一度にやりと笑い、それから何と思ったか、親しげにもう一度彼の肩を叩くと、一種気負った、押しつけるような調子で、言った。

「僕はね、この頃専《もっぱ》らあの『旅社』、あんた知ってるでしょう、兵隊達のゆく、一番下等なあの慰安所ですよ、――あすこに行って、じゃんじゃん女を買ってるんです。こんな無気力な、倦怠的《ダル》な、腐ったような土地にいて、精神の純潔を保とうなんてのには、これが一番の方法ですよ。此方《こっち》から先になって、思い切って汚れてやるのがね！　ふふッ、そうじゃないですか、青木さん？――今夜は一つあんたを誘いますぜ、いいですか？　あんたももう少し汚れた方がいいんだ、思い切って！　もうそういう時機ですよ、そうでしょ

う？……」

「じゃ！」と言うと、尾沢は挨拶もせず、「おーい、太田！」と同僚に何か声を掛けながら階段を駈け下り、走るようにして自分の自動車に飛び込んだ。信吉は、何か遁《のが》れるように自分の車に乗り込み、先刻から気になっている新聞社に向けて急いで走らせた。

彼がその新聞社の前に車を停め、その中から降り立とうとした時、もう半分閉まった正面玄関の鉄扉の間から、恰度アニイが一人で自転車を引き出しているところだった。アニイは、いつか彼が最初に彼女を見た時に着ていたことのある、濃い黄白と真紅の棒縞の派手なワンピイスを着、大きなハンドバッグを片腕に通して、もう自転車に乗るばかりの姿をしていたが、彼が近づいて来るのを見ると一寸歩みを停め、しかし笑みの砕片《かけら》も浮べていない鳶色《とびいろ》の眼で、冷やかに、素ッ気なく、じっと彼を見守っていた。『ああ、この女の癖がまたはじまった！……』何ということなくそんな考えを、少し冷やりとしたような思いで頭に浮べながら、彼は女に声を掛けた。――彼は、思いもかけず、彼女の前で、自分がひどく気弱く少年のように上ずっているのを感じた。

「もう帰るところ？」

「そう！」

「それは残念だった、急いで来たんだけど……」

アニイは何とも言わず、別にツンとはしていないけれども、媚《こ》びも暖かさも浮べていなない、何か空《うつろ》な眼で、ただ彼を眺めていた。彼は言葉もなく、一寸黙ったまま、彼女の前に立っていた。と、アニイは、不意に自転車を曳《ひ》きながら歩き出し、彼の前でぐるりと一ト廻りして、すらりとした小麦色の片脚をもうペダルの上に掛けながら、言った。例の畳みかけるような、素ッ気ない、早口の言い方で。

「貴方、よかったら、今晩家に来ない？　七時頃？　どう？」

彼は、勿論行くと答えた。微かな胸のときめきが、彼を捉《とら》えた。が、それは長くはつづかなかった。すぐつづけて、アニイが、思いもかけぬことを言い出したからである。

「貴方、ミスタ・ミヤジマという将校《オフイサー》を知ってて？」

「将校《オフイサー》？　さア知らないけれど……」

「自動車をドライヴするのがとても巧い人よ、その人。一緒にドライヴしないかって、時々私の家の玄関まで乗りつけて来るの。勿論私まだ一度も行きはしないけど。――その人も来るわ！　……」

「ああ、そう？」と彼は急いで何気ないように言ったが、自分の顔が攣《ひきつ》ったようになったのが、彼にはすぐ分った。彼は、慄《ふる》えるような心の中で、その時、もうどんなことがあっても今夜は行くまいと、咄嗟《とっさ》にそう心に決めた。が、その時、彼を別の意味でもっと激しく打ちのめしたのは、そのまま、もう彼の方は見向きもせず「Well, bye！……」と言いながらスッと自転車を乗り出そうとした彼女が、不意に片手を挙げ、大袈裟《おおげさ》に何か言って叫んだその動作だった。彼もすぐにそっちに眼をやった。それは、彼女の友人らしかった。――二人ばかり、彼女と同じ位の年齢の混血の娘が、やはり自転車に乗ってそこを通りかかったが、アニイが呼び止めるのを見て急いで自転車を停め、信吉がいるのを見て何がなし遠慮がちな顔になりながら、アニイに向って何か受け答えをしていた。彼女達は、早口に、和蘭語で何か言い合っていた。だから勿論彼には、アニイが何を言っているのか分らなかった。が、意識的にか或はそれが彼女にとって本当に極く自然な調子なのか、彼に対する時などとはまるで声の調子を一変し、打って変った、快活な、はしゃいだ、殆ど子供っぽい程浮々した調子で、アニイはその友達にものを言っているのだった。その別人のような、あまりに違い方の激しい彼女の変化が、その時、何ということなく彼を打ちのめしたのだ。

アニイは、挙げた方の片手で今度は胸を叩いてみせたり、それを大袈裟に振ってみせたり、絶えずはしゃぎ切った笑い声を立てながら、なおも一寸の間大声で女達に何か言っていた。それは、何かあんまり露骨なと思われた位に率直な、飾り気のない、いかにもその年齢にある若い娘らしい快活さと潑剌《はつらつ》さとに溢れた動作だった。女達は、やがて再び自転車に跨《またが》り、もう一度手を振って何か言うと、二人揃って、さッと走り出した。アニイは、まだ何か言いたそうな、ムズムズしたような、笑いのために紅潮した眼顔《めがお》で、そこに立ったまま、その友達の疾《はし》り去《さ》った方を一寸見送っていたが、「ウフン！……」というような鼻を鳴らすと、「Bye！」ともう一度彼に向ってそう言い、しかしそのために特に彼の顔の方に眼を上げたりはせず、スッと自転車に身を乗せると、そのまま、見向きもせずに、街路に乗り出した。そして、稍《や》ゝ《や》低目の婦人用自転車に乗ったそのアニイの、少し瘠《や》せ気《ぎ》味《み》の、かっちりと身の引き緊まった、派手な棒縞のワンピイスの後姿は、風を孕《はら》んだ栗色の柔かい髪の毛と一緒に、くいくいと肩を振りながら、先刻二人の女達の疾り去った反対の方向の街路の人混みの中に、すぐ見えなくなった。

信吉は、息が詰まったような気持で、暫くそこに立ちつくしていた。何とも言えない苦《に》がさと、身を嚙むような嫌悪とが、その彼の胸に衝《つ》き上《あ》げて来た。……

5

その夜信吉は、ひどく酔っ払った。昼間の約束通り彼を誘いに来た尾沢と一緒に、彼の行きつけの、何とかいう場末の華僑街の酒場に這入《はい》ったのが切っかけで、驚く程に酒の強い尾沢に引っ張られてそれから二軒ばかり廻り、最後にリラに這入《い》っていった時には、もう苦しい程酔いが廻っていた。戦争にゆくと酒が強くなると謂われている言葉通り、連日の飲酒でもともとあまり酒の強くない彼も可なり飲むようになってはいたが、しかしこの夜程深酒をしたのは彼にとってははじめてだった。

リラは小ぢんまりした小綺麗な酒場だったが、狭い上にいつも客が多いので、何時になっても蒸し蒸しと暑かった。酒の香と汗の臭いと喧騒なバンドの音楽の混ざり合った、薄暗い、濁ったような一隅で、なみなみと酌《つ》がれたウイスキーのグラスを前にし、そこで落ち合った仲間の誰かともう何かしきりに議論をはじめている尾沢の、少ししゃ嗄《が》れた、妙に耳にひびく、ど強い調子の声をぼんやり耳に入れながら、信吉は、だんだん滅入《めい》って来る、不快な、陰鬱な気持と、それでも懸命に戦っていた。その不快な陰鬱な気持の中に、ひどく傷つけられた自尊心の痛みと、それから、苦がい、焦々した嫉妬の情とが入ってい ることを、彼は自分でもはっきり知っていた。酒やその他の手段でどんなに誤魔化そうとしても、あの夕方の一寸した出来事から受けたこの心の痛さと苦がさとが、容易に消え去りはしないことを、彼は自分でもよく知っていたが、今信吉が、何とも言えず不快な、惨《みじ》めな思いで苦しめられているのは、そのことではなかった。どんな意味にせよ、祖国が大きな戦いを戦っているその現地の、このように遠い南の果てにやって来ても、彼という人間が、又《へ》もや同じような道を踏んで、同じようにじくじくと煮え切らない、結局は魂を磨《す》り耗らすだけにしか役立たない、そういう女の悩みを悩んでいるという、そのことであった。

こういう悩み、(それは真の意味での悩みとは決して言えなかったであろうが)そういう煩悩を、信吉は、今までに一体どの位繰り返して来たろう。全く倦きずに、少しも懲《こ》りずに、その度《たび》に、少しずつ心が荒れ、魂が濁ってゆくような気が自分でも幾分していながら、依然として、何度繰り返して来ただろう。彼は、そのことを考えると、実際我ながら情なかった。現に突然徴用令状を受け取って、東京からこの南方に向けて発《た》って来る時も、急には解決の出来そうもない問題が、一つ彼の上に起っていた。彼は、そういう時機にやって来たその思いがけない令状に愕然《がくぜん》とし、若しかしたら敵前上陸やその他の戦闘で命を失うかも知れないというその当然の可能性を考え、このことだけは何としてでもはっきり決まりをつけて置かなければならないと思いながらやはりなお心の中で踏ん切りがつかず、勿論はっきりと妻にも言えず、遂にそのまま、未解決のまま、その問題を内地に残して来てしまっていた。戦闘は、その彼にとって、たった一夜の海戦と、二日ばかりの強行軍とのただそれだけで終了し、若しかしたらそういう戦場での死によって解決出来るかも知れないと、怯《お》じた、弱い心の中で、半ば得手勝手に卑しく考えていた微かな弥縫策も破れ、発って来る時は予想もしなかったような安穏な、そして無為な境涯の中に置かれている今では、その心の中の煩悩は、却って一層深く募り、どんな友にも口外出来ないまま、大袈裟に言うと、それは、ふッと口で息をするのも苦しい位、重く、苦しく、彼の胸の裡に覆い被さっているのだった。実際彼は、どうしたらいいのかと思い、暑い夜の中で、どんなに酔って帰って来ても、安眠出来なかった。……それは、今度のこのアニイのように、全く偶然に、他動的に起きた問題ではなかった。がしかし、前後の考えもなくという風にでは決してなく、前後のことを充分慎重に考えた上、なお且《か》つ女に惹かれ、ずるずると引かれていったという点では、少しも変ってはいなかった。そしてそういう気弱い男の、何か性懲りのない、ある卑しさ、——愛のためというより、結局は一度女の方からそういう心を見せられたというその自負心の快さに引きずられ、半ばは自分でも甘い自足した気持になって、いつの間にかずるずると落ち込んでゆく、そういう彼のような男の持っている、あるどうにもならない根深い性質を考えると、今度のこのアニイのことも、一体これからどういう風になってゆくのか、その先に待っているその自分の姿が、彼には、何か自分ながら、もう眼に見えるような気がするのだった。

彼は酔って、もやもやと重い、苦しい痺れの寄せて来たような頭の中で、あれこれと苦がい想い出を思い起し、何か救われないような気持でぼんやりしていると、「Hallo, good evening！……」と言いながらスタンドの向うを廻って、ロオラがスッと彼の前に歩いて来た。

「どうしたの？　ひどく酔ってるの？」

「そう……」

「貴方にしては珍らしいわね、——どうしたの？」

ロオラという女は、もともと狎々《なれなれ》しく客に酒を酌いだり、気易く客に話しかけたりはしない女だったが、この時も、真紅のドレスから露《む》き出《だ》した、透きとおるように白い細《ほ》っそりした両腕を、壊れものでも置くような具合にそっとスタンドの上に凭せかけ、遠くの方から笑いかけるような、皮肉そうな眼をして、何やらまじまじと彼を眺めていた。彼は、今朝彼を訪ねて来た女のことから受けたあの漠とした不快さを、そのロオラの眼つきからふッと思い出し、何がなし重い気持になって黙っていると、ふふッというような笑いを洩《もら》して、不意にロオラが言った。

「ミスタ・アオキ、私は昨夜貴方の姿を見たわ！」

「昨夜？」

「そう——」

そう言って、薄青い、探るような眼つきでじっと彼を眺め、濃い口紅を塗った脣の上に一種の笑いを浮べながら言ったロオラの口調は、案外に強い、冷笑するような調子だった。

「あの娘さんの家は私のすぐ前ですもの！」

「へえ……」

彼は、内心尠《すくな》からぬ狼狽を覚え、仕方なしに、正直に言った。

「それはちっとも知らなかった……」

「綺麗な娘さんね。それに私よく知ってるけど、自分のことをよく知っている、非常に悧《り》巧《こう》な娘さんよ、あの子は。——貴方は前から知ってたの？」

「そうだよ、何故《なぜ》？」

「何故でもないけど。貴方を見たのは昨夜がはじめてだったから。——前にはよくミスタ・ヨシムラと散歩してたわ、あの娘さん……」

「何です？　何です、一体、その娘《ガール》ッてのは？」

不意にそう呶鳴《どな》るような声を出して、傍から尾沢がぐっと身体を乗り出して来たので、ロオラはまだ何か言おうとしていた言葉を止め、大袈裟に手を振って、「おお困った人《テリブル・ボーイ》！」などと巧《たくみ》に冗談めかして笑いながら、スッとスタンドから離れ、こっちの方を見た彼の眼に向って、何か暗示するように、冷やかに、「Good luck！……」と小声で、遠くから投げるようにそう言うと、スタンドの内側を、またスッと他の場所に去っていった。——彼は、何か刺されたように、そこに、そこの眼の前に置かれた自分のウイスキー・グラスの上に、息苦しく、身を屈めるようにして、じっとしていた。胸に、何か痛い、逆流するようなものが、上って来た。

それからどの位経ったか分らなかった。彼は強いて流し込むようにして、そこでなおも二、三杯強い酒をあおっていたが、突然、「馬鹿野郎、何だ、貴様は！　貴様みたいな売女《すべた》になめられて堪《たま》るもんか！」という激しい罵声がスタンドの一隅に聞えたので、思わずそっちに眼をやろうとすると、「いけねえ、青木さん、見ちゃア駄目だよ！」と言いながら尾沢が素早くスッと椅子から降り立ち、「出ましょう、早く。危ないから！……」と、何か上ずったような声で、彼の腕を引っ張るようにしながら、囁いた。

「どうしたんだい？」

「どうしたもこうしたもないさ。いつもの伝がはじまったんですよ。それに今日は二人ですからね、とてもこれア……」

妙に太々《ふてぶて》しい、負けン気の薄笑いをその赤黒い顔に浮べてはいたが、そう言う尾沢のぎょろッとした眼が、稍ゝ慴《おび》えたように光っているのを見て、信吉がすぐその意味を覚《さと》り、急いでよろよろと椅子から立ち上った時、ガチャンと麦酒壜《ビールびん》か何かが床に落ち割れ、「馬鹿野郎ッ！」という怒声と一緒に、更に硝子のコップが壁の上で砕け散る音が、聞えた。

……思わずちらッと眼をやってみると、何かを一心に堪えようとするように胸のところで裸かの白い腕をぎゅッと固く組み、スタンドの壁のところに押しつけられたように背中を寄せたまま、紙のように蒼褪《あおざ》めて立っているロオラの姿が見えた。彼女は金色《ブロンド》の髪を振り乱し、激情のために、脣の色を喪《うしな》っていた。そしてその前には、恐らく今彼女に向ってコップを叩きつけたらしい方の、五分刈りの頭に白い開襟シャツを着、やはり同じズボンを穿いた明らかにまだ尉官級の将校と思われるひどく若い精悍《せいかん》そうな男が、これも昂奮《こうふん》のために顔を蒼白にし、女を睨《にら》み据《す》えるようにしながら、固く張った両手でスタンドの縁を握りしめていた。信吉は、一切の成行が呑み込めたので、冷やりと気圧《けお》されたようになりながら、急いでそこの椅子から離れようとした時、その男の向う側にいた、その男の連れらしい、やはり同じように年若い、しかし顔も胸元のあたりもがっしりと肉が肥え、こちら側の男よりももっと精悍そうで度胸も据わっているらしく見える将校が、つと猿臂《えんぴ》を伸ばしてそこにあった麦酒のコップを摑み、ものも言わずに、いきなりそれをサッとロオラの顔に浴びせ掛けるのが、見えた。――「早く、ね！」とぐいぐいと腕を引っ張るようにする尾沢に急《せ》き立《た》てられ、その尾沢のあとについて、バンドの音楽も止んで急にひっそりとなったその場から、彼等は遁れるように裏口の方へ出た。彼も、尾沢も、暫く無言でいた。

「――あれアね、司令部の、士官学校出の若手なんですよ。報道部と違って、司令部は苦手だからな！……」

裏口から、樹木と雑草の茂った、ごみごみと薄暗い路次のようなところに出た時、尾沢はやっと安心したらしく、(彼もそうだったが) ホッとしたような口調で呟くようにそう言うと、「ああア！」といかにもがっくりしたような大きな声で溜息を吐き、そこの茂みに向って向う向きに立ち、ゆっくりと放尿しはじめた。信吉は何となしにその後姿を眺めながらそこに立っていたが、昂奮が去ると一緒に重苦しい酔いが一時に胸に衝《つ》き上《あ》げ、くたくたとそこに蹲《しゃが》み込《こ》んでしまった。

「どうしたの、嘔《は》きそうなんですか?」

何かひどく暢気《のんき》そうな、そういう尾沢の声が、彼の耳に聞えた。それから、「これから『旅社』へ行こう『旅社』へ。ねえ! ……」と、ぶつぶつ呟くように言っている声も、耳に聞えていた。が、信吉はもうその時、そこの暗い、何かじめじめと雑草の生い茂った地べたの上にぺたぺたと腰を落し、最初の吐瀉物《としゃぶつ》を、苦しく、そこに吐き出していた。後は、ふウと息をついた。吐いたためにほんの少し胸が楽にはなったが、その代り酔いが一層深く全身に滲《し》み渡《わた》り、何か魂も一緒にじいんと落ち込んでゆくような、身うちのすべてが根こそぎになったような妙に寒々とした、何とも言えない空しさが、彼の中にひろがって来た。彼は、その妙に森とした思いの中で、こそッとも身動き出来ず、手足をだらんとさせたまま、無気力に蹲《うずく》まっていたが、ふッとアニイのことを思い出し、そしてそれと同時に、もうどうにも救われない、堕ちつくしたような気持になって、思わず「アニイ! ……」と呟いた。そう言うと、彼の眼から、ぽろぽろと涙がこぼれて来た。もうどうしようもなく、ぽろぽろと涙がこぼれて来た。彼は自分が、あのアニイという女を少しも愛してなんかはいないんだともうはっきり覚りながら、それにも拘らずその彼女に対する嫉妬で、胸が一杯になっているのに気がついた。あれ程の苦しさと悔恨とで今の先刻もあれ程に痛感した筈の、いつも重たく胸にあるあの内地のことや、自分自身に対する嫌悪の念などは、他人ごとのように綺麗さっぱり忘れ去り、アニイについて知らされた様々のことに対する嫉妬で、今はただその嫉妬だけで、重く苦しく胸が一杯になっているのに、もうはっきりと気がついた。ハアハアと大きく息をしながら、俺はまア何という人間だろうと思った。が、どうすることも出来なかった。

『俺はどうせこんな人間なんだ。もうどうにもなるがいいんだ！』

と思った。

彼はがっくりと犬のように首を垂れ、ムカムカと込み上げて来た次の嘔気のために、なおそこにじっと蹲まっていた。土と草の中に浸み込んだ昼間の太陽の熱気が、その彼の顔の下から、生暖く、ムウと衝き上げて来た。……

船《ふな》幽《ゆう》霊《れい》

庄野英二

砂漠に近いキャンプの中で、日本人シーマン五百余人が暮らしていた。海からあがってもう四年になる。

今日も朝からひどい砂嵐だ。身体中がべっとりかびるほどの長雨があがったかと思うと、今度はまるで忘れてしまったかのように何日も雨が降らない。空気が乾いていて毎日砂漠から赤い砂が吹きつけてくる。窓に砂がバチバチあたる。窓をしめきっていてもハウスの中に砂が入る。目張りなぞまるでできき目がないのだ。ベッドにも衣類棚にも砂がたまる。寝ている顔の上に砂がつもる。

外での点呼にはぬらしたハンカチで口をおさえていなければならない。目もあけていられたものでない。空が真赤になる。広場やテニスコートでは赤い砂が渦を巻き竜巻きになって空にのぼっていく。ミルクの空缶が三個、蝶がもつれあうように空に吸いあげられていった。今日はどのハウスの屋根がとばされるだろうか。暗算のできないサージャントが五百余人の点呼をとるのに一人一人指でさしていく。

潮崎辰巳《しおざきたつみ》は四年前の十二月八日、ホノアイラン沖で操業していた。前月の終わりタースデーアイラン（木曜島）出港以来不漁つづきで、まるで貝があがらなかった。前日になってやっとよいリーフ地が見つかった。

辰巳ののったダイバーボート・ゼナー号（串本《くしもと》組）の近くには、タニワ号（周参見《すさみ》組）もアレキシア号（新宮《しんぐう》組）も操業中であった。

午後三時ごろ、とつぜん、南方から単葉機がとんできた。翼には英空軍のマークが入っていた。機は三隻の上空を旋回しはじめた。ボートの上空を通過するたびに発光信号をしたが、その意味はわからなかった。機は七回旋回して低空飛行に移った。ゼナー号とタニワ号との間の海面をミシンで縫うように機関銃の連射をした。クルウはそのときになってやっと開戦だと気がついた。三隻は連絡をとりあってタースデーに向かって走りだした。単葉機はやっとさっていった。

タースデーには翌十二月九日夕刻入港した。アンカーするのを待ちうけていたかのようにランチがやってきて、顔見知りのホケン（真珠貝採集会社の名）のボス、ノンが三人の着剣兵に守られてボートに移乗してきた。

まず、クルウの氏名を調べてからこういった。

「アイ　アム　ベリー　ソリー。」

そして、

「戦争です。お気の毒ですが、今すぐ寝具を持って上陸してください。日本人を一か所に集めるように指示されているのです。」

クルウは下着も服も新品に着かえて上陸した。数軒の日本人ハウスを鉄条網でかこんで臨時のキャンプが作られていた。ぞくぞくと帰港してくるダイバーボートやトウネン・ナマコボート（トウネンは高瀬貝）の日本人クルウが入ってきた。

潮崎辰巳が呼び寄せ移民として南紀串本からタースデーにやってきたのは、昭和十三年三月、数え年で十六歳のときであった。辰巳は長男で弟妹が六人いたが、小学校を卒業したらタースデーへいくことを早くからきめていた。六年生のとき、一時帰国で郷里に帰っていた伯父の矢倉枡治《やくらますじ》に呼び寄せ移民の手続きをたのんであった。

熊野の浦の次男以下は、壮丁《そうてい》が兵隊にいくのと同様タースデーへ出かけるのがしきたりのようになっていた。次男以下はタースデーへでもいかないかぎり、一生、産を成すことも家を建てることもできなかった。山が海に迫った熊野では耕す土地もなかった。長男でもどしどし出かけていった。タースデー帰りでなければ一人前の男でないような気風の土地柄であった。

辰巳の父は、一年の半分をシビナワ船に乗って遠洋に出かけ、あとの半分は串本で夜たき網の仕事をしていた。昭和六年に仲間と共同出資でシビの近海漁業をはじめたが、数年とたたぬ間に失敗し、屋敷五十坪と納屋を手ばなしたほか、多額の借金を残した。借金は月掛《つきがけ》で返済しなければならなかった。父はその後、船長免許をとり、新造船の船長として雇われ、辰巳に少しおくれてアラフラに向かうことになっていた。

昭和十三年二月、タースデーにいる伯父の矢倉から辰巳に電報がとどいた。二月二十日、神戸出帆の第一賀茂丸《かもまる》に乗船せよとあった。辰巳は小おどりして喜んだ。熊野灘でもアラフラ海でも、漁師の仕事が楽でないことはよくわかっていたが、洋服を着てトランクをさげて外国へ出かけるということ、そして何年かの後には熊野では一生かかっても蓄えることのできない大金をふところにして郷里に錦を飾るという夢は、十六歳の少年の胸をとどろかせないではおかなかった。

日華の戦争中の十三年三月十日、辰巳はタースデーに到着し、その翌日から、出航するダイバーボート・ゼナー号に乗り組んだ。

ダイバーボートは、二名のダイバーと、そのいのち綱とエイヤーパイプを操作する二名のテンダー、機関夫一名、コック一名とで編成され、ほかに雑役のため二名の現地人を乗せることになっていた。

ゼナー号では、矢倉枡治が、おもてのダイバー兼船長で、とものダイバーが吉川寅一、テンダーが浜田植久と松田葉平で、機関夫が富中倉吉、コックが辰巳であった。新参者がコックになるのがきまりで、辰巳がくるまでは富中が三年間コックをやっていた。

クルウは串本町出身者ばかりであったが、矢倉と吉川は大島の港近くの集落の出であった。ダイバーボートの中は、軍隊の内務班のようなところで、古参者がいばりちらすということを辰巳も郷里にいたときから聞いていたが、実際ボートに乗ってみて、これほどまでにひどいものとは思わなかった。

矢倉枡治は身内だからといって特別辰巳をいたわるというわけではなかった。枡治は兄弟の中でもいちばん気性が烈《はげ》しく、ことを荒げることのきらいな辰巳の父などとはおよそ兄弟とは思えないほどであった。枡治は徴兵検査に合格し和歌山の六十一連隊に入隊したが、すばしこくて気あいがかかっていたので、中隊一の成績であった。一選抜で上等兵になり、二年目には最右翼の伍長勤務上等兵になった。二年勤めて満期が近づいたころ、下士官志願を勧告された。軍隊に残ろうか、それとも除隊して台湾巡査を志願しようかとも考えた。しかし、下士官の月給も台湾巡査の月給もしれたことなので、金もうけのためにはタースデー行きがいちばんだと考えて除隊にふみきった。

　ボートの中でも、軍隊の班長そのままの気分で大声でどなり、いばりちらかしていた。短気でせっかちで、他人の動作ののろいのを黙って見ていることができなかった。気あいをいれるとき、言葉につまると手がとんだ。

　とものダイバーの吉川寅一は小男であったが、枡治に劣らずきかん気が強かった。きげんのよいときには面白いことをいってクルウを笑わせることもあったが、きげんの悪いときの方が多く、しぶとく残忍で、だれも心を許すことができなかった。枡治よりあとから渡航してきたことと、年が三歳下なので、枡治にたてつくようなことはあまりなかったが、いつ衝突するかしれないという不安をどのクルウも心の中に感じていた。

　辰巳にとっていちばん気をつかわなくてすむのは、ウエキュウと呼ばれている浜田植久であった。植久は辰巳の死んだ祖母と幼なじみの間柄で、祖母のことをオキリさんと呼んでいた。祖母の名前は桐江であった。植久はタースデーへきて四十年になるのにテンダーであった。ボートではダイバーがいちばん実入りがよいので、欠員さえあればだれでもダイバーになりたがった。彼は郷里をたつとき、お前はあととりの一人息子だから、生命の危いダイバーにはけっしてなるなと親から戒《いまし》められていた。彼はそれを忠実に守った。四十年もいて一度も帰国しなかった。植久はけちだという陰口を聞いたこともあったが、タースデーのシーマンでけちでない者は一人もいるはずはなかった。

日華の戦争がはじまったころ、タースデーで日本人会の寄り合いがあって、国防献金について相談しあったことがある。植久は、国を思う真心さえあればよいのだから金額は一定せず、各自の志だけに任せればよい。集まった金を金一封ということにして、紀州タイムスに送金委託するのがよいという意見をだした。

植久は丸顔の童顔で前歯が二本なかった。歯が欠けているのでいつも笑っているように見える。頭はもう半白であった。ズボンをぬぐと左下脚のふくらはぎのところが、えぐられたようにひっこんでいて、ひきつった傷跡があった。これはサメに喰いちぎられたためであった。

大陸のコクタン（キャプテン＝クックがはじめて上陸した町）の港が沖がかりしたとき、二人のダイバーはバッテラに乗って上陸し、ホテルへ酒を飲みにいった。娼家《しょうか》もあるのでそこへいくのが目的らしかった。

枡治はクルウに留守中カバスリをしておくようにと命令した。カバスリとは船底についたヌタを落とすことである。

植久と機関夫の富中倉吉は、ダイバーの潜水服の釜だけを頭にかむってヌタ落としをしていた。そのとき、サメが植久のふくらはぎにかみつき、反転してその力で肉を喰いちぎったのであった。ボートにはもう一隻バッテラをつんでいたので、それに乗せて病院へかつぎこみ、出血死をあやうくとりとめることができた。知らせを聞いて病院へかけつけた枡治は、人の釜をかってに使って事故を起こしやがったと植久を頭ごなしにどなりつけた。

もう一人のテンダー松田葉平は、辰巳がくるまではコックであった。赤ら顔のずんぐりした身体つきの男で、めったに人と口をきかなかった。まれに口をひらくと皮肉かいやみで、新参の辰巳に笑顔一つ見せたことはなかった。

機関夫の富中倉吉は、まるで辰巳の看視役でもいいつかっているかのように、辰巳に文句ばかりつけていた。そのくせ甲板の仕事が忙しくなりかけると機械場に入りこんでしまって、油を売ることには抜け目がなかった。

コックはかしきの仕事だけではなく、セールのあげおろし、水揚げされた貝の身抜き、ダイバーの潜水服着脱の世話、カバスリ、ペンシップ（ペンキ塗り）などの仕事があり、ほかのクルウよりも早く起き、こまねずみのように働きづめで息を抜くひまもなかった。航行中は当直について舵綱《かじづな》も握った。串本育ちとはいえ、まだ船に乗ったことのなかった辰巳は、文字どおり血を吐くほどの船酔いの苦しみを味わわなければならなかった。

クルウの中でいちばん仕事のきついのはコックで、それはだれもが認めていた。兵隊帰りのシーマンがよく口にするのは、初年兵のときの苦しさ、ことに一期の検閲までの苦労で、これは体験した者でないことにはわかるはずはないといっていた。しかし、その苦労でさえもダイバーボートのコックにくらべれば極楽だというのであった。

ダイバーはボートの中で、軍隊の班長か殿様のようにいばってはいたが、いばるにふさわしいだけ、いのちがけで稼いでいるのであった。貝があがらなければクルウ全員の収入に影響した。

ダイバー病の原因は水圧によるものであったが、ダイバーの体質によって相違があった。枡治はあまりかからなかったが、吉川寅一はしょっちゅうやられた。

辰巳がはじめての航海で、タースデーを出て一週間目ごろ、アラガンアイラン沖十七、八哩《マイル》の海で操業していた。海底はリーフ地で水深は二十七尋《ひろ》あった。そこは貝が多く、もぐるたびにハンドレーク（十三貫）もとれて腰の前に吊った網がすぐいっぱいになった。ふだんはもぐったら三十分ぐらい海底をはいまわるのがふつうであった。

近くで、ジェシー号とタマセン号も操業していた。

寅一は、昼食後第一回目にもぐったとき、五分もたたないうちに浮揚のサインを送ってきた。海面に浮かび出て舷側《げんそく》のタラップを握ったかと思うと、のけぞるようなかっこうで後頭部から海に落ちこんだ。いのち綱を持っていた植久の叫び声で富中と辰巳がとんできて、三人がかりで寅一をデッキにひきあげた。松田はあわてて海底の枡治にサインを送って浮揚させた。

釜をはずすと、寅一は目を白黒させ口を大きくあけてぜいぜいいっていた。植久は富中にケビンに吊ってあるトンビの羽根を持ってこいとどなった。植久は寅一ののどに指を入れて血糊《ちのり》のかたまりをつかみだそうとしたが、ぬるぬるとしてうまくつかむことができなかった。富中が羽根を持ってきたので、それをつっこんで、水アメをまきつけるようにして血糊をぬぐいとった。三、四回くり返してから、植久は自分の口を寅一の口におしつけて、のどの血を吸ってはそれをペッとデッキの上に吐いた。植久はくり返して吸っては血を吐きだした。それでやっと寅一は呼吸が楽になった。そこへ枡治がタラップからあがってきた。急いで辰巳が枡治の釜をはずした。釜がはずれるなり、「どうしたなら」とどなった。植久が説明しかけると、枡治はそれも聞かないで、「早くデレス（潜水服）をぬがしてケビンへつれていかんか」とどなりつけた。

寅一は背骨がきりで刺すように痛むので、ガンドンをやってくれといった。

「吊《つ》らくったらなしょうないわ。」

と枡治がいったので、植久は寅一に肩を貸して甲板へつれて出た。辰巳は寅一にデレスを着せ釜をかぶせてねじをしめた。

寅一は、二十七尋の海底へふたたび沈められた。海底について間もなく、「調子よし」のサインが送られてきた。二十七尋でダイバー病にやられた者は、もう一度二十七尋の底へ沈めると不思議にけろりと治るのであった。それから時間をかけて、水圧の変化にならしながらじょじょにあげてくるのが、ガンドンと呼んでいるダイバー病の治療法であった。

枡治は富中に命じて黒旗の半旗をマストにかかげさせた。これは事故のあったときの規定であった。

半旗に気がついて、ジェシー号とタマセン号がゼナー号に向かって走ってきた。ジェシー号が先で、タマセン号が少しおくれていた。ジェシー号はゼナー号に二十メートルほど離れたところで停止をかけた。ゼナー号でガンドンをやっていることを察したからであった。タマセン号が追いかけてきてストップをかけ、ジェシー号と接舷させようとした。そのとき、タマセン号の舷側にいたコックの米満太一がよろけて舷と舷の間にはさまれた。米満は辰巳といっしょの第一賀茂丸で渡航してきたばかりであった。古座川《こざがわ》の出身で辰巳より三歳上であった。

米満は顔面蒼白となり、口の片端から糸のような血をたらして虫の息であった。タマセン号は負傷者を入院させるために急いでタースデーへ帰っていった。辰巳は米満と話をする間もなかった。矢倉枡治はかんで吐きだすようにいった。

「若い奴はぼやぼやしやがって……。」

寅一は、二昼夜海中に吊らくって、やっと甲板にあげることができた。辰巳は植久にいわれておもゆを作り、スプーンで寅一の口に入れた。枡治は操業をきりあげていったん帰ることにした。タースデーに帰ると、タマセン号の米満太一は内出血のため病院で死んだあとだった。

辰巳がタースデーへきて半年たって、父の行方不明が知らされてきた。新造船でアラフラへくる途中、パラオ付近で大しけにあい海没したというのであった。行方不明といっても死亡認定までの法律上のことで、水死していることにまちがいはなかった。辰巳は母と六人の弟妹と父がシビナワ漁船で残した借財とを背負わされたのであった。

十二月二十二日。タースデーのシーマンたちはシドニーへ移送されるために輸送船に乗せられた。ハッチの底に追いこまれてうだるほどの暑さであったが、甲板に出ることは禁じられていた。

大陸沿いに船は南下した。ときどき甲板で水浴があった。シーマンを裸にして整列させ、豪州兵が面白がってホースで水をかけるのであった。水勢で転がる者がかならずいた。転がる者が出るまでは放水がつづけられた。甲板に出たときだけ、雲のかかっている大陸の高い山々や、紫にかすむ低い山、グレートバリアリーフの大小の島々が左手に点綴《てんてい》しているのを見ることができた。海はトルコブルウをしていた。

辰巳は船内で和佐林作と親しくなり、いろいろ話を聞かせてもらった。和佐林作と浜田植久は前々から仲がよかった。同郷人である上に二人ともタースデーの生活が人並みはずれて長かった。林作はタースデーへ渡って二十八年になる。その前はパラオのカツオ節工場で三年働いていた。串本の向かいの大島樫野崎《かしのざき》の出身であった。樫野には病身の妻を残しているのであるが子どもはなかった。林作は今年六十歳になった。やせて背が高く、そのためか少し腰を曲げるくせがついていた。林作は無口で仲間とにぎやかに語りあうようなことはなかった。しかし辰巳が話しかけるとよく話した。英語はもう豪州人とかわりがないくらいだといわれていた。

辰巳は子どものときから林作の噂は聞いていた。デアップタイム（休業期）に串本組のボーレンハウスへいったとき、二、三回あいさつをかわした程度で、ゆっくりと話をしたことはなかった。デアップタイムでもボーレンハウスに泊まれるのは、ダイバーや金のあるテンダーだけで、若いコックなどはボートで寝泊まりした。ボートにいれば宿泊費も食費もただであった。林作は元はダイバーをしていたが、途中でトウネン・ナマコボートに乗りかえていた。

トウネン・ナマコボートは船長以下十四人の編成で、船長はコックをかねた。ボートには四隻のバッテラを積んでいて、一隻のバッテラに三人のクルウが乗って操業した。十三人いれば仕事はできるのだが、シーマンは十三の数を忌《い》むのでたいてい十四人編成にしていた。船長のほかのクルウはいずれも現地人であった。

ボートはタースデーを毎年三月に出航し、五月末までの暖い間はトウネンをとり、その後はナマコ漁にきりかえるのであった。ボートはバリアのリーフを南下しつつ操業し、水揚げしたナマコは船長が船内でスモーク乾燥をした。ときおり大陸の港に寄港しては、エージェントにドライナマコの荷を渡した。クリスマスシーズンになるとタースデーに帰ってきた。

林作は、アラフラやバリアの島々にも、大陸の町にも、親しい豪州人や現地人がいた。

ボートをとめて、ときには二週間も三か月も滞在することがあった。サウミアイランでは豪州人の小学校の先生夫妻に本格的に英語を教えてもらったことがあり、毎シーズン、その島にはすくなくとも一か月は滞在した。島民は親切で、日本人との混血もいるということであった。

樫野崎でトルコ軍艦が遭難したとき、林作の父親は救助隊に加わって出動した。トルコの水兵の頭が岩礁に打ちつけられ血みどろになって砕けていたそうだ。

林作は子どものころ、トルコ軍艦の沈んだあたりでよくもぐって遊んだ。機関銃や小銃の薬莢《やっきょう》を海底でひろうのが楽しみであった。林作は樫野の海でイカの夜釣りをしていて幽霊船をも見ている。これは林作だけではないそうだ。ふいに暗闇の中から西洋のカッターがイカ釣り船に向かって矢のように走ってくる。カッターは青白く浮かびあがっていて、トルコの士官が号令をかけ、水兵はオールを漕いでいた。あわや衝突かと思ったしゅんかん、消えてしまっていたというのであった。

昭和十七年一月元旦。シドニーに入港した。正月のこととて、色とりどりの晴れ着を着た娘たちが花ランチに乗って港内めぐりを楽しんでいたが、本船の兵隊たちに向かってさかんにハンカチをふった。港内には大小の汽船があふれていた。アメリカ船も多く見られた。クイーン＝メリー号の姉妹船クイーン＝エリザベス号も碇泊《ていはく》していた。どの船も開戦のため出港ができないのであった。

上陸後、シーマンたちは汽車に乗せられて、夕刻シドニーをたった。広い庭とテニスコートのついた美しい西洋館が並んでいるのが車窓から見えた。市街地を離れると、牛、羊、鶏、七面鳥、兎などの牧場が地平線までつづいていた。なだらかな丘に出くわすこともあった。丘全体がゆるやかな表層なだれのようにゆれていたが、それは牛や羊で埋まっているのであった。翌日午後ヘイの町に到着した。

鉄条網で十重《とえ》二十重《はたえ》に囲み、望楼や投光器が設備された中に、バラックのハウス三十あまりが並んでいた。それが「ヘイ第六収容所」であった。

キャンプの中にはすでに先住者がいたが、それらはシーマンではなく、シドニーやメルボルンの商社その他の邦人であった。三十人前後で一か班が編成され班ごとに一軒のハウスに入った。辰巳は第二十八班であった。二段ベッドが並び藁《わら》ぶとんがしかれていた。藁が新しい間はガサゴソと音が鳴るので、ハウスの中は蚕室《さんしつ》のようであった。辰巳の隣は和佐林作であった。

当初ヘイキャンプは抑留者八百十三名、三十一の班編成で各班に班長がおかれ、抑留者の団長が統轄した。タースデーのシーマンのほとんどは熊野の出身だったので、和歌山県人会のボーレンハウスのようであった。

キャンプに入った当初、あいつぐ日本軍の戦捷《せんしょう》が報道されたので、キャンプ生活も長くはあるまいと話しあっていた。辰巳は戦争が終わりしだいタースデーに帰りたいと思っていた。それでないと父の残した借財は返せそうにもなかった。林作もタースデーに帰るといっていた。辰巳はできれば、今度は林作のトウネン・ナマコボートに乗せてもらいたいと考えていた。

開戦一か月目の点呼のとき、皇軍将兵の武運長久を祈って団長の号令で黙禱《もくとう》をした。その後内地で毎月八日、大詔奉戴日《たいしょうほうたいび》という行事をしていることがわかって、こちらでも実施されるようになった。キャンプ内の抑留者の意気は軒昂《けんこう》であったが、食料が乏しく全員空腹をかこっていた。炊事場へ深夜侵入して食料を盗んだものがあったり、食料のためのトラブルは絶え間なかった。

団長は抑留者のための英語教室や教養講演会を企画した。辰巳も英語教室の生徒になった。英語の教師を受け持ったのは都市にいた商社の人であった。講演会は毎週一回、夕食後食堂で開かれた。講師はブリスベーン大学の教授であった清川氏であった。清川氏の第一回講演は前日の新聞にのっていた「東条首相の議会演説について」で、二回目は「ドイツ民族の優秀性」という演題であった。シーマンたちは、キャンプに入ったおかげで大学教授の講演を聞くことができると感激していた。

腹をへらしていたが、野球の仕合も開催されるようになった。選手も応援団も頭から砂をかぶって真黒になった。初めの間は各班の対抗仕合であったが、そのうち六大学リーグ戦に発展した。シーマンもキャンプに入ったおかげで東京帝大の選手になったり、勝って「都の西北」を歌ったりした。土俵も造られた。手作りのふんどしで、力自慢がけいこに余念なかった。はじめての角力《すもう》大会には豪軍の将校や兵隊たちも見物にきた。「あいつらは大和魂の秘法をスパイしにきているのだ」とシーマンたちは語りあった。

二月十日、紀元節の前夜祭として盛大な演芸会が開かれた。流行歌、浪曲、手品、活弁など、芸達者な連中が多勢いた。ことに中入りのあとで団長より「皇軍がシンガポール島の一角に上陸しました」とニュースを速報したので、拍手と歓声が湧きあがった。この演芸会を皮切りとして、その後戦況に影響されることなく月々に開かれ、歌舞伎や股旅物《またたびもの》の芝居まで上演されるようになった。

紀元節には第一回の運動会が開かれ、辰巳はパン食い競走に出場して優勝した。

スポーツや演芸会のほかに、無聊《ぶりよう》を慰めるのは各班巡回の蓄音器で、浪曲、追分《おいわけ》、安来《やすき》節《ぶし》、流行歌、国定忠治《くにさだちゆうじ》の活弁のレコードなどが珍重された。清川教授の講演会は、戦況の有利な間《ま》は活況を呈していたが、日本軍が敗け戦《いくさ》に転じてからは教授の講演も白々しかった。話の内容にも変化がなく、聞かされる方は食傷してしまっていた。

五百余名のシーマンを残して、ほかの抑留者はほかのキャンプへ移管されることになった。後になって彼らは抑留者交換船で内地へ送還されたことが判明した。シドニーやメルボルンの商社の金持ちだけを先に帰してプアーなシーマンはいつまでほうっておかれるのかとキャンプ内に不穏の空気が高まった。しかしどうなるというものでもなかった。

博打《ばくち》がさかんに行なわれた。カチャカチャ、丁半《ちようはん》、ポーカー、カプシー、カイカイ、カボ、クンキャン、花札、麻雀《マージャン》などであった。麻雀牌《パイ》は各班に一組ぐらいだれかが持っていた。どのハウスも朝から晩までにぎやかな音をたてていた。賭博禁止令が豪軍のトップから何回か通達されたが守られたためしはなかった。シドニー、メルボルンの連中がいなくなったので、英語教室も教養講演会も休止されたままであった。

時間をもてあましたシーマンたちは、それぞれ手仕事に励んでいた。下駄を修繕したり作ったり、棚や箱を作ったりした。だれもがかならずパイプを持っていた。煙草を巻く紙の配給が少ないのでパイプが必要であった。

細工の名人は浜田植久であった。

植久はボートに乗っていた当時、傷物の真珠が出てくると、それを朴《ほお》の葉で磨いて傷を肉眼でも虫眼鏡でもわからないようにしてしまった。ダイバーボートは貝だけを会社へ納めればよいので、もし真珠が出てきたときは、ユダヤ人の商人に売りつけて金にかえ、日本人クルウが山分けすることになっていた。ほかのボートからも傷物の真珠を磨いてくれと植久にたのみにくるほどであった。

演芸会用の桃割れや高島田やチョンマゲのかつらは植久が作ったが、素人《しろうと》の作とは思えないほどのできばえであった。ニューカレドニアからきたシーマンの一人がバイオリンを持っていた。植久はたのんでバイオリンの型紙をとらせてもらった。彼は柳の木を切ってガラスで磨き、ニスをかけてバイオリンを作りあげた。弓の馬の毛は、豪軍のサージャントにたのんで軍馬の尾を切ってもらった。形は本物とそっくりで音色もよかった。ただし、そのバイオリンを弾いてためしたのはニューカレドニアからきたシーマンであった。

軍馬の尾を提供したサージャントは植久にバイオリンを注文して作らせた。植久は時間はかかったが念の入った仕事をした。時間はたっぷりあった。サージャントにつづいて兵隊たちはつぎつぎとバイオリンを注文にきた。植久は、煙草、缶詰、ビスケット、キャンデー、チョコレート、スリッパ、石けん、肌着、ソックス、皮革製サンダルなど何一つ不自由しなかった。植久はそれらの品を内地へ持って帰るのだといってキャンデー一つ食べはしなかった。だれにもわけないので財産はたまるいっぽうであった。それでも紙巻たばこは三つに切って手製のパイプでけちけち吸っていた。植久は、タースデーにいたときもキャンプに入ってからも、むだ金は使わず博打に手をだしたことはなかった。月給はほとんど銀行に入れた。「串本に石垣の長者屋敷を作って土蔵を十も建てるつもりなら」と仲間にからかわれていた。彼のいちばんの関心事は、タースデーの銀行に凍結された預金であった。「戦争が終われば返してくれるじゃろうか、まさか没収されるようなことはあらへんじゃろ、返してくれるときに元利の計算はどうなるのじゃろうか」とだれかれなしに聞いてまわっていた。

辰巳は和佐林作に航海の話を聞くのが好きであった。林作はほかのシーマンとあまり口をきかないが辰巳と植久にだけはよく話をした。林作はタースデーにいたときも、植久以外にあまり親しい友人はいなかったようであった。林作が現地人ばかりのトウネン・ナマコボートの暮らしが長かったため、日本人とのつきあいがなかったのか、それとも日本人同士のつきあいをうとましく思ってトウネン・ナマコボートに乗っていたのか、おそらくはその二つが重なりあっているように思われるのであった。

林作は口数はすくないが、ときどきまじめな顔つきのまま面白いことをいった。トウネン・ナマコボートでは、林作が船長兼コックであるが、日没近くなると高いマストの上に灯を入れる。遠くへ出かけている四隻のバッテラはマストの上の星のような灯を見てボートに帰ってくる。その間に林作は食事の用意をしておく。現地人はいずれも宣教師から洗礼を受けたヤソであった。食前には、プレイといって代表がかならず長い祈禱をして、最後に「アーメン　エッソウ」と唱和した。林作はいつも長いプレイにしびれを切らしていたので、あるときこういった。

「日本人のプレイを教えてやろう。神様は短くて心のこもったプレイを喜ばれるのだ。今後はこのとおりにプレイするんだ。」

林作は日本語の聖書を持ちだしてきてその上に手をおいてこういった。

「ナベノケツ　アーメン　エッソウ。」

現地人クルウはその日からこれにならったそうだ。

林作はトウネン・ナマコボートの船長時代に、グレートバリアリーフで三回大しけにあっている。バリアでは三月から十一月までサウスイスの順風はいつもあるが、しけになるようなことはめったになかった。

三回大しけにあって、一回目は座礁で、あとの二回は坊主になったといった。

最初のは、ローアイラン沖のバッタリーフとトングリーフの間で大しけにあい、暗礁の上に乗りあげた。二日たってもしけは去らなかった。自力ではどうすることもできなかった。三日目の夜明け北の方からやってきた発動機つきの日本漁船に発見された。遭難を知って接近してきてくれた。けれども暗礁の状態がわからないのであまり近づくことができなかった。大声で話のできる距離で漁船はアンカーした。その漁船は二十四、五人乗りの紀州からきている密漁船であった。ロープで本船をひきずりおろそうといってくれたものの、どちらの船からも波が荒くてバッテラをおろすことができなかった。そのうちに密漁船から一人の男が胴にロープをくりつけて海にとびこみ、ボートに向かって泳ぎだしてくれた。その男の姿は、大波のために何回か見えなくなった。しかしついにボートにたどりつくことができた。

男は甲板へあがって一息つくと、「やにこいのう」といった。林作も、「やにこいのう」と熊野の言葉でいった。泳いできてくれた男は、「三輪崎《みわざき》の船じょら」といった。

ボートは無事に暗礁から脱することができた。

そのつぎ、大しけにあったのは、スコットリーフであった。アンカーを二つ入れ、みよしから引き綱を海面に流したがきき目がなかった。ローリングが激しくて、ケビンへ入っても、立っていることも寝ていることもできなかった。現地人クルウはおびえて大声で泣きわめいた。ローリングで傾くたびに、甲板に積んである四隻のバッテラが海水を汲みあげて甲板にぶちまけた。ポンプをおして排水するにも身体が風でとばされそうであった。このままほうっておけば水船になってしまいそうであった。クルウをしかりとばしてポンプをおさせたが、排水するよりもバッテラが汲みあげる水量の方がはるかに多かった。

林作はついに決心した。身体をロープでマストにくくりつけ、斧《おの》で四隻のバッテラの索《なわ》を順に切っていった。索を切られたバッテラは回転しながら海面にとんでいった。

バッテラを捨てたおかげで、沈没と水船になるのは助かった。

そのつぎ、坊主になったのは、ケンスを出て十日目であった。そのときのしけは前回のときよりもはるかに烈しかった。バッテラを捨てても今にも沈みそうであった。もうマストを切るよりしかたがなかった。しかし、マストを切るということは、度胸があり海に詳しい船乗りにとっては安易にとるべき手段ではなかった。マストを切って急場をまぬがれてもその後の運命をはかり知ることができなかった。エンジンはあっても、ボートの積載燃料はたかのしれたものであった。しかし林作は最後の決心をしてマストを切った。

漂流五日後、さいわいにして空中からの捜索機にシャツをふって発見された。


十八年五月十二日から、シーマンは、P＝O＝W（戦時俘虜《ふりよ》）に名義をきりかえられ、俘虜としての待遇を受けることになった。シーマンは軍人でも軍属でもなく、豪州の産業開発に協力した民間人であった。なぜ、P＝O＝Wの扱いを受けなければいけないのか納得がいかなかった。しかし、そのために急に食事の定量が増加され、一年半ぶりに生魚まで食えるようになった。

豪軍トップは、シーマンにP＝O＝W受諾のサインをするように要求してきたが一同はそれを拒否した。一か月前に支給されていた毛布を各人一枚ずつ返却を命じられ、楽しみに開いていた農場へいくことも禁止された。酒保《しゆほ》は閉鎖され、ミカン以外の購入は不能となり、テニス、野球などの用具もとりあげられた。

七月十一日、豪軍トップの通達が出た。

「シーマンがいつまでもP＝O＝W受諾のサインを拒否するならば、武力を行使するのもやむを得ない。」

五百余名のシーマンはサイン拒否を豪軍トップに回答した。即時戒厳令がしかれ、トップキャンプよりの応援部隊とあわせて二百名の豪軍がキャンプを包囲した。

全員決死の覚悟であったのだが、とつじょ第九班の二十九名が別行動をとることを宣言した。「抵抗するのはナンセンスだ。あがらはサインに応じちゃる」といった。それがきっかけでシーマンの団結はくずれた。

第一班より順次に柵外につれだされ、サインを強要されることになった。柵外には武装兵が実弾をこめて待機していた。赤十字のマークをつけた救急車や衛生兵もたむろしていた。

シーマン一人一人の名が呼ばれたがだれも返事をしなかった。棒を持った兵隊が、シーマンの手を無理やりにとって誓約書の上に手形をおさせた。第一班の連中はいずれも泣いていた。つづいて第二班以下も順番に手形をとられた。夜になって、第九班のハウスに石が投げられた。

サイン事件が落着し、団長が辞任し、新団長が選出され、その翌日には演芸会がなごやかに開催された。

農場では、豆も馬鈴薯《ばれいしょ》もメロンも西瓜もよくとれた。土地が肥えているのであろう。馬鈴薯の種芋《たねいも》を植えたときなど、軍靴のかかとで土をけって穴をあけ、種芋をほうりこんだだけであった。耕したりうねを立てたりもしていなかった。農場の近くには林があり、ピンポン玉ぐらいの色とりどりの小鳥がいた。カンガルーを見かけることもあった。

重病人が出ると町にある豪軍病院に入院を命じられた。入院患者の見舞いを希望すると、監視兵つきで七、八人が出かけることを許可された。

病院には映画スターのように美しい看護婦がきびきびと働いていた。見舞い人たちはその姿を見てめくらめく思いがした。ハウスに帰ると、見舞い人の話で、いった者もいかない者も酔ったように興奮した。

長びく抑留生活にシーマンの気持ちは弛緩《しかん》し、キャンプの中には倦怠《けんたい》の気がよどんでいた。戦況はもはや挽回できないことはだれの目にも明らかであった。しかしこれは口にはできなかった。大詔奉戴日の行事はつづけられていた。だれもが国の行末よりは身の行末を案じていた。

豪軍と抑留者の間に立つ団長や事務所勤務者は苦労が多かった。何回も何回も、団長が更迭されたり、事務所勤務者が辞職した。

和佐林作は英語が堪能なので、シーマン以外の者が出ていってからは事務所勤務についていた。豪軍の指令を訳したり、抑留者からの陳情や中請を英訳するのが業務で、英文タイプも巧みに打つことができた。事務所勤務者が総辞職をしても彼だけは再任された。林作にかわる人材はいなかったからだ。

林作は事務所でも黙って働くだけで、感情をまじえた発言をすることはなかった。十七年六月二十九日と十八年一月十一日に家族向け通信が許された。十八年七月二十日には航空便による通信希望者は申し出て許可された。辰巳は三回ともはがきを書いた。無事を報じるとともに、父の借財は戦争さえ終わればいかなる手段を講じても自分の力で返済するから気に病まぬこと、母が無理な日傭《ひやと》い働《ばたら》きで身体をこわさないようにと注意した。また妹の福江には看護婦の養成所へいくようにと指示した。しかしこのはがきはいつ投函されるものやら、無事に日本にとどくものやら、心もとないことであった。

林作は二回はがきを書いたが、三回目の航空便はださなかった。林作のはがきは二回とも同じ文面であった。「ニワトリ小屋は親類にせよだれにせよ、くれてやることのないように、林作」とだけ書かれ、宛名は樫野崎の妻であった。開戦前に家からきた手紙の返事のようであった。林作の家ではニワトリを十羽飼っていたが、つぎつぎに死んだり、イタチにとられたりして、もう十年も前からニワトリ小屋は空になったままであった。辰巳は班内のはがきを集める役をいつかったので、一同の書いたはがきを集めて事務所へ持っていった。林作のはがきを盗み読みするつもりはなかったのだが、あまりに短いので目に入ってしまった。林作は三回目の航空便はださなかった。

キャンプ内で死者が出ると友人代表三十名の参列が許されて、柵外のヘイ＝セメント＝オブ＝ワーと門札のある墓地で土葬することになっていた。豪軍トップも牧師も参列したが、団長が弔辞を述べてお経のできる老人が読経した。

十九年の暮れごろ、農場作業の帰りに同班の者が子鴨をつかまえた。班の前庭で残飯を餌にして飼育した。うんと太らせてから一同で食うことにした。

喧嘩口論は日常茶飯で珍しくなかったが、二十三班の南紀宇久井《うくい》の紺田牛一と、同班のやはり宇久井の花坂義治が剃刀《かみそり》を持って渡りあったときには、班の者が警備兵に連絡した。豪兵が走ってきてピストルの空砲を撃ったが、それでも二人はやめなかった。二十三班の班長が丸太で二人をなぐりつけ、ひるんだところをそれぞれ数人がかりでとりおさえた。応援の兵隊が走ってきて二人をひきずっていった。二人は軍刑務所に送監された。

紺田牛一と花坂義治は遠縁で、しかも同じボートに乗っていたのだが、もともと犬猿の仲であった。二人とも十六年の末でオーバーサイン（契約満期）になるので帰国することになっていた。それが開戦で帰れなくなってしまった。牛一の首に首吊り跡のような縄傷があった。

タースデーで、あるとき、牛一の首の傷は首を吊り損なったときの傷跡だという噂がたった。牛一は新婚一か月目にタースデーに渡ったのであるが、牛一が出発してすぐに女房は百姓仕事を手伝いに里に帰っていた。浮気のため里へ親から帰されたという風にどこからともなくデマが伝えられていた。牛一はそれを悲しんで首を吊ったが死にきれなかったと、噂には尾ひれがついてひろまっていた。牛一はこれは義治の作り話がひろまったのにちがいないといった。義治は義治で、「あがは牛一のいのちの恩人だのに何ということをぬかす」といって牛一を恨んでいた。事実、義治は牛一のいのちの恩人であった。ホノアイラン沖で牛一や義治のボートが沖がかりして潮待ちをしていたときであった。そのとき、仲間のボートが接舷してきた。接舷したしゅんかん、そのショックで相手のボートのリギン(ワイヤー)のポールがひっくり返った。このリギンはデレス(潜水服)を干すためのものであった。リギンがこちらのボートにいる牛一の首にからんだ。相手のボートは惰力がついているのですぐにとまれなかった。あっという間に牛一の首はリギンにしめつけられるかっこうになった。牛一はもがいたがリギンを首からはずすことはできなかった。それを見た義治は、とんでいって、リギンの輪をひっぱってゆるめようと渾身《こんしん》の力でふんばった。それでやっと牛一は首をすり抜けることができた。こんな事故は今までに例もなく、思いつきもしないしゅんかんの突発事であった。義治の動作が一秒でもおくれていたならば、牛一の首はねじ切られていたのであった。しかし、この真相は伝わらないで、牛一の首に残った傷跡を見てだれもが首吊り未遂を推測した。

牛一と義治の乗っていたダイバーボート・サンターナ号では、ターステー碇船中の昭和十二年一月四日にも刃傷《にんじよう》事件があった。

正月のこととて、ダイバーたちは上陸中でボートに残っていたのはテンダーが一人と機関夫とコックだけであった。そのテンダーと機関夫は従兄弟《いとこ》で、テンダーが年長であった。機関夫は四年間の契約満期で一週間後に入ってくる日本船で帰国することになっていた。二人は従兄弟でありながら以前から仲が悪かった。ところへ最近、どちらかがどちらかの女房が淫蕩《いんとう》だと罵《ののし》ったということで空気が険悪になっていた。

朝食後、船長にいいつけられていたので、テンダーが一人で左舷にうつむいてペンキ塗りの作業にかかっていた。そのとき、機関夫が斧とジャックナイフを手にして、しのび足で後ろから迫っていった。機関夫は斧をふりあげてテンダーの頭に打ちおろした。つづいてめったやたらに斧を打ちこんだ。テンダーの身体はロープの束をかけたように舷に腹をあててうつ伏せになった。まだ死んでいなかった。機関夫が最後に打ちおろした斧は、背骨に食いこんではずすことができなかった。機関夫はテンダーの肩に片足をかけて斧を抜きとった。それから、機関夫はジャックナイフで自分の腹を刺し、ついで、のどをつき刺した。それから機械場へ走っていって、塩酸のびんのふたをあけてゴクンゴクンと二口飲んだ。それでも死ねなかったので、ズボンをぬいで股間《こかん》を二、三回つき刺した。そして海にとびこんだ。片手にジャックナイフを持ったまま立ち泳ぎをしていた。

コックの知らせで、他船のクルウがかけつけてきて、二人を病院へ運んだが午後になってあい前後して死んでしまった。

ホノアイラン沖で船幽霊が出るということもいいふらされていた。ホノアイラン沖では、ゴイチ倒しで事故死したダイバーがいたので、その幽霊だという説もあり、また船幽霊はグリーンアイラン沖にも出るといわれていた。

ゴイチ倒しで死んだのは、南紀三輪崎出身のダイバーで大正の終わりごろのことであった。二十五尋の海底で操業中エイヤーパイプを大イソギンチャクにはさまれた。大イソギンチャクはパイプをはさんだまま硬直し、ボートは潮で流された。そしてパイプのつぎ目がはずれたのであった。ダイバーは死にもの狂いで浮揚したが、海面に出ると同時に心臓が破裂して死んだ。昔、ゴイチという老人のパイプが大イソギンチャクにはさまれたところからゴイチ倒しの名が生まれている。アラフラ海ではゴイチ倒しの事故は珍しくない。

船幽霊の足音を聞いたものはほんとうにいた。ボートがホノアイラン沖でかかっていたとき、クルウ全員が同じように聞いているのである。それも一隻や二隻ではなかった。

深夜、ケビンで寝ていたクルウのだれかが胸をしめつけられるようになってうめき声をあげる。そのうめき声にほかのクルウも目をさます。そのとき、甲板に、ガッチャガッチャガッチャと足音が聞こえてくるのであった。潜水服の靴の裏にはおもりの鉛がつけられているが、その靴でだれかが甲板をゆっくりゆっくり歩いているのであった。クルウ全員寝ていて、ダイバー服をつけた者などいるはずはなかった。全クルウが蒼白となって耳を傾けているうちにその音は消えてしまうのであった。

二十年の春には、ハウスの窓の外に桃の花が咲いて、それから実をつけた。パパイヤも実をつけた。この二つとも浜田植久がキャンプに入ってから食べた後の種子を窓の外にまいたものであった。その当時、同班の者たちから、「植久、お前は一生このハウスですごす気か」とからかわれたものであった。

キャンプでは、くり返し、くり返し、抑留者総会が開かれて団長の選挙が行なわれた。

いくら新団長が選ばれてもすぐに辞任してしまい、後任の選挙を行なわなければならなかった。ときには選挙された団長を豪軍トップが認めないときもあった。

シーマンたちは戦争の終結を待ちこがれていた。

タースデーにいた女の身の上についてもよく話題になった。タースデーにはからゆきさんが四人いた。オカネさん、オヨシさん、オツタさん、タマノさんはいずれも五十歳をこしていたが、タースデーのどのシーマンにも親切であった。働いた金を全部女につぎこんだダイバーもすくなからずいた。彼女たちは交換船で帰国したのだろうか、それともどこかのキャンプにいるのだろうかなどと詮議した。

浜田植久は六月ごろから、痰《たん》がのどにたまり咳《せ》きこむようになった。夜中にも咳をして新聞紙に痰を吐いてまるめていた。本人は知らされていなかったが、老人性結核の疑いがあるということで豪軍病院に移された。六月末、医務室に入室したが一週間もたたぬ間に町の病院へ移されていった。辰巳は植久を病院まで送っていった。植久は咳きこみながら辰巳に自分の荷物の保管をたのんだ。そしてチーズの缶詰を一個だけやるから食べてもいいといった。ただし他人にはわけずに自分一人で食って体力をつけるようにといった。

八月八日に第四十五回大詔奉戴日の式典が行なわれた。九日未明にソ連が日本に宣戦布告をしてソ満国境で戦争がはじまっていることや、米軍がアトミック爆弾というものを広島に落下させてバチカンから抗議を申し込まれたことを林作に聞いて知った。十一日に豪軍病院へ見舞いに行ってきた者の話では、植久は肺病患者として廊下にだされており、すっかり老いこんで身体が一まわりも二まわりも小さくなっていたということであった。肺病と知らされるのは死刑の宣告のようなものだといって仲間たちは心を痛めた。翌日の野球大会では早稲田が優勝した。

八月十五日、辰巳は農場作業に出かけていった。午後二時ごろ町の方からサイレンの連続吹鳴が聞こえてきた。何のことだろうと話しあっていると、豪軍のトラックが四台作業隊を迎えにやってきた。途中、町の家々に国旗がかかげられ、学校や病院には大きな英国旗と豪州国旗や赤十字旗がひるがえっていた。目抜き通りを音楽隊が行進し、婦人連は胸にリボンのついた記章をつけていた。四台のトラックを指さして叫びあう少女の一群もあった。キャンプに帰ると兵隊たちはニコニコしており、食堂の壁に、「十五日午前九時、戦争が終結したとトップより通知がありました」と掲示が出ていた。

八月十七日、本年度の盆は八月二十二日と発表されたばかりのところへ浜田植久の死が報じられた。葬式は明日であるが、とりあえず代表八名が亡骸《なきがら》をお参りにいくことになり、林作も辰巳も出かけた。病院につくと、遺体はすでに霊安室のような場所に棺に入れておかれてあった。一同が合掌黙禱し串本の恩田老人が御詠歌をあげた。「補陀落《ほだらく》や……」の一番を歌ってつづけて二番を歌いかけると、監視兵がその歌は何番まであるかときいた。林作が三十三番まであるというと、長すぎるから二番までにせよと兵隊がいった。恩田老人は林作に通訳してもらって三番目まで歌わせてもらうことにした。

その晩、班内で浜田植久の通夜が行なわれた。植久のベッドの上に彼の手作りでニスのかかった整理箱をおき、その上に霊位がわりにベッドの名札をはずして祀《まつ》った。整理箱の前に遺品と豪軍の下士官や兵隊から報酬にもらったビスケット、チーズ、缶詰などの食糧その他を山のように積みあげ、霊位の前に遺愛のバイオリンを横たえた。

一同黙禱の後、恩田老人が御詠歌をあげることになったが、だれいうとなく御詠歌は三番までにしようということにきまった。御詠歌のあとで、仏のためにバイオリンを弾いてあげようではないかという意見が出た。班内に上手なものはいなかったので、ニューカレドニアからきたシーマンにきてもらった。ニューカレドニアのシーマンはしばらく黙禱してから美しい曲を演奏した。演奏が終わってから、曲の名前をきくとドリゴのセレナーデだといった。年寄り連中が、そんな船来の曲では植久さんは成仏できないから串本節をやってくれといった。そして一同バイオリンの伴奏で串本節をはじめからしまいまで歌って、無礼講の宴会でもやっているような気分になった。串本節に勢いづいた串本上ノ浜の為市が、「仏さんの供養のために供え物をみんなして食わんか」といいだした。辰巳はあわてて、自分は保管をたのまれている責任があるから、全部串本の家族にとどけるといった。それでもうだれも手をつけようとはいわなかった。為市は、「そのうちにカビして腐ってしまわよ」と憎々し気にいった。翌日の葬式には班全員参列した。

盆よりまた六大学リーグ戦がはじまり、辰巳は帝大のセンターとして出場した。林作はこのごろの新聞ニュースがあまりに悪いので、発表を適当にさしひかえていた。ありのままに発表すると神経の高ぶっている連中が、まるで林作がニュースを作ったかのように食ってかかってくることもあった。林作の話では、「ヘイ第六収容所の俘虜たちは、うそぶいてぜんぜん敗戦を否定している」とサン紙にのっていたらしい。

団長問題はあきることなくもめつづけていた。ついに班長会議の結果、きたるべき選挙は記名投票とし、当選者は全員の認める辞退理由のないかぎり受諾しなくてはならないと決定された。過去の選挙では、有志が嘆願して団長候補を立てておきながら、いったん団長が決定すると、団長や事務所の勤務ぶりを仮借なく非難攻撃し、そのうえ個人的な中傷までする始末であった。

九月になって団長が五回更迭された。五回目に就任した中山富蔵は、豪軍より配給された魚（大きなヨロリと一尺五寸ないし二尺くらいの子鮫《こざめ》若干）が腐敗していたので、それの代品を要求した。ところが係将校は、「これは五百哩《マイル》も遠方より輸送してくるので、その運送費は高価についている」というだけで魚の腐敗の事実を認めようとしなかった。そのとき、将校の息がアルコールくさかったので、中山団長は、「あなたは酒を飲んでいるのではないか」といった。そのため中山団長は将校侮辱という名目で軍監獄に四週間入れられることになった。

その後、この問題に抗議し農場ストを断行しようという意見と、ストの前に誠意を持って豪軍トップに釈放を嘆願しようという意見が対立し、連日各班で興奮した討議がつづけられた。班長会議の結果、穏健派が勝ち、山吉副団長が豪軍司令部へ出かけていった。しかし、トップは目下シドニーへ出張中で交渉に応じられないといい、いつ帰ってくるかも知らされなかった。そのためスト決行派と嘆願派がまた激突し、毎日毎日会議が延々とつづけられ、怒声罵声が各ハウスの窓からいせいよく響いてきた。副団長が五人更迭された。キャンプにかっとうの絶えないのは長年の抑留生活からきた倦怠と憔悴《しょうすい》のためであった。

十月十五日になって、ひょっこり中山団長が釈放されてきた。しかし、事務所勤務者と抑留者の悶着《もんちゃく》はいぜんくすぶりつづけていた。本来ならば盛大に開催されるはずの十一月三日の明治節奉祝演芸会や運動会も挙行されず、お義理のように野球大会だけですますことになった。事務所勤務者はひっきりなしに辞任し、交代者が就任したが、林作だけはやめることができなかった。彼がいなくては英語の堪能な代替者がいないので、やめるわけにはいかなかった。また林作は自分の意見を主張したことはなく、いずれか一方の派に巻きこまれることを警戒していた。ある日、林作は辰巳に、「これからは、日本も英語ができると得をする時代や、お前もここにいるまにエクザサイズしておくとええわ、ひまをみて教えちゃらよ」といった。

十二月一日に班内で、だれかが鴨のことをいいだした。「もうあがらも解放される日も近いんやから、今度の大詔奉戴日につぶして食おうではないか」というのであった。去年つかまえてきた鴨は丸々と肥大していた。はじめは食用のつもりで飼育していたのだが、姿や動作にあいきょうがあって、班員の無聊をずいぶん慰めてくれた。「いまさら食ったりするのは可哀そうやないか」とか「あがらも解放されるんやから鴨も解放しちゃろよ」と声が出た。班員たちは口々に自己の意見を主張した。「もともと食用に飼ったものだし、たとい鴨を解放してやってもどうせ豪軍の兵隊が食ってしまうか、ワシやタカやその他の動物に食われてしまうのにきまっとる。それより、あがらはこれから苦しい旅をしなけりゃならんのだ。しっかり身体に栄養をつけておくことがいちばんだ」と演説する者もいた。論議はつかないで白熱化した。とうとう最後に高田班長に一任するということでけりがついた。

高田班長は、「班員の面前で丁か半かできめることにする」と宣言してサイコロをふった。結果、大詔奉戴日の夕食に鴨汁にすることに落着した。

十二月に入ってからは雨つづきで、流行性感冒の患者が続出した。八日も雨であった。朝起きるなりだれかが、「那智《なち》の土産でまたアメか」とちょっと節をつけて口ずさんだので大笑いとなった。

聖戦第四周年記念大詔奉戴日の式典は食堂でかんたんに行なわれただけで、奉祝野球大会も流行性感冒と雨天のため一時中止となった。

夕食時の鴨汁はうまかったが、あいきょうのあった生前の姿が目に浮かび班員たちの心中は複雑であった。

その晩、辰巳は寝ていて急に胸がしめつけられるような息苦しさに目をさました。こんな覚えは今日まで一度もなかった。しばらくこらえていたがますます苦しくなってきた。隣のベッドの林作に声をかけようとしたが声が出なかった。林作もうなるような低い声をだしていた。それはいびきではなかった。うめき声にちがいなかった。林作のうめき声はしだいに大きくなっていった。

　そのとき、屋根の上でガッチャガッチャという重い足音が聞こえてきた。潜水服の靴の裏にとりつけてある鉛の音であった。その響きで辰巳の胸はますますしめつけられるようであった。辰巳は力いっぱいのうめき声を発した。それと同時に林作もわめくような大声をだした。辰巳と林作だけではなかった。班の全員が大きなわめき声をあげたのであった。辰巳はもがくように起きあがって窓をあけた。どのハウスからもわめくような大声が響いてきた。

　四方八方の投光器から照射がはじまり、柵外の豪軍兵舎で非常ラッパが鳴っていた。班員たちはいっせいに窓から飛びだした。どのハウスも同様であった。五百余名の潮騒《しおさい》のようなわめき声がキャンプの庭に大竜巻のように荒れ狂っていた。

II

異民族

火野葦平

1

起伏がはげしく、V字型の渓谷が交錯しているため、峠や台地へ出るたびに、休憩しなくてはならなかった。人間よりも、馬の方が疲れるのである。すり減ったままの蹄《ひづめ》で、危なかしく土と小石とを谷に落しながら鵯越《ひよどりごえ》のような傾斜を、降り登ってゆく七頭の馬の全身は汗で濡れ光っている。隊長加美川中尉の乗っている栗毛の馬こそ、乗り手の日ごろからの贅沢心《ぜいたくしん》と威厳好きとで、ともかくもその上背がたくましく、あまり疲れも見せぬが、他の馬は、毛の抜けたたわしのようであったり、古雑巾のようであったり、下手な張子《はりこ》のように骨格ばかりが目立っていたりして、いずれも苦しげに鼻の頭や、口を白い泡で埋めている。飼料の粗悪と不足とが、こういう山岳地帯の行軍のときには、むきだしにあらわれた。それでも、緊張と訓練とで、谷に落ちる危険はなかった。危険は敵の飛行機にあった。今日も早朝から、分散したり、編隊になったりして、インパールからの曲折した幹線道路を中心に、飛びまわっている。なかでも「街道荒し」と兵隊たちの呼んでいる、一機で、鵜《う》の眼鷹《たか》の眼、一台のトラックでも、一頭の馬でも、一人の兵隊でも、見つけ次第、銃撃するコンソリは鬼門だった。そこで、休憩も上空から死角になる森林内か、空《から》になった部落の藁家《わらや》にかくれるほかはなかった。馬七頭、兵隊十七名の一隊が完全遮蔽《しゃへい》するのは、そう楽ではない。したがって、対空監視係たる広井伍長の任務と責任とは重大となる。耳と眼とがずば抜けてきくという理由で、広井は駐留地にいても、行軍間も、そして、戦闘間も、蜻蛉係《とんぼがかり》（仲間ではそういった）専門だった。ともかく発見されずに、いくつかの峠と谷とを越えた。目的のランザン部落は、もう遠くない。

葉の三本ある松林が根幹となっているこの森林地帯には鳥が多かった。鴉《からす》以上の大鳥はいなかったが、小鳥の種類は無数といってよかった。原色のあざやかさを持った美しい小鳥が、部隊が休憩すると、おそれずに飛んできて、人の降りた馬の背や尻にとまる。

「あれは、なんじゃ？」

よごれたタオルを胸毛のある肌にさしこんで、せかせかと拭きながら、汗かきの矢野軍曹が、下った眼尻をぴくっと動かして、視線を、かたわらの田谷上等兵と、一羽の小鳥との間を往復させる。

「鳴いたら、わかるんですがな」

ずんぐりした衛生兵は、むきだしの膝をかかえて、隊長の馬の尻で、しきりと細長い濃藍の尾を上下動させている小鳥を見た。頭が黄色い。

「鳴いたら、俺だってわかるよ。鳴かずにあてるのでなけりゃ、鳥博士とはいえんぞ」

「どうも、ツツチイロのようにある」

ちょっと思案して、そう答えた。

「間違いないか」

「間違いありません」

「間違ったら、どうする？」

これは二人のいつもの癖で、森林のあちこちに、それぞれの姿勢で休憩している兵隊たちは、また始まったという顔で、二人を見た。テイデイムの屯営《とんえい》にいても、毎日のこと、小鳥の判定で、問答をし、賭けをした。もっとも、訊《たず》ねるのは、いつも矢野軍曹の方である。言葉はわからないながら、チン兵たちも、顔色と眼つきと口もとで、勝敗をかぎわけようというように、二人を見た。十七人の一隊のうち、十人はチン人の兵隊、一人ゴルカ兵がまじっている。一様に黒くよごれた、眉のひらいた下品な顔のなかに、にごった鈍い眸《ひとみ》をおどおどさせている。小隊長モンサンカインの吊りあがった狐のような眼だけが際だって白く鋭く光っているのと、ゴルカ兵モンバハドルの狡猾《こうかつ》そうな細い眼が、なにかうす笑いに似たものをたたえているのとが目立つ。そして、つき立った言語の障壁のかなたに、重大な、まかりちがえば生命にかかわるものを読みとろうとする彼等の眼光は、つねに真剣だった。しかし、いま、二人の日本兵の間ではじまった問答のいかなる飛ばちりも、自分たちに直接関係はないという安心が、眸をやわらげ、親しいものさえ示している。

俳句をすこしひねる田谷上等兵は、これらのチン人たちを、詩を解せぬ民族と規定している。ビルマの西北方に聳《そび》え立《た》ち、印度のバトカイ山脈へ国境越しにつづいてゆくこのチン丘陵は、たしかに巍峨《ぎが》たる不毛の地だ。そして、そこへ点住している哀れなチン族は、詩を解しない。はじめ、田谷上等兵は、小鳥の名を知ろうとして、部下のチン兵に訊ねてみた。一人一人きいた。全身薄緑の小鳥をチオという。手帳に書きとめた。頭の黒い、尾のぴんと立った小鳥、きくと、チオ、という。みそさざいに似た鳥、チオ。田谷はすこし小首を傾けた。それから、どんな鳥を、たれにきいても、チオ。田谷は笑いだした。彼等には小鳥にいちいち名などあるわけがないのだ。全部チオである。花の名をきいてみると、どれもこれも、パ。そこで、田谷は自分で研究することにしたのだが、これとて名を知る由もない。そこで、鳴き声で区別し、鳴き声を鳥の名にした。彼の手帳の後頁には、そこで、小鳥表がつくられ、形と色と寸法との下に、その鳴き声が書きとめられてある。それは、まるで、交響楽だ。「ケッキョ、ホーチャホ」「プッ、プッ、プッ」「チャカホコジャー」「リ、リ、リ、リ」「ゴッコー」「ペヨ、ホーチャカホ」「チ、チ、チ、チ」「ポッポーホオイ」「チュク、チュク、チュク」「ツッチイロ」「テンクワククワ」「チイヨ、チイヨ」「コワオ、コワオ」——およそ三十種類ほど。この無用な調査をする田谷上等兵を、矢野軍曹は、いつも、暇人《ひまじん》だなあといってからかった。田谷の方も、もはや小鳥の知識なら全軍随一、博士論文を出してもいいなどと吹聴《ふいちょう》するのである。とはいえ、田谷に生物学の素養があったわけでもなんでもない。出征前は町の小さな薬局の薬剤師で、むしろ小鳥店とは無縁な生活をしていた。強《し》いていえば、たった一人故国に残っている老母が、文鳥を四五羽飼っていて、世話していた、毎朝にことすり餌をつくっていた、遺伝ですなあ、などということもあるのだが、実際はそのころはその文鳥の鳴き声がうるさかったのだ。彼を小鳥学の権威にしたのは、この戦線にきて、悽惨《せいさん》としかいいようのない前線の犠牲と、うごきのとれぬ交綏《こうすい》状態にもとづく後方のやむなき単調の日々、焦躁と退屈まぎれ、そして単なる気まぐれにすぎない。

「あの鳥は、なんじゃ?」

「チャカホコジャーであります」

「間違いないか」

「間違いありません」

「間違ったら、どうする?」

こういう二人の日々の会話も、いまは定型化し、マンネリズムとなって、倦怠《けんたい》を生んでいた。二人の間で、煙草、砂糖、濃厚酒、缶詰などが、賭けの勝敗にしたがって、やりとりされた。

そこで、いま、この森林の休憩時間で、そのくりかえしが始まったわけである。間違ったらどうするという矢野軍曹の詰問に、ちょっと考えるようにした田谷上等兵は、童顔に大きな団栗《どんぐり》眼《まなこ》を、ぱちぱちさせ、

「あれに、しましょう、ズー、これから行くランザン部落の酒《ズー》」

「うん、よかろう」

負けた方は飲むことならぬ。ランザンで部落民のつくっている酒は、近郊部隊の垂涎《すいせん》の種で、どちらも酒好きの矢野と田谷にとって、それが飲めぬということほどの苦痛はないわけだった。今日は、十中八九、血なまぐさい事件のおこる、部落のスパイ検索行であったが、隊長をはじめ、一行のたれもの胸に、ランザン酒《ズー》の誘惑があったことはいうまでもない。

「変なものを賭けたのう」

大きな赤松の根に腰をおろしていた加美川中尉が、青白い顔を半分綻《ほころ》ばせていった。神経質な細面《ほそおもて》の顔は、いつも冷たくひきしまっている。これまで隊長が全部口をあけて笑ったことを、部下のたれも見た者はない。それだけ口をひっぱりあけて笑う価値あることがないかのようだ。その分別くさい節約の表情は、つつましいよりも、どこか加美川中尉の顔を老人じみて見せた。この特種任務工作隊長はまだ二十六で、「精神堅確、沈着《ちんちやく》剛毅《ごうき》、任務ニ忠実ニシテ全軍ノ作戦ヲ有利ナラシムル勲功ノ数々」を賞せられ、軍司令官や、師団長の感状を四枚も貰っていた。加美川は、いつでも部下に、自分には、両親も、家も、兄弟もないといっていた。そんな筈《はず》はなく、ただ末子なので、家への責任がなく、いつでも戦場で命がすてられる、つまりは一種の見栄のようだった。しかし、部下の或る者は、このまだ若い将校が、快活さも闊達《かったつ》さもなく、ろくに笑いもしない性格に、なにかの陰影を感じていた。

「鳴かんことにゃ、勝負にならんなあ」

大きな岩のうえに寝そべっている通訳官の重田曹長が、ものうげな嗄れ声《しわがごえ》をだした。

小鳥は相かわらず、隊長馬のむっちりした尻の丘で、しきりと前後左右を見まわしながら、黄色い尻尾をふっている。さっきからの期待にかかわらず、鳴こうとしない。鳴く気配もない。

「よし、鳴かせてやるぞ」

しびれを切らした矢野軍曹が、小石をひろって立ちあがったとき、

「待避」

台地の突端にいた蛸蛉係の広井伍長の声がきこえた。二三度叫んだ。まだ爆音はききとれなかったが、谷をへだてた各所で、遠く近く、空襲警報のサイレンや、乱打される鉦《かね》の音がひびいてきた。

もともと上空との警戒は怠っていなかったので、急にあわてることもなかったが、兵隊たちは、さらに森林の深くへ馬をひき入れ、それぞれ、叢《くさむら》や岩かげに隠れた。爆音があとかぶさるように低く鳴って過ぎ、ぱしぱしぱしと銃声の音が鞭《むち》のようなするどいひびきを立てた。一機らしく、遠ざかるとあとは静かになった。油を煮るような蟬《せみ》の声が全山を蔽《おお》っている。あちこちの木かげや、叢のなかから、ひとつずつ顔があらわれた。

たわしのように古ぼけたモンサンカインの乗馬の背に、いつか、さっきの小鳥がかえってきている。そして、さっきは鳴かなかったのに、この騒ぎに刺戟《しげき》されたのか、しきりと

針のように細い嘴《くちばし》をうごかして、ツッチイロ、ツッチイロ、とかんだかく鳴いていた。

「やあ、呑み助が負けたなあ」

加美川中尉は、ふくらんだ乗馬ズボンの泥をはらいながら、矢野軍曹をかえりみた。

ところが、その勝利者は、ランザン酒を二人分飲む栄誉と権利を、完全にすてていた。芭蕉葉《ばしようば》の茂みのなかにいた田谷上等兵は、鉄兜《てつかぶと》のうえから、まっすぐに頭蓋骨を撃ち抜かれて、一言も発せずにことされていたのである。

隊長の青ざめた顔が、怒りの痙攣《けいれん》でふるえた。無言のまま、部下の屍骸《しがい》をしばらく睨《にら》んでいた。叮嚀《ていねい》に、挙手の礼をした。田谷はこっそり自分の説をたしかめるために、小鳥表を眺めていたのであろうか。右手の親指を手帳にはさんだまま、うつぶせになっていた。加美川中尉はその手帳を拾いとって、ちらっとひらかれている頁に視線を落した。別段読むわけでなく、閉じると自分の図嚢《ずのう》のなかに入れた。それから、にわかにあわてたように、部下を見まわした。ほかにたれか欠けていないかと思ったのだ。

「出発」

田谷上等兵の乗馬は、太い松の幹につながれた。かえりに遺骸を乗せるのである。赤十字のマークのある赤革の鞄は、田谷の腰からはずされ、村上上等兵が持った。村上は鈍重無類の男だが、施療と投薬とにはいくらか経験があり、田谷の看護助手をつとめていた。今日からは、正式の担当になるわけである。

一隊が森林を出て、強烈な太陽に直射されながら、またも急斜面を降ってゆくと、後方で、のこされた馬の嘶《いなな》いている声がきこえた。蛇行している道を曲ると、つき立った山と山との間に、煙るように緑の平原が見え、一筋、銀の綱を無造作に投げたような、マニプール川が光ってのぞいた。インパール平原のロクタク湖に源を発するマニプール川は、チンドウイン川にそそいで、イラワジの流れに合するのである。山々の肌は褐色で荒廃しているが、おおむね頂上への八合目ほどのところに、印紙をはりつけたように、点々と部落がある。これらのチン部落は、わざわざ肥沃の地を避けている。ゾールピー、ゴーンモールなどの部落だが、その名はそのまま「貧しき丘」という意味を持っていた。チン人は勤勉だ。チン人はどこの部落も、働いて辛うじて食っている。蓄えなどもなく、一ルピーも持っていれば金持という。部落民は、隣の部落にゆくときには、かならず一つの山を降り、一つの山を登らねばならない。かえりは、それをくりかえす。したがって彼等の足は強くて早い。無論跣足《はだし》である。蹠《あしうら》は鉄板のようだ。工作隊に編成したチン人の兵隊は、靴をはきたがらない。ごわごわした軍靴はかえって邪魔らしい。そこで、いま、徒歩で行軍してゆく十一人のチン兵のうち、八人まで跣足である。支給された軍靴をわざわざ脱ぎ、腰にぶら下げている。

ひとり古雑巾のような馬に乗っている小隊長モンサンカインも、鐙《あぶみ》に、爬虫類《はちゅうるい》の足に似た黒い指の扁平な足を、むきだしにしている。

墓地があると、近くに部落のあることがわかる。墓標は巨大な木形子《こけし》に似ていて、顔から下の面には、象、水牛、羊、馬などが、原始的な素朴さで、順序よく一匹ずつ浮き彫りにされている。上部に、牛の頭蓋骨をはめたもの、二つの墓標を絵と字のある銅板でつないだもの、卒塔婆《そとば》、自然石の墓石など、その神聖な一劃《いっかく》は、きれいに掃ききよめられている。

2

芭蕉と、林投《りんとう》と、パとだけ土民にいわれるセクパンに似た赤い花と、草葺《くさぶ》きの家々とのランザンは、日本軍の一隊を迎えて、にわかにざわめきはじめる。取的《とりてき》そっくりに黒い頭髪を結んで、ロンギをはいた色黒の男たち、硝子玉《ガラスだま》や銀貨をびっしりつけた首飾の女たち、赤ん坊を籠に入れて負っている娘、頭でっかちのきたない子供ら、犬までもいっしょになって、部落は騒動になる。草葺の下から、不安な顔が出る。この屋根を葺いてある草は、この不毛の土地では貴重品で、昔は放火罪は死刑にちかい重罪を課せられたといわれている。いまは、戦利品たるブリキ屋根が半分まじっている。馬を部落の入口につないだ。九郎という名の隊長の乗馬は、格段に立派で、ふさふさした鬣《たてがみ》を風になびかせている頭は、ひくい家の屋根のうえに出た。

この部落に加美川中尉がきたのは、はじめてではなく、ブンジヤナン村長は顔見知りだった。ランザンからは、徴発された三十名以上の兵隊も出ている。もう七十にちかい村長は、マラリヤのために、ベッドに横たわったまま、熱に赤くなった弱々しい眼で、加美川隊長へ歓迎の挨拶をした。

助役のクアルザチンが出てきた。四十五歳、短軀《たんく》、首が肩にはまりこんだようで、上眼づかいでものいう男だった。額が禿《は》げあがっている。ここには助役が四人いたが、彼が主席だった。観音開きの扉から、籐を編んで牛皮を貼った腰掛けを出してきて、加美川のまえに据えた。

「村長は、もう二週間ほども寝こんで居りますので」

たどたどしい英語である。重田曹長が通訳した。

「オンギンはいないかね」

「居ります」

「呼んでもらいたい」

長身で、眼の細い、チン人にしては、めずらしく鼻筋の通ったオンギンが、ロンギ裾を右手でつまんで、群衆をかきわけてやって来た。

「ケンチジカッカ、ゴキゲンウルワシクテ、ケッコウニゾンジタテマツリマス」

オンギンは媚《こび》をふくんで、日本語で流暢《りゅうちょう》にいった。県知事閣下――その県というのは、テイデイム県である。軍政が布かれているため、特種工作隊長たる加美川中尉が知事となっていた。みずから任命したことは、いうまでもない。県庁は、テイデイムの屯営が兼ね、現地人の役員が任命されていた。県書記ラルドン、教育主任ブンコハウ、労務課長カンチンタン、徴募課長トワルカム、そして、オンギンは宣伝部長なのだった。県の下には、フアラム郡、ハカ郡、郡長の下酋長、酋長は数村から数十ケ村を握っている者があった。インパール作戦は、マンダレーから、シーン、ポートホワイト、ケネデ・ピイク、テイデイム、トンザン、という風に、道路を中軸に展開されて行ったので、その両側周辺の地域は、白紙で残された。戦闘部隊を使用する余裕がなく、工作隊が現地兵を徴募し、訓練して、主作戦の側面援護をしているわけだった。広汎な地域で、言語、風俗、習慣を異にするチン族の掌握は容易でなく、県知事閣下も骨が折れるわけである。

オンギンの日本語の挨拶は、若干調子がはずれていた。この挨拶だけは、たれも日本語でしゃべる。教育訓練係重田曹長が隊長の意を汲んで、熱心に教えたので、東機関にくるチン人は、例外なくこの言葉をおぼえた。これをいうと、加美川中尉の機嫌のよいことも、いつか、チン人たちはのみこんでしまった。しかし、その先は、英語でないと通じない。加美川は先方のいうのがいくらかわかる程度の語学力しかなかった。外語出の重田は、どうかすると彼の日本語よりも、英語の方が話しよさそうだった。

「オンギン」

「ハイ」

「今日は、率直に話をしたい。もはや、事態は、あやふやなことを許さぬまでに、切迫している」

加美川中尉は、地に立てた軍刀の柄に、両手をかさね、するどく冷たい眼で、オンギンを睨み据えた。相手の心理へ投影してゆくこちらの気骨のありどころ、自己陶酔で計量している傲慢《ごうまん》と自負心とは、このスタイリストたる将校を、舞台にある俳優のように、威厳あるものに見せた。また彼ははっきりと偉大な目的に裏づけられて、逡巡《しゅんじゅん》も、懐疑もなかった。さらに、たしかに、途中、部下をうしなった怒りが、任務の一端に、鮮明な着色をしていた。

「なにごとでしょうか」

まだ三十に満たぬオンギンの秀抜な顔は、あきらかな狼狽《ろうばい》と不安とに曇った。彼は短時日の間であるが、隊長の気質を知っていた。その表情と態度を読むことを知っていた。相対した二人の尋常でない様子は、部落全体のものにも、或る予感をあたえて、とりまいている多くの顔のいくつかは、すでに不安で凝結していた。自由も意志もない民族の顔にも、感覚と感情とは露骨だった。

「君は隊長の命じた仕事を、もっとも、不忠実に果たした」

「忠実に果たしました」

飛びあがらんばかりにびっくりして、オンギンは、忠実に、という言葉を声高くくりかえした。

「君はファラム郡長レンロエンにも、タイソン酋長ワモンにも会っていない」

「それは、会って居りません。これから、会いにゆくところでした。トンザンで、暇どったのです」

「君には巡回するのに、充分の時間があたえてある。また、報酬も充分であった筈だ。トンザンで、そんなに時間を食う理由がない。酋長ポンザマンは、君が二日しか居なかったと申し述べている。それなのに、ファラムにも、タイソンにも行っていない。君は、俺の命令しなかった場所へ、俺の知らない場所へ行っていたのだ」

「そんなことはありません。トンザンには五日もいました。ポンザマンはどうしてそんなことをいうのでしょう？　酋長に会わせて下さい」

「ポンザマンはもっとも信頼のおける酋長だ。もっとも誠実で、もっとも積極的で、嘘をつかない」

「ちがいます。嘘です。私は間違いなく、五日間、トンザンに居りました。酋長に会わせて下さい。すぐわかります」

オンギンは必死に、その態度は乱れた。哀願する顔のなかに、恐怖が寸分の隙もなくひろがって、まったく落ちつきをうしなった。

「君のいたところを、隊長は知っている」

オンギンの眼が白くひきつった。

「英軍の将校、ケリー大佐のところだ」

「ちがいます、ちがいます、そんな……」

「軍紀こそが最大の秩序だ。裏切りは、同志の死を意味する。隊長としては、規律を守る以外に方法がない」

「県知事閣下、私を信じて下さい」

天を仰ぐオンギンの動作は、ひどく芝居がかっていたけれども、いささかの作為もない自然のものたることは、たれの眼にも明瞭だった。生命への恐怖が本能的にオンギンをそういう狂躁に駆りたてたのだ。

「お前の裏切りは、さらに、今日、疑う余地がなくなった。お前はわが隊の密偵から、敵のスパイになったのだ。いや、はじめから、敵のスパイだった。ケリー大佐の手先だった。俺はくる途中、一人の部下をうしなった。お前も知っている田谷看護兵だ。あんな深いジャングルで、上空から見える筈はないのに、飛行機はわが隊を狙撃した。いま、その理由がわかった。お前の裏切りだ。あちこちの山の部落にも、スパイがいるにちがいない。なにかの標識で、次々に連絡をとり、わが隊の所在を飛行機に知らせたのだ」

「とんでもないことです。そんな、……そんな……」

オンギンは地に額をつけ、加美川中尉の長靴にかじりついて、弁解をした。そのたびに、拍車が鈴のように冷たく鳴った。助けを求めるように、部落民の顔を見まわしたが、観衆の顔はにわかに表情をうしなって、卑屈な無関心があるばかりだった。白々しい壁のようだった。文字どおり、オンギンは慟哭《どうこく》して、芋虫のように、地をころげまわり、哀願した。命乞《いのちご》いをした。無罪を主張し、冷たい加美川中尉の青ざめた顔につきあたると、これから忠誠をつくしますと、許しを乞うた。

「縛れ」

姿勢と表情とをうごかさず、加美川はかたわらの矢野軍曹に命じた。矢野は、オンギンに近づくと、左手で首筋をつかんで、つづけさまに拳骨《げんこつ》で頰をなぐった。

「貴様が、田谷を殺しやがったのか」

それから、キヤンピウ、タンコリン、と二人のチン兵の名を呼んで、三人がかりで、用意の綱で、オンギンを後手にしばりあげた。口のなかにタオルをつっこみ、目かくしをした。オンギンはなおもあばれたが、しだいに力尽きて、涙と汗と泥とにまみれ、地に横にたおれて、ただ、鞴《ふいご》のような呼吸ばかり吐いた。

「起せ」

隊長がなにを考えているかを知った矢野軍曹は、ころがって喘《あえ》いでいるオンギンの肩をつかんで、引きおこした。膝まずかせ、坐《すわ》らせようとしたが、安定をうしなったように、何度もたおれた。やっと坐ったが、ゆらゆらと揺れる。

オンギンはランザン部落生え抜きの青年なので、観衆のなかには、肉親がいる筈だった。また、親戚も友人も、ひょっとしたら妻や恋人もいるかも知れない。しかし、壁のように群衆の表情は行儀正しくて、オンギンのために出てくる者は一人もなかった。オンギンがいま死刑に処せられようとしていることは、もう皆にわかった。しかも、日本軍独特の斬首の刑に処せられようとしている。それを見すごそうとしているのは、冷酷か、残忍か。エゴイズムか。雰囲気の自然の醸成が、感情も愛情も鈍磨させて、ただ損得計算ばかりをさせるのか。瞬間への不信か。時間の運命へ漠然とたよっているのか。処刑者たる加美川中尉には、なんの昏迷もなかった。偉大な目的と、その感動のみが彼の全霊を占めていて、彼はむしろ昂然《こうぜん》となる。彼は自己犠牲さえ感じている。人間を斬る快感や、英雄的昂奮など、彼にはない。この行動自体に彼の慾望も満足もなく、深遠で壮大な最後のものが、彼をとらえている。倫理と正義とが敵になる場合も、彼は戦争の規模のなかに肯定する。加美川はオンギンがスパイであるという証拠をにぎっているわけではない。田谷の死の原因になった飛行機への連絡ということも、そういうこともあり得るというこじつけだ。怪しいといえば、チン人はすべて怪しい。疑えばたれもかれもスパイに思える。もともと、直接の戦争相手たる日本軍と英軍とは、まったく無関係に、はからずも戦場となった附近に、昔から住みついていただけのこと。普段は放擲《ほうてき》されていたのに、戦争がはじまったため、どちらかに附かねばならなかった。強要されることに反対すれば、生命を脅やかされ、生活ができなくなる。どうして喧嘩になったのか、どちらが正しいのか、もとより彼等にわかる筈がない。したがって協力ということに、なんら理論的根拠はない。英軍と日本軍とが彼等の生命と生活の安全のために、都合よく強い方の機嫌をとりむすぶ以外にない。生命と生活の安全のうえを越えて、潮のごとく、満ち干《みひ》きする。どちらが強いのかもわからない。ともかく、眼前のものに服従して居ればよい。ところが、未来の予感はやはりこの現実主義を動揺させる。インパール前線は、日本軍の最初の成功にもかかわらず、いまや、逆となって、日本軍は潰滅一歩手前にある。そういう情報は、さまざまの方面から入ってくる。英軍のゲリラ隊、工作隊も、チン人のなかに食い入っている。戦場の土民を味方につけておくことの有利はいうまでもなく、その特種任務を帯びた加美川隊の使命は、すこぶる重大なのだ。全作戦の成否にも影響すると、加美川は考える。物量のない日本軍が、土民を屈服させるには、力しかない。その結論にしたがって、加美川はつねに堅確に行動してきた。オンギンがスパイであるかないかは問題ではない。スパイとして処断し、日本軍を裏切る者がいかなる目にあうかということを、彼等に印象づければ足る。それこそが彼の正義であった。加美川中尉は明確で、なんら誤るところも、遅疑するところもなかった。

ゆらめいている罪人のうしろにまわると、引きぬいた軍刀を、力まかせにオンギンの首筋にたたきつけた。不意に頭の消えた肩のうえから簓《ささら》のような赤いものが散って、胴体はまえのめりにたおれた。二間ほど先に飛んだ首は、筋肉が痙攣するたびに、右に左にしばらくうごいた。

加美川中尉は手のしびれをおぼえ、虚脱感と充実感とが交錯して、一瞬、よろめいた。

酒盛がはじまった。

米や唐もろこしを入れて、土甕《つちがめ》のなかで醱酵させた卵色の酒《ズー》が、サイフォンのような管をつたって、小瓶の方へながれ出る。それを瓢 箪《ひようたん》を半分にした器にうけて飲んだ。酸っぱくて、美味とはいえない。他にないので珍重するだけだ。チン人はこの酒を一晩中飲んで、単調な踊りを朝までおどるらしい。

「もう、けっして、部落から裏切者は出さんと、村長が申して居ります」

猪首の助役クアルザチンが、追従笑《ついしょうわら》いしながら、加美川中尉の器に、酒をつぐ。

「隊長」

酔いを発した矢野軍曹が、耳に口をよせてきた。乱杙歯《らんぐいば》が黄色く、くさい。

「なんだ？」

「隊長は知ってなさるんですか」

「なにを？」

「テイデイムに、この部落から女たちが手伝いにくるでしょう、七八人、……」

「うん」

「そのなかに、オンギンの妹が居るんですよ。……姉かな？」

「知らん」

「知らん？……なるほど、隊長は堅いから、ほんとに知らんかも知れんですな。でも、知っとる筈だ。ほら、いつか後方から軍司令官がきたとき、宴会で酌させたでしょう、下ぶくれの、眼の大きい、……ニアンゴ、猫の鳴き声みたような名の女、……」

「知らん」

ほんとに知らなかった。すでに酔っていて、そんなこと、気にもとまらなかった。

「こら、そんなことより、貴様、田谷と賭けして負けた癖に、酒飲《ズー》んどるのか」

「お助け下さい、田谷が居っても、勘弁してもらうつもりでした」

「ツツチイロ、ツツチイロ、……」

加美川はおどけて、鳥の鳴き真似をした。

「お助け下さい、田谷の幽霊が出たような気がします」

そういって、げらげら笑った。

幽霊という言葉が、ひやっと氷の針のように、加美川の胸をついた。

3

テイデイムは、前線からでも、後方からでも、恰好《かっこう》の中間駅場である。前からかえる者も、後からゆく者も、なんとなくテイデイムを目標にし、ここまでくるとほっとした。そして、自然に、テイデイムを境として、前方と後方との色彩が二分された。

補給の重大任務をもつ後方参謀高椋少佐も、ここにいた。前線には、もはや、食糧も、弾薬も、衛生材料も、そして、兵員もなかった。しかし、それらのものは送ろうにも、テイデイムにもなく、後方からもこないのである。いくら焦ってみても、無から有は生じない。たまにわずかな物を前線に送ろうとすると、途方もない時日がかかったうえに、前線まで到達しないうちに、途中で消えることが大部分だった。すでに五月は雨季に入り、山も木も岩も家も押しながす豪雨は、ほとんどの橋梁《きょうりょう》と道路とを流失させた。その残ったものは、連日の空襲で破壊された。気力の減退した工兵隊は、ながれた橋を架けようとはせず、前線へゆく兵隊も、食糧も、こちら側の岸で、数日を無駄にすごす。部隊は寸断されていて、最前線はほとんど孤立しているといってよかった。玉砕し、全滅する部隊の報告は、前線からかえってくる負傷者の群によって、連日のごとくもたらされる。一箇大隊四十数名、一箇中隊零名、などというのが普通で、その残った兵隊も、ほとんどがマラリヤ患者、アミーバ赤痢、軟部貫通銃創で、健康者は少数らしい。

「前線からは、やんやんいうてくるが、ない袖は振られんでなあ」

高椋後方参謀は、髭《ひげ》にうずまった童顔をほころばせて、磊落《らいらく》そうにいうが、胸中のいらだちは隠しきれない。

「一俵でも二俵でも、わたくしが都合いたします。もう、この附近の部落は、狩りつくしてすっからかんになりましたから、すこし遠征しようと思っています」

加美川中尉は、胸を張るようにして、煙草をくゆらせた。

「君がよくやってくれるので、助かる。後方から食糧のくる当ては、当分ないよ。カレミヨー平地に、赤石師団副官が米を集めに行っとるが、どうもうまくゆきそうにもない。ちびちびきても焼石に水で、前線には一粒も行かんのだからなあ。こんなことじゃ、戦闘どころか、兵隊は飢え死してしまうよ。……こないだも、おかしいんだ。最後的手段で、敵陣地や戦車を爆破するというんで、ダイナマイトを百キロ送ったんだ。それが、前線に届くことは届いたんだが、……例によって半月もかかってね、……役に立たないんだ、少なすぎて。二十キロもなかったというんだよ。途中で、兵隊が食ってしまったんだ。ありゃ、すてきに甘いからな」

「そりゃ、わたくしだっても、一片頂戴《ひときれ》したくなりますからなあ」

切餅のようになったダイナマイトを、砂糖のなくなったとき、兵隊が食べるのは、いまにはじまったことではなかった。羊羹《ようかん》のように甘いのである。舌にひりつき、唇が腫れたり、食べすぎると下痢したりするが、害にはならない。前線では糖分の欠乏とともに、塩分もなくなり、兵隊たちは汗をなめているとのことだった。

「今度遠征する部落では、すこしまとまって、食糧が手に入るのではないかと思うんです」

青白い顔に、決意の面持《おももち》があらわれて、

「すこし危険ですが、断行してみるつもりです。ハカ郡方面のナガ族の部落に、どうも、英軍工作隊、……例のケリー大佐ですが、……の手が入っているのではないかと思われる節があるのです。先日、仁木軍曹たちを偵察にやりましたところが、ナチヤング附近で狙撃されまして、軽傷ですが、仁木は左腕を怪我しました。しかし、たしかに、糧秣《りょうまつ》が豊富に集積されているのは、見とどけてきたのです。ところが、このナガ族というのが、物騒なんですよ。精悍《せいかん》というか、暴勇というか、一種の野蛮人ですな。チン族と大して風俗習慣が変っているようには思われんのですが、争闘を好むところは、論外です。おまけに大家族主義で、部落外の者とは婚姻せずに、他部落とは、はげしく対立しているようです。部落ごとに言葉もちがっている模様で、ときどき喧嘩をする。ところが、その喧嘩の理由というのが、笑いたくなるんですが、頭髪を刈って丸坊主にした奴がいたとか、髪の結びかたが右に寄りすぎているとか、そんなことなんですよ。すると、部落全体が襲撃を掛けて、その部落中の者をみな殺しにしてしまう。焼きはらってしまう。おまけに、人肉を食う習慣があって、育ちそうもない赤ん坊は殺して親たちが食ってしまうそうです。だから、負けるとことで、あいつらの胃袋を肥やすことになります。槍使《やりづか》いは名人のようですな。前々から、工作をやって、バシタツクや、クランピーのナガ族のなかには、相当手なずけたのが居ったのですが、それが、今度、まあ、こっちにとってはよい口実になる騒ぎをおこしたのです。先日、クランピー部落を、チヤカン部落が襲撃したのですが、それが、どうも、クランピーの部落長の家に日の丸の旗があったということが原因らしいのですよ。だいぶん死人が出たようですが、その襲撃したチヤカンに英軍の手が入っていることは明瞭です。仁木が糧秣のあるのを見たのも、そこなのです。今度はすこし手強《てごわ》いかも知れませんから、一箇大隊つれてゆくことにしています。いま、猛訓練をやっています」

そういって、加美川は窓の外を、あのとおりというように指さした。

松林の斜面に、段々に建てられた粗末な兵舎が三棟、防空壕がいくつも鮟鱇《あんこう》の口のようにひらいていて、演習用の藁人形がずらりとならんでいる。教育訓練係矢野軍曹の指揮にしたがい、分散した百名に近いチン兵たちが、赤土の斜面のいたるところで、散開、射撃、突撃、匍匐《ほふく》、の演習をやっている。助手は、広井伍長、仁木軍曹、佐々木上等兵のほか、モンサンカイン、カイムンマン、タンコリンなどの小隊長、分隊長連がこれに当っている。号令も日本語で、演習はすべて歩兵操典にしたがっていた。

炊事室の壁にもたれて、七八人のチン人の女が、これを見物している。彼女等は附近の部落から、被服のつくろい、縫いもの、洗濯などのために傭《やと》われてきているのだが、年齢はいずれも若くて、色は黒いながら、顔立もととのっている女が多い。しかし、いずれも栄養不良らしい不健康な黄色味を帯び、眼のいろは生気に乏しい。男は寝巻のような白い着物を着たり、長いロンギをはいたり、そして、バーという自分で鍛えた長刀を持っているのが普通だが、女の方は着物の裾が短く、膝から下が露出している。この方が山を歩くに好適らしい。無論跣足《はだし》だ。彼女等の黒い髪は、きれいにまんなかから分けてなでつけられ、いくつもに編んだ下げ髪が長く、後から背にひとつ、左右に二三本ずつ、胸から乳のうえにたれている。また共通に、派手な首飾り、腕環をしている。青、赤、白、緑と、硝子玉のついたもの、銅貨をつないだものを、多いのは十本もかけているのがある。仕事の途中らしく、杭《くい》でかこまれた板張りには、つくろいや洗濯物が山のように積まれ、干された洗濯物からは、水がしたたっている。

女たちは、肩を接するようにしてならび、演習を眺めながら、ときどき、肱《ひじ》をつっきあったり、肩をたたいたりして笑った。まごまごして叱られたり、転んだり、不恰好に匐《は》いまわったり、頓狂《とんきょう》な声を立てるのがおかしいらしい。

やあッ、と屁っぴり腰で、一人のチン兵が、藁人形に銃剣をつき刺した。その反動で、うしろにひっくりかえった。どっと、女たちが笑った。

「あれで、槍の名人のナガ族とたたかえるかね」

高椋少佐が、笑いながら、そういったとき、加美川中尉は返事をせずに立ちあがってい
た。顔が怒りに青ざめている。

「ちょっと、失礼いたします」

つかつかと、表に出て行った。

「仁木軍曹」

「はっ」

走ってきた長身の仁木軍曹は、不動の姿勢で、隊長の前に立った。花車《きやしや》な手に木銃を下げている。

「フセンキオは、いつ上等兵になった？」

加美川中尉は、先刻、藁人形にぶつかってひっくりかえった兵隊を指さした。

ぎくっと、仁木軍曹の細い眼がたじろいで、

「一昨日であります」

「だれの許可を得た？」

「本日、隊長殿の許可を得るつもりでありました」

「馬鹿」

声とともに、はげしい平手が右頬を打っていた。仁木軍曹はよろめいたが、かちっと靴を鳴らして、硬直したように、直立した。

「私情をもって、進級させるとはなにごとだ。怪《け》しからん」

いつか、演習はやまって、みんながこの情景を眺めていた。

「申しわけありません」

仁木軍曹は首をたれた。彼は率直におどろいていた。庶務、給与、功績、を担当しているのだが、仁木は、二百名あまりのチン兵の名簿もあずかり、進級、昇級も一手であつかっていたのだが、毎日の実務にもかかわらず、どれもこれも似たりよったりのチン兵たちの顔と名を憶えることは、容易ではなかった。主だった者五分の一ほども憶えていない。進級、昇級は、無論、隊長の権限で、独断に確信を持つ隊長から、仁木は形式的な相談を受けるにすぎなかった。今度、チヤカンのナガ部落討伐について、新編制とともに、三十名に達するチン兵の進級が行われた。その発表を仁木がやったのであるが、そのとき彼はこのどさくさにフセンキオを上等兵にしたのである。フセンキオは別に目立つ兵隊でもなんでもなく、それがひと目で隊長に看破されようなどとは、思いもかけぬことだった。

「よし、あとで隊長室にこい」

そういった加美川中尉は、くるりと廻れ右をすると、炊事場の方へ歩きだした。そこにいた女たちは、この厳格な隊長の近づいてくるのを見ると、不安の表情で、さらに寄り添った。重田曹長が眼で呼ばれて、加美川の横に走って行った。

「キムトイというのは、どれか」

一人の若い女が、もうふるえだした。

「お前か」

女は友だちの背後にもぐりこんで、血の気をうしない、返事ができなかった。

「あとで、隊長のところにこい。……重田、仁木といっしょに、つれてきてくれ」

「はい」

立ち去りかけた加美川は、ふと思いだしたように引きかえした。

「ニアンゴというのは、居るか」

一人の女がぱっと抜け出て、一散に走った。数本の下げ髪がゆれ、首飾りが鳴って、たちまち森林内の傾斜に姿が消えた。素足の音も消えた。

「姉でなくて、やっぱり、妹だそうです」

重田曹長がいったが、加美川中尉の耳はうつろで、このとき、頭上の赤松の梢の、ツツチイロ、ツツチイロという小鳥の声だけが、耳を占領していた。

隊長の逆鱗《げきりん》にふれることが、どんな結果になるか、兵隊たちはよく知っていたので、その機嫌をそこねまいとして、あらゆる努力をはらった。さすれば、仁木軍曹の、隊長の眼をごまかそうとした今度のことは、大胆不敵の振舞というほかはない。細心な仁木にしては異例の失策というべきだが、理由はきわめて平凡で、重田曹長ではないが、恋は曲者《くせもの》だなあということになるのである。仁木軍曹はチンの女キムトイに心を惹《ひ》かれて、その歓心を買うために、弟のフセンキオをこっそり一階級あげたにすぎないのである。八人の女がきていたが、これも庶務係たる仁木の管轄で、仁木はすでにキムトイに、他の女の倍の賃銀をはらい、食糧や煙草なども余分にやっていた。このことを隊長に告げたのは、副官格の重田である。仁木にたいする隊長の信任の度はずれにあついことが、重田にはいくらか腹に据えかねるところがあったのであった。

その夕方、呼びつけられた仁木軍曹は、さんざんその不心得をさとされたが、刑罰は受けなかった。無断でチン兵を一階級すすめた罰に、お前を一階級下げるべきであるが、日ごろの忠勤にめでて、それをしない。そのかわり、今度のチヤカン討伐で、汚名を雪《そそ》がなくてはならぬ。特に、チン兵の総指揮を命ずる故《ゆえ》、この知遇にこたえて、今回の不名誉を挽回せよ。——そういうことで許された。キムトイは逃げてしまって、こなかった。

その翌日から、女たちのなかに、ニアンゴとキムトイの姿は見えなかった。

フセンキオ上等兵は、尖兵《せんぺい》の分隊長を命ぜられた。

4

憲兵伍長があわただしげにやってきて、

「病院を抜けだした者があるそうですから、ちょっと行ってきます。しばらく、神部少佐を頼みます。変な行動があったら、遠慮なく射殺して下さい」

いいすてたまま、拳銃の紐を肩にかけながら、走って行った。

不精髭を生やした神部少佐は、へらへら笑って、

「ふん、偉そうに」と、憲兵の後姿に顎《あご》をしゃくり、ふりむくと、女のようにかん高い声

で、

「君は、俺が自由行動をとると、俺を射つかね」

「射つかも知れません」

「上官を射つのか」

「射ちます」

加美川中尉の眼は軽侮《けいぶ》と怒りとに燃えている。怒ると普段でも青い顔が、紙のように白くなって、瞼《まぶた》が痙攣した。

にわかに、猫なで声になって、

「煙草一本くれんかい」

「ありません」

「けちけちするなよ」

「卑怯者《ひきょうもの》にのませる煙草はないのです」

「子供にゃ、かなわんな」

前線と後方との中間駅場たるテイデイムには、いろいろな者がきた。ここには、自動車隊がいたが、宿舎の準備はないので、客は自然に東機関が世話することになった。現住民と連絡して徴発をしているので、物資もいくらか豊富だった。加美川中尉の威厳好きは贅沢好きと同居して、口も自然に奢《おご》った。しかし、じり貧は禦《ふせ》げなかった。以前は鶏や豚などを飼っていたが、それはもう食べつくした。永いこと、孕《はら》み豚《ぶた》がいて、兵隊も殺すに忍びずにいたが、背に腹はかえられず、肉にした。他の部隊は早くから二食、それも三分の一定量になっていたが、ともかく、工作隊は三食で、そのことはいつか有名になっていた。そこで、毎日のように、乞食がきた。兵隊である。前線へゆく者も、前線からかえる者も、哀れな様子で、哀れな声を出し、工作隊の門前に立った。とくに、前線からの兵隊は、瀕《ひん》死《し》の状態といってよかった。負傷し、病気になって、最前線の野戦病院から、掌一杯の籾《もみ》をあたえられて下ってくる兵隊は、多くはテイデイムに届かぬうちにどこかで野たれ死にした。テイデイムまでくることのできた者は、亡霊といった方が近かった。

ときには、色のまっ黒い、襤褸《ぼろ》布《きれ》のようなものが、異国の言葉で、食を乞うた。竹の杖をついていたり、二人づれで、肩を組みあったりして、口をひらくと、黒い顔のなかだけに、そこが異様に白かった。印度兵だった。泥と汗と血と雨とで、えたいの知れぬ色になった軍衣は、大方は破れ、肩にある筈の印度国民軍の表識も、階級章も、銃も、剣も、帽子も、靴も、彼等は持っていない。どこで拾ったか、ブリキ缶の食器だけが彼等の唯一の財産だった。英語のできるモンサンカインが、この異民族の敗残兵をしきりと世話してやる。チン兵と印度兵とが、なにか共通した心情を吐露しあって、夕ぐれの松林のなかで、話をしている。チン兵もこれらの印度兵にくらべると、格段に立派に見えた。

日本兵と印度兵とが、つれ立って、やってくることもあった。そして、ときには、数日泊ってゆくこともあった。加美川中尉はこういう客には親切にしたが、神部少佐のような客は迷惑千万なのである。神部は百地聯隊《れんたい》の大隊長なのであるが、故意に戦場到着をおくらせることが重なり、作戦にしばしば齟齬《そご》をきたさしめた。雨が降ったとか、ジャングルに迷ったとかいって、前線に出ようとしないのである。勝手に副官を二人つくり、空襲になるとまっさきに壕に飛びこんで、いつまでも出てこない。そして、威張ってばかりいる。遂に、軍法会議に附されるため、憲兵つき添いで、後方へ送られることになったのである。それがまた神部少佐にはうれしくてたまらぬ様子に見える。恐ろしい前線から安全地帯へゆけるからだ。軍法会議など、まどろこしい。どうして、前線で銃殺してしまわないのか。むしろ、斬首すべきだ。加美川中尉は歯がゆくてならないのである。こんな軍人の屑《くず》には、一本の煙草も、一杯の茶も惜しい。

前線から弓兵団の前師団長がかえってきた。作戦停頓《ていとん》の責任を問われて、更迭せしめられたのである。

「俺は生ける屍《しかばね》だ」

憔悴《しょうすい》しきった曾田中将は、ここでは普通食の献立を、こんなおいしいものを久しぶりで食ったといいながら、同じ言葉ばかりをくりかえした。——こんな無茶な作戦はない。自分ははじめから、国境を越えることは反対だったんだ。だのに、軍司令官は強行した。こうなることは、わかってるんだ。成功の見込は全然ない。全滅することはわかっているのに、面目とか顔とかいって、突撃の命令を出す。兵隊を殺すばかりだといってもきかない。自分がいうことをきかないので、首にしてしまった。こんな戦《いくさ》になって、たれがきたって同じだ。諸葛孔明《しょかつこうめい》だって、楠 正成《くすのきまさしげ》だって、起死回生の妙策はない。軍司令官は、まだ、突撃をやりたがっている。……曾田中将は憤慨しては、自分は生ける屍だとくりかえし述懐した。

「閣下、チン人の幹部に会ってやって頂きたいのでありますが」

「よろしいとも。自分もハルピンにいて、白系露人の工作を永いこと、やったことがある。現住民の宣撫《せんぶ》は大切だ」

十人ほどのチン人たちが入ってきた。加美川中尉には、曾田中将が敗残の師団長で、生ける屍であってもなんでもよかった。さっきからのくり言を、いくらか女々しいと思いながらきいてもいた。もうそれはよい。必要なのは、ベタ金の中将の肩章、その権威、そして、その効果なのである。はたして、チン人たちは、肩章を見て、緊張し、敬虔《けいけん》の面持が黒いどの顔にもあらわれた。

「握手してやって下さい」

いちいち手をかたく握りながら、曾田中将は、御苦労、御苦労といった。チン人たちの顔がほころび、忠誠を誓う念が一段と深まったと観測して、加美川は満足だった。

本道を時折太鼓の音が過ぎてゆく。祭のように陽気で、歌声がそれにまじった。前線へ印度兵が出てゆくのである。彼等の軍服の腕には、ＩＮＡの表識があって、その真紅の地色は、彼等の黒い顔と対照して、どぎつい強烈さとなる。黒いけれども、一様に顔立は端正で、髭をたくわえている者も多い。数十人ずつ一隊をなした印度兵は、進軍の太鼓を鳴らしながら、テイデイムをすぎて、インパール前線へ出てゆく。合言葉のように、彼等は二つの印度語を高らかに叫ぶ。

「ジャイ・ヒンド」

「ジンザ・バード」

印度の勝利、万歳、――彼等の足には、まだ靴があり、腰には剣が、肩には銃がある。

空襲と豪雨とが人馬絡駅たるティディムを交互におとずれた。自動車廠《じどうしやしよう》に、修理を要するトラックや軽四輪が集積したが、部分品と油との欠乏のために、減ることはなく、廃品のように森林を埋めた。器用な兵隊によって組みたてられたラジオは、B29が九州を爆撃したり、米軍がサイパン島に上陸を開始したりしたことを告げた。

チヤカン部落遠征が予定より遅れたのは、加美川中尉の乗馬九郎が下痢をして、病馬廠に入院したからであった。その間に、チン兵たちは猛訓練をほどこされ、隊長は小鳥学の権威となった。田谷上等兵の残した黒皮の手帳によって、加美川は退屈をまぎらすことができた。多くの小鳥たちの形と色と寸法と、その鳴き声とを、いつか知悉《ちしつ》するようになって、

「おい、あの鳥はなんと思うか」

部下をつかまえて、そんな質問を得意で出すようになった。

或る日、村上上等兵がやってきて、

「隊長、困ったことができました」

「どうした?」

「花柳病《かりゅうびょう》患者が出たんです。これまでなかったんですが……」

村上は田谷の代りに看護兵になった男である。司令部に何度も軍医の配属を願い出たが、前線にさえ医者が不足しているのに、チン人などに大事な軍医が廻されるかと一蹴《いっしゅう》された。せめて下士官をと申し出たが、それも許されなかった。田谷上等兵ですら難病は手に負えなかったのであるから、見習程度の村上では、大役には立たない。

小柄で、顔が鼻を中心にせまりあったような貧相な村上は、見るからに自信がなさそうで、困りました、をくりかえす。慰安婦はインダンギまではきているが、そこから先には出ていないので、新たな花柳病の出所は、現地の女以外には考えられなかった。

「患者はたれだ？」

「仁木軍曹であります」

加美川の眉が、バネのようにぴくんと立った。

「どっちだ？」

「へ？」

「淋病か、梅毒か」

「両方です」

隊長の顔が青ざめ、神経質に唇がふるえた。

「相手は、わかって居ります。チン女のキムトイです。例のフセンキオの妹です。隠れて逢いびきしているのを見ました」

「よし、村上はこれからすぐ病馬廠に一走り、行ってきてくれ。そして、九郎をすぐ退院させて、曳《ひ》いてかえってくれ。院長がまだ早いというかも知れんが、俺の命令だというんだ。いいな。チヤカンへ、明日出発だ」

5

遠雷のとどろきが朝からしていて、雲の往来が険悪だったが、はたして雨になった。雨季に入ったら、毎日が雨で、たまの天気を考える方が早いのである。雲は走りながらひくく頭上にたれ下ってきて、簾《すだれ》のように雨をたたきつけ引きずりながら、間断なく途徹もなく喧《やかま》しい雷を鳴りひびかせる。もっとも、この方が、濡れはするけれども、空襲にたいしては安全だった。

森林と峠と渓谷と、ときには平地をすぎて、遠征部隊は、しだいに敵地へ入って行った。一分隊十名に分隊長、三分隊で一小隊、三小隊で一中隊、二中隊で一大隊、ほとんど工作隊全員に近い出動である。昆虫の触角のように、斥候《せっこう》を兼ねながら本隊のはるか前方をゆく尖兵小隊には、尖兵長石倉兵長とともに、フセンキオ上等兵がいた。このいつも屁っぴり腰の兵隊は、仁木から上等兵にされたのが有難迷惑で、分隊長にされ、尖兵に加えられたのが、恐ろしくて仕方がなかった。きょろきょろと見なれぬ部落へ気を配り、竹林のざわめきにも怯《おび》えた。

まちまちで、古道具屋のようだが、武器は大体揃っている。インパール前線の本式の戦争では、日本軍は弾薬のない鉄砲、鉄砲のない弾薬、手ぶらで白兵戦、円匙《えんぴ》や十字鍬や木の枝をふりまわす百姓一揆のような戦争、石合戦、泥合戦をやっているということであるが、ともかくも、加美川部隊は、分捕《ぶんどり》の兵器で、ひとりのこらず装備されていた。重機関銃三挺《ちょう》、軽機四挺、歩兵砲二門、小銃、手榴弾、拳銃、兵隊たちの勇気さえこれにともなえば、まずいかなる戦闘にもこと欠かない。威風堂々たる遠征軍は、雨に打たれ、橋のない濁流を胸まで浸ってわたり、目的の人食い部落へ向かって前進した。

駿馬九郎《しゅんめ》にまたがった隊長加美川中尉は、得意の絶頂にある。彼を支える偉大なる目的への奉仕感は、こういうときに、もっとも情熱的に燃え、傲岸に近い自己満足となって、彼を英雄的昂奮にみちびく。根柢的なものへの疑惑も不信も、彼には一切要もないことであった。任務、義務、忠誠、それから快い犠牲の観念、この一挙によって全作戦を支え、有利になし得るという希望と満足。……加美川中尉は、鞭をふりながら歌いだす。

ナムテム、タウイ、
イン、スル、ズイ、イン、
シアウ、イウ、ガル、
アー、パサル、リアン、
ロ、カイ、イン、エ、
隊長が歌いだすと、チン兵もこれにつけ、いつか隊列は軍歌のどよめきにゆられて、士気は大いにあがる。——わが腕に、するどき剣をとって、われは海と太洋のかなたの敵を撃つ。そして、大群の敵の首をことごとく刎《は》ねる。……古くからチン族につたわる物騒な戦勝歌である。節はきわめて単調で、どこか角力甚句《すもうじんく》に似ている。チン人の歌は、戦歌でも恋歌でも、舞踊歌でも、みんな同じ調子だ。それは、どんな小鳥でもチオ、どんな花でもパと呼ぶに似ている。

ジン、シン、シン、

ジン、シン、シン、エ

カ、カウ、サー、

ジン、シン、シン、エ……

今度は隊列のなかから歌がおこってきて、加美川は会心の笑みをたたえて、これに和する。天に昇る心地である。

耳元で割れるような声がするので、ふりむくと、小隊長モンサンカインだった。乗馬は古雑巾のようだが、狐のような眼つきのこのチン兵の顔はいつになく生き生きとかがやいていた。

加美川はにっこりと微笑《ほほえ》みかけた。

「モンサンカイン伍長、立派な武者ぶりだ。しっかりやれよ」

「ハイ」

おだてられたチン兵は、さらに歌声を高くした。

チヤカン部落が近づくにつれて、こんな陽気な行軍はできなくなった。それればかりではない。雨とともに夜に入ると、突如、戦闘は思いがけぬ場所でおこり、あっけなくすんでしまった。

「敵襲」

暗黒のなかでたれかが叫んだときには、もはや入りみだれての大乱闘になっていた。空《あき》家《や》になった十軒ほどの小部落を見つけて、そこへ野営したのだが、思えば、敵の術中に完全におち入ったわけであった。チヤカンまではまだ二十キロ近くあり、決戦は明日ときめた油断だった。わざわざ敵が空家の囮《おとり》をこしらえて待つとまでは、気がつかなかったのである。歩哨は立てていたが、三人とも、背後から槍でつき刺されて、声もなくたおれた。けたたましい鳥獣のざわめきに似た声と音とが雨のなかに起ったとき、宿営して寝についていた部隊は、いつか包囲されて、歯車の中心に向かって集中するように、軽機、小銃を射ちこまれていた。槍が無数の針を投げるように、飛んできた。

「灯を消せ」

そのときは、放たれた火によって、あたりは真紅に照らしだされた。手に手に槍や大刀をにぎった、鬼のように真黒いものが、鶏のようなけたたましい声を発して、なだれこんできた。逃げまどう馬がその混乱をさらに大きくした。

加美川中尉は拳銃をにぎって、見つけ次第に敵を射った。しかし、弾丸はすぐ尽きた。抜刀して、敵に向かった。家のなかでは思うように活躍ができないので、裏の竹林に飛びだした。部下の名を呼んだ。離れたところで、ちらと、仁木軍曹が、針鼠《はりねずみ》のように槍を立てられているのが見えた。すぐ人ごみにまきこまれた。焔《ほのお》のなかの乱戦で、戦闘の秩序も、指揮も、掌握も、まったく不可能といってよかった。加美川は歯がみした。格闘と、叫喚と、悲鳴と、血しぶきと、積みかさなる屍体と、まさに地獄図に異ならなかった。夢中で、敵を斬った。火《ひ》の粉《こ》が頭からふりかかってくる。

どさっと背にぶつかってきたものがあって、よろけた。身体をかわすと、背にもたれていたものが、斜《ななめ》に前にたおれ落ちた。モンサンカインであった。胸に長い槍がつき刺っている。反射的にふりむいた加美川は、大刀をふりかぶって背後にのしかかってくる蛮人を、横払いに斬った。漆黒の巨軀《きょく》が、モンサンカインのうえに重なってたおれた。

「隊長、逃げましょう」

矢野軍曹がかたわらにきていた。血走った眼がぎらぎら光り、抜刀した長剣をにぎっている姿が火焔のなかで、不動明王のように見えた。血まみれになっている。

「うむ」

水をかきわけるようにして、血路をひらくと、暗黒の幕のなかに飛びこんだ。浴せられたように、雨に打たれるのと、背にはげしい痛みを受けるのとが同時で、加美川中尉はどこか深い泥沼のなかに転げこんだ。咽喉《のど》のちぎれ飛ぶような声で、矢野軍曹が、引きあげろ、引きあげろ、と叫んでいる。

6

霞《かす》んだケネデ・ピイクの頂上に、円光のように、くっきりと七彩の虹が浮き出ている。雨がすぎると、かならず虹が出た。この国境地帯をチン丘陵《ヒル》というのだが、実際は、五千呎《フィート》、六千呎の山々が重畳した大山岳地帯、その最高峰ケネデ・ピイクは八八七一呎ある。絶頂は嵐の日常に吹き荒らされた腐木の大密林だ。焚火《たきび》をしなければ、寒気が凌《しの》げない。まだビルマ領だが、印度は暑いものときめてきた兵隊たちを戸まどいさせたのである。虹の門のなかに、急速にふくれる風船玉のように、青空がぐんぐんひろがってきた。編隊爆音がしている。無論、敵機である。いつもききなれた音で、メイミヨウの方角へゆくものと思われた。

「これが、チン人の酒かね?」

コップにつがれた卵色の液体を、においを嗅ぐように鼻に近づかせて、軍司令官は、高椋少佐の顔を見た。

「さようです。チンのことは、工作隊長が詳しいです」

髭に埋った童顔で、後方参謀は加美川中尉を見た。加美川は左腕を繃帯して首に吊っている。背にうけた槍傷は、軍服の下で、わからない。

「チンの言葉で、ズーと申します」

隊長の卓には清潔な白布が延べられ、テイデイム最高の献立がならべられてある。といっても、いまは、やっと手に入れた一頭の牛と、一羽の鶏、それを、塩とカレーでいためたもの、焼肉にしたもの、スープにしたもの、トンザンの酋長ポンザマンが、三日前から、軍司令官のために特に集めてきたものであった。

窓の外に、虹をいただいたケネデ・ピイクを眺められるこの部屋には、いま、インパール作戦の最高指導者たちが、ずらりとならんでいる。第十五司令官瀬川中将、参謀長奈々木松也中将、高級参謀山下大佐、それに、弓師団後方参謀高椋少佐、下座には、加美川中尉とならんで、トンザン酋長ポンザマン、テイデイム県教育主任ブンコハウ、労務課長カンチユタン、酌をするために選ばれてきたチンの女三名。

軍司令官は、毛糸の袖なしチョッキの無造作な服装、体軀もさして大きくなく、頭は禿げあがっているので、どこか村夫子然《そんぷうしぜん》としているが、その眼は鳶《とび》のするどさで、猛将と謳《うた》われた面影はそこから読みとれた。前線視察からのかえりで、日やけした顔は赤黒く光っている。

コップに口をつけて、

「酸っぱい」

ちょっと顔をしかめたが、二度目に唇にあてると、ぐうっと顔と身体とをうしろへ反らせて、一息に半分ほど飲んだ。

「変った味だ。うまい。……みんなも飲みなさい」

合図をされて、女たちは酌をした。幾つにも黒髪を綱に編んでたらし、賑やかに十本ほどもかけた派手な硝子玉の首飾り、化粧のつもりか、今日は彼女たちは、顔に真白いもの、白粉《おしろい》とはちがった、なにかをこねたものを塗っている。

皆、それぞれ、酒をのんだ。

「無駄の大切さ、これだね」

ぽつんと、軍司令官がいった。なんの意味かわからなかった。

「閣下は、いつでも、あれをいわれるのだよ」

高級参謀がそう註釈したが、それでも意味は通じない。

「よくやってるな」

その言葉と同時に、視線がきたが、加美川中尉は、まだわからなかった。返答に窮して、どぎまぎした。

「無駄の意味を理解しないものには、大事はできないよ」話に調子がつくと、軍司令官は、身ぶり手真似で、急に能弁になった。「現住民に気前よくしてやることも、大切な無駄だ。これだけのチン人たちが心服しているのは、きっと加美川中尉の大腹のせいだろう。若いのによくやる。無駄を大切にすることは、結局、余裕をつくると同義語だ。チン工作などにも、けちけちせずに、金をうんと使うがよい」

「ありがとうございます」

加美川の青白い顔に会心の表情が浮かんで、唇が半分ひらいた。

「この戦は勝つよ。大丈夫だ。俺を信じていてくれ。なかなか大変だけれども、いろいろな理由から、現在の戦情はやむを得ん。俺は戦運のよい男だ。きっと勝つ。……これから、パレルの方に廻ってみるつもりにしているが、この困難な現状にへこたれるところは、すこしもない。勝利はいつでも最後を信じる者の側にあるんだ。このごろ、すこし士気が鈍って、泣き言をいう奴があるから、俺はいつでもいってやるんだ。勝利の神が瀬川を見放すわけがないじゃないか、って。戦争は神聖なものだ。戦争は戦争の神聖さを信じて、これに没入する者に、いつでも勝利をあたえるんだ。俺はいつも部下へ三つのホルモン注射をする。第一は、必勝の信念、かならず日本が勝つという強固な確信を持つこと、第二、戦争は外国人の考えるように、悪ではないこと、正義の師は善なること、第三、人生の完遂は臣下としての任務完成以外になにもないこと。こんなこと、みんな当りまえのことばかりなんだよ。この三つが心魂に徹していたら、これくらいの戦、なんでもないんだ。なるほど、苦しい戦だ。しかし、こっちが苦しいときには、向こうも苦しい。その最後のねばりと、ひと押しが勝敗の分れ目だ。俺はインパールを陥《おと》せることに確信を持ってるよ。きっと陥せる。……俺はチャンドラ・ボースと、手をとって、インパールに入城することを約した。ボースは英傑だ。バーモなどとは、役者が二枚ほども上だ。今度の戦争の意気はすばらしく大きい。政治の革命だ。歴史の大事件だ。印度をひっくりかえせば、イギリスはもとより、アメリカも、重慶も困る。イギリスの弱点を突くんだ。俺はその成功を信じている」

瀬川中将の語調は熱を帯びていた。それは狂信者の真摯《しんし》さを明瞭に示していて、ほとんど昂然としていた。

酒がまわると、賑やかになってきた。乱れた。チン人たちは、ベタ金の肩章のまえに、ぺこぺこと、卑屈に頭を下げた。

陽気になったポンザマンが歌いだした。河馬《かば》のような顔を赤黒くし、酋長は、間のびした声で歌った。角力甚句のような節まわしだけで、意味はわからない。女たちが手拍子で調子を合わせる。

「恋歌です」

終ると、加美川が説明した。

「ほう」

「チユン、ニン、サク、イン、ルユアイ、ア、ナウバン、エー、バン、キユア、ゾング、マウン、シアル、ジン、バン、ザン、タン、ヘン、オー、……女が歌っているわけですが、——わたしは惚れたあの人を、酒で酔いつぶさせて、赤ん坊のように、揺籃《ゆりかご》のなかに入れてやる。そして、迷った羊のように、村にかえることができないようにして、自分のところへいつまでもとどまらせる、というほどの意味です」

「当てられるなあ」軍司令官は、鳶の眼をなにか遠く細めたが、にたっと笑って、「こういう替歌はどうだ、——俺は惚れたインパールを攻撃で参らせて、鼠のように袋のなかに入れてやる。そして、もうイギリスに逃げられないように、俺の掌で料理してやる」

みんな大声で笑った。加美川は例の半分だけの笑いかたをした。ほんとうは、まるでおかしくなかったのだ。酒盛は続いた。

一芸廻しになり、加美川中尉もなにかやれといわれて、小鳥の鳴き声の交響楽をやった。田谷の手帳をいつかすっかり暗記していた。

夕刻、軍司令官一行は出発した。敵飛行機、とくに執拗《しつよう》な「街道荒し」のために、昼間の行動はできず、すべての移動は夜にかぎられていた。日暮れを待って、一行は赤松林を抜け、常用車の待機している本道上に出た。その辺にいた兵隊たちは、すべて、不動の姿勢をとり、これを見送った。折柄、居合せた印度兵たちも、直立して、挙手の礼をした。

「ジャイ・ヒンド」

と、軍司令官は、鷹揚《おうよう》な笑みをふくんで呼びかけた。

「ジャイ・ヒンド」

印度兵も、口々に答えた。

自動車の扉がひらかれて、軍司令官が前かがみに、片足を車にかけたとき、一発の銃声がした。すぐ傍《そば》だった。弾丸は軍司令官の左袖をかすめて、自動車の窓硝子を割った。破片が散った。おどろいて、音のした方を、みなが見たのと、一人の兵隊が道路におどり出たのと同時だった。工作隊の兵舎から約五〇〇米《メートル》、本道へは、急な坂になっていて、その坂は切り通しの崖になっている。坂が本道に結びつくそこの角の叢《くさむら》に潜《ひそ》んで、待ちかまえていたのである。

とっさに、加美川はその兵隊の拳銃をにぎった腕をとらえた。つづけさまに二発、そのときは、腕を引かれて狙いは狂っていた。

「離せ、離してくれ」

兵隊はもがいたが、大勢のために捕えられ、拳銃をとりあげられた。乞食のような襤褸《ぼろ》の、青ざめた、髭面の兵隊である。眼窩《がんか》はくぼみ、頬はぽっかりと二つの穴があいたように落ちていて、年よりなのか、若いのかわからない。おさえつけられると、歯ぎしりをして、まわりの者を憎々しげに睨んだが、観念したように、ぐったりとなった。そのとき、ちぎれかかった伍長の肩章が、ぽとりと泥濘のなかに落ちた。

軍司令官は、車を背に、正面むいて、すっくと立っていた。肩で呼吸をかるくはずませながら、怒りと軽侮のまなざしで、刺客を眺めていたが、ゆっくりとした語調で、

「銃殺だ。ただちに、処刑せよ」

そう命じると、くるりと身体を廻し、車のなかに入った。参謀長も、高級参謀も、同じ車につづいた。護衛隊は、あとのトラックに乗った。二台の車は、くさく青い煙りを残して、本道上を、ケネデ・ピイクの方角へ去って、消えた。

しばりあげられた犯人は、「鈴ケ森」へ引きたてられた。工作隊兵舎の西のはずれに、深い芭蕉林がある。そこは、チン人のスパイや、不軍紀の者が処刑されたところで、いつか、兵隊たちは「鈴ケ森」と呼びならわすようになっていた。チン人は、そこを恐れ、幽霊が出る、鬼を見た、などといって近づかなかった。

赤土の崖を背景に立てられた太い棒杭に、襤褸の兵隊は、くくりつけられた。

それまで、無表情で黙りこくっていた兵隊は、鈍いまなざしをあげて、冷酷な加美川中尉を見た。

「中尉さん、あんた、わたしを殺すのですかい」

「そういう命令を受けた」

「ふん、命令ね、その通りだ。あんたは立派な軍人だ。命令をよく守る。命令は神聖だよ」

しばられた兵隊の落ちくぼんだ赤い眼が、生き生きと、ありたけの憎悪をたたえて、加美川を睨みすえた。

「どうぞ殺して下さいよ。どうせ、こんな身体じゃ、どこかで野たれ死にするにきまっとる。故国に、中風の親父がひとり居て、わしを待っとるが、どの道、会える見こみはない。その前に、軍司令官を殺してやろうと思ったんだ。……中尉さん、あんたはこんな後方で、贅沢しとるから、なにも知らないんだ。最前線じゃ、わしらの仲間は、だれもイギリスを敵と思ってやせん。ほんとの敵は軍司令官、わしら兵隊を殺しとるのは、イギリスでのうて、瀬川だということを、みんな知っとるんだ。前線では、兵隊の敵瀬川を殺せ、というて、兵隊の暗殺隊が、いくつも、軍司令官を探しとるのを、あんたは知ってなさるか。わしは、なにも、それが目的じゃなかった。マラリヤで、後送されて、命からがら、やっとここまで辿《たど》りついたんだ。そしたら、偶然、軍司令官がきとることを知って、わしは決心したんだ。兵隊のために、瀬川を殺してやろうと思ったんだ。わしは、瀬川をはじめ、あんたたちが、女を侍《はべ》らせて、飲めや歌えやをやるのを、空腹と高熱で、目まいをおぼえながら、じっと見とったんだ。……中尉さん、これだけ、いうたら気がすんだ。身体がうまくきかんもんだから、へまやって、しくじった。軍司令官を狙う大それた不忠者だ。たった星一つちがっても、上官、其《ソ》ノ事ノ如何《イカン》ヲ問ハズ、抵抗干犯《カンパン》ノ行為アルベカラズ、軍司令官、ベタ金じゃ、なんぼ、星がちがうか。あんまりちがいすぎて、見当もつかん。……ええです。殺して下さい。殺されても、わしが瀬川を兵隊の敵と思う心は変りゃせん。そして、わしを殺そうとするあんたも、やっぱり兵隊の敵と、わしは……」

「射て」

チン兵の揃えた十挺の小銃は、一発もはずれず、標的に命中した。

7

きたるべき時がきた。意外でもなんでもない結果が、正確に。そして、どんな錯覚にも、無頓着に。

チヤカン部落遠征の失敗は、象徴的だった。名もなき一部落チヤカンは、一直線に、作戦中枢たるインパールにつづいているといってよかった。その証明は、オンギンの首のちぎれたランザン部落で、完全になされた。しかし、それは、復讐という醜悪な思想とは、全然、別箇のものだ。

さらに、堅確に、情熱的に、いい得べくんば、真に勇者となったのは、加美川中尉であった。彼はひとたび立てた志をすてようとはせず、困難と蹉跌《さてつ》とにあって、その行動への意欲は、さらに燃えたった。

ともかくも、半分唇をひらいて笑うこともあった加美川中尉が、その節約さえすてて、剛毅一本の青い顔になったことを、部下たちは恐れた。一種偏執狂的なすごささえあった。もっとも、部下といったところで、チヤカン以後、三分の一に減っている。仁木軍曹、広井伍長、村上上等兵をはじめ、工作隊所属の重要な兵隊は戦死した。チン兵は出発のときには、二百名に近かったのに、戦死と、逃走と、裏切とで、現在、テイデイムにとどまっているものは、三十数名にすぎない。パンをあたうる者に忠実なれということを、唯一の生活信条としているゴルカ兵モンバハドルは、チヤカンで、英軍の方に投じたらしい。馬は一頭もいなくなった。

しかし、このことはすこしも加美川中尉の頑迷な意志を挫《くじ》かなかった。再出発を決意した勇猛隊長は、まだ負傷の身であったにもかかわらず、休息しようとはしなかった。駿馬九郎には及ばなかったが、前線に出発した砲兵大隊長が、病馬廠に委託して行った一頭の栗毛を、高棕後方参謀の諒解《りようかい》によって、得ることができた。兵員も、同じく参謀の斡旋《あつせん》で、自動車隊の方から補充してもらった。

火の塊となった特種任務工作隊長加美川中尉は、ふたたび、部下の先登に立って、テイデイムの屯営を出発し、颯爽《さつそう》として、チン丘陵の峻嶮《しゆんけん》を越える。まだ、左手を繃帯で首から吊っているが、右手に持った皮の鞭で、あたらしい乗馬の尻をたたき、その鞭をたかくあげて、目的の方角をさし示す。それは、まっすぐに、傲然と、インパールを目ざしているかのように見える。V字型の渓谷が連続し、錯綜《さくそう》しているジャングルの峠を、台地を、斜面を、ぎらぎらと灼きつける太陽に照らされながら、一行はいくつか越えた。雨季には珍しい快晴の日で、山間に見えてきたマニプール川は、アセチリン瓦斯《ガス》のような、不思議な青い光を放っていた。

しかし、結末は簡略であった。

牛骨を刺した木形子様《こけしよう》の墓標のかたわらをすぎ、部落の入口に馬をつないで、ランザンに入って行ったのは、いつかの時と同じであったが、その先は、正反対となったのである。つねに堅確に、頑強に、操志かたく、加美川中尉は変化しなかったが、周囲の状勢は、そして、歴史は、新たな運命へ足をふみだしていた。

一行が、セクパンに似た赤花の咲きみだれている垣根に添って、林投と芭蕉の茂みを抜け、村長ブンジヤナンの家の前の広場まできたとき、巨大な爆発音とともに、加美川中尉は、はげしく地面にたたきつけられた。地雷であった。

「ケンチジカッカ、ゴキゲンウルワシクテ、ケッコウニゾンジタテマツリマス」

そういう挨拶を期待していたのに、一発の地雷から、だしぬけに、はげしい挨拶をされたのである。

テイデイム県知事閣下は、背に裂傷をうけて、瞬時、気をうしなった。苦痛で、目ざめた。なにやら、くるめく強烈な色彩のなかに、えたいの知れぬ喧噪《けんそう》がはじまっている。口中にどろっとした生ぬるく粘いものがあって、嘔吐がしきりと突きあげてきた。身体全体になにかしきりにぶつかる。瀕死の加美川の眼に、さまざまの顔が交錯し、重なりあい、近づき、離れて見えた。そのなかには、ひとつも日本人の顔はなかった。よごれ歪《ゆが》んだ黒いチン人の顔、ぼんやりと、幻のようにあらわれては消えたが、加美川は、そのなかに、村長ブンジヤナン、助役クアルザチン、教育主任ブンコハウ、徴募課長トワルカム、小隊長キヤンピウ、分隊長タンコリン、トンザン酋長ポンザマン、それから、女の顔、たしかに、オンギンの妹ニアンゴ、……そして、これまで、味方であったこれらの多くの顔が、狂暴な憎悪をたぎらせて、自分に殺到してくるのを見た。急に敵になったのか、はじめから敵であったのか、ともあれ、いま、彼等は団結して、加美川中尉の身体に、槌《つち》、鎌、棒、長刀《バー》を打ちかけている事実にあやまりはなかった。嘗《かつ》て白々しい無表情の壁であったものが、どっと落ちかかってきたわけである。

インパール前線のもたらした結果は、海嘯《つなみ》に似ている。チン丘陵全体を掩《おお》いつくし、押しながすこの怒濤《どとう》を、いかに勇猛とはいえ、加美川中尉が一箇の力で、どうして押しかえし得ようか。壊滅した日本軍は、印度戦場を拋棄《ほうき》して、総退却をはじめた。決定的な敗北は、一切を徒労と化せしめて、日本軍の位置を逆転させた。国境の民族たるチン人の協力も裏切も、思想とはなんの関係もない。正義も、義務も、使命も、理解も、そして、愛情すらも、根柢的なものを持っていなかった。暴力の脅威のまえに、弱小民族がつねにいだかねばならなかったエゴイズムの悲しさと、正直さとが、そこにあっただけだ。彼等には、勝利も敗北もないのである。ただひとつ平和への希求があったが、暴風と海嘯のなかで、彼等の方法は、一種のマキァベリズムとなるほかはなかった。

崇高な感動のなかに、加美川中尉は浸っていた。死をすでに感じていたが、自分の死の正しさと、美しさとは、この暗愚蒙昧《あんぐもうまい》の隊長を、満足せしめた。彼がつねにその行動のよりどころとしてきた偉大なる最後のもの、絶対としたものは、空虚で、すでに崩壊し、否、はじめからなかったこと、彼の一切の営為が無への奉仕にすぎなかったことなどは、彼の関知するところではなかった。彼は自分の首が斬りとられるであろうことを疑わなかった。嘗て、チン人が忠誠を示すために、白人の首を持ってきたことがあるが、その同じ理由で、自分の首が英軍のもとへ持って行かれるであろうと思った。ふと、朦朧《もうろう》とした意識のなかに、モンサンカインの顔が浮かんできた。チヤカン部落で、人食い族の槍に刺されて死んだが、そのモンサンカインが、工作隊へ忠誠のしるしとして、白人の首をまっさきに持ってきたのであった。たしかに、彼は自分の身がわりに死んだのだ。加美川はそのことを疑っていなかった。ナガ族の一人の投げた槍が、自分に刺さろうとした瞬間、モンサンカインはその楯《たて》となって、自分の背にぶっつかってきた。そして、死んだ。彼はそんなに自分を愛していたのか。それとも、忠誠であったのか。生命を以《もっ》てするほど。しかし、あのときは、加美川はモンサンカインが、行軍の途中、その武者ぶりを褒めてやったことで、うれしかったのだろうと考えた。人間はひとつの微笑のためにも死ぬのである。おだてられれば、どんな危険でもおかす。生命とは偶然にすぎぬ。いま、ここにモンサンカインがいたならば、どうするであろうか。血にまみれた加美川は半《なかば》唇をひらいて、苦笑した。きっと、皆といっしょになって、自分を襲撃するだろう。それで、よろしいのだ。しだいに、麻痺し、意識を喪失してゆきながら、加美川は眠るような柔軟な心情になっていた。蜂の巣のようになり、寸断されてゆく加美川の死の耳に、周囲の騒擾《そうじょう》が、快い音楽のようにきこえはじめた。そして、それは、たしかに、あの、小鳥の交響楽であった。ケッキョ、ホーチャホ、プッ、プッ、プッ、チャカホコジャー、リリリリ、ゴッコー、ペヨ、ホーチャカホ、チチチチ、ポッポーホイ、……うごかなくなった唇が、ぶつぶつと、それをくりかえしていた。

ケネデ・ピイクの峯が青空に聳《そび》え立《た》っている。ぎらぎらと眼を射る白雲が、いただきをつつむようにして走る。絶頂にある腐木の大密林は、こういう日でも、湿気をくぐもらせ、嵐をふところのなかで唸《うな》らせているが、その妖怪じみた高山の不気味な呟《つぶや》きは、一度通った者には、忘れられない。

テニヤンの末日

中山義秀

一

　敗戦後、四度目の夏がめぐってきた。サイパン、テニヤンの陥落から丁度《ちょうど》五年目になる。浜野修介がテキサスの俘虜《ふりょ》収容所から送還されて三年目だ。祖国へかえってきて以来あわただしい日月をくりかえしてきたが、時はすぎるようにして過ぎてゆくものである。混乱や破壊も徐々《ゆるゆる》とながら水が水平にきするようにいつかあるべき姿にたちかえり、人間の凄《すさま》じい経験や恐しい記憶も同じようにして時日とともに遠ざかり薄れてゆく。

　周廻十五哩《マイル》ばかりにすぎぬ太平洋上の蕞爾《さいじ》たる一小島テニヤンには、陸海の軍隊と居留民をあわせて万余の人々がいた。終戦後無事日本へかえりえた者はその十が一にも足りまい。将校にいたっては五指を屈するほどの数があるかどうかも分らぬ。浜野大尉はその少数な将校中の一人だ。この事を考えるとつくづく、神の恩寵《おんちょう》といったものを感じないではいられない。ことに無二の僚友だった岡崎大尉の死を思う時、その感情は一層痛切に身にこたえてくる。

浜野と岡崎とは高等学校以来の同級生だった。二人がはじめて友となったのは、一高山岳部員が北アルプスを踏破した時である。碧空とまばゆい雪渓を背景としてなりたった二人の交遊には、それだけなつかしく忘れがたいものがある。

二人は医学を専攻して大学を卒《お》えた。岡崎は二年現役の軍医として海軍へ入り、浜野は大学の研究室にのこった。しかし一年をすぎぬ間に、浜野もまた岡崎の後をおわなければならなくなった。そして昭和十九年の二月下旬、ほぼ期を同じくして二人ともマリアナの航空隊基地、テニヤンに派遣されることになったのは、偶然ではあったが奇縁というほかはない。

岡崎は先に特設空母で、浜野は後から飛行機でテニヤンへ向け内地をたった。浜野がテニヤンに著《つ》くとほとんど同時に空襲があった。トラック島を急襲した戦爆聯合《せんばくれんごう》の敵機動部隊が、余勢をかって北上しマリアナ基地をおそってきたのである。

浜野は赴任早々爆弾や機銃の洗礼をうけたわけだが、テニヤンの守備隊にとってもこれは初空襲だった。テニヤンはそれまでラバウルその他の前線基地にたいする、中継所にすぎなかったからである。浜野は飛行機からおろしたシュートケースを持ってにげる暇がなく、飛行場側の叢林《そうりん》の中に身をつっ伏せにして颶風《ぐふう》の時のすぎるのを待った。三千米《メートル》の滑走路をもった飛行場には数ケ所大穴があき、浜野のシュートケースにも機銃弾の痕《あと》があった。

飛行場の北、海岸にちかく航空隊や守備隊の兵舎があった。木造の長方形の建物が、幾棟となく並んでいる。その西側に病舎があった。床の高さ一米半ばかり、周囲は二米の廊下になっている。組立ベッドの数約百台、隔離病室の設けもあった。

浜野が病舎の軍医将校等に赴任の挨拶をしている間に、戦死者や負傷兵がぞくぞくと病舎へはこばれてきた。銃撃された守備兵や爆死した対空火器の兵隊達だった。収容した負傷者の数は、百台のベッドにあまった。初空襲に狼狽《ろうばい》した指揮官のあやまった処置から、適宜に避退することをしないでそれだけ損害を大きくした。

浜野はあてがわれた宿舎におちつく間もなく、負傷者の手当に奔走しなければならなかった。しかしその忙しさが却《かえ》って彼を救った。いやおうなく軍医という任務をはっきりと自覚させられ、空襲の恐怖や赴任早々の気まずさから免れることができたからである。

浜野と同じ頃につくはずの岡崎大尉は、なかなか島へやって来なかった。岡崎の乗ってきた特設航空母艦が、サイパン島のガラパンに入港中同じ空襲で爆撃された。岡崎はそれに積んであった医療品の跡始末にとりかかっていた。

戦死者の処置や負傷兵の後送などが一段落つくと、浜野は同僚に案内され自動車で島を一巡した。島をめぐって環状道路がつくられてあった。テニヤンは珊瑚礁《さんごしょう》の隆起した小島で、台湾島をそのまま小さくしたような形をしていた。島の内部は北から南へかけ細長く台地をなしていて、とくに中央のラソと南端のカロリナスとが高かった。

東海岸はわずかの砂浜をのぞいたほかは、全部きりたつような断崖だった。東からおしよせる太平洋の荒波が、そこでふせがれていた。中央台地と海岸の間は、榕樹《ようじゅ》や蛸《たこ》の木《き》、マングローヴその他の熱帯樹で蔽《おお》われた密林である。

南端にちかい西海岸に、ソンガルンの町があった。人口二、三千の小さな町で、砂糖工場や小学校や病院があった。住民は戦前から居留していた邦人のほかに、戦争中徴用されてきた朝鮮人や琉球人がいた。土人はこの島にはいなかった。

ソンガルンの港は一条の出口をもったリーフで囲まれ、それが天然の防波堤をなしていた。さらに対岸二キロを隔ててアギーガン島があり、絶好の港だった。港内に桟橋が一つ突きだしていて、そこからポンポン蒸気がサイパンとの間を定期的に往復していた。

時には桃色のネッカチーフを肩のあたりに翩翻《へんぽん》とひるがえしながら、白粉《おしろい》の濃く唇の赤い女達がこのポンポン蒸気に乗ってやってくることもある。この町には戦争中十数軒の料亭がひらかれて、百数十名にのぼる娼婦達が営業していた。そして戦局が急迫しない前は、前線へ行く者や帰る者、守備隊の将兵等の歓楽境となっていた。

密林地帯と高地をのぞけば、全島いちめんの甘蔗畑《かんしょばたけ》といってもよかった。戦前三千人の居留民が、それによって衣食していた。飛行場は甘蔗畑をつぶしてつくった。土壌は火山灰のように軽くて、少し深く掘ると珊瑚礁のかたい岩盤に達した。それ故《ゆえ》つくろうと思えば、甘蔗畑の何処《どこ》にでも飛行場ができた。

かわりに水はえられなかった。ソンガルンの東北、カロリナス高地の山麓にちかいマルポに唯《ただ》一つの井戸があった。

これが島のオアシスで周囲に木立が美しくしげり、住民の貴重な財産でもあったし生命の泉でもあった。日常の用水としてはコンクリートの石槽を各戸にそなえて、屋根におちるスコールの雨水を桶《おけ》にうけて貯《たくわ》えていた。

浜野は一日また島の公園となっているラソ山に登ってみた。ラソ山は高さ三十米ほどの丘陵で、島の中心よりやや東北に位置していた。頂に南洋杉に囲まれた小さな祠《ほこら》があった。祠ののきにしめ縄がかざられ、ふとい鈴の紐がひとすじまっすぐに垂れさがっている。テニヤン神社とよばれている祠で、海上をわたってくる風が周囲の南洋杉の細枝をそよがせ、鈴のふと紐をゆすっている。紐をふって鈴をならしてみても、内地にいる時のような感情はわいてこない。

台上から四方を望むと、陽光をぎらぎらと反映している海ばかりである。北の方四キロほどの距離にサイパン島の山が見渡される。反対の南の方角には、ロタ島が煙波の間に模糊として横たわっている。西南では眼下にアギーガン島の絶壁が白波を砕いている。東方は漫々とした大洋だ。島影一つ見えない。

浜野大尉は白色の軍服に同色の戦闘帽をかぶり、短剣を腰に吊っている。内地から来たばかりなので、まだそれほど日灼けしていない。海風がたえずまともに吹きつけてくるので暑いとも寒いとも感じないが、温度が高く湿気があるためおのずと汗ばんでくるような身内のだるさを覚える。

内地を出る時は厳寒の時であったのに、なんという気候の相違であろう。あたりには茶碗ほどの大きさのある白い素馨《ジャスミン》の花や、仏桑華《ぶっそうげ》の真紅の花が咲きほこっている。トタン屋根の粗末な小屋が七、八戸かたまっている眼下の部落では、パパイヤの木蔭《こかげ》に牛がないたり鶏がかけだしたりしている。耳がじいんとするような静さだ。密林の青葉の色が眼にしみ、海のはての水平線上にはうす赤い水烟がぼうとたちこめているように見える。

故国の遠いことが思われるにつけても、浜野はしきりと岡崎の来るのが待たれてならなかった。彼は新任者なので、基地隊の中で孤独だった。海軍軍医将校としての訓練も生活も、まだよく身についていなかった。いわば新学士に軍服をきせたにすぎないようなところがあった。

軍人になりきれぬ浜野は、周囲と調和しなかった。彼は軍人の鋳型にはまった将校達を、内心懐疑と批判の眼で見まもっていた。彼の父は東京で知名な病院を経営していた。母は熱心なカトリック信者だった。浜野も弟妹等も母の感化で洗礼をうけた。教養ある善良な家庭に人となったので、専門の軍人達のように大声で部下をどなりつけたり、理由もなくひっぱたいたり、酒に酔いどれて放歌高吟したりすることができなかった。

浜野はそのような人々を、真に勇気あるものとは信じなかった。なんとなく内部の不安を、そうして胡麻化《ごまか》しているように思われてならなかった。内省の力をかく者に、本当の信念が生れるはずはないと考えている浜野は、別人種の中にただ一人あるような思いで、誰とのつきあいもなく黙って自分の仕事をはたしていた。

三月の十日頃だったであろうか。

「岡崎大尉がお著きになられました」

そういう部下の報《し》らせがあった。浜野は自室の寝台にねころがって歌集など読んでいたが、急いで病舎の方へ出ていってみた。岡崎は軍医長に報告をすませて帰ってくるところだった。浜野が岡崎を見るのは、大学をでて約二年ぶりである。互《たがい》の消息はわかっていたが、任地が違うので会うことはなかった。

岡崎は二年前とほとんど変るところはなかった。緑色折襟の軍装で、病舎の廊下をこちらへガニ股で歩いてくる。身体はほそいが怒り肩だ。ほそい眉、やさしい眼つき、笑をたたえた口許《くちもと》の下に咽《の》喉仏《どぼとけ》がつきだして見える。

岡崎は右手をあげて「やア」と言った。浜野は走りよって彼の手を両手で握った。

「待ってたよ、君。来てくれてよかったな、ほんとうによかったな」

浜野はなつかしさに、涙があふれ出そうな気がした。しかし涙は流れでなかった。熱い処《ところ》では思考と同様感情もふかくは動かない。

「ま、君の所へ行こう、外地勤務は君は初めてだな」

「君だってそうじゃないか」

「しかし、僕は君より軍隊生活は先輩だよ」

岡崎は浜野の現在の心細い心境を、見通しているような口吻だった。たしかにそれに違いなかった。浜野は岡崎にたいしていると限りない力強さをおぼえた。二人は浜野の部屋で岡崎がサイパンから持ってきた珈琲《コーヒー》をいれて飲んだ。

「あの時の空襲にあったかい」

「丁度、飛行機でついたばかしで面くらったよ。最初のお迎えが空襲なんだからね」

「前線らしくていいじゃないか。しかし戦況は我が方に不利だね」

「大いに不利だよ」

「此処《ここ》が僕等の墳墓になるのかな」

「そんな事はあるまい。先《ま》ずラバウルをとってパラオに上陸し、其処《そこ》を基地にしてフィリッピンを突く戦略に出るだろうと、此処の人達は言ってるよ」

「それだと助かるが、空頼みかもしれんぞ」

岡崎は咽喉仏をならしてせきこむような笑いかたをした。

「誰もこんな所で死にたくはないからなア」

それは浜野も同感だった。現地へくるまでは多少の意気込や好奇心がないではなかったが、いきなり空襲に遭い死の恐怖におびやかされたりしてみるとかぎりない心細さにおそわれた。この島でいたずらに死を待っているような不安にたえられなかった。死ぬならば内地に帰って死にたい、両親家族のいる所で死にたい、そういう願望にせめたてられた。しかしこれは浜野や岡崎にかぎったことではない。おそらく外地にある全部の人々の心であろう。浜野は外地へ出てきてみて人間の生命が生れた郷土と、どんなに深いつながりを持っているものであることかに初めて気がついた。

「ところでこの島の防備状態は、一体どんな風なのだい」

岡崎は浜野に質問した。

「一個大隊の陸軍守備兵のほかに海岸の警備隊がいる。後は航空隊だ。兵数は相当だが大砲は数門しかない。高射機関銃も口径が小さいから、うっても敵機は墜《お》ちないよ」

「そうか、そんなものか」

岡崎は意外に防備の薄弱なのに驚いたらしかった。

「僕もきてみてがっかりしたよ。しかし、此処はもともと前線と後方との中間基地にすぎなかったのだからね。戦局の進展がはやすぎて、防備が間にあわなくなってしまったのだ」

「それにしても、それじゃ戦争はできないよ。目ぼしい空母はポカポカ沈められてしまうし、飛行機の数は少いし、優勢な敵に制海権を握られて後方を遮断されてしまったら、我々は一体どうなるのかね」

二

病院のまわりにはバナナの木がうえてあった。芭蕉《ばしょう》に似たその広葉の間から北方の青い海が見渡された。波のうねりもみえぬ静かな海面を眺めていると、戦争はどこにあるかと思われ岡崎等の不安も嘘のような感じがした。事実浜野は岡崎が身近にきてくれたことで、なかば戦争の不安を忘れたような落ついた気持になった。

浜野と岡崎との楽しい交遊生活がはじまった。前線の孤島に朋友をむかえた者でなければわからぬ嬉しさである。浜野はこのような幸福をあたえてくれた神に感謝した。彼はいま迄《まで》の孤独な感情から救われてひどく元気になった。

浜野と岡崎とは毎日の勤務がすむと、二人の部屋のどちらかに寄りあって、灯火管制の暗い電灯の下で香りの高い珈琲をのみながら、時にはオリオンの傾く夜明け近くまで語りあうことがあった。

二人には共通の話題があり数々の思い出があった。高等学校や大学時代のなつかしい回顧談から、現実の祖国の情勢や戦争にたいする批判、つづいて戦後における世界情勢の変化や人類の究極のありかた、そのような本質的な問題について議論や意見をたたかわした。二人は日本がはっきりと戦争に負けるとは感情の上からも信じたくはなかったけれども、やがて遠くない将来に媾和が成立すれば今迄の暗い現実の反動からしても飛躍的に世の中が明るくなるような気がしてならなかった。人類は今度こそ戦争に懲《こ》りて、永久の平和を講ずるようになるであろう、そのためには漸次《ぜんじ》国際的な世界国家の成立を考え、その理想にむかって進むようになるであろう、是非そうなくてはならぬ、そうなってほしいというのが二人の一致した念願だった。

彼等二人は青春の初めから、いきなり戦争の現実に頭を突きいれられて、彼等の知性は少からず戸まどいしていた。本来平和であるべき文化の流《ながれ》が、急に其処で堰《せ》きとめられた形だった。科学を専攻する彼等は、合理的な考え方や処置に慣らされてきていた。その傾向は岡崎の方がカトリック信者の浜野よりも甚《はなはだ》しかった。

岡崎は軍隊生活の虚偽や救うことのできない形式性を、二年間経験してきていながらそれに同化することができなかった。其処に充満している不合理や矛盾を、たえず批判の眼で見まもっていた。又粘土のように柔軟な感受性や思考力をそなえた青年等が、軍の学校や兵営で強制的に一つの鋳型にうちこまれ、なかば器物化された均一品として作りだされてくるのに懐疑と反感をいだいていた。その点は浜野も同様で、彼等は局外者のような気持で周囲の軍人達を眺めていた。

「浜野君、君はここの航空隊の倉富分隊長を知っているか」

ある時岡崎が不意にそう言って、浜野にたずねたことがあった。

「ああ、あの遮光眼鏡をかけて飛行場の組立椅子に、いつもじっと腰をおろしてる男だろう、知ってるよ」

「あの男は此処ではずいぶん穏《おとな》しくなっているが、内地の航空隊にいた時は暴れん坊で有名だったのだ。パイロットとしても相当の腕をもっている筈《はず》だ。ところが此処じゃ、『飛行機に乗らない分隊長』ってアダ名がついてるそうじゃないか。内地では想像できなかったことだ。前線へ来ると暴れん坊もみんなあんな風に、慎重になってしまうものかね。一つしかない生命だから、できるだけ大事にしておくつもりかな」

浜野は岡崎の皮肉に直接こたえるかわりに、

「とにかく、みんな変るよ。あの大尉一人じゃないね。変らないのは僕等ばかりかも知れない。初めから臆病者として、半文官視されてるのだろうからな」

そう言って浜野は微笑した。

「半文官視されても、前線へくると思考上の半身不随者になってしまうよりましだよ。彼等は自分の座標内の世界に住んでいる間は驚くほど勇敢だが、一歩外へ出るとカラ意気地がなくなってしまう。機械的な集団教育の弊だよ。一人で生命の不安と直面するのにたえられないのだ」

岡崎の論鋒はするどかった。しかし同時にそれはまた、彼自身の内省の声だったのかも知れない。現地のこの島では誰も彼もある漠とした不安に圧《おさ》えられ、人知れず悩んでいた。眼に見えず耳にも聞えず誰から知らされたわけでもないが、じりじりと圧迫してくる敵の勢力を無言の間に感じないではいられなかった。

優勢な敵機動部隊は各所に出没して太平洋上の各基地と内地間の連絡を遮断し、機会ある毎《ごと》に我が方の空軍をたたいてまさに制海権を握ろうとしている。我が方は及ばずながらそうさせまいとして、各基地の空軍をもって敵を攻撃してゆく。しかも劣勢な我が空軍は、そのつど敵の餌食となった。

実際我が方の攻撃機の消耗は著しかった。

テニヤンの基地からも十機二十機と飛びたっていったが、帰還機はいつもその三分の一にすぎない。ほとんど全滅の憂き目をみることすらある。ことに先頭にたつ隊長機は、絶対にかえってきたことがなかった。指揮官機を墜《おと》しさえすれば後は支離滅裂になる我が方の弱点を、敵は経験によって知ったのであろうか。一時に数機むらがり襲いかかって隊長機を落してしまう。

基地には新任の隊長と二十歳前後の紅顔の少年航空兵等が、次々と補充されてきた。まさに絶えざる人の流といってよかった。しかし一海戦あるごとに、その数は急にごそりと減ってたといどのように我が方の「人的資源」が豊富であろうと、こんな状態では行末どうなる事かと不安がらずにはいられない。

攻撃隊の出発に際して基地航空隊の司令が飛行場正面の指揮台にのぼり、決死の隊員等に訓辞と激励の挨拶を贈る。遮光眼鏡をかけた倉富分隊長がその下にたち、黙々として隊員等の姿を見つめている。遮光眼鏡をかけているので彼の眼色はわからない。司令の挨拶が終って一斉に挙手の礼が行われる。分隊長も手をあげる。それから司令と共に、一機一機飛びたってゆく攻撃機を最後まで見送っている。

司令は宿舎へ帰ってゆくが、分隊長はなお飛行場の天幕内《テントない》にとどまっていることがある。燃えたつばかり灼熱した赤土の飛行場を前に、天幕内で唯一人褐色の遮光眼鏡を光らせながらじっと腰かけている分隊長の姿は、孤独そのものといった感じがしないでもない。彼はまだ三十になったかならないくらいの頬のまるい青年だった。しかしその日灼けした黒い顔の表情は、なんと考え深く年ふけて見えることであろう。彼は孤独を好むもののように、殆《ほと》んど人と口を利かなかった。

一時間後二時間後三時間後、敵機の邀撃《ようげき》を熾烈《しれつ》な砲火をからくもまぬかれた味方機が、蹌踉《そうろう》としたていで飛行場へかえってくる。出迎えた司令の前にたって戦果を報告する。分隊長が側でそれを記録する。それから宿舎へ帰って未帰還機の搭乗員達の名を書きつける。一回の攻撃から決して帰ってきた例のない隊長の名をまっさきに記す。そしてその名の下に戦死確認の印を捺《お》す。

分隊長自身もいつかはそのように、司令の手によって戦死確認の印を捺されるであろう。命令があれば彼の好むと好まないとにかかわらず、彼は飛行機に乗らなければならない。そして部下の飛行機をひきいて死地に突入しなければならない。避けることも遁《のが》れることもできない必然の運命と死が、いつも彼の眼の前にぶらさがっている。攻撃隊をおくりだすごとにその事実を確認している。

「倉富分隊長は、近頃しきりと本を読んでいるようだよ。前には書籍など、手にとってもみなかったが」

岡崎は浜野へそういう報告をした。彼は攻撃隊附の軍医なので、隊内の動静にくわしかった。

「生きてきた自分達の生活以外に、意義のあるもっと違った生活もあるのだということが、やっと解ってきたらしいな」

「しかしそれは却って彼を、一層不幸にするだけじゃないかな。盲目者は盲目なりに自分の運命を信じていた方がいいと思うよ」

「けれど、一度懐疑に憑《つ》かれた以上は、それを解決するまで苦悩からはまぬかれられないよ」

たしかに岡崎のいうとおりだった。浜野は倉富が飛行場の天幕内に悄然といってもいいような姿で一人じっと腰をおろしている姿を見かけるたびに、彼をあわれむよりも彼の苦悩に敬意を表さずにはいられないような気になった。

岡崎の部屋に風間という戦闘機隊長が、新しく着任してきた。風間は海軍兵学校出身の航空中尉である。海兵出身の将校は学徒あがりの短期現役士官はもとよりのこと、海軍機関学校や下士官出身の将校にたいして鼻息があらい。それは海軍の嫡流《ちゃくりゅう》だという自負があるからだろう。ことに航空将校となると、側へもよりつけないような張りきりかただった。そして風間中尉はその代表的な型といってよかった。

彼は六尺ちかい長身で、まだ二十四、五歳にしかならないのに、頬から顎《あご》へかけていっぱいに黒髭《くろひげ》をはやしていた。みずから鹿児島出身の薩摩隼人《さつまはやと》と称して、両肩を怒らせながら隊内を闊歩《かっぽ》していたが、根は快活で単純な性質だった。島へきてからはさすがに内地にいた時のような傍若無人の振舞をしなくなったが、それでも怒ると彼の部下は決して彼の側へよりつかなかった。彼の両眼に焔がもえだしたと見ると、みないち早く何処かへ姿をくらましてしまう。彼の平手打をくうとどんな大男の兵隊でも横へすっ飛ぶ。拳固《げんこ》で打たれようものなら、思わずギャッという声を発せずにはいられない。死を目前に予期しているだけに、彼の憤怒には狂気めいた殺気がこもっていた。

風間は赴任以来、寸時も部屋の中にじっとしていたことがなかった。いつも何処で何をしているのか、おそらく航空隊や警備隊の兵舎をめぐって彼らしい気焰《きえん》を吐いてるのだろうが、時々ぬうっと自室へ姿をあらわしてくることがある。そして岡崎や浜野が茶菓を喰べていたりすると、黙ってその一つをつまみ又何処へか出かけて行ってしまう。ソンガルンの町へ行って泥酔して帰ってくることもある。彼のことだから十数軒ある料亭を片っぱしから飲みあらしてくるのであろうが、いかに酔っていても同居者の岡崎に迷惑をかけるようなことはしなかった。

風間は多くの軍人と同じように本を読まなかった。彼にとって書籍は「読んでも解らん」ものだった。もっとも明日の生命を知らぬ戦闘機乗であってみれば、到底本など読んでいるような落ついた気持でいられなかったに相違ない。しかし彼は知識の豊富な岡崎にたいしては一目おいていたらしい。彼のわからぬ事を岡崎に質問して明快な答がえられると、「はアそうですか、はアそうですか」と殊勝げにうなずいていた。

テニヤン島から三十浬《カイリ》ばかりの東方海上に、友軍機が不時著したという報告があった。島から早速捜索の救助艇がだされた。風間中尉が指揮官としてそれへ乗りこみ、浜野大尉が同乗してゆくことになった。その日は南洋にはめずらしく時化《しけ》模様《もよう》の天候だった。海上にはチラチラと三角波がたっていた。

港外のリーフに沿うて舵《かじ》を南へとり島の東部へ出てゆくまでの沿岸は、見あげるばかりの断崖絶壁をなしている。太平洋の波濤《はとう》はうわべはさほどに見えなくてもうねりが大きい。百噸《トン》たらずの汽艇はともすればその力におされて断崖にうちつけられそうになる。その荒海を乗りきり乗りきりして、目標の場所に到達するまでにはなみなみならぬ苦心を要した。しかしせっかく苦心して目的の場所へついてみても、不時著した味方機はすでに波間に呑まれてしまったものか、浩蕩《こうとう》とした海上にはいたずらに波濤のうねりを見るばかりでそれらしい物の影もみえない。

風間は汽艇の先端にたって望遠鏡で海面をくまなく捜索しながら、艇のコースをさらに東へ或いは北へ南へと指図している。大洋を遠く離れて出れば出るほど波はいよいよ大きくなり、汽艇は上下左右に動揺してしばらくも静《しずか》な時がない。二時間三時間と漂流をつづけている間に、船になれぬ浜野をはじめとして水兵の中にも胸ぐるしさをおぼえる者が出てきた。木の葉のような小艇内で、たえず身をもみ腹部をゆすぶり続けられるのだから、長くたえられたものではない。

しかし風間中尉は、容易に帰ろうとは言いださなかった。ようやくすすまぬ顔色を見せはじめた船員等を大声で叱咤《しった》しながら、艇の針路をあちこちと変えて根気よく捜索をつづけている。僚機の上を思う真情はそれほど切ないものであろうか。それとも同じ運命におちた場合の自分の身の上を考えているのであろうか。いずれにしろ諦めることを知らぬ彼の真剣な努力には、浜野は身の不快も忘れて心をうたれずにはいられなかった。

とうとう日が暮れて、視界がきかなくなった。南洋の日暮れはおそいかわり、闇が急速におちてくる。その頃になって空が霽《は》れだしてきた。ひくい彼方の空に南十字星がきらめいている。まわりの群星より一つとびはなれて大きく、うるんだようなみずみずしい光を放ちながら、右方に少し傾いた姿で遠ざかるともなく近づくともなく、帰航をいそぐ艇をじっと見おろしている。

サイパンとテニヤンを分つサイパン水道に近づいた頃、雲間をやぶって十日ばかりの月がぽっかりと姿をあらわした。初め朱盆のように見えた月の面が白銀色に澄んできたかと思うと、蒼茫《そうぼう》とした青白い光がみるみる四方の海面へひろがってゆく。艇のまわりで魚が鱗《うろこ》をひらめかしながらしきりと跳ぶ。艇の行手に一艘《そう》の小船が一抹の黒影となって漂っている。サイパンあたりから同じく不時著機をたずねにでた汽艇らしく、エンジンをとめてこちらの近づくのを待っている様子である。乗員の姿が互に識別できる距離までくると、艫《とも》にたった士官らしい男が口を両手でかこいながら叫んだ。

「誰の艇かア」

風間が舳《みよし》から叫んだ。

「風間中尉だア」

「おッ風間、貴様まだ生きていたのかア。己《おれ》は篠原だア」

「なに、篠原ア」

風間は思わず舳先《へさき》におどりあがって、力いっぱい右手の拳固をふりまわした。

「きッ貴様も、よ、よく生きてな」

「友部は死んだぞオ」

「神崎は」

「神崎も死んだ」

「林はどうした」

「林も戦死だア」

「田代、小河内、富永、斎藤、今泉、野方、広瀬等もさっさと死んでしまった。今度は貴様の番だぞオ、篠原」

「馬鹿言え、安島、寺内、小沢、永井、清水なぞまだ生きとるわい」

「それッきりか」

「それに、貴様と己《おれ》とだ」

「うん、貴様と己と七、八人足らずだな」

二艘の汽艇は北と南と相ならぶほどになったが波が高いので一定の距離以上には近づけない。

「篠原、貴様サイパンにいるのか」

「ちょっと来たが、すぐひきあげる。貴様はテニヤンか」

「己も最近、移ってきたばかりだ。今日は不時著機をさがしに出たがどうしても見つからん。おそらく鱶《ふか》にでも喰われたんじゃろ」

「飛行機乗はお互さまだ。じゃ風間、失敬」

篠原の汽艇はエンジンの音をたてだした。

「篠原、ちょっと待てイ」

風間は舳先から艫へ走ってきた。

「己の顔をよく見ておけ」

「貴様の髭面なぞ、見たくあるものか」

二人は月光に半面を照らされながら向いあった。それからどちらが先にということもなく、さっと右手をあげて挙手の礼をかわした。双方とも何とも言わない。そのままの姿で右と左にひきわかれていった。

その晩浜野が岡崎の部屋に行っていると、風間中尉がぶらりと這入《はい》ってきた。

「やア、今日は御苦労さん」

浜野がそう言って挨拶すると、風間はにやりと笑って二人の間に割込んできた。そして卓上の黒羊羹《くろようかん》に手をのばしながら、

「わしもそろそろもう、年貢のおさめ時がきたようです」

その口調がいつになくしめやかだったから、浜野は彼をなぐさめるつもりで、

「今日、思いがけなく同期生に会ったりして、心細くなったのじゃないですか」

「ははははは、そうかもしれない。しかし──」

風間はそこでぽつりと言葉をきって羊羹をほおばりだした。その眼は秋の水のように澄んでいる。雲がその上に影を落すように、思いなしか悲哀の色が深くその中に漂うているように見られないでもない。部下を戦慄《せんりつ》させる猛者《もさ》とも思われぬ優しさだった。

「のう岡崎大尉、わし等は祖国の犠牲者だ」

岡崎は彼の言葉に黙ってうなずいた。その後間もなく風間の部隊はピリリウ島へ移動した。ピリリウ島はパラオ群島中の一つで、テニヤンの南はるか後方にある。つまりそれだけ後にひいたわけだが、敵機は容赦なくそこへも襲いかかってきた。風間機はその邀撃にただ一機飛びたっていったが、はやくも頭上に殺到してきた敵機の斉射をうけて、一発の銃弾をはなつ暇もなくあっという間に海中深く潜没してしまった。

風間中尉は岡崎の部屋に柳行李《やなぎごうり》を一個残していった。行李は彼の名札をつけたなり棚の上に空《むな》しく放置されてあった。浜野はそれを見るごとに、髭武者の悲しげな眼色を思いおこして、何ともいえぬ憂愁をかんじた。

三

前任部隊だった第七五五空軍がガム島へ移った後、第一航空艦隊麾下《きか》の諸部隊は、飛行場の整備に忙殺されていた。テニヤン飛行場にはこれ迄、飛行機の掩蓋壕《えんがいごう》もなかった。さらに島の中部と南部に第二第三の飛行場が、居留民を動員して新設されることになった。

兵隊達は朝の三時から起されて、終日労役にしたがった。一日の休暇もあたえられなかったので、彼等は寸暇があると何処へでも寝ころがって、睡眠をむさぼった。赤道以北十五度緯内にある熱帯町の労役は、暑熱のため体力の消耗がはなはだしくて疲労しやすかった。そのため早朝の涼しい時をえらんだわけだが、大部分の兵隊はこの労働におわれて飛行場以外のテニヤンを知らずに過した。

第一次の空襲以後、ときおり小規模な敵襲があったが、地上砲火は沈黙し味方機も応戦にとびださなかった。その間に敵の制海権は次第に後方にのびひろがり、内地附近にまでおよぶようになった。輸送路は遮断されて内地からの補給がたえ、各基地はなかば孤島化してしまった。出る船出る船が撃沈されてしまうので、島の居留民はもはや内地送還を希望しなくなった。内地から来る輸送船も無事につくのは稀《まれ》で、沈められた船の兵隊や乗組員が丸裸で上陸してくることが多かった。

過労のためか作業部隊の兵隊達の間に、カタル性の黄疸病《おうだんびょう》患者が続出するようになった。発熱して頭痛をうったえ食欲がなく吐き気をもよおし、疲労と倦怠感《けんたいかん》におそわれて黄疸が発生してくる。こういう症状に最初に着目したのは岡崎大尉だった。彼は病気の前駆症状や進行の経過をリストに作って、各患者毎に記入していった。

戦況の悪化につれて何となく危機が予感され、部隊すべての者が一種の不安におそわれている時に、このような病気の蔓延は部隊の士気を沮喪《そそう》させた。病気の原因や潜伏期についても、軍医達の間に種々の説があった。流行性のものであることでは一致していたが、或る者は中毒といい他の者は腸間炎症の波及説をとなえ、又は胆管栓塞《たんかんせんそく》説を主張した。潜伏期についても、一週間説があり十日説があり一ケ月説があった。

岡崎や浜野の病室には、一個の顕微鏡と少数の試薬しかなかった。しかし二人は協力しながら可能な範囲で、最善の研究をすすめようとはりきった。部隊にとっては不幸なことではあっても研究のデータがえられたことで、二人は久しぶりに医学の学徒らしい精神の躍動を感じた。二人は毎日担当患者を診察して、病状を記録し統計にとった。そしてそれぞれ観察したり調査したところを、互に報告しあって討論した。

患者の数は四月上旬から、幾何級数的に増えていった。集団生活や作業を行っている兵舎から患者が多く出て、輸送機隊や航空隊からは一人も出なかった。四月下旬に頂上に達して、それから徐々に減退しはじめたところからしても、伝染性の疾患にちがいなかった。患者は最初に三七、八度の熱をだして一両日で下熱し、四、五日すると黄疸があらわれてくる。岡崎大尉は患者の舌先の乳頭が赤く色づきふくれあがってくるのを見ただけで、黄疸の発生を予言できるようになったと言った。又発病の初期に膝蓋腱反射《しつがいけんはんしゃ》の軽度の亢進《こうしん》があり、発熱状態の時には白血球の数が減少することからして、本病が中毒性の疾患であって、最初の腐敗期からその増進期にいたるものだと判断した。

岡崎の診断がはたして正しかったかどうかは別として、彼の研究の熱心さには驚くべきものがあった。そのため寝食を廃するほどではなかったにしても、彼の精力と情熱をささげてこの研究に熱中した。食事や雑談の間を惜んで、病室へかけつけて行った。彼の眼も顔の表情も、これまでの彼とは別人のように光り輝いて見えた。真理にむかって戦をいどんでいるという彼の誇《ほこり》と喜《よろこび》とが、岡崎の生活をよみがえらせたのである。

ところが岡崎の研究にたいして、意外な横槍がはいった。岡崎の軍医長である小関少佐が、そんな調査は必要ないと言って岡崎の研究をとめた。直上官の命令には従わないわけにはゆかない。岡崎は意気込んでいた彼の研究を、中途で放棄しなければならなくなった。これは燃えあがっていた彼の若々しい精神にとって、大きな打撃となった。

それにしても小関少佐は、どうして岡崎の研究をとめたりしなければならなかったのであろう。軍隊内の伝染病の蔓延を阻止して病源をつきとめ、その治療法に手をつくすのは軍医の本分ではないのか。上長官としては部下の軍医を督励しても、相努めなければならない筈のものである。

岡崎と浜野とは憤懣《ふんまん》にたえなかった。しかし軍隊というところは、理窟や合理性の通らぬ世界である。理と非を弁別することさえ許されていない。小関軍医長は軍人の中でも一風変っていた。ことに前線の孤島へ派遣されてきてからは、彼の奇癖は一層はなはだしくなった。

小関は小柄で瘦せぎすな四十男だった。頭を丸刈にして口髭をはやしていた。召集される前はどっかの地方で、町医でもしていたのであろう。もう数年間軍隊生活をおくってきたらしく、その動作は緩慢で職務に何の熱意も感じないらしかった。報告や用向で彼の前に行くとキョトンとした眼附で相手の顔を見あげ、それから口の中で何やらぼそぼそ言った。

小関は病室にいても、ほとんど患者を診察しなかった。いそがしい場合はよぎなく自分の前に患者等を裸にしてたたせ、前と後と身体の工合をざっとみて舌を出させ、眼瞼をひっくりかえしたりして突きはなした。兵隊なぞは文字通り、人間とも何とも思っていないらしかった。

彼は病室の正面にある軍医長の席に腰をおろして、暇さえあるとナイフで有機硝子《ゆうきガラス》の破片を削っていた。有機硝子は爆砕された飛行機のものを飛行場から拾ってきたのである。彼はそれを円く削って、メダル様なものを作りあげた。形ができると今度は紙鑢《かみやすり》で、削り口を丹念にみがきあげる。一個を磨きあげるのに何日もかかっている。人が前にくるとメダルの粉をフッフッと吹きとばしながら、指でつまみあげて自慢たらしく見せびらかす。その仕事以外に彼は何もしなかった。

小関軍医長は慰めのない孤島の生活に、退屈しきっていたのであろうか。それとも彼は軍隊から放たれていつ帰れるともわからぬ自分の境遇に絶望してやけになっていたのであろうか。熱帯の暑熱と変化のない気候とは、ともすると人間をかぎりない無気力と倦怠におとしこんでしまうことがある。若い岡崎や浜野にとっては、この誘惑はおそろしかった。彼等は強《し》いて仕事をみつけても、これ等と戦いたがっていた。環境の力にまけて自分達が、庸劣化《ようれつか》してしまったという意識にはたえられなかった。

小関はそういう彼等の若々しさや思いあがりを、妬《ねた》み憎んだのであろうか。そして彼らしい復讐をこころみたのであろうか。もともと小関と岡崎は、性格があわなかった。小関は知性や精神上の働きからいえば、すでにその活力を喪失した老耄者《ろうもうしゃ》にすぎなかった。真理の探究心にもえ科学の合理性の信奉者である岡崎とあう筈がない。そのため岡崎は内地に勤務している時から、精神上の畸形者である軍医長に苦しめられてきた。活潑にのびようとする彼の生命力は、いつも小関のために窒息させられてしまう。

軍医長と衝突した日の夜、岡崎は浜野の部屋へたずねてきて、彼にかわり病気の研究調査を続けてくれるよう浜野に頼んだ。軍医長の性格については、二人の間で今さら何もいうことはなかった。またそういう不合理の許されている、軍隊内部の生活についても同様だった。

浜野は岡崎の申出を承諾した。そして蔭からの岡崎の援助を惜まないでくれと言った。浜野は所属部隊がちがっていたから、小関軍医長の指図や干渉をうける筋合はなかった。そして浜野の軍医長はまだ赴任していなかった。浜野は一人で先発してきたわけである。浜野は見る眼もいたわしいばかりに銷沈《しょうちん》している岡崎の手をとって、静にその甲をなでながら岡崎をなぐさめた。

四月の末ちかく病院船の氷川丸が、サイパン島のガラパンに入港した。浜野は医療の薬品をうけとるためにガラパンに行った。彼はそこで学友の荒木に会った。荒木はハルマヘラ島へ赴任する途中だった。岡崎をはじめ海軍に入っている同窓生の話がでた。幸いに戦死した者は、まだない様子だった。荒木は内地から持ってきたポール・ヴァレリーの原語の詩集を二つに割って、その一つを記念にくれた。ハルマヘラも空襲をうけて危険地帯だった。二人は互の無事を祈って別れた。

浜野は南洋興発会社の経営している売店にはいって珈琲を買った。片隅の棚に埃《ほこり》をかぶってレコードが少しばかり積まれてあった。ベートーベンのヴァイオリン協奏曲とモツァルトのピアノ協奏曲とジュピタアの一部だった。浜野はそれ等全部を買いとって、テニヤンへの土産にした。放蕩を知らぬ浜野や岡崎にとっては、読書と珈琲と音楽は何よりの慰めだった。浜野と岡崎とは学生時代、しばしば日比谷の演奏会へ出かけて行った。岡崎はとくにドビッシイが好きだったが、そのレコードはなかった。

五月上旬に浜野の軍医長が部隊といっしょにサイパンに著いた。軍医長の乗ってきた輸送船は、ガラパン港の直前でアメリカの潜水艦に撃沈された。しかも真昼時の二時だった。まことに傍若無人と言おうか何と言おうか、不敵きわまる敵の行動である。ガラパンの邦人等は眼前にその光景を見せられて、ただ茫然とするばかりだった。

浜野の部隊が兵舎におちつくと同時に、今度は岡崎の所属部隊がピリリウ島へ移ることになった。部隊の移動には、備品の荷造やその他の準備がいる。そしてその度毎《たびごと》に船の沈没とか爆撃などによって、少からぬ代価を払わされた。浜野は岡崎との別離を考えて心さびしかった。基地の生活に馴れ所属部隊が到著したとはいえ、親友が側にいるといないとでは大きな差異がある。ことに前途はかりがたい今となっては、一層別れがつらかった。しかし幸いなことには、部隊の一部が派遣隊として島に残されるようになり、岡崎はその隊の軍医官としてテニヤンにとどまることになった。一寸先のことはわからないにしても、これは浜野にとってもまた岡崎にとっても大きな喜びだった。岡崎は大嫌いな小関軍医長を離れて、生活することができるからである。小関少佐が飛行機でピリリウ島へさった後、彼のいない病舎内は急に広々としたような感じがした。

四

二、三日たって岡崎大尉が、急に病気になった。部下の衛生下士官が走ってきてそれを浜野へ告げた。痙攣《けいれん》をおこしてひどく苦しんでいるから、すぐ来てくれという。夕食後のたそがれ時だった。今まで元気だった筈の岡崎がどうしたことであろうと急いで彼の病室へ行ってみると、岡崎は部下の衛生兵三、四人にとりまかれながら寝台の上に仰向けになっている。

頭を枕からはずし顎を上向け、脚を少し内側に彎曲《わんきょく》させて両手を上に突張っている。手頸《てくび》を衛生兵の一人がささえていたが、拇指《おやゆび》をはなして四本の指をそれぞれ固くくっつけ手頸を折曲げていた。腹を波うたせ、せわしい息使いで、「ビタカンを打ってくれ、ビタカンを打ってくれ」と叫んでいる。部下が注射器の用意をして、皮下へ注射しようとすると、

「静脈静脈」と呶鳴《どな》った。

「落ついて、落ついて」

浜野は岡崎に言葉をかけながら、彼の脈をとった。岡崎は浜野の姿をみると、いくぶん安心したらしく静になった。脈は少しはやかったが不整ではない。聴診器を心臓にあてて

きくと、鼓動は確実で雑音はなかった。顔面はやや硬《こわ》ばって見えたけれども、眼球にも異状がなかった。熱も平熱である。

岡崎はハッハッと息をはずませながらひどく苦しげな様子だったが格別さしせまった容態ではなかった。たんに上肢にきた硬直性の痙攣にすぎないように思われた。浜野が部下にかわって静脈注射をすますと、発作は数分でおさまった。今日はこれで三回目の発作だという。その程度がだんだん激しくなるので、部下が心配して浜野へしらせたわけだった。

「一体、どうしたんだい」

浜野が岡崎にたずねると、岡崎は発作にぐったり疲れた様子で、

「クラーレ中毒だと思うんだ。昨日、へんな果実を喰べたのが悪かったのさ。発作が強くなってその時間がながくなるのは、クラーレの蓄積作用に違いないよ」

島にはもちろん季節にもよるが、バナナ、パパイヤ、パインアップル、ザボン、シャシャップ、マンゴー、オレンジ、レモン、ペエア、アラス・アバスなど多種の果物があった。そのいずれを喰べたにしろ痙攣を起す毒物、クラーレが含まれてあろうとは思われない。

「君一人で、そいつを喰べたのか」

「いや、ほかの者も喰べた」

「そして君だけが、中毒したわけなんだね」

「そうなんだ」

浜野は岡崎の症状にそれほど異常のみとめられない点からしても、岡崎の判断をなんと

なくおかしく感じた。しかし敢《あえ》て否定するほどの確信はない。

「とにかく、あまり神経質にならん方がいいね、僕のみたところではたいして心配はいらんと思う。もう大概だいじょうぶだよ」

ところが翌日の夕刻にちかく、ふたたび岡崎の部下が浜野をよびにきた。分隊長が危険な状態にあるからすぐ来てくれ、これは岡崎自身の伝言でもあると言った。行ってみると昨日と同じ容態である。両手を空に突張り腹をはげしく波うたせながら、ビタカンを静脈や皮下に注射させ、酸素吸入を命じ、はや息も絶え絶えといった有様である。その合間にかすかな声で、

「頑張るぞ、なにくそッ、負けるものか」

そうみずから励ましたり、或いは悲愴な調子で、「日本万歳」を叫んだりしている。岡崎自身は自分の末期がきたように感じているらしい。しかし脈をみると平静だった。心臓の鼓動も少しはやくはあるが、しっかりした打ち方をしている。

浜野は側に突立ってじっと発作の終るのを待っていたが、発作はよういにおさまらない。部下の衛生兵達はすっかりおびえていた。隊長の臨終が刻々にせまっているような顔色で、身じろぎもせずに岡崎を見まもっている。岡崎は彼等から信頼されていた。若くはあるが有能だと信じられていた。軍医長とは反対に職務にたいして熱心な態度が彼等をうごかしたのである。彼等は孤島の前線で、信頼する隊長をうしなう悲《かなしみ》をおそれていた。

岡崎の発作は、彼の呼吸がやわらいでくると同時に終った。昨日の倍以上の時間だった。

それだけ後の疲労が甚しく彼はくたくたになって、殆んどあらゆる機能を喪失した人のように見えた。

浜野は発作の経過をはじめから観察して、彼の迷いをいっそう深めずにはいられなかった。岡崎の発作は定型的な痙攣である。酸素吸入が効かないで、むしろ発作の経過を長びかせるにすぎないように思われる点から判断しても、岡崎自身が考えているような痙攣性の中毒ではない。そして若《も》し発作の原因が中毒でないとすれば、いたずらにビタカンをうったり呼吸の困難をうったえて酸素吸入をしたりすることはかえって病気を増悪《ぞうあく》させることとなろう。

浜野は発作の原因は、カルシュームの欠乏と岡崎自身のヒステリーにあるのではないかと考えた。血液中のカルシュームの量を測ったりすることは、前線の病舎ではもとより不可能だったが、岡崎のヒステリーについてはたしかに思いあたるふしがあった。そのうえ彼は、クラーレ中毒になったという自己暗示にかかっている。そして喉《のど》を刺戟《しげき》して胃中の物を吐きだそうとしたり、下剤をかけて一日に数回むりに排便しようとしたりしていた。

浜野は薬局室へ行くと二〇ccのカルシューム液を注射筒に吸いこませて、ふたたび岡崎の病室へひっかえしてきた。もうあたりは薄暗くなりかけている。部屋の隅のベッドに横たわっている岡崎の頭上で、黒布に蔽われた電灯があわい光をなげはじめた。天井でヤモリのキ、キとなきだす声がする。

平静にかえった岡崎は首をまわして、注射筒を手に部屋へ入ってくる浜野の方をながめた。岡崎の視線には浜野を唯一の頼りとし、力にしている人間のあわれないじらしさが感じられる。誰もこんな孤島で身を終りたくはないのだ。

「病因はわかった。もう大丈夫だよ。発作は絶対におこらんよ」

浜野は両頰に笑窪《えくぼ》のできる微笑をたたえながら、岡崎の方へ近づいて行った。岡崎は嬉しいとも疑わしいともつかぬ曖昧《あいまい》な顔色で、

「何だ。ハーイプロシュンか」

「いいや、そうじゃない。だがもう大丈夫なんだ」

浜野は注射針の痕が多数に残っている岡崎の腕の静脈を、衛生兵におさえさせた。

「何だ。聞かせろよ」

「カルシュームだよ。君の病因はカルシューム欠乏《マンゲル》さ。ま、黙って僕にまかせておき給《たま》え」

浜野は自信ある態度で、岡崎の静脈にカルシュームをそそぎこんだ。その夜ひょっとしてまた呼びにくるかもしれないと思った岡崎の使いは、とうとう来なかった。そして発作はそれきり二度と起らなかった。浜野のくだした診断が誤っていなかったわけだ。

しかし岡崎はその後かなり長い間、病床から起きあがれなかった。幾十本となく打ちちらしたビタカンフルは、心臓を鞭《むち》うち疲れさせた。またヒステリックな自己暗示から上肢の筋肉を硬直させたり、過度に神経を緊張させたり、呼吸困難におちいったりした体力の消耗はよういに取返しがつかなかった。そうでなくとも熱帯の暑さは人間の体力を消耗さ

せることが大きかった。

自己暗示の不安がさると急に神経の緊張がゆるんだとみえ、その隙をねらっていたように黄疸が岡崎の全身にあらわれた。彼は黄色くなった顔の瞼《まぶた》を閉じて、昼夜昏々《こんこん》と眠りつづけた。深い疲労に彼はとらわれていたのである。しかし彼の寝顔には、これまでになかった安らかさが見られた。

岡崎は医学の学究生として自己暗示にかかるほど、その学識は浅薄でその知性は脆弱《ぜいじやく》でもなかった。むしろ彼は真理や知識の合理性にたいして、神経質すぎるほど几帳面《きちようめん》な男である。その岡崎がどうしてこのような、悲惨といってもいい状態に陥ったのであろう。黄疸病の研究に熱中しすぎた為《ため》に、みずからかかる徴候をまねいたのであろうか。

浜野は今にして岡崎にあたえた小関軍医長の打撃が、どのくらい大きなものだったかということを悟った。若い学徒の純真な精神にとっては、不合理なことを強制されるほど苦痛なことはない。まして自分の専門とも生命ともしている学の研究を、不当に圧迫されたりしたらどんな思いがするか。岡崎の病気はこうした彼の精神が内攻して、急発してきたものに相違ない。小関のいる間はそれに対抗してこらえていたが、彼がいなくなると同時に爆発した。浜野は岡崎の心理を、そんな風に推察せずにはいられなかった。

六月三日に、マリアナ地区の軍医学の研究会があった。陸海軍あわせて三十名近い軍医が、テニヤンに集ってきた。軍医達にとってはそれぞれの研究成績を発表する晴の舞台である。カタル黄疸についての岡崎や浜野の研究も、この会で発表されることになっていた。

そのため岡崎達はその研究調査に一層念をいれ、精密を期したわけである。

岡崎が病気でたおれたので、浜野がかわって報告を行うことになった。浜野は毎晩おそくまで資料原稿の整理、グラフやリストの作製に忙殺された。一冊の小さな内科医書以外に、参考にするものは何もなかった。浜野は研究会の前日までに苦心して原稿を準備し、それを岡崎にしめした。岡崎は病床を離れ廊下の長椅子に腰をおろして、読書できるまでに恢復《かいふく》していた。岡崎は原稿を読んで二、三ケ所適切な訂正を加えた後、これで充分だといった。

研究会の当日浜野大尉は、岡崎大尉との協同研究である旨を附言して、「当基地に流行性に発生した、所謂《いわゆる》カタル性黄疸に就いて」という題目のもとに研究報告を行った。はじめに浜野はまず当基地における該病の発生状況の概略をのべ、それが伝染性をもって多数の患者をだした事実をグラフによって説明した。

次にこれまで定説のなかった該病の潜伏期に関しては、定型的の経過をとった実例十をあげて、これにたいする浜野等の主張を例証した。また発病率と感染率とのへだたりやその原因について、両人が比較検討した調査の結果を報告し、最後にこの病気の治療法とその対策について論及するところがあった。

浜野の報告は、約二十五分で終った。傾聴していた第一航空艦隊の軍医長は、

「こりゃ大物だね。今後も宜しくたのむよ。しっかりやって下さい」

そう言って研究に熱心な少壮士官を激励した。そして二人の研究を軍医会誌に提出する

から、書類をそろえて差出すようにということだった。浜野大尉は自分達の仕事を、軍医長から認められて面目をほどこした。軍医として当然の事をやったにすぎないと、内心卑下しようと思いながらやはり嬉しさがこみあげてきた。

「そんな研究は必要ない。強いてやるなら自分の権限をもって反対する」

そういった小関少佐と艦隊軍医長の態度とが、自然に思いくらべられた。一方は人を殺し他方は人を生かすやりかた、同じ軍人気質《ぐんじんかたぎ》にもこんな相違がある。

岡崎大尉は浜野が研究会をおわって帰ってくるのを、自室の前の長椅子によりかかりながら待っていた。浜野が原稿をかかえてにこにこした笑顔で近づいてくる姿を、優しい眼でむかえ、

「やア御苦労さま」

と慰労の言葉をかけた。岡崎もまた努力した研究の結果にどんな反響があったか、一刻も早く知りたがっていた。そして浜野の報告をきくと、彼は声をあげて満足そうに笑った。黄疸はまだ少し彼の顔にのこっていたが、気持の上ではすっかり元気になっていた。

「よかったね」

「よかった」

二人は久しぶりに大学の研究室にかえったような気分になった。彼等はやはり骨の髄から軍人にはなりきれなかった。彼等の仕事が認められたことで、彼等はにわかに内地が恋しくなり研究室がなつかしくなった。

「帰りたいな」

「ああ、帰りたい」

しかし彼等はその思《おもい》を口にだしては言わなかった。二人は廊下の手摺《てすり》に凭《よ》り、黙って北の海を眺めた。静かな海面は白日の光下に、碧藍《へきらんしょく》色に澄みかえっている。

——あの海の彼方に、日本がある。

彼等は遠い祖国の姿を、それぞれの感情で脳裡《のうり》に描いた。戦に疲れた貧しい現実の姿ではない日本を。彼等は部下に命じて海を眺めている二人の後姿を写真にとらせた。別にこれという理由はなかったが、なんとなく此《こ》の時の思いを形にとどめておきたかったからである。

五

後から思えば、これが予感というものであったのかもしれぬ。そして研究会はいわば嵐を前にした静さの、最後の一齣《ひとこま》にすぎなかった。戦雲はスコールよりもすみやかに、南方島嶼《とうしょ》のうえ一帯にまっ黒く蓋《おお》いかぶさってきていた。

六月三日、研究会の当日遠くヤルイト島方面まで強行偵察をおこなった友軍機は、そこのメジャドの大環礁内に、多数の輸送船団を伴ったアメリカ軍機動艦隊が集結しているのをみとめた。

翌々六月五日に、ふたたび同所を偵察した我が方の飛行機は、敵艦隊がまさに行動にうつろうとして、活況をていしている状態を報じてきた。

さらに六月七日、三度そこの上空に到達した友軍偵察機は、メジャドの大環礁内がすでに空虚になっていることを発見した。

このように敵艦隊の動静がわかっていても、我が方にはそれを攻撃する飛行機がなかった。味方の航空隊はニューギニア、パラオ等の後方に移動していた。敵艦隊をフィリッピン近海にひきよせ、諸方の基地から飛行機をとばしてその勢力を減殺しながら、最後に彼我の艦隊決戦にもってゆこうとする所謂《いわゆる》ア号作戦は、はたして敵がその手に乗るかどうか、今となっては甚だあぶなっかしく思われだしてきた。

こういう不安は、敵の近接に比例して強くなってくる。はじめの程は敵はニューギニア東部かパラオ辺に上陸するように思われていたのが、今度は直接マリアナをつくのではなかろうかという危懼《きく》にかわってきた。敵艦隊や輸送船団の行方がまだはっきりしないので、人々の揣摩《しま》臆測《おくそく》はそれだけ盛んだった。浜野や岡崎等は他の同僚達といっしょに、病舎内の士官室にあつまりじりじりする不安にかられていた。

六月九日に内地むけの飛行機が一機発《た》った。浜野はそれに肉親あての手紙をたくした。そして岡崎と一緒に撮った先日の写真の裏に、「慕郷《ハイムウエ》」と独逸語《ドイツご》で記してその中に封じこんだ。彼はその独逸語に万感の思いを託したつもりだった。

六月十一日の正午ちかく、我が哨戒機はテニヤンの南方二百哩《マイル》の海洋上を北進してくる、敵機動部隊と遭遇した。百五十哩の距離から敵の攻撃機が離艦してくるものと予想すれば、サイパン、テニヤンへの空襲は二、三時間後以内にせまっている。

基地は俄《にわか》にざわめきたった。我が方の飛行機は大部分後退して、戦闘にたえうる機数はすくない。それでも二、三十機の戦闘機が、爆音をとどろかしながら次々と離陸していった。

浜野は病舎へ走って行った。部下を指揮して、医療品を防空壕にうつさなければならなかった。病舎にかけつけてみると、岡崎大尉はすでに白衣を軍服に着かえて、部下の兵隊等にあれこれと指図している。彼はまだ健康を恢復してはいなかった。軍服の襟がだぶついて瘦せた後頸《うしろくび》が、病後の人らしく細々として人目にうつった。

三時にならないうちに、空襲のサイレンがぶきみな余韻をひいてなりだした。三時といえばいつも午睡をむさぼりたくなる時刻である。海岸ちかくにたちならんでいる兵舎の上に陽光が灼けつき、微風が芭蕉ににたバナナの葉をゆるがしている。暑さに気の遠くなるようなしじまをつき破って唸《うな》り声《ごえ》をたてるサイレンの響《ひびき》は、あたりの明るい風景にそぐわないだけ却って陰惨な感じを深くした。

各兵舎から兵隊が銃を手にしてぞくぞくと現れ、防空壕内に避退した。防空壕は遮蔽物《しゃへいぶつ》を利用して地上に設けられてあった。狭い壕内にぎっしり詰めこむと、窒息しそうな暑さだった。きりこむような急降下の爆音と、地上に炸裂する爆弾の震動が日暮れまでつづいた。敵は息つく暇もないように、波状攻撃をくりかえしてきた。それに応酬する味方の僅《わず》かな地上砲火は、次第におとろえてきた。壕の一つは直撃弾をうけて、内部の兵隊はばらばらになって四散した。

夜になって人々はようやく、壕内の息苦しさから解放された。しかし軍医や衛生兵達には、負傷患者の搬送やその処置という忙しい仕事が待っていた。岡崎大尉は早くも懐中電灯の光をたよりにして、防空壕の前で緊急を要する負傷兵等に応急手当をほどこしていた。

翌日の爆撃は、さらにもの凄かった。人々は朝から防空壕にとじこめられて、外へ出ることができなかった。僅かの隙をみて壕の入口の戸を開き、人いきれした中の熱気を戸外の風と入れ換えるぐらいがせいぜいだった。

岡崎と浜野は同じ壕内にいた。病後の衰弱から充分恢復しているとはいえない岡崎の肉体にとっては、蒸し暑く息ぐるしい壕内に長くじっとしていなければならない事はいかにも辛そうに見えた。彼は時折顔に流れる汗を手拭でふいたり、水筒をかたむけて水をごくごくと飲みくだしたりしてこらえていた。

壕内で人々はあまり口を利かなかった。防空壕は決して安全なものではなかった。直撃弾はもとより至近弾にも耐えられそうになかった。その不安が頭上を乱舞する敵機の轟音とむすびついて、寸時も人々の心を安んじさせなかった。彼等はみな一様に息をころして、次々とおしよせてくる敵機の爆音や飛行場で炸裂する爆弾の音に耳をすましていた。もはや味方機は一機も影をみせず、地上砲火もまったく沈黙したままだった。

爆撃はその翌日も前日にまさる烈《はげ》しさで行われた。その執拗《しつよう》さはただ事ではなかった。

大きな不安が将兵の心にひろがってきた。タラオ、マキン両島をおそった同じ運命に、彼等もまた見舞われるのであろうか。そう思うとうす暗い壕の中で、一種異様な戦慄をおぼえずにはいられない。

ところが午前十時頃になって、猛烈な爆撃がぴたりとしずまった。にわかにしいんとなったあたりの静寂には、なんだか信じられないような空虚さがある。兵隊等が壕の扉をひらいて外へ出ていった。暫《しば》らくすると、

「船が見えます」

そう叫ぶ兵隊の声がした。つづいて二、三人の者が、大声で叫ぶのが聞えてきた。

「軍艦であります」

「しめたッ、我が艦隊がきた」

誰かが壕内で躍りあがるような声をだした。人々はハッとなった。すると次の瞬間、

「違う、そんな筈はない」

冷静な声だった。岡崎大尉である。人々はどやどやと壕外へ走りでた。彼等は思い思いの場所に立って、海上を眺めた。太平洋上の東北方の水平線から、点々と相連《あいつらな》って姿をあらわしてくる船影がみえる。みるみるうちに大きな艦形となって此方へ迫ってきたかと思うと、約七、八百米の距離で方向を転じ横隊となった。いずれも一万噸《トン》級以上の戦艦や巡洋艦である。

海を圧するばかりの威容をしめしながら、サイパン、テニヤンの両島をぐるりと包囲す

るような体制をとった。岡崎は浜野とならんで地上に折敷《おりし》き、両腕を胸にくんでその様子をじっと眺めていたが、

「やはり、日本の艦型じゃない」

そう前言を自認するように呟《つぶや》いた。船体は日本の軍艦と同様黒灰色に塗られているが、吃水線《きっすいせん》が高く砲塔や備砲や烟突《えんとつ》の形も位置も違う。まぎれもなくアメリカの艦隊である。

二人は初めて目睹《もくと》する敵艦隊の姿をまじろぎもしないで見つめていると、ズズンという腹にこたえるような地響《じひびき》とともに、サイパン島の彼方タポチァウの山麓にパッと白烟があがった。見るまにもくもくとした白い大きな雲の塊となって山腹をつつんでしまった。つづいて一弾二弾と巨砲の釣瓶《つるべ》うちである。

それから十分とたたない間に、今度は後方の飛行場が震動した。と思うまもなく耳は聾《ろう》し身も吹飛ぶような集中砲火である。その凄じさは到底爆弾どころの沙汰ではない。敵は飛行場ばかりでなく、兵舎をも狙ってくる。遮蔽壕なぞは艦砲射撃の前には物の数でもないので、敵艦隊を眺めていた兵隊や将校は皆あっという間に四散してしまった。浜野は夢中で駈けだすと、飛行場と海岸の間にある排水溝の中に身を躍らして飛びこんだ。岡崎をかえりみる暇がなかった。岡崎も同様だったであろう。

すると一時影をひそめていた敵飛行機が、ふたたび頭上に襲来して爆弾や焼夷弾を投下しはじめた。その中には観測機もまじっていて空中を旋回しながら艦砲射撃を誘導している。そのため敵の砲撃はいよいよ正確になってきた。

浜野は排水溝の底にへばりついたなり身じろぎも出来なかった。砲弾や爆弾が身近に炸裂したりすると、思わず溝の砂の中に顔をうずめた。空と海両面からの挟撃で息がつけなかった。

午後の三時頃、水平線上をまっ黒に埋めるばかりの大輸送船団が海面にうかみ出てきて、サイパン島に上陸を開始しだした。四時半すぎると、砲撃がやみ爆音も聞えなくなった。

浜野は排水溝から匍《は》いだして、背後の小高い丘に登ってみた。数百隻の艦船が水平線の彼方まで連りつづいている。そしてそれ等の船団とサイパン島との間を、おびただしい数の上陸用舟艇が蟻のようにゆききしていた。

テニヤンに面したサイパン島の巌壁《がんぺき》の一部が巨弾に破壊されて、そこから敵兵が陸続と上陸している。他の地点からも上陸しているのであろうが、それは見えなかった。護衛の駆逐艦や病院船が、テニヤンとサイパンの間の水道内を悠々と遊弋《ゆうよく》している。友軍の抵抗など無視した形だった。

浜野は丘を下って飛行場へ行ってみた。飛行場は砲爆弾にたがやされて、一面に波のような起伏をしめしていた。方々に散らばった航空隊附の兵隊は、まだ一名も姿を見せなかった。僅か十人足らずの若い将校等が、航空隊司令の少佐を囲んで飛行場の一隅にかたまり、何事か声高に論じあいながら殺気をほとばしらせていた。

彼等は次に来るであろう敵軍の上陸を予想して、ひどく苛立《いらだ》ち興奮していた。或る将校はすぐ兵を集めろと怒号した。或る者は敵の上陸地点を想定して、即刻防備策を講じるべきだと叫んだ。また或る一人は一応此処を後退して、他の適当な所で敵を防いだ方がよいと主張した。

彼等は手に手に拳銃をにぎり、空をめがけて丸《たま》をはなった。拳銃の発射の工合を調べるためである。司令は腰の長刀をひきぬいて頭上にふりかぶり、敵中に斬込んでゆく姿勢をとった。

「俺はこれで行く」

彼は士官達の顔をみまわして、硬ばった微笑を洩《もら》した。敵を目前にして人々の赭顔は一様に青ざめその眼は血走っていた。彼等はそれぞれ落着いているつもりで、実はどっかで狂っていた。

斜陽がいつか飛行場の上に影をひきはじめていた。浜野はいきりたった同僚達の姿を傍観しながら、ひそかに岡崎の上を案じていた。あの時二人は夢中でわかれわかれになってしまったが、病後の岡崎が無事に避退できたかどうか、今更のように危ぶまれてならなかった。

するとまるで浜野の杞憂《きゆう》を予知でもしたかのように、岡崎が飛行場の北側にひょっくり姿を現した。そして例のがに股で夕陽を半身にうけながら、ゆっくりと此方へ近づいてくる。

「おうい」

浜野は思わず片手をあげて彼を呼んだ。岡崎は両手をズボンのポケットに突込みうつむき加減に歩いていたが、顔をあげて浜野の姿をみつけると同じように片手をあげてこたえながらニコリと笑った。いつもと変らぬ優しい微笑である。

浜野は彼の笑顔を見ると、熱いものが胸にこみあげてきた。北アルプスで初めて彼を知って以来、浜野はいくたび彼の美しい微笑に接したであろう。そして今後いくたび彼の微笑を見ることができるか。浜野は駈けだして行って岡崎の手を握った。

「よかったねえ君、無事でほんとによかったねえ」

「あ、何でもないよ、それよか君、病舎へ行ってみたかい。兵舎も何もかも、すっかり無くなっちゃったよ」

岡崎はこの危急にのぞんで、浜野ほど感傷的になっていなかった。彼は平生《へいぜい》と殆んど同じだった。彼の表情はおだやかで、彼の両眼は清らかに澄んでいた。目前にせまっている敵軍の上陸など、意にも介していない様子である。自己暗示にかかって我から病気を招いた人とも思われぬ岡崎の落着ぶりに、浜野は内心びっくりした。

浜野は岡崎の態度で反省させられると同時に、自分の職務を忘れていたことを恥じた。岡崎は砲爆撃がやむと、まず病舎へ駈けつけてその焼け跡を調べた。それから飛行場へ、自分の部隊や部下をさがしにやってきた。岡崎はいざとなると落着く人のように、自分の行動をあやまらない。

浜野は岡崎に教えられて、病舎の焼け跡へ行ってみた。何という変りようであろう。飛行場と海岸の間一帯を埋めていた兵舎の跡は、一望の焼け野と化していた。硝子の破片や柱や板の燃えのこりが、その上に散乱している。

無線電信の鉄塔は、艦砲の直撃をうけて横へ傾き、司令部のあったコンクリートの建物は、外郭だけを残して空洞となっていた。余燼《よじん》がその内部でなお燃えつづけている。映画の野外映写場などに使われていた広場は、砲弾や爆弾で足の踏み所もないように掘りかえされ、樹木という樹木は燃え焼けて醜い赤木と変ってしまった。

多くの労力を費して出来あがったテニヤンの航空基地は、僅か半日の砲爆撃で全壊し廃墟となった。兵隊達が三々五々その焼け跡にむらがって、缶詰などを掘りおこしている。浜野はなかば放心のていで焼け跡を眺めながら、日が暮れかけてもなおその場を立ちさりかねた。

六

予期された敵軍の上陸はなかった。アメリカ軍は最初にサイパンを片づけてから、徐《おもむろ》に、テニヤンへ鋒先《ほこさき》をむけてくる方策らしかった。それで当面の危機は、ひとまず先へ延ばされたわけである。

基地を破壊された司令部は、本拠をラソ山下の洞窟へ移した。浜野の所属している偵察機隊は海岸に残され、岡崎の攻撃機隊はその後方の丘の上に移動して行った。

隆起珊瑚礁島の常としてテニヤンには、巌壁の割れ目や洞窟が多かった。敵の砲火を避けるには屈強の隠れがであるが、それも敵が上陸してくる間までのことにすぎない。我が方には敵の上陸をふせぐ武器がなかった。飛行機もなく戦車もなく数門の大砲も役にたたなくなっている。浜野の部隊では小銃を持っている兵は、僅かに全体の三分の一だった。後は数個の手榴弾と先を尖《とが》らせた竹槍みたいな鉄棒をさげているにすぎない。何も持っていないよりはいくらか心強いという程度で、もとより敵をふせぐ手段にはならなかった。

このような貧弱な装備で、どうして優勢な敵と戦えよう。赤手《せきしゅ》をもって敵を迎えるにひとしい。今日か明日かと敵の上陸を待っている将兵の心は、刑の執行を待っている死刑囚の心に似ていた。起りそうもない奇蹟を万一の僥倖《ぎょうこう》をたのむ以外に、希望はなかったからである。

六月十五日にア号作戦が発動され、勝利の軍艦マーチと国旗の掲揚が行われたという報知がはいった。絶望していた人々はこの報告に躍りあがった。

「いよいよ、我が艦隊がやってくるぞ。そしてこの敵をやっつけてくれるであろう」

彼等は抱きあって、互の喜びをわかちあった。しかし二日たち三日経っても二つの島をとり囲んでいる敵艦隊は、一向に動く模様も見えなかった。そして砲爆撃はかえって凄じくなった。これまでも何回か大本営発表の勝利の報告があった。おびただしい数の敵艦が沈められた筈だった。しかも敵勢はおとろえるどころか、眼前に殺到してその威容をほこっている。今度もまた空しい声の上だけの戦果にすぎなかったのであろうか。将兵は一層深い絶望にとらえられた。

対岸のサイパン島に煌々《こうこう》と電灯がともるようになった。そこに占領軍の新しい町が出現した。電灯のつく範囲が日々に拡大してゆく。我が軍の陣地がそれだけ後退しせばめられて、敵の占領区域がのびてゆく証拠だ。

テニヤンの守備軍は、夜になると台地の上にたってその様を遠望していた。救援に赴《おもむ》きたいにも赴きうる手段は絶無である。サイパン島の周囲は、敵の艦艇で隙間もなく封鎖されている。又たとい救援ができたとしても何程の効があろうか。孤立無援な友軍の全滅は、所詮《しょせん》時の問題にすぎない。やがてそれは又テニヤンの運命でもあろう。そう考えると守備軍の将兵は、一種の物狂わしさにおちいった。

サイパンの敵軍上陸地点に海岸砲が据えつけられ、昼夜をおかず巨弾がテニヤンに落下してくるようになった。それまで軍は夜間に行動していたが、今度はそれも自由ではなくなった。テニヤン全島を蔽うていた甘蔗畑は、機上からまかれた石油と焼夷弾とで、赤茶けた枯野となった。島は砲爆弾の炸裂で、たえず揺れている。轟々という物音と大地の震動で、人々は神経の常態をうしなっていった。

基地が破壊されてから各自の食事は、一日握り飯二個宛に制限された。主計隊がそれ等を各部隊に配達してきた。町や部落を焼かれて方々の巌窟や防空壕に避難した居留民達にも、諸所に設けられた酒保《しゅほ》から警防団の手で食糧が配給されていた。人々は空腹と疲労とたえ間ない砲爆撃に、生きる意志を喪失してしまった。夜間行動するにも最早《もはや》鉄兜《てつかぶと》など誰もかぶらなかった。行動に不自由な物はみな捨ててしまった。人々はその重さに堪えられなかった。砲弾が落下してその弾片がヒュルヒュルと耳もとをかすめて飛ぶようなことがあっても、彼等は身を伏せたりはしない。彼等は死を恐れるどころか、むしろ我が身に死のはやく来ることを望んだ。静謐《せいひつ》も安心も休息もない悲惨な境遇に生きているより、死んだ方がよほど楽なように思われた。

この以前から司令部の島外脱出が、ひそかに計画されていた。後方の基地から飛行機一台おくってもらって、司令部だけ夜間に島をぬけだそうというのである。この企はあながち不可能なことではなかった。サイパン島には時々アメリカ軍陣地にたいする友軍飛行機の夜間爆撃があった。その時ばかりは敵占領地区の電灯が消えるので、友軍機が来襲していることがわかった。つまりその機会でも利用して、一台テニヤンに著陸してもらえばよいわけである。

テニヤンの司令部と後方基地の間で、無電による打合せが行われた。そしていよいよ飛行機がくるという時には、設営隊をくりだして飛行場を整備させた。飛行場は日夜の砲爆撃で、完膚ないまでに掘りかえされていた。その地均《じなら》し工事をするのであるが、夕刻や夜間をえらぶにしても敵側に探知されて砲弾が集中してくる。そのため少からぬ犠牲者がでた。

設営隊は内地で徴用した土方達だったが、その中には琉球人や朝鮮人がまじっていた。指揮官の隊長は海軍の若い大尉で、彼は内心司令部の脱出に反感をもっていた。敵に降伏する場合ならばともかく全員玉砕を覚悟している際に、いかなる理由があろうと部下をみすてて司令部ばかり遁《に》げだそうというのは武士の情にもとるという肚《はら》である。司令部の脱出計画を知ったならば、全将兵もおそらくかの大尉と同じ感情を抱いたに違いない。

脱出救援の飛行機は、来る来るといってなかなかやってこなかった。戦況の急迫とともにますます救援が困難になってきたためであろうが、司令部は容易にその企を諦めなかった。そして犠牲者の出るのをかえりみずに、飛行場の整備をつづけさせた。隊長の大尉はとうとう怒ってしまった。

しかし上長官の命令に反抗するわけにはゆかないので、大尉は救援の飛行機がくる場合には、小銃の一梃《ちょう》でも多く武器をつんできて貰いたいと司令部に要請した。設営隊はその仕事がら殆んど武器をもたなかった。鶴嘴《つるはし》やシャベルで敵と戦えない。小銃一梃でも多くといったのは、武器もなく死んでゆかなければならぬ設営隊の司令部にたいする精一杯の皮肉だった。その後飛行機の救援が不可能になったことがわかったので、司令部は脱出計画を潜水艦による方法にきりかえた。

六月末の日暮れ時、敵が夕食のため毎日四時半から五時半まで一時間砲爆撃を中止する間を利用して、ラソ山下の司令部を訪れた浜野はそこで偶然岡崎大尉に出会った。相互の部隊が海岸と丘の上とにひき別れて以来の邂逅《かいこう》である。

岡崎は浜野の姿を見つけるとなつかしそうに近づいてきて、これから陸軍の野戦病院に行かないかと浜野を誘った。黄疸の痕跡はもうどこにもなくなって、岡崎は見違えるばかり元気になっていた。彼が日夜の砲爆撃にへこたれもせず益々元気になってゆくのは、たのもしくもあり不思議なことのように思われた。

二人はつれだって司令部を出た。野戦病院は焼けた甘蔗畑の地下にあった。広さ十畳ばかり背がようやく立つぐらいの洞窟である。入口が黒幕で遮蔽されていた。幕をおし分けて入ると、中にランプが一つともっている。その暗い光の下で二人の軍医が上半身裸になって汗にまみれながら、瓦斯壊疽《ガスえそ》をおこした兵隊の脚を切断していた。兵隊は航空隊の者である。岡崎がその手術を陸軍に依頼したわけだった。

浜野は洞窟内にたたずんで、しばらくその光景をみていた。べつに興味あるわけではなかった。ただ岡崎と一緒にいるだけで、なんとなくホッとするような気がした。それほど浜野は疲れていた。しかし彼はその疲労をとくに意識しているのではなかった。疲れや憔悴《しょうすい》があたりまえのものとなってしまって、なかば心神喪失者にちかい状態にあるにすぎない。しかも当人は常に何かを一生懸命になって、思いつめているような恰好《かっこう》をしている。不幸な境遇にある人間のあの姿勢だ。万人がその傾向にあった。それ故岡崎一人元気そうなのが、へんに異様に感じられたのである。

夜がせまってきているので、浜野は岡崎に別れをつげ手術なかばに野戦病院から出てきた。暮れてゆく焼野の丘の上を海岸にむかって一人とぼとぼ歩いていると、わけのわからぬ寂寥《せきりょう》がひしひしと胸にせまってきた。左手の空に南十字星が斜に傾きながら彼をみていた。

「郷愁《ハイムウエ》、郷愁」

浜野はなかばうわの空にそんな言葉をつぶやきながら、丘をどんどん駈けだしはじめた。幾度となく躓《つまず》きかけて倒れそうになりながら、駈けつづけることを止めなかった。海岸砲のうちだされるのを恐れたからではない。骨にくいこむような寂寥にじっとしていられなかったからだ。彼は父を思い母を思い弟妹等の面影を脳裡に描いた。すると南海の孤島ではてなければならぬ我が身の悲しさで胸がはりさけそうになった。

月は変っても一向に止むことも衰えることもない砲爆撃下に、七月も五日すぎ十日すぎ二十日となった。テニヤン島の地表は完全に一変してしまった。もう眼をよろこばす花も草木もなかった。地はいちめんに砲爆弾でたがやされ、唯一色の醜いはらわたをさらけだしているにすぎなかった。人々の神経は麻痺した弛緩《しかん》状態におちいり、どんな事にも驚かず無関心になっていた。

サイパンはほとんど全島にわたって、あかあかと電灯がついた。我が軍が全滅してその抵抗が終ったしるしだった。それを見ても人々はさほど落胆もしなければ悲しみもしなかった。又次にきたる運命を予想して、今更新しく騒ぎあわてる風もしめさなかった。その気力や感情はとうに尽きていた。

「もう、どうなと勝手にしてくれ」

そのような自棄の気分に覆われていた。その頃浜野はふたたび司令部で岡崎とめぐりあった。岡崎はこの前よりも更に元気になっていた。どのように若々しい強靭《きょうじん》な生命力が、彼の体内にひそんでいたことなのであろう。彼は司令部で浜野の軍医長と、何事か話あっていた。頭髪を刈ったばかりらしく、後姿の襟足がすっきりしていた。

浜野が話のすむのを待って岡崎の肩をたたくと彼は後をふりむき、「やア」と言って微笑した。その微笑は暗くも悲しげでもない。いつものように明るく冴えて温かだった。

「この頃、身体の調子はどう?」

「うん、とてもいいよ」

「君は怪物だね」

「小関軍医長の方が、よっぽど怪物だよ」

岡崎は声高く笑った。してみると小関少佐から自由になった精神上の解放が、こんなにも彼を元気にしたのであろうか。

しかし小関軍医長が他に去り、岡崎がこの運命の島に残ったことははたして彼のために喜んでいい事だったか悪かった事か。浜野は自分をあわれむと同時に岡崎の身の上を憐れんだ。その時あいにく二人とも急ぎの用事をもっていた。

「又此処へ来るかい」

「ああ、来るよ」

「じゃ、その時ゆっくり話そう。さよなら」

「うん、左様なら」

浜野は急ぎ足に司令部を出てゆく岡崎の後姿に、ふと妙な名残惜しさを感じた。二人はその後ふたたび出会う機会をもつことなく、これが最後となった。

七

　七月二十四日の朝、アメリカ軍は島の北岸にむかって幾度かもの凄い艦砲の斉射を加えた後、かんたんに上陸してきた。戦闘らしい戦闘は何も行われなかった。

　浜野大尉と彼の軍医長とは、その時ラソ山下の司令部にいた。司令部では医官が足らなかった。それで浜野は部隊の患者に附添いかたがた、司令部に派遣されていた。

　浜野の所属部隊のいた海岸は、敵の上陸地点となったため部隊は全滅した。浜野の十二名の部下も戦死した。おそらく艦砲の巨弾によって吹飛ばされてしまったものであろう。浜野がそこにいなかったのは天佑だったのであろうか。

　浜野は部下の死を知った時、深い物思いにしずんだ。彼は彼の部下にとって良い隊長だったか、悪い隊長だったかというようなことを考えたりはしなかった。ただ彼は部下にたいして、血縁に似た愛情をかんじていた。その部下達と生死を共にしなかったことが、彼の胸を刺してきた。部下達一人一人の顔や姿が思いうかんでくると、その痛苦はさらに甚しくなった。

「だが、どうせ自分もおっつけ死ぬんだ」

　浜野は深い悲哀とも悔恨ともつかぬ苦痛を強いてふり払った。

「どうせ、自分も死ぬ」

それは悲愴な決意でもなんでもなかった。今では誰でも抱いているありきたりの感情にすぎなかった。司令部内にわきたった人々の昂奮《こうふん》と必死を覚悟した雰囲気に浜野も同じくまきこまれて、やがて部下の死も何もかも一切を忘れてしまった。

翌二十五日の夕刻、敵ははや司令部のあるラソ山麓にせまってきた。我が軍の抵抗は敵に打撃らしい打撃をあたええなかった。

爆弾を背に手榴弾を手ににぎって突込んでゆく我が部隊の兵は、火中に投じられた氷塊のように、敵戦車砲の前にあえなく消えていった。ガダルカナル以来相もかわらぬ我が軍得意の夜襲戦法も効果がなかった。敵の機関銃や哨兵等の自動小銃で、かんたんに一掃されてしまった。

潜水艦による司令部の島外脱出策は、ついに実現する機会をえずに終った。二十五日の夜司令部は、全軍をあげて敵陣に突入し玉砕をとげる決意をさだめた。ところが一日も長く敵に抗戦してテニヤンの防備を確保せよという大本営の命令で、司令部は出撃をとりやめ島の南端カロリナス高地に移動することになった。

浜野大尉は軍医長と一緒に、司令部についてカロリナスに移った。守備軍も途中に陣地を構築しながら、司令部について後退した。その途次の洞窟に避難していた居留民は、軍の手によって追いだされた。敵の上陸以後敵のくわえてくる攻撃は、火山が爆発したと異らなかった。島の大地はたえ間なく震動し、砲爆弾は熔岩のように頭上に落下してくる。その中へ傷ついた親を負い子供達の手をひいて出てゆく居留民達は、たちまち砲爆弾の犠牲となった。

「我が居留民を殺すな」

将兵の中にはさすがにそう言って、兵の措置を阻止する者があった。陣地構築も抗戦も名ばかりで実は部隊自身が助りたさに、居留民を追いだすことがわかっていたからだ。しかし将兵はほとんど皆気が狂い、兇暴になっていた。

「非戦闘員は早く死んだ方がいい。いずれみな殺しにされるのだ」

中には居留民を追いだすまでもなく、洞窟の中に手榴弾を投げこんで同胞をうち殺す者さえあった。いちはやく部隊を逃亡して巌窟の奥に身をひそめてしまった将校があるかと思うと、またこれみよがしに半裸体で敵弾の中を横行闊歩する兵隊があった。そういう間にも敵の戦車はじりじりと背後にせまり、部隊は夜になると蝎《さそり》のように洞窟から匍いだして後退を続けながら、しだいにその兵数を減じていった。

七月二十八日、カロリナス高地の崖下にあったマルポの井戸が、敵の手に落ちた。井戸水をたよってその周辺に数多く避難していた居留民は、カロリナス山内へ遁げこんだ。カロリナス台地は絶頂の高さ千米余、巌壁のひだや自然の岩穴が多かった。

マルポの井戸は我が方の生命の泉だった。島にはこの井戸以外に水の湧きでる所はない。部隊の兵も居留民も毎夜、ここへ水をくみに集ってきた。此処を失えば後たよるものはスコールの雨水ばかりである。我が方は敵の砲火と水の欠乏と、両面の脅威にさらされることになった。

我が軍の指揮も組織も行動も、もはや支離滅裂だった。各個に突入して全滅をとげる部隊もあるし、後方にとり残されて砲弾や戦車砲の餌食となるものもあった。三十日には敵の戦車はカロリナス台地へ登ってきた。司令部はさらに台地の南端へ退いた。それより先は太平洋の断崖で、海へ投じるよりほかに退くべき場所はなかった。

司令部附の若い航空参謀は、後退の途中崖から墜ちて大腿部を骨折していた。彼は担架にのせられて司令部についてきたが、もはや担架で運ぶ余裕はなくなった。そこで彼は後にのこって自決することになった。浜野大尉は軍医として彼の自決に立会い、その跡始末をすることを命じられた。

参謀と浜野の残された所は巌壁の狭間だった。一条の隘路《あいろ》をなして山腹を縫い上下に通じていた。航空参謀は巌壁の一方に背をもたせかけ両脚を投げだしたまま、一歩も動くことができなかった。参謀は近頃少佐になったばかりで、漸《ようや》く三十歳になったかならぬくらいの年頃だった。神経質らしく身体は痩せていた。負傷の苦痛で顔色もひどく青ざめて見えた。

参謀は痛まぬ片脚をひきよせて正座の姿勢をとろうとした。それから両眼を正面にすえて静に、「一ッ軍人ハ」と軍人勅諭を唱えだした。

一ツ軍人ハ忠節ヲ尽スヲ本分トスベシ
一ツ軍人ハ礼儀ヲ正シクスベシ
一ツ軍人ハ――

その間も爆音と砲声はたえず頭上に鳴りひびき、地の震動はしばらくも止む時がなかった。飛びあがるような轟音をもって砲弾が近くに炸裂したかと思うと、粉のような土煙が巌壁の中に舞いおちてきた。しかし参謀は周囲の騒音は一切耳に入らぬもののように、高くも低くもない声音で一条一条をゆっくりと朗誦《ろうしょう》しつづけていった。まるで今わの自身の声に自分で聴き入っているかのように。

参謀はもとより勅諭の意味を、あらためて考えなおしているわけではあるまい。又たんに軍人らしい習慣から、無意識に復誦しているのでもなかったであろう。恐らく年若な彼は死にのぞんで、何ものかに縋《すが》り心を安らかにせずにはいられなかったに相違ない。昔の武士なら南無阿弥陀仏をとなえるところである。キリスト教の信者ならば、神にむかって禱《いのり》をささげる気持であろうか。軍人精神の鋳型で教育されてきた彼は、身にしんだ軍人勅諭を読誦する以外死を安らかにする手だてを知らなかった……。

浜野は傍で聞いていていて、別段感動する心もおきなかった。又彼の態度を悲壮とも感じなかった。さりとて彼の無智を嗤《わら》う気持もない。浜野はすべての事に不感症になっていた。彼はただ自分にあたえられた責務をはたすつもりで参謀の自殺をじっと待っていた。

参謀は読誦を終ると、浜野の方をふりむいて眼顔《めがお》でちょっと挨拶をした。終った合図ともとれるし別れの挨拶ともとれる。二人は初めから終りまで口を利かなかった。他人の死に冷淡だからではなく、知らぬ者同士の遠慮からでもない。生きることが自然で死が不自然であるのとは反対に、この場合生きることは不自然で死ぬのがあたりまえだった。時の遅速はあっても、その自然な運命をたどる二人の身の上に変りはない。そのような際何を事々しく語りあう必要があろうか。

浜野は肩にさげていた拳銃をサックからぬきとると、黙って参謀にさしだした。参謀は拳銃をもっていなかったから、彼の拳銃を貸したのである。軍の拳銃には発射の悪いのがあった。参謀は念のため銃口を地にむけて試射してみた。ブスッと音がして丸《たま》がとんだ。それを見ると参謀はおもむろに拳銃を右のこめかみにあてた。それから両眼をつぶり、静に息を吸いこんで引金をひいた。鼻血が鼻孔からド、ドッと流れ出た。頭が左右にぐらぐらと揺れうごき、丁度居睡《いねむ》りをはじめた人のように次第に低くさしうつむいたかと思うと、咽喉の奥でゴロゴロと鳴る音がした。息が絶えても参謀の身体は巌壁に凭《よ》ったまま倒れなかった。

浜野は参謀の右手から、拳銃をそっと取りはずした。それから参謀の身体を地に横たえて、その顔を彼の軍帽でおおうた。跡始末といってもそれ以外に何もすることはなかった。浜野は遺骸のそばに腰をおろして、水筒の水を少し飲んだ。深い疲労感が彼をものうくさせた。浜野は巌壁にもたれて眼をつぶった。そのまま我知らずうとうとと睡りに入った。

「軍医殿、軍医殿」

そう呼ばれて浜野は眼をさました。彼の前に陸軍の兵隊がたっていた。浜野はしばらくぼんやりして相手の顔を見つめていたが、台をつつんでいる遠雷のような響が耳に入ってくると、俄《にわか》に現実にたいする意識がよみがえってきてはっきりと眼がさめた。

「なんだ」

「砲弾の破片で足をやられたんでありますが、手当をしていただけませんでしょうか」

浜野は兵隊の傷ついた左足を調べてみた。くるぶしの所が砕かれて骨が白くあらわれている。

「よくこんな足で、歩いて来られたな」

「は、死ぬならみんなと一緒に死にたいであります。一人で死にたくありません」

「しかし、ここに薬も何も持ってないから駄目だ」

「薬はこの先の洞窟にいる看護婦が持っております。それで手当をしていただけませんでしょうか」

「この先に洞窟があるのか」

「は、百五十米ばかり先の右側であります」

浜野はその洞窟へ行ってみた。地面に沿うて横に巌の裂け目があった。腹匍いになって入ってみると中は案外広い。梯子《はしご》がかかっていて下へ降りられるようになっている。浜野は懐中電灯で足もとを照しながら十米ほど下った。そこが底部で八畳敷ほどの広さである。二、三の居留民家族がほおけた姿で蹲《うずくま》っている。

「看護婦がいるか」

すると隅のひとかたまりの中から、二十歳ばかりの娘が起《た》ちあがって浜野の前へ現れた。丸顔で髪は乱れワンピースの白服は土に汚れている。ソンガルンの町の病院看護婦であろう。

「薬を持ってるそうだね。消毒薬と傷薬と繃帯《ほうたい》がほしいんだ」

「はい、ございます」

娘は隅へ飛んで行って、救護袋らしい物の中から注文の品を持ってきた。浜野がそれ等を受けとって岩窟から出ようとすると、娘が追いかけてきた。

「私も司令部へまいります。連れてって下さい」

娘は此処へひそんでいた事を恥じたらしい。居留民は敵が上陸してきた場合、軍に協力して敵にあたる覚悟でいた。実際になってみるとそんな覚悟は、何にもならなかったけれども。看護婦ならば当然野戦病院に勤務しているべきである。娘が恥じたのはそのためであろう。すると母親らしい女が隅から声をかけた。

「清子」

娘はふりむかなかった。母親は泣きだしそうになった。

「お母アさんか」

「はい、お父うさんも居ります」

父親は母親のそばにうなだれていた。浜野はだまって岩窟から出てきた。娘は後についてこなかった。司令部へ行っても此処に止《とど》まっていても、死は同じである。敵はゲリラを恐れ岩窟という岩窟に手榴弾を投じて、中にひそんでいる者を殺してしまうに違いない。同じく死ぬならば、親子三人で死ぬがいい。

外へ出ると、むっとした熱気がおしかぶさってきた。殷々轟々《いんいんごうごう》とした砲爆撃の響にも変りがない。浜野が兵隊の傷の手当をしているところに、輸送機隊の軍医長が通りかかった。軍医長もやはり司令部の後を追うて行くところだった。それで行を倶《とも》にすることになったが、兵隊の話によると台地の通路という通路は敵に遮断されてしまって通れないという。海岸へ崖をすべり下りて密林の中を行くしかないというのだが、昼は敵に姿をみつけられて射撃される恐れがある。そこで夜を待つことにした。

夜は照明弾の光で満月の夜よりも明るかった。敵は我が軍の断末魔とみて総攻撃を開始した。事実我が軍の抵抗はすでに終っていた。まだ生き残っている者の混乱と彷徨《ほうこう》とがあるばかりである。司令部も明日は全員出撃して最後の華を飾るであろう。急がなければならぬ。急いで司令部と死を倶にしなければならぬ。

軍医長と浜野は兵隊が去った後、巌壁から匍いだして海岸への降り口をさがした。明滅する照明弾の光でみると、すべて懸崖絶壁《けんがいぜっぺき》である。高さは二、三丈もあるであろうか。僅かに一、二ケ所四、五十度の勾配をなした斜面が見つかった。二人はその一つから滑りおりた。

密林の中へ入ってみると、逃げ場をうしなった居留民が未だ其処此処《そこここ》にうろうろしていた。躓《つまず》いた物を調べてみると、居留民の死骸だった。蛆《うじ》がわき死臭がひどかった。

死骸はいたる所に転がり腐っていた。灌木のしげみの間に雪のように白く輝いているものを、水かと思って近づいてみると、死骸の顔や肩に波うっている蛆のかたまりだった。

照明弾の青白い閃光《せんこう》のうちにうごめいている蛆の姿は、嘔吐をもよおすほど不気味だった。

死骸は敵砲爆弾で死んだ者よりも、居留民同士で殺しあった者の方が多かった。鋸で首をひいたらしい子供の死骸があった。鋸がそばにうち捨てられてあった。手拭でしめ殺された若い女の死骸もあった。刃物がないため硝子壜《ガラスびん》のかけらで頸動脈《けいどうみやく》をかき切ろうとして血まみれとなり、まだ呻《うめ》いている男もいた。そうかと思うと赤ン坊を海へ投げこんで、髪をふり乱し眼をつりあげ恐しい形相をしながら荒々しい息使いをしている母親があった。きっと良人と離ればなれになったか死別したかして、恐怖と絶望のあまり錯乱してしまったものであろう。

居留民等は敵が上陸してくれば、みな殺しにされるものと考えていた。軍もそのように宣伝していた。既に敵飛行機上から屢々《しばしば》降伏勧告のビラがふりまかれ、島を周って敵巡洋艦上からも降伏者には危害を加えない旨の放送があったが、彼等はそれを信じようとはしなかった。

軍医長と浜野は死臭のただよっている密林の中を、一刻もはやく司令部にたどりつこうとしたが、気があせるばかりで道がはかどらなかった。密生した熱帯樹の枝やからみあった木の根に、行手を阻まれ足をとられいたずらに疲労をかさねるだけだった。

二人はほとんど力尽きた思いで、度々途中で休んだ。そして息をつくために水を飲んだ。水の貴重なことはわかっていたが、飲まずにはいられなかった。そのようにして終夜密林の中をさまよっている間に三十一日の朝になった。

早朝は靄《もや》が深かった。しかし間もなく洋上に陽がのぼってくると、密林の中は風が通わないために蒸れてきて、暑熱はたえがたいまでに甚しくなってくる。それにつれて喉の渇《かわき》も烈しくなってくるが、もう水筒の水は一滴もなくなってしまった。下草の雫《しずく》をなめようとしても、温度がのぼってくるとかえって舌唇の水分を草に吸いとられてしまう。身体の皮膚や顔の肌は乾いた汗の塩分でざらつき、その上にも体内の水分が蒸発するため、ヒリヒリとした痛みさえおぼえてくる。

軍医長と浜野は喉の渇に意識が朦朧《もうろう》として、足が一歩も前に出なくなった。二人が樹の根方にどうと腰をおろして、むなしく声のない喘《あえ》ぎをつづけていると、思いがけなく二人の前方をよろめきながら通りかかる兵隊の姿が目に写った。やはり疲労と飢渇にたえないで、なかば夢中にさまよい歩いているらしい。しかし二、三個の手榴弾を離さず両手に握っている。なおそれだけの余力があるのか、それとも無意識にそうしているのであろうか。

「おうい、み、水を持たんか」

浜野はかろうじて兵隊に呼びかけた。

「おうい」

兵隊は茫然とした風で此方をふりむいた。

「や、き、貴様、金谷じゃないか」

「浜野大尉でありますか」

金谷はのめりそうな恰好で、浜野の前へやってきた。彼は岡崎の部下だった。

「自分に水はないであります」

「水！　そうか。お、岡崎大尉はどうした？」

金谷はその瞬間、打たれたような顔つきになって眼をふせた。

「隊長は戦死されました。部隊で生き残っているのは、自分一人であります」

「せ、戦死したと、何処で？」

「防空壕の中で、指揮官と作戦していられた時、戦車砲の直撃をうけられたのであります」

「い、いつの事か」

「二、三日前であります。いやもっと前だったか、自分は忘れました」

浜野は金谷の返事をもはや聞いていなかった。彼は膝の上に頭をたれると、片手をふって金谷に行けという合図をした。耳の中がカアンと鳴りだして、砲爆弾の響も何も聞えなくなった。浜野は体内にのこっていた最後の力が尽きてゆくのを感じた。

「岡崎が死んだ、岡崎が死んだ」

そういう声と、

「司令部へ行こう、司令部へ行こう」

その観念とがこんぐらかって浜野の頭をかきみだした。彼はだんだん気が遠くなるような思いで、側の軍医長をふりかえった。軍医長は膝の間に頭をツッこんだきり身動もしない。浜野は軍医長を呼び起そうとしたが、声は出ずに喉の奥にひ割れるような微《かすか》な痛苦を感じただけだった。

目くらむような強烈な光の中で、熱帯樹の葉がものうげに揺れ動いていた。視力がかすんできた浜野の眼には、それが恰《あたか》も岡崎の微笑の影のように写って見えた。

「岡崎はもうこの景色を見てはいない。この空気を吸ってはいない」

浜野はしびれた頭の奥で、そのような事をぼんやりと考えた。それは岡崎のことであるとともに、また彼自身の事でもあるようだった。カロリナス山頂を目ざして登ってくる敵戦車の砲声が、雪崩《なだれ》のようにおしよせてきた。しかしすでに意識を失いかけている浜野には、もはや何も聞えず何も見えなかった。寂然とした忘我の世界が彼をつつんでいるにすぎなかった。

礁湖

三浦朱門

一

　その日は水蒸気が多かった。だからマングローブ樹の下で、丸腰のまま対空監視に出ている北村の目には、左から順にパラオ本島、コロール島、ペリリュー島と並んで見えたが、無名小島や岬や珊瑚礁《さんごしょう》がそれらをつなげて、一つの長い島か、大陸の先端のように見えた。その裾のあたりに海が純銀色に淀《よど》んでいる。どこかでドロドロと虚《うつ》ろな射撃音がして、今更のように、絶えず聞えていた蚊のような飛行機の爆音を思いださせた。勿論《もちろん》それは敵機なのだが、この群島の上空には絶えず敵機がいるようになったので、彼等の島の上空に来ない限り、歩哨は報告する必要がないことにきめられていた。それでも北村は、自分があまりボンヤリしているので、眠っているのではないかと思って、肩をゆすり上げた。汚れた軍服から発するすえた汗の臭《におい》が熱でふやけた肌をはいのぼる。又、ドロドロと地上を掃射する音が聞えた。どこか見えない所にある食糧集積所が又やられたに違いない。北村は食糧という言葉で始めて我にかえって隣の兼田を見た。同じ二等兵である。兼田は手を後ろに組んで爪先で拍子をとるように、軍靴をコツコツ鳴らしていた。北村は又か、といらだたしさを感じた。

兼田は一年前までは北村の会社で、彼の課長だった。白いヘルメットを冠って、桟橋の上から、今と同じ姿勢で荷物の上げ下しを無表情に眺めている姿は、何となく威厳があり、立派でさえあった。昭和十九年の七月、米軍がサイパンを占領し終った頃、パラオの全住民に根こそぎ動員があって、燐鉱会社の船舶関係の技手をしていた北村も、課長の兼田も、同時に入隊することになった。

パラオ公園の空地で四十に近い兼田が二等兵の軍服で当惑したような顔付でやはりこんな姿勢をしているのを見た時、北村の課長に対する敬意は大半失われた。純白の服を着て、活気のある波止場を下にした時に、あんなに立派だった課長が、窮屈そうに肥えた身体を軍服にくるみこんで、北村その他の、いい年をした新兵達が精一杯機敏に快活に知りあいの誰かれと話しあっている中で、靴をコツコツ鳴らしているのは、むしろ哀れであった。その当惑した表情も、実は昔の波止場の場合と同様に、何も考えていないことを示すのかもしれなかった。

速製教育期間の一カ月の間、兼田はその姿勢の為《ため》に、一番いじめられた兵隊であった。彼が年下の古い兵隊のなぶりものになっている為に、また以前の課長としての敬意を示すと逆に北村が制裁を加えられる為に、北村にとっては兼田はいつの間にか要領の悪い二等兵になっていた。以来動員された老兵達は、パラオの様々な地区に散らばった。北村自身にしても、今まで所属した部隊の名は努力しなければ思い出せなかった。二等兵の彼には無意味としか思えない転属であり、部隊の移動であった。そしてその間に、島民や、一般人は爆撃された家を棄《す》てて、島の奥地に姿をかくしてしまった。北村の仕事は物資を際限もなく運搬することで、この仕事にも一定の秩序や方針があるとは思えなかった。彼は軍服こそ着ていたが、火器を手にしたことはなかった。

その何回目かの転属の揚句《あげく》、半年目にこの無名島——今では民船島と呼ばれていた——に来て見ると、且《かつ》ての会社の同僚、上役、工員達が、汚れた戦闘帽の下に目ばかり光らせているのに出会ったのである。中には波止場で顔みしりの他の会社の者も多かった。彼等は皆暁部隊民船班員だった。無名島の木立の蔭《かげ》に船台を作って、破損した大発、小発、民船の修理をするのである。しかし、入隊前の仕事の関係者が揃っても、以前の組織や空気が戻らなかったのは勿論である。長い年月の後に、ふと集った敗残者のように、彼等はお互《たがい》の中に、二等兵を見るだけであった。だから昔いた顔が見えなくとも、その名を思い出す者もいなかった。彼等は知り合っていたという記憶以外、一切の相手に関する記憶を失っていた。しかしたまに、たとえば今の兼田の動作によって、北村が昔を——といっても、精々一年前を——思いだす時、彼等は理由のわからない、いらだたしさに、顔を背けあった。

今から一年と少し前、最初の大空襲の夜、防空壕の中で布団をかぶっているうちに、地面の湿りと、北村とその家族の体温で、狭い壕は窒息しそうになった。その為に彼は自分を囲む暗闇そのものが蒸し暑いのだと錯覚した程であった。破裂と震動の繰返しが遠のいたので、そっと防空壕の蓋《ふた》をあけた時、外は彼の知らないうちに朝になっていた。その朝の光の涼しかったこと。家々の間にポツポツ立っている大王椰子《だいおうやし》はいつものように、掌のような葉を頭上に拡げていた。そして南洋の普通の日本の民家風に、寺のように高くした縁先の向うの、戸をはずした室々《へやべや》の天井の木目と、柱の八角時計は、彼に空襲を忘れさせた。すると、床下ごしに見える隣の斎藤さんの壕の蓋がそろそろと動いて、不安そうな主人の顔が見え、北村と視線が会うと無意味な笑顔を交したことなど、はっきり思いだせるのだが、その顔と、頬骨をとがらせて、手入の悪い軍靴をひきずっている現在の斎藤二等兵との間に、大きな断層があった。

七カ月前、パラオ本島のアイミリーキへ疎開するといって、妻が三人の娘をつれて作業場にいる北村に面会に来た時、北村は藷畑《いもばたけ》と叢林《そうりん》の間の木蔭で、この面会の為に骨折ってくれた、以前からの知合である大里上等兵の噂ばかりをしていた。もっと重要な、相談したいことが、山ほどあったのに、子供達もよそよそしく、両親の話を聞いていた。北村は妻子に対して、照れ臭かった。一番末の南海子《なみこ》が、「お父ちゃん、兵隊さんみたいだね。」といったのを笑いあって、それを機会に彼は家族と別れた。その直後に大きな空襲があって、北村は手近な防空壕に飛びこんだが、空費した妻子との貴重な時間を悔んだ。そしてといって、外にどんな時間の使い方があるかも分らなかったのだが。そして四才の南海子まで荷物を背負っていた姿が目にちらついて、気がかりでならなかった。

その翌日、米軍は彼が今、右手に、遠く見ているペリリュー島に上陸した。以後、彼は妻子に会っていない。

今年の一月に、木蔭にかくした隊の食糧倉庫の移動に使われたことがあった。甘藷《かんしよ》の袋の破れたのを、シャベルで新しい袋に入れかえていて、ふと気がつくと、このジャングルの中に、どこから来たのか十数人の女子供が兵隊達をかこんでいた。女達は立ったまま無表情に彼等を見ていた。子供は草の中にしゃがんで、葉の間から、熱心にシャベルの動きを見ていた。檳榔樹《びんろうじゆ》の葉と幹で造った小屋の内部にいる者が、その前の二坪程の辛うじて草のない地面に藷を土と一緒に放り出す。北村達がその暗闇から投げ出される藷を袋につめるのである。稀《まれ》に小指ほどのが転《ころが》ると、子供達は素早くそれを拾って握りしめた。北村が目をあげる度《たび》に彼等は近くに寄っていた。そして終には、彼が目を上げなくとも、視野の隅に子供の膝や二三本の藷を折れそうにつかんでいる手や、骨ばった女の脛《すね》がみえるようになっていた。

兵隊達は戸口に追いつめられて、自由にシャベルを動かすこともできない。作業を監督していた上等兵が何度彼等を追い払っても、同じことだった。しかし追い払う必要はなかったかもしれない。たまに大きな藷が子供の足元に転がってゆくと、子供達はそれを、火のついた花火をさけるように、身を退けるのだった。たった一度、一人の子供が大きな藷を拾って腕の間にかくすと、囲みの外へ逃げるように出て行ったが、その子は二度とその場に現れなかった。彼等は藷を運び去る兵隊を憎んではいなかった。恐らく兵隊を羨《うら》やんですらいなかった。彼等に見えたのは藷そのものだったのである。その作業の間、彼等は藷をみて、せめて空腹の慰めにしようとしたのである。北村達は彼等を邪魔に思っても、罪悪感や同情を殆《ほとん》ど感じなかった。その余裕のないほど、怒鳴られ、小突かれていたのだ。そして上等兵達がそんなにヒステリックになったのは、藷を見ている人々の目付がやりきれなかったからに違いなかった。彼は重い袋を二つもかつがされて、敵機をさける為に木の間を歩きながら、火照《ほて》った体中で、妻子に食糧を何とかしたいと思った。

十二月、一月と兵隊の食糧も激減していたが、民間側ではこの四月から配給が止った筈《はず》であった。

彼が現在の、兵隊以外に住民のいない島に落付いてから、追いかけるように日附の違う二、三通の妻の手紙が一緒に届いたが、日附の後のものほど短かかった。その手紙もその後の二回の手紙も皆、状勢は悪いが、皆元気でいる、いつか外泊をとって帰ってほしい、ということしか書いてなかった。

二人の幹部と二十三名の初年兵からなる民船班も、所謂《いわゆる》、慢性空腹病にかかっていた。それは食物を思いださない限りは直接の空腹感はなかったが、神経がいらだって昂奮《こうふん》しやすく、身体が常に疲労し切っている病気だった。急に立ったり座ったりすると、目まいがしたのは、何時頃《いつごろ》からだったろう。皆、始めは暑さにやられたのだと思った。そして食物を前にすると、夢中でそれを腹の中に押しこみ、食事が終ると始めて、自分達がこの上なく空腹であることに気付くのだった。しかし彼等は空腹を忘れる為に、立って働かねばならなかった。

だからマングローブの下で地上射撃の音を聞いて、あ、どこかの食糧倉庫がやられている、と思った北村が空腹を思い出して我にかえり、隣の兼田に対して舌打ちしたのも、決して北村が平生から兼田を侮蔑したり憎んでいたりした、ということにはならない。

「民間じゃ、どうやって喰いつないでるんだろう。」

北村が、黒い点のように舞っている二、三の機影を目で追いながらいった。兼田も夢からさめたように大きく呼吸して、改めて休めの姿勢に戻った。

「どうしてあの時、内地へ家族を帰さなかったんだ。」

あの時というのは、婦女子の引揚《ひきあげ》を、南洋庁ですすめていた時期のことである。

「家内と一緒になるのに、一寸《ちよつと》した訳があって、内地に頼れる身内がないんだ。十年も音信不通なんだ。」

「そうか。早くそういえば己《おれ》の家族と一緒に己の故郷に行ってもよかったのに。」

そうだ、一番いい方法はいつも手遅れになってから分る。それにあの頃の課長と北村の関係はそんなことを頼みあう間ではなかった。現在の事態だって、まっしぐらにここまで落込んだのではなくて、悲観楽観さまざまなデマが交互に島を支配しながらここまでやって来たのだ。島と外の世界とは殆ど無関係に動きつづけ、北村夫妻が、あ、これは、と思った時、外の世界は島になだれこみ、帰るにも船がなかった。

「己は何とか外泊を頼んでみるつもりだ。」

「己からも頼んでみよう。」

と兼田が約束したが、あてにならなかった。というのは、海運課長という前職から、この班に廻されてきたものの婦女子がこの群島の余計者であるのと同じ意味で、高商を出た兼田は仕事の上の邪魔者であった。

「てめえ、軍隊で飯を喰わして貰ってるのを有難いと思え。地方にいれば、餓死だぞ。」と殴られているのを見るにつけても、北村は兼田のことよりも、アイミリーキの家族のことが心配でならなかった。

二

班長の豊浦中尉と班付の三宅曹長は同年であったが仲が悪かった。それは普通の将校と下士官の間の溝でしかなかったが、状勢が悪くなると、それが表面化した。入営以来九年を戦場で送った曹長は、予備将校で実戦の経験のない中尉を侮《あなど》った。だから「己はシャバのことは何も知らん。」という、謙遜に聞える言葉が、実は自信と、中尉に対する侮りの表現であることを兵隊は知っていた。

ペリリューを占領してしまうと、米軍は他の小銃弾の届く島にみむきもせず、フィリッピンへ、沖縄へと急いだ。絶えず北村達の頭上にいる敵機も、今は哨戒以上のことはしなかった。稀に——今日のように——日本陣地を襲うのは、仲間の言葉によれば、着任したての奴等が演習がわりにしているにすぎなかった。敵は米軍ではなく食糧であった。どこからどう仕入れたか、曹長に酒の気があると、

「情ねえな。敵にまで見すてられちゃ、三宅曹長も男を下げたよ。」

と涙ぐんで首を振るのだが、誰も笑えなかった。早くどうにかなってくれたら、と皆考えていたのである。しらふの時は、

「こうなったら仕事はやめて喰う方に力を入れるんだ。」

と、部隊命令に従って、仕事を遂行しようとする中尉と争った。食糧の不足は命令を強行できないまでになっていた。兵にとって、どちらの上官が有難かったかわからない。この島には二人の人間がいるだけで、あとはかくれ場所を探す昂奮した檻《おり》の猿のような二十四人の初年兵がいただけだった。二人の人間の争《あらそい》は、猿達に思いがけない幸運と不幸をふりまいた。そしてこの日偶然のことから、北村は外泊の許可を得た。

「工具受領に兵を出せったって、どうせパラオ中、あっちへ来い、こっちへ行け、で、時間を無駄にするだけですから、あり合せでやっておきましょう。」

二人の小屋に夕食を持って行った北村は、闇の中で、曹長が中尉に言う言葉を聞いた。中尉は兵が傍にいるのに、曹長がなれなれしい言葉を使ったのも、言葉の趣旨も気に入らなかったらしい。曹長の言葉には知らんふりで、

「あ、御苦労。それから三宅曹長、灯をつけたらいかんぞ。万一ということがあるからな。」

曹長も知らんふりで小屋を出て行った。

「お前、ガスパンの兵器倉庫へ工具をとりに行ってくれんか。」

思いがけない優しい声だった。

「お前の家族もあの辺だったな。」

行っても行かなくとも二人のうちの誰かにどやされるのは確実だった。とすれば妻子の様子を見に行った方がいい。


夜の礁湖は、昼の間中、頭上の敵哨戒機の為に果せなかった連絡で賑《にぎわ》う。殊《こと》に安山岩のパラオ本島と、その線に沿って走る、レースのような珊瑚礁の間の曲りくねった水路を、灯もつけずに舟が行き交うのだから、衝突や座礁の危険が多く、当然北村達の仕事が多い訳だった。途中コロール島に寄ったので、細く奥深いガスパン湾のアイミリーキ側についたのは、真夜中をすぎていた。ここは元来島民の部落で、内地人は教育、警察関係者とその家族が二十人ほど住んでいる部落だったから、途中の道は悪く、それも最近は人が通らないとみえて、荒れていたので、暗さと一日の疲労も手伝って、うろ覚えの部落の位置にでたのはもう暁だった。家は一軒もなかった。焼けたのではなく、取払われていた。地面に、陶器の破片らしいものが、薄明の中に白く光っている。気がついてみると、靴の先にひっかかる物は皆、人間の生活の破片であるようだった。アイミリーキというから部落にいると思ったのは北村の誤算であった。ペリリューに敵が上った頃、家、人、車両は片端から、飛行機の銃撃を受けたから、アイミリーキの部落そのものが、どこかジャングルの中に溶けている筈だった。部落の裏手の斜面を上りつめると、本島の面積の半ばを占める台地にでる。それは火口原のような不毛の砂地で、南洋庁が長年開拓に努めた所だった。今だったら、さし当り藷畠にでもなっているだろう。そして当然それを実弾の籠《こも》った銃で看視している歩哨に聞けば、家族の居場所も知れるかもしれない。そう思って北村は樹木で暗い斜面を羊歯《しだ》を掻き分けて、蔓草《つるくさ》に首や足をとられながら、登りだした。果して、

「誰か。」

という声が上から降って来た。北村という家族をたずねると、しばらく考えてから、

「よく知らんが、あの谷間に五家族くらい、いるようだ。」

と真暗な木立の奥を指した。谷間への下り口を習って、その方角へ下りて行くと、二つ三つと弱々しい火の色が見えた。

もうジャングルの中でもかなり明るく、椰子や檳榔樹《びんろうじゅ》、ねむの木に雑《まじ》る灌木の間に、檳榔樹の葉で作った茶褐色の屋根や壁を見分けることができた。最初の小屋の前で、一人の老婆が鍋の下で火を焚いていた。首を火の中へ突き込むようにしているので、とがった肩と首筋が、火に照らされて背中に黒い影を作っている。髪が黒い。老婆ではない。着ているワイシャツの首筋の痛みに見覚えがあった。あ、と立ち止ると、女が顔を上げた。妻だ

った。

「おや。」

「うん。」

二人は非常に簡単な挨拶を交して、しばらく相手を眺めあった。そのうちに火の勢《いきおい》が弱まってきたので、北村が手伝おうと近寄ると、妻の芳枝も急いで小枝を折って、石を二つ並べたかまどの中に押し入れた。北村も火の前にかがんで、グツグツ音を立て始めた鍋の音を聞いていた。フーと煮えたぎる音に、北村が手を延すと、

「藷の葉と蔓。」

と芳枝が教えたので、彼はそのまま手を引込めた。北村が思いだして雑嚢《ざつのう》の中を探って新しい軍足に入れた米をその中にあけた。芳枝はそれをやはり黙って見ていた。やがて妻の方から近況を話し始めた。最近は農耕隊に徴用されていること。昨夜はその看視の当番で先程かえって来たばかりのこと。藷は大きくならないうちに盗まれるし、大部分は軍隊向けだということ。芳枝はそれを感情を全く含めずに話した。だから、短かい言葉で、長い間をおいて話されたにもかかわらず、殆ど時間がかからなかった。半年前まではあれほど重要なことであった引揚の時機と方法は、今では完全に二人に忘れられていた。北村は妻が余計者である非戦闘員の諦めを持っているのに暗然とした。彼が小屋の入口の方へ首を向けると、

「久子、洋子、南海子、お父さんよ。」

と芳枝が呼びかけた。すると中に人の動く気配がして、板戸を外して三人の娘が現れた。内地生れの久子は十二、島で生まれた洋子、南海子は夫々《それぞれ》八才、五才になっている筈だった。三人とも魚のような目をして父を見たが、誰も笑わなかった。南海子が火の傍へ歩み寄ったが、下腹が異様に突きでて、その為に足の運びのリズムさえ狂っていた。体重が前にかかるのを上手に応用したような歩き方だった。南海子が両親の間に潜りこむと、あとの二人は両脇にしゃがんだ。

「お父さんがお米持って来たの。今それを入れて煮ているから。」

と芳枝が説明した。北村は妻や子が何と無口になったのだろうと思ったが、考えてみると彼自身、さっき「うん。」といっただけだった。彼が「鵬翼《ほうよく》」の二十本入の袋を渡すと、芳枝はその滑らかな包紙をなでた。もうすっかり夜があけていた。あたりの人間の生活を呑みつくしそうな強烈な植物の世界の中で、煙草の袋は典雅で高貴だった。それは火を囲む家族とは違って、清潔な衣服を着、三度の食事をしている人々が、機械油の臭のする明るい工場で作った文明の所産だった。

「タバコね。島民にやると、蛸《たこ》や、お肴《さかな》をくれるわ。」

と久子が始めて嬉しそうな声を出した。芳枝はなおも袋を撫でていたが、封を切って、その一本を抜き出した。指が汚れているので煙草は一層清浄な白さに見えた。芳枝はそれを北村に渡すと、あり合せの棒を火箸にして、燃殻を彼の鼻先に突きつけた。

「いやー。これはお前、食糧にかえる為に持って来たんだから。」

「いいからさ、つけなさいよ。」

妻は火を彼の鼻先から離さなかった。実は彼は——そして仲間の多くは——大分前から煙草をやめていた。食糧にかえる為であった。禁煙しているからこそ、今こうして二袋の煙草を持ってこれたのだ。しかし、北村はその説明をせずに、煙草に火をつけた。空腹で、それに長い間、絶っていたので、煙草はいがらっぽく、指先がジンとしびれた。

小屋の中で朝食をとった。土間に板を敷いて、その上に潰れた布団が並んでいた。蔀《しとみ》のような窓を開けると、ジャングルの上にはもう日が出ているらしく、水底のように青い光が入って来た。その為に、北村の目に四人の肌が水棲動物のように青黒く光って見えた。

三人の子供は五つの椀に盛りわける母親の手許《てもと》をみつめていた。

「ナミコちゃん、チットよ。」

と末の子がいう時、やせた首に腱《けん》が細く吊り上った。北村は箸で自分のを四等分しようとした。子供達の視線が彼の手に集る。彼は息苦しくなった。到底うまく分けられないと思う。芳枝は彼の手から椀をとって、大胆に四等分した。正確であった。

「こんなことでも、やりつけなきゃ。」

と芳枝が苦笑した。子供達は葉と汁と米粒を大事に喰べ終ると椀の底に二、三本の藷を残した。それをいかにも惜しそうに、互《たがい》に見せあいながら、ゆっくり喰べる。姉妹のを見、自分のを見せることによって、自分の喰べる分が心理的に数倍するような錯覚があるらしかった。北村も空腹に耐えて、それを眺めることは容易なことではなかった。

食事が済むと、妙な虚無感が残った。皆思いきり悪く、食器の前を離れようとしなかった。

小屋の前を、赤子を背負った十二位の女の子が通った。胸に膨らんだ袋を抱いている。見覚えがあった。久子の同級生に違いない。それを見ると、久子と洋子は袋を持って外へでて行った。

「アミアカの実を拾いに行くの。」

と芳枝が聞きもしないのに説明した。

「あの子は。」

「草刈さんの弘子ちゃん。」

そういえば、その子にも、母親にも、以前にどこかで会ったことがあった。元々病的だった草刈さんのお婆さんは、もう立居振舞にも不自由している、と芳枝は話した。

「用便にでるのがやっとで、それも杖がなければ、歩けないくらい。」

北村は今度くる時は、芳枝もそうなっているのではないかと思って、妻の身体を見廻した。その目付は家畜を見る屠殺者の目と似ていたのかもしれなかった。

芳枝は目を伏せた。

「隣近所、助け合うってことはないのかい。」

「そりゃ、始めてここへ来た頃はそうしようと申し合せたけれど、どっちみち、食糧が足らないってことになったら、もう……。」

やがて二人が帰って来た。洋子は袋の中身を土間にあけると、すぐどこかへ行った。この子は元来、口数の少い子だったが、今では全く無表情になっていた。自分のすることはしているんだから、誰も余計な口出しはするな、といった様子で、北村が声をかけても、顔をこちらに向けるだけである。

久子もどこからか斧《おの》と鋸《のこぎり》を持ち出して、檳榔樹の芯をとるから手伝えと、北村にいった。この小屋にいるからには当然の務めだという口振《くちぶり》である。裏手の斜面を登って行くと、思いがけない方角にザザーと葉のすれあう音がして、木が倒れた。見ると、先程の弘子が斧を手にして、こちらを見ながら、一息いれている所だった。久子と目があったが、久子は素知らぬ顔で足を早めた。北村は何か野獣に見つめられているような気がした。久子は手頃な木をみつけると、

「お父さんはこれ。」

と幹をたたいた。今では北村は娘に命令されるのが少しも不自然でなかった。檳榔樹の木の幹に鋸をあてると、始めの一寸ほどは固いが、中心部に刃が届くに従って、軟かくなってくる。

「ぐるりだけ切れば、自然に倒れるから。」

と自分の木にかかっているとばかり思っていた久子が口を出す。いわれる通りにしたが、切り口が木を一周すると喰い違いができて、そのままでは倒れない。手で押すと、プツプツと筋の切れるような音がして、木が倒れて、上に青空が僅かばかり見え、そこからの光

が周囲を黄色くした。北村が空をみていると、久子が斧で木の皮をそぐのを実演してみせて、道具を北村に渡した。なれないので、彼はすぐ疲れた。監視する上官がいないという怠け心と、昨夜の不眠もあったかもしれない。しかし振り反《かえ》る度《たび》に久子は髪をうるさそうに振払いながら、重い手斧を上手に使って木の皮をはいでいた。白い芯を棒のまま――久子の言葉によると三日分の食糧になる――持って小屋に帰ると、入口の所で洋子に会った。

「どこへ行って来た。」

と聞くと、袋を開けて見せた。中に草や茸《きのこ》の類が一杯だった。

「ヨーちゃんは偉いのよ。すごくきびの悪いジャングルへ一人で行くの。」

と久子が教えてくれた。

その夜、彼は泣声で目をさました。子供の声である。

「でて行くよー。そのかわり、みんなあたいが採って来たんだから、持ってっちまうからね。」

「ああ、持って行け。外の者は死んだってそんなのは喰わねから。さあ行け、たった今出て行け。」

と母親の上ずった声も聞えた。子供は外へでたらしい。泣声はしばらくあたりをうろついていたが、次第に遠ざかって行った。北村は暗い小屋を見廻したが、皆眠っているようだった。

三

彼は曹長に殴られても平気だった。軍隊では人間同志の愛情とか義理とかいうものは二義的なものだから、こんな状勢になるとかえって暮しよい、と思った。ここでは人の物を盗んでも良心は殆ど痛まない。

彼が帰って最初に知ったのは、留守中に兼田が脚の骨を折ったことだった。材木にはさまれて、複雑骨折をしたのである。病院が既に解体して、軍医は比較的大きな部隊に配属されているという形になっていたから、彼をのせた大発は薬品と処置法と、痛み止の麻薬をのせて帰って来た。

北村が昼食後の暇に彼を見舞うと、蛸の足のように細い幹が分れているマングローブの蔭の小屋に寝ていた。外傷のほかにも、内出血がひどいらしく、腿《もも》が膨れ上っていた。彼が家族のことを話すと、

「戦争だからな。強い者が残るんだ。足腰の立つ男は軍隊にいる。今の所じゃ、組織らしいものがあるのは軍隊だけさ。己も家族のことを考えていた。己をみたら、さぞ驚くだろうと思って。しかし己にしても、アイミリーキの奥さん達にしても、当人達は外から見るほど苦しくないのかもしれないな。一年ごしにならされてきたんだから。」

兼田は麻酔の注射のせいか、目に力がなかった。発熱しているのかもしれない。それま

でにも聞えていた飛行機の爆音が次第に大きくなり、その爆音の中から、更に新しい爆音が産れて来て、あたりの空気が震えるようになった。誰かの、「退避。」と叫ぶ声がしたので、兼田を小屋から運びだそうとすると、周囲のざわめきは、

「すげえ、すげえ。」

という声に変ったので、北村が海岸に駆けつけると、民船島の上空からコロールの方に向って、十数機の大型機が進み、そこで大きく旋回し始めた。それらはキラキラ光って、長い間武器らしい物をみない兵隊に、それはジャングルの煙草のように、郷愁に似た美を意識させた。

「今日はアメリカの天長節かしらん。」

といって曹長に殴られる者もいたが、曹長自身、革にくるんだ軍刀を手に、渚で空を見上げていた。すると、コロールの丘や焼跡の上に、ピカピカと一度に十数箇所で電光が閃《ひらめ》いた瞬間、天に突立つ黒褐色の煙の幕があがった。閃光《せんこう》は煙の中で次々に光っては崩れようとする幕を補強していた。やがてゴーという音が海を渡って立っている兵隊と椰子の葉をそよがせた。

「そういえば、さっきあの辺で、止《よ》しゃいいのに、ポンポンやってたっけ。」

と曹長が腹立たしそうに呟《つぶや》いた。

爆撃はまだ続いていたが、兼田の所に帰って来ると、彼もマングローブの根の間から爆撃をみていた。彼を中へ入れようと腰をかがめると、兼田は、

「家族には、己があの爆撃でやられたといってくれよ、な。」

北村は返事に困って、聞きとれない振《ふり》をして、閃光と煙の方を見ていた。確かにそれは、どうせ死ぬんならあの中で、と思わせる健康で豪壮な美しさがあった。北村はふと煙の幕の中に夫よりずっと若い兼田夫人の像を描いて見た。芳枝と違って健康で白い顔をしている。彼女は浴衣の似合う女だった。

今明日中《こんみようにちじゆう》に軍医の所へ送る筈になっていたが、爆撃で、本部のあるコロールが混乱してしまったので、兼田の負傷などは、問題ではなくなってしまった。民船班員も一日中駆り出されては、雑役に従事した。いよいよ敵が上陸するかもしれない、という想定であった。その中で、兼田の傷は急激に悪化した。化膿して、それがすぐ身体中に廻ったらしく、彼の顔は赤黒く酒に酔ったようになり、皮膚はむくんで来た。麻薬をとぎらすと、苦痛を訴え、全身がガタガタ震え出した。肌が日一日と紫色がかっていった。頭に来たらしい、という噂もたった。というのは、

「己が米軍の司令官なら、ここを占領して、すぐ食物と薬品を日本人にやる。敵を破るより、敵を征服した気になれる。」

と仲間にいったのが、その根拠であった。

或る朝、北村が見舞に行くと、眠っている兼田の黄色の歯が恐ろしく鮮かに、宝石のように光っていた。清浄な輝きだった。しかしそれは兼田の顔の、崩れかける直前の色と臭気の影響かもしれなかった。それにしても静かだ、と近寄った北村は、兼田が既に死体と

なっているのに気づいた。それは戦争によって死んだ北村の最初の知人の死体だった。彼も彼の家族も、やがてはこうなるのではないか、という不吉な思いが、小屋の中の悪臭のように彼を包んだ。

四

南洋に自然の暦はない。従って時の経過は思い出す経験の量によって計られる。だから、この一年のように事件が事件を追って起ると、人に十年の距離を感じさせる。しかし日一日と作業の時間が食糧あさりの時間に喰われ、夜は漁撈《ぎょろう》にあてられるようになると、追いかけられるようで単調な月日は何と短く感ぜられるだろう。ただ予告されたように米の量が一日百瓦《グラム》になったからは、今日が七月一日に違いなかった。北村は気にかけながらも、三カ月以上も民船島を離れなかったことになる。

北村の所へ手紙が来た。差出人はアイミリーキ第八農耕中隊である。その中隊に知合はいなかったが、アイミリーキという文字を読んだ時、彼は不幸を予期した。

「息女、久子殿儀、今朝死亡……」

彼の目に、ふと青いジャングルの中が浮んだ。久子は両手に手斧をかかえてコツコツと檳榔樹の皮を刻んでいる。髪が中央からわかれて頰にたれ下り、垢《あか》で黒ずんだぼんのくぼにも、青い光が宿っている。

彼はその夜アイミリーキへ発《た》った。

久子の墓は傾斜地の仏桑華《ぶっそうげ》の下にあった。兵隊が埋葬してくれたのである。半坪ほどの土が掘り返されて、栗色の軟かい土が自然の土饅頭《どまんじゅう》になって盛り上っている。その表面や周囲の羊歯類の上に振り撒かれた土は乾いて灰色になっていた。頭にあたるらしい所に、石が三つ集められて、その間に赤いねむの花が凋《しお》れたままさしてある。北村は末の南海子を背負ってそこへ行った。死体をみないので、彼には久子の死の実感がない。死体といえば、あの兼田のしか思い出せない。久子という概念と、死体という概念は、うまく結びつかないようだった。彼は目の前の土を掘って久子の死を確かめたいと思った。南海子は手に持った握飯《にぎりめし》を石の上において、

「はい。お姉ちゃん喰べな。」

と手を合せた。坂道を負われてくる途中、落すまいとしたのか、握飯に小さな指の跡が三本平行してついていた。南海子の言葉と握飯が、北村にとって久子の死の証人となった。彼は土の下の久子のかわりに、目の前の南海子に頰ずりした。北村は新しい花とかえ、軟かく若い羊歯の葉をそれにそえた。

久子は死ぬ二、三日前から、歩行に不自由していた。胃腸が衰弱して、その機能を果さなくなったのである。用便を室内でするのを、すぐ下の洋子に激しく叱られて、泣きながら外へ出て行った。昨日の朝、母が畠の当番に行った留守、外から小屋にはいりかけて、

貧血を起した時のように倒れた。洋子の報《しら》せで母親が帰って来た時は、もう冷たかった。

この谷間で子供の死なない小屋はなかった。ただ母親の庇護の度合の強い乳幼児は死亡することが少かった。

北村は自分の妻子に繭《まゆ》を作る前の蚕《かいこ》のような半透明のむくみができているのに気付いていた。それに皮膚の奥が白濁した液になっているのではないかと思わせる頼りなさがあった。

南海子を背負って坂を降りると、北村は息が切れた。十糎《センチ》の高さでも登るには意志を必要とした。彼は小屋の前で立ちどまった。人が居る。又誰か戸口で倒れたのかと思った。しかし、それは人が土下座しているのであった。傍で妻の芳枝が放心したように相手の肩に手をあてている。彼は早く休みたかったが、入口が塞がっているので、そこに立っていた。芳枝は彼に気付くと、生気をとり戻した。

「お米。」

とだけいった。近所の誰かが、北村の帰ったのを知って、米をわけて貰いに来たのである。最初彼が入口の人影に対し感じたのは、迷惑な、という気持だった。その弓なりに曲った背骨をみていると、彼は無性に腹が立って来た。この女は土下座しさえすれば、どんな罪でも許され、どんな物でも与えられると思っているのだろうか。彼が持って来た二百瓦の米は、彼と妻と二人の娘が喰べるのである。彼が顔を振ると、それに勇気を得て、妻は女の耳に何か囁《ささや》いた。女はかすかに首を動かして、尚《なお》もその姿勢を変えなかった。

妻は再び放心した顔で、女の肩をなでている。恐らく、二人でこれと同じことを何回も繰返したのであろう。北村の怒りはすぐ消えて、彼も茫然と二人を眺めていた。言訳をいつくしても帰らない借金取を前に、時間を眺めているのと似ていた。やがて弓なりの背中が動いて、女が立ちあがった。芳枝は前にひざまずいた姿勢のままである。北村も身動きしなかった。

「済みません。こんな御願《おねがい》にあがって。」

その声は甲高いくせに実感がこもっていたのだが、首一つ下げる訳ではないので、後姿を見ただけではその女の言葉と思えなかった。寧《むし》ろ、その言葉は芳枝の姿勢にふさわしかった。女が振向いた。草刈さんの奥さんだった。しかし彼女は北村がすぐ傍にいるのが見えなかったらしい。追われるように足を引きずって立去った。

小屋の中に横になると、北村は不快だった。自分を今まで悪人だとも善人だとも真面目に考えたこともなかったのに、こんな事件の為に、自分がそのことを考えているのが不愉快だった。妻が傍にいた。

「なぜ、さっさと追払わないんだ。」

北村は自分の言葉が少し意外であったが、よく考えると、それ以外に言いようがない。

妻は先程の放心を続けていたが、

「あたしは前からよく知ってたんですし、殊にここへ来てからはずーと一緒だったたし。久子を家の中に寝かしておいたのは草刈さんだったたから。」

洋子が袋を持って帰って来た。近頃ではアミアカも遠くまで行かないと、取れないらしい。洋子は袋の傍に横になった。この子を見ていると、何か体の中で激しく怒っているのを、辛うじて押えているようだ、と北村は思った。

この谷間では大人達は挨拶を交し、小屋に盗難が少かった。軍隊という不自然な機械的な社会と違って、ここではまだ通常の社会の残骸が残っていたが、それは谷間の人々をかえって苦しめるものであったかもしれない。

「ほんとに、恥も外聞も気にならなければいいんだけれど。ひょっとして、また昔みたいになった時に顔を合せることを思うと。」

妻の言葉を聞きながら、北村は自分があの島では二等兵でしかないのを、結局は有難いことだと思った。戦友というのが、入隊まで顔も知らない人間ばかりだったら、どんなに気が楽だろうかとも思った。

翌朝早く、彼は民船島に帰らねばならない。朝食におきる時、南海子は大便をする時のようにかがんで、両手を膝の上におき、腕と脚に力を入れて、大儀そうに胴と頭を押し上げた。北村は南海子をあぐらをかいた足の間に座らせた。尻の肉が落ちて、骨がじかに彼の腿に感じられた。むくんでいるようでも、それは肉と違って、骨を厚く包むものではなかった。

「次は。」

と洋子に見えないように南海子を指してみせると、妻は黙って目を伏せた。

「お父ちゃん、またおいで。」

という南海子のかすれ声を背中に聞いて、彼は坂道を登った。この前とは違って、振向いても、窓から誰ものぞいていないのがわかっていたのである。

五

遅れていた進級が発表された。しかし新兵はこないのだから、何のこともなかった。二等兵の階級が空席になっただけの話である。白昼、礁湖を大発で乗り廻しても、米軍の哨戒機はもう相手にしなくなっていた。山パンの実る季節になっていたので、民船班は無数にある無人島を船で廻って、山パンを木ごと切り倒して実をとった。一日に四五俵の収穫があった。その合間に海岸で海鼠《なまこ》や蟹をとった。衰えかけた身体も恢復《かいふく》する模様だった。

北村は家族の者も、今頃は少しずつ楽になっているに違いないと思った。

「お前達が地方にいるんだったら、とっくに参ってる頃だぞ。」

と曹長にけしかけられるまでもなく、彼等は必死だった。そして軍隊に入ったのは、このような危機をのり越える為に、志願したような錯覚をするのだった。彼等は自分の為に組織を利用していたから、自分の為に他の者を犠牲にするのも平気だった。こうして、食糧事情が快方に向きかけた頃、今まで兵隊達が支えていた軍隊という組織に、彼等は逆にぶら下り始めたから、実質的には、軍隊は潰滅《かいめつ》していた。

北村は夕方、コロールの暁部隊司令部へパンの実を届けに行った帰りに、庶務の所で、

「手紙がきてるぞ。」

と呼びとめられた。顔が白むのが自分にもわかった。妻以外から手紙の来る筈がない。手紙といっても、一枚の紙だった。表に宛名と本文が書かれてある。行がゆがみ、大きさの不揃いな薄い鉛筆の字が、

「みんなもう駄目です。来られたら、もう一度会いに来て下さい。」

と読まれた。それは読まれたというより、北村の頭に何の印象も残さず、目の前を流れて行った、という方が正しい。

民船島に帰って、豊浦中尉にそれを見せると、

「曹長の諒解《りようかい》を得て行って来い。私は承知したからといってな。」

八月になって、作業が完全に放棄され、本部との連絡も形式的になると、班長である中尉は影の薄い存在になっていた。中尉は当番に米の入った靴下を持ってこさせた。北村はそれを両手に受取って、その固さと重さを懐かしいものに思った。戦争が始まって以来始めて涙が流れた。それは悲しみでも怒りでも感謝でもなかった。がそのどれでもあるようだった。

曹長が大発を自分で運転してくれた。北村は米二合のほかに、山パン一袋を持っていた。小屋についたのは、最初の時のように明方だった。数軒の小屋がぼんやり見えたが、今度は前で焚かれていた火が見えなかった。

「みんなもう駄目です。」という言葉が、どの程度を意味するのか、北村は途中、色々の想像をして来たのだが、ここまでくると自然に足がとまってしまった。この数軒の小屋にはもう人が死に絶えているような気がした。彼の小屋に近寄ると、

「おい。」

と呼んだが、我ながら、余りに小さな声だった。

「お父ちゃんだよ。」

中で低い声がした。戸を押しのけると、小屋には排泄物の臭が籠っていた。黒い影が起き上った。芳枝である。

「皆、死んぢまった。」

彼は膝の上に顔を伏せている妻を見下しながら、涙が出ないのが不思議だった。期待と不安が消えて、明確な結果が心を占めると、一種の安らかさが彼の心に生じた。

彼が最後にここへ来てから四日後に、南海子が朝起きなかった。今日から三日前に、洋子が「お姉ちゃんに悪かったわ。御不浄に行くのがこんなにつらいんだもの。」といいながら死んだ。そのようなことを妻は呻《うめ》くとも、泣くともつかない声の間から北村に話した。長年の習慣は彼に妻の悲哀と同調すまいとする傾向を生じた。彼は遠い気持で妻の悲しみを見ていた。もし妻が放心状態にあって、平然とそれを語ったら、彼は泣いたかもしれない。それに、久子の場合のように言葉で伝えられたにすぎない子供の死は、空白が残って、実感の重みがない。今、薄明りの中で彼は泣いている妻と一緒にいる。しかしあの戸口か

ら、二人の、いや三人の子供がはいって来ないとはいえないような気がした。いや、もしかすると、最初から妻と二人きりで、子供は始めから今に至るまで居なかったのかもしれない。一緒になった時と今との違いは、妻がやつれて年をとったことと自分が軍服を着ていることでしかないのだ。彼はいつの間にか、そう思っていた。いや、そう思おうとしていた。しかし、いつか子供のいないという事が、自分の人生に暗い穴をあけている時が来るかもしれない。彼はその想像に対して始めて涙を流した。

いつの間にか明るくなっていた。壁がわりの檳榔樹の葉はすっかり枯れている。それに沿って、昔から使っていた食器、道具類がでたらめに並んでいた。木の葉を通してくる薄緑の光線が小屋の中の空気を浸していた。白味を帯びた碧色である。彼はその色に見覚えがあった。それは紺青《こんじよう》の外洋から見た礁湖の色であった。早朝、始めてこの島に着いた時、船の上から見える珊瑚礁にかこまれたこの色は何と鮮かだったろう。二週間もペンキ臭い船室に閉じこめられたあげく、渡舟に乗った時、二つの久子を抱いた妻は晴々しい顔をしていた。早朝の空気は涼しかった。芳枝は女学生のようにはしゃいで舟縁から見える水底の菊の花のような珊瑚礁や、その上を閃光のように泳ぐ魚を楽しんでいた。

北村は悪臭の立ちこめる小屋の中で、痩せて髪を乱している妻の顔を膝にして、ぼんやりと、そのような埒《らち》もないことを考えていた。

ルネタの市民兵

梅崎春生

その男は、夜明け前にやってきた。暁の空を灼《や》いて炎上するマニラの街の、ものすさまじい光の余映が、裂けた壁やこわれた窓から射し入って、この建物の内部のところどころを仄赤《ほのあか》く染めていた。その西側の焦げくずれた狭い石階を、ほとんど這《は》うようにして、長身のその男の影がのぼってきた。身をかくす遮蔽物《しゃへいぶつ》を探しもとめるように、ときどき頸《くび》をあげて見廻すが、すぐ顔を伏せ、右手になにか小さな四角いものを引摺りながら、手と足をうごかして這いすすんだ。石階をのぼり切ったところ、燃えるものはすべて燃え尽きて、黒い混凝土《コンクリート》の生地だけになった廊下が、外壁に沿ってうすぐらく伸びていた。そこらに、砕かれた混凝土のかたまりや、折れ曲った鉄骨が散乱した。窓のそとの火影の照りかえしが、あちこちに淡くゆらめき、散乱するものの翳《かげ》を床にくらく落していた。

ときどき地の底からもり上ってくるような重砲のひびきを縫って、夜明け前だというのに機銃の音が遠く近くで弾けるように断続した。照明弾が近くで空中に炸裂するらしく、白い光の縞《しま》がくっきりと床に浮び上ると、男はよろめくように壁に身を支え、しばらく足を止めた。

　男の前に伸びる廊下は、ところどころ崩れ落ちたり、大きな穴があいたりしていた。そこらを危く避けながら、周囲に極度に敏感な小動物の動作で、男の姿はのろのろ動いた。時々床に身を伏せて、光と音を避けた。散乱するものと深くえぐれるものとで、廊下ははなはだしく凹凸《おうとつ》をなし、かつ傾斜していた。廊下と見えたものは、本当は廊下ではなかった。可燃物が焼け果てた跡の、混凝土の土台にすぎなかった。木製の床や天井や壁が、ことごとく燃え落ちたあとを、大きな混凝土の柱や梁《はり》だけが、暗がりのなかを不気味に伸びていた。柱は沈鬱《ちんうつ》な巨人のように黒く立ち並び、梁は暗い穴を抱いて平たく縦横にはしっていた。天蓋《てんがい》の破壊口を通して、灼けた空の一部から、うす赤い不吉な色の光が、ところどころ斜めに降っていた。

　夜明け前のルネタ公園の、広闊《こうかつ》な芝生地のまんなかに建ったこの巨《おお》きな議事堂の廃墟には、マニラ市街のあちこちから、パコから、エルミタから、パンダカンから、次第に追いつめられ、打ちのめされ、身をもって逃れてきた兵隊が、何人も何人も、柱や壁のかげに分散してひそんでいた。

　議事堂の西南隅の、壁や天井が辛うじて残った小さな一区劃《くかく》にも、四五人の兵隊がそれぞれの生命をまもり、呼吸をひそめるように生きていた。その部屋も床や柱に、焔《ほのお》が舐《な》めたあとが黒くのこり、外に面する壁はひとところ大きく裂けていた。壁の厚さは二尺ほどもあった。そこから太い鉄骨が何本も、にょきにょきと曲って突き出ていた。ある無慈悲な力で引き裂いたようなぎざぎざのその破口のかげに、市民兵の三田康平は昨夜の夜半から、身じろぎもせずじっとうずくまっていた。傷ついた膝頭を守るように抱きながら、薄明のなかにぼんやり眼を見開いていた。膝頭の傷に襯衣《シャツ》を裂いて巻きつけた応急の繃帯は、一面に血を滲《にじ》ませたまま、すこしずつ乾き始めていた。戦闘の、夜明け前の小康というべき時間が、間もなく終ろうとしていた。彼はときどき思い出したように、膝頭に視線をおとした。破れた皮膚にじかに食いこんだ繃帯が、周期的に熱い疼《うず》きをともなって、ただれた肉や白い神経の尖端《せんたん》をしめつけてくるのであった。その感覚は、ごく身近な肉体の痛みであったにも拘《かかわ》らず、なにか自分から遠く隔ったものの感じをふくんでいた。彼はときどき確かめるように掌をひろげ、傷ついた部分を大きく押えてみたりした。するとえぐるような痛みが、直《す》ぐそこからはねかえってきた。それは昨夜、城内で受けた傷であった。しかしその傷を負った瞬間のことを彼は記憶していない。気を失ってから傷ついたのか、膝を傷つけた瞬間に気が遠くなったのか、彼には全く覚えがなかった。

三田のそばに、彼の方に上半身をもたせかけるようにして、やはり一人の兵士が眠っていた。屋外からとどろいてくる間歇的《かんけつてき》な砲声や銃声のなかでも、その兵士は眠っていた。しかしその眠りも、浅く不完全なものらしく、かすかないびきが不規則に乱れ、もだえるような無意識の上半身のうごきが、ときどき三田の肩に伝わってきた。その度《たび》に三田は頸を廻して、その兵士の横顔をぬすみ見た。兵士の寝顔は、汗と泥によごれ、呼吸のたびに睫毛《まつげ》がかすかに慄《ふる》えていた。しかし浅くとも眠っているのは確かであった。(眠っている！）

かすかな羨望《せんぼう》の念が、しだいに強まってくるのを感じながら、三田はそう思った。（この男の歳はいくつ位だろう。たしか宗像《むなかた》という名前だったが——）

昨夜彼は城内で、この宗像という男に、生命をたすけられたのであった。水が涸《か》れた堀割のような穴があって、その中に彼は墜落し、気を失ったまま横たわっていたのだ。その三田の頬を、宗像の掌が平手打ちに呼び覚ましながら、叱るような声で叫んでいた。

「こんなところで死ぬやつがあるか。馬鹿だな。逃げるんだよ。生きられるだけは、生き延びるんだ」

その声で彼はぼんやりと意識を取り戻した。そしてぼんやりしたまま立ち上ろうとすると、膝頭に痛みがはしって、そのまま宗像の方によろめいた。その激痛が彼の意識を急に現実に引き戻した。彼は宗像の肩をつかみながら、思わずあえぐように言った。

「膝に、怪我している！」

「膝ぐらいが何だよ。生命と引換えになるかい」

声がすぐはねかえってきた。いきなり手探りで宗像は三田の腕を抱えこむと、乱暴に石塊《いしころ》の斜面をのぼり始めた。三田の身体はよろめきながらそれにつづいた。苦しい世界に引きもどされるいやな抵抗感が三田にあった。そして斜面をのぼり切って、黒い建物のむこうに、遠く近く燃え上っている火の色を見たとき、三田は始めて今夜の脱出が失敗したことを、強い恐怖とはげしい苦痛と共に意識した。

「ああ」と彼は口にだして低くうめいた。「あの連中は、みんな死んでしまった」

灼熱した核のようなものが、瞬間胸のなかに荒れ狂うのを彼はかんじた。

「伏せるんだ」

宗像が押しつけるような強い声で言った。そして彼等は暗い地面に身を伏せた。三田は伏せたまま、呼吸をはずませていた。三田の耳に唇をつけて、宗像の声がささやいた。

「走れるか。走れるだろう。あそこまで走るんだ」

細長い建物に沿った狭い道の果てに、赤く灼けた空を背景として、城壁がくろぐろと立っていた。その風景には変に距離の感じがなかった。城壁まですぐ近くにも思えたし、数百米《メートル》の遠さにも感じられた。そこに到る右手の細長い建物の側面は、なにか脅やかすような翳をつくって、城壁の下までつづいていた。それを見たとき、先刻敵弾に追われながら逃げ廻ったときの感覚が、三田の全身に突然なまなましくよみがえってきた。それは、生きていたい、どうにかして生きていたい、という羊歯《しだ》のような隠微な、根強く暗い欲望に充満したものであった。彼は背中をつらぬく鈍重な戦慄《せんりつ》を感じながら、眼を見開いて伏せたまま、傷ついた膝頭をそっと伸縮させてみた。痛みは肉を裂いて発してはいるが、骨には異状がないらしく思えた。

「走れる」

三田は低く答えながら、わずかに半身を起した。いま宗像から引き上げられた暗い穴を側面にかんじて、痛みに耐えながら彼は発動の姿勢をとった。そして彼等は走り出した。

おのずから頭をひくく下げて、城壁まで一息に走った。あえぎながらやっと城壁に取りついて、しばらくして、三田は自分の全身がつめたい汗で濡れていることに気がついた。救《たす》かった、という意識が、始めて強く胸にきた。城壁に身体をつけたまま、宗像もはあはあと荒い呼吸をつづけていたが、三田の方を見ると、暗がりのなかでも白い歯をみせて、顔をしゃくってみせた。

「おい。お月さまが出ているよ」

夜空の赤く焼けた部分に、十二三夜の月がかかっていた。光を失った丸い銅板のように、月は小さな輪郭をみせていた。しきりに動くように感じられるのは、中空を炎上するものの煙が流れるためらしかった。その月の色は、へんに赤く汚れていやらしかった。なにか嘔《は》きたくなるような気持をこらえながら、三田も瞳をさだめて月を見上げていた。

少し経って二人は城外にひそみ出て、城壁に沿ってしばらく匍匐《ほふく》した。ルネタ公園がそこから拡がっていた。薄赤く彩られた深夜の公園に、間隔をおいて並んだ大きな建物の影を、宗像は指さした。

「どのみち日本軍は、明日にもあそこに追いつめられるのだろうな。袋《ふくろ》の鼠《ねずみ》というわけさ。明日は徹底的にやられるぞ」

その建物のひとつのこの議事堂にやっとたどりつき、こうして狭い一区劃に身をかくした今も、宗像のその言葉は、三田の胸に惨《みじ》めな実感として残っていた。宗像の口調はつっぱねた言い方であったが、あるいはこの男の自嘲の形式なのかも知れなかった。しかしその時三田は惨めに胸の中に折れ曲ってくるものが、とつぜん三田の口調への反撥に変るのを感じていた。黒く建った三つの大きな建物は、あかい夜空を背にして、死のように寂《せき》寥《りょう》とした感じをたたえていた。

(おれはまた、ここへ引き戻されてきたんだ。縄でつながれた猿みたいに——)その思いは荒涼と彼の胸にあふれた。

議事堂の迷路のようなこわれた通路をさぐって、二人がこの一区劃にたどりついた時、そこには二人ほどの兵士が壁ぎわに身をひそめていた。その一人が跫音《あしおと》をききつけて声をかけた。その声は低く、抑揚を失い、感情をなくしたような、陰気な声であった。

「どこから逃げてきたんです」

「城内からだよ」

銃を床に引きずって入りながら、宗像が答えた。

「もうあちらも駄目かなあ」

しばらくしてつぶやくように前の声が言った。眼が暗さに慣れてくると、壁の裂け目から入る夜の光で、先住者たちの姿がうす黝《ぐろ》く浮び上ってきた。

「もうあちらは駄目ですよ」宗像の声もいくぶん沈んだ響きになった。「ポートサンチャゴあたりから、パシック河を泳ぎ渡ってね、どうにか逃げてみようと思ったんだが。もう城内にも敵が相当入っているね」

三田は裂けた壁のすぐ脇にたおれ込むようにうずくまって、背を柱にもたせた。宗像はそれに並んだ。前の声はそれきり何も言わなかった。宗像は帯革を解きながら、ひとり言のように言った。

「ここなら明朝まで大丈夫だろう。一眠り出来そうだねえ」

宗像がかるい寝息をたてはじめても、三田はいつまでもはっきり目覚めていた。肉体はひどく疲労しているにも拘らず、神経はひりひりとたかぶっていて、眠れそうにもなかった。追われている時の感覚が、脊椎孔《せきついこう》が急激に凝縮したり拡大したりする感じとなって、まだ身体にのこっていた。さっき城壁のしたで、応急に繃帯をほどこした膝の傷が、動脈の鼓動につれて、じんじんと痛みを発してきた。今夜の脱出行の経緯《いきさつ》が、思い出すまいとしても、しだいに細部の状況や行動を鮮明にしながら、何度も何度も胸によみがえってくる。それは単に肉体的な恐怖として残っているだけでなく、するどい精神の苦痛として彼の胸を刺してくるのであった。その記憶から逃れようとして、彼はその度に口の中で、意味のないことを呻《うめ》いた。重砲のおもおもしい響きに混って、城内にあたる方角から、機銃の弾ける音や小銃の音が、間歇的にむらがりおこった。

（あの音のたびに、何人かが虫けらのように死んでゆく）

それはおそろしい実感として、そのたびに彼におちるのであった。彼は自分の身体を壁にしきりに押しつけた。分厚な壁の重量感を、も一度肉体で確かめるように。身を守るもののもない巷《ちまた》を、ひとりで逃げ廻った感じには、その壁の厚さは、たのもしい実質感をもって彼の身体を押しかえしてきた。胸を刻むような時間が、すこしずつ過ぎた。そばにいる宗像のかすかに乱れた寝息をききながら、やがて夜明けが近づいてくるらしい。苦渋に満ちた一日を予感させるような白っぽい光が、壁の破口にうっすらと動き始めた。

柱にもたせている頭をぎょっとおこして、三田は顔を廻した。この部屋に降りてくる混凝土の階段から音が聞えたからである。直ぐそれは混凝土をふむ重い跫音となって、一歩一歩階段を降りてくるようであった。先《ま》ずぼんやりと足の形が見え、降りてくるにつれ、長身の男の姿が影のように入口に立った。破れた壁から入る鈍い光が、その時ぼんやりと男の全身を浮き出させた。それは先刻、議事堂に這入《はい》ってきた男の姿であった。男はカアキ色の襯衣を着て、右手に小型のスーツケースのようなものを下げていた。まだ目が慣れないらしく、その男は首をゆっくり動かして、部屋の内部を見廻すようであった。

「――ここには誰がいるのか？」暫《しばら》くして男はつめたく沈んだ感じの声でいった。「どこの兵隊か？」

その声を聞いたとき、三田の背筋をひやりとするものが走りぬけた。それは彼に聞き覚えのある声であった。つめたい感じのその語調は、三田の記憶のもっとも新しい部分に、ふかく貼りついていた。

(あの声だ) 三田は咄嗟《とっさ》に背をおこしながら思った。(城内でおれに短銃をつきつけたあの男だ！)

誰も黙っていた。その沈黙は、たとえば異物を押しこまれた貝の身のように、それに抵抗し、排除する気配をふくんでいた。男の態度や口調が、他を威圧することに慣れた職業的なつめたさを持っていたのだ。しかし三田は、押しつけられる感じに我慢できなくなって、声をかたくして答えた。

「私は中川隊の所属です」

「中川隊？」男は三田の方にするどく視線をさだめる様子であった。

「市政府ビルで全滅した中川隊か？」

「そうです」

「逃げてたすかったのか？」

「いいえ。命令受領に出ていて、そのままになったのです」

「運がいい奴だな、お前は」

語尾の響きからして、男は唇のなかで短く含み笑いをしたらしかった。そして探るような足どりで、男の姿が横にうごいた。腰をおろす場所を求めるらしい。身体のなかに泡立ってくるものをかんじながら、三田の眼はそれを追った。

（この男も、弾丸に追われて、逃げてきたんだな。それにしても、なんという冷たい感じの男だろう）

蛇の肌をこすりつけられたように、彼はぞっと身を慄わせた。

（おれを覚えているかしら。もちろん覚えているだろう——）

暁方の空気を裂いて、遠く南東の方角から、戦車砲らしい炸裂音がいんいんと伝わってきた。

――二日前、市政府ビルに近接攻撃を開始し、三田の属する中川隊は全滅した。数百米はなれた別の建物から、危険を冒して地下室の出口に首を出し、三田はその状況を見たのであった。その時数十台の大型戦車が市政府ビルを包囲し、戦車砲が猛烈に打ちこまれ、火焔放射機が窓々にむかってほとばしっていた。それは眼もくらむような強さと烈《はげ》しさを持っていた。戦車砲のため、混凝土の壁や柱は微塵《みじん》に砕け散り、放射される高熱火焔のため、鉄骨は飴のように熔《と》けおちた。建物全体が身慄いしながら、巨大な焔になって炎上した。あの内部には、彼の僚友がたくさんいる筈《はず》であった。そして彼等はついに生きて帰らなかった。中川隊員の大部分は、三田と同じく、一箇月前警備召集の令をもって、マニラ防衛を任ぜられた市民兵たちである。会社員や商人から、いきなり二等兵に仕立てられ、銃の操作すらろくに知らないまま、中川隊は戦わずして全滅した。命令受領者として隊を前夜離れていた三田二等兵と河辺二等兵とをのぞいて。市政府ビルの潰滅《かいめつ》を遠望したとき、河辺も彼と一緒にいた。ただ見ただけで、何も話し合わなかった。口に出せば嘘になるものが、ふたりの胸にあった。ふたりとも不機嫌にだまっていた。形をなさぬものを胸に保ちあって、河辺と彼はそれ以来、建物から建物へ、ついにルネタ公園まで追いつめられてきたのだが。――

その河辺も、昨夜の脱出行で、惨めな死に方をした。

昨夜、三田たちは、城内から海岸に出て、筏《いかだ》を組んでバターン半島方面に逃げるつもりであった。海岸以外の三方はすでに包囲され、集団をなして突破することは、今となっては不可能であった。パシック河以北はすべて占領され、東方から南方に廻った敵のために、退路はことごとく絶たれていた。残るところマニラ湾方面だけである。バターンに逃げて、その後のあてがある訳でもなく、だいいちバターンまで海路でたどりつけるかどうかも判らなかった。しかしマニラ市にとどまることが、一寸刻みの死を意味することは明《あきら》かであった。市政府ビル潰滅の一瞬の遠望が、三田たちに実感としてそれを教えたのだ。海岸から逃げようと提案したのは、ルネタ東南の海軍守備陣地から脱出してきたひとりの遭難船員である。四十を越したと思われる、体格のいい男であった。泥によごれた襯衣《シャツ》をまとい、まくり上げた腕に、小さな桃の刺青《いれずみ》を彫っているのが見えた。笑うとき、男の眼尻には、善良そうな皺《しわ》がよった。

「こりゃ戦争じゃないよ。殺戮《さつりく》というもんだよ」海軍陣地の敗退ぶりを話したあと、船員はそうつけ加えた。「始めにはこちらにも大砲はあったさ。数える程はね。ところがこっちが一発ぶっぱなすと、むこうからのお返しが数百発よ。空にいるのは敵さんの観測機ばかりだしさ。手も足も出やしねえ。まるで鼠取りに入った鼠さ。みんなばたばた死んじまった。あたしまで鼠になるのは厭《いや》だったから、命からがら逃げてきたんだが。——あんた方も本物の兵隊じゃないだろう。本物の兵隊なら、みんなとっくの昔に、山の方に逃げてらあね。いまどきここに残ってるのは、俄仕込《にわかじこ》みのあんたたちだけよ。中央へ、マニラを死守したと、つじつま合せるだけの、ていのいい捨石さ」

船員の提案にしたがって、三田たちがマニラ湾に出る決心をしたのは昨日の昼間であった。いずれも、一箇月前の警備召集であつめられた市民兵ばかりである。河辺もそれに加わった。ゲリラと砲弾の危険はあるにしても、城内にはまだ組織だった敵兵は入っていないというのが、船員の予想であった。ルネタ地区に散在する日本軍は、すでに組織をなくし、横の連絡もほとんど絶えていた。身をもって自らを守るほか、道はのこっていなかったのだ。建物の地下室の一角で、その相談をしていたときも、外ではあらゆる種類の砲弾が飛び交い、落下していた。建物のどこかに落下すると、地下室まで不気味な振動をつたえてきた。一刻遅れれば、それだけ危険が増大していた。しかしあせる気持はあっても、白日下の行動は、ねらいうちの的となり、犬死に終るだけである。日が暮れるまではそこを動くわけには行かなかったのだ。その地下室といえども、いつ直撃弾のために全滅させられるか判らなかったのだけれども。

日が落ちて、あたりがすっかり暗くなってから、彼等はこっそりとその建物を這い出たのだ。夜空を無数の焼夷弾と迫撃砲弾が交錯し、その間を米観測機とP38の機影が、おびやかすような爆音をたてて近づき、遠ざかり、またひらめくように近づいてきた。地下室で聞く爆音とちがって、生命の潰滅に直接つながった響きであった。一行は五人である。凹地から凹地へ、身を伏せ、戦車壕をつたい、城壁の方にはしった。城壁の下で一応集結したとき、三田は汗を押えながら、今走ってきた方向をふりかえった。今脱け出てきた建物も含めて、点在するいくつかの建物は、夜の光のなかで、死に瀕《ひん》した巨大な獣のような孤独感をたたえていた。砲弾が命中すると、そこだけ真赤に灼けてくずれ落ちた。またその内にひそむ数十数百の隠微な生命を憶《おも》ったとき、三田は突然惨めな怒りが胸を衝《つ》きあげてくるのを感じた。しばらくは五人とも黙っていた。同じ危険を冒そうという連帯感が、痛いほど三田の胸に沁みた。その感じは、惨めな怒りと背中合せにぴったり貼りついていた。三田はしきりに汗をふいた。ふいてもふいても、つめたい脂汗が額に滲んでくるのであった。少し経って船員が低い声で口を切った。低声だったけれども、その声はよく徹《とお》った。

「城内に入ったら、目標目標をきめて、分散して走るんだ。海岸まで出たら、材木をあつめること。筏の組み方は、あたしが教える」

船員はそこで一寸《ちょっと》言葉を切った。

「――もしあたしが、途中で死んだら、やはりそれでも海岸に出たがいい。万死に一生ということもあるから、筏などは、どうにでも組める」

そして船員は残りの四人の顔を、ひとりひとり見渡した。地下室にいるときは、快活で元気そうな男であったが、今は頬にあおぐろい翳をやどし、ふと別人のような表情であった。かすれた声で、出かけよう、と言うと、船員は断ち切るように頭を前に向け、城壁に沿ってあるき出した。四人がそれにつづいた。やがて城内への入口のところまできた。城内にしのび入ったとき、三田はふたたびルネタへは戻らぬつもりであった。それは五人とも同じ気持に違いなかった。船員の自分のことをあたしと言う口癖が、なにか印象ぶかく三田の耳にのこっていた。城壁の内側から、第一目標を、三百米ほど前方に立つスペイン寺院の鐘楼にきめて、先ず船員の広い肩の後姿が、放たれた鼠のように、背をかがめて走って行った。次々走り、四番目に河辺が、五番目に三田が走った。河辺は城壁をはなれる時、ちらと三田をふりかえり、あとはまっしぐらに先行者の後をつづいた。ふり返った河辺の眼は、打ちのめされた犬のような眼付《めつき》であった。

(おれだって、あんな眼つきをしているに違いない)

二十米走っては伏せ、三十米走っては壁に身を寄せ、呼吸をはずませながら走ってゆくときにも、三田の頭をそんな思いがきれぎれに横切った。走っては伏せ、伏せては走った。呼吸がしだいに切れてきた。

見知らぬ日本人から短銃をつきつけられたのは、鐘楼の下まで走る途中の路地であった。道路の脇で、遮蔽物として身体を伏せた黒い小山は、土ではなくて石炭殻であったらしく、胸や腹のしたでじゃりじゃり鳴り、いがらっぽい臭いが鼻を刺戟《しげき》した。伏せたまま、緊張のため彼はしばらくあえいでいた。先行する河辺の姿はもう見えず、彼は呼吸がおさまらないまま、手をついて身体を起そうとした時であった。傍に立った空屋と思った車庫風の建物から、とつぜん抑揚のない押えつけたような日本語が彼にむかって放たれた。何と言ったのかは判らなかった。低い声であったけれども彼は、全身の筋肉がいっぺんに凝縮するのを覚え、本能的にそちらにぎょっと身構える姿勢になった。車庫の入口に黒く立った背の高い人影を、瞬間にして眼に収めたとき、その男は低声でふたたび言葉をついだ。

「おれは、特務機関の銅座というものだ」

手を胸にあげているのは、短銃だと気がつくと、三田は思わず小銃をにぎりしめた掌から、力が抜けてゆくのを感じた。男はすこし姿勢を低くして、ゆるゆると彼の方に近づいてきた。

「——どこへ行くつもりか」

「——海岸へゆきます」

その姿勢のままで三田は答えた。城内で日本兵にあうのは予想していたが、こういう形としての予想ではなかった。連帯感を断ちきったような、嘘を言わせない威圧感を、その男の言葉の調子はふくんでいたのだ。短銃の先端が襯衣ごしに脇腹にふれるのと同時に、男の乾いた声が三田の耳におちてきた。

「船はあるのか」

「筏を組むのです」

「筏?」男はあざけるような鼻音をたてた。「お前たちだけか。だれか筏の経験者がいるのか」

男は短銃を押しあてたまま、三田の服装や、装備や銃をにぎった手付などを、石炭殻の暗みでも、素早く見てとったらしかった。

「お前は、現地召集の初年兵だな」

「船員がいるのです。筏を組むのは、それが指示する手筈です」

「さっき走って行ったのがそれか」

三田が黙っていると、男はさらに身を近づけて、前方の路地をすかし見るようにした。すでに路地に人影は絶えて、うす赤く灼けた夜を背にして、スペイン寺院の鐘楼がくっきりとその形を見せていた。もう五六十米ほどの距離しかなかった。もうあそこに集結してしまったかも知れないと思うと、膠《にかわ》が全身に貼りついたような不快な圧迫が、急に険しい反撥に変ってくるのを彼は感じた。ルネタ地区のあの状況では、いまさら戦線離脱とか逃亡という言葉はあり得ないではないか。しかし押しつけられた短銃の銃身の稜角が、突然三田の脇腹から離れると、男は彼の気持をすぐ感じとったらしく、つめたく乾いた声で言った。

「急ぐことはないだろう。夜は長いんだ」

ひやりとするような無表情さが、その口調にながれ、男はかぶせるように言葉をついだ。

「――おれをそこに連れてゆけ。どの路を通って海に行くのか?」

「あ、あの鐘楼のところで、また道をきめるのです」

一語一語に抵抗を感じながら、彼はどもった。米機の爆音が、東の方から増大してきたと思うと、城内の上空であざやかに方向転換する一機が、建物と建物の間の夜空にくっきりとうつった。五百米ほどの高度であった。機上から見える訳はないと思っても、自然に伏せる姿勢になった。ポートサンチャゴの監獄の方面で、その時照明弾が打ちあげられるらしく、白っぽい光がこの路地にもいっぱい落ちてきた。

「すこしここで待っていろ。おれはちょっと後始末するものがある」

銅座というその男は、白い光のなかを立ったまま、すこしずつ車庫の方へ後ずさりした。顔は彼にむけたままであった。半開きになった鉄扉に立ち止ると、手にした短銃の銃口を威嚇《いかく》するようにかすかに上下させた。男はカアキ色の襯衣を着て、袖を腕までまくり上げていた。短銃を持つ腕は光の具合か、蠟燭《ろうそく》のようにすべすべして見えた。そして滑るように男の姿は鉄扉のかげに消えた。

(後始末とは何だろう?)

身体を起すとたんに、石炭殻の一部がざらざらとくずれ落ちた。逃げるなら今だ、という想念が矢のように三田の胸を横切った。この得体の知れない男を連れてゆけば先に行った四人は何と思うだろう。小銃の台尻がこぼれた石炭殻にふれて、じゃりじゃりと鳴った。その時車庫の中で、なにか消音されたらしい短銃の音が、突然にぶく重々しく鳴りひびいた。思わず立ちすくむと、同じ響きがすぐそれにかさなった。頭のなかで何かが弾けるような衝動と共に、三田はほとんど無意識のうちに、背を曲げてまっすぐ走り出していた。夜風が彼の耳にぶっつかって後ろにながれた。

(おれを射ったんじゃない)それははっきり意識にあった。(あいつはあの短銃で、なにかを始末したんだ!)

しかしその路地を五十米も馳《か》けないときに、前方のすぐ近くで、突然激しい機銃の音が起った。日本軍のではなく、米軍のそれの金属音であった。その瞬間三田は、機銃弾が火の箭《や》となって、視野をななめに奔《はし》るのを見た。火の箭のあつまるところは、すぐそこの黒い鐘楼の下であった。彼が飛び込もうと思っていた暗がりの場所であった。彼ははっとして、反射的に、額を道路に打ちつけるようにして、身を伏せた。はげしくあえぎながら、彼はも一度頭をもたげて見た。五六発ずつの連射が、次々くりかえされ、火の箭はすべて同じ箇所に錐《きり》のように集中していた。機銃弾はあきらかに、スペイン寺に隣接した倉庫みたいな建物の二階から放たれていた。

(集結していたところを見つかったな!)

機銃をもった敵が、すでに城内に入っているという、それは強い驚きであった。痛烈な戦慄が三田のなかをかけぬけた。一瞬の驚愕《きようがく》のなかでじっとしていなければ危いという考えと、早く逃れなければ殺されるという考えが、短い時間に渦を巻いてぎゅっと彼をしめつけた。

(おれが行かなかったから、急いで行かなかったから——)手足ががたがた慄え出すのを意識しながら彼はあえいだ。(だからあいつらは見つけられたんだ。この俺を待っていたばかりに!)

その時鐘楼の下の暗がりから、ばね仕掛でとび出したように、こちらに逃げてくるひとつの人影が見えた。それはもう跫音《あしおと》を忍ばせたり姿勢を低くしたりするような計画的な走り方ではなかった。盲目的ながむしゃらな走り方であった。人影はただひとつであった、他の三人は射殺されたのか、ほかの道へ逃げたのか、走ってくるのはただひとりであった。

誰であるかは判らなかった。自分が走っているような息苦しい切迫感と同時に、あの苦痛をともなう危惧《きぐ》が、一瞬三田の心を横切った。それはその人影を追う射手の眼が、道路に伏せた三田の姿をもとらえるかも知れぬという怖《おそ》れであった。彼は思わず背を起していた。走る人影はまぢかに迫っていたのだ。倉庫の二階で機銃の射角を変えたらしく、その時正確な機銃音とともに、火の箭が方向を転じて、追われる男の背に集中した。三田の眼の前で、男の黒い姿は兎のようにはね上った。はね上ったその身体は、はずみをつけて、にぶく重い音をたてて、三田の脚もとに打ちかさなるようにぶっ倒れてきた。眼の先がくらむような瞬間に、三田は脚もとのその男を見た。真青にゆがんだ河辺の顔と、赤くはねた血の色をそこに見た。河辺の双腕は三田の右足を抱いていた。真赤な機銃弾が、空気を裂いて、三田の耳をかすめた。河辺の胸が、足をぎゅっと締めつけてきた。突然兇暴な怒りが三田の全身に燃え上り、必死の力をこめて彼は右足を振り、河辺の顔を蹴り上げた。河辺の腕がゆるんだ。反射的に勢《いきおい》をこめて河辺の身体を振りはなすと、背中が焼けつくような切迫した恐怖を感じつづけながら、彼は無茶苦茶にはしりだした。弾丸が彼を追っているのが、背中いっぱいに感じられた。いろんな色彩が入り乱れ飛び散る世界を、彼は無茶苦茶に馳けぬけた。弾丸が偶然に発射されているのではなく、彼ひとりを目ざして発射されていることが、彼の恐怖を直接なものにした。ルネタ公園へ戻ろうという意識も、海岸に出ようというあてもなかった。ただ彼の肉体を貫通し彼の生命をうばおうとするあの火の奔流から、一刻も早くのがれたいと念ずるだけで、彼は暗い路地から路地へ鼠のように馳けた。

（もう建物建物に敵兵が入っている！）

奔ってゆく彼の姿を、じっと見詰めている巨大な眼を、彼は四周《あたり》にひしひしと感じながら、懸命に馳けた。意識の端をきれぎれに、先刻短銃をつきつけた特務機関や、おそらく鐘楼のしたで折り重なって死んでいる無惨な船員たちの姿がかすめた。そしてまた顔を夢中で蹴り上げた瞬間の、まっさおな河辺の顔の、ぎらぎらと燃えるような双の瞳の残像が、灼熱した核のようなものになって、彼の胸のなかを荒れ狂った。

（生きていたいんだ！　おれは生きていたいんだ！）

身体の奥の奥底で、別の声が根強い不協和音をたてて、暗く鳴りとどろいた。熱いものと暗いものははためき合い、せめぎ合いながら、彼を烈しく駆り立てた。彼はようやく自分の脚が、疾走するに耐えられなくなって、しびれてくるのを感じた。彼は走っている路地のむこうに、黒くえぐれたような翳があるのを見た。汗とも涙ともつかぬものに薄れた視野を、その翳はちらちらといどむようにかすめて動いた。それに吸いこまれるように、彼はほとんどよろめきながら、そのまま、そのままその黒い翳のなかに倒れこんで行った。――そして果てしなく落下してゆく不安定な虚脱感と、あとは全然彼の記憶から断ち切れているのだが。……

（あの時城内で、おれは死んでいた方が、よかったかも知れない）

（あの穴に飛びこんだのも、弾丸から身を隠すというよりは、死ぬつもりではなかったのか？）

残存する日本軍が、ルネタ公園の中の三つの建物に、追いつめられ、完全に包囲され終ったのは、その日の正午であった。包囲線もしだいに縮小されてくるらしく、砲弾のみでなく、機銃弾や小銃弾が、議事堂にも降りそそいできた。身近に包囲されていることは明かであった。目に見えぬ敵の銃座は、三つの建物の出入口と、建物と建物をむすぶ通路に、ぴったりと銃口の照準をつけていた。建物から一歩でも踏み出すと、おびただしい機銃小銃弾が、そこをめがけて一せいに殺到した。建物間の連絡は、完全に杜絶《とだ》えた。

議事堂の一階から地階にかけて、二百名ほどの日本兵が分散して生きていた。三田がそれを知ったのは、水を求めて地階へ降りた時であった。砲撃から比較的安全と思われる区劃区劃に、三人五人と青ざめて生きていた。安全といっても、直撃の砲弾にはひとたまりもない筈であった。それにも拘らず、わずかな陰にもぐりこむ地虫のように、地階の人々は背日的《はいじつてき》にうごいていた。光にそむくことで、自らの生命をたしかめようとするかのように。

地下室の一箇所に床が裂け、にごった水がわずか溜っていた。三田はそれを水筒に満たした。一口ふくむと、その水は焼夷弾の黄燐が臭い、咽喉《のど》を刺戟してにがかった。危険を冒して水を汲みにきたのも、夜明け前に入ってきた銅座という男の命令であった。銅座は三田の顔をじっと見ながら、抑揚のないつめたい声で言ったのだ。

「おい。そこらで水を探してこい」

部屋の隅の大きな柱に、銅座は背をもたせて膝を抱いていた。この部屋に入ってきた時から、同じ姿勢のままであった。膝を抱いた長い指が、ときどき周期的に痙攣《けいれん》した。瞼《まぶた》を半眼に閉じ、灰白色の睫毛の下を、黒く光る小さな瞳が、左右にゆっくり動いたり、またひとところに止ったりしていた。それはなにか檻《おり》の中の動物の眼を思わせた。何かを見るという自覚的な動きではなく、ほとんど無目的な、意味のない眼の動きに見えた。その姿勢のまま銅座は、自分だけの世界に閉じこもっているようだった。そげた頰は影をつくり、顔色は灰白に沈んではいるが、歳はまだ四十にならないように思えた。身体のそばには、茶革のスーツケースが置かれていた。その上には一挺《ちよう》の大型短銃が乗せられていて、鈍く光を反射していた。裂けた壁の上部からしのび入る真昼の光に、それらはすべて白っぽく浮き上っていた。

(あの車庫のなかで、銅座の短銃はなにを始末したのだろう?)

しかし銅座がなにを射とうと、三田の今とかかわりがある訳ではなかった。ただ銅座があそこで彼を引止めたばかりに、三田の生命はたすかったとも言える。またあるいは脱出行の失敗も、船員たちがスペイン寺で射殺されたのも、このつまずきのせいかも知れなかった。そう思うと三田は自分の頰に、硬《こわ》ばった惨めな笑いが浮んでくるのを感じた。そして水を探しに出るために立ち上った。

水があるところまで達するには、灰にうずもれた梁を這い、外気に露出した危険な箇所を通らねばならなかった。そこらは大きな姿勢では、外部からねらいうちされるおそれがあった。しかしそこを通るとき、三田は自分の生存をおびやかしてくるものの所在を、一眼たしかめたい欲望を押え切れなかった。そして三田の眼に映じた一瞬の外界の風景は、あかるい日の光がさんさんと降っていた。青い並木と芝生と、遠く近く炎上する焔と煙と、ただそれだけである。あらゆる種類の砲弾と燃ゆるものの音が、その世界に交響していた。

（城内が燃えている）

痛みに似たものが、三田の全身をかけ廻った。罠だと知っていてそれに引っかかる莫迦《ばか》な獣のように、この建物へわざわざ戻ってきた自分の惨めさが、切実な悔恨となって彼をしめつけた。水の在処《ありか》を探しあて水筒にそれを満たすときも、三田にかぶさってくるのはその思いであった。しかしここに戻ってこなければ、どうして今まで生きて居れるだろう。そう思うと、彼はふと、城内の穴で気を失っていた空白の時間が、なにか甘美な感じとして誘《いざ》なってくるのを感じた。彼は反撥するように首を振り、水のそばを離れた。

今朝がたから、パシック河北から、集中的に打ちこんだ重砲弾やロケット砲弾のため、城内は大火災をおこしていた。黒煙の間から、巨大な焔の尖端が、時折真紅な舌のようにひらめいた。建物が次々燃えさかり、くずれ砕ける音が、城壁から三百米へだてたこの議事堂の地階にも聞えてきた。それは颶風《ぐふう》のようにすさまじい響きであった。火の粉をふくんだ黒煙は、折柄の西南風にあおられて、大きくなびき、はるかモンタルバンの山の方向に流れていた。かつてマニラを守った十万の日本正規兵が、米軍上陸とともに、マニラを見捨てて逃げこもっているモンタルバンの山の方向へ。——そして中央への申し訳のため、「マニラの捨て子」として残された装備貧弱な五千の守備軍は、各処において分散殲滅《せんめつ》され、今は僅か市民兵と雑軍の数百名に減少し、この三つの建物に追いつめられた。議事堂、ファイナンスビル、アグリカルチラルビル。他の地区での戦闘はすでに終り、マニラ湾頭にたつマニラホテルも占領された。三つの建物は、四方から完全に包囲されたのだ。

——正午をすこし廻った頃から、米軍の火器はことごとくこの地区に集中されるらしかった。命中するたびに議事堂の建物は、地鳴りのように振動した。無気味な音をたてて重砲弾が飛んできて、建物の一部に命中すると、命中した部分の天井は紙のように他愛なく折れ、柱とともに雪崩《なだれ》のようにくずれ落ちた。落下してくる混凝土《コンクリート》のかたまりは、残った梁や柱にぶっつかって砕け、そのまま地階まで落ちて行った。地階の床に堆積した灰は、そのたびにもうもうと舞い上った。灰神楽《はいかぐら》のなかで負傷者の呻きが、しだいに増して行った。——それでもまだ議事堂の骨組みはゆるがなかった。打撃に耐える拳闘士のように、消耗しながらも屹立《きつりつ》していた。建物自身のもつその強靭《きようじん》な意志を、弾丸は非常な正確さで打ち破ろうとしているように見えた。

壁の凹みに身を寄せて、三田は地図の上を這う宗像の指を見ていた。宗像の額も、うっすらと脂汗が滲んでいた。しかし顔の色は血の気をふくんで、むしろ生気があるように見えた。地図はところどころすり切れたマニラ付近図であった。

「この、大東亜道路に出て、スペイン墓地からパコ——敵はいっぱい居るだろうな。しかし、夜だから——」

宗像の指は、すこし慄えながら、地図の鉄道線路に沿って南下し、ラグナ湖のところで止った。

「夜が明ける頃には、うまくゆけば、ここまで行けるだろう。あとはモンタルバンまで一筋道だ」

宗像は顔をあげて、わずか白い歯を見せて笑った。あの夜城壁の下で、月が出ていると指さしたときの、あの笑い方と同じであった。その笑い顔は、なにか三田の胸にじんじんとこたえてきた。しかし宗像は笑いのかげをすぐ収めて、独白じみた口調になって言った。

「——でも、一人でなくては駄目だな。二人となると、必ず見つかる。ひとりで一か八かやってみるだけだ」

「夜まで生きているつもりかね」

宗像はびっくりしたような表情になって彼を見た。

「それは判らないさ」

この部屋のすぐ上のあたりに、機銃が打ちこまれるらしく、堅いものが弾ける音がはしった。首を縮める姿勢になって、宗像はつぶやいた。

「——やけに打ってきやがる」

三田も首を縮めて、無意識に掌で顔をおおって、眼を閉じていた。戦争ではなくて殺戮だと言ったあの船員の言葉が、ふと三田の胸によみがえった。船員の特徴のある口癖が、耳に聞えるようであった。あの男も死んでしまったし、そして河辺も死んでしまったのだ。(あの連中にしても、戦争の偶然に死んでしまったのだ。この俺とは何の関係もないのだ)瞼のうらに真黒にひろがってくるものを感じながら、自分に言いきかせるように三田は呟《つぶや》いた。(そしてこの俺も、今偶然にこの部屋に落下してくる砲弾を、手をつかねて待っているだけだ)

三田の肩が、宗像の肩にふれていた。襯衣《シャツ》が破れていて宗像の肩は裸であった。裸の肩はあたたかくほてっていた。生きているものの柔軟なうごきを、その肩は電流のように伝えてきた。その肩の感触は、宗像の全身を彼に感じさせた。すくなくとも彼よりは五つ六つ若い宗像の肉体を。そしてその若い肉体が支えている疲労を知らぬ精神を。切迫した生理から発したような直覚が、その時三田の胸におちた。

(宗像はたすかるだろう)

それは根拠のある予感ではなかった。しかしその想念は、すぐ裏返しになって、確実な真黒な形となって彼をおそってきた。

(そしてその時、この俺は死ぬだろう!)

ふしぎな、あやしい嫉妬めいた感情が、とつぜん胸いっぱいにあふれてくるのを感じながら、彼は自分の肩を引いた。そして眼をひらいた。建物の中央部あたりに重砲弾が落下したらしく、その時地鳴りがして柱や壁が振動し、ゆるんだ天井から混凝土の粉末が幕のように降ってきた。そしてそれらがざらざらと床に散乱すると、部屋はもとの形にかえってきた。

向うのすみには銅座が膝を抱いたまま、先刻とおなじ姿勢で腰をおろしていた。薄眼をひらいて、瞳をぼんやり動かしていた。残忍な感じのするその小さな瞳は、時々なにげない風に三田の方に向けられた。三田が汲んできた水筒は、スーツケースの横に立てかけられ、混凝土の粉末で白っぽくよごれていた。三田が手渡してから、銅座はそれを一口ふくんだきりであった。黄燐のにおいに耐えられなかったらしく、すぐそれを吐き出した。栓もしないまま、水筒を横に立てかけ、銅座は元の姿勢にもどって動かなかった。それは材木のように無感動な姿勢にも見えたし、むらがりおこる恐怖に耐えようとしている姿勢にも見えた。建物のどこかに砲弾がうちこまれるたびに、反射的な痙攣が銅座の全身を走るようであったが、それでもその姿勢はうごかなかった。今朝ここにいた先住者のふたりの海兵は、危険と不安を感じ始めたのか、正午頃この部屋を出て行ったまま帰らなかった。残ったこの三人を包んだこの部屋は、絶えざる振動にすこしずつ蝕《むしば》まれながら、ときどき浪《なみ》のように揺れた。砲撃はしだいに激しくなってきた。いろんな種類の砲弾の交響に加えて、午後四時頃には海岸方面に敵戦車が廻ったらしく、西方から、特異な炸裂音をもった戦車砲弾が、容赦なく打ちこまれ始めた。それは一箇所をねらって、くさびを打ちこむように、何発も連続して命中した。ねらった箇所が完全に破壊されると、また次の箇所へ照準を集中した。それは上から落下する砲弾にくらべて、更におそろしい脅威であった。一米ほどの厚みをもった外壁も、キルクのように穴を穿《うが》たれ、そこから火は奔流となって流れ入った。三田の部屋も、いずれはねらわれる危険があった。戦車砲をさけるためには、その部屋を出て、東側に移動するほかはなかった。しかし移動しても、何刻の生命を延ばすだけなのか。壁に身を伏せたまま、三田は動かないでいた。ここで死ぬんだな。押しつけられるようなその想念は、やがて厳しい現実感となって、つめたくじわじわと四肢にも拡がっていた。一刻でも生きたいという欲望と、早く砲弾が落下すればいいという気持が、するどく交錯して彼を惑乱させた。そしてその間から、自分をここまで追いこんだものに対して、惨めな怒りは燐のように彼の胸に暗く燃えた。

（ここで死んでしまう！）ざらざらする壁に頭髪をすりつけて、彼は思った。（砲弾を打ちこまれて、自分の身体か他人の身体か判らないような状態になって、死骸かなにか判らないような恰好《かっこう》になって、ここで死んでしまう！）

三十年間生きてきて、生きてきた道のしめくくりもなく、償《つぐな》いもせず、追いつめられた鼠として、ここに生命を終る。その思いは彼に耐え難かった。

身を刻むような時間が、しだいに夕方に近づいてきた。

日暮れすこし前に、三つの建物に集中していた米軍の全砲火が、断ち切るようにぴたりと止んだ。突然時間の流れが停止したような静寂が、ルネタ全地区にひろがった。

ひとたび天地にもどってきたその静寂は、かぎりない拡がりと、おそろしいほどの深さを持っていた。静かさの底から、炸裂の音でいままで消えていた負傷兵の呻き声が、地階のあちこちに、やがて幽《かす》かに立ちのぼり始めた。

市政府の方角から、拡声機による日本語の放送が、高く低く流れてきた。すこし訛《なま》りのある日本語は、非情なほど美しい調子を帯びて、三つの建物のすみずみまで沁《し》み入《い》ってきた。三十分間砲撃を中止する。投降してこい。粗略には取扱わぬ。放送はその意味を、繰り返し繰り返しつたえていた。三人がひそむこの区劃にも、その声は、空の深みから戻ってくる山彦のように、かすかに静かに滴ってきた。

三田は掌をついて体をおこした。立ち上ってみて始めて、この上ない重い疲労が、全身をみたしていることに彼は気付いた。凝縮されていたものが急に緊縛を解かれて、途方もなくふくれ上ってゆくような、不安な開放感がそこにあった。頭や肩についた混凝土《コンクリート》の粉末をはらいながら、彼はぼんやりと周囲を見廻した。気がつくと、部屋の北側をくぎった薄い隔壁は、先程の至近弾の振動で、ほとんど崩れ落ちていた。その向うから、見る影もなく形を変えた地階の形相がひろがっていた。巨大な柱や梁の数は、今朝にくらべると三分の一となり、残ったそれらも、途中で折れたり、削られてみにくく鉄骨を露出したりしていた。床には、ところどころの隔壁と小天井が残り、あとは一面の灰と破壊されたものの堆積であった。生き残ったものの影が、そこらに幾つか立ち上り、動いていた。隔壁や柱の間から、灰のなかからよみがえってくるように、それらの影があたらしく浮び出てきた。ほとんど破壊され尽した大天蓋から、射し入ってくる夕暮れの薄い光に、灰の余燼《よじん》はたちのぼり、黒い人影は、負傷者をたすけるために動いたり、また何となく動いたりしていた。

三田のすぐ側で、宗像は背をおこして、襯衣《シャツ》をむしり取るように脱いだ。裸の肩や腕は汗に濡れ、混凝土粉が白い斑《まだ》らをつくっていた。襯衣の端を引裂くと、顔をあげて、それを三田の方につきだしながら、低い声で言った。

「膝を巻いておきなよ」

膝の傷に巻いた繃帯が脱《と》れて、傷口が露出し、赤く肉を弾いていた。三田はそれに始めて気がついた。前の繃帯は、よごれた布の輪になって一間ほど離れた床に落ちていた。疼きが急に膝頭に沁みてくるのを感じながら、彼は腰をおろした。宗像から受取ったその布は、すこし湿りを帯びて三田の指にまつわった。その布を傷口に巻きつける三田の指の動きを、宗像の眼がじっと見詰めていた。変にきらきらした、そのくせ遠いところを眺めているような眼付であった。宗像の頰から顎にかけて密生した鬚《ひげ》が、今朝から見ると、見違えるほど長く伸びていた。絶えざる生命の危険にさらされていた時間に、鬚だけがおどろくほど急速に伸びたらしかった。布を巻き終えた指で、三田は自分の頰にさわって見た。三田の頰も指にふれてじゃりじゃりと鳴った。生きていることへの微《かす》かな嫌悪が、その瞬間三田の胸をみたした。そして三田は何となく、ぞっと身慄いをした。

宗像はふと我にかえったように、立ち上って洋袴《ズボン》をばたばたとはたいた。立ったひょうしに、マニラ近郊地図が床へはらはらとすべり落ちた。その粗末なけばだった地図は、折目のところで半分ほど裂けていた。裂けたまま、床に上向きに開いていた。

「静かになったなあ」

宗像は洋袴をはたきながら、乾いたような声でつぶやいた。三田は黙っていた。そして部屋のすみにいる銅座の方を眺めていた。すこし途切れていた拡声機の声が、再びしずかに流れてきた。砲撃が突然止んだとき、すべての物音が全く絶えた感じであったが、今耳を澄ますと、静寂の底から、拡声機の声を縫って、遠くで建物が燃えさかる音や、航空機の爆音が、羽虫の音のようにおこっていた。駆りたてられるような焦躁感と、押えつけられるような圧迫感が、同時に三田をしめつけていた。

三田のぼんやりした視線のなかで、銅座はゆっくりスーツケースを開いていた。薄い光のなかで、スーツケースのなかに色んなものがごちゃごちゃに見えた。銅座の長い指はその中から黒いものを取出した。それは剃刀《かみそり》であった。そして小さな鏡を取出すと、それをスーツケースの上に立てかけた。（鬚を剃る）奇妙な驚きとして、それはかすかに三田を打った。彼はなにか見逃すことができないような感じになって、銅座の挙動にしばらく眼をとめた。銅座の動作は緩慢で、周囲の存在には全然関心を持っていないように見えた。極度の蔑視に見える無表情さがそこにあった。表情をうしなった銅座の顔は、なにか無気味な色をたたえ、垂れた瞼がかすかに動いていた。水筒を傾けて、掌に少量の水を垂らすと、ゆっくりと頬にぬりつけた。指からこぼれて、水が光ってしたたった。

（——誰も投降しないだろう）

茫漠とした予感が、しだいに確かな形として、三田の心を領していた。死化粧を目睹《もくと》したせいのみではなかった。あの拡声機の声が、その意味を伝えたとき、非現実な響きとして耳に沁みた感じも、始めからそこにつながっていた。灰のむこうにうごめく人影も、ただ灰の中で動いているだけで、呼びかけの意味を拒否した、閉された世界のいとなみに見えた。投降しても殺されるだけだろう。そのような疑問や危惧だけではなかった。組織をなくしてばらばらになったこの状態でも、建物内のすべての人を繋《つな》ぎとめ、お互いが相手をしばり、同時に相手からしばられている、ふしぎな力の作用を彼は感じた。それは虚栄とか気兼ねという感じを超えた、もっと深みのどろどろの厭《いや》らしい場所で、自分の体を引《ひ》っ剝《ぱ》がすことができないようなねばねばした盤が、彼自身をつなぎとめ、すべての人をつなぎとめていることを、彼ははっきりと感覚した。しかし三田は同時に、しきりに背を駆りたててくる別のなにかを突然感じながら、落着きなく視線をうごかした。

（あと二十分もすれば、あの砲撃がまた始まる！）

向うに遠く近く動く人々の間に、やがて話し声や何か伝達する叫びが立ち始めた。三田のところから二十米ほど離れた小区劃では、飯を焚く用意をするらしく、小さな焔が見えた。水筒を下げながら歩く裸の兵士が、崩れた柱の根元で叫ぶのが聞えた。

「みんな飯を食っとけやあ、今のうち」

物悲しいその調子のなかに、へんに陽気な響きがあった。あちらこちらに見える人々の数は、三田が水汲みに行った時の感じからすれば、もう三分の一以下に減っていた。拡声機の透明な声が、それらのうごめく影を縫って、状況に無関係な音楽のように流れていた。

「死んだっていいんだ、おれは、ここで」

三田は地階の風物から視線を外《そ》らしながら、言いきかせるように、そう呟こうとした。しかしその呟きは、歪《ゆが》んだ唇の端で消えた。呟きの気配を感じたように、宗像の顔が彼を見おろした。宗像の顔は光を背にして、くらく無表情に見えた。

「おれは、行くよ」

かすれたようなその声を、三田は全身で受けとめた。その声は三田だけでなく、銅座の耳まで届いたに違いなかった。

鬚を剃っている銅座の剃刀の音が、ちょっと止んだ。止んだように思えただけで、直ぐじゃりじゃりと鳴る剃刀の音が戻ってきた。銅座は残った壁に身をよせて、左手を使って、器用に顎《あご》のところを剃っていた。立てかけた小さな鏡の背面は、朱が塗ってあって、それが強く三田の眼に沁みてきた。

宗像は肩にかけていた破れた襯衣を、はらいのけるように床に落した。襯衣は床の地図の上に落ちて、ぐちゃりと音を立てた。そして宗像は腰に巻いた帯革に手をかけた。帯革もにぶい音を立ててすべり落ちた。かぶっていた鉄帽を脱ぐと、宗像はそれを壁から突き出た鉄骨に静かにかけ、三田の方を向いて、唇の間からちらと白い歯を見せた。

「もうこれも要らないだろう」

笑いにならないような笑いが、宗像の頬をかすめたようであった。鉄骨に下げられた鉄帽は、宗像の手の動きを残して、かすかに揺れていた。三田は壁に支えた掌が、突然脂と汗でぬれてくるのを感じながら、立ち上ろうとした。頭の内壁で火花のようなものが弾け散った。

破壊された混凝土の階段のところで、宗像は一度ふりかえった。洋袴だけの、上半身は裸である。ふりかえった宗像の顔は、突風に逆らってあるく時の表情に似て、ゆがんで緊張していた。それはただ、ふり返っただけである。何も言わなかった。頭を元にもどすと、宗像の裸の後姿は、壁に手を支え、あぶなく階段を踏んでかけ上った。階段の上部からおちてくる光が、翳をつくって揺れみだれた。前にのめるような気持になって、三田が二三歩踏み出したとき、すぐ横でつめたい銅座の声がした。

「銃を執《と》るんだ」

銅座は三田の直ぐ斜め後ろに立っていた。銅座の手にある短銃の銃口をみたとき、三田の手はほとんど自らの意志をなくして、壁にもたせた自分の小銃の方に伸びていた。銅座の黒い銃口は、まっすぐ三田の背中に向けられていた。銅座がいつの間に立ち上っていたのか、彼は気付かなかった。三田の掌は小銃を握った。城内で短銃をつきつけられた時より、もっと烈しくするどいものが、螺旋《らせん》のように背筋に迫ってきた。

(宗像がふり返ったのも、これだったのだな!)

地階のずっと向うの区劃らしく、誰かさらし粉を持っていないかあ、と呼んでいる声が遠く聞えた。それに続いて、持っているぞと答えるらしい声が、かすかに反響してくる。三田は自分の背に、かたい銃口の稜角がふれてくるのを、その時襯衣ごしに感じた。凍るような悪意が、背の皮膚にひりひりと伝わってきた。

（おれに射たせるつもりだな）

宗像につづいて立ち上った三田の気持の乱れを、銅座はあの垂れた瞼の下から素早く見てとったらしかった。よし。声にならない言葉が、三田の咽喉にからまった。三田は銃を引摺るようにして、重い足を踏み出した。銅座の跫音が密着してついてくるのを、つめたく背後に感じながら、三田は階段のところまで来た。階段の上の方は、ぽっかりと明るかった。昼ごろまでは保っていた壁や枠が、ほとんど骨ばかりになっていて、夕方の光がそこを透して射し入っているのであった。駆り立てられるように、三田は階段を踏みのぼった。軍靴の裏で混凝土のかたまりがごろごろと動いた。光が降るように額にあたった。三田の眼はその時、屋外の風景をはっきりととらえていた。

議事堂の前にひろがる広闊なルネタ公園の芝生は、斑《まだら》に焼け焦げていた。横手に見えるファイナンスビルは、もう半分は崩れ落ちて、残った部分が夕方の空に荒涼とそびえていた。そこから始まる並木のほとんどは、梢を払われて散乱し、あるいは根こそぎ燃え上って、黒い杭《くい》の列になっていた。風がひとしきり吹きわたるらしく、地上に散らばったものが一せいにうごいた。マニラ市街の遠く近くから立《た》ち騰《のぼ》るすさまじい黒煙が空をおおい、黒煙のすきまからのぞく空の色は、眼に沁みるほど青かった。それらの風景は、おそろしいほど陰鬱で、またおそろしいほど新鮮であった。そして焼け残った芝生の緑の上を、向うむきに歩いてゆく宗像の後姿が、三田の眼に食い入るように止った。距離は百米ほどであった。走り疲れたように、すこし前屈《まえかが》みの後姿であった。流刑囚のような侘《わび》しい孤独感を、その後姿はひっそりと包んでいるように見えた。

「——ねらうんだ」

銅座の声が背中にしずかに落ちた。

突然兇暴なものが、嵐のように三田の胸をみたした。彼は四五歩踏みだして、平たく倒れた壁の上に身を伏せると、あらあらしく銃を支えた。照星《しょうせい》の彼方に、宗像の姿が小さく動いて、それはうす黒い虫のようであった。

(何故あいつは早く走らないのか)

ぎりぎりと歯をかみしめながら、床尾板《しょうびばん》を肩にあてた。肩の骨がごくりと鳴った。その瞬間三田の耳に、城内の穴の中で、生き延びるのだと叱るように言った宗像の声が、あざやかによみがえってきた。気を失っている彼を呼びさまし、彼の生命をたすけて呉《く》れたその肉声であった。それにつづいて、顔を蹴りつけた時の河辺のきらきらした眼や、あの船員の広い肩幅や、市政府ビルを攻撃していた火焔放射の色が、殺到するように胸にかさなってきた。それらはぎらぎらとせめぎ合い、湧き立つ泡となって、彼の胸のなかを荒れ狂った。撃鉄にかける指が、ぶるぶると慄え出すのを、彼は意識した。

(的を外《はず》して撃とう)瞬間にその考えが動いた。(弾丸の音に気づいてあいつは走って逃《に》げ終《おお》せるだろう)

命中の自信はもともとなかった。ただ一箇月の兵士生活で、銃の操作もろくに知らぬ。

ねらいを外らせば、当る筈がない。三田は頭に血が烈しくのぼってくるのを感じながら、肩を緊張させ、腕をわずかに右に動かした。重なっていた宗像の後姿が、照星からずれて、芝生の上に浮び上った。その姿はやや小走りになったらしく、三田の視野を左右にゆれながら、次第にちいさくなる。遠離した世界へ、ここと隔絶した異質の世界へ、それは走ってゆく。あと何分かすれば始まる猛烈な弾雨の予感が、その小さな姿にふかぶかとかぶさってきた。灼熱するようなものが突然身内を貫いて、三田は照準をぐいと元に戻した。照門と照星をつらぬく視線の果てに、宗像の虫のような小さな後姿はぴたりと定まった。

(あんなに冷酷で非情で正確な砲弾を前にして、個体としての人間が、感じたり、考えたり、動作したりすることに、何の意味があるだろう)

瞬間に湧きおこる抵抗をたたき伏せるように、三田は指に力をこめて撃鉄を引いた。弾丸が空気を裂いてむこうへ飛んだ。

照星の彼方の宗像の姿が、その音と共に動きを止めて、凝結したように立ちどまった。そして頭を廻してこちらへ振りむいたようであった。胸をぎりぎりと噛んでくるものを意識しながら、三田は短い時間にそれを見た。そのまま宗像は四五歩走り出したように見えたが、つまずくように身を地に伏せた。身を伏せたのか、倒れたのか、判らなかった。三田は身体をひるがえして跳ね起き、階段口までかけ戻った。銅座はその壁に身をもたせて立っていた。

「命中したか」

銅座のその問いにかぶさるように、突然機銃の音が鳴りとどろいて、その弾丸が三田から数米離れた柱の根元に、はげしい音とともに打ちこまれた。混凝土の粉がぱっぱっと弾け散った。三田は反射的に、転がるように階段をかけ降りた。機銃の音は五六発で止んだ。そして拡声機のあの声が、同じ調子でしずかに戻ってきた。銅座の長身の姿が淡い光を乱して、ゆっくり階段を降りてきた。階段を降り切ると、銅座は立ち止って腕を上げ、腕時計の文字盤に、食い入るような瞳をしばらく這わせていた。攻撃がふたたび始まる時間を、計っているらしかった。そしてうつむいた銅座のすべすべした頬に、残忍な笑いの影がかすかに走るのを、三田ははっきりと見た。うつむいたまま銅座は低い声で呟くように言った。

「お前は昨夜、城内にいた兵隊だな」

三田は黙っていた。そして上ずった瞳を部屋のあちこちに動かした。部屋はもとのままであった。床にはさっきと同じ形で、裂けた地図や、輪になった繃帯が落ちていた。破れた壁の鉄骨には、宗像の脱ぎ残した鉄帽が、今は揺れ止んでひっそりとかかっていた。その鉄帽の円みに、射し入る光がうすれ始めていた。その鉄帽の形は、それを冠《かぶ》った宗像の顔を、妙になまなましく髣髴《ほうふつ》とさせた。

「私を殺して呉れ」

それは発作的な痙攣のように、その叫びが三田の咽喉からほとばしろうとした。しかしそれは声にならなかった。呻きとなって彼の口から僅《わず》かに洩れただけであった。よろめく三田の靴先に、宗像が外し残した帯革が触れて、かすかな堅い音を立てた。

「もう五分もしたらな、ここは戦車砲がじゃんじゃん打ちこまれるぞ」

銅座は背をかがめて、床にころがった小さな鏡をひろい上げながら、抑揚のない調子で言った。そして鏡を顔の前にかざした。銅座は小鏡のなかの自分の顔に暫く眺め入るらしかった。三田の方にはほとんど気を止めていないように見えた。カアキ色の襯衣の袖は、屍衣《しい》のようにだらりとなって、短銃を握った手首に垂れていた。しかし仮面のように忌《いま》わしい無表情を保っていた頬にやがてほのぼのと冷たい笑いがのぼってきた。

「あいつは、運が好い奴だな。……弾丸は、あたらなかったな」


その銅座の言葉の調子と、頬にうかんだ冷たい笑いを、それから丁度《ちょうど》一時間経った今、三田ははっきり憶い出した。この建物の中央部にちかい、混凝土《コンクリート》の梁の上であった。三田はそこに腹這いになって、首をもたげていた。すぐ眼の前に、やはり腹這いになった銅座の、鉄帽を冠らない頭の部分が見えた。

幅三尺ほどの梁木《りょうぼく》の左右は、すこし低くなって、おびただしい灰の堆積であった。ここらは書庫のあとらしく、幾十万冊とも知れぬ書籍が、そのまま灼熱されて灰となり、黒くくずれて床を埋めていた。梁木はその上を一本通っていた。西南隅のあの部屋を脱出して、ふたりは今ここまで動いてきた。ほとんど本能だけで動作する二匹の虫となって、ふたりはその梁木にちいさく取りついていた。

建物の西南部は、すでに潰滅していた。何百発の戦車砲がたたきこまれ、重砲弾と迫撃砲弾と焼夷弾が、集中的にそこに落下した。あの三十分の砲撃中止の間に、米軍は砲の位置をあらため、照準を狂いなく定めたらしかった。砲弾は進路をあやまたず、一箇所に集中して炸裂した。戦車群は海岸方面からしだいに進出して、かなりの近さに寄ってきていることが、戦車砲の響きで察しられた。崩れ残った日本兵の溜りになっている箇所を、順々につぶしてゆこうという米軍の意図が、その集中砲撃のやり方で明白であった。そして西南隅の一劃は先ず潰滅した。巨大な力が一瞬に擦過したように、柱や壁は微塵となって砕け落ちた。その少し前に、ふたりはその部屋をはなれていた。

部屋を離れてどうするというあてはなかったのだ。その時銅座のあとについて、ほとんど思考を失った状態で、三田は破れた壁を超え、東の方に匍《は》っていた。銃も帯革も遺棄した。灰にまみれて匍い動きながら、彼は自分がもはや生物の本能と感覚だけで動いていることを自覚した。危険は各瞬間にきた。死が決定的にやってくることを知りながら、匍い動くことの無気味さも、彼は知っているつもりであった。しかし肉体の奥にひそむものが、それを執拗《しつよう》に裏切った。そのような裏切りによって、激しく揺れ動いたここ数日の記憶は、断《き》れ断《ぎ》れに彼におちた。

(ああするつもりでは無かったのだ。それだのに——)断れ断れにかすめるものの中に、いろんな人々の顔が浮んできて、彼は心の中でうめいた。(何かがおれを裏切って、おれをそうさせてしまう!)

銅座と彼は、すこし離れたり、堆積するもののなかに姿を見失ったり、また近くになったりした。彼は銅座のあとを追っている訳ではなかった。折れ曲るものと崩れ散るもののなかで、おのずから危険のすくない通路をえらぶ本能が、ふたりを引離さないのであった。

議事堂の大天蓋はすでにことごとく崩れ、夜空が上にひろがっていた。城内方面の火災も幾分下火となった模様であったが、それでも夜空はすさまじい赤さで焼けていた。絶え間ない砲弾の炸裂と大きな灰神楽が、建物の各所におこっていた。負傷者の唸《うな》り声《ごえ》が、あちこちに聞えた。うずたかい灰の中から、死んだ兵士の腕だけが、小さな墓標のように突き出ているのを彼は見た。柱に寄りかかって自決したらしい死骸の上にも、灰は霧雨のように降っていた。炸裂するものの匂いが、その度にいがらっぽく鼻を刺戟した。空から降ってくる薄赤い光と、炸裂するものの閃光《せんこう》の中に、くずれ残った柱の影は、もうかぞえるほどに減少していた。近くに炸裂音がおこる度に、彼は床に平たくなって頭を伏せた。

（まだ死なない。まだ死なない）

書庫の上の梁にたどりついたとき、咽喉にこみ上げてくるものを感じて、彼はそれを嘔《は》こうとした。しかし絞るような痛みが食道をつらぬいただけで、胃からは何も出てこなかった。彼は激しくあえぎながら、この一昼夜なにも食べていないことを思い出した。それと同時に猛烈な乾きを、彼は咽喉から内臓にかけて感覚した。乾いた口腔《こうこう》のなかで、歯が思わずかちかちと鳴った。

（きれいな水を腹いっぱいのんで、それから死にたい！）

水晶のように透明で清冽《せいれつ》な水の幻想が、やけつくように彼の頭をみたした。それはつめたく清らかに、彼の想像の水盤のなかでゆらゆらと揺れていた。かすかにさざなみを立てながら、この世のものならぬ美しさで、その水は揺れさざめいていた。――彼は唇を噛んでその想像を断ち切り、狭い梁を這いだした。そして半分もゆかないうちに、彼は這うのを止めた。彼の進もうとするその梁に、ひとりの男が平たく伏せていたからである。カアキ色の襯衣《シャツ》と、鉄帽をつけないむき出しの頭から、銅座だということが直ぐに判った。銅座は頭を梁につけて、こちらむきに腹這いになっていた。そして三田も反射的に頭を伏せた。建物の真上に照明弾を打ち上げたらしく、真白な光がサアッと降ってきたからである。鉄帽の庇《ひさし》は梁上の灰をわけ、底の混凝土にかちりと当った。灰の臭いが鼻にふれた。顔を横にたおしながら、あえぎを静めるために、彼は深い呼吸をした。内臓が伸縮する不快な感覚と共に、虚脱したような慄えが手足の末まで拡がって行った。

（東の方へ這って行ったとしても、それがどうなるのか？）

何度もかんがえたことが、また頭のすみにひらめいた。銅座が頭をこちらに向けて伏せていたことを、彼はその時ちらと考えていた。しかし銅座は這い廻ることの空《むな》しさを知ったというより、梁の果てが破壊されていて、それ以上進めなかったのかも知れなかった。その時東の方角から、たしかに戦車砲が打ちこまれる激烈な響きが伝わってきた。そして梁はその響きに応じて、ズシンズシンと振動した。腹を衝きあげるような根強い振動が、梁から梁をはしった。東側にも戦車が廻った。そう感じたとたんに、数日前の市政府ビル潰滅の状況が三田の眼によみがえった。

（あそこで死ねばよかった。ほんとに死ねばよかったんだ）

蟻のように戦車に取巻かれた市政府ビルの状況が、今そっくりの形でこの建物に置かれていることを思うと、茸《きのこ》のように陰鬱な生への欲望が突然、彼の胸にみなぎってくるのを感じた。その感じは、からからに乾いた咽喉や内臓の感覚と、ぴったり重なっていた。そしてそれは直ぐ、暗い惨めな怒りとなって、彼の中に燃え上ってきた。

（おれが見捨てられた猫なら、こいつは逃げ遅れた鰈《かれい》だ！）

三田は鉄帽をすこしもたげて、伏せている銅座の方を透し見た。照明弾の白い光のなかで、銅座は頭をぴたりと灰に押しつけていた。常時帽子を着ける人間に特有な、顱頂《ろちょう》の部分に髪がうすくなった頭が、すぐそこの灰の上に乗っていた。蒼白《あおじろ》い頭の地肌から、短い毛髪が一本一本立っているのが、いやらしいほど拡大されて三田の眼に入った。退き潮に乗りそこねて、砂泥に取り残された鰈のように、この男はマニラに止《とど》まったに違いなかった。市民兵と雑軍を遺棄して、憲兵や特務機関のすべてはモンタルバンを目ざして逃げた筈であった。あらゆる殺戮と暴虐をマニラの市街にのこして。昨夜この男を知ってからの、二十時間の記憶が、あわただしく三田の頭の中を回転した。それは彼の心を錐で突きさすような苦痛をともなって擦過した。――しかし彼はぎょっとして眼を見張った。なかば灰に埋もれた銅座の頭部が、心棒を失った独楽《こま》のように、力を失っているのを見たからである。三田の視線は銅座の肩から左手へはしった。カアキ色の袖につつまれたその手は、力なく不自然な形に曲り、袖口から出た掌は、あの大型の短銃を握っていた。人さし指が撃鉄にかかったままであった。撃鉄にかかったままその指は、白い光のなかで力無く垂れていた。

(やったんだな!)

身体からなにかが引き抜かれたような気持になって、彼は凝然《ぎようぜん》と背筋を硬くした。そして身体をずらして、そこへにじり寄った。

銅座の身体は腹這いの姿勢のままで、顔を灰に埋めているのであった。気がつくと、左のこめかみの部分が黒く焦げて、そこに小さく肉が弾けた穴が見えた。銅座は自ら短銃でそこを撃ったに相違なかった。三田は心の中の何ものかがばらばらに分裂してゆくのを自覚しながら、掌をそこにあて、ぐっと押してみた。気味のわるい重量感が掌に感じられた。頭はゆっくり向きを変え、灰にまみれた顔面があらわれた。その顔は瞼をうすく開いていた。瞼の上にも、灰は黒いかさぶたのように着いていた。梁をゆるがす衝撃的な振動が、銅座の身体の各部分にも伝わって、灰はそのたびに顔からはらはらと落ちた。その顔はすでに血の気をなくしていたが、銅座が生きていたときの顔よりも、表情をもっているように見えた。死骸の顔はなにか表情をたたえていた。反射的に三田は、銅座のあの感情を押しころしたようなつめたい言葉の調子を思い出した。それと一緒に、つきつけられた短銃のかたい感触を。

（宗像はあのまま降服できただろうか？）

彼はしめつけられるような感じになって、視線をうごかした。頭からつづく長身の胴体と四肢は、力なく梁に貼りついていて、鰈にそっくりの形であった。脇腹のところに、見覚えのある水筒が見えた。三田は忘れていた全身の乾きが、再び猛然と咽喉をつきあげてくるのを意識した。手を伸ばして、彼はそれを握った。そしてあわただしく振って見た。からからと栓金が鳴っただけで、水の音はしなかった。栓をぬいてさかさにしても、水らしいものは一滴もしたたってこなかった。腕をふって、水筒と栓を別々に書類の灰のなかに叩きこみながら、彼は血走った眼を大きく開いて、陰惨な四周《あたり》を見廻した。

（こんなところで死にたくはない！）

末期《まつご》の生命力のように、虚脱したものの中から、その思いは突然激しく燃え上ってきた。彼はぞっと身慄いをした。彼の眼は、その位置から斜めに見える正面玄関をながめていたのである。あの清冽な水の幻想や、宗像を射つときに見た空の青さや芝生の緑の色が、むらがり合い錯綜《さくそう》しながら、彼の胸にあふれてきた。正面玄関までは、梁をつたって出られそうである。それがすぐ頭にきた。そしてほとんど無意識のうちに、彼は半身を起していた。膝の傷が混凝土のかたまりに触れて、きりきりと疼いた。彼は銅座の死体のそばを這いぬけ、平たい梁の上に、灰をわけて立ち上った。梁はズシンズシンと振動し、建物全体が断末魔の痙攣のようにごうごうと揺れていた。ひりひりするようなものが彼を駆った。彼は眼の前に真紅に入り乱れるものを感じながら、梁の上を夢中で小走りに走った。

（逃げる資格はないんだ。おれは逃げる資格はないんだ！）

その声は矢のようにするどく彼の背につきささった。しかしそれを振りのけ払いのけて、彼は灰のなかを傷ついた鼠のようにはしった。

混凝土の大きな破壊口を飛び越えたとき、彼はよろめいて、激しく身体を打ちつけた。そこに地階の出口が、枠だけになって残っていた。打ちつけた肩の痛みを忍びながら、彼は眼を据えて外面を見た。建物の外は、弾けるものと飛び交うものが轟々と交響し、赤い光や白い光が閃々《せんせん》と交錯した。人間の侵入をゆるさない、非情な鉄と炎の世界であった。そこへどうしても出て行かねばならぬ。生理的に湧きおこったひるみを押しつぶして、彼は発動の姿勢をとった。身につけていたものは鉄帽と、破れた襯衣と洋袴《ズボン》と、靴だけである。他に身を守るものは何もない。彼ははっと首をすくめた。正面玄関の上部へ、バラバラと機銃弾がその時打ちこまれた。背後から突きとばされるように、彼は夢中で出口を飛び出した。取りついたところは、玄関の車寄せである。そこから通路まで三米の高さであった。そこに立った瞬間、彼は自分の全身がさらされていることを、凍るような戦慄と共に感覚した。両手をひろげて、彼はその三米を飛び降りた。地面についた時、傷んだ膝頭が土にぶつかって、彼は苦痛にうめきながら、転んだ身体を一回転させてはね起きた。そして夢中で奔り出した。幅二三十米の道路である。それを横切って、むこうに連なったマンゴの並木の下に、防空壕があったことが、とっさに頭にきた。昨夜見ておいたのだ。頭が福助のようにふくれ上る感じになって、彼は懸命にはしった。梢をはらわれたマンゴの並木のむこう、百米ほどの距離に黒い城壁が眼に入った。その城壁の上のいくつかの米軍機関銃座から議事堂めがけて打ちこまれるおびただしい光箭《こうせん》を、彼は走りながらちらと見た。それはまるで火の奔流のように見えた。その瞬間、道路のはしに張りめぐらされた鉄条網の一端が、はげしく彼の足をすくった。彼の身体はもんどり打って、地面に横ざまにころがった。ころがった彼の顔のすぐ前に、蛸壺《たこつぼ》が黒い口をあけていた。地面をはげしくかきながら、彼はその蛸壺にころがりこんだ。土の香が彼の鼻を撲《う》った。

海老のように身体を曲げ、出来るだけ底に頭を沈めて、彼は始めて大きな呼吸をした。胸の激しい動悸《どうき》が、その時にやっと意識にのぼってきた。彼は穴から腕だけ出して、届く範囲にちらばった木の枝をつかむと、いそがしく引き寄せて蛸壺の天井をおおった。

(――三十歳。三十歳)

脈絡もなく、そういう言葉が頭に浮んできた。それは彼自身の年齢であった。天井にした木の枝葉の間から、外気の新鮮な空気が入ってきた。長い間吸わなかった空気の味がした。突然瞼を焼くような熱い涙が一粒こぼれ出て、頬の方に流れおちた。そしてこの上ない深い疲労が全身に落ちてきた。二昼夜張りつめていた神経が、いまぐたぐたに崩れ溶けてゆくのを彼は感じた。

近くの道路で炸裂したらしい迫撃砲弾が、轟然と大地をゆるがした。蛸壺の内の土がはらはらとこぼれ、上をおおうた木の枝の間から、小さな鉄の破片が鉄帽にカチンと音をたててあたった。しかし彼はそのままの姿勢でいた。傷つかない方の膝に頬を押しあて、抵抗し難い睡眠への誘いが、今全身をゆるやかに領してくるのを意識した。穴の外で炸裂するものの響きを、しだいに遠く聞きながら、もう咽喉の乾きのことも忘れて、彼の意識は引きずりこまれるように眠りに落ちて行った。

……彼は荒野のまんなかを歩いていた。何のために歩いているのか、よく判らなかった。彼が行く前方に、一群の枯木立《かれこだち》があった。樹々はすべて葉をふるいおとし、裸の枝は曲りくねり、もだえるように空をさしていた。そしてその天辺に、ひとつずつ、大きな果実のようなものをぶら下げていた。彼はその方に歩いていた。

背後から、なにか轟々と音が聞えてきた。彼はふり返った。地平の果てに赤い火柱がいくつも立ち、それは旋風のように回転しながら、しだいに近づいて来るらしかった。彼を追ってくるのは明かであった。彼はぞっとして立ちすくんだ。その火柱はだんだん近くなって、焰の舌をめらめら吐きながら、いくつも天に奔騰していた。走り出そうとしても、脚が萎《な》えたように動かない。もだえながら前に突き出した彼の掌は、両方とも真赤に染って濡れていた。

《血だ！》

前方の木立からその時、たくさんの人々の哄笑《こうしょう》が聞えてきた。気がつくと、梢にひとつずつぶら下った果実と思ったものは、すべて人間の首であった。それらの首は彼を見ながら、それぞれ口をあけて哄笑していた。その首のなかに彼は、河辺や宗像や銅座や、その他いろんな人々の首を見つけた。恐怖と屈辱と羞恥《しゅうち》とにまみれて立ちすくんだ彼を、それらの哄笑がおしつつんだ。そしてその哄笑も、やがて背後に近づく火柱の、轟々という音の洪水に呑みこまれた。あとは轟々たる音一色の世界で、彼は涙を流しながら、むちゃくちゃにもがきあばれた。……

そして全身から汗をふきだしながら、蛸壺の中で、彼は眠りから押し出されるように覚めた。夢のなかにあふれていた轟音は、そのまま現実にもつづいていた。その音は蛸壺のむこうの道路の上を、しだいにこちらに近づいてくるらしかった。そしてその轟音を縫って、何やらわめき合う人の声がした。耳慣れぬその声は、あきらかに米兵の声であった。轟々と音を立てるものが、戦車であると直覚したとき、彼は慄然と恐怖におそわれた。

(蛸壺をひとつひとつ潰しにきたのだ！)

しかし轟音はすぐそこで止まった。そして空気を引裂くような音をたてて、戦車砲が打ち出された。その音はがんがんと蛸壺にひびいた。膝を抱き、胎児のように丸い姿勢になって、彼はそれに耐えようとした。弾丸はつづけさまに何発も発射された。それらはすべて議事堂に命中するらしく、その度にその方角でくずれ落ちるものの響きが地につたわってきた。数十発の弾丸がそこで発射された。

蛸壺のすぐ近くにいる戦車で、何か命令するような短い米兵の叫びがあがった。その叫びと同時に発射は止み、ラムネを開いた時のような、何かをはげしく噴射する音が、それにとって代った。天井の木の枝の間に見える空一面に、白煙が流れ、同時に高級殺虫剤に似た揮発性の芳香が、しずかに蛸壺のなかに降ってきた。放射された火焔の匂いであった。その噴射は間をおいて、執拗にくりかえされた。膝に押しつけた瞼のうらに、燃えとろけてゆく議事堂の幻影を彼は見た。

また近くで米兵が叫ぶ声がした。そして戦車は轟々とカタビラの音を響かせながら、蛸壺のそばの道路を動き出した。轟音はしだいにファイナンスビルの方に遠ざかって行った。ふと気がつくと、砲弾の炸裂音も、議事堂からファイナンスビルの方に移ってしまったようであった。迫撃砲や戦車砲の音は、すべてファイナンスビルの方向でむらがりおこっていた。そしてしばらく経った。彼は背を立てて、木の枝のすきまから、外をそっとのぞいて見た。

夜空を背にして、議事堂の建物は完全に死滅していた。砲火の炸裂はみんな、その向うの建物でおこっていた。そして彼は蛸壺の二間ほど向うの地面に、うすく光をたたえた水溜りを見た。猛然たる乾きが、彼の全身を収縮させた。犬のようにあえぎながら、彼は鉄帽で枝を押し上げ、そっと匍い出した。

それは並木の下に溜った水であった。彼はいきなり唇をつけると、呼吸《いき》もつかずに飲んだ。清水のようにそれは甘く、咽喉から食道へ流れ入った。

（生きていたい。生きていたい）

顔を水の中にひたして、咽喉をならしながら、彼はそう思った。彼の胸をいっぱいにしてくるのは、今はその思いだけであった。どんなに暗く重いものを引き摺っても、その瞬間を彼は生きていたかった。

濡れた顔を袖で拭くと、彼は四周《あたり》の様子をうかがった。砲火は今はファイナンスビルだけに集中されていた。他の地区では音は収まり、ただ時折間歇的《かんけつてき》に機銃音が鳴るのが聞えるだけであった。マニラ攻防戦も、ひとつの建物をのぞいては、すべて終ったことを思わせた。彼は両掌をついて、もう一度水溜りをのぞいて見た。彼の顔の形が、ぼんやりと水の面にうつった。

（マヒニ街に行こう）

その街は、彼が召集される前に、下宿していたところであった。もしマヒニにもぐりこめば、あとはパコを経て、モンタルバンの方角へ逃げられるかも知れない。そう思ったとき、彼は突然議事堂のあの部屋で、裂けた地図の表面をたどり動いた宗像の指の形を思い出した。宗像の記憶が彼の胸をひりひりとこすり上げた。

（おれはあの時射ったんだ。一度は照準を外して、また戻したんだ！）

水面にぼんやり映る自分の顔の形から、彼は眼をそむけた。そして膝頭の繃帯を長いことかかって結びなおした。彼の眼の前から道路が、薄黝《うすぐろ》い帯のように、マニラホテルの方向に伸びていた。しばらくして並木の翳に沿って、匍匐《ほふく》した彼の姿が、その方向にゆるゆると動き始めた。夜の光のなかで、それは傷ついた獣が匍ってゆくように見えた。

それから何時間か経った。

曇っていた空が切れて、満月が天に出ていた。公園の端にあるリサールの銅像にも、黒い雲の切れ目から、月の光がしずかに照っていた。リサール像の囲《まわ》りにも、死体が点々ところがっていた。銅像の囲りの混凝土《コンクリート》の堅い塀にも、ひとつの死体があった。その死体のそばに、三田は呼吸をひそめてうずくまっていた。

その死体は若い海軍兵士であった。上半身を塀にもたせて死んでいた。だらりと垂れた裸の手は、すでに冷たくなっていたが、その手首に巻かれた腕時計が、コチコチと時を刻んで動いていた。針は六時すこし前を指していた。三田の眼はそれを見ていた。

（もうすぐ夜があける）

気力をふるいおこすように、彼はそう思った。夜明け前に公園を出て、市街にまぎれこみ、マヒニ街まで行くつもりであった。しかしここまでに時間をとって、もう間もなく夜が明けようとする。昼の光のもとで逃げ終せる自信はなかった。

あの蛸壺からここまでの数時間を、彼はほとんど匍匐してやってきたのであった。遮蔽《しやへい》物《ぶつ》とてほとんど無いルネタ公園の広闊地を、発見されずに横切るには、匍匐のまま少しずつ動く外はなかった。城壁の上にはずらずらと米軍の機銃座がならび、そこを動く米兵の影が、絶えずちらちらと動いていた。そして公園の上空にも、しばしば照明弾が打ち上げられた。もし動く人影が発見されれば、そこに向って先ず米軍の赤色の小銃弾が連続に打ちこまれた。それを目じるしに、あらゆる方角から機銃弾が集中し、焼夷弾と照明弾でその周囲は真昼のように明るくなった。迫撃砲弾まで降ってきた。動くのが一人の影であろうとも、米軍は弾丸を惜しまなかった。ルネタの各処に、死体は点々と転がっていた。皆それで死んだ日本兵の死体であった。それらの死体の間を縫って、三田はほとんど一匹の尺取虫に変身し、小刻みに匍匐した。神経のおびただしい消耗の果て、やっと銅像のかげにたどりついたとき、そのまま気を失ってしまいそうな深い虚脱を彼は感じた。

(ここで夜が明けたら大変だ)

その危機の意識だけが、僅かに彼を支えていた。この若い兵士の腕時計が、まだ動いているところを見れば、この兵士は死んで間もないに違いない。そうすればここも危険な訳であった。

三田は月を見ていた。雲が東方に動いていて、間もなく月をかくそうとしていた。眺めていると、月が雲の方に近づいてゆくような錯覚に落ちた。月が雲に入れば、夜明けまでの短い時間を、すぐ行動せねばならぬ。どこか壊れた家の床下にでももぐり込んで、今日の昼間をすごす外はない。あとはそれからだ。

彼はうずくまったまま、公園からデルピラル通りを見詰めていた。その正面に建った建物は、焼け焦げて混凝土だけとなり、窓々が黒い穴になっていた。米兵はそこにいないらしく思えた。その建物の横は路地になっていた。建物と建物にはさまれたその路地は、暗い翳となり、今まで全身をさらしてきた彼に、ある甘美な誘いをかけてきた。刻々を脅やかす光と音から、その路地の暗さは彼を守ってくれるように思えた。その路地の入口まで、五十米幅の道路を横切らねばならない。その道路も、砲火にさらされて、凸凹になっているようであった。この五十米を駆け抜ければ、あとはどうにかなる。彼は気力をふるいおこしながら、そこらの地形をじっと眺めていた。夜明け直前の薄暗がりは、幾分の水蒸気をともなって、物ははっきり見えなかった。路地の入口に到る途中に、黒い四角な箱のような形のものが見える。それは丁度道路の中央部にあたっていた。

（走って行ってあの蔭《かげ》にひと先ず飛びこむ。異状がなければ、あとを一気に駆けぬけよう）

彼は姿勢をととのえた。月が翳れば、すぐ走り出すつもりである。死体の腕時計は、もうすぐ六時を指そうとしていた。その血の気のないすべすべした腕に、大きな蟻が一匹這っていた。蟻は手首から腕へ、足をうぶ毛にひっかけながら、腕から肩の方にのぼろうとしていた。しかし関節のところでふと方向を変えて、斜めに肱《ひじ》の方に降りてきた。その蟻の行動は、無目的なひどく出鱈目《でたらめ》な動きに見えた。その腕のあたりに、暗さがさあっとかぶさってきた。

（月がかくれたのだ！）

姿勢を低くしたまま、彼は一気に飛び出した。黒い四角なもののかげを目ざして、ほとんど倒れそうになって走った。

四角なものの蔭に飛びこむと同時であった。三十米前方の、無人と思われた焼けビルの窓々から、十数発の小銃弾がそこにむかって殺到した。木を組み合せたその箱に、烈しい音を立てて突き刺さり、また彼の鉄帽をこすって道路に突き刺さった。熱くするどい弾風が、彼の頰をかすめた。灼熱した痛みを頰の皮膚に感じたとき、彼は夢中で横に飛び、黒くえぐれた凹地へ頭からころがりこんだ。凹地の底で堅いものが彼の鉄帽をはじいた。首に食いこんだ紐がぶつりと切れて、鉄帽は彼の頭から離れてころがった。土に顔をくっつけたまま、彼はあえいだ。

(囮《おとり》だったんだな。あれは)

転がりこむ一瞬に、木箱に印された無数の弾痕と、かげにころがる三四の黒い屍《しかばね》を、彼は眼に収めていた。それは公園からの脱出者の囮の箱であった。

蒼白になった顔をわずかおこして、彼はあたりを見廻した。それは迫撃砲弾かなにかが、道路をえぐった穴らしかった。彼の鉄帽をはじいたのは、その底にころがったアスファルトのかたまりである。そのアスファルトの上に、彼の頰から血がしたたっていた。逃げ途《にげみち》を失った鼠のような眼付になって、彼はそれを見た。夜がそこに明けかかっていた。さまざまなものが、嵐のように彼の胸を荒れ狂った。

(降服しようか)

(お前にその資格があるか)

この数日間のことが、ぎらぎらした刃《やいば》の光のように、彼を責め、脅かし、突き刺さった。あの夢の中のように、自分の掌が汚血にまみれていることを彼は感じた。自分をここに追いこんだものへの惨めな憤怒《ふんぬ》と、皮膚をめくられるような屈辱と慚愧《ざんき》に、彼は幽鬼のように青ざめて、突然穴の中に立ち上って、両手を高く上げた。そして叫んだ。その叫び声は、意味もなにもない、獣がなくような音になった。

焼ビルの二階の窓々から、若々しい米兵たちの顔が、ずらりとならんで現われた。少し経ってその一人が、自動小銃をかかえたまま、出口に姿をあらわした。三田はよろめきながら穴を出た。その方へ歩いた。

渓流

江崎誠致

　渓流を渡り、ニッパ小屋が散在する道をしばらく登って行くと、突然思いがけぬ大きな洋風の木造建築の前に出た。あたりはそれほど深い林ではないが、道路から一段低い台地に建てられているため、すぐ前に来るまで気づかなかったのだ。

〈スリガオ野戦病院〉

　門柱の文字がはげかけて見えるのは、時間の経過によるものではなく、門柱にじかに書いたため、脂っこい材質が墨汁をはじいているのだった。

　門内にはいると、マンゴーの大樹が枝をひろげ、炎熱の午後の陽《ひ》を遮《さえぎ》って、玄関前の広場全体を快い木陰に覆っていた。

「くたびれたな。麦畑、とにかく下におろそうじゃないか」

　戸井兵長は先棒の麦畑一等兵に声をかけた。

　手製の担架に虫の息で横たわる千早上等兵の苦痛は察しながらも、一息いれぬことには、ぶっ倒れてしまいそうなほど疲れていた。それに、人の気配はするが、何か得体の知れない無気味な静けさが建物全体を包んでいて、野戦病院らしいあわただしさが全く感じられないことも、まっすぐ中にはいって行く気持をためらわせた。

ましてて、こちらは、兵隊の負傷者、将校の付添いでもいればまだしも、分隊長代理とはいえ兵長の引率では、下手な持ちこみ方をすれば、怒鳴られ追い返されるおそれだってあるのだ。

「交渉してくるから、ここで待ってろ」

千早を乗せた担架を地面におろし、へたりこみそうになる足を踏んばって汗を拭き終わると、戸井は玄関に向かって歩きだした。

そのとき、中から同じ兵長が、両手を腰にあて、上体を左右に動かしながらのんきそうな様子で出てきた。軍靴の先っぽだけを残してスリッパにしたものをはいている。かなり古参の衛生兵らしい。彼は横柄に戸井にたずねた。

「俺は柏田兵長だ。お主《ぬし》たち、どこから来た？」

ここで小さくなっては、通る要求も通せなくなる。戸井は連隊でも古参の現役兵である。兵役年次では多分負けないと見当をつけ、同じように横柄に答えた。

「俺は戸井兵長だ」

だが、威張りくらべも、それまでで、戸井はすぐ言葉を柔らげ、今朝方、ここから東方十四、五粁《キロ》の地点でマガット川を小舟で渡るとき、グラマンの空襲に遇《あ》い、銃撃で千早が負傷したこと、そこから五、六粁は交替で背負い、丘陵地帯に入って担架をつくり、やっここまで運んできたことを告げ、かなり衰弱していると思われるので、至急、手当をしてもらえないかと頼んだ。

「敵さん、どこらへんまで来とるのかね?」

柏田は、戸井の話をうんうんと頷《うなず》いて聞いていたが、それとはまるで関係のない質問をした。

「はっきりしないが、川の近くまで来ていることはたしかだ」

戸井たちの連隊の主力は、まだ川向こうにいるが、敵の進撃を支えきれないと判断して、昨日の午後、このスリガオ地区まで後退することが決定された。戸井はその先発小隊の一員として、今朝方、川を渡った。川幅は広く橋はない。したがって、何艘《なんそう》かの小舟を往復させて渡るのだが、日中の渡河《とか》が安全かどうか試すのが、先発小隊の主要な任務だった。

果たして、渡河中をグラマンに発見され、激しい銃撃をうけた。小人数であったせいもあり、損害は軽微だったが、その折、千早は右肩に銃弾を受けた。そのときは致命傷とは見えなかったが、ろくな手当もせぬまま運んできたので、出血多量のためか、ほとんど死相とも思える状態におちいっていた。

「わが軍、弱いねえ。それじゃここも危ないわけだな」

柏田は、腰にあてていた手を離して腕組みに変えた。

「中に運ぶよ」

戸井は柏田の態度に少し腹を立て、麦畑をうながして担架を持ちあげた。

「運んでも、何もできんよ」

「できん？」

「そう。病院の看板は出とるが、主力は奥の方へ移動しちまっていないんだよ。残っているのは動けない連中と、俺たち兵隊が十人ばかりでね、新しい患者は入れないことになっとるんだ。お主の隊にも、軍医はいるだろう？」

「軍医は川向こうの本隊なんだよ。今夜渡河したとしても、ここに着くのは早くとも明日の午後だ。だから頼む。せめて繃帯だけでもちゃんと取り替えてやってくれないかな」

「ま、それぐらいなら……」

生返事だったが、柏田が承知したので、戸井は麦畑をせきたてて千早を中に運んだ。

一瞬、不思議な光景が眼前に展《ひら》けた。広い部屋の窓の向こうに、渓流をへだてて雑木林の斜面が連なり、ところどころ赤松の大木が肘《ひじ》を張った巨人のように首をもたげ、その上にひろがる群青の空を鳶《とび》が二羽三羽舞っていた。平凡と言えば平凡な風景であるが、戸井が奇異な感じにうたれたのは、それがどうみても南国の風景とは思えなかったからである。どこか内地で見たことのある、湯治宿に迷いこんだような、奇妙な時空の交錯が、彼の脳裏をよぎったのだ。

しかし、そうした戸井の眩暈《めまい》も、ほんの一瞬のことだった。窓外から室内に視線を移したとき、そこにはまごう方なき野戦病院の現実が、生々《なまなま》しく横たわっていた。

多分、村役場か学校だったのだろう。板張りの床に、整然と並べられたアンペラの上に、一つおきぐらいの割で傷病兵の姿があった。ざっと眺めただけでも二十人はこしていた。そして、その傷病兵たちのほとんどが、身動きもままならぬといった風情《ふぜい》で、ひっそりと横たわっていることが、異様な迫力をもって戸井にせまった。

一旦別室に消えた柏田が、薬箱を持った若い兵隊を連れてはいってきた。二人が手当をはじめたので、戸井は麦畑を突っついて部屋の外に連れだした。渓流沿いの民家の多い地帯で、明日は到着する予定の本隊を迎えるため、空家の割り振りをしているはずの小隊長に、千早の情況を報告に行かせるためである。

戸井は、柏田の言を信用していなかった。病院の主力が奥地へ移動したことは事実としても、重症の患者がこれだけ残っているのに、軍医が一人もいないはずはない。どこか近くのニッパ小屋で昼寝でもしているのだろうと睨《にら》んでいた。小隊長が来て直接交渉すれば、軍医に診させることができると考えたわけだ。それに、千早をここに置きっ放しにするか、隊に連れ帰るかも、戸井の一存ではきめられない。指示を求める必要があった。

麦畑を使いに出して病室に戻ると、柏田が先ほどの横着な態度とは打ってかわった真剣な表情で、むきだしにした千早の傷口を消毒しているところだった。もう一人の衛生兵が、横臥《おうが》した千早の横腹に馬乗りになって押えつけている。千早は首をふって呻《うめ》いていた。だが、その呻き声もさほど力がなかった。

消毒のあと、何やら黄色い薬を傷口にやたらと塗りたくり、油紙をあて、繃帯を巻きはじめてから、柏田が戸井の方をふりかえった。

「お主、これはもうあかんな」

「あかんて、急所ははずれているんだろう？」

「急所ははずれてても、あかんと思うよ」

「出血多量？」

「まあな。かりに持ちこたえても、こういう傷は化膿するしな。ちゃんとした病院なら助かるのかも知れんが、ここじゃどうもならんよ」

千早は、柏田の話が聞こえるのか聞こえないのか、ぐったりとなったまま反応を示さなかった。

「でも、とにかく手当してくれてありがとう」

戸井は柏田に礼をのべた。

「お主、お世辞言うても、ここに置くわけにはいかんよ。そういうことになっとるのだからね」

柏田はまた冷酷な衛生兵にもどった。

「殺生なこと言うなよ。とにかく、明日うちの軍医が来るまで置かしてくれ」

「ま、それくらいはしようがないか。しかし、員数にはいれないよ」

員数に入れないというのは、病院の患者としては扱わないから、食事その他の千早の面倒は一切見ないという宣言だった。

「わかった」

戸井は承知するほかはなかった。

手当を終えた柏田が病室を立ち去り、三十分ほどたっても、使いに出した麦畑はもどってこなかった。報告を受けたはずの小隊長もやってこない。設営が終わらぬためではあろうが、千早には見切りをつけているらしいふしが感じられる。戸井はよほど様子を見に行こうかと考えたけれども、今にも千早が息を引きとりそうな予感もあって、彼の枕元を離れることができなかった。

ふと、千早が身じろぎをした。

「痛むのか？」

千早の顔が横に揺れ、唇が動いた。

「死ぬ？……」

微《かす》かな声とともに、千早は顔をきゅっとしかめた。声を出したとたん、激痛が走ったのだ。

戸井は思わず笑顔になった。銃弾を受けて以来、呻き声しか聞かせなかった千早が、はじめて言葉を口にしたことに気づいたからだ。手当が効を奏したのか、肌に赤味がさしてきたように見える。

しかし、その言葉の音色は暗く哀れだった。先ほどの柏田の言葉を耳にとめていたのであろう。彼は戸井に、自分は死ぬのか？　とたずねているのだった。

「あんな奴の言うこと気にするな。出まかせさ」

千早は、軽く頷くようにして、また唇を動かした。一度言葉を出して馴れたのか、こんどは、かすれながらも声が続いた。

「兵長殿、先に、帰られたら……」

「先に帰ったら?」

「女房に言うて下さい」

どうやら、千早は自分はこの野戦病院に残り、戸井とはここで別れることになると思っているらしい。柏田の話を正確に聞きとっていなかったことがわかった。戸井は彼の話に乗った。

「何て伝えるんだ?」

「俺が帰るまで、浮気したら承知せんぞって……」

「引きうけた。俺が先に帰ったら間違いなく伝えとくよ」

先に帰る? 戸井は自分で口にしたこの奇妙で唐突な言葉に驚きながら、何やら口許《くちもと》に微笑を浮かべるようにして、ゆっくりと眼を閉じた千早の寝姿を見おろしていた。

それまで、千早にかまけて気づかなかったが、しんと静まった広い病室のそこここで、深い穴の底から這《は》いだしてくるような病兵たちの溜め息が、急に戸井の耳につきだした。

医務室であろうか、離れになった別室の方から人の出入りする物音が聞こえてくる。何か命令を伝えるような声が混じっている。軍医が来ているのかもしれない。戸井は様子をさぐってみたい誘惑にかられて立ちあがった。陰鬱な病室をはなれ、外気に触れたい欲求も動いていた。

　ところが、戸井が病室を出ようとしたとき、乱暴な足音が近づき、柏田兵長がぬっとはいりこんできた。彼は入口付近に立ちどまると、両手を腰にあて、両足を踏んばり、室内を見渡した。ほとんど死人に近い病兵たちの幾人かが、首をもたげ、柏田へうつろな視線を向けた。

「命令を伝える。本日、只今《ただいま》をもって、病院解散！」

　柏田の大声に、病兵たちの体がびくっと動いた。健康な戸井でさえあっけにとられたほど、その宣言にはやけっぱちな響きがあった。

　第一、このような重大な命令は、当然、将校が伝えるべきものである。少なくとも下士官を通じてなさるべきものであろう。それを一兵長に伝えさせるとは、この病院首脳の言語道断な無責任ぶりを暴露していた。それに、これまで聞いたこともない「病院解散」という言葉の意味もよくわからなかった。

　病兵たちが黙ったままなので、余計なこととは思いながら、戸井は口をはさんだ。

「病院解散って、何だね？」

「何じゃろ。ここはもう病院じゃない、ちゅうことだろうと思うよ」

　柏田は、今の大声にくらべ、いかにも投げやりな返事をした。

「すると、どうなるんですか？」

　やっと上体をおこした患者の一人が質問した。

「俺にもわからんよ。勝手に原隊に帰れちゅうても、お前らは動けんのやしなあ。まあ、寝とれ」

柏田は面倒くさそうに言いすて、部屋を出て行こうとした足をとめ、戸井のそばに近づいた。彼は視線を戸井にではなく、横たわった千早にあてていた。

「やっぱり、駄目だったか」

「え？……」

「死んどるよ」

戸井は呆然と千早の寝顔を見つめた。言われてみると、たしかにその頬からは血の気が失せ、呼吸の気配はなく、彼の体はアンペラの上に完全に固定していた。

すると、先ほど妻への言伝《ことづて》を托して眼を閉じたのが、死への旅立ちであったのか……

麦畑一等兵が、小隊長をともなって戻ってきたのは、柏田の指摘で、戸井が千早の死を確認した数分後のことだった。折角《せっかく》の小隊長の来訪も手遅れに終わったわけだ。

戸井と麦畑は、ふたたび担架に千早の遺骸を乗せ、分隊の宿舎に決められた渓流沿いのニッパ小屋まで運びおろし、裏手の林の中に穴を掘って埋葬した。土饅頭《どまんじゅう》の上に墓石をすえ、小隊長の号令で、隊員一同送別の敬礼を送って解散したあと、戸井は仲間たちとニッパ小屋に引きあげながら、先刻千早に托された言伝を思いだし、誰にともなくたずねてみた。

「おい、奴の嫁さん別嬪《べっぴん》なのか？」

三年兵の千早と同郷の同年兵は、同じ班に何人かいた。その一人がけげんそうな顔を戸井に向けた。

「嫁さん？……千早に嫁さんなんていませんよ」

「そんな馬鹿なことがあるものか。死ぬ前、俺に遺言したんだぞ」

「でも、奴は独身ですよ。どんな遺言したんですか？」

「妙な言伝なんだが、俺が先に帰ったら、浮気したら承知せんと伝えろだって」

「変ですねえ。奴にスーちゃんでもいたのかな」

「いや、そうじゃない。スーちゃんなら誰々と名を言うはずだろう。奴ははっきり女房と言ったんだ」

「しかし、女房はいないんですから。奴、ボケてうわ言《ごと》言ったのとちがいますか？」

同郷の同年兵が言うのだからいないのは事実としても、あの死の直前、妙に意識が明るくなった瞬間の千早の言葉が、幻覚だったとはどうしても戸井には思えなかった。

「はっきり俺の眼を見ていたし、ボケていたとは考えられんよ」

「じゃ、冗談言って、兵長殿をかついだのかもしれませんね」

「あるいは、そうかもしれない」

千早は誰よりも茶目っけの少ない男だっただけに、この推理にも戸井は納得しかねたが、「そうかもしれない」と答えたのは、少し意味はずれるが、あのとき千早は枕元に坐《すわ》った自分を、逆に慰めようとしたのではないかと思いあたったからである。

つまり、彼が負傷後はじめて発した言葉「死ぬ?」という疑問詞は、実は聞きちがいで、彼はただ、これから「死ぬ」と己れのことを語っただけであるように思われてきたのだ。

そのとき、彼の表情には、不思議な諦念と痛恨の融合があらわれていた。あまり長くはなかった生涯の思い出が彼の脳裏をよぎり、一度や二度は心をときめかせたこともあったにちがいない憧れの女性を、死を覚悟した意識の中でわが妻に仕立て、満たされることなく消えて行く己《おの》が欲情の鎮魂のしるしに、ふと、あんな言伝を思いついたのではなかったか。

戸井が、世にも奇妙な光景を目撃したのは、千早が死んだ翌日の朝のことだった。

朝食のあと、することがないので渓流の岸にぼんやり腰をおろしていると、荷物を積んだ三頭の驢馬《ろば》をとり囲むようにして、坂道を下ってくる一団が見えた。奥地へ撤退して行く野戦病院の連中であることが一目でわかった。

戸井が驚愕《きようがく》したのは、その一団の中に、軍医の将校が一名、下士官が数名まじっているのを発見したからではない。その一団のどこにも、二十名はいた病兵たちの姿が見あたらなかったからである。

戸井は連中をやりすごすと、いま彼等がおりてきた坂道を逆に駆け登っていった。せいぜい二百メートル、そう長い距離ではないが、解散した野戦病院跡に到着したとき、得体の知れぬ不安が疾走の疲労を倍加してはげしい息切れを覚えた。

それでも、戸井は立ちどまることなく、昨日、千早をかつぎこんだ病室に突入した。ところが、どうしたというのだろう。置き去りにされ、虫の息で横たわっているはずの病兵たちが、一人残らず消えてしまっていないのだ。建物全体が森閑と静まりかえっていて、部隊の撤収あとに見られがちな荷物の散乱もなく、ただ僅《わず》かに病兵特有の臭気が室内に漂い残っているだけだった。

戸井は外に出て建物の周囲を廻ってみた。あたりの情況に昨日と変わったところはなかった。だが、どこにも人の気配すらない。いったい、あれだけの人間がどこへ消えてしまったのだろう?

戦場では思いもかけぬことがしばしばおきる。現実に無用の考えに凝《こ》ることは、いちじるしく心身に害をあたえる。内地帰還を予定されていた航空隊の通信兵が、一足違いで飛行機に便乗できず、戸井たちの戦闘部隊に配属され、わが身の不運を嘆き悲しみ、わずか半月で衰弱死したのがいた。

おかしなことを考えてはいけない。戸井は〈スリガオ野戦病院〉の文字が門柱に残ったままの建物をあとにし、坂道を下っていった。途中、あの建物は連隊本部にどうかと小隊長に進言しようかなどと考えてみたが、すぐ消失した病兵たちの姿が頭に浮かんできて離れなかった。

渓流のほとりまで下ったところで、戸井は思わず足を止めた。すでにこの部落を出て、山中へ立ち去ったものと思っていた病院の一隊が、先の三叉路付近で休憩している姿が目にとまったのだ。

軍医が小隊長と立ち話をしていた。戸井が進言するまでもなく、空家になった病院跡を本部にしてはどうかといったことが話題になっているらしい。小隊長が何度も頷き、しきりに坂の上へ視線を向けていることで、その話の内容がわかった。

三頭の驢馬は荷物を背負ったまま路傍の草を食《は》み、十名前後の衛生兵たちは付近に散らばって、腰をおろしたり歩きまわっていたりしていた。

「やあ、戸井兵長」

不意に、横合いから名を呼んだ者がいた。振り向くと、川原に出ていたらしい柏田兵長が道に上がってくるところだった。

「やあ、お主か」

戸井は彼の口まねをして答えた。

「ここの川蟹はうまいのでね、二、三匹つかまえて行こうと思ったが、朝は駄目だな。蟹って、寝ぼすけなのかね。さっぱり出てきよらん」

「ここまでおりてきて、何しとるんだ?」

戸井は柏田の話には乗らず質問した。

「この向こうに、ギツバブ野戦病院ちゅうて、俺たちと似たようなのがもう一つあるのよ。そこの連中と落ち合うて、それから出発ちゅうことらしいよ。何で道端で落ち合わんならんのか、俺にはわからんがね」

「ところで……」

と言いかけて、戸井は口ごもった。

「何や？」

戸井ははちきれそうになっていた疑問を口にした。

「病院にいた患者たちは、いったいどうしたんだ？」

「ああ、あれか」

柏田は動ずる風もなく言葉をつづけた。

「処分したよ」

「処分？」

二人は病院の一団から離れた距離にいたので、話し声が届くとは思われなかったが、柏田はちょっとうろたえたように、指を口にあて大声を出すなという仕種《しぐさ》をした。

「お主は見て知っとるから仕方ないが、外部には洩らしちゃならんことになっとるのよ」

「あそこに患者がいたことを知ってるのは俺だけじゃない。うちの小隊長だって見てるんだぜ」

「そうか。ま、いたこと見られただけならかまわんのだろ」

柏田はふてぶてしい態度にもどった。戸井は斬りこんでいった。

「処分て、殺したのか？」

「殺すちゅうのとはちがう。処分だな。そうしろちゅうてきたんだから、いやだちゅうてもはじまらん。ここに残っとったのは、どっちみち助からん連中でね。自決用の手榴弾渡して放りだすより、あれの方がよかったと思うよ。しかし、不思議だなあ。半分死にかけたようになっていても、猛烈な力を出す奴がいる。三人ばかり、往生したよ」

「不思議なのはこっちだ。俺は今、病院に行ってみてたまげたんだ。連中の影も形もないし、血の跡も残っていない」

「そんなもの残らんよ。空気注射だから」

「空気注射?」

耳にしたことのない言葉だった。

「そう。注射器で静脈に空気を入れるんだ。俺も実地はこんどがはじめてだが、実に簡単だよ。あれは何十秒ぐらいかかるのかな、空気が心臓にはいったとたん、がくんときて一巻の終わり。患者が覚悟さえすれば、こんな楽な死に方はないね。それに、材料費なしの只《ただ》ときている。軍隊向きの安楽死だよ」

「軍隊向きか……」

戸井は呟《つぶや》いたものの、気持はそれほど陰鬱ではなくなっていた。秘密を明かされてみると、声もなく虫の息で横たわっていた病兵たちにとって、その処置はむしろ慈悲であったようにさえ思われてくる。

「そう、軍隊向きだ。俺も駄目になったらあいつをやってもらいたいな」

「そんなに楽か?」

「楽だねえ。俺が言うんだから間違いないよ」

しゃべりだした以上、途中でやめるわけにはいかないといった風に、柏田は唇をなめて話をつづけた。

「ゆうべ、暗くなってはじめたんだが、はじめの五、六人は実にすいすいといった。治療室に運びこんで一人ずつやったわけだが、連中、お願いしますと言うてね、手を差しだすんだ」

「何も言わないで？」

「そう。その方がよかろうということになったのでね。ところが、途中からおかしくなった。病室から連れだされた患者がもどってこないだろう。あとに残った連中がこれはおかしいと思いだしたわけだ。そりゃあそうだよ。きゅうぽこんとやったのは、順に裏から運びだし、裏山に担いでいってるんだからね。それでもなお何人かはごまかしたが、半分近くになったときとうとう押えきれなくなった。半死半生の病人共がおきあがってしもうてね、何をするんだちゅうわけさ。それで、俺が事情を話したよ。そういう役は俺が引き受けることになっとるんだな。お前らどちみち助からんのだから、今夜、安楽に死なせてやる。手榴弾で自決させられるより、注射の方がなんぼ楽かわからん。ぐずぐず言わんできらめろちゅうて引導を渡したよ。それで大部分の奴ら実にあっさりと承知してね。これは黙ってやった前の連中よりもっと楽だった。ところが、三人、頑として拒否しやがった。これにには手こずった」

「でも、やったんだろう？」

「もちろんさ。そこまでいって三人だけ残せるか。四人がかりで押えつけて、やっとこさ片づけた」

戸井は抗議をしなかったのに、柏田は彼を睨んだ。

「だって、手榴弾か銃で自決させるよりいいだろう。処分しろというのは命令なんだからね」

「注射は軍医がしたのか？」

柏田が睨んだので、昨日、彼がここに軍医はいないと言ったことを、戸井はちょっと皮肉ってみたのだ。

「いや。俺がやった。軍医はいなかったよ。うちの軍医は兵隊の脈は診ないんだ」

三叉路の方でざわめきがおきていた。スリガオ野戦病院と合流して奥地へはいるギッパブの連中が到着したらしい。柏田を呼ぶ声が聞こえてきた。

「おっとこれまで……今の話は内緒だぜ。お主、達者でな」

「ああお主こそ……また会おう」

柏田は白い歯を見せて笑うと、駆けだすでもなく、それが癖の両手を腰にあて、上体を左右に動かしながら一団の方へ歩いていった。

それから約二ヵ月ほどして、戸井は偶然、柏田に再会した。

野戦病院の一行が出発して早くも三日目、スリガオ地区は戦車を先頭とする敵軍団の来襲を受け、戸井たちの連隊は四日抗戦して潰滅《かいめつ》した。

生き残ったのは一個中隊にも満たなかった。それも散り散りに蹴ちらされ、ばらばらに山中へ敗走した形となり、幹部はあらかた戦死してしまっていたので、とにかく一団にまとまってはみたものの、ふたたびもとの軍隊にもどることはできなかった。

そのことが、生き残った者の生命を永らえさせる結果にはなったが、戸井たちはただ食糧を求め、だらだらと山中を徘徊する敗残兵の生活をつづけるほかはなくなったのだ。

そんなある日、山岳地帯の奥深くはいりこんでいた戸井たちは、とある谷間の渓流のほとりに、数軒のニッパ小屋を発見した。民家のあるところには、何かしら食糧がある。戸井たちはその谷間へおりていった。

そこには、すでに先客があった。似たような状態に陥った敗残の仲間たちが、いたるところに徘徊しているので、こうした鉢合わせはめずらしいことではなかった。

民家の周辺の畑は荒らされ尽くしていた。収穫なしと見た戸井は渓流の川原に出た。集団は組んでいても、自分の食糧は自分で捜すのである。戸井は無駄な労力の消費をやめ、川蟹を獲《と》ることにしたのだった。川蟹なら、腹ふくれるというわけにはいかぬが、全く獲れないということもないからだ。

装具をはずして岸辺に置き、戸井は川の中へはいって行こうとして、すぐ横の岩陰に、兵隊が一人うずくまっているのを認めた。斜めうしろから見る形なので、何をしているのかわからなかったが、地面に文字を書いているような仕種に肩が動いていた。

戸井は何気なくその兵隊のそばに近づいていった。足音を忍ばせるつもりではなかったが、戸井は跣《はだし》であり、下は堅い岩肌なので、彼は戸井が近づいたことに気づかなかった。

肩ごしにのぞきこむと、彼は両足を投げだしただらしない姿勢で、股の間に一匹のとかげを転がして遊んでいた。とかげはまだ生きて動いていたが、かなり弱っていた。

次の瞬間、戸井は見てはならぬものを見てしまったことに気づいた。彼はそのとかげを裏返しにし、なめらかな光沢を帯びた柔らかな腹の部分を、指の腹でゆっくりとしごくように撫でていたのだ。とかげが体をくねらせておきあがろうとすると、すぐ裏返しにする。それを彼はもう何時間も前からそうしていたと思われる熱心さで繰りかえしていた。

戸井は身動きがとれなかった。飢餓と疲労のために、そのかけらもなくなっていた猥褻《わいせつ》な情感が、鮮烈な虹のように眼前をかすめ、戸井は危うくたたらを踏みそうになった。足音を忍ばせ、気づかれぬように引きかえすほかはない。戸井は慎重に足を踏みしめ、後退をはじめようとして、ふと彼が投げだしている足先に視線が走った。

おや？　と戸井は眼を見はった。彼が足先につっかけているのは、破れた軍靴ではなく、軍靴を切って爪先だけを残したスリッパだった。まちがいない、あの男だ。戸井は一旦引き返そうとした足を止めて声をかけた。

「柏田兵長じゃないか？」

がばっと柏田は体を前に倒し、弄《もてあそ》んでいたとかげをかくし、首をねじって戸井を睨んだ。そして、指先でまさぐる風にとかげを摑み、肘を張って戸井の眼を遮りながら、雑嚢《ざつのう》のなかにしまいこんだ。

「人の持物に手はかけん。心配するな」

「お主、誰や？」

戸井も見ちがえるほどやつれていたのだろうか、柏田は不審そうな視線を向けた。

「戸井兵長だ。スリガオで会ったろう」

「ああ、そうか……」

やっと気づいたらしく、柏田の顔から警戒の色が薄れた。同時に、その顔がみるみる泣きだしそうにゆがんだかと思うと、突然、彼は奇妙な言葉を戸井に投げかけてきた。

「俺、まだ死なないよなあ？」

「死にそうには見えないね。何でそんなことをきくんだ？」

「何でってこたない。どんな風に見えるかと思って……」

別段の意味はなかったにせよ、戸井は何か試されているようで少し不愉快になり、意地悪な気持が動いた。

「とかげを食う元気があれば大丈夫さ」

柏田はびくっと体をふるわせ、雑嚢を掌で押えた。眼の色に憎悪の影が浮かんだ。

「何で、とかげとかげって言うんだ？」

「とかげとかげなんて言わねえよ。今はじめて言っただけだ」

しかし、戸井は喧嘩をするために柏田に声をかけたのではないと気づいて、すぐ言葉を柔らげて話題を変えた。

「病院はどうなったのかね？」

最も安全地帯に身を置いていたはずの病院勤務の衛生兵が、みじめったらしい敗残兵になりさがっていることが、戸井には不審でならなかったのだ。

「そんなもの、どこにもありゃせんよ。お主と別れたあと部隊配属さ。部隊付の衛生兵なんて員数外だからな。ひでえものよ。その部隊がパアだ。とにかくろくな奴はいやしねえ」

柏田は渓谷を見回すように首をまわした。その部隊の生き残りたちであろう、そこここに屯《たむろ》する仲間たちを彼は罵倒した。おそらく、薬箱を抱えた衛生兵時代、仲間たちの恨みを買う行為があって、いま彼はその仇を討たれているのにちがいなかった。

戸井は、自分から声をかけたものの、柏田と言葉を交わすことに苦痛を感じはじめていた。吐く息さえも出し惜しみしてわが身を護《まも》らねばならぬ山中放浪の生活で、他人の不満をわがものとする余裕など誰にもなかった。

「さて、さぼってたんじゃ干乾《ひぼし》になる。じゃ……」

戸井はおしゃべりになりかけた柏田のもとを離れ、川蟹を獲るために渓流に足を踏み入れた。

そのとき、戸井はむろん考えもしなかったことであるが、この日の短い会話を最後に、戸井と柏田の再会は終わった。なぜなら、次の日の朝、彼は死体となって発見されたからだ。

洗面の習慣はすでに久しい以前からなくなっていたのに、その朝、戸井は顔を洗いに川原へ出かけた。柏田が岸辺の岩陰をねぐらにしているらしいことが、戸井の意識に上ったためかもしれない。

昨日、彼と言葉を交わしたあたりまで足を運んだときだった。少し下手の岩に立った兵隊がふりかえって大声で叫んだ。

「誰か死んでるぞ——」

付近にいた者が急ぎ足で四、五人集まってきた。戸井もその中に混じって岩に登った。岩と言っても水面まで二メートルはない。死人はその水面に肌をのぞかせた小岩を抱きかかえる風に、うつぶせに倒れていた。一目で柏田とわかった。

「飛び込み自殺かな」

「馬鹿、あの男が自殺などするものか」

「滑っておっこちたんだろ」

集まった連中は口々に勝手なことをしゃべりはじめた。戸井の隊の者ではなかったから、柏田の仲間たちであるはずなのに、誰も引き揚げてやろうとはしなかった。戸井はその中の古参らしい上等兵に話しかけた。

「柏田兵長だろう？」

「ごぞんじですか？」

上等兵は、戸井を下士官と勘ちがいしたらしい。兵長の襟章を星が剝落したものと思ったのだ。

「三ヵ月ばかり前、野戦病院で会った。同じ地区にいたのでね」

「ああ、あの空気注射の……」

「何だ、知っているのか」

「得意になってしゃべっていましたから。五十人殺したそうですね」

「五十人？」

「そう言ってましたよ。きゅーっぽこん、きゅーっぽこんで五十人ぐらいわけないって。はじめは散々おどかされたなあ。それで、きゅーぽこちゅうのが奴の綽名《あだな》でしたよ」

そんな話より、戸井は岩の一隅に残された柏田の装具のことが気になっていた。

「何も欲しいわけじゃないが、奴の持物見ていいかね？」

「どうぞ」

上等兵が答えたので、戸井は雑嚢を取りあげた。昨日、彼が確かにその中にしまいこんだとかげの有無を確かめるためだった。中には何もはいっていなかった。

戸井は雑嚢をもとの位置にもどしながら、柏田は殺されたのではないかと思った。誰かが、彼がとかげを飼っていることを知り、それを盗みに来て争いになり、川に転落したのではないかという疑問である。下は堅い岩なので、格闘のあとは残らない。

「何か、ありましたか?」

「昨日、ここにとかげを入れていたんだが、いない」

「とかげ? それは、食っちまったんでしょう」

あの腹を愛撫していたとかげを、柏田は食ったのだろうか? 食ったとすれば、あるいは彼の胸中にふと情死の想念が浮かび、いま誰かがたわむれに口にしていた飛び込み自殺をしたということも、あり得ないことではない。

「俺、まだ死なないよなあ?」

昨日、柏田が投げた謎めいた問いかけは、いったい何を告げようとしたのだろう? かつて柏田の手当を受けて死んでいった千早上等兵が、「死ぬ?」と問いかけるようにして、おかしな遺言を残したように、不条理なのが、人の死ということなのかもしれない。

「おいみんな、このままというわけにもいかんだろう。引っぱりあげてやるか」

上等兵が、やっと、集まった連中に声をかけた。

「俺も手伝うよ」

ぞろぞろ岩を降りて行く一同につづいて、戸井も渓流にはいった。

柏田の体は、すでに堅く硬直していた。側頭部に打ち傷があった。突き落とされたのか飛びこんだのか、高さ二メートルの距離で死に至る打撃が可能なのか。ざわめきのなかで死骸の運搬をはじめたとき、戸井はもうそうした疑問はさして気にならなくなっていた。

「あ、惜しい！」

と戸井は叫んだ。柏田の片手を摑んでいたのでどうすることも出来なかったが、渓流の中の足もとから、五糎《センチ》はありそうな川蟹が岩陰に逃げこんでいったのだ。

Ⅲ

亀甲墓《かめのこうばか》

実験方言をもつある風土記

大城立裕

なにしろ、ウシにとっても善徳にとっても、百坪のなかの十五坪の萱《かや》ぶきの家のなかのことしか考えない日常だったのだ。沖縄県とか大日本帝国とかアメリカとかいうものは、出征兵士を見送ったり遺骨を出迎えたりする日に考えるだけだったから、あの音がそれらと関係があるなどとは、さらに気がつくはずがなかった。

まず、ドロロンと空気をぶちこわすような音がして、家がゆれた。山羊小屋では、角をはやしたのが、つながれた杭《くい》のまわりをあわてて三回ほどはしり、縄で首をうんとしめつけた。善徳がそれをみてあきれていると、門のそとにモッコ一杯の草をかついだ男があらわれて、声をとばした。

「じいさん、艦砲射撃だ、艦砲射撃だ。いくさど」

善徳は、藁蓆《わらむしろ》を編んでいる手をちょっと休めて、

「カンポーサバチては何だ」

あのばかみたいな音とサバチ（櫛《くし》）と何の関係があるだろうといぶかる。

「サバチでない。シャゲキだ。艦砲てさ」

「カンポーては何だ」

「軍艦の大砲だ、どこかにうちこんだんだ。いくさの来たど」

男は対話をやめて石垣のむこうに消えた。善徳は手のものを全部つきはなすと、

「おい、ばあさん。艦砲だ、艦砲だ。いくさど」

台所へあびせて、たちあがった。

ウシは、台所のまっくろな土間に桶《おけ》をすえて、豚の餌の藷汁《いもじる》をかきまわしていたが、

「へ。カンポー。いくさ。きょう来るてか」

「おお、来るてよ。はやくにげんと。こどもたちは、はあ」

「あした卒業式があるから、その練習と」

ウシは、いそいで軒端《のきば》まででて空をあおいだが、なにごともないので、また桶にもどった。

「豚の腹は満たしておかんと」

それからウシが裏の豚小屋の餌桶に藷汁をあけとばしていると、また二発ほど、ドロロン、ドロロンと鳴った。

「ばあさん。なにしてるか。命すてると孫たちにすまんど」

善徳は、米をいれた石油缶をモッコにのせている手をやすめて、裏座敷の窓から、どなった。

「はあ、いますぐ死ぬもんか、じいさん。豚の腹は満たしておかんと、逃げたらいつまで放っておくかわかりはせんのに」

「そんなら、ついでだ。山羊の草もみんなおろして、そばにまいてとらせ。はあ、やっかいなイクサの来くさったもんだ。……おい、孫たちの学校道具は、どれだけもっていくかね」

ウシは、それをきかずに表の井戸へまわり、手にいっぱいついた藷汁を洗いおとしながら、

「じいさんよ。栄太郎つれてきて、手つだわせんかね。あんたひとりでは無理だろうのに」

すると善徳は、かかえていた毛布を床にたたきつけて、軒端にとびおり、

「なにいッ。またするか、あのくされもんの話」

「くされもんであってもなくても、あんた、うちは若いもんがおらんのに、いまごろ片手はなくても、いい助けになるとおもったほうがいいど」

「お前も、くされもんだ。不義もんの娘のねんごろに手つだわせて、いくさからにげたと世間にいわれて、生きられるか」

「はあ、生きられるさ。ねんごろでもなんでも、力になるもんは使うことてさ」

またドロロンと鳴った。つづいて、西の山の裏から、ブルルンと音がしだいに大きくなって、東へとび去った。善徳が白毛まじりの眉をよせてそれをみあげていると、また門

に、こんどはじじいがあらわれて、

「善徳じいさんよ。カラスの鳴きくさったど。山は、どこからきたか、カラスのいっぱい、バタバタしているど。これは、大いくさになるど。はあ、はやくにげろう」

「いくさは、どこから来るてかね、山里のじいさん」

ウシがきいた。

「はあ、アメリカから来るてさ」

「アメリカはわかっているさよ」

「海みてみれ。ゆうべのうちに軍艦ばかり、たいへんだ。あれだけから大砲どんどんしたら、はあもう」

「あんたらは、どこににげるかね」

「うちは、山原《やんばる》ににげろうかとしているがね」

「山原は遠いなあ」

「遠いからいいんだなあ。艦砲もとどかんど」

沖縄が大陸であるかのような相槌《あいづち》を、ウシは聞きながして、

「うちは、どこにがいいかねえ、じいさんよ」

「ふれもん。そんなことは、あとからだ。はやく、山羊に草くれて、荷物からくくろう」

山里のじじいが消える。ウシが、手足の水を切ってあがり風呂敷に着物をくるんでいると、孫の文子と善春が、走って帰ってきた。六年生と四年生だ。

「じいさん。ばあさん。戦争ど、戦争ど、アメリカと戦争ど。はやくにげれと。にげれば勝つと、先生が」

「学校はどうするてか」

「学校は戦争だからないさ」

「卒業はせんのか」

「戦争だのに、卒業てあるか。バカだね、じいさんは」

「そうか。先生はどこににげるてか」

「どこにてもいわなかったよ。家のひとといっしょににげれ。戦争の勝ったら、また学校するからて、いったさ」

また、ドロロンと鳴る。

「文よ。栄太郎よんでこい」

ウシが、鍋を土間から床にガチャンとあげながら、どなると、文子がもともと大きな眼をむけて、

「栄太郎おじさん？　いいてか、ばあさん」

「あれ、みぃ。孫はもう大人だ」善徳が、あらためて怖い顔をつくる。「いくら戦争でも、不義は不義だ。だいじな孫あずかって、ふらちみせたら、息子にもすむか。お前は自分の血を分けてないから、そんなこというて」

「だれの血でもいいてさ。命の第一てさ。命たすかるためてば、だれが物いうてか」

「だれが命すてるていうたか。にげるていってるでないか」

「して、あんたひとりで、これだけ担いでいけるてかね。どこににげるてかね」

「この年になって、どこににげるか。いつ命すてるか、お元祖といっしょに墓にはいるがいいてさ」

「墓にはいるてか、じいさん？」

善春が、頓狂《とんきょう》な声をあげる。

「墓はいいど、善春。墓はお元祖の大きな家だ。お元祖が守ってくださる」

「おとろしくないか」

「何のおとろしいか。おとろしいもんはお元祖のみんな払ってくださるてさ」

「そんなら、ますますのことてさ」ウシが、また口をはさむ。「墓の門をあけるとは、じいさんひとりで成るとか。あんな重い石の……善春、よんでこい」

「うん」

善春がとびだそうとするのへ、

「いくな。片手しかないやつの、なにできるてか。あの墓石は、わしがはめたとだ。自分のはめたもんは、あけらるるためしだ」

「いくつの年にはめたてか。七十もこした年寄りがでて。片手でも、若いもんなら気合いのかかる。ねんごろの家のためとおもえば、なおのことてさ。いまどき世間に若いもんの頼りがあれば片輪でも果報のうちでないか。いけ善春」

「なにイッ」

善徳のことばがつまり、善春がかけだそうとすると、門から金切声をあげてきた娘のタケが、一人娘の五歳になる民子をひきずるようにして、

「ばあさん。あんたら、どこににげるて？　いっしょに行かれいよう」

善徳のあたまに一瞬にしてうかんだことは、自分が日ごろ文句ばかりたれているせいか、娘が血のつながらないウシのほうへさきによびかけたことへの不満と、そのふらちな娘のつれてきた孫のおびえたような眼つきのいとおしさで、そう一緒くたにこられては、とっさに何をいっていいか、ちょっとまごついていると、またドロロン、こんどはかなり近いらしく子供が眼をつぶるほどの音だが、同時にドロロンにはじきだされたように門からとびこんできたのは、なんと片腕だけで毛布やら鍋釜のたぐいをひっかついだ男だ。善徳は、その急テンポでゆれる空ッぽのシャツの袖に笑われている心地さえして、

「お前は、お前は」

と荷物のことを忘れているようすなので、ウシが、

「殺すなら墓までもっていってから」

「なにッ。墓で殺すと？　狂《ふ》れ物言《ものい》いしくさって。死んでも、そんな物言いかたすると、お元祖の前にはいっしょにおいておかんど」

ウシは、あッとおどろいて、善徳の顔をうちまもる。ここらの百姓は、「殺す」ということばで「なぐる」の意味をつよめることがあるので、かるくいったのだが、「墓で」と

は添えことばがわるかった。あわてて、

「ちがうて、ちがうて。それは……」

いいなおそうとすると、タケが、

「墓にいくてか、ばあさん。そんなら」

と栄太郎をうながす。栄太郎は、ガランと荷をおろし、

「棒があるだろ、じいさん、棒が」

と勝手に納屋へいって、ひっかきまわして、天秤棒とモッコとをもってきて、自分のもってきた荷と、この家の荷とをそろえて、タケに手つだわせてくびり、棒を肩にのせると、にがい顔でみていた善徳が、庭にとびおりて納屋から鍬《くわ》をだしてきた。

「お前、これもいれろ」

「じいさん。鍬はなにするてか」

「くされもん。お前らは百姓であるか。家移るのに、鍬もたんで、何で食いものあがなうてか」

栄太郎は、だまってモッコを解いてあける。善徳はおしこみながら、

「わしたは、もっと荷をもっていくから、先になっておけ。お前がは墓の門はあけきらんど。墓地の庭で待っておけ。わしたがいくまで、そばの木立ちのなかにはいっておけば、飛行機からはみられんてさ」

「なあ、それだけでいいてさ、じいさん」

タケが、はじめて父親に口をきいた。

「食べるもんも着るもんも、詰めたてしょうが。命の第一てさ。あんまり欲だしても……戦争でないてか」

「なにが欲てか。イクサのなかでも、生きてる間は生きてるてど」

それから、母屋の一番座敷のほうへのこのこと大股でいったが、そのまままた何の意味もなくもどってきて、

「ばあさん、さあ、カネガラは」と鉄棒をさがす。「あれがないと、墓の門があくてか、片手が出ておって」

「両手があっても、カネガラのないと、あくてか。床下にあるてしょが」

ウシが土間へおりて鉄棒をだしてやるのを、善徳がうけとると、もうすべてきまったもののように、栄太郎とタケ、それから子供たちに年寄りの順で、門をでる。

戦争だ、イクサだ、とはいったが、この一家の者にはしかし、家を出るまでまだその実感はなかったのである。ねているところへ頭をけとばされて、とびおきてキリキリ舞いをした、というだけであった。朝だ、もう朝だと気がつくのに時間がかかる。たとえばそうしたもので、門をでて部落の露地をたどると、ようやく、これは村中いくさだと気がついた。部落をではずれて風景がひらけると、これはもう世間じゅう戦争だ、とおもった。部落は平坦な甘藷畑《かんしょばたけ》やサトウキビ畑にかこまれているが、この畑が、東は海へ二町、西は山というか丘というか、段々畑や墓をたくさんもって南北にながれた、ながい丘陵の線で

ある。北と南とがかなり先まで、多くの畑とすこしの田だが、一家の先祖のねむる墓へとどくには、この畑のなかの農道を三町ばかりあるいていかなければならない。逃亡者たちは一様に、四方八方へ頭をめぐらし、自分の部落の者に追いこされたり、むこうの部落からきた者と行きあうたりするたびに、性こりもなくだいたい同じことを、はじめてのようにたずねたり答えたりした。どこへ行くかときけば、多くは山原へとか島尻《しまじり》へとかこたえ、わずかに年寄りをまじえた者が、墓へとこたえた。敵は上陸したのかときくのへ、多くの者がわからないとこたえ、ただひとり、明後日上陸するそうだと答えるのが、善徳の耳にはいった。みると、去年までは村会議員をやっていた男であった。その男は、モッコに豚の子をのせていた。

「おい、アメリカは明後日海からあがってくるてど」

とどなると、ウシが、

「誰がいったか」

とどなりかえした。その男の名をいうと、ウシは、

「誰からきいたかといわれい」

といった。いいながら、小便をするためにサトウキビ畑にはいったタケのひいていた孫娘の手をうけとった。

善徳は、あの男は中学校も二年まで出たとかで、村会議員もしていたし、またこんなときに何の儲《もう》けをたくらんでかしらんが、豚の子をかついだりして、なにか常人にない智恵

者かもしれんから、明後日敵が上陸するということは、誰からきいたにしろ、たしかであるにちがいない、と考えた。ただなにかはっきりしないものは、たしかにあった。「明後日上陸する」と、いまさき聞いたことばが、一瞬間なにか空耳であったような気がした。そこでふりかえってみると、その男は、あいかわらず子豚をかついで律動をつけて、しだいに善徳のでてきた部落へ近づいていたが、さて、その部落にはもうたいていの人間はいないはずだし、そのまたさきの部落も同様なはずだし、するとその男は、そのままあのむこうのかすんだ空に消えていきそうな気配がするのだった。善徳は、頭をかしげた。

このような変化は、ウシの上にもおこっていた。孫の手をうけとると、そのまま歩みつづけようとしたが、ふと思いとどまって、娘を待ってやることにした。いまはぐれると、やっかいなことになりそうだ、という気が、ウシのなかにはもうおこっていた。そこで、道ばたによってしゃがみ、タケが小さな藷田の畦《あぜ》をわたってサトウキビの林のなかに消えるのをみていたのだが、タケの姿が消えたとたん、妙にうす気味わるくなってきた。それは、その瞬間にまた例のドロロンがきたせいかしらないが、なんだかタケがあのままでこないのではないかという不安であった。そういう気もちが一滴でも噴きでると、孫の眼が無心に母親を待ってサトウキビ林をみているのも、恐怖のあまりに放心しているようにみえてきた。栄太郎は、片腕はなくても、男と若さとで重い荷をかついでかなり先をはしっていたが、それがいま立ちどまってこちらを待っているようすである。タケは、よほどこらえてきたあとだったらしく、サトウキビの畝《うね》を存分にくろぐろとしめらせたあと、モンペの前をなおしなおし出てきた顔は、あらたまったような紅《あか》みさえおびて、空などながめた。

「あれ、早くどッ」

ウシは、はじめてほんとうにどなる気になってどなった。と、善徳の声が栄太郎の前でとんでいた。

「なにみて、とろばってるか。早々と歩きくされ」

ウシは、それをきくとようやく、これまで経験したことのない生活がいまはじまりつつあることを、実感として感じはじめていた。栄太郎が、いつのまにかこの家庭にとびこんできたようなのも変なものだったが、娘のタケが栄太郎を仲にたててこの家とあたらしい関係に切りかわったような気がするのも、やっかいな雰囲気だった。家から遠くへだたってきてしまったせいかしらないが、妙にしらじらしい、ばらばらなものが、たとえばいま視界にありったけの右往左往する人間どもとなんら変わりのない頼りないものが、一家の者をそれぞれつきはなしているようだった。そのくせ、おたがいに一生懸命にすがりあっているのも、たしかに感じられた。

善徳が栄太郎をどなったとき、ウシは善徳のほうがまちがっているような気がして、なにかどなりかえそうとしたが、ことばには反対のものがとびだした。

「そうど、そうど。早くいかんと後生《ぐしょう》（冥土《めいど》）ど」

いってしまってから、またわるい言葉をつかってしまったと気がついたが、善徳はこのときは気づかなかった。

ウシは照れかくしに、やたらに威勢のいい声で、

「一大事ど、一大事ど。通れよ、いそげよ」

と、手を大きく前へふった。そのとき背後にいつのまにか追いついた一団から声がかかった。

「善徳じいさんよ。あんたらも墓にか」

声をかけたのは、善賀先生だった。善徳にはまたいとこにあたる、二十年前の小学校長だ。やはり嫁たちや孫たちにかこまれていた。

「はい先生。あんたらも墓にてか。たいへんしましたなあ」

善徳は、わけもなく大きな声であいさつを返した。善賀先生は、セルのズボンの裾をまくりあげてから、杖をもちなおした。

「米国軍隊の上陸すると、たいへん気張らんといかんど。この年になってから戦死するのも、みっともないから、気張らにゃ、じいさん。孫たちもついているし、ほう、みんなみんな元気でないか」

善賀先生の眼が、そのとき栄太郎のほうにことに注目するので、善徳は返事をしぶった。ところが、ウシが返事をした。

「はい先生。こうして若いもんもいるから、頑丈なもんです。遊びにおいでてくだされ」

「くされもん」善徳は、おしころしたどなりかたをした。「イクサにも遊びにこれるか」

ウシは、まずいあいさつだったかと気がついた。新しいところへ集団移住するような錯覚で、うきうきしてしまったところが、たしかにあった。そこでまた照れかくしに、

「文子、善春、あんまり離れるなど」

といったとき、ドロロンとかなり近くで鳴った。善徳は、なにかいいたそうに口をもぐもぐさせたが、ついにそのまま、足をがたがたとはやめた。そのからだから、なにか豚の散歩するときの声ににた意味のない声がしみでるのを、そのすぐ前をあるいていた文子だけがきいた。


墓は、いつものように、くろぐろとした湿り気をおびて、一家を迎えた。何代めに植えられたものか、三丈ほども亭々とのびた松が三本、目印のように墓地の入口にあった。このような貫禄は、善徳が親戚中にも自慢しているところだった。松の根のところで、山道からはいると、そこがお宮でいえば参道のような二間幅ほどの露地である。五間ほどはいると鉤の手に折れて、また三間ばかり、そこで墓の庭になる。二十坪ほどの方形の庭は、ついこないだ草をとったばかりで、きれいだった。その奥に、丘に背をもたせた大きな墳墓は、しずかに一家を待ちうけていた。漆喰《しっくい》でゆたかなふくらみをもって葺《ふ》かれた墓は、その屋根の形のために亀甲墓《かめのこうばか》とよばれる。そのまるい屋根を抱えるようにして左右にながれる墓の線は、正面に大きな石材をつかって切り立った壁の両袖のあたりで一度渦を巻くような姿をつくり、それからずっと、庭をだくように流れおちる。世の物識《ものし》りがこれを

女体にたとえて、この形はちょうど女が仰向けに両脚をひらいたところだという。それならば、正面の壁の下辺中央にある、大人ひとりが腰をかがめてはいるほどの、いわゆる「墓の門」は、女陰の形象であり、人は死んでその源へ還《かえ》るというしるしでもあろうか。亀甲墓のほかに、屋根が破風にかたどられた破風墓もあって、この場合は正面に玄関をもった人家そのものだ。島の丘陵を背にしていたるところに、あるいは雑木林をまとい、あるいは原野に露出して散在するこれらの墳墓は、そもそも先祖が永遠に自己主張を保とうということなのか。それとも現世で楽な目にあえない庶民がせめて来世の栄華に望みを托する願いのあらわれなのか、ときに当家の住宅よりも偉大な、骨どもの住宅なのであるが、――いま泰平の島に物《もの》の怪《け》のように襲いかかってきた、とんでもないカンポーサバチの難をさけるために家をとびだしてきた人々にとって、これはまったく精神力の保証をつけた要塞であった。

はるかに敵艦をうかべた海にむかって女体の両脚をひらいたような墳墓は、あたかも不死の呪術をこころえたもののように、悠然として子孫を迎えた。善徳は、一瞬間ドロロンが全く消えたような法悦にひたったほどであった。眼の前にある墳墓は、彼が二十五歳のとき、石材が積年の風化に形をくずしかけたので、田地のなにがしかを売って莫大な費用をかけて改築した。そのとき「墓の門」をふさいだ分厚い一枚石の扉は、儀式として善徳がはじめて閉じたものだ。その後、葬いや洗骨などで開けたことはあるが、それをいま自分の命を護《まも》ってもらうために開けることは、いかにも因縁めいて、彼の胸をうった。彼は、拳固《げんこ》で肩を二つほど打つと、カネガラをかまえた。「墓の門」をあけるには、古来陰陽学の日を取らなくてはならないとされている。善徳もウシも、日ごろからこの陰陽の作法にはやかましい方であるが、この日は終始そのことにふれようとしなかったのは、さすがにイクサであった。遠く近くのドロロンの響きにどやされながらの力仕事は、まったく勇ましくも忙しくもあった。善徳は、いまさらのように、足腰がいうことをきかない老いの不甲斐なさを思い知り、栄太郎が文字通り片腕を貸してくれたことに感謝しなければならない仕儀になった。だが、暗い穴が新しい意味をもって開いたとたん、子供たちを急《せ》きたてて中へはいってしまうと、どうもこれはいかんと、あらためて思った。

「お前たちは、こんなにして、ここにいるつもりてか」

タケは、幼い民子が墓の内部をみまわしておびえているのを、肩をおさえておちつかせようと努力しているところであったが、とっさに栄太郎と善徳とにほとんど同時に視線をはしらせてから、子供の肩になげつけるようにどなった。

「して、どこにいくか」

「どこにでも行きくされ」

「ふん。荷物もたせて、墓の門も開けさせて、もうとなったら薄情するのかね」

「なにか。わしがやれといったのか。自分らがしいてもやるといったから、させたんでないか」

「そんなら、出ていこうか。だがな、孫が殺されたら、じいさんがてだよ。あんたがお元祖にわびするだろう?」

「………?」

善徳は、言葉につまってみまわした。墓の内部は、住宅でいえば八畳間ほどか、墓の門を三尺ほどはいると、その線から奥の天井へかけて石段が築かれているが、そこには、先祖代々の骨壺が序列ただしく安置されている。その先祖の事蹟を、善徳ぐらいの年の者は何でも諳《そら》んじている。まず七代先に一本立ちになった方の結婚にはじまり、代々の当主とおもなる事件——嫁さんをどこそこからもらったということを最も重要なものとして、子供をいくたり生んだの、または生まれなかったのでどこそこから養子をもらったの、その養子がどこそこの血をひいて女好きであったから、妾《めかけ》をこしらえて、どこそこにも胤《たね》をおとし、その私生児が死んだとき、その骨をこの墓に納めようとして親戚から文句がでたの、何代めの当主は村の地頭代家に下男奉公をしていたとき、主人の地頭代について首里城へのぼったことがあって、その折り某々御殿から性利発と下され物があり、家宝にして蔵していたが、その何男とかが遊び好きで、それを売り払って飲んでしまい、親戚中を怒らせて、所払いとなったため、某村に流れていった。だからいまだに、盆正月にはその村まで線香をあげにいくことになっているのだ、等々の来歴について、つまびらかに諳んじている。骨壺は厨子甕《ずしがめ》と称して、安物の陶器ながら彫刻らしい装飾も施されて、蓋《ふた》はもったいつけて甍《いらか》をかたどっているから、これもいわば小さな家で、古びてくるとかなり人格らしい風味をおびてくる。うす蒼《あお》みがかった暗さと朽葉様《くちばよう》の匂いに包まれて、それらの古い人格どもは、おしならんで動きもせぬが、そこはかとない表情と権威とをただよわせて善徳に迫ってくるのである。善徳は、墓の門をくぐったとたんにドロロンをきいたが、その瞬間これらの人格を仰ぎ、偉大な守護の権威を感じとって安堵《あんど》したのであった。と、その同じ権威が、タケのいうように責める人格に変貌しうるのだということは、たいへんな発見であった。つくづくと、序列ただしく先祖をみわたせば、なんともふしぎな思想が頭のなかをかけめぐった——シャクにさわるのは淫奔なこの娘である。夫は名誉ある帝国軍人として出征したのに、いくらその夫が戦死したからといって、契りの子までありながら、男をつくりくさるとは、わが子ともおもわれぬが、考えてみると、かの養子に来なさった先祖からの血縁であるらしい。するとこの自分の体にもその血がながれているのか。六十をすぎてから後妻をめとったのは先祖の祭祀《さいし》をつくさせるためであって、生涯を男ながらに固い操で通したこの体にそんな血があるとも信じがたいが、先祖の血のことだから信じないわけにいくまい。さても恨めしいのは、あの養子さま。けれども、これはいけない、いま自分は娘のいうように、先祖に叱られようとしている立ち場にあるらしいのだ。ほらきこえるではないか、あのドロロンのなかで、いますがって命をたすけてもらうのは、この先祖たちであるとすれば、ゆめゆめ恨みがましいことをおもってはならぬ……。

　善徳が思いあまって、このうす暗がりを切り裂かんばかりの顔で、静かな先祖団をみまわしていると、わきではウシが、米粒をひとつかみ荷物からとりだし、弁当箱の蓋にのせて、いちばん下の壇にそなえ、合掌すると、そのしなびた唇をついて、あるかなきかの声

が、しかし自信たっぷりなテンポで、

「きょう、アメリカがイクサおしよせまして、カンポーも撃ちあばれていますから、どうかしてお元祖さまのお助けで、たくさんの孫たちの体になんのさわりもありませぬよう……」

と案じた。

先祖との同棲生活がはじまった。携えてきた衣類、食糧のたぐいをあらためてみながらウシが、無事に引越したという思い入れで、「善賀先生たちは、さわりもなく移ったかね」

「いまはじまったばかりだのに、さわりのあるか」

と善徳がいった。すると善春が昂然《こうぜん》と、

「イクサだのに、大砲のとんできたら、すぐ死ぬてさ」

「わらべが、なにいうか」

「大砲にも大人、わらべてあるか」

どちらも、ドロロンに負けないつもりで、せい一杯の声をあげるから、石室のなかは反響がたかい。

「そんな大きな声で、二人とも……」ウシが二人を交互ににらんだ。「お元祖の前で、死ぬ死ぬと、わるい言葉をいうか」

善春があらためて、ふしぎそうな顔で厨子甕の排列をながめていると、善徳は上目づかいに、むこうの隅にうずくまっている栄太郎をみた。無駄飯食いが割りこんできた、という顔であった。

栄太郎とタケとのことを善徳があきらめさえすれば、この同棲新生活はなんとかやっていけるというものであった。ただ、どうしても引越しという気もちになれないのが、子供たちであった。幼い民子は、母親がついているという安堵から、じきに馴れたが、文子と善春はさすがに、墓のなかに人骨といっしょにいるということに怖気《おじけ》をふるった。初日の夕闇がせまると、タケと栄太郎のところににじりよった。

善春は、いくども、

「あれは、みんな人間の骨のはいっているのか」

と質問した。

「豚の骨はいれないよ」

と栄太郎が、わざと笑わせるようなことをいった。善徳がまたにらんだ。

「善春も文子も、ここへ来い」

ウシが気をきかせて二人をタケたちからはなした。善徳は、わざわざもってきた枕をだして、せまいところで無理に横たわった。それは、教育のためでもあった――

「こうして、ねるんだ。お元祖もねているんだ。おなじだど。うちのお元祖は幽霊でないど」

「そうど、そうど。おとろしくないど。わしたをお助けになるんだど」

ウシが相槌をうった。それは、彼女の信念であった。無理につくったようなものでもあったが、彼女は善徳より熱心に、家族にそれを訴えようとした。で、墓にはいっても、夜になっても、ドロロンがかなりはげしくなっても、彼女はわりと平和なようすであった。

その晩ウシは、夜なかにめざめて、

「タケ」

とよんでみた。低くてひからびた声だから、石室にも反響はない。闇にとけるようにそれが消えるころ、

「お！　ばあさん！」

と、いささか唐突な金切り声で返答があった。この声と同時に、ウシにはみえなかったが、タケは乳をさぐってきた栄太郎の手をかきのけていた。

「わらべどもは、どうしているか」

「ねているよ」

タケの声は、おちつきをとりもどした。

「栄太郎は？」

「……ねて、いるよ」

「ねているか」

「うん」

「イクサど。よくねむれよ。蚊が多いな」

これには、タケがどうこたえていいかわからず、二度めに栄太郎の手がのびてきたのを、こんどは握って浮かせたままでいると、鈍くしめっぽい音をおこして、ウシは墓の門のところまでやってきて、外をのぞいた。二人もおもわず、体をおこした。

「あれな。あれはなにかね。あんなに火魂《ひーだま》がたくさんかね」

ウシが外をみたままでいった。その背で栄太郎が、遠慮なしにいった。

「ああ。あれは照明弾さ。夜でもみえるようにてさ」

「へ。夜でもイクサのみえるようにてか。へえ」

ウシは、いいながら、ねみだれていた衿《えり》と裾《すそ》をかきあわせた。あたかも、そこを照らされてはと用心する風であった。

「イクサには、火魂はにげるはずよ、ばあさん」

タケが、無理に笑いをふくんだ声でいった。

すると、栄太郎の呟ばらいがきこえて、

「墓のなかにいたら、火魂もおとろしくないさ。な、ばあさん。もう、死人と友達なんだのに」

その声には、すっかり度胸がついていた。ウシは、それにはこたえず、外へふみだしていた。

「あれま、ばあさん。どこにか」

タケの声が背後から追いかけるのをひきずってウシは、すっかり墓の外へでると、平らな石だたみの上を石の壁に沿うて袖のほうへ足を運び、つきあたるとそこにていねいにしゃがんだ。石の壁が、直角にからだを包んでくれて、かなり安定した感じをあたえた。しらずしらずウシのそばについてきたタケと栄太郎は、ウシが両膝をたてたまま尻をおろし、両手を膝の上でしずかに組みあわせているのを、星明かりでみとめた。

「タケよ」

ウシの声が、闇をみつめたまま静かだった。

「あ?」

「わらべどもはよく見れよ。ここで死んでもじいさんがこの墓にはおさめてくれんど。そしたらお元祖に申しわけないど」

「イクサにも、どこの墓といってあるか、ばあさん」

栄太郎が、すっかり狎《な》れた口をきくと、

「あるてさ。狂《ふ》れた物言いかたするもんでない」ウシはめずらしくとがった声で、「この墓はじいさんの墓ど。お前たちはお前たちの墓にいくのがほんとど」

タケと栄太郎が暗いなかで顔をみあわせた。表情はみえないが、おたがいに相手がシュンとなっているとおもった。

「お前たちは、自分の親みようとはせんで、わしたといっしょに来てしまったんだから、もうしかたない。だが、ここで死んだら、お元祖にあわす顔ないど。生きのびて、自分の家へ帰るんど。タケは、お元祖にそのあいだのおわびしておけど」

タケと栄太郎は、闇をとおして、遠く海の方に眼をすえたまま、ウシのことばをきいていた。ドロロンは昼間とおなじように鳴っていて、夜になったら、それの出どころがはっきりしてきた。海には、よほどたくさんの軍艦がつまっていて、艦砲を放っていた。まったく乱暴にそこここの闇が赤くぶっ裂かれて、そのたびにドロロンが鳴った。かとおもうと、暗い空のその辺で照明弾が炸裂して、萱《かや》の丘や藷畑が蒼白《あおじろ》く無念という顔であかるんだ。夜の風景は生きものの顔を封じこめていたから、みわたすと、ただ光の模様といった風態があったが、そこから音響を発するのが、底のしれない無気味さをもたらした。

ウシは、ここで死ぬかもしれないと考えていた。だが、あのドロロンのどれかひとつでこの生身をぶっ裂かれてむごい恰好《かっこう》になる――たとえば、年々の暮れにどの家でもやる豚の屠殺の姿がこの身の上にあらわれる、という想像はわいてこなかった。彼女がここで死ぬかもしれないと考えたのは、むしろ、そこで死にたいという願望の変形であるのかもしれなかった。これは、彼女が善徳の後妻であるということと関係がある。

彼女は、五十をすぎて後妻にきたのだから、この家で子を生んでいない。先妻の子に一男二女、長女はフィリッピンにいっており、次女がタケである。長男は、戦争が近づいたころに、文子と善春の二人の子を善徳のもとへ送って、あずけた。ウシは、その長男に、善徳や孫たちを通じてしか、思いを通じていない。長男や長女がフィリッピンくんだりで死んだところで、どれほど悲しむことができるか、疑問である。だが彼女は、ひとなみに悲しむことができなければならないと考えている。この十余年来の生活が、彼女にそういう義理とねがいとをあたえた。――善徳がウシを後妻に迎えたのは、妻も嫁もいない身の廻りの世話と、先祖の祀《まつ》りを托するためである。ウシもそれを承知で来た。承知の上で、一生懸命につとめた。先祖をまつり、善徳や孫たちの世話をみた。六十にちかかったから、親戚づきあいでは、若い嫁のように戸惑うことがなかった。敬意をうけることが多いのである。それは幸せだった。なにしろ、よくつきあってもらわないと、彼女はこまるのだった。さきの亭主からは、四十そこそこで追いだされた。一人だけ生んであった子が死んだせいかと思ったが、ほかに女ができたのだった。実家へ帰って、養蚕などで十幾年か暮らしたが、五十すぎると、骨のあずけどころというものを考えるようになった。実家でも、なにかの拍子に口にだした。そのまま実家で死んだら、墓にはいっても、骨は特別ななら べかたをされる。特別陳列とまではいかなくても、墓をあけるたびに子孫から特別の説明をされる。おそらく、あの世でも先祖から因縁をつけられるのではないか。一旦でた実家へ帰るというのは、なんと心苦しいことか。女はつらい。そこへ、善徳の後妻にどうかという話がきたのは、運というものであった。乗り気であるかないかより、半分は骨をあずける義務をおもって承知した。その善徳が、前ぶれにたがわず、おっちょこちょいの一徹者ではあるが、根は底抜けの上天気みたいな人間だ。このひとに拾われて、一生懸命につとめなければ罰があたる、と考えた。そうしなければ、この余計者をせっかくちゃんと迎えてくださるという、この家の先祖に申しわけがたたない。その義理が彼女を一生懸命にして、孫たちからも「ばあさん、ばあさん」と慕われてきたし、この分なら、あの世での先祖とのおつきあいにも事欠くまいとおもっていたこのごろだが、こうも早く同棲の機会が訪れようとは、おもわなかった。もっとも、本当の同棲でないことは、こうして生身である以上あたりまえの話だが、それにしても、なにかこう、なにかのおひきあわせだとおもいたい。なにか、すっとこう、……ついでに死んでしまいそうな気もする。こうした気もちは、このお元祖たちが一家の命を救うてくださるという信念と、すこしも矛盾するものでなかった。どちらも彼女にとって「安心」のねがいであった。

ところでさて、タケと栄太郎だが、――とウシは、ついでに考える――栄太郎はともかく、タケのことだが、これはまた何と不孝な娘か。善徳が腹をたてるのも無理はない。けれども、ウシがじっくり考えると、タケの気もちも察してやりたい。亭主は男だから、戦争へいって死んでしまえば、それもよかろうが、のこされた妻は女でかわいそうなものである。幼い子をかかえて、たよる亭主はなし、亭主は次男であったから、姑仕えの苦はないにしても、そのかわりに支えになる資産とてもなく、このさびしさは、三十代の若さで放りだされたウシには、よく分る。はやい話が、戦争となったら、あわてくさって親のところへ、恥も外聞もすてきって栄太郎もともどもかけつけた心根は、あわれというものではないか。やれ、この家のお元祖もこのようなむずかしい連中をかかえこんでは、すこしばかり迷惑なことだろうが、戦争だ、しかたあるまい。そのかわり、よく気をつけてこんなところで死なないようにすることだ。どうでも生きのびてもらわないと、いろいろの都合がつかないことである……。

ウシのこういう気もちは、日ごろ彼女から父親以上に親切にされているタケと栄太郎によく通じた。タケはきいているうちに、わびしくあたたかい気もちがきざして、ななめ背後にいるとおぼしい栄太郎のからだに手をのばすと、ぶらんとした空ッポの袖をつかまえてしまったから、あわててつかまえなおした。栄太郎が片手で手つだって、二人の手が組みあった。

折しも、

ドロロン！

と鳴ったはいいが、これは真上で、夜空を真赤にいっぱい叩き割った。

「ばあさんようッ！」

墓のなかで、善徳が胸をわられた思いでどなった。間髪を入れず、ウシが、

「じいさんようッ！　わんは此処《ここ》どうッ！」

墓の門へむかって体を斜に倒し、両腕で支えたまま、どなった。その姿を、タケと栄太郎とが力いっぱい抱きあったまま見た。ウシの体は、まるで墓の礎石にはりついたように、身じろぎもしなかった。

三日めの朝、厨子たちもゆらゆらと顔をしかめるほどの大きな爆発がおこった。このころようやく、老若男女の感情が一致した。小便は外へ出てしないようにと善徳がいうと、みんな一も二もなく賛成した。では大便はどうするかということになると、これは小便の

ように地面にしみこまないから、内でするわけにはいかない、という意見がでて、ちょっと行きづまった。このとき栄太郎は、タケの袖をひいて小さな声で、厨子甕の蓋は裏が適当にくぼんでいるから、それに用をたして、夜になってから外にすてればよい、と提案した。タケは、とんでもない、という顔で目くばせした。いい考えだが、われわれの口からいまそれを言いだしたら、不敬のそしりでじいさんがどんなに怒るかもしれない、せっかく気もちが通じかけたのだから、しばらく刺戟《しげき》しないほうがいい、という思慮を、タケは手短かにつたえた。栄太郎は、それもそうだと考えた。だが、これはやはり名案だと、なみいる先祖の霊をうごかしたのか、嫡孫《ちやくそん》の善春の口から同じ提案がでた。

「えい、汚い！」

と文子が黒くよごれた顔をしかめた。だが、ウシが横で、

「そうさ。しかたないてさ、イクサだから、しかたないてさ。あとでキレイに洗えば、罰はあたらないてさ」

便利なことをいいながら、手近な厨子甕の蓋をとりおろしたが、おもいついてまた米を、こんどは三粒ほど、そなえて掌をあわせた。

ウシは、無言で合掌しながら、心のなかでは、あすからなにか祈ることがあっても、そなえる米粒はなくなるだろうと、考えていた。

墓のなかにひっこもっている分には、戦況がみえるでもなく、ドロロンにも馴れて、七日もたつと、なにも考えなくなっていた。戦争とは、ドロロンをきくことと、若干の飢《ひも》じ

さにたえることと、糞を厨子甕の蓋にたれることであった。タケと栄太郎にとっては、イトナミが地盤のつごうでたのしくいかないうらみがあって、あまりその興味もなくなったが、心のつながりだけは大っぴらになっただけ、得というものでもあった。栄太郎は作戦の体験があるから、敵が上陸したかどうか、すこし気になった。タケにちょっとそのことを話したが、タケは実感がわかなかった。彼女はウシとともに、米と藷葛《いもくず》と味噌とだけの食糧がほとんど欠乏してきたことに、最大の関心をよせた。そのことは初日から予想をつけていたので、すこしずつ節約していると、こどもが飢じがって泣いたりしたが、そのうち泣くより眠る時間が多くなった。タケは、それがむしろ心配になりだした。それでも、敵や味方の兵隊をみないうちは、戦争の勝ち負けということはまだ考えず、天下の崩壊も厨子甕の陳列がくずれないうちは思い及ばない、という風であった。

朝と夕方に、きまって半時間ほど艦砲がとだえることに気がついたのは、五日めごろであった。島の人たちには戦争がすんでからわかったのだが、敵の食事時間だということであった。いかにも物忘れしたような空白の時間で、おもいついて墓の外にでると、ちょっとめまいがした。こどもたちは、外で小石をもてあそんだ。

栄太郎が、悠然と野糞をたれてみようと企てたのは、思いつきであった。彼は、雑木林のなかで地形をえらんでしゃがんだまま、樹間から沈着に艦隊を望むことができた。かの湾の沖に艦隊がおしならんだのは、彼が少年のころにも記憶がある。それは日本の連合艦隊で、夜な夜なひかるサーチライトも、われわれを護る力の栄光とみえてたのもしかったが、いまみる艦隊は残虐ときこえる仇敵《きゆうてき》米軍。それにしても、あの水平線もかくすほどおしならんだ数百隻の軍艦のくろぐろとした雄姿は、敵とおもうも残念なほど自信たっぷりである。敵ながら天晴《あつぱ》れという言いかたは陳腐だが、連日連夜、おかげで生きながら墓にとじこめられて、ひとの先祖の骨につきあわせられていると、何としても劣等感がさきに立つ。で、こうして春のかわいた風によごれた尻をなぶらせて、生理的快感をあじわいながら相対峙していると、敵からはみえないとおもうほどに、対等みたいな錯覚がきて、精神までが爽快になる。

最初の日、この爽快な気分をみやげに墓の門をはいったとたんに、再開第一発のドロロンが鳴った。タケと顔みあわせておたがいに目をまるくしあったが、翌朝彼は、そのドロロンが鳴るまで対峙してしゃがんでいた。第一発のドロロンが鳴ったら、一目散ににげかえろうと、不逞《ふてい》な冒険をくわだてた。で彼は、じっとスタート合図を待つ短距離選手のように、胸はずませて軍艦群をながめていたが、そのうち「あっ」と、おどろきか喜びかわからない声をあげた。そのつぎの瞬間、ドロロンが無数に鳴ったのである。彼がおどろいたのは、突然砲火を吹いた軍艦が、勢いよく後すざりしたからであった。栄太郎は、なにか不思議な力にひきよせられるように、すばやく手近な岩かげに半身をかくすと、眼をみはって海のかなたをながめつくした。軍艦らは、いれかわり立ちかわり、前に進みやっては、火を吹き、後へすざり、音たてて空を裂いた。あたりの空の色がまたたく間に溶けて流れそうにみえた。彼は、シナでの実戦の体験もあるけれども、いま目の前にしている海原と空と土とが、幼い日から親しんできた美しさであるだけに、そこでいまおこりつつあるすさまじい崩壊に、恐怖というより、とんでもない地球の生理をみつけたような神秘感にとらえられた。すると、奇妙なことに体中にギシギシ音をたてるような力がみなぎって、意外な欲情がはしりはじめた。片腕をやたらにおよがしながら走り帰った彼は、体を固くしてタケをかき抱いた。タケはむろん抵抗したが、この栄太郎のしぐさを、たんなる恐怖によるものと受けとった。

このときウシだけが、

「狂《ふ》れもん！」と力のない声でどなった。「わらべのことも考えないで、気ままなことしくさって、それぐらいなら、明日から藷あさりに行け。下の畑のものは、もう食える時分てさ」

はじめは、タケに抱きついたことを叱ったのかと思ったが、様子で、命を粗末にするなという意味だとわかった。栄太郎はしかし、なかなか興奮がさめきらないような顔で、ウシへ反応をしめさなかった。善徳は、窮屈そうにくねって寝ていた。枕だけがちゃんとしていた。

ウシとタケは、きょうの夕方には、いつもの艦砲の休み時間をみはからって、藷をあさりにいかなくてはなるまい、と話しあった。タケは栄太郎に、あんたもかならず行ってこんといけんど、といった。栄太郎は、それでもじっとしていた。

ところが、午後あたりから様子がおかしくなってきた。ドロロンのほかに、銃声や飛行機の爆音がかなり近くにきこえはじめたのである。墓のなかにいては、方角をはかりかねたけれども、そのうちに、飛行機の爆音が近くですると、ちょっと間をおいてドロンが、かなり近くで鳴るのだった。いくつかを聞いてから、栄太郎がぼそりと言った。

「誘導しているな」

「ユウドウては？」

タケがきいたが、栄太郎はこたえなかった。銃声がふえた。そのうち、はじめての音がきこえた。

「迫撃砲だな」

シナ事変帰りの栄太郎がまたいった。さきの「誘導しているな」と、この二つの言葉は標準語であった。しばし墓の中にいる現実を忘れて、実戦の体験を語っているわけであり、いささか得意げな風があったけれども、それはウシや善徳やタケにとって、あまり役に立たなかった。

このような情況の変化が、具体的な作戦のどのような推移を意味するか、誰も考えようとしなかった。ただ、めっきり口数がすくなくなったのは、しらずしらず恐怖がみんなをいっしょにおし包んだものであるらしかった。その夕方、めずらしく艦砲の休み時間がなかった。

「蕃あさりに行かれないか、じいさん」

ウシが、外をのぞくようにしていった。善徳は、枕の上で薄目をあけて、うなるような

返事をした。栄太郎がかぶせて、

「イクサは、今からであるらしいど、ばあさん」

と、また体験のほどを披《ひ》れきした。すると、善徳がひさしぶりに半身をもたげて、どなった。

「イクサにはいけないいくせして、なに言いくさるか」

「じいさんよ。また、そんな」

ウシがたしなめると、栄太郎は鼻じろみながら、タケにだけきこえるように、そっとつぶやいた。

「この家にゃ、わしのような者でもついているから、いつかは役に立つというものでさ」

この言葉を裏付けておくことが、善徳やウシの手前必要であると、タケは考えた。さいわい翌朝、いつもの艦砲の休み時間があった。銃声はあれからずっとつづいているけれども、明けがたからは、気のせいかすこし遠のいているようであった。タケはいった。

「あんた。諸掘りにいこう。モッコもっていけば、当分たべる分はもってこれるてさ」

栄太郎は、なにもいわずにタケの手をにぎって、外へでた。モッコ、モッコとくりかえすタケに一瞥《いちべつ》もくれずに、墓の庭をつっ切ると、雑木林へずんずんはいりこんでいった。

「あれ見れ。軍艦のきれいど。やがて艦砲吹いたら、きれいど」

その口調にふしぎな熱がこもっていた。タケはわけもわからずに、いわれるまま、嘘のように凪《な》いだ海上に島のようにつながった軍艦の群れをみつめた。そのあけっぴろげな大きすぎる風景は、墓のなかで年よりと子供と男とのなかにはさまって気をつかいすぎていた彼女を、いきなり解放感につきはなした。どこからとなくただよってくる焦げくさい匂いにまじって、雑木の青葉の匂いが、彼女の忘れかけていた欲望をよびさました。戦場でのかりそめの静かな時間というものは、彼女に生命の恐怖をとり忘れさせ、同時にすべての約束ごとをも大胆に忘れさせた。栄太郎の片手が素肌のそこここをまさぐりはじめ、その動きにやがてはげしさが加わると、抱く方の片手を補うためにタケは双腕で男の胸をしめあげた。そこへ繁みのむこうから、

「おっかぁ……」

という呼び声は、ドロロンよりも彼女をおどろかせた。脱ぎかけた下着をあわててもどすと、

「艦砲のくるど。おばあのそばにいってないか。くされもん。早くもどれ、もどれ」

いまいましさ半分で、おもわずどなった言葉が、ほんとうに艦砲をいまにもひきだしそうで、にわかに怖くなり、繁みをとびだすと、子の手をつかんで、こんどは男をかえりみようともしなかった。

もう諍をあさりにいく暇はないかもしれん、などと妙な気がかりが頭のなかをよぎりながら、あせっておもわず手をはなし、自分からさきに墓の門をくぐったとたん、背後の石だたみに、でかい荷物でも投げおろすような、低くかわいた音がした。こどもがころんだにしては、すこし音がおかしいと思いながら、タケは反射的にふりかえった。それと、彼

女を追ってきた栄太郎が、不意に襲われたときのような奇声を発したのと同時だった。

それは、荷物みたいな日本の兵隊であった。タケが墓の門をくぐったとたんに、その背をかすめるようにして、墓の屋根からころがりおちた。そして、タケについて走ってきた幼児をはねとばすと、銃をにぎったまま、灰色の石だたみに這《は》いつくばった。それきり、落下したほうもはねとばされたほうも、動かなくなったのをみて、タケと栄太郎とは、内と外とで一瞬間立ちつくしたが、そのときドロロンが鳴ったので、タケはこんどはかつてなかった悲鳴をあげて、体をひっこめた。様子をさとって善徳が奥からはねおきてきたが、タケが体をひっこめたのとぶつかって、二つの体がもつれて倒れた。それにおしつぶされそうになったウシが、仰向けのまま背中から声をしぼりだした。

「あれよ。どうしたてな。こどもは、おい」

タケはそれをきくと、そうだ、わが子は、と気になってはねおきたが、同時に栄太郎が民子をかかえて墓の門をくぐってきた。

「もう、この墓にはこもっておれん。イクサはそこまで来ているようにあるど。にげんとならん」

栄太郎は、民子を地面におろすと、そういったが、誰もそれを耳にいれようとしなかった。タケは、さっそくわが子を双手でつかんだが、体温もあり、息もしていた。脈をさわってみてから、

「あれは日本の兵隊か」

ときいた。栄太郎がうなずくと、

「日本は負けているのかね」

といった。

「一人やられたから負けるてあるか」

栄太郎がこたえてから、耳をすますように天井をにらむと、タケは、

「そうね」

といって、また熱心にわが子をゆすった。

墓の屋根から兵隊が落下して、そのままになっているという事実は、いかにも啓示めいて、家族をおそれさせた。民子はまもなく蘇生したが、それからかなりながく泣いた。ちょうど飛行機の爆音が大きくきこえたので、ウシがあわててその口をふさぐと、民子は身をよじってますます泣きたてた。善徳は、その声で絶望的な怒りをかきたてられたようであった。

「霊《マブイ》をこめぬか、霊をこめぬか」

善徳がどなると、ウシは、そんなことはいわんでも分っているが、という顔をした。こどもが道でころんだり、木から落ちたり、犬に咬みつかれたり、諸種の驚愕動転《きようがくどうてん》にあったさい、現場に霊《マブイ》をとりおとして、その子の肉体はタマシイの脱け殻になったと信じられ、そのときは巫子にたのんで、現場に祈禱《きとう》をおこなわなければならない。ウシは、そのことを、民子が蘇生したとたんに考えたのだが、同時にはなはだ困ったことだと思った。巫子

のほうは、とくにいなければ家族で間にあわせることができるのだったが、供物に米のほかのものを使ったことがないし、それにこのさい現場へでかけることはまったく至難であった。

「米もない。外へもでられん。どんなにするてかね。可愛いこの子の霊《マブイ》はよ」

ウシは、唱《うた》うようにつぶやいて、孫のよごれた頭をなでまわした。

「味噌でも諸でもいいでないか。きょうはもう、ここからお通し拝め」

善徳がどなった。ウシはそれをきいて、なるほどと考えた。お元祖の前で善徳がいうのだから、そうしてもわるくあるまいと、あらためて納得がいった様子で、味噌甕にのこっているのを、指二本でかきだし、弁当箱の蓋になすりつけた。それから墓の外の現場とおぼしいあたりへ向いて、味噌をそなえ、掌をあわせた。

「死んだ兵隊拝むてか。武運長久であるてか」

善春が、腹ばいの体をすこしおこして、いった。まっ黒によごれた顔がまじめであった。

「死んでからも武運長久か。ザイテンノレイてさ」

文子が慰霊祭でおぼえた文句で訂正した。するとウシが、

「兵隊は罰かぶるんてさ。ひとの子の霊《マブイ》おとさせてから、ひとの墓けがらしてから……」

祈禱を一旦中断してそういったあと、また祈禱をつづけた。

みんながだまってしまうと、飛行機の爆音や銃砲の音も、遠くなり近くなりして、ときには、この墓ひとつをとりかこんで戦争をよせてくるのではあるまいかとおもわれるほど

実感をましてきた。すると、眼の前に死んでいる兵隊の屍《しかばね》の存在感も、いよいよ重みを加えてくるのだった。文子と善春は、かわるがわる、墓の門にちょっと顔をのぞかせては、兵隊の屍を確認した。

「いまもいる……」

何度めかに、善春が感にたえたようにいうと、タケがなんとなく、

「罰かぶらないかね」

と、つぶやいた。栄太郎がそれを聞きとがめて、ちいさな声で、

「誰の罰かぶるか？」

兵隊の罰を自分がかぶるのか、兵隊が自分たちの罰をかぶるのか、ということであった。タケは、鶏がくたびれたような眼で栄太郎をみかえしたが、頭のなかで筋がこんぐらかってくるのをおぼえて、だまった。

この二人のひそひそ話を、どのていどに耳にいれたか、善徳がとつぜん、

「栄太郎！」

とよんだ。

「おおッ！」

栄太郎は、家出いらいはじめてはっきり返事をした。半分はびっくりしたような面影があった。ウシが、その声にふりむいたのをきっかけに、祈禱をやめた。

「兵隊葬らんといけんな」

善徳の声色に、家出いらいはじめての、まとまった厳しさがあった。

「葬る？　どこに」

栄太郎も、おもわずまじめにききかえした。

「この墓に葬ることのできるてか。どこか、そのへん……穴掘って埋めるてさ」

「そのへんに片寄せておけば、自分で腐れるが」

「そんなことしたら、罰あたる。わしたのかわりに戦争しているお国の兵隊さんでないてか。生まれ国には親もいろうに。罰あたって艦砲のたくさん射ってくるど」

「うん」

この最後の栄太郎の相槌は、はなはだ呆気《あつけ》ないが、彼はこのとき、まったくそうだ、と急におもいついたのである。理由のわからない実感が、だれよりも真先にみた残酷な兵隊の屍の映像とともに、頭いっぱいにひろがってきたのである。

「しかし、わしひとりでは、どもならんが」

彼は、つとめてまじめな顔をつくっていった。すると、ウシがそれをひきとるように、

「それはそうてさ。じいさんと二人でやるてさ。手間のかかるなら、タケも手つだうてさ。早く、きれいに葬っておけば、まだ新しいから、誰も罰かぶらんてさ」

その自信ありげな断定に、栄太郎とタケは顔をみあわせた。いましがた「兵隊は罰かぶるてさ」とウシがいったのを思いだしたのだった。ところが、ウシはその矛盾にひとつも気がついていない様子だし、なおふしぎなことに、善徳さえもがしきりにウシの顔をみつ

めたままうなずいているのである。ウシは再び、兵隊が中途半端な仏になっていそうな方角に合掌した。彼女の頭のなかでは、もはや、兵隊がかぶる罰も自分らがかぶる罰もおなじものであった。その罰は、どこから誰がかぶせるものかしらないが、とにかくなにかの因縁で艦砲や鉄砲に化身して、むごい屍をつくりにくるはずのものであった。だから、孫の霊をこめているうちに、兵隊の霊にいのっている気もちにもなってしまうし、いのっているうちに、孫の霊も兵隊の霊も自分らの霊もいっしょくたにやすまってくるものと、固く信じられた。そうなると、兵隊の屍を葬ることまでは、祈禱のつづきであった。

この筋道立った矛盾を、栄太郎もタケも理解したわけではなかった。ただ、ウシと善徳とが協同でつくりあげた断定と信念とで、なんとなく自分らも安心してよいようにおもったのだった。

夕刻、ドロロンの休憩時間になると、善徳は威勢よく栄太郎に合図をかけてカネガラをもたせ、自分は鍬をひっさげて、墓をとびだした。人間一人を埋める場所は、雑木林のなかにそう多くはなかった。空いているようでも、木の根が張ったりしていて、善徳を焦らした。

「はやく探さんか、いい所」

どなられた栄太郎は、うろうろしているうちに、タケの素肌をなでた場所にきて、なんとなくしまったと思った。そのとき善徳が、

「うん、ここだ」といった。「ここだ。退け、退け」

善徳は、栄太郎をおしのけて、鍬をふるった。だが、十日あまりも日光にあたらずに飢えている老体は、ひと鍬ふるってよろめいた。

「じいさん。わしがするてさ」

「なんか。片手のなにできるか」

「できるてさ。片手でも女抱いてる。穴掘れんことのあるてか」

善徳は、怒ろうとして栄太郎の顔をみたが、栄太郎はかまわず善徳から鍬をうばいとって、片手でふるいあげた。あぶなっかしい姿勢だが、狂わなかった。善徳が、その手ぶりを口あけてみつめ、ついで切れたほうの肩をみた。彼は、なんとなく抑揚をつけずに言った。

「石はないか。カネガラでやろう」

「石はない。じいさんは立っておられい」

栄太郎は、さすがに声の半分を吐息の音にして、なおもふるいつづけた。ふるいながらたびたび彼は、この場所での中途半端な情事をおもいだした。そして、兵隊の屍をもおもいだしては、妙な因縁めいたものを感じた。

「くされ……」

唾をとばして掘っていった。すると、因縁の重みがすこしずつ軽くなるような気がした。

「くされ！」「くされ！」

彼は鍬をふるいつづけた。そして、どうやら肩が沈むかと思われるぐらい掘れたとき、ドロロンが鳴った。

栄太郎は、海をみた。暮れかかる空に、ドロロンの火は朝より赤みを加えていた。だが、いまの栄太郎にとって、それはもう性的興奮どころではなかった。兵隊の屍がまた頭にうかんだ。何年か前のシナの戦場での恐怖が、ようやく彼のからだの芯にもどってきた。

「じいさん。艦砲ど」

「なんでもない。掘るてさ。今日じゅうに葬らんといかんてさ。どれ、鍬かせ」

鍬がまた善徳にうつった。

「へいッ」

善徳は、泣くような気合といっしょに、鍬をガスッと打ちこんでから、いった。

「はやく。兵隊もってこい。タケにも手つだわ……」

あとの方がドロロンにかき消されると、善徳は顔をしかめて、鍬をふりあげ、勢いあまって尻をおとした。栄太郎は、それをかかえおこすと、いそいで深呼吸をして、墓にかけもどった。タケは、墓の門から首をだしたりひっこめたりしていたが、栄太郎が片手をふって合図すると、ためらいもなくとびだしてきた。装具をつけた屍は重かった。栄太郎は銃をもぎとり、あせりながら鉄帽をぬがせた。鉄帽をぬがされた兵隊は、眼をよけいに大きくむいたような顔になった。タケが悲鳴をあげた。あとは、帯革や弾丸入れなどをはずす余裕はなく、二人は屍の腕をもったり足をもったり、わずかの間に幾度かもちなおし、怖さと重さに眼をとじたりあけたりしながら、屍の頭部を傷だらけにしてとどけた。

「もうすこしだなあ、じいさん」

栄太郎が叫んだ。

「うん。もうすこしてさ。ヘイッ」

この二人の会話に意外な情が通っているのを、タケは恐怖にたかぶっている頭で感じとった。それで、善徳の顔にみいった瞬間、ふといまさきの二人の声は泣き声ではなかったかと疑った。タケは、やにわに善徳の手から鍬をうばいとった。

「じいさん。わしがやるよ」

「うん。お前がするてか。してみれ。もうすこしでいいてさ、もう。ハアッ」

善徳がよろめきながらわきへのくと、タケの顔が泣いたようにゆがんで笑った。そこで、

「ヘイッ」

と、おもわず善徳をまねたような気合でうちおろし、土をかえしながらどなった。

「栄太郎。じいさんよくみれど」

「おおッ」

栄太郎は、もう馴れた調子の返事をかえすと、腰をおろしている善徳をかばうように、そばにいって立った。

屍体を埋めおわったころ、雑木林の上で艦砲が炸裂して、梢がいっぱい燃えひろがるように赤くみえた。

「じいさあんッ」

タケがおもわず叫んだ声は、つまずきころびながら墓にたどりついたあとまでも、三人の耳にのこった。

疲れと怖《おそ》れとでふるえる三人のからだを、ウシが誠意をこめた手つきで、かるくたたいたりさすったりした。

「なにか、食うものは、もう……」

呼吸のみだれをととのえながら、善徳がウシをかえりみた。

「味噌のすこしのこっているだけてさ。じいさん」

ウシが、気のどくそうにいった。善徳は、もう完全な闇になったなかで、こんどは栄太郎の輪廓を求めようと努力しながら、

「栄太郎よ。これはどうなるてかね」

といった。しずかな声であった。

「だからよ、じいさん」栄太郎も、しずかな調子で、「もう、イクサはそこまできているからよ。ここにこうしてもおられんておもうがね」

「イクサの来ているていったら、アメリカも来ているかね」

これはウシの質問であった。

「鉄砲も大砲も遠くから射つからわからんが、日本の兵隊のにげていけば、追ってくるはずね。わしたも逃げんといかんど、これは」

「日本は逃げるてか」

これは善春であった。

「ウ……」

栄太郎は、おもわずつまった。そういえば、アメリカが攻めて日本がにげるという戦況をまだみてはいないのだ。しかし、彼にはいつのまにか日本軍が退却しているというイメージができていた。銃火の音をきいて日本兵の屍体のほかに何も見ていないせいかもしれなかった。彼は、あの屍体にかなり心をうごかされていた。それはしかし、ただそれを見たというだけでなく、どうやら善徳といっしょに命がけでそれを埋めたときから、因果めいた魅力をもって迫ってきているのだった。彼は闇をにらんでいった。

「にげるが、かならず勝つてさ」

「どこににげるてか」

善徳がきいた。

「南からくるか北からくるか、よくわからんが、あすの朝になれば分るかしれんね。分ったら、ここを出てにげんといけんど、じいさん」

栄太郎のまともな説明に、善徳がすなおにうなずいたが、むろん誰も気づかなかった。そして、ウシの祈禱をするときのような調子の細いことばも、きいた者はなかった。

「わしは、ここにいたいてなあ……」


その夜、雨になった。

「栄太郎。雨の降るど。藷掘りにいかな」

善徳が闇のなかでいきなりいった。

「う……」栄太郎は、ねぼけて言葉にならないことをうめいたが、すぐわかって、「こんな雨ふりにな、じいさん」

両人ともおきなおっていた。

「雨ふるからてさ。夜のあけたらにげんといかんかしれんとでないか。藷掘っておかんと、もっと大降りになったら、空き腹さげてにげらるるてか。艦砲もあんまり射ってないごとあるし、いまのうちに掘っておかな。……何時ごろかな」

眠気がそう重くないから夜明けにちかいかもしれない、と栄太郎はおもったが、返事をしなかった。そして、とにかく善徳のいうことにしたがおうと思っていた。善徳の彼にたいする口数がとみに多くなってきたのは、感情がやわらいできた証拠だ、と彼は感じとっていた。善徳の口ぶりに、にげるときは一緒だといっている風な意思もくみとれた。ところで藷のことだが――にげたらにげたで、どこにでも食糧はある。行く先々で求めたらいいのだ、と彼自身はおもった。善徳が無理して自分の畑のものをもっていくという律儀さが、すこしおかしくもあった。けれども、このさいその辺のところを妥協したほうがよさそうであった。いっしょに食いながら、いっしょににげるには、そうしておく義理があるようにも、心得ていた。

「行け、……行け」

て出た。

タケが声にならない息ではげますのに調子をあわせて、善徳のあとから墓の門をくぐった。艦砲があまり射ってないようだと善徳がいったのは、雨の音に気をとられての錯覚であった。音と光とが、たえまなく夜をひっかきまわしていた。外へでると、むしろそれに気をとられて、雨にうたれることがいつもほど気にならなかった。ただ、足もとがたよりなかった。粘土質の表土はもちろん、木の根も石も、どれもよくすべった。

「じいさんよッ」

栄太郎は、なんとなくよんでみた。砲弾の炸裂するあかりで、善徳がモッコをひるがえして肩にのせるのをみた。

「下の畑、知っておるかあ。海軍大将の下てさ」

「おお、知っておるてさ。じいさんの家のことなら、なんでも知っておるてさ」

薄《すすき》のぬれた葉が気もちわるく顔におそいかかるのを、鍬をもった左手ではらいながら、栄太郎は、ほこらかに雨の音と張りあった。

途中、大きな艦砲弾痕の穴があった。栄太郎は、あやうくそこへ足をすべらしそうになって、立ちなおると、ふと善徳の安否を気づかった。

「じいさんッ」

「へーイッ」

返答は、穴とは逆の方向に、かなり下のほうでした。堤にたてられた仁丹の看板の海軍大将の足許《あしもと》に、もうおりていた。栄太郎は、見当をつけておりると、海軍大将をふりあいだ。ちょうどなにかの閃光《せんこう》があって、明治の帽子をかぶった海軍大将が泰平な顔でまだ健在な様子がみえた。

「モッコ、この辺においておくからな。掘ったら、たいがいの見当つけて、このへんに投げれど」

善徳の声には、もう疲労があらわれていた。

「わしが掘るから、じいさんは、カズラ刈られい」

善徳は、兵隊の穴を掘ったときとはちがい、だまって楽なしごとをとった。栄太郎は、片手でにぎった鍬の柄が雨と泥とですべるのに閉口した。それに、掘りだしたら、藷にくっついた土をはがして投げなければならない。

「泥はおとさんで投げれ。わしがおとすど」

鎌を家に忘れてきていた。善徳は、腰に力をこめて藷蔓《いもづる》をちぎってまわりながら、どなった。彼はしだいに、藷蔓をひきちぎる拍子に尻餅をつく回数をました。「えい、くされもん!」善徳は、たちあがるたびに、顔をしかめてひとりごとをいった。

夜が明けそめた。善徳が泥をはがしてモッコにいれた藷は、まだ山をつくりかけたばかりであった。

「栄太郎、もういいてさ。いっしょに泥おとせ」

善徳は、かなり弱まった調子で声をかけながら、なにげなく遠くをみわたした。視界の野良に数人立っていた。遠くからみた眼に、それはいかにも静かであった。善徳は、わけもなくほっとした。が、そのうちいきなり眠気も疲れも吹きとばされたのである。

「ああッ。あれは善賀先生！」

指さされた方を栄太郎がみると、これはおどろいた。いま自分が掘っているこの甘藷畑を、ちょうど対角のあたりで掘りおるではないか。

「ううん。栄太郎、どうしようかね、盗人《ぬすど》……」

薄明りの戦場で、藷掘りどころでない迷いに、善徳はぶつかった。

「掘らされい、じいさん。たくさんある藷でないてか」

「しかし、お前。掘らせろて頼みに来もせんでから。校長先生の、こんなことてあるてか」

「頼みに来ようてしても、艦砲にやられたらたいへんでないか。親類だもん」

「しかしお前、校長先生の……ああ、どんなにいってもお前、どうしょうてかね、これは……」

善徳は、おもいもうけなかった背信を前に、雨を忘れて興奮した。起《た》ちあがろうとしては、思いなおして坐《すわ》ったりした。そのような動作をくりかえす彼の頭を、ある影がよぎった。それは、かれらが家をでた日にでくわした、豚をかついだ村会議員であった。あのとき善徳は、微妙な敬意をもってその男をみおくったが、それは男のもっている学問を尊敬したからであった。だが、その学問はもはや尊敬に値するものではない。あいつが豚をかついでいたのも、きっとケチンボがあわてふためいてしたことにすぎないのだ。みろ、善賀先生が証明している……。

「先生でも村会議員でも……」

善徳は、かすれた声に悔恨の意をこめて、つぶやいた。栄太郎は、いま善賀先生のほかに村会議員も泥棒をしているのかとおもって、あらためてみわたした。そのとき、善賀先生がようやくこちらを認めた。善賀先生は、こころもち後へのけぞるような姿勢をみせたが、いきなり背を向け、かがみこんで小刻みに体を動かしていたかと思うと、着物らしいものに藷をくるんで肩にひっかつぎ、よろよろと、むこう向きに走りだした。そのさきはほどなくサトウキビの林である。

「ああ、にげる……」

善徳は、発作的にそれを追った。

「あ、じいさん……」

栄太郎は、それをとめようと、また追った。と、藷蔓に足をとられて転倒した。そのとき彼は、炸裂音と同時に善徳の悲鳴をきいたのだった。

背なかの肉を手拳ほど、艦砲弾にかすめとられていた。栄太郎は、たすけおこして自分の上半身もその血を浴びながら、ゆすったり呼んだりしたが、善徳はついにそのままだった。栄太郎は、善賀先生をみた。善賀先生は、いちどもふりかえる様子がなかった。野良の人たちのなかに、それはただかいがいしく、いかにも自然であった。朝は、すっかり明けはなたれていた。栄太郎の眼路《めじ》のまっすぐむこうの丘の頂が、直撃をうけて噴きあがった。善賀先生の家の墓は、あの下あたりにあるはずで、うすく霧がかかっている。小脇にかかえるほどの諸を盗んで、善賀先生がそこまでたどりつくのにどれほどの時間を要するか、その間にいくど転ぶか、それよりはたして無事にとどきうるか。いまごろサトウキビ畑のむこうを走っているであろう、よたよたと揺れる後姿を想像しながら、栄太郎は、なにか大声で叫びだしたい衝動にようやく耐えた。彼は、冷たくなった善徳の体をかかえおこした。ぐっしょりぬれて泥だらけになったのを、片手で肩にのせるのに、どれほどの時間をかけたろうか。のせたかとおもった瞬間にすべりおちたり、重心をあげすぎて手のないほうの肩をこえて落としたりした。よほど、一旦ひきあげてタケをつれてこようかと思ったが、一刻もそのまま放っておくことは善徳にすまないような気がしたし、また、そんなことをすれば、こんどはタケもいっしょに殺されるかもしれないという不吉な予感もおこり、とうとう、脚を上にしてかつぎあげる工夫をつけて成功した。そして、全力をつくして堤の上まではいあがり、肩から足までこなごなに砕けそうな疲労感にたえてゆっくり数歩あるきだしたとき、いきなり爆風がきてよろめき、また堤をころげおちようとして、あやうく海軍大将の看板にささえられた。

この困苦と疲労とを栄太郎のために補ってくれたのは、やがて墓にたどりついた瞬間にはげしくおこった、ウシとタケの慟哭《どうこく》であった。彼は墓の門に近づいたとき、気も遠くなりそうな消耗感の底で、じき二人から慰労とあわれみとをかけられることを期待していたのだった。だから彼は、二人の女が、彼をおしのけるようにして哀れな善徳に身をなげて泣きだしたとき、よほど自分もひっくりかえって恨みの泣き声をあげようかとおもった。けれども、それに耐えているうち、彼は自分のこころのなかに、ふしぎな快感がきざしはじめるのに気がついた。

それはまず、ウシとタケが、ついで子供たちも加わって、せまくるしい墓のなかで、祖先の骨を前にして善徳の死をなげきあかしている、連帯感情の荘重さからきた。このあさつぬきの尊い一体感こそは、栄太郎が雨と泥と弾丸のなかを冒して、命がけで購《あがな》ってきたものだ、という理屈が、じき彼のこころに一片の元気を吹きこんだ。それからしばらくすると、もうひとつの誇りが、ひょこりと彼をおどろかした。「おれは、きょうからこの家族をひきつれて、戦場をにげのびていくのだ！」――このような情況のなかで、家族にひとりの若い男がついているということが、どんなに心強いことか。それに思いいたると、彼はあらためて誇りと責任をおもった。彼はいつかタケに、「おれのような者でも、いずれはこの家の役にたつことがあるのだ」といったことを思いだした。けれども、同時に彼は、快感がさびしさに変わったのをさとった。自分の誇りと予言とが善徳の死によって実証された、ということは、いかにも哀れな話であった。

彼はいま、善徳とその一家に同情すべきであった。彼の頭に、善徳の死んだあの瞬間のことが、ゆっくりとよみがえった。校長先生が盗みをするか、いくら戦争でも、住んでいる場所は遠くないものを、一言ぐらいいたのんでくれれば親戚甲斐にあげるものを、――といった善徳の絶望感が、いたいたしくおもいだされた。こんな戦争の真最中に、あんなことにこだわるなんて、じいさんもよほど古いなあ、と彼は空腹にめまいがしそうなのをこらえながら考えた。善賀先生も、墓の近くに自分の畑がないために、盗むならせめて親戚のものをもらうつもりで、という立ち場だったのだろう。自分はやはり、あのときじいさんをもっとよく説得すべきであった。そうすれば、あんなにいきなり殺されることはなかったかもしれない。——このような感想は、あるいは、いま眼の前にいる女二人の悲嘆に同情して、いつのまにか思いついたサービスであるのかもしれなかった。「おれがこのくらいの責任をもてば、この女たちの気もちもいくらか慰むのではないか……」

しだいに女二人の泣き声も間遠になったので、それが順序のように栄太郎は、「ほんとに思いがけなくてなあ……」と語り出した。

墓の門をでたところからはじめられたその報告は、悲惨な事故の目撃者がよくそうするように、無駄が多く、科学的、写実的につとめながら、あまりに孤独感にみちた体験であるために、どこか主観的で印象の漠然とした部分を多くもっていた。それは、転んだことと疲れていたこととのほかは、話そのものも、ほとんど雨と闇とにつつまれているようなものであった。ウシは、ききながら、これぞとおもうところに気がつくと、涙のたまった眼を大きくみひらいて、質問した。

「そして、そのときお前はどこにいたてか?」

栄太郎は、はじめのうち、なんということもなしに、はておれは何尺ぐらい善徳からはなれていたろうか、と記憶で測って返答した。だが、四度めぐらいに、恐怖におそわれたように、真剣な眼つきでウシをみかえした。ウシは、善徳の死がほんとうに不可抗力によるものであったかどうか、たしかめようと、必死の追究をつづけているのだった。その意志の裏には、善徳をひとりで先立たせたことに対する彼女なりのひたすらな責任感があって、それが栄太郎に転嫁されたものにちがいなかった。栄太郎は、さすがにその裏の真意まではくみとれなかったが、その不気味な追究を、のがれてそれこそ言いわけのように、精密な描写につとめた。善賀先生を発見した場面にはいってからは、ことさらに委曲をつくした。

「……じいさんが死んでも、善賀先生には知れなくてなあ。わしは、じいさんかつぐのに、どっぷり汗かいたしなあ」

そんな結びかたになった。あまり責任をもつような言いかたにはならなかったが、なんだかそんなふうになってしまった。ウシの追究に気をつかいすぎたのかもしれない。

「しかたない。天のおさだめてさ」

ウシは、涙をぬぐいきってようやく言った。タケが、最後の仕上げのように、またひとしきり甲高く泣いた。それが調子をおとすころ、ウシはしずかに、だがはっきりといった。

「ダビしようなあ」

栄太郎とタケが、うなずいた。どこの誰かしれない兵隊を葬ったのは、つい昨夜のことである。あの困苦をおもいだすと、がっかりしたが、これはぜひともしなければなるまいと考えた。せっかく先祖を前にした墓のなかにいるし、棺箱はないけれども、すぐ前の庭にでも埋めておけば、戦争がすんでから葬いなおせるはずだ。

「鍬とってきようなあ」

栄太郎は、しかたがないといったふうに起ちあがった。鍬もモッコもまだ畑のなかであった。

「わしがいこうか」

タケがいった。

「いいてさ。藷もあるし、おいたところは、わしが分るてだから」

栄太郎は、寒気をはらうように、ぬれた体をゆすった。

と、ウシが、

「親類たちのところも、まわってこいよ」

といった。

「へえ……?」

おどろいたのは、タケと栄太郎と同時であった。

「善賀先生のところと、それから、この裏をのぼれば、じき善長さんの墓もあるだろう。ひょっとしたら善長さんたちもそこにいるかしれんし、そこから善信さんやら善清の嫁も自分の墓にいるかもしれんから、……近いところだけでいいが、タケ、ほかにどこのあるてかね」

「ばあさん。こんなときに親類まで……」

栄太郎は、さすがに落胆とおどろきがすぎて、声がふるえた。けれども、ウシは動ずる様子がなかった。

「こんな死にかたしたじいさんを、ダビもせんでいかしたら、わしはお元祖に叱られるもんなあ」それから、しみじみ厨子甕の群をみわたしたあげく、「善賀先生がまだ知らんでいるなら、なおさらのことてさ。そのままにしておくと、じいさんは恨みもったままで行くもんなあ。あの世でお元祖にそんなに申しあげたら善賀先生も申しわけのたたんもんなあ。わしは後嫁《あとよめ》にきてからに、親類中にそんな不義理させては、身の立たんもんなあ」

炸裂音と爆音と雨の音とが、この言葉の合間合間にすさまじい不協和音をたてつづけた。タケと栄太郎は、固く唇をとじたまま、眼をみかわした。かれらは、たしかにこの墓に住みつくことになった夜に、ウシがしみじみいった言葉をいっしょにおもいだしていた。「ここで死んだら、お元祖にあわす顔ないど」そんなことをいったウシが、おそらくそのことを忘れてはいまいに、いま命がけの仕事を命ずるとはどういうことか。

「それからなあ、栄太郎」二人の注視をやさしく受けとめながら、ウシはつづけて、「じいさんは、もうお前たちをゆるされてから行ったてだからなあ。お前たちもダビしてあげれば、孝行のしあげどなあ」

タケが、爆発するように大声あげて泣きくずれた。「お父よう。お父よう。わしは、ああ、わしは……」とひきちぎったような単語をつらねながら、善徳にすがりついて、ひどく泣いた。栄太郎の顔に、不良青年がいま改心しますと宣言するときのような表情がしだいに形をととのえていった。二人の頭のなかでは、いましがた疑ったウシの矛盾が急速に解消して、ウシのいう孝行の誠をつくさなければならないという決意ができあがった。ウシのいう二人の孝行が、実は彼女自身の先祖への申しわけのためのものだということに、ウシ自らも気がついていなかった。そのウシの頭はまた、仏に誠をささげる行為のために艦砲にやられるという可能性を、さらに想像しなかった。その三人を、厨子甕たちは、あいかわらずしずかに、みおろしていた。

それから五分後に、ウシがすっかりご先祖に申しわけがたった思いで、厨子甕の群に合掌しているとき、栄太郎はタケと手分けして、自分はわりかた距離の遠い善賀先生を受けもって堤の上を走っていたが、ふりかえってみてタケの姿が木蔭《こかげ》にかくれてみえなくなったかとおもう間もなく、近くにあった墓がひとつ粉々に噴きあげられた。栄太郎は爆風をくらって、堤をころがりおちた。下はよく耕された畑で、ふかぶかと体をめりこませた。起きあがって、雨がようやくはれていることに気がついた。それは、いかにも孝行にたいする天佑とおもわれた。みあげると、稜線にかかった雲が、急速度で吹きはらわれつつあった。だが、ときたま、さっと煙をふきだした。弾着は、ますますはげしくなる様子であった。栄太郎はこんどは海をみた。その瞬間、彼は畑のまんなかに身の危険をわすれて棒立ちになった。軍艦が燃えあがっていたのだ。その上空に数機の飛行機が群れていた。それから数秒たつと、その一機が急降下してきた。とおもうと、それがみえなくなったあたりの軍艦がまた火を噴いた。「ううッ……」栄太郎は、うなるように息をつめた。彼は、かつてない勇気がわきでるのを感じ、急ぎ足で畑をふんづけていった。五十メートルぐらいいくと、けさ善賀先生をかくしたサトウキビの林であった。そのなかを突っ切ってゆけば、堤の上をゆくより、はるかに近道であった。畝《うね》のある林のなかは歩きにくく、こまかい歯をもった葉は顔や手をところきらわず切りとばして血をにじませたが、外からみえないだけ気が楽であった。彼は、林を抜ける一歩手前で一息ついた。が、前をみて絶望した。

「川に橋が落ちている！」

水面の幅が五間ばかりの川であるが、これを渡らなければ善賀先生の墓へはいけないのだ。ほかに橋はなかったか、と栄太郎は考えてみた。しかし、橋はこれひとつしかないことにあらためて思いいたると、深呼吸をして堤をおりていった。底の三尺ぐらいは、すべりおちるにまかせた。岸のところは腰のつかるほどの水深だった。まんなかあたりでは、水量がましているから、頭をしずめるかもしれない。しかし、その幅はわずかだ。片手でも泳ぎには自信がある。速くなった流れにちょっとぐらい押しながされても、こたえない。それだけの覚悟で、足さぐりをしながらいくと、川のなかは、地上のひらけた風景のなかよりは安全な感じがあった。ところが、その計算ははずれて、案外はやく水が身長を没した。足をとられて泥水をのむと、浮きあがって、

「くされ！」

一声はきだし、数秒およいでむこうの堤についた。堤に体をもたせて、息をついだ。そ

のとき、背後でばかでかいドロロンがきこえ、おびただしい土塊《つちくれ》が降ってきた。ふりかえってみると、いましがた出てきたサトウキビの林のそこが、さっぱりもぎとられていた。そのさきの風景がいきなり見通されたが、むこうのそれとおぼしい位置に、海軍大将もいつ吹きとばされたかもう見えなかった。川の水は、たくさんの土塊をあたらしくのみこみ、なおも濁りきって流れをはやめていた。と、

「やあッ！」

栄太郎は、たいへんなことに気がついて、あわてた。このままこの堤をあがって、たぶん三百メートルほどで、善賀先生たちの墓に無事たどりついたとしても、その老先生をつれてきて、この川をどうして渡るかだ。

ひたすら弾丸と泥濘《でいねい》と濁流とを突破することばかり考えて、ちっともそのことに思い及ばなかった迂闊《うかつ》さを、腰まで水につかったまま悔やんだ。

ドロロンがまた近くで鳴って、爆風がきた。栄太郎は、思い切って堤の草をつかみ、足をかけた。

「ええッ。くされッ。わしも葬るなら、どこにでも葬りくされッ。こうなったら、かならず善賀先生の前まで、とどいてやるど」

粘土に足をすべらせてはやりなおし、やりなおし、脛《すね》に血をにじませて、苦心惨澹《くしんさんたん》、堤をのぼり切った。のぼり切ると、そこに体をなげた。体をよこたえたまま、たどってきたあたりをみまわした。と、彼はウシがしずかにそのなかで合掌している墓のある方角の遠

い稜線に、動くものをみた。はじめのうちはよくわからなかったが、しばらくすると、そのあたりに艦砲よりは小さな、迫撃砲らしい弾着があり、その煙幕がはれると、またひとしきり動きがわいた。兵隊だ！

栄太郎はさとった。とうとう大勢やってきた。もう、ウシのところへは帰れないかもしれない。

「くされ！……」

ばらばらに解きほぐれそうな体を無理にまとめておこしながら、こんな苦労をしてまでつくしている誠実を、善徳も先祖もみとめてくれなければ、罰かぶるぞ、と考えた。

これらの一切をあずかり知らないウシが、孫たちといっしょに善徳の遺骸をみつめて誠実な親戚を待ちかねている、その亀甲墓に、火線はゆっくり、しかし確実に近づきつつあった。

戦艦大和ノ最期

天号作戦ニ於ケル軍艦大和ノ戦闘経過

吉田　満

昭和二十年四月　当時、少尉、電測士乙トシテ勤務セリ
二日　呉《クレ》軍港二六番「ブイ」繋留中
早朝
各部修理、兵器増備ノ為《タメ》、入渠《ニユウキヨ》ノ予定ナリシモ、突如
艦内令達器「〇八一五ヨリ出港準備作業ヲ行ウ　出港ハ一〇〇〇」
カカル不時ノ出港ソノ前例ナシ　サレバ待望ノ時カ
通信士、信号ノ動キヲ伝ウ　我レヲ待ツモノ出撃ヲ措《オ》キテ他ニアルベカラズ
アァ如何《イカ》ニ此《コ》ノ時ヲ、此ノ時ヲノミ期シテ待チシカ
我等ヲ他ニ別チシモノ、ソノ結実ヲ得ザルベカラズ
日夜ナキ訓練、コノ一挙ニ終止セン
敵沖縄上陸後未《イマ》ダ一旬ヲ出《イ》デズ
関門海峡ヲ通過、佐世保ニテ補給、釜山ニテ給油ノ上、南ニ向ウ、ト

或《アル》イハ豊後水道《ブンゴスイドウ》ヨリ堂々直進セン、ト
作戦海面《カイメン》何処《イズコ》　我レニ従ウモノ何々　艦隊編成如何《イカガ》
進ンデ決戦場ヲ求メ、ココニ雌雄ヲ決スベシ　喧々囂々《ケンケンゴウゴウ》
令達器「各分隊、可燃物ヲ上甲板ニ出セ」
「各自ハ身ノ廻リ整理、終ッテ私物ヲ水線下ニ格納セヨ」
「艇内警戒閉鎖トナセ（浸水及ビ火災防止ノ為、通路「ハッチ」、各室扉蓋ヲ閉鎖
ス）」
「陸上ヘノ最終便ハ〇八三〇ニ出ス」
「艦内閉鎖ハ分隊長点検」
命令号令乱レ飛ブ
陸上最終便ノ艇指揮トナリ第一波止場ニ向ウ
薄雲全天ヲ蔽《オオ》イ、海面煙リ、睡《ネム》ル如《ゴト》キ軍港街常ト異ラズ
三度《ミタ》ビ上陸場附近ヲ点呼シ未乗艦者ナキヤヲ確カム
此レガ俺ノ足ノ踏ム最後ノ土ナルカト、フト思ウ
短艇揚収準備ヲ為《ナ》シツツ帰艦ス　微風快シ
「大和《ヤマト》」外舷塗粧直後、四周ヲ圧シテ不動磐石ノ姿ナリ
「矢矧《ヤハギ》」（新鋭巡洋艦）発光信号「出撃準備ヲ完了シ……」
ヒソカニ快哉《カイサイ》ヲ叫ブ　スベテタダ此ノ時ニ備ウ

身ノ廻リ整理ノ要ナシ　直チニ出港準備作業
一〇〇〇、艦静カニ後進ヲ始ム　出港ハ港内本艦一艦ノミ
秘カニシテ悠揚タル出陣
碇泊《テイハク》僚艦、無言ノ歓呼ヲ千万ノ眼ニコメテ注視ス
一兵マデモ誇ラカニ胸張ッテ甲板ニ整列ス
思エバ巨艦征《イ》ッテ再ビ還《カエ》ラザル最後ノ出撃ナリキ
各電探兵器ノ作動良好ナルヲ確カメ分隊長ニ届ク
常ノ如ク途次訓練ヲ行イツツ周防灘《スオウナダ》ニ向ウ
令達器「入港ハ一七〇〇頃ノ予定、入港後直チニ総員集合ヲ行ウ」
艦長、各幕僚、艦橋ニテ作戦討議　酣《タケナワ》ナリ
海図台上ニ赤表紙大部ノ書冊アリ「天一号作戦関係綴」
沖縄本島周辺最詳海図数枚ヲ海図台上ニ備ウ
入港、三田尻沖ニ仮泊ス
近路狭水道ヲ通過セル駆逐艦数隻既ニ入港シアリ
本錨地ニテ陸上トノ交通ヲ絶チ出動ノ命ヲ待タントス
　機密保持ノ為、別個ニ出港シ来タレル各艦船ヲココニ集結シ、戦備ヲ整エツツ機ノ熟スルヲ待ツ
ソノ間、少頃《ショウケイ》ノ休息ニ回天ノ英気ヲ養イ、白日ノ心境ニ必死ノ闘魂ヲ磨カントス

総員集合
艦長、本作戦ノ目的、本艦ノ使命ヲ述ベラレ総員ノ奮起ヲ切望サル
副長「神風大和ヲシテ真ニ神風タラシメヨ」
敵機動部隊近接、明早朝来襲ノ算大ナリトノ報アリ
戦闘服装ノママ眠ル　心逸《ハヤ》ルモ熟睡ス
三日
早朝
来襲ノ報アリ、配置ニ就ク
急速出港、第一警戒航行序列ニ占位ス（各艦位置ヲ警戒、防禦《ボウギヨ》ニ適スル如ク定メテ航行ス
第一序列ハ防空対勢ナリ）
機関待機ヲナシ漂泊ス（機関ハ之《コレ》ヲ停止セルモ、敵襲ニ即応スベク暖機《ダンキ》暖罐《ダンカン》ヲナシ配置ニ
就キテ待機ス）
出動ハ敵機動部隊避退後ナルベシ、ト　焦ルベカラズ
我等「時」ヲ捉《トラ》エントス
午前
B29一機盲爆ヲ行ウ　投弾中型一個、我レニ損害ナシ
写真偵察ヲ行エルカ　本艦隊ノ動向既ニ蔽イ難キカ
午後

「ラヂオ」情報頻《シキ》リニ入ル　各地来襲ヲ受ケツツアリ
「シバラク待テ、期シテ待テ」心ニ叫ビテ止マズ
夕
原錨地ニ仮泊ス
新候補生五〇余名大発ニテ乗艦、直チニ艦内見学ヲ始ム
彼等ガ真ニ戦力トナル日ノ近カランコトヲ祈ル
敵信班電話情報アリ「敵機動部隊ハ明日一日各地ヲ空襲ノ上、東方ニ避退セン」（敵機間ノ緊急電話ヲ傍受シ直シテ飜訳《ホンヤク》、情報トシテ活用ス）
出撃迫ル　夜食美味《ウマ》シ　快的ニ熟睡ス
四日
早朝
敵機来襲ノ報アリ、配置ニ就ク　出港、漂泊ヲ始ム
午前、午後
前日ト同様、満ヲ持シテ警戒ス
駆逐艦「響」漂泊中触雷ス　被害比較的軽微ナルモ罐ニ損傷ヲ受ケ航行不能トナル
駆逐艦「初霜」曳航《エイコウ》シテ呉ニ回航ス
同艦先任将校川島大尉ハ基礎教育時代ノ教官ナリ　御無念、如何ニ
一五一五―一九一五　副直将校ニ立ツ　艦橋勤務

出撃セバ立直ハ哨戒直ナリ　最後ノ当直ナルベシ
艦長、士気振作ニ関シ所見ヲ述ベラル
　「明日ヨリ警戒配備ノママ綜合訓練、別課ヲ行ワン」ト
呉出港以来、緊急配備ノ為、伝統ノ猛訓練ハ中絶ノ止ム無キニアリ
二日間ノ休養ニ兵員体力ヤヤ恢復《カイフク》セルモ、ナオ積日ノ過労ヲ挽回スルニ至ラズ
タダ気力ノ弛緩《シカン》ヲコソ戒《イマ》シムベシ
敵機我ガ出動ヲ牽制セバ我レマタ最善ヲ尽クシテ此レニ対セン
夕食後「矢矧」ヨリ第二水雷戦隊司令官来艦、長官ト要談サル
艦内極メテ平穏ナリ
通信参謀ヨリ艦隊各艦宛書類アル故《ユエ》一二〇〇短艇用意セヨ、ト
自ラ艇指揮トナル
星ナキ暗夜、本日ノ空襲ニヨル炎上中ラシキ微光二ヲ認ム
艦橋ニ昇リ仮泊隊形、風、潮、海図ヲ確カメ手帳ニ誌《シル》ス
予想所要時間二時間半
使用艇一大発、艇長ハ手練ノ相本兵曹
絶好ノ夜間達着訓練ナリ
乗艦当初、連日ノ黎明《レイメイ》達着訓練ヲ想ウ
艇長、艇員終始黙々トシテ一語ヲ発セズ

各艦暗黒ノ洋上ニ坐シテ動カズ
ソコニツツシミ眠ル無数ノ毅魄《キハク》
帰艦、任務完了ヲ通信参謀ニ届ク　二三三五
既ニ一点ノ微光ヲ認メズ
寝室ニテ電測記録整理、終ッテ瞑目《メイモク》少時
春陽遠カラズ
五日
午前
砲術長ヨリ電探射撃訓練ニ関シ照会アリ
曳的艦「矢矧」大標的ニテ射距離、曳索量如何
艦内各部訓練再開、綜合応急訓練熾烈《シレツ》ヲ極ム
艦長、徹底的ニ欠陥指摘、反覆訓練ヲ続ケラル
錬度未ダ充分ナラズ　スベテ全《マッタ》カラズ
艦橋痛烈ノ叱声ニ殺気漲《ミナギ》ル
然《シカ》ラバ必勝ノ信念ヲ如何ニスベキ
未熟ノ自覚ト、必勝ノ信念ト、果シテ如何
貴重ノ試練ナルベシ
タダ突入ノ機ニ全能ヲ発揮センノミ

午後
敵機動部隊避退トノ報ニ接ス
沖縄ノ戦況ニ関シ大本営発表アリ
胸中火ノ如キモノアリ
一次室ニテ戦艦対航空機論ヲ戦ワス　戦艦必勝論ナシ
夜
一七三〇頃、突如
令達器「候補生退艦用意」「各分隊酒ヲ受取レ」「酒保《シュホ》開ケ」
候補生退艦用意極メテ迅速、終ッテ一次室ニ招ジ別盃ヲ行ウ
一次室、分隊「デッキ」ニテ痛飲快飲ス
出撃ナリ　斗酒ヲモナオ辞スベキヤ
乗員三千　スベテ戦友
二三〇〇　令達器、副長達
「今日ハ皆愉快ニヤッテ大イニヨロシイ　此レデ止メヨ」
六日
〇〇〇〇頃
駆逐艦各一隻ヲ両舷ニ横付ケシ、全力、急速燃料搭載、不要物件卸《オロ》シ方《カタ》ノ夜間作業ヲ行ウ
月明ノ夜、出撃ノ気、艦内ニ漲ル

○一〇〇頃
Ｂ29一機、本艦直上ヲ通過ス
「作業ソノママ対空戦闘配置ニ就ケ」高々度ノ為発砲セズ
本艦偵察ノ執拗《シツヨウ》サニ歯ギシリス
○二〇〇頃
候補生退艦（駆逐艦ニ移乗）
竜駒《リユウク》未ダ春秋ニ富ム　決死行ニ拉《ラツ》スルニ忍ビズ
本艦乗組ハ彼等宿年ノ夢想タリシナラム
今出撃ニ当リ之ヲ擲《ナゲウ》ツベキ彼等ノ心中ヲ想ウ
若キ江田島健児ノ前途ヨ洋々タレ
転勤者、患者退艦　不要物件卸シ方終了
未明
燃料搭載作業終了ト共ニ二艦ノ横付ケ離ス
朝
令達器「出港ハ一六〇〇　一八〇〇総員集合、前甲板」
閉鎖点検ヲ行ウ　恩賜ノ煙草、酒保ヲ支給サル
令達器「郵便物ノ締切ハ一〇〇〇」
気進マザルモ皆励マシ合イ、家ニ認《シタタ》ム

「私ノモノハスベテ処分ヲ、皆様オ元気ニテ」トノミ
前後二回、B29各一機ノ高々度偵察アリ
午後
出港準備作業
身ノ廻リ品ヲ配置ニ置ク　前檣《ゼンショウ》頂ニ近キ上部電探室ナリ
此レヨリ如何ナルコトアルモ配置ヲ下ラザルベシ
兵器作動極メテ良好
大軍艦旗翩翻《ヘンポン》タリ
我ガ「大和」ハココニ戦闘準備ヲ完了ス
一六〇〇
出港
旗艦「大和」　第二艦隊司令長官坐乗
我ニ従ウモノ九
「矢矧」「冬月」「涼月」「雪風」「霞」「浜風」「磯風」「初霜」「朝潮」
悉《コトゴト》ク百戦錬磨ノ精鋭ナリ
日本海軍最後ノ艦隊出撃ナルベシ　選バレタル精強十隻
哨戒直ニ立ツ
各部見張ヲ掌握シ、之ヲ艦長以下各幹部ニ直結スルヲ任務トス

右ニ長官（中将）左ニ参謀長（少将）　此ノ身ノ幸運ヲ想ウ
原速ニテ悠々豊後水道ヲ直進ス
矢ハ弦ヲ放タレタリ
一八〇〇
総員集合　清装
艦長、艦橋ヲ離レ給《タマ》ワズ
副長、発聯合艦隊《レンゴウカンタイ》司令長官、宛艦隊、壮行ノ詞ヲ達セラル
本作戦ヲシテ戦勢挽回ノ天機トナサン
君ガ代奉唱、軍歌、万歳三唱
清明ナル月光、仰ギ見ル前檣頭、我等何ヲカ言ワン
解散後直チニ配置ニ就キ敵ニ向ウ
艦橋ニテ作戦談アリ
本艦世界ニソノ真価ヲ問ワントス
本作戦ハ沖縄敵上陸地点ニ於《オ》ケル我ガ特攻機ト不離一体ノ作戦ナリ
全艦、燃料搭載量ハマサニ往路ヲ満タスノミ
世界無比ヲ誇ル本艦主砲、砲弾最大限ヲ搭載シ気負イニ気負イ立ツ
徹甲弾ヲ以《モッ》テ輸送船団潰滅《カイメツ》、三式対空弾ヲ以テ人員殺傷ヲ目睹《モクト》ス
全艦突入、身ヲ以テ敵海陸空勢力ヲ吸収シ特攻機奏功ノ途ヲ開カン

更ニタダ突進敵ノ真只中《マッタダナカ》ニ「ノシ」上ゲ全員火トナリ風トナリ全弾打尽クスベシ
若《モ》シナオ余力アラバモトヨリ一躍シテ陸兵トナリ遂ニ黄土ト化セン
世界海戦史上、空前絶後ノ特攻作戦ナリ
果タシテソノ成否如何　我レニ幾何《イクバク》ノ航空兵力アリヤ
必敗論強シ
或イハ豊後水道ニテ潜水艦ニ傷付キ、或イハ途半バニシテ航空魚雷ニ斃《タオ》レン、ト
哨戒長臼淵《ウスブチ》大尉、薄暮ノ洋上ニ眼鏡ヲ向ケシママ低ク囁《ササヤ》ク如ク言ウ
「進歩ノナイ者ハ決シテ勝タナイ、負ケルコトガ最上ノ道ダ、ソレ以外ニドウシテ日本ガ救ワレルカ、今目覚メズシテイツ救ワレルカ、俺達ハソノ先導ダ」
彼、勇猛ニシテ最強ノ指揮官ナリ
「大和」総員ノ士気、ソノ掌中ニアリ
艦隊先鋒ハ漸ク水道ヲ出デントス　此レヨリ敵地ニ入ル
対潜電波哨戒ヲ始ム　徹宵《テッショウ》哨戒ナリ
タダ全力ヲ以テ戦ワンノミ
逆探ニ方向ニ敵潜ラシキモノヲ探知ス、電探マタ同方向ニ微感度アリ（敵ノ輻射セル電波ヲ捕捉シ、間歇的《カンケツテキ》ニ我ガ電探ヲ指向シテ之ヲ確カム　逸早《イチハヤ》ク我ガ所在ノ探知セラルルヲ防ガン為ナリ）
二乃至《ナイシ》三方向ヨリ終始触接シ来タルモノノ如シ

同方向ニ水中聴音機ヲ指向、魚雷発射音ニ備ウ
敵信班「サイパン」宛敵緊急電話ヲ傍受ス
予期セル所ナルモ敵ハ既ニ適確ナル触接ヲ開始セリ
今ヤ虎穴ニ入ラントス
遂ニ魚雷音ヲ聞カズ　接岸航行ニ移ル
電探ニテ陸測ヲ行イツツ夜間接岸航行慎重ヲ極ム（陸岸高ク海辺深ケレバ、夜間敵潜ニ対シ接岸航行最モ安全ナリ　暗夜ノ為、視野極メテ狭ク、陸岸マデノ距離ヲ電測シテ　極力接岸シテ進ム）
突入マデスベテカク細心周密ナルベシ、大事ノ身ナリ
本艦モトヨリ攻守ノ中心勢力ナリ
陸測距離ヲ報告シツツソノ重責ヲ思イ息ヲヒソメテ昂《タカブ》リヲ抑ウ
七日
黎明
大隅海峡通過、西南進ヲ続ク
本艦搭載〇式水偵一機ヲ「カタパルト」ニテ射出、鹿児島基地ニ避退セシム
艦隊上空味方直衛機ナシ　此レヨリ再ビ味方機ヲ見ズ
日出ト同時ニ敵潜感ナシ　「マーチン」二機触接ヲ始ム
対空射距離附近ヲ巧ミニ旋回シツツ追随シ来タル

対空電探活躍ヲ始ム　モトヨリ一機ヲモ逸サズ
雲低ク対勢不利ヲ極ムト雖《イエド》モ　触接機ノ行動テニトルガ如シ
触接ハ極メテ巧妙ニシテ発砲ノ機ヲ与エズ、天候ヲ利シ隠顕シツツ追跡ヲ続ク
艦隊速力二十節《ノット》前後、時隔五分ニテ之字運動ヲ行ウ（五分毎《ゴト》ニ複雑ナル「ヂクザク」運動ヲ反復シ、敵潜照準発射ヲ妨害ス）
「初霜」落伍シ始ム　旗旒《キリユウ》信号《シンゴウ》「我レ機関故障」
幕僚ノ動キ、信号ノ授受ヤヤ活発ナルモ艦橋極メテ平静ナリ
嵐ノ前ノ静ケサカ
朝食、「ラッタル」ヲ攀《ヨ》ジ、電探「ラッパ」台上、面ヲ潮風ニ触レツツ握リ飯ヲ頬張ル
最後ノ朝食ナリ　今日マデ幾度ビ朝食ヲ重ネタルカト心愉《タノ》シク想ウ
瞼《マブタ》熱《ア》ツク、涼風痛シ
海飽ク迄《マデ》モ黒ク、重キ波舷側ヲ打ツ
今ヤ全ク島影ヲ見ズ　基準針路二五〇度
我ガ船団ト遭遇ス
数隻ノ小輸送船団ナリ　何処ヨリ還レルヤ
内地間近シ、霞《カス》ム船影ニ傷《イタ》マシキ彼等ノ労苦ヲ想ウ
我レニ向イ発信シ来タル「御成功祈ル」　微笑艦橋ニ溢ル
「初霜」視界外ニ遠ザカル　脱落セバ敵機集中必至ナリ

変針点ニテ反転「初霜」位置迄逆行ノ後、再ビ予定針路ニ変針スベク一決ス
○九〇〇頃
上部電探室ニ行ク
本艦、艦隊当直ハ非番ナリ（全艦ヲ二直ニ分チ交互ニ電波哨戒ヲ行ウ）
兵黙々トシテ配置ニ坐ス
恩賜ノ煙草ヲ配ル「ポケットウイスキー」ヲ飲ミ廻ワス
班長宮沢兵曹、面ヲ上ゲズ「兵器ノ調子ハ完璧デス」ト言ウ
彼、結婚四日ニシテハカラズモ出撃ヲ迎ウ
出港以来、精励更ニソノ度ヲ加エタリ
少憩中ナオ兵器調整ヲ怠ラズ
伝令嬉々トシテ「分隊士、今日ノ夜食ハ汁粉デス」
突入ハ今夜半ナリ　夜食マデ事ナケレバ成功疑イナシ
夜食如何ニウマカラム
○九四五ヨリ哨戒直ニ立ツ
アア我レ「大和」最後ノ哨戒直トナラントハ
雲イヨイヨ低ク驟《シュウ》雨アリ　哨戒至難、任務最モ重大ナリ
頬引キツレル如キ感アリ　眼鏡ヲ握リシメ艦橋中央ニ立ツ
対潜哨戒ヲ厳ナラシム　視界極メテ悪シ

変針、列島線ヲヤヤ外シ、西南進ヲ続ク
艦首今ヤ敵方ニ向ウ
昼食ハ戦闘配食、熱キ紅茶ヲ啜《スス》ル　食後
艦長ヲ中心ニ、和気藹々《ワキアイアイ》、歓談サカンナリ
艦長「電測士、貴様ハ一人息子ダッタナ」
「ソウデアリマス」
「本当ニ後顧ノ憂イナシカ」（出港数日前、我等ニ対シ家庭状況ヲ答申セシメラレタリ）
「本当ニアリマセン」
「本当ニナイカ」
答《アタ》ウル能ワズ、タダ炯々《ケイケイ》ノ眼光、一閃《イッセン》悲愁ヲ湛《タタ》エタルヲ直視セリ
一二〇〇
今ヤ征途ノ半バニ達ス　全艦隊意気軒昂タリ
長官左右ヲ顧ミ破顔一笑「午前中ハドウヤラ無事ニ済ンダナ」
一二二〇
電探大編隊ラシキモノ三目標ヲ探知ス
直チニ艦隊各艦宛緊急信号
令達器達《タッ》シ了《オワ》レバ艦内更ニ静粛ノ度ヲ加ウ
対空戦闘迫ル　同方向ニ対シ各部見張ヲ集中ス

一二三二

二番見張「「グラマン」二機、左二十五度、高角八度、四〇、右ニ進ム」肉眼捕捉
時ニ雲高千五百乃至二千、至難対勢（発見至近ニシテ照準困難）
「今ノ目標ハ五機、……十機以上……三十機以上」
雲ノ切レ間ヨリ大編隊現ワル、大キク右ニ旋回
「敵機ハ百機以上、突込ンデ来ル」
「射撃始メ」
高角砲二四門、機銃一五〇門、一瞬砲火ヲ開ク
防空駆逐艦、一〇糎主砲、一斉ニ閃光ヲ放ツ
「敵ハ雷爆混合」艦橋ニ声アリ
左外輪「浜風」忽《タチマ》チ赤腹ヲ出ス、艉《トモ》ヲ上ニ逆立ツ
轟沈数十秒ヲ出デズ　タダ一面白泡ヲ残スノミ
雷跡、水面ニ白ク針ヲ引ク如ク静カニ交叉シテ迫リ来ル
艦長、防空指揮所、航海長、艦橋、二者一体ノ操艦ナリ
爆弾、機銃弾艦橋ニ集中ス
本艦最大戦速、左右ニ舵《カジ》一杯ヲトル　艦内動揺震動甚《ハナハダ》シ
雄偉ノ生気マサニ躍動シテ奮迅
寸前ニ魚雷ヲ交ワスコト数本

遂ニ一本ヲ前部左舷ニ許ス
敵来襲第一波去ル
傾斜殆《ホト》ンドナキモ後部副砲射撃指揮所附近直撃弾二発
敵機ハスベテF6F及TBFナリ、爆弾ハ二十五番カ（二五〇「キロ」）
雷跡ハ相当顕著ナルモ雷速従来ニ比シヤヤ速キカ（航海長）
襲撃ハ極メテ巧妙、避弾ノ周到、照準ノ不敵、恐ラク全米軍キッテノ精鋭ナルベシ（参謀長）
航海長顧ミテ莞爾《カンジ》「トウトウ一本当テチャッタネ」
分隊長伝令「後部電探室被弾、直チニ被害ヲ調べ報告セヨ」
艦橋後部「ラッタル」ヲ駆ケ下リントセバ手摺右鉄壁ニ喰入ル如キ肉一片
煙突下部附近被弾箇所ヲ駆ケ抜ケントシテ助田少尉ニ遭ウ
白鉢巻ヨリ血糊《チノリ》二本、杖ニ倚《ヨ》リ辛ウジテ歩ク
日頃、柔和、人ナツコキ彼、鋭キ一瞥《イチベツ》ヲ投ゲルノミ
黙礼シテ急グ
彼、配置ハ後部副砲射撃指揮所ナリ
如何ニシテ爆死ヲ免レ得タルヤ
電探室前「ラッタル」跡形ナシ 「ロープ」ヲ下ス
一抱エ大、紅《アカ》キ肉塊四アリ 焦ゲタル爛肉ニ点々軍装ノ破布ラシキモノ附着ス

兵器四散シテ残骸ヲ認メズ
電測士甲、大森中尉戦死
肉塊ノウチ、ソノ何レナルカ遂《イズ》ニ確認シ得ズ、無念
「即死四、他総員重傷、兵器全壊、使用不能」
直チニ分隊長ニ報告
空戦ノ利刃対空電探、カクテ緒戦ニ粉砕サル
暗天、蔽イ迫ル敵機、我レニタダ肉眼アルノミ
艦長、令達器「敵機ハマダ居ル」
第二波来襲ス
敵機ハスベテ緩降下、直進セズ、横向シテ反転突込ム
為ニ機銃弾着状況頗《スコブ》ル不良ナリ
直進シ来タル敵機ハ対勢ノ変化上下ノミナルモ、横向スル時ハ左右変化極メテ大トナル、機銃ノ如ク単純ナル兵器ノヨク照準シ得ルトコロニ非《アラ》ズ
カカル襲撃法ハ敵技倆ノ優秀、照準ノ巧捷《コウショウ》ニヨルハ勿論《モチロン》ナルモ、雲高低ク高角砲屛息《ヘイソク》シテ近接比較的容易ナル為ナリ　マタ機銃、敵機ノ過量、急撃ニ眩惑セラレシモ蔽イ難シ
五発ニ一発、赤色ノ曳跟弾《エイコンダン》ヲ発射シ弾着状況ニヨリ修正ヲ行ワントスルモ対勢変化急激ニシテ捕捉シ得ズ、徒《イタズ》ラニ追従スルノミ
再ビ百機以上左後方、雷撃機多キカ

我レニ向ウモノ約二十本、左舷ニ三本ヲ許ス、後檣《コウシヨウ》附近

量ノ圧倒的優勢ハ本艦ノ精緻ヲ以テスルモカク避雷ヲ全ク絶望トナセリ

マサニ、天空、四周ヨリ閃々迫リ来ル火ノ「槍《ヤリ》ブスマ」ナリ

我ガ海軍ニ比絶セル本艦弾幕モトヨリ少ナカラザル脅威ヲ与エタルモ、敵先《マ》ズ量ヲ以テ之ヲ突破スルヤ照準ノ間僅《ワズ》カニ直進ヲ行ッテ投雷シ再ビ横向シテ銃火ヲ避ケツツ銃撃シ来タル

銃撃ハ反転後艦橋ニ向イ直行シテ概《オオム》ネ一斉射ナリ

火ヲ吐ケバ瞬時ニシテ海中ニ没スルモ既ニ彼、投雷、投弾ヲ了セルナリ

戦闘終止マデ、遂ニ一機ノ体当リセルモノナシ、サワレ

任務未了ニシテ撃墜セラレタルモノマタ極メテ少ナカルベシ

今ヤタダ被害ヲ局限シ戦闘力ヲ温存シ敵数量ノ消耗ヲ待タンノミ

二十五粍《ミリ》機銃三聯装砲塔空中ニ数回転シテ落下ス　機銃員死傷多シ

指揮系統滅裂、止ム無ク銃側照準ニ移ル

萎縮、動揺ノ兆ナキカ

飛行甲板ヨリ白煙昇ル

前部ニ至近弾集中、大水柱内ニ突入ス　艦橋豪雨ヲ浴ビタル如シ

海図台惨憺《サンタン》タリ　拭《ヌグ》イツツ血涙ヲ呑ム

顎《アゴ》ニ喰入ル如キ顎紐ノ冷タサヲ感ズ

眉、微風ニ爽ヤカナリ
第二波去ルヤ直チニ第三波来襲ス、左正横
百数十機、驟雨去来スル如シ
直撃弾多数、煙突附近ニ集中命中ス
室長臼淵大尉、直撃弾ニ斃ル　一片ノ肉、一滴ノ血ヲ残サズ
塚越中尉、井学中尉、関原少尉、七里少尉、戦死、ト
魚雷スベテ左舷ニ五本
傾斜計指度僅カニ上昇シ始ム
連続被害ノ為、応急員死傷多ク、防水遮防作業殆ンド不能トナル（魚雷命中、浸水セバ、
防水区劃《クカク》鉄壁ヲ内側ヨリ円材ニテ支エ、鉄壁決潰ヲ遮防シ、浸水ヲ局限ス）
被雷継起、浸水跳梁《チヨウリヨウ》ヲ重ネ一切ヲ覆滅シ去ル　タダ人員救出ニ汲々タリ
浸水意想外ニ早シ　既ニ五体ニ不安感アリ
傾斜五度ニ達セバ戦闘力半減セン
今ヤ右舷防水区劃ニ注水シ傾斜復旧ヲハカルノミ
「後部注排水管制所、魚雷一本、直撃弾三発」
アア、天、我レニ与《クミ》セザルカ　注水ノ要衝、管制所
魚雷集中及《オヨビ》連続命中ハ最モ傷手ナリ
管制所破壊、遂ニ右舷注水全ク不能トナル

敵ヨク連続強襲、魚雷片舷集中ノ一点ニ膂力《リョリョク》ヲ注ゲルカ
艦長、令達器、「傾斜復旧急ゲ」
今ヤ右舷各室（防水区劃以外）海水注入ノ他ニ方策ナシ
敵足下ニ迫リ傾覆ヲ謀《ハカ》ル、危シ
如何ナル犠牲ヲモ敢《ア》エテセン
全力運転中ノ右舷機械室ニ無断注水ス「急ゲ」（両罐室、海水「ポンプ」ニテ注水可能ナル最大最低位ノ室ナリ）
機関科員数十名、海水奔流ト共ニ空《ムナ》シ
速力急減
第四波　左前方ヨリ飛来ス　百五〇機以上
魚雷数本　左舷各部
直撃弾十発以上、後檣、後甲板
艦橋、機銃弾ニヨル被害続出ス
後方背ニ着ク如キ通信科伝令、崩レ落ツト見ルヤ既ニ敢エナシ
右ニ肩ヲ触レシ西尾少尉、見レバ右膝ヲ折リ、唇、色ヲ失ウ
鮮血 迸《ホトバシ》ル中、手拭ニテ右腿部ヲ縛ラントシツツアリ
直チニ衛生兵ヲ呼ブ　担架ニ俯《ウツブ》スヤ微《カス》カニ笑ミヲ浮べ意識ヲ失ウ
眉目《ビモク》秀デシ彼、有終ノサマ鮮ヤカニシテシバラクハ消エ難シ

電探伝令、岸本上水（十八歳）唇ヲ震ワス
一発顎ヲ飛バス
上部電探室、兵器動揺逸脱シ使用不能トナル（連続被害及本艦発砲ノ為）至錬ノ本兵器、
遂ニナストコロナクシテ止ム
極メテ狭キ室内ニ兵重ナリ合イテ動揺震動ニ堪ウ
コレ日本海軍至宝ノ電探兵ナリ
機銃弾弾片側壁ヲ盲貫、闖入《チンニユウ》シ来タルモ更ニ動ク者ナシ
唸《ウナ》リ揺ガシ森水長ノ首ヲ掠《カス》メテ床ニ落下、耳下ヨリ太ク赤キ火ブクレトナリ　従順ニシテ
有能ナル測者森水長
伏シタルママ拾イ上ゲ微笑シテ差シ出セルヲ取レバ拇指頭大、鋭キ一片ナリ　掌ニ快キ暖《ヌク》
味《ミ》残レリ
ソノ後遂ニ沈没マデ再ビココニ下リテ彼等ヲ脱出セシムル機会ナシ
彼等ソノ姿勢ノママ総員艦ト運命ヲ共ニセリ、ト
妻子アル兵少ナカラズ　マタ紅顔ノ少年兵多シ
タダ一人ノ生存者青山兵曹ノ言ニ依《ヨ》レバ、沈没寸前轟々タル爆発音、相次グ衝撃ノ中ニ、
彼等重ナリ斃レ、黙然トシテ死セル如ク、彼「行クゾ」ト叫ビシモ数人タダ僅カニ眼ヲ上
ゲシノミ、ト
戦闘中自ラノ任務ヲ持タザル者ニハカカル例少ナカラズ、ト言ウ

彼等ニマサリテ孜々《シシ》タル者アリシヤ
コノ兵ニシテナオ死神ニ屈セシヤ
魚雷集中、防水ノ完璧ヲ誇ル送受信室遂ニ浸水ニ潰《ツイ》ユ
通信長以下、通信科員ノ過半ヲココニ失ウ
艦隊旗艦ニ通信機能ナシ　今ヤタダ発光、旗旒ニヨル
傾斜計指度十七度、実速力十余節
右舷ノ注水ヲ急グ（機械室、罐室以外）
爆弾集中ノ為応急中枢タル第二応急部指揮所潰滅シ去ル
内務長以下応急幹部ノ根幹全滅ス
幸イ、副長（副艦長ニシテ且《カツ》応急部最高指揮者）偶〻《タマタマ》第一応急部指揮所ニアリテ御無事
ナリ
怱忙《ソウボウ》ノ間、第五波前方ヨリ急襲シ来タル　百機以上
時ニ「矢矧」本艦前方三千米ニ全ク停止シ「磯風」ヲ横付ケセントシツツアリ
水雷戦隊司令官移乗サレントスルヤ（司令官戦死ハ作戦遂行ニ対シ甚大ナル支障トナラ
ン）
我レニ突込マントスル敵機ノ一部反転シテ二艦ニ向ウ
「矢矧」魚雷十数本、タダ薄黒キ飛沫ト化シテ四散ス
「磯風」停止、黒煙ヲ吐キツツアリ

右ニ「冬月」左ニ「雪風」水柱ノ幕帯ヲ突破シツツ我レニ発信シ来ル
「我レ異常ナシ」
屈強二艦、ソノ名ヲ賭シテノ力闘ナリ
想イ見ルベシ、両艦兵一員ニ至ルマデノソノ闘魂ト錬度トヲ
落伍セル「初霜」全ク消息ヲ絶ツ
時既ニ敵重囲下、善戦苦闘、相果テタルベシ
直上敵機ナシ
本艦被弾少ナカラザルモ状況既ニ不明ナリ　艦内通信機関マサニ寸断サル
今ヤ指揮統率ハ尋常ナラズ　伝令ヲ走ラスモ悉《コトゴト》ク機銃弾ニ斃ル
後甲板、消火ニ努ム　機銃砲塔全壊多ク露天甲板荒涼ヲ極ム
傾斜ノ為、高角砲以上全ク沈黙（運弾不能）機銃ノミ掉尾《トウビ》ノ血戦ナリ
艦橋下部被弾多ク軍医官多数死傷セリ、ト
ソノ他、数無キ死傷、伝ウルニ術《スベ》ナク、最後ノサマ知ルモノモナシ
艦橋ニ降リ注ゲル機銃弾ソノ数ヲ知ラズ　人員消耗 甚《ハナハダ》シ
爆弾マタ真向ニ落チ来タリ悉ク額ギワヲ掠メ去ル　然モ艦橋幹部一人ノ死傷者ナシ　天佑ナリ
「大和」ノ真価発揮センハイヨ〳〵此ノ時ナリ
初弾ヨリ既ニ幾何《イクバク》ノ時ヲ経過セルヤ　瞬時ノ閃芒ニ非ズヤ

胸裡《キヨウリ》ヒソカニ歓心湧ク
些《イササ》カノ疲労ナシ
空腹ヲ覚エ、傾斜計ヲ睨《ニラ》ミツツ菓子ヲ喰ウ　ウマシ
第六、第七、第八波相継イデ来襲ス
各百機内外ナリ
魚雷後部ニ集中、副舵取舵《トリカジ》一杯ノママ舵取室浸水ス
主舵面舵《オモカジ》一杯トナスモ僅カニ右旋回ヲナスノミ
主舵舵取室マタ浸水ニ瀕シツツアリ
敵来襲作戦次ノ如シカ
量ニヨル弾幕突破、天候ヲ利シテノ緩降下雷撃、魚雷片舷集中、傾斜急増ニヨル速力激減、
鈍速ニ対シ必中爆撃、対空兵力ノ覆滅、後方ヨリノ雷撃ニヨル舵ノ破砕、再ビ雷爆集中、
致命ノ追撃
巨艦ココニ進退ヲ失ワントスルカ
直撃弾ソノ数ヲ知ラズ　煙突附近ヨリ黒煙上ル
傾斜急増、存速七節、僅カニ右旋回ヲ行ウ
「霞」右前方ヨリ「我レ舵故障」ヲ掲ゲツツ盲進シ来タル
我レマタ術ナシ　辛ウジテ之ヲ避ク
進舵長「主舵舵取室浸水始メマシタ……」

消息ヲ絶ツ

「我レ舵故障」

傾斜三十五度

敵主力ハ集結待機シアルカ　数機乃至十数機ズツ止《トド》メヲ刺サント殺到ス

我レ避弾不能、全弾命中、床ニ俯シテ被害ノ衝撃ニ堪ウ

艦長「シッカリ頑張レ」（数回繰返サル）

此ノ声ヲ聞キシ者果シテ幾何ゾ（電源断、令達器使用不能）

中部左舷ニ大水柱上ル

航海長ヨリ艦長へ「今ノ雷跡ハ見エマセンデシタカ」

艦長「見エナカッタ」

此ノ魚雷遂ニ致命傷トナルカ　或イハ潜水艦ノ近接集中発射セルモノニ非ズヤ

威力絶大、謎ノ魚雷ナリ

相応《フサ》ワシキ巨艦ノ最期

傾斜計指度上昇目ニ見エテ顕著トナル

副長ヨリ艦長へ「傾斜復旧ノ見込ミナシ」

参謀長、長官ニ対シ敬礼サル　……沈黙

長官、答礼、静カニ左右ヲ顧ミラル　幕僚ト握手、艦橋長官室へ

（第二艦隊司令長官、伊藤整一中将御最期ナリ）

松本少尉ト艦橋後部ニテ逢ウ
彼「俺達モ時間ノ問題ダカラナ」稍〻《ヤヤ》顔面蒼白ナリ
心ヤサシキ詩人、彼、既ニ自ラノ過情ニ斃レタルカ
水マサニ乾舷ニ達セントス　浮城ノ如キ彼ノ乾舷ナリ
此ノ時ナオ我レ夢想ダニ本艦ノ終焉《シユウエン》ヲ思ワズ
緊張ノ故カ、ハタ巨艦ノ雄渾《ユウコン》ニ領セラレタルカ
艦橋今ヤ十名ヲ残スノミ
愴惶《ソウコウ》トシテ脱出セントスル者アリ
配置ヲ去リテ何処ニ行カントスルヤ　他ニ死所ノアリトイウヤ
去ルモノハ去ルベキナリ　タダ此ノ得難キ寸秒ノ間
彼等ノ心中些カノ悔恨ナキヤヲ思ウ
我等幸イニシテ此ノ時ニ泰《ヤス》ンズ　謝スベシ
艦長「御真影ハドウカ」（伝声管）
航海長、掌航海長、「ロープ」ニテ身ヲ「コンパス」ニ固縛セラル
モトヨリ万一、浮上ノ恥辱ヲ防ガン為ナリ　我等之ニ倣《ナラ》ワントス
参謀長、怒声「若イ者ハ泳ゲ、何ヲスルカ」
意ヲ飜《ヒルガエ》シ、タダ命ニ従ウモ憤懣絶エズ
今ニ至リテ脱出セントハ何ノ故ノ特攻出撃ゾヤ

数分前、僚艦宛、人員救済ノ上、帰投スベキ旨ノ信号発セラレタルモ、我等モトヨリ之ヲ
知ラザリシナリ
サキニ脱出セシ者与《アズカ》リ知レルカ
我等之ヲ関知セバ果シテ如何
ヨク泰ンジテ此ノ身ノ顚倒《テントウ》ニ堪エ得ルヤ
狭キ視界内ヲ水平線縦断シテ圧迫シ来タル
傾斜八〇度
艦長「総員上甲板」
艦長伝令ヨリ口伝ニテ各部ニ伝ウ
寥々《リヨウリヨウ》タル生存者
時機ヲ失セシハ余リニ明ラカナルモ今ヤタダ一人ニテモ多ク救ワントセラレタルナリ
アア此ノ時「総員退去」ト解セシ者一兵トテアリシカ
「総員死ニ方用意」我等ノ待チシモノ、タダ此レノミニ非ズヤ
落下シ来タレル信号書二冊、無意識ニ海図台内ニ収ム
艦橋忽チニ人影ヲ見ズ
去ルベキカ配置
無二ノ死所、艦橋
我レ最早ソコニ為《ナ》スベキ何モノノナキヤ

床ノ格子ニ指ヲ掛ケ見張台ヨリ脱出ス
刹那《セツナ》、不覚ノ焦燥
左ニ明ルキ声アリ、「ヨシ俺ガ最後ダ」通信士、渡辺少尉ナリ
航海長、掌航海長ハ身三箇所ヲ固縛ノママ面ヲ上ゲ眼ヲ見ヒラキ迫リ来ル海面ヲミツメラル（茂木中佐、花田中尉御最期）
艦長附森少尉ノ沈没ノ瞬時迄叫ビ続ケシ「頑張レ」ノ声、兵ノ肩ヲ「ドヤシ」続ケタル姿、今ナオ髣髴《ホウフツ》タリ
鉄兜《テツカブト》、防弾「チョッキ」ヲ遂ニ捨テザリシ彼、心憎キ最期ナリ（我等艦橋内部ノ配置故ニカカル重武装ナシ）
艦橋右側ニ立テバ生存者右舷舷側ニ整列シテマサニ万歳三唱ヲ了セントスル瞬間ナリ
艦長有賀《アルガ》幸作《コウサク》大佐御最期
（鉄兜、防弾「チョッキ」ソノママ「コンパス」ニ身三箇所ヲ固縛セラル　最後ノ処置完了、万歳ヲ発唱サレ、此レヲ終ルヤ、見張員ノ肩ヲ叩キ、一人一人激励シテ水中ニ入ラシメラル　時ニ傾斜八五度、最後ノ兵ノ「艦長ニ」ト残シ行キシ「ビスケット」ヲ口ニサレツツ艦ニ身ヲ任セラレタリ、ト
見張員ノ言ナリ　彼遂ニ艦長ヲ離ルル能ワズ、肩ヲ触レツツ水中ニ没セルナリ）
大軍艦旗水ニツカントシ、兵一名身ヲ挺シテ之ニ侍ス
屹立《キツリツ》セル艦体、露出セル艦底、巨鯨ナドイウモ愚カナリ

「沈ムカ」一瞬灼《ヤ》ク如ク身ニ問イタダス
見下ロセバ滔々《トウトウ》トシテ泡立チ上ル潮ノ青サ、美シト思ウ瞬時、大渦流ニ逸シ去ラル
事前遠ク泳ギ得テ此ノ渦流ヨリ免レタル者皆無
総員戦死、コレサダメナリシナリ
コノ時本艦傾斜マサニ九〇度（カカル例稀有《ケウ》、三〇度ニテ沈ムヲ常トス）
主砲砲弾、弾庫内ニテ横滑リシ天井ニ激突、誘爆ヲ惹起《ジャッキ》ス
（艦既ニ全ク水中、身マタ渦中）
一発一艦必轟沈ノ徹甲弾
一発一編隊必墜ノ三式弾　　計二千個ヲ下ラズ
先ズ前部主砲弾庫誘爆ス（沈没後二〇秒カ）
沈没前ナラバ人肉スベテ弾片ト化シテ四散シタルベシ
水流我等ヲ弄《モテアソ》ビッツ風圧ヲ減殺シタルナリ
誘爆ナカランカモトヨリ渦流ノ中、急転、海底ニ至リタルベシ
火柱実ニ六千米（駆逐艦航海士観測）
鹿児島ヨリヨク望見シ得タルト
先端ヲ傘ノ如ク開キソノ中ニ敵機多数ヲ屠《ホフ》レリト
前部弾庫一方ノ誘爆ノミニテハ力、渦流ニ及バズ、水面近クヨリ引キ戻サル
約二〇秒後再ビ後部弾庫誘爆ス　爆風我等ヲ水面ニ投上グ

艦体ノ蔭《カゲ》ニアリシ我等少数ヲ除キ、スベテ身ヲ弾巣トナセルカ
然モ我等身ニ些カノ弾瘡ヲ帯ビザル者ナシ　瘡《キズ》深キモノヨクソノ後ノ苦闘ニ堪エタルナリ
煙突ニ呑マレタル者極メテ多カルベシ、ト（我五歩右ニアラバ危シ）
赤熱ノ鉄片木塊冲天ニ飛散シ轟々落下シテヨク浮キ上レル者多数ヲ殺傷ス
最後ニ浮ビ来タレル者我等ノミ此ヲ見ズ　タダ濛々《モウモウ》タル硝煙ヲ見シノミ
モトヨリ我等呼吸ノ極限ニ達シ、漸クニシテ水面ニ及べリ
誘爆五秒オソクトモ敢エナカリシナリ
「薄明ルクナッタノデ、ヤレヤレ冥途《メイド》カトホットシタ」ト渡辺大尉
「ナムアミダブツ、ト二度言ッタ様ナ気ガスル」ト迫候補生
我レ亦水ヲ飲ムコト十数回、苦悶《クモン》ヲ過ギ意識ヤヤ遠ザカリタル時ナリ
カク重畳セル僥倖《ギヨウコウ》、ソノ一ヲ欠クトモ再ビ陽ヲ見ルコトアラザリシニ
「大和轟沈　一四二〇」敵味方同時ニ飛電ヲ発ス
間断ナキ対空戦闘、二時間　ココニ終止
細雨ノ洋上ニ重油、寒冷、機銃掃射、出血、鱶《フカ》、ト戦ウ
副砲長、「准士官以上ハ姓名申告、附近ノ兵ヲ握レ」
重ク泥糊ノ如キ重油、小山ノ如キ外洋ノ波、一面ノ気泡、漂ウ無残ノ木片
放歌シテ自ラ励マスモノ、コノ身ノ重サニ喘《アエ》グモノ
哀レ発狂シテ沈ミ行クモノアリ

若キ兵ノ、母ヲ呼ブラシキ断末ノ声
笑ウ如キ唱声
脚絆《キャハン》ヲ解キ筏《イカダ》ヲ編マントスルモ、木塊悉ク四裂シ之ニ耐ウルモノ少シ
眼鼻モ別チ難キ兵ヲ集メ、抑エ、静カニ何モノカヲ待タシム
重油刺ス眼ヲ見ヒラキ、波間ニ眸《ヒトミ》ヲ凝《コ》ラスモ、本艦艦影アルベキヤ
無念ト、寒サ、ト
凍死ハ睡ル如ク、深ク、安ラカナルベシ、ト思ウ　サレド
蝟集《イシユウ》スル兵ノ、重油ニ濁レル眼、喘グ口、此ノ執念ヲ如何ニセン
望ムベクハ時ヲ得テタダ死ヲ潔《イサギヨ》クセンノミ　ヒタスラニカク自ラ鞭打《ムチウ》ツ
フト思ウ
貴重ノ時
真ノ音楽ヲ聴クハ此ノ時ヲ措キテアルベキカ
聴クベシ
我レ直《ナオ》ケレバ聴クヲ得ベシ
一瞬ヲ得ン
我レ自ラノ音楽ヲ持タザリシカ
スベテ偽ナリシカ
待テ、今聴キシモノ、マサニ然リ　音楽ナリ

否、作為ナラズヤ
否
思ウベカラズ　構ウベカラズ
アア此ノ時我レ身ノ救ワルルヲ知ラバ果シテヨク晏如《アンジョ》タリシヤ
駆逐艦（月型）全速ニテ直進来タル
我等ガ間ヲ縫イツツ直進シ来タル　発信「シバラク待テ」（発光及手旗）
勇躍（我等ヲ救イ、人員ヲ補充シテ突入スルカ）
辛ウジテ之ヲ避ク　我等ヨリ数米隔タリシ者　推進器ニ吸込マレタリ
軍歌ヲ止メ、兵ヲハゲマシ、期シテ来タルベキモノヲ待ツ
駆逐艦停止　空爆下決死ナリ
目測二〇〇米
逸ル兵ヲ抑エ筏ヲ押シテ泳ギ進ム（余力ヲ尽瘁《ジンスイ》セバ行キ着キテ必ラズ力尽キン）
雨衣ノ裾、編上靴《ヘンジョウカ》、脚絆、重油、飴ヲ歩ク如キ感アリ
命ノ綱ヲ前ニシ、赤裸ノ人間ヲ見ル
重油イヨイヨ濃ク、波、艦体ニ打チ返リ悪寒《オカン》背ヲ走リテ止マズ
人ヲ求メ声ヲ求メ見上グレバ焦慮タダ堪エ難シ
眼底灼ケ、下肢麻痺感アリ
泥油ニチヌラレシ綱、掌、群ガリ犇《ヒシ》メク力

兵忽《タチマ》チ半減、水中ニ没シ去ル
知ラズ
兵一人ニテモ救ウベキナリ
血滲《ニジ》ムマデニ兵ノ腕ニ綱ヲ捲キツケ縋《スガ》リツク手ヲ打チ絶チツツ引上ゲシム
彼等ノコノ生キントスル力、尊キカ、醜キカ思ウベカラズ
甲板ヨリ「急ゲ、急ゲ」ト叫ブ　艦静カニ前進ヲ始ム
疑ウベカラズ　兵一人ニテモ多ク救ウベキナリ、任務ナリ
カク我等ヲシテ高カラシムルモノ、マコトニ忝《カタジケナ》シ
兵ナキヲ確カメ最後ノ縄梯子《ナワバシゴ》ニ喰下ル
「生キロ、ココマデ来テ死ンデ相済ムカ」身内ニ叫ブ声ス
波ニ足ヲ洗ワレツツ死力ヲ竭《ツク》シテ此ノ身ト闘ウ
兵二名、両手ニツキ、甲板ニ打チ上ゲシモ、倒レシママ面ヲ上グル力モナシ
「大和ノ乗員聞ケ、元気ナ者ハ本艦ノ作業ヲ手伝エ」
叫ブ山森中尉辛ウジテ壁ニ倚リテ立ツ　無念ノ形相ナリ
軍装ヲ脱ギ、重油ヲ吐キ、毛布ヲカブリテ治療室ニ行ク
死屍累々タリ、幾タビカ躓《ツマズ》キ倒ル　奮戦随一ノ「冬月」ナリ
傷（頭部）ヲ縫合ス　目薬ヲサス　艦内腥血《セイケツ》溢レテ息苦シ
作戦変更ヲ聞ク　突入ニ非ズシテ帰投セン、ト

声ナク唇ヲ噛ム　発熱相当アリ　悪寒止マズ倒ルル如ク重ナッテ眠ル
夜半「配置ニ就ケ」ノバザー、対潜戦闘ノ号令ヲ聞クモ悪夢ノ如シ
艦隊残存ハ「冬月」「涼月」「雪風」「朝潮」ノ四
副長「雪風」短艇ニ救助セラル
痩軀《ソウク》、下部配置ヨリ如何ニシテ脱出セラレシヤ
特攻作戦ナレバ、艦長戦死必至、戦闘経過報告（極メテ貴重）、本艦残務整理、一切ノ責任ハ副長ニアリ
漸《ヨウヤ》ク艇ニ達シ、力ツキ、マサニ沈マントセシヲ引上グレバ、既ニ困憊《コンパイ》ソノ極ニ達シ全ク意識ナク、殴打ヲ続ケツツ艦ニ急ゲリ、ト
額ヨリ後頭ニ長キ弾瘡アリ
艦長附森少尉ヲ目撃セシ兵アリ（洋上）
彼、渦流ヲ脱セシモ遂ニ還ラズ、死ヲ冀《コイネガ》ッテ過《アヤマ》タズ
武装重キカ、瘡《キズ》深カリシカ
舷側ニテ兵ヲ救ワントシ、鼓舞叱咤《コブシッタ》、ソノ職ニ斃レ、ソノ任ニ殉ジタルヤ
如何ニ彼、死ニ挑ミ、正対シ、戦イ、ソコニ到リ、獲《カ》チ得《エ》、カクシテ生ヲツクシ、生ヲ全ウシタルヤ
「朝霜」救助艇艇指揮「船ベリニ手ヲ掛ケテ離レン奴ガ居ルカラ引キ上ゲテヤッタガ、エライ苦労シタ」

漂泊生還数度ニ及ブ江本大尉ナリ
及バズ、治療室ニ至レバ既ニ呼吸ナシ、人工呼吸二時間ヨク蘇生セシモ、ナオ苦悶、見ルニ堪エザリシト
半歳前、彼駆逐艦先任将校トシテ南海ニ転戦セシ時、集中爆撃ヲ受ケ撃沈セラルルヤ、甲板上ニ準備セル筏ヲ以テソノ乗員ノ大半ヲ救出シ、漂泊、僚艦ヲ待チ、逃走中ノ海防艦ニ遭遇、之ヲ横付ケセシメ、総員移乗、配置ニ就ケ、自ラハ艦橋ニ昇リ、直チニ操艦、砲戦指揮ヲ行イ、気魄ト錬度トヲ以テ、ヨク危機ヲ脱シ帰投セリ、ト　彼兵学校七十期ノ「トップ」ニシテ、敏捷気鋭、一触人ヲ斬リ肺腑ニ迫ル
「冬月」ハ「霞」「雪風」ハ「磯風」ヲ夫々《ソレゾレ》処分ノ上反転北ニ向ウ
「冬月」終夜対潜戦闘行ウコト五回被雷二本共ニ不発ニテ事ナシ
「涼月」准士官以上総員死傷、機械罐故障「冬月」宛発信シ来ル
「我レ後進ニテ鹿児島ニ向ウ」ト（後、修理成功佐世保ニ変更ス）
「冬月」「雪風」八日朝、佐世保入港、「朝霜」同昼
「涼月」同夕、炎上ノママ沈マントシテ入港直チニ入渠ス
歴戦四艦、錦上花ヲ添エタルモ、空シク俊英六艦ヲ失ウ
八日
朝
体力全ク恢復、甲板ニ出デ顔ヲ洗ウ

太陽ノ眩《マブ》シサ、山ノ美シサニ嘆声ヲ上グ
「生キルノモイイナア」
大和乗員総員集合
副砲長「貴様等ニハ、一仕事シタトイウ様ナ色ガ見エル、ソンナコトデドウスルカ、今コソイヨイヨ貴様等、古強者《フルツワモノ》ヲ必要トスル、直グニデモ俺ニツイテ突込ンデ行ク、イイカ」
同夜ヨリ佐世保港外、病院分院ニ入リ治療ス
白衣ノ身、波近キ病棟、春ノ夜ニヒソカニ思ウ
我ガ数日ノ体験、ソヲ特攻出撃ト呼ブヤ
コノ乏シキ感懐ヲ、死線ヲ超エタリ、ト云ウヤ
然ラズ　我等万ニ一ノ生ヲモ期セズ
自ラ死ヲ撰《エラ》ビシニ非ズシテ死、我レヲ捉エタルナリ
精神ノ死ニ非ズシテ肉体ノ死ナリ
人間ノ死ニ非ズシテ動物ノ死ナリ
カカル安易ナル死ナシ
我レ一瞬トテ死ニ直面シタルカ
出港以来、自ラヲ凝視セシコトアリヤ
ソノ間、一刻ノ生甲斐ヲモ感ジ得タルヤ

我レヲ救イシモノ戦闘ノ異常感ナリ　マタ去リ行ク者ノ悲懐ナリ
定マレル祖国ノ悲運ナリ
数無キ報イラレザル戦災ノ死ヲ思ウベシ
我等ガ周囲ニ父アラバ如何、母アリトセバ如何
我レニ脱出ノ機、撰択ノ余地アリトセバ如何
悲惨ナル生活ノ中ニアラバ如何
タダ値ナキ犠牲ナルヲ思ワバ如何
我ガ位置ニ立チテ我レノ如ク振舞ワザル者ナシ
老幼子女ト雖モ、モトヨリ然ラン
必死ハ極メテ容易ナリ　死自体ハ平凡ニシテ必然ナリ
死ノ尊キハタダソノ自然ナルニヨルベシ
カノ天地ノ自然ノ尊キガ如クニ
然リ、死ノ故ニ我等ヲ問ウコト勿《ナカ》レ
如何ニ職責ヲ完遂セルカヲ、ソノ行ノミヲ問エ
我レ果シテ分ニ立チ死ニ直面シタルカ
否、自ラ唯々《イイ》トシテ死ニ屈シタルニ非ズヤ
特攻ノ美名ニカクレ、死ノ掌中ニ陶酔セシニハ
他ナシ、薄行ノ故ナリ　我レ日常ノ勤務ニ精励ナリシヤ

一挙手一投足ニ至誠ヲ尽クセシヤ　一刻一刻ニ全力ヲ傾ケシヤ
然モソノ我レニカカル試錬ヲ賜イシモノ何ゾ
我レニ一度ビ死ヲ与エシ幸運ヲ謝スベキカ
遂ニ我レヨリ死ヲ奪イシ僥倖ヲ謝スベキカ
間髪、暗闘ノウチ逆行セバ、イカニ
我レヲ迎エシモノ、死カ
カク貧シキモノ、マサニ死ナルヤ　サワレ
戦友多キウチ我レヲ別チ再ビ天光ニ浴セシメタルモノ何ゾ
彼等終焉ノ胸中果シテ如何
虚心ナレ
死、我レニカカワリナシ
此ノ時ヲシテ不断真摯《フダンシンシ》ヘノ転機トナセ
死、身ニ近ケレバ、死我レヨリ遠ザカルナリ　生全キ時、初メテ死ニ直面スルヲ得ベシ
真摯ノ生ヲ措キテ死ニ対スルノ道アルベカラズ
虚心ナレ
副長「ヨリ以上ノ死ニ場所ヲ得ル、ソレデ何ヲ言ウコトガアルカ」
素志ヲ達シ、特攻隊配属トナル　幸イナルカナ

本作戦ハ遂ニ成功セズ　艦隊ノ過半ヲ失イ、途半バニシテ帰投ス
聯合艦隊司令長官ヨリ感謝ノ詞アリ
当隊ノ犠牲的勇戦ニヨリ特攻機ノ戦果大イニ挙リタリ、ト
以テ瞑《メイ》スベキト雖モ、作戦目的ヲ貫徹シ得ズシテ又何ヲカ言ワン
或イハ戦術的考慮皆無、余リニモ無謀ナル作戦ナリ、ト　マタ発進時期尚早、マサニ至宝ヲ放擲《ホウテキ》セルニヒトシ、ト　サワレ徳之島西方二〇浬《カイリ》ノ洋上、「大和」轟沈シテ巨体四裂ス
水深四三〇米
乗員三千余名ヲ数エ、還《カエ》レルモノ僅《ワズ》カニ二百数十名
至烈ノ闘魂、至高ノ錬度、天下ニ恥ジザル最期ナリ（終）

編集部補記

「戦艦大和ノ最期」（初出形）は、「創元」創刊号（一九四六年一二月刊）に掲載予定であったが、占領軍の検閲により削除された。その後、米国メリーランド大学附属図書館のゴードン・W・プランゲ文庫に所蔵されていたものが、江藤淳によって発掘され、「文学界」一九八一年九月号に掲載、また江藤淳の著書「落葉の掃き寄せ」（文藝春秋、一九八一年一一月刊）にも収録された。その際、表題は「戰艦大和の（ママ）最期　天號作戰に於ける軍艦大和の戰■（欠字ママ）經過」と検閲時の状態で再

現されたが、本巻では、四八九ページに示したように変更を行った。また本文については、著者が決定稿と指定した北洋社版「戦艦大和ノ最期」（一九七四年八月刊）と比べると、艦名、時刻等異なる箇所が多々あるが、初出の表記を尊重した。

出発は遂に訪れず

島尾敏雄

もし出発しないなら、その日も同じふだんの日と変るはずがない。一年半のあいだ死支度をしたあげく、八月十三日の夕方防備隊の司令官から特攻戦発動の信令を受けとり、遂に最期の日が来たことを知らされて、心にもからだにも死装束をまとったが、発進の合図がいっこうにかからぬまま足ぶみをしていたから、近づいて来た死は、はたとその歩みを止めた。

　経験がないためにそのどんなかたちも想像できない戦いが、遠まきにして私を試みはじめる。どれほど小さな出来事も、起らなければそれは自分のものとならず、いつまでも未知の領分に残っている。今度こそ確かと思われた死が、つい目の近くに来たらしいのに、現にその無慈悲な肉と血の散乱の中にまきこまれないことは不思議な寂しさをともなったが、その機会を自分のところに運んでくる重大なきっかけが、敵の指揮者の気まぐれな操《そう》舵《だ》や味方の司令官のあわただしい判断とにかかっているかもしれないことは底知れぬ空《むな》しさの方に誘われる。それがもっとさからいがたい所からのものでないことが不安だ。まだ見ぬ死に向っていたつめたい緊張に代って、はぐらかされた不満と不眠のあとの倦怠《けんたい》が私をとらえた。

防空壕の入口に設けられた当直室では当直の隊員が勤務をしていたが、勤務のあいだ彼らはその身に迫ってくる死についてどれだけ考えることができようか。それを感じ過ぎているのは、自分だけ、という思いを私はふり払えない。せめて五十二名の特攻兵を次の日に移った夜のしらしら明けに、眠りに就かせたことが自分の気持をなだめる。私自身はからだを動かさず号令のことばを選び死の状況を妄想することができたが、特攻兵たちはただからだを動かして出動ができるように一人乗りの艇を整備するだけだ。私の艇の舵《かじ》をあやつる者など二人の乗組む艇と彼自身の死装束をととのえた上に、私の身のまわりのことまで心遣わなければならない。死の方に向う出撃行に、子どもの遠足のように、搭乗のユニフォームをつけ、ボタンやバンドをそれぞれの位置に据え、もし事故で戦列をはなれるか或いは死を遂行できなかった場合だけに使う手榴弾を腰にさげ、いつ食べるつもりか携帯食糧と水筒をまとって、出発を待った一夜の時刻の移り行きが、理解できないおかしさを伴って遠去《とおざ》かって行った。

特攻兵の出発のあと基地にのこって陸戦隊になる者たちだけが、当直に立ったから、私は彼らに取りまかれたと思ってしまった。彼らの上にも私は指揮権を与えられているのに、特攻兵の方に部下の気持がいっそう強いことがおかしい。あとで陸戦隊となる者だけの中に居ると、いきなり神通力を奪われた環境の中に一人置き忘れられたようだ。特攻兵が示すきびきびした動作がなく、留守番をたのまれた不なれな隣人に見えてくる。同じ隊員ながら、或る瞬間に別々のカプセルに引きさかれてしまうそのつなぎ目の接着点がそこにうっすらかくされている。出発しそびれた特攻兵は今全く眠りにはいったはずだから、その眠りをさまたげぬよう、狭い入江の両岸にかけて設営された隊の中すべてが、足音をひそめて隊務を進め、そして太陽は確実に高い所にのぼって行き、この新らしい日が私は理解できない。

重なり過ぎ去った日は、一つの目的のために準備され、生きてもどることの考えられない突入が、その最後の目的として与えられていた。それがまぬかれぬ運命と思い、その状態に合わせて行くための試みが日々を支えていたにはちがいないが、でも心の奥では、その遂行の日が、割けた海の壁のように目の前に黒々と立ちふさがり、近い日にその海の底に必ずのみこまれ、おそろしい虚無の中にまきこまれてしまうのだと思わぬ日とてなかった。でも今私を取りまくすべてのものの運行は、はたとその動きを止めてしまったように見える。目に見えぬものからの仕返しの顔付でそれは私を奇妙な停滞に投げ入れた。まきこまれたゼンマイがほどかれることなく目的を失って放り出されると、鬱血《うっけつ》した倦怠が広がり、やりばのない不満が、からだの中をかけめぐる。矛盾したいらだちにちがいないが、からだは死に行きつく路線からしばらく外れたことを喜んでいるのに、気持は満たされぬ思いに取りまかれる。目的の完結が先にのばされ、発進と即時待機のあいだには無限の距離が横たわり、二つの顔付は少しも似ていない。

太陽が容赦なくのぼり出すと、もう引きもどすことはできず、遂行できずに夜を明かした悔《く》いの思いがからだにみなぎり、強暴な気持に傾いてとどめられない。でも爆発させることがためらわれ、内側におさえこむと、無性に眠くなった。私たちは発進しなければほかに使いみちのない未熟な兵員に過ぎない。日常は些細《ささい》な行動の束になってひしひしとおしよせ、なおざりにすることは許されないが、そのどの一つを取りあげても、昨夜の今朝では、余分なつけ足しとしか思えない。無意味なつみ重ねのため、区切り目が醜くふくれてきて、私の死の完結が美しさを失う。しかしこちら側の生に取り残されている事実を矯《た》め直《なお》すことはできず、よごれた日常を繰返さなければならぬ。はっきりつかまえようのない腹立たしさがわだかまっているがすべて、自分にはね返ってくる。

私ができることは、司令官の居るSの防備隊警備班に敵状を確かめてみることだが、その度《たび》に受けとる返答は、展開を見せない膠着《こうちやく》の状態だ。死の方につきやるために準備させた前夜の命令のするどさは色あせ、私のきまじめな要求は貸し金の催促のようなひびきをもちはじめ、きおいたつ自分がはぐらかされてしまう。何か質の変った空気が流れ、身構えた心の武装のうろこがはがれはじめる。眠くなった私は防空壕の奥にはいった。かんなのかかっていない丸太と板切れを組み合わせ、蚕棚《かいこだな》のように乱雑に重ねた寝床は、湿気がひどくて利用する者はいなかった。壕内は素掘のままわく木をあてがってあるだけだから、天井や両側から水がにじみ出てかすかな音をたてていた。水気を含んだ重い毛布をまとい、搭乗の服装のまま靴も脱がず、かたい寝床に横たわると、骨にしみ通るしめりが感じられる。それは冷寒でなく、関節のところで不調な痼疾《こしつ》を起し尿が通じなくなりそうな気持だ。でも地の底に沈み行く深々とした静けさがあり、どこからとなくきこえる水滴と土くれのくずれ落ちる音を耳にしながら横たわっていると、当面の安楽がからだを包みこみ、日常とその中のすべての約束事を先にのばして、眠りの中にはいって行く楽しみを感じた。

寝不足な覚めぎわの、審《さば》かれたのかも知れぬと疑う惑いのあとで、自分のからだが身動きならぬほどこわばっていることが分るが、どうにも動かせない。寝床のかたさと壕の中の湿気でギブスをかぶせられたようだ。しばらくは固縛に抗《あらが》わぬようにしながら、凍りついた時をやり過ごすと、次第にほどけてきてからだが動かせた。悪い酔いがもどってくるふうに、眠りに落ちる前夜からの自分のすがたがよみがえってきて、嫌悪が胸の中に広がるがそれをそこで育てることはできない。そのとき身につけていた習慣に従って立たされている自分の位置を確かめるために、その気分をふりすて気持を集中させようとする。防空壕の入口の方から目にまぶしい外の光が、中の暗やみにやさしくさしこんでいて、事態は、眠りに落ちるまでのときと変っていないことが理解できた。前の日につづく変りのない一日が、まだ許されていた。当直勤務者の私語が、壕の中の湿気におおわれた私の寝床の所まで、おだやかなつぶやきの反響をとどけてくる。
私は上半身を起し、自分の投げこまれている状況のあとさきがまだはっきりとつながらず、足をのばしたまま、ぼんやり外の光の方に目をやっているとかぶりものを剝《は》ぐようにあらましがはっきりした。私は特攻出撃をしようとしていた。骨はくだかれ肉片はとび血が流れ去ってしまうはずだった。でも無残なその現場には出かけて行かずにしめっぽい壕の中で固い眠りに引きこまれた。だから私は光栄を自分のものにまだしてはいない。克服できない距離が意地悪くそこに横たわってしまったみたいだ。私は気持がしおれ、倦怠に落ちた。すべてがまやかしのくだらないことのようだ。なぜ敵は近づかなかったか。刻々が私をこころみ、結果として出撃は完了せずに繰越された。それは滑稽なことだ。私はあいまいな顔付で、眠りのあいだわきたたせていた自分の体臭のただようしめった場所をはなれ、明るい太陽の光の直接に届く方に出た。

異常な完結的な予定の行動が延期されると、日常のすべてのいとなみが気息を吹き返す。私の嫌悪している死が、くびすを返して遠去かり、皮膚の下でうごめく生のむずがゆさがはたらきはじめて、あとさきの約束ごとの中にもどって行かなければならないことを知る。巨大な死に直面したすぐそのあとでも、眠りは私を襲い、空腹が充たされたい欠乏の顔付をかくさないで訪ねてくる。もうすぐ死ぬのだからという理由で睡眠と食慾を猶予してもらうことができないことは、私を虚無の方におしやる。でもからだの底の方にうっすら広がりだしたにぶいもやのような光の幕は何だろう。生をつめたく取りかこみ、かたくとざしていた氷結のおもてに、どこからともなくゆるみがしのびこんでくる。そのゆるみにさからいながら、やがては受けとらなければならぬ発進の号令を待つことは、いらだたしい気持をあおった。いらだたしさの中では、危うげな崖のふちを歩きながら道をそれた草やぶの陽《ひ》だまりに腰をおろし、そこで感覚を喜ばせたいという思いにかたむきがちの自分が統御できない。この行為に従事することを納得させているものは何かが、よく分らない。

当直者はふだんのときのそれにもどっていて、その中にまざって特攻兵の顔も認められた。ほんのしばらくまどろんだと思ったが、日は正午をまわっていた。特攻兵は眠りから覚め、すでに日常の勤務にもどった。近づく私に彼らはどんな感情も示さず、昨夜の出撃準備の緊張の気配を脱け落した顔付をしていた。やりかけた仕事のあてがはずれ、さてその次にどんな仕事をえらび取ってよいか分らないので気持がすすまず空虚に落ちこんだように、細長い入江に沿って設けられた隊の中をうつむきながら歩いた。足もとを見つめても筋道立った何かの考えが起きてくるわけではない。南島の真夏の太陽が、被服の上からからだをこがし、汗ばませる。昨日までの自分とすっかり質の変ってしまった厚みのないほかのにんげんが歩いているようだ。それは防空壕のしめった暗やみの、もっとずっと底の方で、長いあいだじっと横たわっていたような所につながって行く。死の方に近よるために用意していた出発が延期になったまま何事も起らなければ、肉体の新陳代謝のはたらきを拒むわけには行かない。その上になお食物をとらなければならないことは、私を羞恥《しゅうち》に追いやり、頬がほてってきて暗い怒りが、たまってくるようだ。もう一度命令が届けば、艇の頭部の炸薬といっしょに敵の船にぶつかることが要求され、ほかのどんな行動をえらぶこともできずに、その予定の、しかし想像することもできぬそぎ立った暗い淵のにおいのする未知のコースに出かけて行かなければならない。恐怖は小きざみに引きのばされ、下手なブレーキのような不快な断続するショックを与えながら結局は目的の方に向って行くことを強《し》いる。即時待機の下の見せかけの休息と平安を、どうして信ずることができよう。でも今それが明らかに私たちを取りまいていることを疑うこともできない。今日はまだ夜の明けきらぬうちに一、二の敵機のにぶい爆音をきいただけで、それまでの日々のように無数のそれが島の周辺の空にしみをつけることをせず、またこの島を通り過ぎて本土の方に爆撃に行く編隊機の複合爆音をにぶくどよもさせてよこすこともしない。隊員は戦闘準備をとうの昔にすませてしまってもうすることがなくなった。このところ敵の飛行機のほかには見かけることができなくなった空の下の陸地や海面では、特攻兵器の艇をあらわに浮べて訓練を行うことなどできるものではない。もし敵機の搭乗員が海上や入江岸にうごめく小さな緑色の短艇にふと平和のときのボートレースを思い起し、同時に気持がそそられ蟻の群れをにじりつぶすつもりになったら、たとえそれが気まぐれな一撃であっても、私たちの艇の先につめこまれた二百三十キログラムの爆薬は決定的な爆発を起すだろうし、もし何隻かが誘爆しあい、そのとき陸揚げされていたら、入江ぎわの山のかたちは変ってしまうだろう。本土からの補給路はとだえて久しいし、兵器も用具も補充される望みはなく、日毎《ひごと》の腐朽と損傷を少しでも少なくとどめようと工夫するだけでそのほかのことは手をこまねいているより仕方がなかったから、その上に日々の課業をこしらえなければならないとすれば、畑仕事にでも充てるほかはない。暗い先の方で予想される隊員同士の陰惨な食糧の奪い合いをいくらかでも和らげるためにも、甘藷《かんしょ》の植付けに、はげまなければならない。先の不定の日に特攻兵がすべて出撃し出払ってしまったあと、残った基地隊や整備隊の隊員は実のはいった薯《いも》を掘起して食べるだろう。今日敵機があらわれないかららといって、兵器に信管をさしこんである艇を海に浮べて突込む練習をすることなどできないから、隊員にはやはり薯畑の土をいじり入江岸にちらばってたてられた兵舎を偽装するための、松の木の切り出し作業が与えられるだろう。太陽は高々とかがやき、つかのまの休息かもしれないが、畑の中にしゃがみこんで仲間と談笑しながらはたらいている隊員は、昨夜から今日にかけて、死の手のひらの上にのぼった者のすがたとも思えない。

　私のからだからは塩分がきれてしまったのか、南島の真夏の直射を受けても、日はかげってしまったかとふとあたりを見まわすほどだ。強い太陽の光線はその中に影を含み視野の四隅からフィルムが焼けてきてその中央に暗いすすを流しこむ。地が揺れたときの恐怖のように、その時が過ぎ去ってから反応は皮膚の下の筋肉の所の力を抜きそれは全身に広がって、生活への興味を失わせてしまう。出撃のその日を、恐れおののきながら早く来てしまった方がいいと待ち望み、それが望み通り確かにやって来たのだったのに、不発のまま待たされているのだから。すべての生のいとなみが今の私には億劫《おっくう》となり、両の腕から力が抜け去って、体温は低く下ったみたいだ。

午後も太陽は輝き、敵の飛行機はやってこない。ずっと一日も欠かさずやってきていたものが来ないことは不審だ。昨夜特攻艇を出撃させようとしたほどのさし迫った状況はどこに行ったのか。今日こんなに静かな時を刻んでいることが、うまく理解できない。耳なれた音が、とらえられないと、耳はそれを作りあげ耳の中は音にならぬ耳なりに似た爆音で、あやしい交響楽をかなでているようだ。でも視野の中にとらえる限りでは機影を見ず、また幻覚でなければ何の爆音もきくことはできない。戦いの運行がぴたりと停められ、その所から今までとはちがった世界の端が展《の》べ広げられているのか。からだにまといなれてきたもとのままの皮膚では感受しきれぬ空気のきめがあって私は調節に苦しんでいるようだ。とにかく、どこがどうと言えないけれども何かがちがってしまった。すべての責任のあやもつれの中からのがれたいと思うが、新しい世界の秩序を認める方法もなく決心もつかない。私のあせりの外側の所で、前のままの世界は重たい顔付で一向にたじろごうとせず動いているのだから。折々に課業の折り目を知らせる信号兵のラッパと当直者の号令が石膏のように空気の中に流れ入り、すぐ固まってしまう。

群れ小鳥になって飛び散ってしまいそうな自分の心を、そうならないようにつかまえながら日の傾いてくるのを待った。夜が近づくのは、むしろ危険の方に吸いよせられて行くことのはずだ。あたりが暗くなれば、敵の船がしのび寄り、それにぶつかるために出発しなければならぬ機会が増大する。昨日の今日という状況が、きおいたたせ、すでに引幕が開けられた舞台の裏で落着きなく出番を待つ気持にさせている。しかし失敗することなく役目をうまく果たそうとする気合いを失ってしまった。一度拍子木がはいったまま待たされ、そのあと音沙汰のないことが、なぜかしらぬが約束を破ったのは向うの方だという不満をわだかまらせた。合図があれば、ただそこに出て行ってやるだけだ。侮蔑を受け根こそぎにされてしまったと思い、だからどんな恐怖にも耐え、荒れすさんだ果てで、戦法を無視した特攻戦が戦えそうだ。死は恐ろしいがそれが自分のものとならぬ限りは、そちらの方に吸い寄せられることをとどめることはできない。死を含んだ夜が、この真夏の太陽の直射の下の、かげりと寒冷を私から取り除き、私がそこで主役を演ずることのできる劇が繰広げられる。夜の闇が私のおののきをかくし、戦法の未熟や欠落を覆ってくれそうに思え、早く夜の闇に包まれたいとねがった。

ようやく日が傾きかけ、でも何どきか定かでない時刻に、入江奥の部落の人々が来て、隊の外の小さな谷あいのところに集まっていると知らせてきた。士官室の者だけ五、六人が行くと、部落の人々はみんな笑顔をつくっていたが、それは筋肉だけで、目もとは緊張している。特攻艇が昨夜出撃しかけたまま今も即時待機の中にいるのを知っている目の色だ。こちらの視線を追いかけてはなすまいとする執念が見え、今夜にもまた死ぬために出かけて行かなければならない宿命の私たちに涙を流しているようだ。それはすでに死者を見るときの目付だと思い、過当だと思いながらも肉にひびいてくる感じを受けた。白い歯と口のあたりのしわだけで笑っているその顔は、まだ明日があることに寄りかかっている肉体を持っているにひきかえ、時の刻みも気象の変化もそのままでは受取れない私には、誇張してこしらえられた人形の頭とそのからだのように人々が見えた。環境が私を大胆にし、そのとき私を規制し得たのは感覚だけだから頽廃《たいはい》の淵はいつもすぐかたわらに口を開いていた。どんな要求も彼らの中で所を得るだろうという期待は、でも私をかえって不機嫌にした。海峡をはさんだ向い島の飛行隊から預けられた十個ほどの大型爆弾が、かくして置く場所がないまま、その谷あいの木の下の茂みに放り出してあっても別に異常なこととも思わない乾いた空気があった。部落の人々の大方は見知っていたつもりだがそれは錯覚だったのか、顔見知りはわざとやって来ないで家の中に残っているのではないかとあやしまれるほど、見かけぬ顔が多いと思えた。でも十数軒ほどの小さな部落にこんなにたくさん居たのだろうか。その誰もが、一番親しかった者がその記憶をよみがえらせることを強いるように、微笑を含ませたひとみを集中させ固定しようとひしめいている。栄養の補給が不充分なために、みな色つやの悪い顔をそろえ、いくつかのかたまりになって重なると、すさまじさがあらわれた。慰問されなければならないのはむしろどんな特権も持たずに素手で死の恐怖にさらされている彼らの方なのに、残り少ない米で餅をつき、箱を重ねて持ってきて私たちの目の前に積んだ。急の作業のために、せっかくの慰問を、隊員全体がいっしょになって受けることができなくなったから代表の者だけが好意を受けにきた意味をのべると、年寄りたちの中に目をうるませて涙をにじませる者のいるのがわかった。隊の中の動静はどんな秘密の事がらも部落の方に何となく通じているようで、昨夜のことも明らかに知っているにちがいない。やせて目ばかりいっそう黒々と大きく見える子供たちがあとさきの理解がなくあこがれにひとみをかがやかせて、おとなたちのあいだにはさまりながらにこにこ笑っているすがたが私を打ち、女たちはよそ行きの着物を着けていても、いなかの風習のまま、帯をあらく伊達巻風《だてまきふう》にしめ、下駄をはかない素足のままの恰好《かっこう》が、抵抗なく胸の中にしみこんでくるのを覚えた。目がなれるとその中に見知った顔がふえてくる。そのように不安定なのは自分の今投げこまれている状況が重症なのかもわからない。おおよそのものがなじみもなく見たこともない遠いよそごととしか思えない。いきなり見知らぬ顔と見えたものは、やがてよく見知った顔であることが分ったから、みんな親しげに笑っていたのは当然だったと思い返した。やがて土着のうたとおどりが披露され、伴奏には三線《サンシン》をもってきていた者がそれを竹の爪でかきならすと、墓場の方に導く雑草の生えた海ばたの細い道が目の底に浮んでくる。のどをしぼって出す声は、経験によってでなければ習いなれることのできない感じやすいふしまわしをもっていて、一つの世界のありさまが表わされ、そこに人を誘おうとする力をもっていた。おどりの方は抑制がなく、やたらに手足とからだを動かすだけのようなところがあって酔わせられないが、ふと目を見はると、女たちが南の島で日焼けしてかたまった肌の上に白粉《おしろい》をつけているのに気づいた。それは肌にのらず、まだらなあやをこしらえていたが、それがかえって奉仕の気持をむきだしにしていて、私をとらえた。身ぶりの幼い誇張が、私を世間のはじめの方につれて行き、束縛のない野外の集いの中に居るような錯覚を受けた。意識から解かれた自在な動きを、私はふしぎな気持で見たが、そこには苦渋がなく、感情が割れて停滞することもない。見物者に誘いかけてくるくすぐりがあるから笑いを以《もつ》て答えなければならない。私は彼らに隊内の生活にはどんなときも異常な興奮がないことを、示したいと強く思った。その見栄が笑いの振幅を大きくし、それはまた次の笑いを誘ってあとさきがわからなくなる瞬間があった。そのとき自分もしばられない流露感を経験している確かめがあった。まだらの化粧や素足は、或る直接の親密を生み、すべての土俗ぶりに馴れてくると、彼らの目の構造が顔の造作の中で取り分け大きな比重をもち、そこだけが独立して顔の真中で愁いを含ませながらふくれあがってくる。

ふと、皮膚に冷気を感じ私は覚めた。太陽がかげったのではなかったが、夜への階段を下りはじめたかすかな動揺があった。もうこのへんで切りをつけなければならないと思うと、部落の人たちとのあいだに架かったと感じた橋が、す早くすがたを消しているのを知った。もとの断絶が横たわり、それは死とのそれほどもへだたっている。私のたてこもっている城砦《じようさい》は、底のない泥沼に囲まれ、すべてのはね橋をすぐ巻きあげようとする。城砦にとじこもると、敵機の爆音をまだ耳にしなかったことに気づき、防備隊からはその後にどんな連絡もなかったことが関心の前面にせりあがってくる。それは今日このごろでは、望んでもない安らぎであるのに、私は孤独な寂しさを感じてしまう。その寂しさをかくさずに、野外の演芸会を閉じてもらわなければならぬことを言うと、彼らの涙に濡れたあきらめの目がすがりつき、それは私を満足な気持にさせた。待ちかまえていたように太陽は急速にかたむきはじめ、子どもたちは、部落にもどるためになぎさ沿いの小道を歩き出したが、私たちは老人を疲れさせないために伝馬船を用意すると、乗れるだけの者が立ったままでつめこまれ、夕凪《ゆうなぎ》の静かな入江面を部落の方に直線に漕いで行った。舟の中の部落の人々は一様に、はなれて行く岸にのこっている私たちの方を目ばたきもせずに眺めた。吃水《きっすい》が浅いために、辛うじて浮くことができた板切れのように見え、黄味を増した落日直前の太陽が彼らの行手にまともにふりそそいだ。個別の表情をあらわしていたそれぞれの顔は、やがて見分けがつかなくなり、金いろの光にまぶされたからだがお互いに溶け合って一つになり一瞬のあいだ輪郭だけが強く浮き上ったかと思うと、彼らのすがたは、薄墨色のおだやかな夕暮時の大気の中で、貧しく望みのうすい生活が待つ部落のたたずまいの方に溶けこみ、それをいつまでも見ていた私はこちらの岸にとり残された。

その夜発進の命令を受けとれば、私はきっと勇敢な特攻戦が戦えたろう。昨夜は、一年半ものあいだその日のことを予想し心構えていたのになお動揺したので失望が心を食いあらした。不眠のあとの頭痛をのこしたまま寝ぼけまなこで搭乗服を着け、ボタンやベルトを定まった位置に定めながら中腰で兵器の艇に乗って出かけるようなくやしさがあった。生の世界の方にまだ何かいっぱい為《し》のこしたままのうしろ向きの気持のずれを、戦場に着くまでのあやしげな時間の中で持ち直さなければならないたよりなさがあった。しかし今夜はちがっている。奇妙な一昼夜のあいだに、ないがしろにされた感情につかっていた。そして生きのこったとしてもこの先に生活しなければならぬ日々の、断絶に囲まれた世の中で耐えて行けそうもない気持の底も見たと思った。そこで、防空壕の入口の当直室に防備隊から電話がかかりけたたましく呼鈴がなっている状況を自分に課してみる。そら、今鳴ったぞ。伝令が傾斜を本部の木小屋の方にかけ上ってきて、きっと叫ぶぞ。タダイマシンレイヲウケマシタ。カクトッコウタイハ、タダチニハッシンセヨ。伝令は今にも泣き出しそうな顔付をするが、私は自分に問いかけてみる。で、S中尉、きみはいったいどうなんだ？　私は答えるだろう。今夜なら大丈夫だ。なぜならあのはしかのような発熱の状態は昨夜すべてその過程を予習してしまったから。むしろ発進がはぐらかされたあとの日常の重さこそ、受けきれない。死の中にぶつかって行けば過去のすべてから解き放たれるのに、日常にとどまっている限りは過去から縁を切ることはできない。手ひどい肉体のいためつけが私はほしい。闇と光線と、轟音や鉄、そして肉と血が交錯してこしらえあげた偉大な未知の領域に、ふみこみつつあるこの上ない陶酔のただ中で、死はこの世で受けていたすべてのはたらきを終らせてくれるだろう。私たちの艇に与えられた速力が私の肉を麻痺させ、意識を失いながら武者顫《むしゃぶる》い立たせて行かせるだろう。でも敵機が私たち五十二隻の特攻艇が夜光虫の発光する長い艇尾波を残して航行を起している現場を果たして見のがすか。敵機が私たちの艇の群れに急降下の爆撃を試みないことがどうして保障されよう。

敵機が当然なすべきことを行なえば艇のへさきにつめこんだ二百三十キログラムの炸薬をもった特攻兵器は必ず反応し、目標の巨大な艦船が目の前に直角にのしかかってくる恐怖を経験することなしに、自分だけで爆発して海上にちりぢりに飛び散ってしまうのはあきらかだ。それはいわば事故のようなものだ。事故は死の直前の恐怖を取りのぞいてくれるから、私は易々《やすやす》と威厳に満ちた死を自分のものにすることができる。ふたたび生への執着が起きない気持のささくれだっている今のうちに、出発したい。きっとそれはうまく行きそうだ。私は声音を変えずに伝令に総員集合をかけるように伝えるだろう。今はこの上にどんな心のこりもないと言える。トエには手紙を書いてOの部落に出る公用使にたのんだから、いつものようにまちがいなく届くはずだ。その中に書いたふだんと変らない挨拶のことばが、彼女の心を休めるだろう。たとえかえって彼女の心をさわがせたとしても私にこの上何ができよう。トエには昨夜のことをひそかに知らせる者がいて隊の外浜のところに来て会うことができた。私は胸のポケットに彼女からもらったたよりをたばねておさめていたから、その上にてのひらをあて所在をたしかめる度に効果を得て満足していた。でも彼女がすぐそばまで来ていることを知らされると経験した記憶がよみがえろうとしてひしめき、からだが浮き上るのを覚えた。出発の準備をすっかり終え発進のかからぬまま特攻兵を眠らせたあとで外浜に出てみると、死装束を着け紋平《もんぺ》をはき懐剣をかくしもったトエが闇の中にうずくまっていたので、駈け寄って行ってつかまえた。私は演習だ演習だと重ねて言ってきかせ、でも発進の下令が気になってすぐ彼女を離して当直室にもどったが、なぜか勇みたって、からだの細胞の一つ一つが雀躍《こおど》りしている充実を感じた。悲哀は精神をすっぽり包んでいたが、百八十人の集団の中でつきあげられると、肉体の緊張が先立ち、あとにかまわず歩いて行ってしまう。それに彼女の真直《まっす》ぐ私に向けた凝視を、疑いなく確かめ得られたことが私を有頂天にさせた。しかし出発しないまま一日がむなしく過ぎて次の最初の夜がまわってきたのだ。生涯の設計の骨組みが具合よくすべて支え合い、そのどの部分も繊細過ぎるので全体が微妙な均合《つりあ》いを保っていたが、今夜ちょうど最後の仕上げのときに来たと思えた。今夜出発すれば私の生涯は終りを全《まっと》うすることができる。彼女の涙や入江奥の部落の女たちのおどりの中の或るしぐさが、おかしな細密画の一こまになって全体の構成を助けていた。すべてが大きな布切れをかぶせたような悲しみの中でにこにこ笑って遠くの果てに遠去かって行くが、壮烈な死に讃歌をささげていた。でももし今夜も昨夜の繰返しに終って私たちの出発が無視されたら、すべてはむしろ悪化し腐りはじめるだろう。やりかけて中途になっているはたらきは、未遂で終ったその断面がなまあたたかくふやけ、いったん氷結させられたためいっそうはね返って手のほどこしようのない症状を示してくるにちがいない。そして私は低潮のときをえらんで真夜中に目を覚まし、今までそうしてきたように北門から外浜に出てトエと会うだろう。それを私は拒むことができないだけでなく、潮の満ち干のうねりは私のからだに感応し、さからうこともできない。渇きが彼女と一緒になることを求めそのことに心をくだいたあと隊の外に出る工夫をこらしてそれを果たし、彼女を認めることに成功しても認めたすぐそのあとから、私の居場所はそこではないと思うことを繰返すだろう。私の意識は二つに割かれ、どちらにも専心できないことが隊の内部を弛《ゆる》めてしまう。それはやがて飽和のところにとどくかも分らない。不自然な環境が無理を重ねてきたが、決算をしなければならぬときは必ずやってくるだろう。身の毛のよだつ最期の場面の、事前の確かめのきかぬ恐怖を、どうすることもできるわけではないが、その突撃行為は過去の未済の行為を帳消しにしてくれると思った。償《つぐな》いをその日の前に割引するつもりで突入の瞬間に賭けたみたいだ。

防空壕の中の寝床は湿気がひどいだけでなく、そこは空襲の不快な音響からはさえぎられまた一応の安全地帯にはちがいなかったから、そこにもぐりこむことは少なくとも外見の気おくれを表した。でも私はたったひとりがらんどうのほら穴のなかで眠ると心が安まった。

十四日の夜も防備隊からの連絡はなかなかやって来ず、すべて、ふだんの日課にかえしてすませた。前の晩に起ったことは実際の出来事とも思えない。疲れきった昼のうたた寝に見た悪夢ではなかったか。どんな現象も気持から剝がれていて、よほど頑張っていないと自分の立っている所さえ見失ってしまいそうだ。はじめほんの少し芽を出した予感がときと共にふくらみ、それは一つの確信の顔付を示しはじめた。もしかしたら、この待機の状態は切換えられることなくいつまでも続くのではないか。敵はこの島などは歯牙《しが》にもかけず、直接本土に向う作戦をはじめだし、ここはこの戦争のいきさつから見捨てられようとしているのではないのか。司令官が特攻戦の発動を決意したのは余程のことにちがいないから、そのときたしかに上陸してくるかもしれぬ敵の船団が近づいたはずだ。しかし目的はこの島にはなく、船団は通り過ぎてしまったにちがいない。そうでなければ、どうしてこのような停滞の中に落ちこむだろう。司令官を支える防備隊の参謀たちはどんな全体の作戦構想をもっていたろう。少し冷静に考えれば、この島は作戦の谷間に落ちこみ、どんな戦略価値ももっていないことが分るではないか。しかし恐怖が、一途《いちず》にこの島に吸い寄せられてくる敵の船団をこしらえがちだ。島は磁気を含んだ孤島となって敵の戦闘力をすべて吸い寄せてしまうと錯覚させられていた。でも参謀たちはこの島の無価値なことにはっと気がついたのではないか。だからその後の敵状の提供にそっけなくなってしまったにちがいない。

真夜中近くなってやっと連絡があったが、それは特攻戦とは少しも関係のない内容のものだ。カクハケンブタイノシキカンハ、一五ヒショウゴ、ボウビタイニシュウゴウセヨ。ヒツヨウナラ、ナイカテイヲムカエニダシテモヨイガ、ドウカ。たとえ今日一日敵機を認めなかったと言っても、特攻戦が発動されている最中に、昼日なか防備隊はなぜ内火艇まで出そうと言うのだろう。なぜかそれは私の緊張をあざ笑っているひびきをのこした。まじめな態度を求めながら応じられるとまじめ過ぎたおかしさを嘲笑する世間のやり口で、防備隊は、そら、死にに行け、とけしかけたあと、なんだそんなに受難者の顔付をするなと言っているようだ。私の方には内火艇をまわしてもらう必要はなさそうだ。さしせまったこんな日に、どんな用件があるのか見当がつかないが、私は山道を歩いて行くつもりだ。自分の足で土をふみつけながら、しぼるほどの汗をかいてみたい。

私は強い眠気に襲われたので、壕の中の寝床に行って横になるとすぐ眠りに落ちた。それは鎧戸《よろいど》が落とされたような眠りだったが、昧爽《まいそう》のころに目があいた。すぐ寝床を降り、北門の外に出ると、トエが白昼をあいだに置いて前の日からそうしていたと思われる恰好で砂浜に吸いつくように坐《すわ》っていた。私は何度も重ねてきた同じ姿勢で彼女をなだめ、演習は無事に終ったと言いきかせ、早く部落にもどってぐっすり眠ることをすすめ、自分もふたたび壕の寝床にもどり、湿気にからだを刺されながらむさぼるような眠りをつぎ足した。

目が覚めると、八月十五日の太陽は高く上り、隊員たちの日中の畑仕事も中だるみに来ていた。おくれて起きた気おくれもあり、眠《ねむ》り呆《ほう》けている間に大事な瞬間を取り逃したのではないかという不安がしばらくただよったが、すぐに眠る前の状況とどんな変化も示していないことが分る。今日も敵の飛行機は現れぬようだ。二日も続けてその爆音をきかぬと、どうしても信じられそうにないと思いたがる。何か決定的な変化が戦局の上に現れてきたのではないか。その考えは好奇と失望とを同時に与えた。作戦の谷間にはまりこんでこの島は見離され、何年か経って、戦争も終りあとさきの混乱がおさまったころにどこかの国が行政権を確かめるためにやってくるかも知れないなどと妄想すると、不思議な興奮が湧いてきた。

　私はおそい朝食をそこそこにして防備隊に出かける準備をした。艇に乗るときのそれではなく、三種軍装にゲートルを巻きつけ肩帯のついた剣帯をしめるだけで、日本刀はそれを吊りさげないで手にもった。

　入江奥に向って、部落寄りの番兵が勤務している南門監視所を出て部落の方に歩いて行くと、心もからだも軽くなった自分を感ずる。入江の岸の岩端や小さな谷あい、そして山かげの畑が、ガジマルやアダンの生えた潮くさい小道の蛇行に従って目の先に展《の》べひろがって行く。隊をはなれ一人だけになると自分が生活の根の浅い一人の青年に過ぎないことが分ってくる。そして防備隊に着くまでの一時間のあいだ私は全く解放されて、その状態を享受することができる。たとえ不在の隊に発進の命令が届いても私がそれを知るてだてはなく、もし伝令が追いかけてきたところで追いつくころには防備隊に着いているはずだ。しかも防備隊からの命令でそこに行くのだから隊をはなれていたことに責任を問われることはあり得ない。恥知らずな考えでも、その解放感を受けとらないですますことはできない。トエに会うために隊を出るときは、加速度のついたのめり行く喜びのうらがわにおののきと渇きが深まり、扱いきれない負荷が心にもからだにもまつわりついたが、防備隊に行くときは、身軽な一羽の小鳥の気分になれた。途中の道筋と時間とをゆっくり味わいながら、山の中の湖水と見まごう入江のほとりのうねりの多い道を刀をかんぬきのように背首にあて、或いは肩にかついで歩いた。防備隊の内火艇をまわしてもらえばすぐ向うに着いてしまうから、この気楽な自由を自分のものにすることはできないと思ったとき、昨夜内火艇を念押しされたときにちらと頭をよぎった疑いがもう一度起った。敵機の襲来がはげしくなったこのごろでは日中の航行はほとんど避けられた。小さな櫂漕《かいこ》ぎの島舟でさえ危険を感じて漕ぎ出なくなっているときに、しかも翌日の出航の約束をしようというのはどういうことなのか。敵の言質でも得て今日一日は決して飛行機はやって来ないことを承知の上でなければ、そんな放胆な行動が取れるわけがないなどとおかしなことまで思った。そのとき私はいきなり狭い暗がりの場所から広く明るい所に出たときの気持になって、或る考えが浮んだ。味方の特別に秘められていた作戦が成功して、敵の勢力を日本の周辺の島々からすっかり消してしまったのではないか。今日そのことで防備隊では新しい戦況にもとづいた作戦を検討し直す相談が行なわれるのではないか。防備隊からの召集の度毎《たびごと》にいつも、何かそれまでの計画を変更しなければならない希望的な展開を期待して出かけても、大抵はわざわざ召集することもないような小さな事項に終ることが多かったが、こりずにその次の呼出しのときはまた期待を胸にひそめて山道を歩いて行くことになった。それにしても今度の防備隊の態度にはへんな自信が含まれていた。

部落の人家は、干潮のとき海水のすっかり干上ってしまう長靴の先の折れ曲りに似た入江奥の袋の部分のぐるりに十数軒ちらばっていたが、家の外には人影が認められず、どこで何をしているのか見当もつかない。空襲におびえて刈入れがおくれている稲田の一期作が、雑草のように伸びたまま横倒しになっていて、藁《わら》になる前の青くさい、イナゴとまざり合ったにおいを発散している。家ごとに飼っていた豚も漏れ伝わる隊内の動静にあわてである日どの家でも殺して食べてしまった。もし敵が上陸して来れば部落のかたちや人々の運命がどのようになるか私には見当もつかない。それは特攻戦を戦ってみるまでは、のぞき見ることのできぬ鉄壁のために絶望的な未知の向う側にのこされているようなものだ。防備隊の陸戦計画ではそのときの配備の計画なども立てられていて、特攻が出払ってしまったあとの、私たちの隊の基地隊や整備隊の隊員もその計画の中に吸収され、部落の人々はそれぞれに用意された防空壕に収容された上、爆薬を使って自決するのだと取沙汰されていた。いぶかしいことだが、それらのこととても切羽つまった今になってさえ確かな手答えが得られるわけではない。もし何かが近づいているのなら、阿鼻叫喚《あびきようかん》の様相に襲われていなければ筋道が立たないように思える。しかし現実は新規の手法で抜き打ちにやって来、いつも出しぬかれて心の準備を欠いたまま死に持ち去られるのかもしれない。私の過去ではきいたことのない鳴き方の蟬《せみ》の声がきこえていて、稲田のにおいと真夏の熱を含んだ風の肌ざわりが、小学生のころの夏休みを思い起させ、自然は充実し、がっしり統一されて見えた世界に囲まれていた幼いころの自分の感覚が、今取り返しのつかぬ悔いのようによみがえってくるのを覚えた。確かな覚えなしにどこかを歩いているときに、いきなりうしろ襟首をつかまれて、引きもどされるような思いがけなさで、私は小学生のころの古い日本にぐいと引きもどされる衝動を感じ、クモの巣をまきつけた急ごしらえの網でミンミンゼミやツクツクボウシをつかまえて歩き、アリジゴクとジグモを紙の箱に入れてしまっていた幼い自分のすがたがあらわれて私をおびやかした。思わずあたりを見まわしたが、折れ曲ったのでそこだけしか見えぬ入江はじと、まばらな民家などの過ぎてきた方角を背景にした道端の稲田しか目にはいらない。狭い田袋はすぐ山道になり、両側の山際がきつく迫る手前の、川床の深い小さな谷の落合いの横手を切りひらいた畑で、年老いた夫婦が黙々とはたらいていた。私は立ち止って二人に声をかけた。

「なかなかごせいがでますね。きっとすばらしい収穫がありますよ」

背筋をのばしながら私の方を向いた老夫婦は、打消すように手をふって笑ったが、ことばにならず、自分らの子供を見るような目を私に向けた。それはやはり昨日の午後私を見た部落のひとの目だ。昨日も実のところはこの老婦人の目だったかもしれない。彼女の目が部落のひとたちの目を集約し私に注がれていた。老夫婦の数多い子供たちは成長してみな親のもとをはなれ、男の子の中には軍隊に出た者も居た。私はその中の一人に似ていて彼らは私に気持を開いて示した。戦況がまださし迫っていないときにできた交歓は、すでにかなり前からとだえていた。それはトエと会うことに私が腐心するようになったあとさきの時期とも重なったはずだ。「あの人は私たちに声をかけて通って行った」と、もし出撃するかまた別の何かの事故で私の身上に変化が起ったあとで二人は言うだろう。私たちは胸がつかついで、学生が遠足にでも出かけるときのようににこにこ笑っていた。「刀をかかえて何も言えんかった。うちの二番目の息子にあんまり似ていてどうしても他人のような気がしなかったのに、みすみす何にもしてやることができなかった」それは私が勝手にこしらえあげたまでだ。申し分なく年齢を重ねた二人の容貌は自分に似た長型の顔かたちなので、感覚の或る部分がやさしくおさえられ、安息があると思った。山は浅くても山の明暗の要素の大凡《おおよそ》はそなわっているから、ひなたとかげりにあざなわれながら、私は汗をびっしょりかいて傾斜の道を上った。名も分らず見きわめることもできぬ小鳥の鳴声は、その自由な境遇を誇るようにきこえ、私の耳には珍らしいその音色を快いと思わないわけにはいかない。しかし背負籠の緒をひたいにかけ伏し目になりながら山越えをして来るはだしの娘たちとはすれちがわない。山の中をただひとりで歩くと、外界の自然の音響と意識のうちがわでのラッセル音とがその接触点できしり声をあげ、その耳鳴りのような閉鎖の気持の中ではこのままどこかに逃げて行く錯覚が起きた。さっきの老夫婦の老いた腰をのばしてこちらを見ていたすがたが、最後の目撃者の目となってのこるようだが、しかしそれに難詰の色はなく、永久に口をつぐんだまま不憫《ふびん》の色を浮べてどこまでも追いかけてくる。七島藺《しちとうい》の植わった畑のそばを通ったとき、逃げてしまった夢の尾を、ひょいとつかまえた思い出し方で、内火艇の謎がほどけそうになった。つかえて取れなかった栓が外《は》ずれとび、分らなかった向うがわの水が伝わってきたように、センソウハ、オワッタノカモシレナイ、という考えが頭に来た。どう終ったかは想像もできないが、とにかく、それは、終ったのではないか。だから空襲の必要もなくなり、防備隊の内火艇を向い島に通う定期発動船のように昼日なかに海峡に出してよこすこともできるわけだ。オワッタ、オワッタとむくむくした煙のようなものが胸もとにつきあげてきて、私は思わずにっこり笑ってしまい、口もとをしめようと思ってもしめられない。からだの中の毒素を出してしまわなければそれは止まらないと思い、しばらく声を立てずに独笑しながら歩いた。私は生きのこれるかも知れないと思うと、筋肉のどの部分もてんでにおどりはじめたようで、からだが熱く、中心に太い心棒が立ち、トエが傍に来たか誰かに見られたか、そんな感じがして思わず前後を見まわしたが、誰も居るようではない。どうしてか自分がみにくいものに思えたが、次々につきあげてくる衝動をどうすることもできないまま、鞘《さや》のまま日本刀を振りまわすようにし笑いを消さず上の方に駈けのぼってみた。叫び出そうとする喚声をようやくとどめ、重ねて汗をかき呼吸が苦しくなると、やっと笑いがとまった。からだ全体を包みこんでくる女性的なものがまといつき、トエがずっとあとを追って来ているようだ。しかし一陣のなまぐさい風が過ぎ去ったあとは、その考えがどこから湧いてきたか見当もつかない。私の与えられた任務は特攻艇の使用にあるのだから、戦況が良い方に打開されたとしても、ただ基地が移動してもっと前線に出て行くだけのことだ。それの使用が全く必要でないほどの決定的な好転は、どう考えてもやって来そうでない。するとふたたび鉛のようなものがからだに沈み、何かの前兆ではないかと思い不安になって足を早めた。行ってみるとそこは青海原、というおそれが気持の底に沈んでいて、心が波立つと表面に浮び上ってくる。

赤土の急な坂でSの部落に下ったとっつきのところの疎開小屋が視野にはいり、見てはならぬ場所をのぞき見した気持になった。たしかな遮蔽《しゃへい》がなく、炊事のあとの汚水と糞尿に侵されたあからさまなでも親密な露出が、そばを通る者に刺激を与えるようだ。傾斜をすっかりはなれ、Sの部落の田圃《たんぼ》全体が見通せるところに出た私は、あきらかにふだんとちがった様子を見た。というよりむしろふだんにもどったと言うべきだろう。今までふだんと見ていたのは、空襲をおそれて耕作者が出ないために荒れるにまかせた異様な田園の風景であった。また、部落のはずれの海岸に岸壁をきずき兵舎と練兵場と桟橋をもった海軍の防備隊があるために、何度も爆撃のとばっちりを受け、あちこちに爆弾で掘り返された月面を思わせるあばたができていたが、それも整地されるでもなく、そのままのすがたをいつまでもさらしていた。その田圃に今、人々が何人もはいって折目の祭のようなにぎわいをわきたたせながら、おくれた刈入れをしていた。そのあたりまえのことが、そこに予想した無人の風景と重ならず、人々の点在が取りちらかされた余計な塵芥と見え、かえってどきりとした異様な情景がそこにくり広げられていると感じたのがおかしい。弾痕のある凹みにも頓着《とんちやく》せずにふみこみどんな危険も感じない様子も異状を強めるに役立った。いくらかは不平を投げやりな態度にふき出させているふしがあって、空襲におびえ軍人たちに弱々しく腰を曲げて譲っていたすがたと重なり合わない部分があらわれていた。南の日に焼けた彫りの深い容貌と毛深な手足の骨格のたくましさが、ことばの通じない場所の人の距離を、あらためてそこに立てまわしているように見えた。でも何が起ったのだろう。今まで受けたことがなかった彼らのその無関心な表情が私をおびやかした。不発弾が田圃の中にあるかも知れぬおそれもそれに荷担した。それはあの滄桑《そうそう》の変化に出くわすことを避けたい気持にもつながったものだ。意識の底で何を理解したのか分らぬが、自分の軍装のすがたがおかしな具合に浮き上り、おそれにつながる感情の端緒の所で軽い寒気を感じた。少し足早に田圃をつききり、部落にはいらずに、防備隊の正門に通じた広い道路に出るかどの所で私は重ねて異様なにぎやかさにぶつかった。それはそのそばの高射砲台で、偽装のためにかぶせていた生木を取り払い投げ捨てたままで、四、五人の作業員が台座のあたりを掘り返していた。それが整った仕事ぶりではなく、投げやりな乱れが露骨にあらわれていた。それをきたないと思ったとき、どういうわけか、ニホンハコウフクシタ、という考えが私を打った。あらためて峠への坂道で襲われた生臭い体感を思い出し、二つが重なって、その場をのがれようとする弱い頭脳に、真実を無理強いするようなふしぎな精神状態を起した。でも事態は経験をはみ出していて、うまく理解のうつわの中におさまってくれない。日本の降伏があり得るとは思えないがそうとでも考えなければこの言いようのない異臭に満ちた光景の理由が分らない。別に何一つ降伏の事実を言い表わしていたわけではないが、過去がそこで骨折して食いちがいきたない肉塊をはみ出させた様相は、想像もできない或る事の挫折の光景を語っていた。負ケタ負ケタ負ケタと頭の中を出口が分らず狂いまわる考えと一緒に、おかしなことには、生き残った実感がその居場所をかためはじめ、頬に笑いを押し出してよこした。坂道でのつきあげてきたエネルギーがふたたびわき起ってきて頬ににじみ出る笑いをおさえるのにおかしな苦労をしながら防備隊の正門をはいったが、隊内の様子は別にそれほど変ったふうでもない。やはり自分は何か先まわりした幻想にとりつかれたのかとあやしげな気持になった目に、兵舎の一隅から長くとぎれずに立ちのぼっている一すじのすすけた太い煙が見えた。するとまたあのへんな確信がわき、見通しのきく練兵場に出ると、そこにつっ立っている航海長を見つけた。私は彼のそばに走り寄って、とうとうお手あげでしたね、と言ってみたい気持が起った。応召する前は或る外国航路の商船の船長をしていた予備士官の彼には、いつもは軽口を言ってみることもできた。もしかしたら彼の方から冗談事のようにキサマいのちびろいしたな、などと話しかけてくるような気もした。でも私を見つけた彼の表情にはけわしいまじめさが認められ、思わず私も表情を引きつらせ、軽率に駈け寄ることがためらわれ、歩調を変えずに大股で近づいて行くと、彼はにらみつけるようにして私の接近を許した。彼が何を考えているか分らないが、今ここで冗談を言って笑い合う二人がほかの者から眺められることを考えたら、なお少しのこっていた笑いの種が引っこんだ。でもいつものように理解されている年長者に向う気持で敬礼をし、何も言わずに彼の傍に立った。

「御苦労御苦労。歩いて来たのか」と彼は言った。

私がうべなう返事をすると彼は視線をはずして兵舎の背後の崖の方に目をやった。私は練兵場からはいっそうよく見える煙の方に目が行きがちだ。しばらく無言のまま別々の方向を見ながら二人は立っていた。

「えらいことになってしもた」

と彼はぽつりとつけ足して言った。

私は予感と妄想かも知れぬはたらきだけで思いめぐらしていたので、正確にはまだ何も知ってはいない。しかし直接そのことをきくのはどうしてか躊躇《ちゅうちょ》され、ことばを変えて言った。

「今日の召集は何でしょうか」

すると彼は私の目をのぞきこむようにして、

「正午に陛下の御放送があるはずだ」

と言い、そしてとどめを刺すぐあいにつけ加えた。

「無条件降伏だよ」

ムジョウケンコウフク、私は頭の中で反芻《はんすう》した。それは子どもの戦争ごっこか大学の講義のときにでもきいた実体のないことばに過ぎないではないか。それが今現実の重さで目の前にはだかった。といっても本当は私の耳はそれを予期していた。ただ肉声ではっきりそのことばが発音されると、取り返しのつかぬ重さを装い出す。あらためてそれが具体的にはどんな意味をもつものか見当のつかない戸惑いにぶつかった。それは少しずつ、馴染みの、未知のものへの怖気《おじけ》の顔付に変貌した。それはよく分らぬながら、今の戦闘態勢の中で完全にそのしくみから脱《のが》れ出《で》るまでにどれほどこみ入った煩瑣《はんさ》をくぐりぬけなければならぬかということへのおそれだ。おそらくそこを無疵《むきず》で通りぬけることは不可能ではないか。その中でただの一つにつまずくことでもたぶんそれは死を意味するだろう。つい先刻までは恐怖にさいなまれながらも死の方にだけ向けていた考えが、ぴりりと引き裂かれて、生きのびられるかも分らぬという光線がさし込んできた。そしてその光線を浴び無性にいのちが惜しくなっているのに、もう一度、死の方に頬を向け直さなければならないとはどういうことだろう。そう考えると、もともと色つやの悪い顔が反応して急に青くなったように思え私はなんべんも顔を両手で拭《ぬぐ》うようなしぐさをした。さっきおさえ殺してしまった笑いを、むしろもう一度呼びもどしたいと思ったほどだ。段をつけるようにやってきた変調が自分ながら分らない。

正午の放送は雑音が多くてよくききとれずに終った。雑音を縫って高く低く耳なれぬやわらかな声音がいっそう架空な気持に誘った。そのあと司令官があらためて日本が無条件降伏を受け入れたことを伝えた。各出先隊の指揮官はそのことを各自の隊員に伝え、軽挙《けいきょ》妄動《もうどう》することのないようという注意を受けた。集合はすぐ解かれたが、私は特攻参謀に呼ばれたので、彼の部屋に行った。彼はふだんの顔付を私に示したが、以前より少しだけ人なつこくなっているようであった。以前の固さからは全く想像できないくだけた態度があらわれていた。これまでは彼の前で兵術に未熟な予備士官の私の素性が殊更にあらわになった。それに反し海軍兵学校の訓練が身についたきりりとした彼の態度が、肩に巻きつけた参謀肩章と共に、軍隊の威厳を装わせ、それは抑制された或る美しさがあってさかららうことができなかったのに。ほんのわずか、にじみ出た今までに見せなかった彼の過剰な応対が、私をけげんな気持にさせ、彼の参謀室をふと商事会社の応接室と思わせ、おそらく私の態度の中にはかすかな横着が顔を出したにちがいないが、それは隊に帰り降伏のことを伝えこれから先の対処を決めるときに、今度は私が隊員から受けるかも分らないものであった。

「司令官の達しで分ったと思うが、今のところ単に戦闘を中止した状態ということだな。だからもし敵が不法に近接したときは突撃しなければならない場合の起ってくることも充分考えて置かなくちゃいけない。君のところの特攻艇だが、御苦労だけれど即時待機の態勢を解いてもらっては困るんだ。こちらから指示するまで、今のままで待機していてほしい。ただし信管は抜いて置いてほしいな」

と言う彼を、私はじっと観察することができた。前にはできなかったことだが、それができる今の自分を以前のこういうときに移したいと思いながら、私は或る示唆を受け、血の気の失せて行くのを心遣った自分の頰に生色のよみがえった思いをした。彼のことばで、はかられていることを知りながら緊張し、暴走しようとするもう一人の自分をなだめて骨抜きにして行く過程を味わった。これは私も将来自分の方法として採用しなくてはならない。片方で皮肉な気持になりながら、反面私は彼を好ましく思い、彼と一緒に、つい先刻までは崩壊しなかった秩序の中にもどって禁欲的な特攻作戦に没頭したいと思った。

「ところでね、これはどうしても私を信じてもらいたいんだが、君たちの気持を私は充分理解できるつもりだ。だから無理解な一方的な処置は絶対とらないつもりだ。どうかどんなことでも事前に私に相談してくれないか。くれぐれも断って置くが、これは私だけの気持なんだ。きっと悪いようにはしないよ。決して思いつめて単独でやらないようにな。どんなことでも私を信じて相談してほしい」

その彼のことばははじめのうち何のことか分らなかったがやがて私はその意味に気づくと、晴々としたおかしさが訪れてきたが、黙ってそのまま意味がよく分らぬ顔付を消さずにきいていた。五十二隻の特攻艇を持っている私の隊がこの際どのように見られているかが分り、もしその気になれば私は彼を脅すこともできる立場に立たされていることが、或る満足を私に与えた。私は特攻艇を率い、休戦を無視して敵陣に突込むことなど少しも考え及ばなかったが、その気になればそれが可能であることが分り、妙な気持になった。でも私は本心を彼には告げずに黙っていた。

特攻参謀と別れたあと私はそのまますぐに帰隊することはためらわれた。どういう順序で隊員たちにこの急激な変革を伝えてよいか思案がつかない。もし誰か一人でも武器を手にして突撃の決行を迫る者が居たら、それをどう扱ったものか。もし私の拒絶に激昂《げっこう》して日本刀で切りつけるか拳銃や小銃を発砲するようなことがあれば、私はそのために斃《たお》れなければならないだろうか。或いは対抗して私闘をひろげることができるか。そこのところの心決めができなければ私は隊にもどることはできない。私の足は知らずに予備士官の個室の方に向いた。予備学生の同期生は、訓練を受けた一緒の期間も少なく、また入隊以前の一般の学校でのそれぞれの学生生活をもっているから、そこにだけ青春を見据えるほどの親密な感情はないが、何と言っても、さなぎの期間を互いに内部から見られたひるみをもち合っていることに変りはない。クラスの中でかりそめに居場所としたそれぞれの位置は、実施部隊に移ったあともすっかり変えてしまうわけには行かない。それは成人してから小学校の級友に会ってうっかり虚を突き合う感じと似たようなものだから、孤立した隊の中でなじんでいるこのごろの私の姿勢は、さかのぼった過去のそれに合わそうとすると疲れを覚えた。でも今は彼らの中にはいって子どものときのように気ままなおしゃべりをしたいと思った。しかし彼らの多くは私を避けるように思えたのは気のせいだったろうか。高射砲台を受持っていた一人は拳銃をみがいていた。彼は防備隊に突込んできた敵の急降下爆撃機にも姿勢をかがめずその何機かを撃ち落したその勇気が私の耳にもきこえていただけでなく、予備学生のときにも環境にたじろがないいさぎよさがあって私は目を見張っていた。彼は転勤のときのように散らした個室の中で椅子に腰かけ、分解した拳銃をみがきながら、予備学生のときに習慣付けられた二人称を使って言った。

「キサマは特攻艇をもっているからうらやましい」

返事ができないでいると、

「何かたくらんでいるというううわさだぞ。やるのか」

と、重ねて言ったので私は返事をした。

「何もたくらんでなぞいないよ。オレのところは拳銃もないんだ。二百三十キログラムの炸薬だけだ。でも何にもしないよ」

「まあ、そう言うことにしとくよ。とにかくよ、キサマはうらやましいよ」

そして早く帰ることをうながす具合に手もとを乱暴に動かす様子が見えたから、彼に別れてそこを出たがその拳銃を使って彼が何をしようとしていたのか、分ったわけではない。機帆船隊に乗組んでいた一人は、中途で放棄してきた大学にはいり直して書物をたくさん読んでくらしたいと言っていた。島々のあいだの連絡のためについ最近まで出航を強いられていた彼の配置こそ、持続的な危険に最も多くさらされていたと言えるかもしれない。しかし防備隊付の彼らは身軽で既に軍隊の組織の外にほうり出されたと等しいように思えた。しかし私は、まだそこから抜け出てはいない。今から無条件降伏の事実を伝えるために自分の隊に帰らなければならない。参謀や同僚が私に向けている目付を私は自分の隊員の方に向け直さなければならない。


内火艇が防備隊の岸壁をはなれて、しばらくのあいだはすすけた黒い煙が長くたなびくのが見えた。それは病死した捕虜を焼く煙だと言っていた。やがて自分の隊の入江にはいるころには、すでにあたりはたそがれどきのやわらかな光線に包まれていた。

先任将校のK特務少尉が、外出から約束の時刻を無視して帰宅した夫を迎える妻の顔付で桟橋に立っていた。防備隊での様子をいち早く知りたがっている彼の目に私は総員集合をかけることを要求してすぐ本部の自分の部屋にはいった。

入江の夕暮れどきの静けさは、集合の騒ぎでにわかにかき乱されたがやがて規則的な号令のあとで、またもとの静寂に返った。三角地帯のかなめのあたりに設けられた本部から渚に近い広場までの傾斜地には甘薯が作られそのあいだを縫うようにこしらえたソテツ並木の坂道が、総員の集合した場所に出て行く私の前に横たわっていた。珊瑚虫《さんごちゅう》石灰骨片の小石をしきつめた広場は百八十人の隊員が集まるとあといくらも余裕がなく、渚とのあいだに生垣を設けた具合に生えたユナギとアダンの叢生《そうせい》を背景にして整列した隊員たちが長方形の隊形の中で顔を重ねていた。彼らの一人一人が予感や情報の中でどんな思索の中に投げこまれているか私が分るわけはない。用意された台の高さだけの展望から眺めおろすと、加速度を増して暗さを重ねてくる夕やみの中でも、まだその表情をはっきりととらえることができた。そのどの顔も私が今伝えようとしていることばに渇いている熱っぽい集中があった。

「達する」とこころみの中に身をまかせる気持で私は言った。

「天皇陛下におかせられてはポツダム宣言を受諾することを御決意になり、本日、詔書を渙発《かんぱつ》なされた。つまり我国は敵国に対し無条件降伏をした。各隊はただちに戦闘行為を停止しなければならない」

隊伍の中にかすかな揺れがあった。何かを待ち受けるように、私はいったんそこでことばを止めた。静寂がつづく中で、何人かの隊員の顔が個性を思い起させながら、私の意識にはいった。それは年若の者と年配の者が交錯していたが、その瞬間後者の面上に安堵《あんど》の色が浮んだのを見のがすことはできなかった。それはすぐ消えたがその気配は隊伍を縫って結び合い、もやのように全体を包んだと感じた。私はそれを予想してはいなかった。幾つかの個性が、鋭角な抵抗感を湧きたたせていることも感受できたが、それはひどく孤独なすがたをしていた。

「われわれは宣戦の詔勅《しょうちょく》によって戦争に参加した。従って終戦の詔勅が下った以上、それに従わなければいけない。決して個人的な感情で軽々しい行動に出てはいけない」

言いながらそれはごまかしだとささやく自分が居た。もしここで、こうではなく詔勅に反して特攻出撃の決意を発表したらどうだろうと考える自分も居た。しかし年配の隊員の表情にはほっとなり、自分の論理に従えずに落ちて行く感じの中で、無理におし出すように先を続けた。「正式な講和の交渉がいつはじまるかは分らないが相当長期間われわれはこのままの生活をしなければならないと考えられるから、当分のあいだ従来のままの日課を行う。なお一言注意しておくと、特攻戦に対する即時待機の態勢はまだ解かれてはいないから間違わないように。信管も、挿入したままにせよ。戦闘停止ということはあくまで暫定のものだから、もし敵艦が正式な交渉を待たずに勝手に海峡内に侵入して来ればわが隊は直ちに出撃する。そのつもりで気持をゆるめないように」

ひどい疲れが私を襲い、部屋のベッドに仰のけになった。危惧《きぐ》した事態のどんな徴候もなかったからその限りに於《お》いてもう案ずることは何もなかったのに、言いようのない寂寥《せきりょう》が広がっていた。時点が移ってしまえば、想像することさえ禁じていた、死の方に進まなくてもいい生きのびられる世界は、色あせて有りふれたものにしぼんでしまい、そこで手ばなしで享受できると考えた生の充実は手のひらの指のすきまからこぼれてしまったのか。装われた詭弁《きべん》があとくち悪く口腔を刺激し、生きのびようと腐心する私を支える強い論理を見つけ出すことができない。戦争と軍隊に適応することを努めその中で一つの役割を占めたことによって出来かけていた筋道を、生きのこることによって否定したことになれば、それでそれ以前のもとの場所に帰ったことになるとでも言うのか。しかしその考えは私を少しもなぐさめない。生きのびるためにそのとき適宜にえらぶ考えは、環境の大きな曲り目の度毎にまたえらび直さなければならなくなり、とどまるところなく繰返されるにちがいない。刻々の嫌悪感の中でだけ反応してきた過去が、空襲と突き当るときの想像と抗命をおそれ、それらの可能性が自分の意志の結果としてではなく、自然現象のように去ってしまうと、そのあとに空虚が居残り、新たな局面に出かけて行って対処するエネルギーが生れてこない。

おそい夕食が用意されて酒も配られた。食卓についた准士官以上は、まださぐり合う猜《さい》疑心《ぎしん》でお互いを伏眼がちな姿勢にさせた。何と言っても覆うことのできない虚脱がそこにあった。ちょうど電信員が傍受した情報がもたらされ、それが披露されたとき、先任将校が口をほどいておさえていた気持をぶちまけてしまった。情報は大分に居た特攻司令長官が詔勅の放送をきいたあと自分自身一番機に乗りほかに八機を従えて沖縄島の中城湾《なかぐすくわん》に最期の特攻突入をかけたことを伝えていた。それは私に強い衝撃を与えた。先任将校の声が無条件降伏のだらしのないこととヤマトダマシイの喪失をなげき、特攻機で多くの部下を殺した特攻長官の最期の態度を武人の手本だとたたえた。酔いが同じことを彼に繰返させたとき私は口を入れないですますことができない。「もし何ごとかを本気で決意している者なら、きっと何も言わずに黙っていてやるだろうな」彼は目を光らせて黙り、食堂兼用の士官室に気まずい空気が流れ、私は自分の部屋にもどってベッドに横たわっていた。

それぞれの兵舎の方角や広場のあたりからも、ざわめきが伝わり、時おり誰かが大声で叫ぶのがきこえた。効果のないことと知りつつ最期の特攻突入をかける姿勢は、私にも栄光につつまれて見えた。でもそれを口にすれば、危機をすりぬけたみじめさをいっそうかきたてることになるから、そうするわけには行かない。それを彼が繰返して言っていると嫌悪がわき、それは私の今までのやり方への非難を含んでいるように思えた。いつわりが少なく意志的な彼のよごれのない態度に魅《ひ》かれながら、一番強い反撥を感じてしまう。しかし彼がもっと強く私につっかかってこなかったことに安心しながら彼を値ぶみしている自分が解せない。もしかしたら、武人の本分を楯《たて》にし与えられた特攻の目的を変更せずに貫くために突入を私に強《し》いるかも知れぬと考えていたのに。しかし彼はそれをせずに酔いにまぎらせて鬱憤を散らしただけだ。えたいの知れぬ一つの悲痛が、隊を襲っていることに、やがて私は気がつかなければならない。

うつらうつらしたと思ったとき先任下士官が腰をこごめてはいってきた。

「おやすみのところよろしゅうございますか」

と彼は言った。いつものおとなしい彼と少しちがっているところが見えた。酒気をおびたからだをふらつかせながらベッドのそばに来てうずくまり、隠していた思想を打ちあけるふうにしゃべりはじめた。

「少し酔っていますがかんべんして下さい。でも隊長にはどうしても一度お話したいと思っていました。お話してもよろしゅうございますか」

と念をおすので、私はかまわないといった。

「わたしたちがどんなに苦労をしてきたかあなたには分かりませんですよ。今こうしてわたしが上等兵曹にまでこぎつけたのに何年かかったと思いますか？　十年ですよ。十年もわたしは軍隊というところで青春をすりへらしてしまったんです。それでようやく上等兵曹です。もっともあなたにとって上等兵曹など別に何ということもないでしょう。あなたはご自分では気がつかないでしょうが、わたしから見れば、こう言っちゃ何ですが幸福な境遇ですよ。何不自由なく最高の学府を出してもらって。そうでしょ。わたしは知っておりますよ。申し上げてみましょうか。御尊父は絹織物輸出貿易商をなさっておられるでしょう？　わたしは隊長のことは何でも知っていますよ。おどろきましたか」

「絹織物輸出貿易商じゃない。輸出絹織物商だよ」

「おや、まちがいましたか。とにかくお金持のお坊ちゃんにはちがいないですよ」

「私の家はそんなものじゃない」

「でもわたしの家とはくらべものになりませんですよ。わたしの家は小学高等科に出してくれる余裕もなかったですよ。あなたは海軍においでになってからまだ二年もたっておらんのにやがて大尉に昇進なさる時期に来ていなさるのですからねえ。おこらないで下さいね。おこって下さると困ります。お気にさわりますか。しかしこんなことはつまらんことです。日本は負けてしまったんです。テイコクカイグンなんかふっとんじまったんです。海軍上等兵曹も何の役にもたたなくなりました」

彼がはいってきて話しはじめたとき、私はトエとのことを言われるのではないかと思った。言外にそのことをほのめかしているのかもしれないが、あからさまには現れてこない。

「あなただから言いますがね、実はこうなることをわたしは予想していました。最近の海軍は昔のテイコクカイグンとすっかり様子がちがってしまいました。これでは戦争に勝てっこはないですよ」

「私は昔の海軍は知らない」

「いえ、それはわたしだって隊長のあとにつづいて立派に突撃するつもりでした。でも何だかこんなふうになるのじゃないかと思っていました。わたしは本当は軍人などに向きません。これからわたしは家に帰ったら百姓をやりながら好きな発明の研究に没頭したいと思っています」

「ハツメイ?」

と私はききかえした。

「……の発明です」

彼は目を輝かせて言ったが、何の発明か私にはききとれなかった。

「今でも課業のひまにその研究をやっておりましたんですよ。わたしはそれさえしていればほかに何のたのしみもいりません。隊長は御存じなかったのですか。すっかり分っておられると思っておりましたのに。もっとよく部下の身の上を知っておいていただきたいですな。わたしはその研究で特許を一つ持っております。ちゃんと登録された特許権です。今度くにに帰ったらそれを実用化する方法を考えます。女房に手伝わせて、それに没頭するんです」

「それはいいな。私は何をしていいか分らない」

と私は言った。

「隊長、あなたは帰れるつもりでいるんですか」

と彼は急に声を殺して言った。

「………」

「今度の戦争の責任は、士官がとらなければなりませんよ。下士官兵には責任はありませんから。士官とはそういうものです。今までそれだけの特権が士官には与えられてきたのですから。あなたはいくら期間が短く、また予備士官であっても、お気の毒ですが士官としての責任をとってもらわなければなりません。それにアメリカ側が必ずそれを要求してきます。私は長いあいだ軍隊でくらしてきましたからそこのところがよく分るのです。覚悟しておかれないといけませんよ。士官は全部処分されるかも分りません。そうでなければこれほどの大きな戦争のあとのおさまりのつくはずがありません」

　彼のそのささやきのことばは妙に真実性があった。

「これは思わず長話をしました。せっかくおやすみのところをおじゃましました」

　と普通の声にもどった彼が立ち上った。

「へんなことを申し上げましたがお気になさらんで下さい。どらわたしはこれからヘイタイたちがばかなまねをしないかどうか見まわって参ります。そっちの方は御心配なさらんでこのわたしにおまかせください。どうもどうもおじゃましました」

　と彼は二、三度腰を折って辞儀をした。そしてふらつく足で入口のところまですざり、そこでもう一度深い辞儀をした。

「ではごゆっくりおやすみください」

　彼はそう言って出て行った。

　のこされた私は気持がふさいだ。唐突に「毒を仰ぐ」という熟語が浮んだりした。それは私にできそうなばかりでなく、自分にふさわしい語感があった。このようにして隊の中の今までの秩序が崩れて行くのだと思うと、その過程が見えるような気がした。すると抜刀してお互いの肉をそぎ合いながら血を流す光景がまざまざと目の裏に浮んだ。私は起き上って日本刀を取り、それをベッドの中に入れた。考えられもしない変化の中でせっかく生きられる状態が出現したのに、それを完全に自分の手の中に収めるまでにはなお多くの難関が横たわっていることにがっかりした。もし刀を抜かなければならぬときは抜こうと心に言いきかせた。拳銃は持っていないが拳銃でない方がその場合むしろ心に適《かな》うと思った。トエのことをちらと思ったが、夜毎に血が狂ったように求めていた気持がうそのようにおさまっているのに気づいた。むしろ或る安らぎの中に吸収されているのではないかと思った。日本刀を抱くようにしてその鞘をさわっていると殺伐な気持が湧いてきた。この気持を以前に欲しかったと思った。だがいずれにしろ明日になったら何よりも先《ま》ず特攻艇の兵器から信管を外ずさせよう、と思いながら私は眠りに就いた。

Ⅳ

生命の樹

川端康成

今年の春もやはり、春雨のやわらかく煙る日、春霞《はるがすみ》ののどかにたなびく日は、一日もなかった。

あの春の日は、日本からうしなわれてしまったのだろうか。

去年まではなにか戦争のせいで、季節も狂っているのかとも思っていた。しかし、戦争が終って迎える今年の春にも、あの日本の春らしい空はかえって来ない。

植木さんたち、あの特攻隊の若い人々が空から還《かえ》って来ないように……。植木さんたちと共にいた私の、あの愛の日が返って来ないように……。

ゆく春を惜しむのは近江《おうみ》の人とでなければならないかのように、芭蕉《ばしょう》も詠んだ、私はあの近江に育って、春の美しい京都の女学校に通ったせいで、日本らしかった春の日が人一倍なつかしいのだろうか。

近江の春霞のなかの菜の花やれんげ草の花は、よそとは色がちがうように思っている。京都のなだらかな山や深い竹林の春雨は、ほかとは水の質からちがうように思っている。

こんど、寺村さんに連れられて東京に来る東海道でも、関ケ原あたりの柿の新芽、遠江《とおとうみ》の槙垣《まきがき》の新芽、駿河《するが》の茶畑の新芽などを、私は一心に見入っていた。

寺村さんも都会に停車するたびに焼跡を御覧になって、

「やられているなあ。ここもひどいなあ。」をくりかえしていらしたが、町でないようなところでも、私が窓の外を見過ぎるとお思いになったものか、

「どうしたの？　植木のことを考えてるの？」とおっしゃった。

「いいえ。」

私はかぶりを振った。そして、とっさに、自分が死ぬつもりでいることを思い出した。

私は木々の新芽を一心に見入っていたと書いたが、無心に見入っていたと言った方がいいかもしれない。私は自分の死ぬつもりさえ忘れて、新芽の世界を眺めていたのだった。

しかし、寺村さんに呼ばれて、自分が死ぬつもりでいることに気がついてみると、自然がこんなにあざやかに見えるのは、私の心にある死のせいかもしれなかった。

これが、東海道の春の見納めなのだろうか。

「星が出てるなあ。これが星の見納めだとは、どうしても思えんなあ。」と、空を見上げながらおっしゃった植木さんが思い出される。

植木さんには、ほんとうにそれが、星の見納めだった。

植木さんはその明くる朝、沖縄の海に出撃なさった。

（我、米艦ヲ見ズ）

そして間もなく、

（我、米戦闘機ノ追蹤《ツイシヨウ》ヲ受ク）

二度の無電で、消息は絶えた。

——あの時、私も空を見上げた。しかし、見上げるより早く涙が出て、私に星空が見えたのは瞬間だった。

植木さんが悲しそうにおっしゃったわけではなかった。無邪気な調子だった。御自身で御自身が合点ゆかぬような風で、

「どうもおかしいね。死ぬような気が、なにもせんじゃないか。星がたんと光ってやがら。」

「そうよ、そうよ。」と、私は追いすがるように言った。胸がふるえた。

いいことよ、ちっとも御遠慮なさらないで、手荒く乱暴なさいよ、とでも言いたいのが、私の「そうよ、そうよ。」という声だったらしい。私は抱きすくめられるのを待っていたようだった。

悲しみに突き刺された私の胸に、なぜまた突然あやしい喜びが突き上って来たのだろうか。

しかし、植木さんは私の涙にも私の声にも、お気づきにならなかった。

気がつかぬふりをなさったのかもしれない。後々、私はよくその時のことを思い出すが、星の見納めだというおっしゃり方には、私への愛がこもっていたと思えてならない。

植木さんは、未練がおありになったわけではない。私もまた、死なないでほしいと、お引きとめしたい気は起さなかった。

特攻隊員である植木さんには、死は定まったことだった。特攻隊の基地の水交社にいた私は、その死を信じていた。

強《し》いられた死、作られた死、演じられた死ではあったろうが、ほんとうは、あれは死というものではなかったようにも思う。ただ、行為の結果が死となるのであった。行為が同時に死なのであった。しかし、死は目的ではなかった。自殺とはちがっていた。

植木さんたちは、死を望んでいらしたわけでも、死を知っていらしたわけでもなかった。死を主にして御自分たちをお考えになりたくないようだった。飛行機に乗ってしまえば、まして突入の時には、死など念頭にないとは、皆さんのおっしゃることだった。

それにしても、植木さんは、確かに明日死ぬお方だったから、あの五月の星空はきっと不思議に美しくお見えになっていたのではなかったろうか。

その植木さんのお傍《そば》だったから、私にもあやしい火が燃えたのだったろうか。明日死ぬお方だから、なにをなさってもいいと、私は思ったようなのに、植木さんは、明日死ぬ身だから、なにもしないと、お思いになったのだろうか。

もうどうするもしないもない、植木さんは、ただ、星空と同じように私を感じていらしたのだろうか。それならなおのこと、そのように美しい私は、一生に二度とないように思う。

小山の多い、あの基地の五月は、新緑が私の心にしみた。植木さんたちの隊へ行く野道の溝に垂れつらなる、野いばらの花にも、植木さんたちの宿舎になっている、学校の庭の栴檀《せんだん》の花にも、私は目を見張ったものだ。

どうして、自然がこんなに美しいのだろう。若い方々が死に飛び立ってゆく土地で……。私は自然を見に、九州の南端まで来たかのようだった。特攻隊員のお気持は、考えてみようとしても私にはわからないながら、その人たちの息吹のなかにいるので、こんなに自然が目につくのかしらと思ったりした。

五月の基地は雨が多かった。作戦は妨げられ、特攻隊員は気を腐らせたが、雨がやむと、「だんだん、きれいになって来やがるなあ。」と道に立ちどまって、紫紺に洗い出された緑の山を特攻隊員は眺めていることもあった。天候の恢復《かいふく》は、その方たちの死の日だった。

そういう日々があったので、私は東海道の新芽のあざやかさも、自分の死ぬつもりと結びつけるのかもしれなかった。

自然よりも焼跡が気にかかる、寺村さんは生きる人、自然に目をひかれる私は、死ぬ人なのかもしれなかった。

茶畑の畝《うね》のあいだには、もう日が沈んで、少し雨気を含んでいるようだった。

「去年は今ごろから、雨がよく降りましたのね。」と私は言った。

寺村さんもうなずいて、

「そうだ。出撃が、中止中止で、くさくさしちゃったね。――あの雨で、僕は生きのびたんだ。」

「…………。」

「去年の今ごろは、自分の命が自分のものじゃなかったんだ。僕はそのことは忘れないよ。それを思うと、僕はどんなことだって出来るし、するつもりだ。僕がふやけそうになったら、お前の命は自分のものじゃなかったんだと、啓子さん、ちょっと叱ってくれよ、自分の命が自分のものでなかった時の、僕を見てたのは啓子さんだろう。厳粛なる証人さ。」

「あら。」

私は寺村さんの目が眩《まぶ》しくて、

「そんな――だって、寺村さんのお命を、寺村さんに返して下さった人の方が……。」とまごまご言った。

「誰だい、そりゃあ。僕の命を返してくれたのはいったいなにものだろうね。教えてもらいたいね。」

「わかりませんわ、私なんぞに……。自分の命さえ自分のものかどうか、わからないんですもの。」

「それはそうさ。人間、誰だってそうさ。自分の命が自分のものだと証拠立てるには、自殺してみるほかはないだろうさ。」

私は息がつまった。

「そんなことは、僕だって知っている。自分の命が自分のものでないことを、一番よく知ってるのは自分の命が現に自分のものでなかった僕らかもしれない。しかし、僕は、そういう傲慢《ごうまん》なことは言わないよ。また、啓子さんのようなことを言うのも、僕らには罰あたりの贅沢《ぜいたく》さ。啓子さんには、自分の命がはっきり自分のものでなくて、そうして死ぬにきまっていた時があるかい。」

「ごめんなさい。」

「いいよ。僕は自分に言ってるんだから……。終戦の時に、やれやれ、これでやっと命拾いか、そう思おうと、僕はひそかに自制した。思おうと思うまいと、事実だがね。みじめな事実か、尊い事実か僕は知らんよ。僕らが命を捨てるなんてことで、どうにもならんのだとわかったさ。卑小な一個の自分に転落して、これ幸いだ。——僕らの司令官は、八月十五日に、飛行機に乗って沖縄へ自殺にいらした。武将の面目や、国民に詫《わ》びや、いろいろあっただろうが、僕らの生きる自尊心、生きる良心を支えてやりたいという、おつもりもあったかもしれないと、僕は後になって、時折考えるんだよ。だから、まあ……、僕の命は、仮りにだよ、啓子さんが返してくれたと思っても、僕はそれで浮ばれるわけなんだな。僕の命が自分のものでなかった時の、僕を知っている人を、僕は神としておいてもいいような気がする。」

「そんな勿体《もったい》ないことをおっしゃらないで……。」と私はさえぎるように言った。

寺村さんは私が死ぬつもりでいることを御存じない。

また、私と結婚なさりたいという、寺村さんの御意向を、私が知っていることも、御存じないらしい。

植木さんの御遺族をお訪ねする道づれというのではあっても、若い男の方と二人の旅で、私が割と落ちついて見えるのを、寺村さんはどう思っておいでなのだろうか。

植木さんの御遺族に会ってから後で、私と結婚の話をする、この順序をふむおつもりらしい寺村さんは、私の様子を御覧になって、もう安心なさっておいでなのだろうか。こうして一人でついて来たのだから、そう取られてもしかたがない。

しかし、私の家で、娘一人をよく出してよこしたと思う。

寺村さんがうちへお越し下さった時、私は両親を引き合わせておいて、おひるの支度に座を立った。わらびに灰をまぶしていると、母が台所へ出て来た。

「啓子、お前、東京へお伴するの？」

「ええ。」と私はあいまいに答えた。

「どっち？　行きたいんでしょう？」

「ええ。どうしようかしら。」

「お前、さっき、御承知申し上げてたようよ。」

「だって、おことわり出来ないような、おっしゃり方でしょう。」

私はわらびに煮え立つ湯を注いだ。

「さきさまで、私が行くことにきめてらっしゃるんですもの。」

私は湯気から顔を避けた。

「そうね。啓子の気持で、行きたければ行ってもいいでしょうけれど……。」

意外な母の言葉で、私は母を見た。

「しかしね、あの方は、お前をほしいとおっしゃるんだよ。」

「あの方って……？　寺村さん。」

あらまあと、私はとっさに笑って見せようとしたようだったが、頬はこわばり、胸がつまった。

母はじっと私から目をはなさない。

私のなかをふと熱いものが通って、涙がこみ上げて来た。

「そんな話、ここでは出来ないけれどね。後でゆっくり……。だけどね、寺村さんは、そういうお望みなんだから、東京へつれて行っていただくにしても、そのことを頭に置いて、お返事しないといけませんよ。それでちょっと注意したのよ。いいこと？」

私がうなずいただけで、黙っているので、母は台所を出て行った。

灰汁《あく》を棄《す》てて水洗いすると、わらびはみずみずしい青さ、私のたまっていた涙がぽたぽた落ちた。堰《せき》を切ると、とめどがなかった。

私が死のうと思ったのは、この時だった。植木さんのために死んであげよう……。

涙の出たのが不意だったように、死のうと思ったのも、不意だった。

なんのわけもない。ただ、植木さんが、おしたわしくて、おいたわしくて、よよと泣き伏したいばかりだった。しかし、私は声を忍ばせて、涙にむせんでいた。

私はせいせいした。ほのぼのとした。私の気持は素直で単純だった。安心し、満足した。寺村さんが私をお望みだと聞いて、なぜ急にああまで植木さんが、おしたわしく、おいたわしくなったのか、私にはわからない。もし縁談が起きたら、植木さんを慕って死のうなどと、私はその時まで考えてみたこともなかった。昔の女が尼になったように、植木さんの後を弔《とむら》おうなどと、きめていたわけでもなかった。植木さんに殉《じゅん》じる思いは、ほんとうにふとしたことだった。

出来心かもしれない。気まぐれかもしれない。娘らしい感傷で、愛と死との幻にあまえる……。

あるいは、私のうちに埋もれていた深い悲嘆、鎖《とざ》されていた熱い思慕が、寺村さんに扉を開かれてどっとあふれ出たのだろうか。くすぶっていた胸に火をつけられて……。

私は寺村さんを嫌って、寺村さんとの結婚が厭《いや》さに、いっそ死んでしまいたいのでは決してない。その反対、結婚してやろうとおっしゃって下さったので、私は気がゆるんで、寺村さんにお縋《すが》りして泣かせていただきたいくらいだ。

でも、寺村さんは私のことを両親に、なんとお話になったのだろうか。

あの基地で、私が植木さんを愛していた、または植木さんに愛されていた、という風におっしゃったのだろうか。でなければ、私を植木さんの御遺族のところへつれて行くという、理由が立たない。寺村さんはきりっとさっぱりしたお方だから、明かしておしまいになっただろう。

僕は植木の親友だから、啓子さんを僕に下さいなどと、あっさりおっしゃりかねない。ずいぶん簡単なお考えだ。でもまた、ずいぶん深慈《しんじ》なお心のようでもある。

もしかすると、男らしい寺村さんのことだから、植木さんの話は胸にたたんでおいて、基地にいたころから、寺村さん御自身が私を好きだった、復員になったのでもらいに来たと、おっしゃって下さったのかとも思える。

どちらにしても、私の両親にとっては、死んだ植木さんよりも、生きて娘をほしがる寺村さんが問題だった。

第一印象から、両親は寺村さんに好意を持ったらしく、

「お名前は、かねて娘から承っておりました。よくいらして下さいました。」という具合に、寺村さんのだしぬけの訪問を、こちらでとりつくろってあげる風が見えた。

母が台所へ出て来た時、寺村さんのお伴をして、東京へ行ってもいいような口振りも、この縁談に気が進んでいる証拠だったろう。それで母は、じっと私から目をはなさないのだと、私はすぐわかった。

しかし、こんなに唐突で、いくらか横紙破りの縁談に、母が乗ったのは、寺村さんの人物が好もしいためばかりではなかった。あの基地から帰って後の私の処置に、困《こう》じ果《は》てていたからなのだろう。このことが私ははじめてわかった。

海軍航空基地の水交社の経営を委《まか》されている、姉夫婦の誘いをさいわい、私が九州の南端まで行ったのは、特攻隊員のお傍に行ってみたい娘心だったが、徴用女工を逃れられる

ので、両親もゆるしてくれたらしかった。

一月あまりして、私は五月の末に帰って来た。空襲と混乱とのなかを、汽車の旅は五日かかった。山陽線は危いと言われて、山陰線を京都に入った。骨が痛むように疲れていた。沖縄戦が絶望と知っては、もういたたまれなかったと、私は両親に言った。私は泣いて眠った。起きるとまた戦況の不利を話して泣いた。

――日本に聯合艦隊《れんごうかんたい》というものは最早ないこと、九州の陸上基地に集まった、特攻隊の「航空艦隊」が海軍であること、あの基地の航空艦隊は、菊水部隊と名乗り、特攻隊の攻撃を、第五次菊水作戦、第六次菊水作戦という風に呼んでいること、特攻隊がいくら出ても、沖縄を取り巻く敵の艦船は減るよりふえること、出撃するにも飛行機が少くて、特攻隊員が手を空《むな》しくしている時も多いこと、特攻機に護衛の戦闘機をつけられなくなって、目的地へ行き着く前に敵機に食われること、特攻機も搭乗員も不足で、練習生が練習機に乗ってまで出ること、この練習生と練習機とを使う、特攻隊は秘密であること、私の帰るころには、白菊という練習機の赤とんぼが、五百機もふらりふらり出てゆく計画があったこと、突入に成功する特攻機は、何分の一かに過ぎないこと、銀河という優秀機のウルシイ攻撃も、二度とも挫折したこと、B29の邀撃《ようげき》に厚木から出動して来た、数十機の雷電などもたちまち消耗して、その搭乗員は引き上げてしまったこと、私の帰るころには、艦載機が九州の空、基地の上を跳梁《ちょうりょう》するにまかせているようだったこと、沖縄の陸上への補給は、基地の偵察機が四五機、夜陰にまぎれて、上空から機銃弾を投下するだけだったこと、五月の十三日か十四日に、沖縄の陸上軍の司令官から最早一両日中に重大な局面を覚悟しなければなるまいと、悲痛な無電が入っていたこと、それから……。

その当時としては、こんな話も、いちいち両親の胆《きも》をひやした。水交社で聞き拾っただけの、不確かな情報の断片に過ぎなくても、私がその基地にいたという、裏附けはあった。

私は戦いの悲観の面ばかりを、取り立てるつもりはなかったけれど、植木さんの戦死の悲しみを、両親の目からまぎらわす下心はあった。私は両親をあざむきおおせた。半ばは植木さんのために流れる涙も、すべて戦局のために流す涙であるかのように……。

あの基地では、植木さんの死を、私も人前で悲しみはしなかった。そのような死は、複数であり、連続であった。植木さん一人ではなく、植木さんに続く人は絶えなかった。戦争の波の起伏による、前線の刺戟《しげき》と戦場の興奮とに、私も揺すぶられて、異常な躍動と麻痺とにある私の心は、そう一人の死を見つめてもいられぬようだった。

しかし、近江の家に戻ると、基地の自然や人々や戦いは、みな背景に退いて、植木さん一人が、前面に浮び上って来るのだった。背景があのように強烈であれば、それだけ植木さんは鮮明に……。

やがて沖縄戦は終了した。やがて、日本は降伏した。

あの空襲と敗戦とを通じて、私の心から一人の人の面影が消えなかったのは、不思議なことと言うのだろうか。

両親が私の心など覗《のぞ》く暇はなかろうと、私は思っていた。あの騒ぎのなかで、一人の娘の容子《ようす》が少しくらい変っていたって、誰の疑うことがあろう。特攻隊の基地にいた私には、敗戦がひとしお悲傷なのかと、両親も見てくれているだろう。

ところが、唐突に現れた寺村さんに、両親は私を即座に渡しかねないのに、私は驚いて、両親が私のことを案《あん》じ煩《わずら》っていたのだと、はじめてよくわかった。

もし寺村さんが、植木さんのことをおっしゃったら、両親はそれで思いあたったと、うなずいたにちがいない。

私はまた私で、あの基地から帰って後の私が、それほど尋常でなかったのだろうかと、振り返ってみた。それほど植木さんをお慕いしていたのだろうか、というのと同じことだった。

たとえば植木さんが星の見納めの時、私が基地から家へ帰り着いた時、母が台所で寺村さんの意向を告げた時――そういうなにかの、くぎりのたび、時の流れの波頭に立つたびに、きまって私は、こんなに植木さんを思っていたのかしらと、驚きに打たれる。そうして、驚きのたびに、思いは深まってゆくようだ。死のうというところまで来た後にも、なおこの思いは、どれほど深まってゆくものだろうか。

私は寺村さんに東京へ連れられて行ってもいいという気がした。植木さんの御遺族にお会いしておくのもいいという気がした。どこか大胆で自由な世界へ出たようだった。

私がお伴をするということで、私がこの縁談をお受けするものと、両親は推量したらしかった。乗物がこみ、東京が焼跡だからと、簡単なスウッの身支度の私に、母はきものを一揃え持たせた。私を見送るのに、いたましげな目色もちらついた。

寺村さんも編上靴《へんじょうか》の紐をゆっくりしめながら、

「ほんとに、お世話になりました。どうも、兇状持ちのやくざが、お宅さまにわらじを脱いで、刀疵《かたなきず》の治療をして、またぞろ股旅《またたび》に出る、新しいわらじの紐を結んでるような気がしますわい。」などと、お笑いになった。

「しかし、そうですよ、特攻隊くずれは、復員兵のうちで最も兇悪ですからな。一人では危険で道中させられません。お嬢さんがいっしょなんで、これでまあ、安心ですよ。緩和剤、鎮静剤携帯だからな。お嬢さんをつれて強盗にも出られんわい。」

「どうだかわかりませんわよ。こういう世の中では、女賊だって出かねませんわよ。」と私も言った。

「ほう二人組で出ますか。」

「出てもようございますわ。」

「合点だ。こいつは頼もしいや、どら、参ろうか。かかれえっ、だ。」と寺村さんは私の荷物を御自分の肩にかけて下さった。

——特攻隊の最後の号令に、かかれえ、という隊長もあった。合点だ、と答えて、隊員たちが銘々の飛行機に、ばらばらっと駈けつけて行く隊もあった。やくざのなぐりこみの呼吸である。

母は私が機嫌よく家を出ると見たか、

「お手柔かに願いますよ。」

「はあ、お嬢さんですか。大事にお預りいたします。命を投げ出すのは、お手のものだから、護衛にはお誂《あつら》え向《む》きですよ。」と寺村さんはまだじょうだんを飛ばしてらした。

私にはしかし、そんなじょうだんのうちにも、寺村さんは母と黙契《もっけい》を交していらっしゃるようにも聞えた。

私は寺村さんに、私を生かせられるなら、生かせてごらんなさいませな、とちょっと口に出して言ってみたい誘惑を感じた。皮肉でも、冷淡でもない。そんなお親しい気持、旅に出る心のはずみも、ないではなかった。

しかし、若い男の方と二人の旅で、私はそれらしいおそれがない。汽車のなかでも、割と落ちついていた。

厳しく言うと、やはり私は寺村さんを、もてあそんでいることになりはしないだろうか。そんな、私みたいな者にもてあそばれるような、けちな寺村さんではあるものか。どんな羽目になっても、寺村さんは私を傷つけず、御自分を辱しめず、立派にさばいて下さるにちがいない。

植木さんを思慕する私のまま、大きく抱いてやろうという寺村さんだから、植木さんに殉死したい私も、温くいたわって下さるかもしれない。

そうは思うものの、寺村さんのお傍なのも忘れたかのように、ぼんやり窓の外の野山を見ていたりすると、お伴して来ない方がよかったのかと心が咎《とが》める。

茶畑にもあった雨気は、東京に近づくにつれて、俄《にわ》かにつのった。その夜は、雨嵐が荒れた。

明くる日は小雨、次の日、四月二十五日、植木さんのお宅をお訪ねした帰りには、また曇って来た。

寺村さんは行くみち、

「植木のおふくろ、一生あいさつばかりして暮してるような、植木夫人だと参っちゃうね。」と、おっしゃってたが、そんな方ではなかったが、私たちが期待していたほど、お母さまはお心を開いては下さらなかった。

敗戦の今日では、特攻隊員を出したなどは、前科者の家のように、世間をはばかって、迂闊《うかつ》にものもおっしゃれないのだろうか。ああいうものが世にあったことを思い出したくもないという風なのだろうか。

そうではない。それよりも、私という女に警戒なさったのだ。

寺村さんは持ち前の率直さで、植木さんが私を愛してらした、私も植木さんを愛していた、などと不用意におっしゃったのがいけなかった。

「是非、お母さんにも一度お見せしておきたいと思って、つれて来たんですが、感じのいい子でしょう。なかなか純情です。」と寺村さんは押しつけがましい。御自分が結婚なさるおつもりだから、先方の負担は思いもつかない。

私は頬が火のようで、目がくらむほど恥かしかった。

寺村さんにしてみると、植木さんがおなくなりになる前に、私をお心にかけてらしたのは、御子息の慰めと喜んでもらいたいのだろうが、お母さまはそう素直にはお受けになれない。

水交社とは言っても、宿屋か料理屋、水商売の娘と、お母さまはお思いかもしれなかった。

それも、しかたがないかもしれない。私は植木さんにつれられて娼家にまで入ったことがあった。

ほどほどにお暇《いとま》すると、私はみじめにしょんぼりした。

寺村さんも無口で、

「少し憂鬱だね。また、出直そうよ。爆弾がまだ小さかったらしいよ。この次はひとつ、でかく、どおうと、行こう。啓子さんには、気の毒したな。」と私の肩にちょっとお手を置いて下さった。

僕はこの子と結婚するんですとおっしゃれば、お母さまは御安心なさったんですわ、と私は寺村さんに教えてあげたくても、言えなかった。寺村さんの御意向を、私はまだ知らぬことになっていた。

目黒の駅で、寺村さんが切符をお買いのあいだ、改札口の近くで待っていると、下りて来た十七八の娘が三四人、そこでなにか相談していたが、

「うちで心配してるわ。帰るわ。」と一人が言うと、三方に別れて、さっさと歩いて行っ

た。

私はあやうく涙が出そうになった。

うちで心配してるわ、と家路を急ぐ日本の娘——私はそのほかの者にはなろうと思わなかったし、またそれでいいと思っていたのに……。

ふと近江の家が見えた。

東京は一昨日の嵐で、いっせいに若葉の世界になっていた。残りの花は吹き払われた。散るに早かった八重桜は、濡れしぼみ、色変って、枝についているのも、わずかあった。槙の小さい芽も、緑の細爪か、緑の滴かのように出ていた。

渋谷、新宿方面行きの電車に乗って、東京の焼跡にも、こんなに木が残っているかと、私は緑に驚いた。

横で居眠る十四五の中学生は、口を少しあいていて、私の方によりかかって来ると、その濡れた下唇《したくちびる》に、ぽつっと一点、緑の光りがうつった。

私は電車のなかの人に目を移した。

真中の扉のところに、若い女が右足をちょっと内輪に、うしろへ引いて立っている。一足引いただけのことで、その腰から裾のきものの感じが、言いようなくやさしい艶《なま》めかしさだ。私はきものの魔術に心をとられた。

みすぼらしい洋服でなく、私もきものを着て、植木さんのお宅へ行けばよかった。

その女の人は帯も上手にしめている。仔細《しさい》に見ると、松葉、もみじ、菊、竹に、網代《あじろ》や苫屋《とまや》まで、ごたごた組み合せて置いた模様だが、みな伝統の図案で、帯のふくらみが、女の豊かな安らかさだった。平凡な帯が今は珍しく見えた。

寺村さんも、私の目が吸われている方を、御覧になったので、

「ねえ、あの方の帯、おきれいでしょう。」

「ふうん。」と、ぼんやりしてて、

「あれを、男の角帯のように切ったら、五本取れる？」

「そうね、取れるかもしれませんわ。」

「焼けた人も多いんだから、そういう風に五人に分けて、兵児帯《へこおび》みたいにしめたら、可愛くて新鮮じゃないか。啓子さん流行《はや》らせろよ。」

「ええ。いいですわね。」

私は頬笑んで言った。

「でも、それが流行る前に、私死んじゃってますでしょう。」

「なあに、今なら、わけなく流行るかもしれん。」

扉の向うの吊革に、赤と黒のあらい棒縞《ぼうじま》の銘仙を着た、娘さんがつかまっている。ずいぶん原始じみた柄のはずだのに、これも美しく見える。

女の人のきものと寺村さんのおっしゃりようとで、私はいくらか明るくなって、さきほどの植木さんのお宅が思い浮んで来た。

植木さんと私とは、お互いに愛していたと、寺村さんはおっしゃったけれど、ほんとう

に確かなことなのだろうか。御遺族のお宅へ持ち出せるほどの事実だったのだろうか。お母さまの前で、はっきりそう言われた時、私はぎくっとした。はっと自分を疑い、ふと寺村さんを憎みさえしたようだった。それから、目がくらむほど恥かしくなった。

愛はあからさまな言葉に出すべきものなのだろうか。

寺村さんによって、私の思いは初めて言葉というものに現われた。人前にさらされた。日の目を見た。第三者を入れて、現実の問題となった。

これまでは、私ひとりの心のなかの、ひそかな思慕に過ぎなかった。私と植木さんとは愛を口にしたことも、愛のあかしを立てたこともなかった。

植木さんは私を愛していらしたのか、私は確めようともしなかったし、疑おうともしなかった。

しかし、第三者にあからさまな言葉で指さされて、私は心のなかから取り出して、人手に渡してみなければならないかのようになると、それはとらえるべき形がなく、はかなく消え失せそうだった。心の外に出ると冷たくなるのを嫌って、私の底にかくれてしまいそうだった。

植木さんの愛人だと、寺村さんという証人を立てて、私が名乗って出たとでも、さきほどお母さまが思いになったのなら、私は立つ瀬がない。

私は植木さんと、おなじみと言えるほどのおつきあいもなかった。あるべき道理も機会もなかった。特攻隊員は水交社へお泊りにならないし、飲み食いにもいらっしゃらない。

立入り禁止のわけでもないだろうが、そう外出の許可もなかっただろう。

また、あの基地は、特攻隊員が長くとどまっておいでになるところではなかった。飛び立っていらっしゃるための最後の足場なのだった。各地の飛行隊から、特攻隊員が自分の用《もち》う特攻機を、空輸して来る。そして、翌日か翌々日には、発進して行く。その後に、また新しい隊員と飛行機とが到着しまた出撃する。補給と消耗との烈《はげ》しい流れ、昨日の隊員は今日基地から消え、今日の隊員は明日見られないというのが、原則だった。

そのような基地だから、隊員はみな最後の覚悟を固めてお着きになる。その興奮の頂点でお出になる方が、お楽のようだった。命が延びると、かえってお苦しみになる。特攻隊員の心理にも、波の高低、潮の干満、緊張と弛緩《しかん》とはある。司令官はその起伏と潮時とに気を配って、苦心もなさるけれど、攻撃目標の状況、天候、搭乗機の故障などで、食いちがうこともある。後から来た方が次々と先きに出て、いつまでも取り残される方もある。いよいよ出撃の整列をしてから中止も度重《たびかさ》なる。還らぬはずで、二度も三度も飛び立って、還ってくる方さえ出来る。

しかし、私が植木さんにお見知りいただけたのは、こういう作戦の狂いのおかげだった。ほんとうに短い御縁だったが、植木さんの命は、この基地では、むしろお長い方だった。

私も水交社からほとんど出なかったし、隊をお訪ね出来るはずもなかったが、町の娘さんたちにまぎれて、洗濯やつくろいものの奉仕に、植木さんたちの宿舎へ三四度行った。その前から、植木さんは私が隊へお貸しした、岩波文庫などを読んでいらした。水交社の裏の道を、お通りになる植木さんを、私はよく窓からお見かけしていた。また、隊の遠足にいらした先きで、運よくお会いしたこともあった。

そして、突然、娼家にまでお伴することになろうとは、なんと思いがけないはずみだったろう。

夜の宴会に出る酒を、私が帳場で記入していると、

「啓子さん、啓子さん。」と、窓から呼ばれて、植木さんだった。

頬を上気させて、息を切って――駈けて来る飛行靴の音は聞えたが植木さんだったのか。

「今いそがしいの？」

「いいえ。」

名を呼ばれるさえ意外なのに、植木さんはひどく親しげに窓へ両手を置いて、せきこんだ容子で、生き生きと幼いような真剣な目つきをしてらして、

「ねえ、ちょっと来てくれよ。」

「はい。」

私は窓へ立って行った。

「ここじゃない。そこまで出られないの？」

「あら。」

私も子供らしい振りをして、

「出られますわよ。なあに？」

「じゃあ、ちょっと来てくれよ。」

「ええ。今直《す》ぐね？」と言ううちに、私は下駄をつっかけて出たが、植木さんにはふと近づきかねてぎこちなく、

「なにか御用ですの？　どこへ行くんですの？」

「まあ……。すまんが、頼まれてくれよ。」

上の道に出てみると、お二人待ってらして、なあんだと私は思ったが、

「おやあ、これはいったい……？」と、私の顔を覗きこむようにしたお方は、寺村さんで、

「どういうことなんだ？　おどかすなよ、おい。こいつ、娘さんを借りて来るとは、考えたもんだねえ。うまいこと逃げたなあ。」

「おれたちの、邪魔をする気か、止める気か。ええお嬢さん？」と、もうお一方の梅田さんも、ふざけておっしゃる。

植木さんは息をつくように、

「さあ、行こう。」

「えええ？　行くか。驚き入ったる……。よし、行こう。」と寺村さんは落ちついて、

「啓子さん、植木について来なけりゃあ、だめだよ。お前、少し植木に惚れてるのか。」

どこへ行くのか、まだ私は感づかなかった。兵隊などが通るが、道は真暗だった。

片側の池をはずれて、大きい家の前に、寺村さんが立ちどまった時、私はかっと血がのぼって、足がすくんだ。娼家だった。

寺村さんは軽く右手を上げた。さよならの合図らしい。後も見ないで、広い玄関へ入った。梅田さんが、どうするという風に、植木さんを振り向いた。

そして、植木さんが私の方を御覧になるよりも先きに、私は玄関の内側の蔭《かげ》へ入っていた。どうしてだかわからない。烈しい侮辱を乗り越えようとしてだったろうか。とっさに、植木さんを困らせまいと庇《かば》う気が起きたのだったろうか。

二階の大きい廊下を通って、だだっ広い部屋に入った。

女中は私に驚いて、

「おやおや、おつれこみ……？　珍しいわね。」

「馬鹿言え。いいなずけだ。」と、寺村さんがからかっても、

「嘘、おっしゃい。水交社の娘さんじゃないの。油断がならないね。どちらのお連れさ？」と、女中は口汚く言った。

するめ、ソオセイジ、焼豚などが大皿に盛って出て、酒は隊で配給のウイスキイを御持参だった。

しかし、私が固くうつ向いて、ひとこと言われたら泣き出しそうな恰好《かっこう》のせいか、座は白けていた。私は植木さんをよう見なかった。

しどけない姿の女が、障子を乱暴にあけて、廊下に突立って、部屋を覗いた。

寺村さんがいきなり立ち上ると、

「名もない淫売婦に……。落ち着いて――私に対しては、くつろいでおいで――私はワル

ト・ホイットマン、自然があるように自由で快活だ。」と、大きい声で、手をお振りになったが、

「おとなしく待ってらっしゃい。」と、女は障子をしめて行った。

寺村さんは立ったまま、ウイスキイの杯を取って、

「おい植木。」と、お呼びになると、それでわかるのか、植木さんも素直に立ってお並びになった。

そして、両方からこころもち肩を傾けてちょっと目顔《めがお》を見合わせて、その親しい温かさ――植木さんの美しい頬の色、涼しい目もとが、ほっと私の胸にしみた。

お二人の合唱が始まった。ドイツ語の歌だった。二部合唱だった。寺村さんが太い声、植木さんが高い声、自由で快活な青春の歌声だった。

一つ歌い終って次を歌ううちに、お二人はちゃぶ台の傍から、床の間近くまで離れてらして、どこか舞台に並んだような身振り――お二人で、こうして幾年も、歌い慣れてらしたと思えた。

同じ高等学校か、同じ大学の音楽部で、合唱隊のお仲間だったのだろうか。

青春の友情も、歌声に流れていた。

梅田さんもおとなしく、また二人のおはこかという風に聞いていらっしゃる。

私の縮かんだ心は、歌声にほぐれて来た。いつまでも歌は明るく楽しく続いた。植木さんの頬はかがやいた。私の愛情は潤って来た。ここが汚い場所とも思わなくなった。若い

生命があふれて来た。

しかし、これがお二人の歌の歌い納め、明日か明後日、この世にいなくなる方——私はおしたわしくて、おいたわしくなった。

合唱は次々と二十分も、続いただろうか。

「啓子さんも歌ってくれよ。」と、植木さんがおっしゃった。

「ええ日本の唱歌なら……。」

「蛍の光か、赤十字の歌か。」と、寺村さんは笑って、

「日本の歌は、滅入《めい》っていかん。それに、思い出というやつが、くっついてやがる。」

「寮歌は？」

「お里が知れら。」

そして、またお二人のドイツ語の合唱が続くところへ、女が二人入って来て、ちょっと二本指を出すと、

「いいんでしょ？」

「しばらく待った。」と、寺村さんは坐《すわ》って、二杯ウイスキイを飲みほすと、さっきとおなじ、さよならの手つきで、立ち上りながら、

「啓子どの、ごめん。」

私はつりこまれて、うなずきさえした。

「いらっしゃいよ。」と、この時、一人の女が私の手を引っぱった。私はぞっとした。

「いいじゃないのう？　その方がお可哀想じゃないの？　思いやりがないのねえ、死んでいく人に……。」

「こらっ。」と、寺村さんが、その女を振り払って、

「童貞処女だ。ほっとけ、おれは知らん。」

「失礼しちゃうわ。童貞は信用するけど、処女は疑問だわ。」

「黙れ。」

「なにが惜しいのさ。素人って、なんてけち臭いんだろう。」

植木さんと二人で残されると、私は泣いていた。

「ごめん、ごめん。」と、植木さんは少しふるえ声で、

「おれは卑怯《ひきよう》だ。」

「そんなことないわ。そんなことないわ。」私はわけもわからずに、かぶりを振っていた。

「そうか、そうか。」植木さんも、なにかうなずいていらした。

私は沈むようにさびしくもあった。

「遊女《あそびめ》につく者は彼と一つ体となることを知らぬか。」こんな言葉が浮んだりした。「婚姻するは胸の燃ゆるよりも勝ればなり。」

植木さんがもの静かに、

「啓子さんは、京都だったね。」

「ええ、近江ですけれど、まあ、京都ですわ。」

「京都は今ごろ、祇園円山《ぎおんまるやま》夜桜だね。平和ならね……。」

うなずくと、涙が落ちた。

「いのちひさしき、という詩、知っている?」

「いいえ。」

「いのちひさしき花の木も
おとろふる日のなからめや
ふるきみやこの春の夜に
かがり火たきてたたへたる
薄墨ざくら枝はかれ
幹はむしばみ根はくちぬ
みちのたくみも博士らも
せんすべしらに
枝を刈り幹をぬりこめ
たまがきにたて札たてて
名にしおふ祇園のさくら枯れんとす
いたはりたまへ
たちよりて根かたの土を踏まゆなと

命じたまへり
あな無慙《むざん》祇園のさくら枯れんとす
みるかげもなくうらぶれし
けふのすがたのあはれさへ
時の間とこそなりけらし
ああこのさくら朽ちはてて
名のみはのこれむなしくも
…………………………………
…………………………………
ひのもとのいちとたたへし
はなのきをかるるにまかす
せんすべしらに」

植木さんは長い詩を諳誦《あんしよう》して、お聞かせ下さった。

「はなの木をかるるにまかす、せんすべしらに……。」

——後から思うと、植木さんは、このような日本の運命を知りながら、飛んでいらしたのではなかったろうか。

また、植木さんはおっしゃった。

「君は、ここの女を軽蔑するかい？」

「いいえ。——罪なき者石もて……。」

「そうか。僕は幼稚な感傷家で、虫のいい夢想家だ。ここから飛び立つ僕らが、汚してゆくたびに、その女は浄化されていって、おしまいに昇天しやせんかと、思ったりするんだがね。」

私はあきれたけれど、これも後では、そんなことをおっしゃったお方のために、私という女一人くらい、あとを慕って行ってもいいような気もする。

それなら、あの時、私を昇天させて下さればよかりそうなものに。私はなにも惜しくなかった。私はそんなに清い娘ではなかった。

あの夜、私は水交社に帰って、ぐったりつかれきって、朝まで眠れなかった。なぜ、私を殺しておしまいにならなかったのかと、お恨みしていた。

植木さんも、潔白でなかったかもしれない。誘惑に胸を燃やしていらしたのかもしれない。そうでないと、私を娼家へつれて行くなど、奇怪ななさりようがわからない。

誘惑に負けて、宿舎を抜け出していらしたのだろう。しかし、途中で反省し、躊躇《ちゆうちよ》し、困惑なさったのだろう。それなら、お戻りになればいい。しかし、自己嫌悪の烈しい懊悩《おうのう》で、うまく身の処置がおつきにならぬところへ、一道の光明のように私の姿が浮んだのではなかろうか。私はそう信じる。あれは植木さんのお心の突発事件だった。前後のお考えはなかった。それでなお、私はありがたい。愛の噴火としておこう。私にだって、その後、基地の星の下でも、近江の家の台所でも、こんな噴火があったではないか。私をさしあげていいと思ったり、死のうと思ったり……。こういう私は、植木さんのお母さまに、もし、いたずらな娘と見えても、しかたがなかったのだろうか。

――山手線の電車で、またぼんやりしている私を、

「啓子さん、啓子さん。」と、寺村さんのお声が呼びさました。

「あの木を見ろよ。」

「どの木……?」

「焼けた木に、芽を吹いてる。」

「ああ、あれ……、ほんとう。」

街路樹だった。枝はことごとく焼け折れて、炭の槍《やり》のように尖《とが》った、その幹から、若葉が噴き出しているのだった。若葉はぎっしり、重なり合い、押し合い、伸びを争い、盛り上って、力あふれていた。

篠懸《すずかけ》か銀杏《いちょう》かはわからない。そういう木々が整列しているのだった。どこかはわからない。広い鋪装道路が、真直ぐに通じているのだった。焼けただれた街に、自然の生命の噴火だった。

「御使《みつかい》また水晶のごとく透徹《すきとお》れる生命《いのち》の水の河を我に見せたり。……都の大路《おおじ》の真中《まなか》を流

る。河の左右に生命《いのち》の樹ありて……、その樹の葉は諸国の民を医《いや》すなり。……」

ヨハネ黙示録の一節が、私の心に浮んで、真直《まっす》ぐな道路は、その河のように見えた。

「我また新しき天と新しき地とを見たり。これ前《さき》の天と前の地とは過ぎ去り、海も亦《また》なきなり。」

本郷にある、寺村さんのお友達のおうちへ、私たちは帰るのだった。

英霊の声

三島由紀夫

一

浅春のある一夕、私は木村先生の帰神《かむがかり》の会に列席して、終生忘れることのできない感銘を受けた。その夜に起ったことには、筆にするのが憚《はばか》られる点が多いが、能《あた》うかぎり忠実にその記録を伝えることが、私のつとめであると思う。

帰神の法を、一名又幽斎の法というのは、ふつうの神殿宮社で、祝詞供饌《のりとぐせん》あって、神祇《じんぎ》をいつきまつる「顕斎の法」に比して、霊を以《もっ》て霊に対する法であるから、この名があるのである。また、帰神のなかにも幽顕があり、幽の帰神というのは、本人も気づかぬうちに霊境に入って、その精神集中によって霊感を得るもので、まして他人にはそのありさまは読めないから、いわゆる芸術家のインスピレーションなども、これに含まれると考えてよかろう。

これに対する顕の帰神が、ふつうに云う神がかりのことで、神の憑《よ》り坐《ま》したことは、本人はもとより、まわりの者にも明瞭に見てとれるのである。

又、幽顕それぞれに、自感法、他感法の別があり、我ひとり神霊に感合するのが前者であるが、私が列席した会は、いうまでもなく、この顕の帰神の他感法に依るものであった。

そもそも他感法には、審神者《さにわ》がおり、霊媒たる神主がおり、さらに正式には琴師がいて、六絃の琴を奏でて神霊の来格を乞《こ》い、審神者がお伺いを立てるのであるが、木村先生の厳父天快翁は琴師を廃され、審神者たる翁みずから、石笛《いわぶえ》を吹き鳴らされる法を興された。

石笛は鎮魂玉と同様、神界から奇蹟的に授かるのが本来であるが、かりに相当のものを尋ね出して用いてもよい。ふつうは拳大《こぶしだい》、鶏卵大の自然石で、自然に穴の明いたものを用いるが、古代の遺物はおおむねその穴が抜け通っている。先生が天快翁から伝えられた秘蔵の石笛は、二拳を合わせるぐらいの大きさに穴が斜めに抜け通っており、やや青みを帯びた黒色の、神光奇《く》しき逸品であった。本気で吹けば八丁聞えると云われ、天快翁はこれを神界から授けられた由である。

さて、神主は例のとおり、川崎重男《かわさきしげお》君が勤められたが、この二十三歳の盲目の青年は、木村先生の審神者に応じて、もっとも従順に、清らかにその任を果すことのできる人であった。白川神道の流れを汲む人は、天神《あまつかみ》は主として婦人に憑《かか》られ、地祇《くにつかみ》は主として男子に憑られる、と主張しているようであるが、これは訛伝《かでん》である。

沙庭《さにわ》が霊をかけるときに、気合や唱《とな》え言《ごと》をして、さわがしく振舞うように思っている人があったら、一度、木村先生のもとへ来てみられるがいい。石笛を用いこそすれ、あくまで幽斎の本義に則《のっと》って、いささかのさわがしさもなく、荘重森厳を極めたものである。

その夜は、浅春三月初旬に似合わぬ暖かい南風が、雨気を含んで吹きめぐっており、閉め切った雨戸も鳴り、しばしば雨が来て窓を叩いた。

帰神《かむがかり》の会というのは、俗見のごとく徒《いたず》らに仰々しい、おどろおどろしいものでは決してない。又、神霊が憑《よ》り坐《ま》したあとも、もしそれが新らしい霊であれば、決して記紀そのままの古語を以て神語られるわけではない。自由に現代の言葉も語られ、時にはあまり不調和ではないかと思われるような現代的言辞も用いられることがある。

参会者もこのときには、畏怖の念もさることながら、わが霊を以て親しく霊と対面する心持に入っているのであるから、むしろ神主の口から、われわれの現在の関心事が、親しみのある言葉で以て語られるのを喜ぶのである。しかし、もちろんそこには云うに云われぬ霊気があって、犯すべからざる神格が保たれている。

その夜、私は何事が起るともしらず、身体衣服を清潔にして、常のとおり、すがすがしい神気の漂う一座に、列《つら》なることを喜んだが、今から考えると、そこにいくばくの予感がないではなかった。雨戸を叩く烈風もさることながら、その夜の神主川崎君の面貌に、心なしか、只《ただ》ならぬものが窺《うかが》われたからである。

川崎君は不幸にも、十八歳の時事故によって両眼を失明したが、それ以来霊眼をひらかれ、木村先生のおみちびきによって、眼前にありありとあらわれる霊象に開眼し、いわば第二の目をひらいた人である。

川崎君は美少年と云ってもいい白皙《はくせき》の面立《おもだち》に、細い眉、神経質な細い形の整った鼻筋、婦人に見まがう小さなやさしい唇の持主であるが、この日は帰神のはじまるずっと前から、常にもまして色蒼《あお》ざめ、参会者とも一語も交わさなかった。

いよいよ木村先生が石笛《いわぶえ》の最初の一声を吹き鳴らされたときから、その顔はますます血の気を失い、白衣の肩もかすかに慄《ふる》えているのが気づかわれた。

石笛の音《ね》は、きいたことのない人にはわかるまいが、心魂をゆるがすような神々しい響きを持っている。清澄そのものかと思うと、その底に玉《ぎょく》のような温かい不透明な澱《よど》みがある。肺腑を貫ぬくようであって、同時に、春風駘蕩《しゅんぷうたいとう》たる風情《ふぜい》に充《み》ちている。古代の湖の底をのぞいて、そこに魚族《いろくず》や藻草《もぐさ》のすがたを透かし見るような心地がする。又あるいは、千丈の井戸の奥底にきらめく清水に向って、声を発して戻ってきた谺《こだま》をきくような心地がする。この笛の吹奏がはじまると、私はいつも、眠っていた自分の魂が呼びさまされるように感じるのである。

まして神主たる川崎君に及ぼす、石笛の影響は多大なものがあろう。時として木村先生は、一時間の余も、むなしく笛の吹奏をつづけられることがあるが、その夜は先生が吹きはじめられるが早いか、川崎君の面貌には顕著な変化があらわれた。

神が憑《かか》られるときには、彼の頬は紅潮することが多いのに、青ざめたままの額に玉なす汗が浮んできた。汗のきらめきは襟の合せ目にのぞくあくまで白い胸にも見られた。

雨戸を搏《う》つ風音にふと私が気をとられたあいだに、川崎君の上体はかすかに左右へ揺れはじめ、憔悴《しょうすい》しつくしたようなその頰にあるかなきかの微笑が刻まれ、突然、諸手《もろて》で手拍子を打って、歌いはじめた。……

「かけまくもあやにかしこき
すめらみことに伏して奏《まお》さく
今、四海必ずしも波穏やかならねど、
日の本のやまとの国は……」

この歌がはじまるのをきくと、私は慄然《りつぜん》として、思わず隣りに坐《すわ》っているN氏と顔を見合わせた。ふだん川崎君の声は、やや肺疾を思わせるようなかすれた弱い声で、帰神に当ってその声が変質することには、私はもはや愕《おどろ》かなかったが、今歌いだした歌声は、明らかに一人の声ではなく、大ぜいの唱和する声が遠くからきこえてくるようである。

それは明らかに若い雄々しい咽喉元《のどもと》から発せられる歌声で、もとより川崎君の地声とは似ても似つかない。かくも大ぜいの合唱が一人の咽喉から出て、ひろい洞窟の中の歌声のように共鳴し交響するのを目《ま》のあたりに聴いて、私はわが耳を疑わずにはいられなかった。しかもそれは荘厳な神の声というよりは、青年たちの群衆が、怒りと嘲笑を含んで声を合わせて歌っているとしかきこえず、私とN氏は顔を見合わせたが、いかなる神が憑ったか判断に苦しんでいる点では、N氏も同様であることがすぐにわかった。

ふと木村先生のお姿を窺うと、静かに瞑目《めいもく》して、ひたすら石笛を吹いておられる。その表情には少しも乱れが見られない。合唱は、笛の音に縫われて、遠い潮騒《しおさい》のように、高まり又低まりつつ、つづいた。

「……今、四海必ずしも波穏やかならねど、
日の本のやまとの国は
鼓腹撃壌《こふくげきじょう》の世をば現《げん》じ
御仁徳の下《もと》、平和は世にみちみち
人ら泰平のゆるき微笑《ほほえ》みに顔見交わし
利害は錯綜《さくそう》し、敵味方も相結び、
外国《とつくに》の金銭は人らを走らせ
もはや戦いを欲せざる者は卑劣をも愛し、
邪《よこし》まなる戦《いくさ》のみ陰《いん》にはびこり
夫婦朋友も信ずる能わず
いつわりの人間主義をたつきの糧《かて》となし
偽善の団欒《だんらん》は世をおおい
力は貶《へん》せられ、肉は蔑《なみ》され、
若人らは咽喉元をしめつけられつつ

怠惰と麻薬と闘争に
かつまた望みなき小志の道へ
羊のごとく歩みを揃え、
快楽もその実《じつ》を失い、信義もその力を喪《うしな》い、
魂は悉《ことごと》く腐蝕せられ
年老いたる者は卑しき自己肯定と保全をば、
道徳の名の下に天下にひろげ
真実はおおいかくされ、真情は病み、
道ゆく人の足は希望に躍ることかつてなく
なべてに痴呆の笑いは浸潤し
魂の死は行人の額に透かし見られ、
よろこびも悲しみも須臾《しゆゆ》にして去り
清純は商われ、淫蕩《いんとう》は衰え、
ただ金《かね》よ金よと思いめぐらせば
人の値打は金よりも卑しくなりゆき、
世に背く者は背く者の流派に、
生《なま》かしこげの安住の宿りを営み、
世に時めく者は自己満足の

いぎたなき鼻孔をふくらませ、
ふたたび衰えたる美は天下を風靡《ふうび》し
陋劣《ろうれつ》なる真実のみ真実と呼ばれ、
車は繁殖し、愚かしき速度は魂を寸断し、
大ビルは建てども大義は崩壊し
その窓々は欲求不満の蛍光灯に輝き渡り、
朝な朝な昇る日はスモッグに曇り
感情は鈍磨し、鋭角は磨滅し、
烈《はげ》しきもの、雄々しき魂は地を払う。
血潮はことごとく汚れて平和に澱み
ほとばしる清き血潮は涸《か》れ果《は》てぬ。
天翔《あまが》けるものは翼を折られ
不朽の栄光をば白蟻どもは嘲笑う。
かかる日に、
などてすめろぎは人間《ひと》となりたまいし」
……………………。
おわりに近づくほど手拍子も勢い高く、声は弾んで、石笛の音《ね》を圧するほどに朗々と、
しかしいいしれぬ怒りと慨《なげ》きを含んで歌った。「人間《ひと》となりたまいし」とまで歌ったとき、

しかし突然琴の絃《いと》が絶たれたように歌は止んだ。

川崎君ははげしく肩で息をして面を伏せ、しばらくは、彼の息の音と石笛の音のみが、身を切るような静寂のうちにもつれ合った。それはあたかも、川崎君の気管が先生の石笛のひびきを模して、しかも模することができず楽の音に届くことが叶わずに、喘《あえ》いでいるかのようであった。

やがて石笛の音も止んだ。木村先生は笛を口から離し、しずかに白布で笛の孔を拭《ぬぐ》っておられた。

二

ひとまず神は神上《かむあが》り、人間の休息の暇が与えられたように思われたので、私はN氏の目くばせにこたえて、勇を鼓して、今神下りましたのはいかなる神でしょうか、と先生に問うた。いかにも如実に現代の世相を歌っておられたから、輓近《ばんきん》神となられた方であろうかと推測されたのである。

木村先生はおもむろに口をひらかれ、

「いや、私は必ずしもそうは思いません」

と言われた。

先生のお言葉によれば、いかなる神とも知れないが、その数が多《さわ》であること、又、若い

神々であるらしく思われるが、高い神格は疑いがないこと、先考の神伝秘書中にも、
一、過去現在未来を伺うべし
二、真神なるや偽神なるや弁ぜずばあるべからず
三、神の上中下の品位を知らざるべからず
四、神の功業を知らざるべからず
五、荒魂《あらみたま》、和魂《にぎみたま》、幸魂《さちみたま》、奇魂《くしみたま》を知らざるべからず
六、神に公憑私憑《こうひょうしひょう》あるを知らざるべからず

等々とあるが、ひそかに思うに、この神々は真神たるはもちろん、上品に属され、功業は大なる荒魂であり、しかも今夜はここに公憑として憑《かか》られたのだと推測されるということ、が明らかになった。この一夜がすぎたあと、私は先生の最初の推測が悉く肯綮《こうけい》に中《あた》っていたのを知って、今さらながら先生に対する敬愛を新たにしたが、この記録もそれが公憑であるとわかって鼓舞された点が多い。

木村先生が重ねて言われるには、

「今の世のことを語られても、必ずしも新らしい神々とは云われない。今の世を汚れたりとそしり玉うのは、何もかもお見透しだからである。私が奇異に思うのは、この合唱をきくあいだ、しきりに潮の香が嗅がれ、一望はるかなる海上に、月の照るのが眺められたが、いかなる神々であり、いかなる場所に神集うておられるのか、これから伺って見ようと思う」

私は、かくて、心耳を澄まして、ふたたび石笛《いわぶえ》をとりあげられた先生の、玲瓏《れいろう》たる吹奏を聴いた。

川崎君は、主人の呼び声を耳にした白い犬のように、うなだれていた面《おもて》をあげたが、すでにその顔は顔変りがして、ふだんの川崎君のやや柔弱な面輪《おもわ》とはちがった、凛々《りり》しい決然とした表情を浮べているのに私は気づいた。眉は迫り、眥《まなじり》を裂き、そのやさしい唇さえきりりと結ばれて、そこには戦いに臨んだ若い兵士のような面ざしが如実にあらわれていた。

木村先生は石笛を口から離され、

「いかなる神にましますか、答えたまえ」

としっかりした語調で言われた。

これに答える川崎君の声も、太い男らしい咽喉から出るますらおの声になっていた。

「われらは裏切られた者たちの霊だ」

とその声は明瞭に言った。

私どもは慄然とした。

木村先生は少しも動ぜずに、同じ平静な口調で、重ねて問われた。

「何者が裏切ったのでありますか」

「それを今言うは憚《はばか》りがある。われらの物語をきいてのち、おのずから明らかになろう」

「今いずこに神集うてましますか」

「所の名は言えぬ。月の海上であるとだけ答えよう。志を同じくする者が、今宵は海の上に数多く集うている。

今、おんみらの家の屋根を打ち戸を打っている春の嵐は、われらの息吹がおんみらの眠りをさまそうとして、早駈けているのである。

しかしここの海上は陸《くが》から遠く離れ、月光は遍満し、黒いうねりを帯びてめぐる潮《うしお》は、笹立つ波頭も見せずに和らいでいる。

ここはわれらの安息の場所だ。しかし今なお心は怨《うら》みと憤りと、耐えがたい慨《なげ》きに引裂かれている。なぜならわれらは裏切られた霊だからだ」

「何ゆえ裏切られ玉うたのでありますか」

「それはおいおい語るところを聞くがいい。そら、かなたの沖からも、同志の一人が、海の上を風を孕《はら》んだ帆のように進んでくる。

見るがいい。その帆はカーキ色であり、黄金《こがね》の色の釦《ボタン》が月に光り、肩には肩章が光っている。そしてその軍服の胸は破れ、血に濡れている。

その胸は銃弾を以て破れたのではない。尽きせぬ怨みによって破れ、今もなお血を流しているのである。……」

このとき私は、今宵の帰神《かむがかり》が容易ならぬ事態を招いたのを覚《さと》った。

木村先生はおもては平静さを変えられぬが、その額ににじむ汗を見ても、霊の瞋恚《しんい》の火《ほ》あかりを受けて、たじろいでおられるのが察せられる。

しかし一旦招請された神霊を、いかに荒いみたまとはいえ、こちらの勝手で神上りし玉うように願うことは、のちのちの禍《わざわい》のもとでもあり、御先代の神伝秘書の固く戒《いまし》めるところである。先生がすでに決意を以て、この荒魂を迎えようとされていることは、私にはよくわかっていた。

一方、川崎君の顔も徐々に紅潮し、言葉は次々と、神々しい威厳を以てその口から出て、もはやとどめる術《すべ》もないように見えた。

先生が

「海上の神遊びのみこころをおきかせ下さい」

と問われると、

「神遊びか」

と霊の言葉には、嘲けるような、又、聴きようによっては自ら嘲けっているともきこえる響きがこもっていた。

「われらは陸《くが》のいつわりの奥津城《おくつき》をのがれ出て、月の夜には海上に集うて、今の世のこと、又すぎし世のことを語り合うのをならわしとしているが、この酒《さか》ほがいには、吹きさやぐ海風がわれらの酒だ。

神集うのはわれらの同志のみではない。時には幾千幾万、何十万のつわものの霊が相見《あいまみ》え、今の世の汚れをそしる戯れの歌に声を合わせる。しかしその声さえ、人々の耳にもはや届かぬことをわれらは知っている。

この日本をめぐる海には、なお血が経めぐっている。かつて無数の若者の流した血が海の潮《うしお》の核心をなしている。それを見たことがあるか。月夜の海上に、われらはありありと見る。徒《あだ》に流された血がそのとき黒潮を血の色に変え、赤い潮は唸《うな》り、喚《おら》び、猛《たけ》き獣のごとくこの小さい島国のまわりを彷徨《ほうこう》し、悲しげに吼《ほ》える姿を。

それを見ることがわれらの神遊びなのだ。手を束《つか》ねてただ見守ることがわれらの遊びなのだ。かなた、日本本土は、夜も尽きぬ灯火の集団のいくつかを海上に泛《うか》ばせ、熔鉱炉の焔《ほのお》は夜空を舐《な》めている。あそこには一億の民が寝息を立て、あるいはわれらの知らなかった、冷たい飽き果てた快楽に褥《しとね》を濡らしている。

あれが見えるか。

われらがその真姿を顕現しようとした国体はすでに踏みにじられ、国体なき日本は、かしこに浮標《ブイ》のように心もとなげに浮んでいる。

あれが見えるか。

今こそわが本体を明かそう。われらは三十年前に義軍を起し、叛乱の汚名を蒙《こうむ》って殺された者である。おんみらはわれらを忘れてはいまい」

私はそこではじめて、この霊がかつて代々木の刑場で処刑された若い将校の霊であることを知った。

そして、怒れる神霊は、次のように神語りに語ったのである。

三

「われらには、死んですべてがわかった。死んで今や、われらの言葉を禁《とど》める力は何一つない。われらはすべてを言う資格がある。何故ならわれらは、まごころの血を流したからだ。

今ふたたび、刑場へ赴《おもむ》く途中、一大尉が叫んだ言葉が胸によみがえる。

『皆死んだら血のついたまま、天皇陛下のところに行くぞ。而《しこう》して死んでも大君の為《ため》に尽すんだぞ。天皇陛下万歳。大日本帝国万歳』

そして死んだわれらは天皇陛下のところへ行ったか？　われらの語ろうと思うことはそのことだ。すべてを知った今、神語りに語ろうと思うのはそのことだ。

しかしまず、われらは恋について語るだろう。あの恋のはげしさと、あの恋の至純について語るだろう。

『朕《ちん》は汝等《なんじら》軍人の大元帥なるぞ。されば朕は汝等を股肱《ここう》と頼み汝等は朕を頭首と仰ぎてぞ、その親《したしみ》は特に深かるべき。朕が国家を保護《ほうご》して上天《しょうてん》の恵《めぐみ》に応じ祖宗《そそう》の恩に報いまゐらする事《こと》を得るも得ざるも、汝等軍人が其《その》職を尽すと尽さざるとに由《よ》るぞかし』

大演習の黄塵のかなた、天皇旗のひらめく下に、白馬に跨《またが》られた大元帥陛下の御姿は、遠く小さく、われらがそのために死すべき現人神《あらひとがみ》のおん形として、われらが心に焼きつけられた。

神は遠く、小さく、美しく、清らかに光っていた。われらが賜わった軍帽の徽章《しるし》の星をそのままに。

皇祖皇宗のおんみ霊《たま》を体現したまい、兵を率いては向うに敵なく、蒼生《たみくさ》を憐《あわ》れんでは慈雨よりもゆたかなおん方《かた》。

われらの心は恋に燃え、仰ぎ見ることはおそれ憚りながら、忠良の兵士の若いかがやく目は、ひとしくそのおん方の至高のお姿をえがいていた。われらの大元帥にしてわれらの慈母。勇武にして仁慈のおん方。

はげしい訓練のあいだにも、すめろぎの大御心《おおみこころ》はわれらに通うかに感じられ、硝煙の漂う野のかなたから、つねに大御心の一条の光りは、戦うわれらの胸内《むねぬち》に射していた。そしてわれらは夢みた。ああ、あの美しい清らかな遠い星と、われらとの間には、しかし何という距離があることだろう。われらの汚れた戎衣《じゅうい》と、あの天上のかぐわしい聖衣との間には、何という遠い距離があることだろう。われらの声は届くだろうか。勅諭《ちょくゆ》をとおして玉音はひしひしと、日夜われらの五体に響いているが、われらの血の叫び、死のきわに放つべき万歳の叫びは、そのおん耳に届くだろうか。神なれば千のおん耳を持ちたまい、千のおん眼《まなこ》を以て、見そなわし、又、きこしめされるにちがいはない。しかしそのとき……

われらは夢みた。距離はいつも夢みさせる。いかなる僻地、北溟南海《ほくめいなんかい》の果てに死すとも、われらは必ず陛下の御馬前で死ぬのである。しかしもし『そのとき』が来て、絶望的な距離が一挙につづめられ、あの遠い星がすぐ目の前に現われたとき、そのかがやきに目は盲《めし》い、ひれ伏し、言葉は口籠《くごも》り、何一つなす術《すべ》は知らぬながらも、その至福はいかばかりであろう。死を賭けたわれらの恋の成就はいかばかりであろう。その時早く、威ある清らかな御声《みこえ》が下《くだ》って、ただ一言、『死ね』と仰せられたら、われらの死の喜びはいかほど烈しく、いかほど心満ち足りたものとなるであろう。

われらは生涯に来るとしもないその刹那《せつな》をひたすらに夢みた。われらは若く剛健にして、忠節と武勇と信義はならびなく、心は燃えやすく、魂は澄んでいる。不正はわれらの身に一指も触れるあたわず、若き力と血はこの身にたぎっている。かくて、われらはすめろぎの星について夢みつづけ、心にその像をいとおしく育てて行った。

無双の勇武と無双の仁慈の化現《けげん》であらせられるそのおん方。民草《たみくさ》をひとしく憐れませたもうそのおん方の前へ出れば、ここからはかくも遠かったその距離も忽《たちま》ち払われ、親疎の別なく父子の情をかけたもうおん方の前では、ここにいて思う怖れも杞憂《きゆう》にすぎまい。われらは若く、文雅に染らず、武骨ながら、われらの血と死の叫びをこめた不器用な恋をも、どんな不器用な忠義をも、大君は正しく理会したまい、受け入れたもうにちがいない。

かくてわれらはついに、一つの確乎たる夢に辿《たど》りついた。その夢の中では、宮廷の千年の優雅に織り成された生絹《すずし》の帷《とばり》が、ほのかな微風をもうけ入れてそよいでいた。『陛下に対する片恋というものはないのだ』とわれらは夢の確信を得たのである。『そのようなものがあったとしたら、もし報いられぬ恋がある筈《はず》だとしたら、軍人勅諭はいつわりとなり、軍人精神は死に絶えるほかはない。そのようなものがありえないというところに、君臣一体のわが国体は成立し、すめろぎは神にましますのだ。

恋して、恋して、恋して、恋狂いに恋し奉ればよいのだ。どのような一方的な恋も、その至純、その熱度にいつわりがなければ、必ず陛下は御嘉納あらせられる。陛下はかくもおん憐み深く、かくも寛仁《かんじん》、かくもたおやかにましますからだ。それこそはすめろぎの神にましますも所以《ゆえん》だ』

われらはそう信じた。われらはこうして、この恋の端緒《たんしょ》を神語りに語りおわった」

——ここまで来たとき、川崎君の面上にうつろう色があって、緊張は弛緩《しかん》し、眉からさえ力が抜けて、ふだんの細い眉の繊細な悲しみが、かすかに眼球の動きが察せられる盲目の目の上に流れた。霊の声ははたと止んだ。

私どもは言葉もなかった。木村先生はやがて私どもの気持を察して、こう言われた。

「今夜は思いがけぬ仕儀になり、私も川崎君もこれほどの神霊の重みに耐え得るかどうか危ぶまれる。しかし力をつくし誠をつくして、神々がわれわれを選ばれたその御志に答えなくてはならない。今夜神主の口をとおして述べられることには、怖《おそ》ろしい憚りあることが多々ありそうに思われるが、諸君も全霊を以て霊のお声に対し、いささかもなおざりに聴かず、まことの幽斎の本義をつかんでいただきたい。このような宵は、私の半生にもはじめてのことであるが、諸君にとっても一生に一度あるかないかという機会である。今宵の神事のために、私はたとえ息絶えることがあっても何ら悔ゆるところはない。川崎君もおそらく同じ心だろうと思う」

私は先生の気魄《きはく》に打たれながらも、もともと丈夫ではない盲目の川崎君の体を気づかったが、先生も今しばらく川崎君の心を休らわせ、鎮魂の時を与えようと思われたのであろう、又石笛《いわぶえ》をとって静かに唇へあてられた。

嵐はなお静まる気配がなく、雨戸の外には庭木の悶《もだ》えるざわめきや、雨がかなたこなたへちぎられて飛び、斜めに身を打ち当てるその雨音などがたえずきこえていた。笛の音ははじめは雨音に制せられるようであったのが、次第にその神さびた顫音《せんおん》が細い渓流の漲《みなぎ》るのに似てくると、いつか戸外の雨音を圧して、私は瞑目してこれをきくうちに、しらずしらず、笛の音につれて広野へ誘い出され、今や身は室内にあるようであってそうではなく、はてしもしれぬ闇の野の嵐の只中に、神籬《ひもろぎ》を樹《た》てて相集うているような心地がした。

……やがて、再び、私は川崎君の口をとおして、英雄のみたまが語るのをきいた。

四

「そのとき陛下はおん年三十五におわしました。

陛下は老臣の皺《しわ》多き理性と、つつましき狡智に取り巻かれていらせられた。かつて若きもののふが玉体を護《まも》って流す鮮烈な血潮を見そなわしたことはなかった。

民の貧しさ、民の苦しみを竜顔の前より遠ざけ、陛下を十重《とえ》二十重《はたえ》に、あれらの者たち、すなわち奸臣佞臣《かんしんねいしん》、あるいは保身にだけ身をやつした者、不退転の決意を持たずに事に当った者、臆病者にしてそれと知らずに破局への道をひらいた者、あるいは冷血無残な陰謀家、野心家が取り囲み奉っていた。そして陛下は、霜落つる兵舎の片かげに息吹《いぶ》く若き名もなき者の誠忠の吐息を見そなわしたことはなかった。

われらが国体とは心と血のつながり、片恋のありえぬ恋闕《れんけつ》の劇烈なよろこびなのだ。さればわれらの目に、はるか陛下は、醜き怪獣どもに幽閉されておわします、清らにも淋しい囚《とら》われの御身と映った。

怪獣どもは焔を吐き、人肉を喰《くら》い、あやしい唸り声を立てて徘徊しつつ、上御一人《かみごいちにん》の警護を装うて、実は九重《ここのえ》の奥に閉じ込め奉っていた。その鱗《うろこ》には黄金《おうごん》の苔《こけ》を生じ、いまわしい銅臭を漂わせ、その這《は》いずりまわる足もとの草は悉《ことごと》く枯れた。

われらはその怪獣どもを仆《たお》して、陛下をお救い出し申し上げたい、と切に念じた。そのときこそ、民も塗炭《とたん》の苦しみから救われ、兵は後顧の憂いなく、勇んで国の護りに就くことができるであろう。

われらはついに義兵を挙げた。思いみよ。その雪の日に、わが歴史の奥底にひそむ維新の力は、大君と民草、神と人、十善の御位《みくらい》にましますおん方と忠勇の若者との、稀《まれ》なる対話を用意していた。

思いみよ。

そのとき玉穂なす瑞穂《みずほ》の国は荒蕪《こうぶ》の地と化し、民は餓えに泣き、女児は売られ、大君のしろしめす王土は死に充ちていた。神々は神謀《かむはか》りに謀りたまい、わが歴史の井戸のもっとも清らかな水を汲み上げ、それをわれらが頭《こうべ》に注いで、荒地に身を伏して泣く蒼氓《そうぼう》に代らしめ、現人神《あらひとがみ》との対話をひそかに用意された。そのときこそ神国は顕現し、狭蠅《さばえ》なすまがつびどもは吹き払われ、わが国体は水晶のごとく澄み渡り、国には至福が漲る筈だった。

思いみよ。

そのとき歴史のもっとも清らかなるものは、遍満する腐敗、老朽と欺瞞を打ちやぶり、純潔と熱血のみ、若さのみ、青春のみをとおして、陛下と対晤《たいご》せんと望んだのだ。やすみしし大君のしろしめす限り、かしこの田、かしこの畑、かしこの林に久しく埋もれた血の叫び、死の顔は、今や若々しく猛々しい兵士の顔を借りて、たぎり、あふれ、対面しまいらせんとはかったのだ。冥々《めいめい》のうちなる日本のもっとも素朴、もっとも根深き魂が、ここを先途と明るみへ馳せのぼり、光りの根源へ語りかけまいらせようと願ったのだ。

われらはその指揮官だった。

そしてわれらは神謀りのままに動く神の兵士であった。

一つの絵図は、次のように光りにみちて描かれた。

そこは一つの丘である。

雪晴れの朝、雪に包まれた丘は銀にかがやき、木々は喜ばしい滴《しずく》を落し、力強い笹は雪の下から身を起し、われらは兵を率いて、奸賊を屠《ほふ》った血刀を提げて立っている。その剣《けん》尖《さき》からなお血は雪にしたたり、われらの頬は燃え、われらの雪に洗われた軍帽の庇《ひさし》は、漆黒の青空を映している。

兵はみな粛然として、胸をときめかせつつ、近づく栄光の瞬間を待っている。それは又、ふるさとの悲しめる父母、悲しめる姉妹の救済の時である。

われらは雪晴れの空をふり仰ぐ。

目にしみわたるその青さは、かなたの連山のかがやく白雪の頂きへまで、遮《さえぎ》る雲の一片《ひとひら》もなくつづいている。そして巨木の梢から落ちる雪は四散して、ふたたびきらめく粉雪になって、かろやかにわれらの軍帽の上に降ってくる。

そのときだ。丘の麓《ふもと》からただ一騎、白馬の人がしずしずと進んでくるのは。それは人ではない。神である。勇武にして仁慈にましますわれらの頭首、大元帥陛下である。

われらは兵たちに、

『気をつけ！』

の号令をかける。われらの若く雄々しい号令にまして、この雪晴れの誉れの青空にふさわしいものがあろうか。

陛下は馬をとどめさせ玉い、馬上の陛下のおん影が、かたじけなくもわれらの雪に濡れた軍靴の足もとに届く。われらは軍服の胸を張り、捧刀の礼を以てお迎えする。刀の切羽《せっぱ》のまばゆい銀のきらめきを、剣尖からしたたり戻る血がつたわるのを、われらは目の前に見る。

『謹んで申上げます。われらは君側《くんそく》の奸《かん》を斬り、今は粛然として、陛下の御命令をお待ちいたします。何卒《なにとぞ》、御親政を以て、民草をお救い下さい』

『よし。御苦労である。その方《ほう》たちには心配をかけた。今よりのちは、朕親《みずか》ら政務をとり、国の安泰を計るであろう』

玉音はあたかも、雪晴れの青空がさわやかに声を発したかのようである。陛下はつづけて仰せになる。

『その方たちには位を与え、軍の枢要の地位に就かせよう。今までは朕が不明であった。皇軍は誠忠の士を必要としている。これからはその方たちが積弊をあらため、天皇の軍隊の威烈を蘇《よみがえ》らさねばならぬ』

『いや、陛下、何卒このままにお置き下さい。一級たりとも位を進めていただいては、われらが身命を賭した維新の精神が汚れます。ただ、御親政の実をあげられ、兵たちの後顧の憂いを無からしめて下さることが、われらへのこの上なき御褒賞であります。今こそ兵もよろこび勇んで軍人の本分を尽し、皇国を護るために命を捨てることができます』

『そうか。その方たちこそ、まことの皇軍の兵士である』

陛下は叡感《えいかん》斜めならず、赤誠の兵士らに守られて雪の丘をお下りになる。その白馬のおん跡に従うわれらこそ、神兵なのだ。

思いみよ。

ここにもう一つの絵図がある。

それは光りにみちて描かれてはいないが、第一の絵図にも劣らず、倖《しあわ》せと誉れにあふれたものだ。むしろわれわれらの脳裡《のうり》に、より鮮明に描かれていたのは、この第二の絵図であった。

同じ丘。しかし空は晴れず、雪は止んでいるが、灰色の雲が低く垂れ込めている。そのかなたから、白雪の一部がたちまち翼を得て飛び来ったように、一騎の白馬の人、いや、神なる人が疾駆して来る。

白馬は首を立てて嘶《いなな》き、その鼻息は白く凍り、雪を蹴立てて丘をのぼり、われらの前に、なお乱れた足掻《あがき》を踏みしめて止る。われらは捧刀の礼を以てこれをお迎えする。

われらは竜顔を仰ぎ、そこに漲る並々ならぬ御決意を仰いで、われらの志がついに大御心にはげしい焰を移しまいらせたのを知る。

『その方たちの志はよくわかった。

その方たちの誠忠をうれしく思う。

今日よりは朕の親政によって民草を安からしめ、必ずその方たちの赤心を生かすであろう。

心安く死ね。その方たちはただちに死なねばならぬ』

われらは躊躇《ちゅうちょ》なく軍服の腹をくつろげ、口々に雪空も裂けよとばかり、『天皇陛下万歳!』を叫びつつ、手にした血刀をおのれの腹深く突き立てる。かくて、われらが屠《ほふ》った奸臣の血は、われらの至純の血とまじわり、同じ天皇の赤子《せきし》の血として、陛下の御馬前に浄化されるのだ。

われらに苦痛はない。それは喜びと至福の死だ。しかしわれらは、肉にひしと抱擁される刃《やいば》を動かしつつ、背後に兵たちの一せいのすすり泣きを聞く。寝食を共にし、忠誠を誓い合い、戦場の死をわが手に預けてくれた愛する兵士たちの歔欷《きよき》を聴く。

そのとき、世にも神《かむ》さびた至福の瞬間が訪れる。大元帥陛下は白馬から下り玉い、われらの若い鮮血がくれないに染めた雪の上に下り立たれる。そのおん足もとには、われらの今や死なんとする肉体が崩折《くずお》れている。陛下は死にゆくわれらを、挙手の礼を以てお送りになる。

われらは遠ざからんとする意識のうちに、力をふるって項《うなじ》を正し、竜顔をふり仰ぐ。さしも低く垂れ込めた雲が裂けて、一条の光りが、竜顔をあらたかに輝やかせる。そしてわれらは、死のきわに、奇蹟を見るのだ。

思い見よ。

竜顔のおん頰に、われらの死を悼むおん涙が！

雲間をつらぬく光りに、数条のおん涙が！

神がわれらの至誠に、御感《ぎよかん》あらせられるおん涙が！

われらの死は正《まさ》しく至福の姿で訪れる。……」

――私は、言葉を絶った川崎君の顔が、それまでの紅潮した頰を俄《にわ》かに失って、次第に怒りの極みの蒼白の色に移りゆくのをまざまざと見た。

彼の声にはもはや恍惚のひびきはなく、戸外の嵐としらべを合するかの如《ごと》き、激越な、荒れ果てた、とめどもない暗い動揺があらわれ、その底にいいしれぬ悲調が流れて、聴く者の心を引裂いた。

「それはただの夢、ただの絵図、ただの幻であった。

すめろぎがもし神であらせられれば、二枚の絵図のいずれかを選ばれることは必定だった。あれほどまでの恋の至情が、神のお耳に届かぬ筈はなかったからだ。

又、すめろぎが神であらせられれば、あのように神々がねんごろに謀り玉うた神人対晤の至高の瞬間を、成就せずにおすましになれる筈もなかったからだ。

かくも神々が明らかにしつらえ玉うた、救国の最後の機会を、みすみす逸し玉う筈もなかったからだ。

そのころ陛下は暗い宮中をさすらい玉い、扈従《こしよう》の人のものを憚るような内奏に耳をすまされた。民草の不安は、病菌のように人々の手で運ばれて、宮廷風の不安に形を変えてすでに澱んでいた。陛下はただちにこう仰せられた。

『日本もロシヤのようになりましたね』

このお言葉を洩れ承った獄中のわが同志が、いかに憤り、いかに慨き、いかに血涙を流したことか！

二月二十六日のその日、すでに陛下は、陸軍大臣の拝謁の際、

『今回のことは精神の如何を問わず、甚《はなは》だ不本意なり、国体の精華を傷つくるものと認む』

と仰せられた。

二十七日には、陛下はこのように仰せられた。

『朕が股肱の臣を殺した青年将校を許せというのか。戒厳司令官を呼んで、わが命を伝えよ。速やかに事態を収拾せよ、と。もしこれ以上ためらえば、朕みずから近衛師団をひきいて鎮圧に当るであろう』

同じ日に、われらを自刃せしむるため、勅使の御差遣を願い出た者には、

『自殺するならば勝手に自殺させよ。そのために勅使など出せぬ』

と仰せられた。

陛下のわれらへのおん憎しみは限りがなかった。佞臣《ねいしん》どもはこのおん憎しみを背後に戴き、たちまちわれらを追いつめる策を立てた。

二十八日に出された奉勅命令は、途中で握りつぶされてわれらの目に触れず、この無辜《むこ》の抗命がたちまちわれらを、天皇に対する叛逆の罪に落した。

陛下のおん憎しみは限りがなかった。

軍のわれらの敵はこれに乗じて、たちまち暗黒裁判を用意し、われらの釈明はきかれる由なく、はやばやと極刑が下された。

かくてわれらは十字架に縛《ばく》され、われらの額と心臓を射ち貫《ぬ》いた銃弾は、叛徒のはずか

しめに汚れていた。
このとき大元帥陛下の率いたもう皇軍は亡び、このときわが皇国の大義は崩れた。赤誠の士が叛徒となりし日、漢意(からごころ)のナチスかぶれの軍閥は、さえぎるもののない戦争への道をひらいた。

われらは陛下が、われらをかくも憎みたもうたことを、お咎《とが》めする術《すべ》とてない。しかし叛逆の徒とは！　叛乱とは！　国体を明らかにせんための義軍をば、叛乱軍と呼ばせて死なしむる、その大御心に御仁慈はつゆほどもなかりしか。

こは神としてのみ心ならず、
人として暴を憎みたまいしなり。
鳳輦《ほうれん》に侍するはことごとく賢者にして
道のべにひれ伏す愚かしき者の
血の叫びにこもる神への呼びかけは
ついに天聴に達することなく、
陛下は人として見捨てたまえり、
かの暗澹《あんたん》たる広大なる貧困と
青年士官らの愚かなる赤心を。
わが古き神話のむかしより
大地の精の血の叫び声を凝《こ》り成したる

素戔嗚尊《すさのおのみこと》は容《い》れられず、
聖域に馬の生皮を投げ込みしとき
神のみ怒りに触れて国を逐《お》われき。
このいと醇乎《じゅんこ》たる荒魂《あらみたま》より
人として陛下は面《おもて》をそむけ玉いぬ。
などてすめろぎは人間《ひと》となりたまいし」
…………………。

歌うにつれて、声は一つ加わり、又一つ加わって、この会のはじめの帰神《かむがかり》のときと同様、それは雄々しいあまたの声の合唱になった。そして潮《うしお》のうねりのように、ひとたび合唱が参列者の耳を占めるにいたると、もう独り語りの神の声は聴き分けられることがなかった。川崎君の手拍子は、この歌の中程ではじまった。それは以前の戯《ざ》れ歌《うた》のときのように急調子で打《う》ち囃《はや》されることはなく、云うに云われぬ暗い拍子が、彼の薄い掌のうちから放たれ、歌のおわりに近づくに従って、拍子は重たく倦《たゆ》げになり、ついに歌の果てると共に絶えた。

そのとき私は、急に川崎君の口から発せられた異様なひびきに愕《おどろ》かされた。それは鬼哭《きこく》としか云いようのない、はげしい悲しみの叫びであった。彼はそれまで一度も崩さずにいた膝のまま、畳に打ち伏して、身をよじって哭《な》きはじめた。私は今まであのような、痛切な悲しみに充ちた慟哭《どうこく》の声をきいたことがない。畳に伏した川崎君の白衣の背は、苦しみに身悶えするように複雑な皺をうごかし、彼は畳に左の頰をすりつけるかと思うと、右の頰をすりつけて泣き喚《おら》び、ために畳の目に彼の涙があふれるのが見られるまでになった。

木村先生は黙然《もくねん》と腕を組んで、この若い盲目の神主に憑《かか》った神の、地をゆるがすような慟哭のさまを見つめておられた。

それがずいぶん久しいあいだ、つづいたような気がする。

悲しみの哭き声は嵐に乗って、戸外へさまよい出るようであった。それというのも、哭き声は自然の風雨と質を等しくするものの如く、吹きめぐる風音にまじってきこえる鬼哭は、その風の源の南の海から、もはや川崎君の声帯を介さずに、じかに私どもすべての耳に届いたかのように感じられた。

五

川崎君の哭き声がようよう納まったとき、私は俄かに総身《そうみ》の力が抜けるのを覚え、今宵の神事もこれでおわりであろう、この深い感銘は、記録にのこして後世に伝えるべきである、と考えていた。

木村先生も同じお考えであったと見え、

「実に銘肝すべき夜である。神霊がこれほどの重大事を告げるために、われわれを選び玉うたことは、かえすがえすも忝《かたじけ》ないことである。では、すでに神上《かむあが》りましたと思われるから、直会《なおらい》に移って、そこでゆっくり今宵の感銘を語り合いましょう」

と言われて、案内のために、先に立上られた。

先生は大体屈強な方で、お年より十も若く見る人もあるくらいであるが、その先生が立上ると同時に、眩暈《めまい》を起されたように、よろよろとされ、柱にすがって、柱に額を押しあてて、眩暈の静まるのを待つような動作をされた。

本来このようなとき、参会者がすぐ立上ってお体を支えるのが自然であるのに、誰一人そうしなかったところを見ると、それを見ながら、固く身を縛《いま》しめられたように動けなくなったのは、私だけではなかったらしい。

その間《かん》ほんの十秒ばかりのことであるが、ふと縛を解かれた感を覚えて、私がかたわらのN氏を促して先生を御介抱申上げようとしたときには、すでに先生は元の座へ戻られ、何事もなく元のように坐《すわ》っておられた。そして只今神変不思議のことがあった、と仰言《おっしゃ》られては、もはや直会どころではなくなった。

先生が言われるには、

「今立上ったとき、突然、強い潮の香をきいたように思うと、あとはわからなくなってしまった。

気がついてみれば、自分は竜巻のごときものに運ばれて、月の押し照る海上へ来ているのである。

何やら海上がざわめいているが、それは船が航行しているのでもなく、難破船を救助しようと人が集まっているのでもない。そのざわめきは明らかに、人ならぬものの声である。私は直ちに、軍服の胸を血に染めた陸軍士官の一団を認めて、そのほうへ海上を駈け寄った。海のおもては、あたかも毛足の長い濃紺の絨毯《じゅうたん》の上を歩くように、自由に歩行ができるのである。

私はその前にひれ伏して、

『先程尊くも神下《かむくだ》りましたのは、どちらの御魂《おんみたま》にましますか』

とお伺いを立てた。

いずれも凜々しい若々しい神霊であったが、おん顔《かんばせ》を見交わして、やがてその一柱が、月光に微笑をにじませるが如く、ほのかにこう答えられた。

『それは問うな。われらのうちのどの一柱でもよかろう。われらは志を同じくする者である』

その御答に何となく充ち足りぬ思いでいると、別の一柱が沖つ方を指さして、

『おお、われらの弟神たちがやって来た』

と朗らかに仰せられた。私が沖のほうを見渡したところでは、ただ茫々たる水平線が月光に融《と》け入《い》っているのが見られるばかりで、それらしいものは何も見えない。

『弟神とはいかなるおん魂《みたま》にましますか』

と伺うと、

『われらに次いで、裏切られた霊である。第二に裏切られた霊である』

と、どの一柱からともなく沈痛なお答があった。

見ればすでに一二丈先に、神霊の一団がおぼろげに、半ば月光に透かされて佇《たたず》んでおられる。いずれも飛行服を召し、日本刀を携え、胸もとの白いマフラーが血に染っている。

そのうちの一柱がこちらへ立寄られるのを感じたときに、はっと目がさめた。

――すでに私はもとのごとくここに坐っているが、その間どれほどの時が経っていようか」

私は直ちに十秒ほどの間と思われると申上げ、木村先生はこれをきいて大いにおどろかれた。

「今宵は神霊が、どのようにしてもわれわれをお手離しにならぬとみえる。これも御奉公であるから、自分は息のつづく限り勤める決心であるが、諸君も千載一遇の機会ゆえ、帰宅を諦らめるくらいの気持でおってもらいたい」

と先生が言われるのに、参会者一同は少しも異存がなく、目をかがやかし、膝を引き締めて、次に起るべき霊異を待った。

この間《かん》、川崎君は哭き声をやめてから、畳に打ち伏したまま、軽いいびきを立てて、前後不覚の眠りに沈んでいた。参会者の一人が、川崎君が風邪でも引かれぬように、掻巻《かいまき》を運んで掛けてあげるべきかを先生に諮《はか》ったが、そのままにしておくように、というきついお言葉であったので、差控えた。

先生はいつになく厳しい目でその寝姿を見下ろしておられたが、やおら石笛《いわぶえ》を取上げられると、嚠々《りようりよう》と吹鳴らされた。

石笛の吹奏はものの五分間ほども空《むな》しくつづき、川崎君は目ざめる気配がなかった。彼がいかに疲労困憊《ひろうこんぱい》し、いかに全精神全体力を捧げつくしたかをよく知る私は、同情を禁じえなかったが、憑《よ》り坐《ま》す神はいずれそのような事情には斟酌《しんしやく》なく、磐石《ばんじやく》のように彼の華奢《きや》な体《しや》にのしかかり玉う筈であった。


さるほどに、川崎君はようやく目ざめたらしく、身を半ば起して、一杯の水を所望した。参会者の一人が木村先生の黙諾を得て、コップに一杯の水を持ってきた。この間《かん》も先生の笛の音《ね》はつづいていた。

人々の見つめるうちを運ばれてきた一杯の水は、コップのなかに澄み渡って神秘に見えた。川崎君はこれを一口含むとうまそうに嚥《の》み下《くだ》したが、水はコップの三分の二ほどなお残っていた。

彼が二口目の水を飲もうと口に含んだとき、水が気管に流れ込んだかして、激しく噎《む》せ、しぶきを上げて吹き出された水は、彼の白衣の襟にしたたった。

これを拭ってあげようとした人を、木村先生が手を振って激しく制止されたと見る間《ま》に、それまで夢みるようであった川崎君の顔は、さきほどの神霊とは明らかにちがう、しかし同じく凜々しい、圭角のある、男らしい顔に変貌した。

六

「さきほど海上で拝した弟神のみたまにましますか」

と先生は、笛を吹き止めて、伺われた。

「そうだ。われらは戦《いくさ》の敗れんとするときに、神州最後の神風《かみかぜ》を起さんとして、命を君国に献《ささ》げたものだ」

と朗々たるお答があった。私はさきほど先生が霊視された飛行服に血染めのマフラーの神霊のお姿と思い合せ、このたびは特別攻撃隊の勇士の英霊が憑《かか》りたもうたのを知った。

「何ゆえにおん魂《みたま》も亦《また》、裏切られ玉うたのでありますか」

と先生は怖れげもなく問われた。

「それはわれらの物語をきいてさとるがよい。

われらは比島のさる湾《いりうみ》に、敵の機動部隊を発見して、われが指揮官たる、爆装機五、直掩機《ちょくえんき》四の編隊全機が、これに突入して、空母一、巡洋艦一、轟沈の戦果をあげた者である。

われらはそれぞれの進撃コースを航空図に書き込んで、進発した。

この死の朝のために、陛下の御馬前に討死する誉れの日のために、われらは半年の特殊訓練にいそしんだ。そのあいだ死はいつも眼前にあった。

われらは兄神たちの生きた日とは、あまりにもちがう日々に生きていた。日本の敗色は濃く、われらの祖国はすでに累卵の危《あやう》きにあった。巨大な太陽の円盤は沈みかかり、一つの国民が精魂こめてつくり上げた精神の大建築、その見えざる最美最善の神殿は、檜《ひのき》の香《か》も衰え、壁は破《や》れ、今しも頽《くず》れ落《お》ちて土に帰そうとしていた。それはわれらの祖先《みおや》から受けつぎ、ひろめて、築き上げた、清らかな巨大な宮居であり、そこに住む者は神人の隔てなく、人も身を潔《きよ》めてここに入れば、ただちに神に参ずることのできる場所であった。

もちろんわれらは、その宮居をこの目で見たことはなかった。ましてこの身がそこに住んでいると感じたことはなかった。しかしそれがこの日本の、どこかに存在することは信じていた。それこそは兄神たちが国体と呼び、そのために血を流したところのものだ。

われらは最後の神風たらんと望んだ。神風とは誰が名付けたのか。それは人の世の仕組が破局におわり、望みはことごとく絶え、滅亡の兆はすでに軒の燕《つばめ》のように、わがもの顔に人々のあいだをすりぬけて飛び交わし、頭上には、ただこの近づく滅尽争《めつじんそう》を見守るための清麗な青空の目がひろがっているとき、……突然、そうだ、考えられるかぎり非合理に、人間の思考や精神、それら人間的なもの一切をさわやかに侮蔑して、吹き起ってくる救済の風なのだ。わかるか。それこそは神風なのだ。

われらの敵撃滅のはげしい昂《たか》ぶりは、その雄々しい決意は、あるいは神風を神風たらしめるものから、もっとも遠いものであったかもしれない。

われらは絶望と情熱の二つに、それぞれ等分に住まねばならなかった。なぜなら特別攻撃隊とは、絶望が生んだ戦術であり、しかも訓練と死への決意に、絶望のひそむ余地はなかったからだ。

　半年のあいだ、われらはいかに巧みに、いかに効率多く、いかに精密に死ぬかという訓練を受けていた。死はいつもわれらの眼前にあり、人々はわれらを生きながらの神と呼んだ。

　人々がわれらを遇する遇し方には、何か特別の敬意と恥らいがあった。上官たちもわれらに対するとき、そのいかめしい唇に恥らいの微笑をうかべていた。生き残る者の耐えがたい恥らいの。

　その月日、われらが栄光を思わずに生きたと云っては、いつわりになる。

　ある日、二〇一空飛行長は、総員集合を命じて、こう言った。

『神風特別攻撃隊の出撃を聞こし召されて、軍令部総長に賜わった御言葉を伝達する』

　一同は踵《かかと》を合わせて、粛然とした。飛行長は捧持《ほうじ》していた電報をひらいて読み上げた。

『陛下は神風特別攻撃隊の奮戦を聞こし召されて、次の御言葉を賜わった。

《そのようにまでせねばならなかったか。しかしよくやった》』

　そして飛行長はおごそかにつづけた。

『この御言葉を拝して、拝察するのは、畏《おそ》れながら、我々はまだまだ宸襟《しんきん》をなやまし奉っているということである。我々はここに益々奮励して、大御心を安んじ奉らねばならぬ』

　われらは兄神のような、死の恋の熱情の焔は持たぬ。われらはそもそも絶望から生れ、死は確実に予定され、その死こそ『御馬前の討死』に他ならず、陛下は畏れ多くも、おん悲しみと共にわれらの死を嘉納される。それはもう決っている。われらには恋の飢渇はなかった。

われらの熱情は技術者の冷静と組み合わされ、われら自身の死の有効度のための、精密な計算に費やされていた。われらは自分の死を秤《はかり》にかけ、あらゆる偶然の生を排して、そのこまかい数値をも、あらかじめ確実に知ろうとしていた。ああ、時折、生はいかにも偶然を装って、一疋《いっぴき》の蠅のように、その計量を邪魔しに飛んで来たものだった。未来から偶発的な生を一切取除くこと。生のほんのかすかな浸潤でさえ、われらの死の有効性を奪うようにしか働らかぬからだ。

われらもそれらの日々、兄神と同じく、時折、遠い、小さい、清らかな神のことを考えた。しかしその神との黙契《もっけい》は明らかであったから、距離をいそいでつづめようと思うこともなかった。いずれにしろ、われらにはそんな暇がなかった。もしかすると、今こうして一刻一刻それに近づき、最後には愛機の加速度を以て突入してゆく死、目ざす敵艦の心臓部にありありとわれらを迎えて両手をひろげて待つであろう死、その瞬間に、われらはあの、遠い、小さい、清らかな神のおもかげを、死の顔の上に見るかもしれなかった。そのとき距離は一挙にゼロとなり、われらとあの神と死とは一体になるであろう。そのように、冷静に計算されて、最後の雄々しい勇気をこれに加えて、われらはやすやすと、天皇陛下と一体になるであろう。

われらはもはや神秘を信じない。自ら神風となること、自ら神秘となることとは、そういうことだ。人をしてわれらの中に、何ものかを祈念させ、何ものかを信じさせることだ。その具現がわれらの死なのだ。

しかしわれら自身が神秘であり、われら自身が生ける神であるならば、陛下こそ神であらねばならぬ。神の階梯《かいてい》のいと高いところに、神としての陛下が輝いていて下さらなくてはならぬ。そこにわれらの不滅の根源があり、われらの死の栄光の根源があり、われらと歴史とをつなぐ唯《ただ》一条の糸があるからだ。そして陛下は決して、人の情と涙によって、われらの死を救おうとなさったり、われらの死を妨げようとなさってはならぬ。神のみが、このような非合理な死、青春のこのような壮麗な屠殺によって、われらの生粋の悲劇を成就させてくれるであろうからだ。そうでなければ、われらの死は、愚かな犠牲にすぎなくなるだろう。われらは戦士ではなく、闘技場の剣士に成り下るだろう。神の死ではなくて、奴隷の死を死ぬことになるだろう。……

訓練のあいだ、われらは『葉隠《はがくれ》』を繙《ひもと》き、次のような章句を殊《こと》に愛していた。

『凡《およ》そ修行は、大高慢にてなければ役に立たず候。我一人して御家を動かさぬとかからねば、修行は物にならざるなり』

『武勇と云ふことは、我は日本一と、大高慢にてなければならず』

『武士道は死狂ひなり。一人の殺害を数十人して仕《し》かぬるもの、と直茂公も仰せられ候。本気にては大業はならず。気違ひになりて死狂ひするまでなり。又武士道に於《おい》て分別出来《ふんべついでく》れば、早後《はやおく》るるなり。忠も孝も入らず、武道に於ては死狂ひなり。この内に忠孝は自《おのずか》ら籠《こも》るものなり』

『中道《ちゅうどう》は物の至極《しごく》なれども、武辺《ぶへん》は、平生《へいぜい》にも人に乗越えたる心にてなくては成るまじく候』

われらは、大高慢で、死狂いで、中道を外れていた。

——さてわれらは進発した。

今日首尾よく死ぬことができるであろうか。

敵艦を発見せずに空しく帰還し、又ふたたび、あの劇的な訣別を受けて出撃することは耐えられぬ。われらはただひたすらに死の幸運を祈った。

編隊は山々や密林をあとにして東へ進んだ。われらは二度と見ることはあるまい美しい波打際に林立する椰子の林を見た。浅瀬の淡い緑を透かす白砂は、環礁の淡紅に移ってゆき、そのまわりの紫がかった紅い海は、黄に、緑に、やがて深海の紺碧《こんぺき》に変って行った。この美しい五彩の海は、戦いのうちに、いつも飛行機乗りの目の慰めになった。よく見ておこう。この夕焼け雲のような海の色を、心にとどめておこう。

編隊は敵の防禦《ぼうぎょ》戦闘機の上空を乗り越すため、数千メートルの高々度へ上って行った。酸素吸入器から、口腔に冷ややかに感じられる酸素が流れ込んだ。これが最後の浄《きよ》らかな食事なのだ。

やがて前方はるかの海上にうかぶいくつかの黒点を、はっきりと確かめたとき、この幸運に心が躍った。熱帯の青い海の只中にあらわれた、数点のわれらの死。はやばやと流れる白い雲があるので、その雲間に見えつ隠れつしている黒点は、われらに媚《こ》びの目《ま》ばたきを送っているかのようだ。

指揮官機の針路をこれへ向ける。黒点は、今や敵機動部隊が空母を中心に、白波にふちどられて進んでゆく形を明瞭にとった。ここから見るかれらの進行ののろさ、そのものういほどの動き。

エンジンが入れられる。爆音が高鳴る。全速力となる。

掩護隊は敵の戦闘機に備えて隊形を開き、護衛の配備に就く。

敵戦闘機は、一せいに、放たれた羽虫の群のように上昇してくる。

わが目標は一点のみ。敵空母のリフトだけだ。

爆弾の信管の安全ピンを抜き、列機に突撃開始の合図を送る。あとは一路あるのみだ。

機首を下げ、目標へ向って突入するだけだ。狙いをあやまたずに。

そして、勇気とは、ただ、

見ることだ

見ることだ

見ることだ

一瞬も目をつぶらずに。

怖ろしい加速度で風を切る翼は、かがやく鉄の青空を切り裂くような音を立てる。

空母はいっせいに防禦砲火を炸裂させ、砲煙に包まれ、寸前まであきらかに見えていたあの学校の放課後の運動場のような、のどかな上甲板の一枚の板はおぼろに霞《かす》む。しかしそれはひろがることを決して止めない。一瞬一瞬、はじめ小さなビスケットの大きさであったものが、皿になり、盆になり、俎板《まないた》になり、……ほとんど戯《たわむ》れているかのように、ひろがることを決してやめずに、……テニスコートになり、放課後の運動場になり、そうして砲煙に包まれたのだ。

砲煙のなかに、黄いろい牡丹のように砲火が花咲く。砲煙が薄れる。空母は正《まさ》しく、空母以外の何ものでもない空母の実体になる。

見ることだ。

眥《まなじり》を決して、ただ見ることだ。

空母のリフト。あそこまでもうすぐ達する。全身は逆様に、機体とわが身は一体になり、耳はみみしい、痛みもなく、白光に包まれてひたすら遠ざかろうとする意識、その顫動《せんどう》する白銀の線を、見ること一つに引きしぼり、明晰さのために全力を賭け、見て、見て、見て、見破るのだ。

空母のリフトは何と遠いことか。そこまですぐに達する筈の、この加速度は何とのろいことか。わが生の最後のはての持時間には、砂金のように重い微粒子が詰っている。

銃弾が胸を貫ぬき、血は肩を越えて後方へ飛び去った。衝撃だけが感じられ、痛みはない。しかしこの衝撃の感じこそは意識の根拠であり、今見ているものは決して幻ではないことの確証だ。

そのリフトに人影が見える。

あれが敵だ。敵は逃げまどう。大手をひろげて迎える筈の死の姿はどこにもない。確実にあるのはリフトだけだ。それは存在する。それは見えるのだ。

……そして命中の瞬間を、ついに意識は知ることがなかった」

――川崎君はここで言葉を絶った。

それまでただ心を奪われてきいていた私どもは、川崎君の蒼ざめて喘《あえ》ぐ苦しげな姿にはじめて気づいた。神霊はこの盲目の青年の肉体を借りて、その内部を思うさま荒廃させてしまったのにちがいない。しかしなお、神霊はすこしも容赦せず、彼を駆使して、神々の怒りと慨《なげ》きを伝えようとされるのであった。

七

ついで川崎君の口から放たれた声は、今しがたまでの凜然《りんぜん》とした若々しい声とは、似ても似つかぬ声であった。

私は今度は別の神霊が宿ったのかと考えたが、そうではなかった。底には同じ音色《ねいろ》が流れ、ただ悲しみと慷《うれた》みが、声にあたかも錆びた鉄鎖を引きずるような、異様な響きを添えているのであった。

「……かくてわれらは死後、祖国の敗北を霊界からまざまざと眺めていた。

今こそわれらは、兄神たちの嘆きを、我が身によそえて、深く感じ取ることができた。兄神たちがあのとき、吹かせようと切に望んだものも亦《また》、神風であったことを。

あのとき、至純の心が吹かせようとした神風は吹かなかった。何故だろう。あのときこそ、神風が吹き、草木はなびき、血は浄められ、水晶のような国体が出現する筈だった。又われらが、絶望的な状況において、身をなげうって、吹かせようとした神風も吹かなかった。何故だろう。

日本の現代において、もし神風が吹くとすれば、兄神たちのあの蹶起《けっき》の時と、われらのあの進撃の時と、二つの時しかなかった。その二度の時を措《お》いて、まことに神風が吹き起り、この国が神国であることを、自ら証《あかし》する時はなかった。そして、二度とも、実に二度とも、神風はついに吹かなかった。

何故だろう。

われらは神界に住むこと新らしく、なおその謎が解けなかった。月の押し照る海上を眺め、わが肉体がみじんに砕け散ったあたりをつらつら見ても、なぜあのとき、あのような人間の至純の力が、神風を呼ばなかったかはわからなかった。

曇り空の一角がほのかに破れて、青空の片鱗が顔をのぞかすように、たしかにこの暗い人間の歴史のうちにたった二度だけ、神の厳《いつく》しきお顔が地上をのぞかれたことがある。しかし、神風は吹かなかった。そして一群の若者は十字架に縛されて射たれ、一群の若者はたちまち玩具に堕する勲章で墓標を飾られた。何故だろう。

しかも、あとから見れば、兄神も、われらも、不吉な死と頽廃《たいはい》を告げる使者のように、蒼ざめた馬に乗って、この国を駆け抜けたのだ。兄神たちはその死によって、天皇の軍隊の滅亡と軍人精神の死を体現した。われらは死によって、日本の滅亡と日本の精神の死を体現したのだ。兄神たちも、われらも、一つの、おそろしい、むなしい、みじんに砕ける大きな玻璃《はり》の器の終末を意味していた。われらがのぞんだ栄光の代りに、われらは一つの終末として記憶された。われらこそ暁、われらこそ曙光、われらこそ端緒であることを切望したのに。

何故だろう。

何故われらは、この若さを以て、この力を以て、この至純を以て、不吉な終末の神になったのだろう。曙光でありたいと冀《こいねが》いながら、荒野のはてに、黄ばんだ一線になって横たわる、夕日の最後の残光になったのだろう。

……何故だろう。

しかしだんだんに、われらにはわかってきた。

天皇制は列国の論議のうちに、風に揺られる白い辛夷《こぶし》の花のように、危険な青空へ花冠をさしのべてゆらいでいた。昭和二十年の晩秋、幣原《しではら》首相は拝謁の際、陛下に次のようなお言葉を承った。

『昔、ある天皇が御病気に罹《かか》られた。天皇御自身が、医者を呼べと仰せられると、宮中の者たちは、神であらせられる玉体に、医者ごときが触れ奉るはおそれ多いと、医者も呼ばず、薬もさしあげず、御病気は悪化して亡くなられた。とんでもないことではないか』

このお言葉によって陛下は、民主主義日本の天皇たるには、神格化を是正せねばならぬと暗示されたのである。

陛下の前に立っていたのは、いろいろ苦労を重ねてきた立派な忠実な老臣だった。軍隊ときくだけで鳥肌立つ、深い怨みから生れた平和主義者、皺だらけの自由と理性の持主、立派なイギリス風の老狐だった。昭和のはじめから、陛下がもっとも信頼を倚《よ》せたもうていた一群の身じまいのいい礼儀正しい紳士たちの一人だった。彼は恐懼《きょうく》して、こう申上げた。

『国民が陛下に対し奉り、あまり神格化扱いを致すものでありますから、今回のように軍部がこれを悪用致しまして、こんな戦争をやって遂に国を滅ぼしてしまったのであります。この際これを是正し、改めるように致さねばなりません』

陛下には静かに肯《うなず》かれ、

『昭和二十一年の新春には一つそういう意味の詔勅を出したいものだ』

と仰せられた。

一方、その十二月の中頃、総司令部から宮内省に対して、

『もし天皇が神でない、というような表明をなされたら、天皇のお立場はよくなるのではないか』

との示唆があった。

かくて幣原は、改めて陛下の御内意を伺い、陛下御自身の御意志によって、それが出されることになった。

幣原は、自ら言うように『日本よりむしろ外国の人達に印象を与えたいという気持が強かったものだから、まず英文で起草』したのである。

その詔書の一節には、英文の草稿にもとづき、こう仰せられている。

『然《しか》れども朕は爾等《なんじら》国民と共に在り、常に利害を同じうし休戚《きゅうせき》を分たんと欲す。朕と爾等国民との間の紐帯《ちゅうたい》は、終始相互の信頼と敬愛とに依りて結ばれ、単なる神話と伝説とに依りて生ぜるものに非《あら》ず。天皇を以て現御神《あきつみかみ》とし、且《かつ》日本国民を以て他の民族に優越せる民族にして、延《ひい》て世界を支配すべき運命を有すとの架空なる観念に基くものにも非ず』

……今われらは強《し》いて怒りを抑えて物語ろう。

われらは神界から逐一を見守っていたが、この『人間宣言』には、明らかに天皇御自身の御意志が含まれていた。天皇御自身に、

『実は朕は人間である』

と仰せ出されたいお気持が、積年に亘《わた》って、ふりつもる雪のように重みを加えていた。

それが大御心であったのである。

忠勇なる将兵が、神の下された開戦の詔勅によって死に、さしもの戦いも、神の下された終戦の詔勅によって、一瞬にして静まったわずか半歳あとに、陛下は、

『実は朕は人間であった』

と仰せ出されたのである。われらが神なる天皇のために、身を弾丸となして敵艦に命中させた、そのわずか一年あとに……。

あの『何故か』が、われらには徐々にわかってきた。

陛下の御誠実は疑いがない。陛下御自身が、実は人間であったと仰せ出される以上、そのお言葉にいつわりのあろう筈はない。高御座《たかみくら》にのぼりましてこのかた、陛下はずっと人間であらせられた。あの暗い世に、一つかみの老臣どものほかには友とてなく、たったお孤《ひと》りで、あらゆる辛苦をお忍びになりつつ、陛下は人間であらせられた。清らかに、小さく光る人間であらせられた。

それはよい。誰が陛下をお咎めすることができよう。

だが、昭和の歴史においてただ二度だけ、陛下は神であらせられるべきだった。何と云おうか、人間としての義務《つとめ》において、神であらせられるべきだった。この二度だけは、陛下は人間であらせられるその深度のきわみにおいて、正に、神であらせられるべきだった。それを二度とも陛下は逸したもうた。もっとも神であらせられるべき時に、人間にましましたのだ。

一度は兄神たちの蹶起《けっき》の時。一度はわれらの死のあと、国の敗れたあとの時である。

歴史に『もし』は愚かしい。しかし、もしこの二度のときに、陛下が決然と神にましましたら、あのような虚《むな》しい悲劇は防がれ、このような虚しい幸福は防がれたであろう。

この二度のとき、この二度のとき、陛下は人間であらせられることにより、一度は軍の魂を失わせ玉い、二度目は国の魂を失わせ玉うた。

御聖代は二つの色に染め分けられ、血みどろの色は敗戦に終り、ものうき灰いろはその日からはじまっている。御聖代が真に血にまみれたるは、兄神たちの至誠を見捨てたもうたその日にはじまり、御聖代がうつろなる灰に充たされたるは、人間宣言を下されし日にはじまった。すべて過ぎ来しことを『架空なる観念』と呼びなし玉うた日にはじまった。

われらの死の不滅は瀆《けが》された。……」

……………………。

声は慄《ふる》えて途切れたが、次に来たものは、川崎君の肉体があちこちと小突きまわされる怖ろしい情景であった。木村先生は容易ならぬ事態を見て、しきりに石笛《いわぶえ》でみたましずめを試みられたが、荒れ狂う神霊は静まるけはいもなかった。

明らかに今度は兄神たちも加わって、かわるがわる川崎君の口を借りたもうらしく、一言一言の声質はそのたびに変り、いかなる魂《みたま》の叫びか跡を辿ることができなかった。

私どもは壁際に身を避けて、畳の上を立ちつ居つ叫びながら身を撚《よ》る川崎君の姿を、暗然と見守るほかはなかった。その顔は蒼ざめて死人のようであった。神霊たちの言葉は、あるときは怒号になり、あるときは意味のとれぬ断片になり、あるときは歌になった。室内の置物はみな震動し、床の間の掛軸の風鎮はあまたたび壁に当って、壁土を白く弾いた。

戸外では、目に見えぬ巨大なものが立上ったかのように、嵐は絶頂に達した叫喚をあげ、雨戸も窓も休みなく鳴りつづけていた。

「ああ、ああ、嘆かわし、憤《いきどお》ろし」

「ああ」

「ああ」

「そもそも、綸言汗《りんげん》のごとし、とは、いずこの言葉でありますか」

「神なれば勅により死に、神なれば勅により軍《いくさ》を納める。そのお力は天皇おん個人のお力にあらず、皇祖皇宗のお力でありますぞ」

「ああ」

「ああ」

「もしすぎし世が架空であり、今の世が現実であるならば、死したる者のため、何ゆえ陛下ただ御一人《ごいちにん》は、辛く苦しき架空を護らせ玉わざりしか」

「陛下がただ人間《ひと》と仰せ出されしとき
神のために死したる霊は名を剥脱せられ
祭らるべき社《やしろ》もなく
今もなおうつろなる胸より血潮を流し
神界にありながら安らいはあらず」

「日本の敗れたるはよし
農地の改革せられたるはよし
社会主義的改革も行わるるがよし
わが祖国は敗れたれば
敗れたる負目《おいめ》を悉く肩に荷《にな》うはよし
わが国民はよく負荷に耐え
試煉をくぐりてなお力あり。
屈辱を嘗《な》めしはよし、
抗すべからざる要求を潔く受け容れしはよし、
されど、ただ一つ、ただ一つ、
いかなる強制、いかなる弾圧、
いかなる死の脅迫ありとても、
陛下は人間《ひと》なりと仰せらるべからざりし。
世のそしり、人の侮《あなど》りを受けつつ、
ただ陛下御一人《ごいちにん》、神として御身を保たせ玉い、
そを架空、そをいつわりとはゆめ宣《のたま》わず、
(たといみ心の裡《うち》深く、さなりと思《おぼ》すとも)
祭服に玉体を包み、夜昼おぼろげに

宮中賢所《かしこどころ》のなお奥深く
皇祖皇宗のおんみたまの前にぬかずき、
神のおんために死したる者らの霊を祭りて
ただ斎《いつ》き、ただ祈りてましまさば、
何ほどか尊かりしならん。
などてすめろぎは人間《ひと》となりたまいし。
などてすめろぎは人間《ひと》となりたまいし。
などてすめろぎは人間《ひと》となりたまいし」

……………………。

いくそたびこの畳句がくりかえされたか、川崎君は手拍子を以て、次第にひろがる大合唱を追っていたが、追いきれなくなるにつれて、手拍子も乱れてきた。

ついに彼の口は、ただ譫言《うわごと》のように畳句のみをくりかえし、力も尽き、声も涸れて、そこにはみじんも猛々しいますらおの声のひびきは窺《うかが》われなくなり、ただひよわい盲目の青年の絶え絶えな声のみがあとに残った。

手拍子もかすかになり、声もきこえるかきこえぬかになったとき、川崎君は仰向けに倒れ、動かなくなった。

私どもは、雨戸の隙《ひま》からしらしらあけの空の兆《きざし》を知って、ついに神々の荒魂《あらみたま》は神上《かむあが》りましたと確信することができた。

木村先生が川崎君をゆすり起そうとされて、その手に触れて、あわてて手を離された。何事かを予感した私どもはいそぎ川崎君の体を取り囲んだ。盲目の青年は死んでいた。死んでいたことだけが、私どもをおどろかせたのではない。その死顔が、川崎君の顔ではない、何者とも知れぬと云おうか、何者かのあいまいな顔に変容しているのを見て、慄然としたのである。

――本篇は左記の諸著に拠《よ》る処《ところ》多し。
幣原平和財団編「幣原喜重郎」
住本利男氏著「占領秘録」
猪口力平・中島正両氏著「神風特別攻撃隊」
河野司氏著「二・二六事件」
橋本徹馬氏著「天皇と叛乱将校」
楪本捨三氏著「日本のクーデター」
高橋正衛氏著「二・二六事件の謎」
友清歓真氏述「霊学筌蹄」

手首の記憶

吉村　昭

一

バスは、海岸沿いの道をかなりの速度で走ってゆく。初夏の陽光を浴びた海は明るく輝き、水平線に近い海面には、朱色の煙突を突き立てた貨物船らしい船がゆるやかに動いていた。

トンネルをぬけると前方に、丘陵から海岸に傾斜してひろがっている小樽の市街が見えてきた。

今日こそは絶対にあの女と会って話をきき出してみせる、と金子は遠い家並を見つめた。新聞社に入社してから、すでに十五年が経過し、社会部次長の地位にもついている。その間、かれは社会部記者として連日のように起る事件を追ってきた。その取材方法は積極的で、対象をつかむと執拗《しつよう》にからみつく。殺人事件があれば、腐爛死体《ふらんしたい》でも死臭に顔をしかめることはせず係官の眼をかすめて死体の傍に近づこうとする。死体をおおう蛆《うじ》の成育状態から死後の経過時間を推定しようとして、蛆をつまんでポケットにひそませたこともある。

殺害犯人の家族から取材しようとその家を訪れ、いきり立った家族から水を浴びせかけられるような扱いを受けたことも数知れない。が、そんな時でもかれは薄ら笑いを浮べてその場をはなれようとはせず、家族に平然とした表情で質問を浴びせつづける。物に動じない他社の記者たちも、さすがに金子の取材態度に呆《あき》れ、蛇の金子と渾名《あだな》する者もいた。

そうしたかれにとって、小樽市に住む一人の看護婦を取材することは日常茶飯事のいとも容易なものに思えたが、かれはすでに一度、正確に言えば電話取材をふくめて二度取材することに失敗していた。

かれは、社会部次長としての仕事以外に、半年ほど前から「樺太《からふと》終戦ものがたり」という戦争記録を社の新聞の夕刊に連載していた。それは一回につき四百字詰原稿用紙五枚ずつの分量を必要とするだけにかなりの負担になっていたが、その仕事はかれ自身がすすんで引き受けたものであった。

戦争記録を連載しようという企画が立てられたのは、三年前であった。その頃、地方の各府県を頒布地盤《はんぷじばん》とする地方紙が、それぞれの郷土部隊の戦闘記録を連載するようになり、それが例外なく読者の強い関心をひいていることがあきらかになって、金子の社でもその企画を実行に移すことになった。

かれの社の新聞頒布地域は北海道一円で、郷土部隊の参加した戦場の一つである沖縄の戦闘記録の連載からはじめられた。執筆には社会部から選ばれた記者が当り、正式の沖縄戦史を基礎に、戦闘に加わった道内出身者の実戦記を収集し発表した。

その連載が予期通り好評だったので、沖縄戦につづいて千島戦闘記録、ノモンハン戦闘記録がそれぞれ連載され、殊《こと》にノモンハン戦の記録は社から単行本として出版された。

最後の連載として樺太戦が企画されたが、それを知った金子は、上司にその執筆を懇願した。

かれにとって、樺太は忘れがたい故郷でもあった。

かれの祖母は、明治三十八年に日露講和条約で日本の領有に帰した南樺太に開拓民として渡り、やがて結婚してかれの母を生んだ。そして、かれはその母の長男として樺太の豊《とよ》原《はら》で生れ、小学校から中学校時代をその地で過した。

かれは、終戦直前陸軍士官学校の試験に合格したが、配属将校の強いすすめで予科練習生として海兵団に入団し、樺太を去った。

やがて終戦を迎えたかれは、故郷へ帰る道が完全に閉ざされていることを知った。樺太には父母弟妹がいるが、すでにその地はソ連軍占領地になっていて渡航することは不可能になっていた。

かれは、父母弟妹に会いたい気持を抑えきれず樺太に最も近い北海道北端の稚内《わつかない》に行った。すでに稚内には雪が来ていて、かれは、降雪の中で浜に立ちつくして樺太方向の海を見つめつづけていた。

やがてかれは、同じような境遇にある者が数多く稚内に集まっていることを知るようになった。そして、それらの者たちの口から、樺太に渡るひそかな道がひらけていることを告げられた。それは、密航船による方法で、その船の船員たちは闇夜をえらんで宗谷海峡を渡り、旧陸海軍その他が遺留した漁網、食糧、ガソリン、石炭等を倉庫から盗み出して引返してくる。その往路の空船に、樺太行きを希望する者を一名につき二百円で便乗させているという。

かれは、その程度の金は所持していたが、樺太からの引揚者の話を耳にすると密航する気持も失われた。八月十五日の終戦以後もソ連軍の攻撃は続行され、停戦を申し込んだ日本側軍使は射殺され、多くの日本兵もその砲火を浴びて戦死した。殊に非戦闘員は、ソ連軍の殺害、掠奪《りゃくだつ》、暴行をうけて、その惨状は目をおおうものがあったという。

かれは、そのような地に赴《おもむ》くことは恐ろしかったし、それに父母も弟妹も死亡していることが十分に予想されたので、危険をおかして密航者の群に身を投ずる気にもなれなかった。

かれは、結局樺太行きは断念したが、肉親への思慕はつのり、しばらくの間は稚内をはなれることができなかった。

身寄りもない十八歳のかれにとって、戦後の混乱期を生きぬくことは困難だったが、かれは逞《たくま》しく生きた。炭鉱に入って石炭搬出作業に従事したり、千島方面で密漁をする漁船にも乗りこんだ。暴力組織の配下に入って、ダフ屋、かつぎ屋をやって警察に留置されたこともあった。そのような浮草稼業に似た生活を三年間つづけたが、突然かれのもとに父母弟妹が無事に樺太から引揚げてくるという通知がもたらされた。

かれは、肉親が死をまぬがれていたことに狂喜して函館に行き、そこで引揚船から下船してきた両親たちと再会し、抱き合って泣いた。その折、母が土産品だと言って手渡してくれたのは、ひと切れの黒パンだった。

その折の三年間の孤独な、そして飢えからのがれるため必死にすごした生活は、かれの神経をいつの間にか強靭《きょうじん》なものにし、それが新聞社に入社してからも記者として執拗な取材活動をとらせることにもなっていたのだ。

かれは、生れてから少年時代を過し、しかも終戦時に密航まで考えた樺太を自分の筆で書き残したかった。おそらくは再び眼にすることのできぬ樺太の一木一草にいたるまで、記憶を手繰って書きとめたかった。

かれの乞《こ》いは上司に受け入れられて、かれは旧陸海軍の残した戦史を参考に樺太の終戦時における戦闘経過の調査に着手した。

樺太戦は、昭和二十年八月十五日日本がポツダム宣言受諾による無条件降伏を宣した終戦の日以後、本格的に展開されたと言っていい。

八月十一日、ソ連軍は、樺太の日ソ国境を突破して日本軍守備隊と交戦、同十五日以後も攻撃をやめなかった。そして翌十六日朝には、艦砲射撃と爆撃の掩護《えんご》のもとに樺太西海岸の恵須取町《えすとるちょう》に上陸、さらに同月二十日朝には真岡《まおか》方面に上陸した。真岡附近にあった歩兵第十五連隊第一大隊では、連隊長の命令で停戦交渉の軍使を派遣したが、ソ連軍は軍使一行を射殺、一般避難民にも銃爆撃を浴びせかけた。そのため日本軍も反撃を開始し、同方面一帯に激戦が展開された。

その後二十三日、連隊長は「俘虜《フリヨ》トナルモ停戦スベシ」の師団長命令により軍使を派遣したが、それも再び射殺され、連隊長自ら停戦交渉にあたってようやくその日、ソ連軍の攻撃はやんだ。その他樺太各地で、日本軍は続々と武装解除をつづけ、八月二十八日には全部隊が武装を解除し、ようやく全島の戦闘は停止した。

金子は、そのわずか二十日足らずの期間に、南樺太で具体的にどのようなことが起ったかを知るため克明な取材を開始した。社務のあい間を縫っておこなう仕事であったので、遠隔の地に赴くようなことはできなかったが、かれは、精力的に多くの人々と会って体験談をきき、手紙を書いて手記を送ってもらったりした。

「樺太終戦ものがたり」の連載がはじまると読者の反響は大きく、自発的に体験記を送ってくる者もいて、かれの原稿執筆は順調に進んだ。

かれは、旧陸海軍将兵の戦闘体験について百回近くの記述を終えた後、戦火にまきこまれて戦場を彷徨《ほうこう》した一般避難民の取材に移った。それらの体験者の口からもれる回想は、かれの胸をしめつけ、その度《たび》に故郷である南樺太の空の色や草いきれが鮮烈によみがえった。美しい風光をもつ故郷は、血と汚辱に満ちたものに化していた。

非戦闘員は、ソ連軍の越境と上陸を知って南に向って逃避行をつづけた。その群に艦砲射撃や爆撃、銃撃が浴びせかけられ、死傷者は樺太の山野を埋めていった。進攻してくるソ連軍に対し、男たちは銃や竹槍をもってたたかい、老幼婦女子はその中を銃爆撃にさらされながら逃げまどった。かれらの通過した後には、嬰児《えいじ》や女の死体にまじって自殺遺体も数多くころがっているのが常であった。

ソ連軍が進出した後にも、混乱は跡をたたなかった。掠奪、暴行が昼夜の別なく繰返され、それを恐れて多くの者が自決した。親は子を殺害し、そして、自らも自殺をはかる。そうした中を、発狂者が意味もわからぬ喚《わめ》き声《ごえ》をあげて走りまわった。

金子は、生存者からそうしたむごたらしい話を取材して、丹念に文字に書きとめていった。

かれは、やがてソ連領との国境から約百キロ南方の恵須取地区で戦火にまきこまれた人々からの体験談を収集するようになった。恵須取町は支庁のおかれている人口三万の西海岸にある産業上の要地で、ソ連が参戦した折には重要な軍事拠点の一つと目されていた。

その地区に対するソ連軍の軍事行動は、八月九日夜の偵察機の飛来にはじまり、十一日から本格的な空襲が開始された。そして、翌十二日には同町浜市街に火災が発生、守備隊は老幼婦女子に対し南東方にある上恵須取への避難命令を発した。その日、国境の安別《あんべつ》にソ連軍の上陸が開始され、さらに翌朝恵須取沖合にソ連艦艇が出現、上陸用舟艇が海岸に向った。

同地の特設警備第三百一中隊は、これを迎撃して撃退したが、恵須取町の浜市街はその折の艦砲射撃で完全に焼滅した。

翌々日の八月十五日正午、天皇の終戦を宣する放送が聴取されたが、翌十六日早朝、恵須取町北方十キロの塔路町《とうろちょう》海岸に、艦砲射撃と航空機による銃爆撃の支援のもとにソ連軍が上陸してきた。

当時同方面には特設警備隊の一小隊が配置され、それに民間人によって編成された義勇戦闘隊が参加していた。が、義勇戦闘隊は、分隊長が拳銃か小銃をもっているだけで、他は猟銃又は竹槍を手にしているにすぎなかった。

天皇の放送によって終戦を知った恵須取支庁長は、義勇戦闘隊長を兼務する塔路町長阿部庄松と警察署長松田塚一に、

「ソ連軍への抵抗をやめ、町民を誘導して避難すべし」

という趣旨の命令を発した。

その指令にしたがって、義勇戦闘隊は、約百名の戦死者を出しながらも山間部へ住民を避難させることにつとめた。が、ソ連機は、これら避難民にも銃爆撃を繰返し、多くの人々を殺傷した。

塔路町南東方に、大平《おおひら》という王子製紙系の炭鉱町があった。その町には、石炭の露出した大炭鉱があって、施設も完備され多くの社員が住みついていた。

塔路町の住民は大平にも流れこんできて、さらに南へと逃避行をつづけていった。

金子記者は、それらの避難民の状況をさぐるため、道内に住む生存者をもとめて取材を

つづけ、「大平の悲劇」という項を新たにもうけて大平を中心とした惨状の執筆にとり組んだ。

ソ連側の戦史によると、塔路町とその附近は上陸後二十四時間以内に占領したというが、殊に大平附近の義勇戦闘隊による防禦《ぼうぎょ》はかたく激戦が展開されたと記されている。事実、同地区の義勇戦闘隊員の戦死率は他地区よりも高く、大平の住民も戦火にまきこまれて惨死する者が多かった。

金子記者は、生存者の口にする悲惨な体験談をメモして新聞連載を進めていった。

そのうちにかれは、思いがけぬことを耳にしてその取材にとりかかるようになった。初めにそのことを洩らしてくれたのは、当時の生存者の一人である江別《えべつ》市に住む高川（旧姓岩崎）うら子という女性で、大平炭鉱病院に勤務していた高橋という婦長をはじめ看護婦多数が集団自決をしたという。

樺太戦では電話交換手が劇薬をあおって自殺したという悲話が伝わっているが、それと同様の死があったということは初耳であったし、戦後の記録にも残されていない。

高川うら子は、

「無事に帰国できた者の義務として、社会にこの事実をひろく伝えたい」

と、金子に言った。

さらに音別町《おんべつちょう》に住む当時の引揚者の一人である山ケ鼻弘という人から、高川うら子の話を裏づける手紙をもらった。その文面によると、自決した一人である瀬川百合子という看護婦の家族とは隣同士に住む間柄で、遺体埋葬地に林立する自決者の墓標も眼にしたという。そして、その折に死にきれずに生き残った看護婦の一人が、釧路に住んでいるらしいという消息も書き添えられていた。

金子は、その悲惨な事件の内容を知るため生存する看護婦の所在を探ることに手をつけた。そして、まず王子製紙の関係者に当ってみたが要領を得ず、そのうちに当時看護婦であった彼女たちがその技術を生かして現在も看護婦として生計を立てている確率の高いことに気づいた。

かれは、早速北海道内の主要な病院、殊に炭鉱病院に百通にも達する照会の手紙を書き送った。そして、その反応を待っていたが、半月ほどたっても返事はどこからも送られてはこなかった。

かれが断念しかけた頃、赤平炭鉱病院の看護婦から一通の葉書が寄せられた。そこには、該当すると思われる女性が、小樽に住んでいるという話をきいたことがあると記されていた。

かれは、すぐに小樽市内の病院、医院に手当り次第に電話をかけてみた。と、北生病院の事務員が、戦時中樺太の大平炭鉱病院に勤務していたという経歴をもつ女性が病院内にいるということをもらした。それは、寺井タケヨという看護婦で、小児科担当として勤務しているという。

金子は、ようやく探し求めていた看護婦の所在をつきとめたことを喜んで、すぐに寺井タケヨ宛に手紙を出し、会って話をおききしたいと頼んだ。が、寺井からはなんの返事もなく、再び電話すると、寺井は電話口にも出たくないと言っているという。

かれは、その日バスで小樽市に行くと北生病院に行き、婦長に面会した。そして、取材の趣旨を話して、寺井タケヨと一分でも二分でも会わせてくれと頼みこんだ。

婦長はすぐに了解して、看護婦詰所に行ったが、やがてもどってくると、寺井は会いたくないと言っていると告げた。

金子は、それでも諦めきれず再度婦長に頼みこみ、婦長も再び看護婦詰所に行って寺井の説得に当ってくれたが、結果は同じであった。

「もう二、三日待って下さい。私がよく話をして納得させますから……」という婦長の言葉に、金子は仕方なく帰路についた。しかし、婦長からの連絡はなく、苛立《いらだ》ったかれは再び小樽へ足を向けたのだ。

バスが、小樽市内に入った。

かれは、町角でバスを降りると海の方向に通じる道を歩き出した。

なぜ、寺井タケヨは自分に会いたがらないのだろうと、かれは、何度も繰返した言葉を胸の中でつぶやいた。そうした疑問を自分に発する度に、かれは、「樺太終戦ものがたり」の取材中に同じような取材拒否にあったことを思い起すのが常であった。

それは、樺太西海岸の真岡でソ連軍の進攻にさらされた非戦闘員の取材にあたっていた時の経験で、いったんは取材に応ずる旨の返事を得ながら、実際には取材することができなかった。取材対象は、当時樺太の真岡市南浜町で酒造業をいとなんでいたI家で、まず六十四歳の戸主清次郎という人が殺害されたことから悲劇がはじまった。

清次郎は、ソ連兵が進駐してきた直後、道路を通行中突然ソ連兵から銃撃を受け、手に傷を負いながらも荒貝川に飛びこんで辛うじて家にたどりついた。かれは、翌日傷の手当のため病院に行く途中、再び銃撃をうけることを恐れて店のウイスキー数本をソ連兵に贈ろうとして家を出たが、その直後に射殺されウイスキーを奪われた。I家に残されたのは、清次郎の二人の息子のそれぞれの妻と幼い子供五人であった。長男と次男は兵籍に入っていて留守であった。

酒造業であったI家は、ソ連軍進駐直後から酒類を求めるソ連兵の関心の的になっていて、店の壁にかかげられた清次郎の肖像画を自動小銃で乱射されたり酒を多量に持ち去られたりしていた。

二人の妻は、義父の死に激しい衝撃を受け、このままではソ連兵に射殺されるか凌辱されるにちがいないと思った。彼女たちは絶望して死を決意し、子供を残すこともできないと考え、一家心中を企て、それぞれ自らの子を絞殺した。そして、自分たちも後を追おうとして縊死《いし》をはかったが、乱入したソ連兵が家に火を放ったためその機会を失ったという。

金子は、その話を耳にして事件の全容をつかむため札幌市に住む清次郎の長男善作の家を訪れた。金子の熱心な説得によって、善作は妻に対する取材を許し、会う日まで定めたが、その前日になって善作から取材に応ずることは出来ない旨の連絡があった。善作の話によると、二十余年前に起った惨劇の話になると、妻は必ず卒倒し失神してしまうという。善作がためらい勝ちに金子から取材申し込みのあったことを口にした時も、妻は短い叫び声をあげると仰向けに倒れ、意識を回復してからもふとんをかぶって泣き喚いているという。

金子は、結局取材することを断念したが、長い歳月をへても戦時の記憶に身をさいなまれている多くの人々が生きつづけていることを知った。そして、その傷痕を逆なでするようなことが、果してよいことなのかどうか、自責の念にも駆られた。

しかし、かれは故里《ふるさと》である樺太の澄みきった空の色を思い起して取材をつづけねばならぬと自らに言いきかせた。生れ育った南樺太の空の下で、どのようなことが起ったのか。戦争という巨大な歯車の回転の中で、樺太の空は、どのように人間の所業を見守っていたのか、それを取材することによってたしかめたかった。

寺井タケヨという元大平炭鉱病院の看護婦が、新聞記者である自分に会うことを避けているのは、子を殺害した若い母親と同じように思い起すことも苦痛な記憶があるからにちがいない、と、かれは思った。

かれは、北生病院にたどりつくと、院長に直接面会を申し込んだ。

診察が跡切《とぎ》れた頃だったらしく、五十年輩の院長が出てきた。かれが取材の話を口にすると、樺太にいたこともある院長は、金子の乞いをいれて看護婦の説得に当ってくれることを約束してくれた。そして、すぐに部屋を出て行ったが、やがてもどってきた院長は、頭をふった。

院長の話によると、寺井タケヨは病院にきてから十年近くになるが、過去のことは一切口にしない。そして、金子が取材にきたことを話すと、

「なにも話したくない」

と言ったきり口をつぐんでしまったという。

「穏やかな看護婦なのですが、別人のように頑固に拒否しましてね。あの様子じゃどんなに説得しても話はしませんな」

と、院長は断定するように言った。

金子は落胆したが、とりあえず寺井タケヨの私生活にふれてみたいと思い、どこに住んでいるのかときくと、少し離れた所に建つアパートに住んでいるという。

かれは、病院を出ると教えられた道をたどって狭い露地に足をふみ入れた。そして、露地の奥に建つ古びた木造建のアパートに入ると、アパートの住人からタケヨの生活をきき出し、タケヨが三畳間に一人で住んでいることを知った。

意外にもそのアパートの近くに、かれの妻の実兄の家があった。かれは、なにか手がかりを得ることができるかも知れぬと思って、その家に立ち寄った。

かれが寺井タケヨの話をすると、義兄の妻は、タケヨが子供を可愛がってくれていて親交もあることを口にした。かれは、思いがけぬ幸運を喜んだが、院長、婦長を介しても取材に応じぬ彼女が義兄夫婦の説得に応じるわけがない。

かれは、義兄の妻にタケヨへの質問を託した。大平炭鉱病院勤務の看護婦たちが、集団自決したことは疑う余地がないが、何名がその企てに参加し、何名が死亡したのかわからない。六名が死亡したという者もあれば、八名死亡説を口にする者もいる。

「何人のうち何人が自決して死んだのか、それだけでもきいておいて下さい」

かれは、義兄の妻に依頼した。

かれは帰社すると、連絡を待った。看護婦の集団自決事件を記述するのにも、その人数が不明では記録の価値が半減する。かれは、義兄からそのことだけでも知りたいと期待していたのだが、二日後にかかってきた電話は、かれを失望させた。義兄はタケヨに会って質問を発したが、「そのことに関するかぎり、一切お話できぬ」と、かたく拒否されたという。

金子は、それでも諦めきれず、その後二度北生病院を訪ねてみたが結果は同じで、タケヨは顔をみせることもしなかった。

その間、かれは彼女の生活環境を自然に知るようになっていた。彼女は結婚もせず、親しくつき合っている人もいない。ただ一人の兄は樺太で戦死し、肉親らしいものもなく孤独な生活を送っている。そうした生活が、終戦時の記憶に大きな関係をもっているのではないかとも思えた。

かれは、新聞連載の「樺太終戦ものがたり」に大平の集団自決の概要を書き記した末尾に、「……これ以上詳しいことは、いろいろ手を尽したがわからなかった。生存者の一人を探し出したが、昔を思い出したくないと断わられた。一生を自分の心のうちに秘めていこうとするその心情を思い、深くふれることをさけた。御了承を願う」と書きとめた。

かれは、寺井タケヨと会うことを完全に断念した。

二

「樺太終戦ものがたり」の連載は、昭和四十年十二月五日、二七七回を最後に終了した。十カ月にわたって発表されたその連載を終えた時、かれは故郷でもある樺太の終戦時の混乱を執拗に追い求めて記録に残したという満足感にひたった。かれは、最終回の原稿を書き終えた夜、札幌市内を夜明け近くまで飲み歩いた。

かれは、翌日から再び社会部記者として社会面記事の取材に専念するようになった。連載の名残りとしては、かれの手もとに「樺太終戦ものがたり」の分厚いスクラップが一冊残されただけであった。

連載が終ってから五年たった昭和四十六年六月中旬、かれは深谷勝清という北海道のテレビ局のディレクターの訪問を受けた。

深谷は、ラジオのドキュメンタリー番組専門のディレクターであったが、テレビ部門に転属になり、終戦の日に放映予定のドキュメンタリー番組を初仕事として構成することになったという。当然戦争に関係したものを放映する企画を立てたが、適当な素材が見当らず、「樺太終戦ものがたり」の執筆者である金子記者に樺太戦関係の素材を教示してもらうためにやってきたのだ。

金子は、かすかな当惑をおぼえた。北海道には金子の勤務する新聞社と競合する有力紙があって、テレビ局もその系列にしたがって二局あるが、深谷の所属するテレビ局は、その競争紙の新聞社の系列下にある。つまり競争紙関係に素材を提供することになる。

しかし、深谷とは取材先で何度も顔を合わせた間柄であり、ジャーナリスト同士のよしみで協力すべきだと思った。

金子は記憶をたどりながら、

「『樺太終戦ものがたり』を書いた記録の中で、どうしても埋まらなかった部分がある」

と、深谷に告げた。

深谷は眼を光らせ、

「その部分を私に埋めさせてもらえませんか」

と、言った。

金子はうなずくと、大平炭鉱病院勤務の看護婦集団自決事件のことを口にし、それを記述したスクラップもみせた。そして、小樽市北生病院に勤務する寺井タケヨが生存者の一人であるが、取材できなかったことを打明けた。

深谷は、その秘話に強い興味をいだいたらしく、何度も礼を言うと社を出て行った。

金子は、深谷の態度から考えて看護婦集団自決の全容があきらかにされるのではないかと思った。金子の場合は取材対象が広範囲にわたっていて、しかもそれをただ一人で調査に当った。が、深谷の場合は、集団自決のみに焦点をしぼり、テレビ局としての機動性を十分に発揮して取材に多くの費用もつぎこむことができる。

かれは、深谷の動きに期待をいだくとともに、ジャーナリストとして貴重なものを譲り渡してしまったような淋しさも感じた。

かれにとって、落着かない日々が過ぎていった。かれは、深谷の取材活動がどのような成果をあげているのか知りたかった。

八月に入ると、札幌市内には観光客の群が数を増して、車の往き来もあわただしくなった。と、八月十日頃、社に深谷がたずねてきて、取材結果を伝えてくれた。かれが予想していた通り、深谷は集団自決の生存者数名に会って、その全容を確実に探り出していた。

深谷は、取材の手初めに小樽市に赴いて寺井タケヨから話をきき出そうと思った。が、タケヨは非番であったので、北生病院の事務員から彼女のアパートをきき、その部屋のドアの前に立つと、丁度《ちょうど》買物に出てきた彼女と顔を合わせた。

「どんな女でした」

と、金子はたずねた。

「色白の、気性の強そうな顔をした人でした」

深谷は、金子の質問に答えた。

深谷は、タケヨに訪問の目的を説明し、

「取材させて欲しい」

と、頼みこんだ。

寺井タケヨの顔は一瞬青ざめ、

「いやです」

と、冷ややかに言った。

深谷は、ひるまなかった。自分には戦場経験はないが、戦争がどのようなものであったのか現在の日本人に深く考えさせる機会をあたえたい。過去のいまわしい記憶を思い起すことは苦痛だろうが、死んでいった多くの人々のためにもぜひ取材に応じて欲しいと懇願した。

しかし、タケヨはそれきり口をつぐみ、顔を伏せたまま質問に答えようともしなかった。

深谷は、タケヨに口を開かせることは不可能だとさとって、

「他の生存者の消息だけでも教えて下さい」

と、言った。

タケヨはしばらく黙っていたが、

「江別市に高川うら子さんという人がいます。看護婦ではなかったのですが、病院の近くにいた人で私たちとも親しくつき合っていたので、だれかの消息を知っているかも知れません」

と、低い声で答えた。

深谷はアパートを辞して帰社したが、せっかく生存者と会いながら取材できなかったことに苛立った。そして、課長の佐山に経過を説明し、

「やむを得ませんから、かくし撮りでもしてみようと思うのですが……」

と、言った。しかし、佐山は、

「そんなにいやがっているのなら、やめた方がいい。テレビは、人を殺しかねないからな」

と、はやる深谷を制した。

深谷は、寺井タケヨを追うことを断念し、彼女の口にした言葉をたよりにすぐに江別市に赴くと、電気器具商の主婦になっている高川うら子に会った。が、彼女は金子の取材も受けていた女性で、看護婦の消息については知らなかった。しかし、深谷がなおも質問をつづけると、東京都練馬区に住む佐藤杉子という女性が看護婦たちと特に親しかったので、なにか知っているかも知れないと教えてくれた。

深谷は、それに力を得て佐藤杉子に電話で連絡をとってみると、生存者の看護婦の一人が倶知安町《くっちゃんちょう》の学校の教師夫人になっているらしいという返事を得た。

かれは、その指示にしたがって倶知安町の学校に次々と電話をかけたが、或る高校の事務員が、

「そう言えば東先生の奥さんが、たしか樺太の炭鉱病院で看護婦として働いていたときいている」

と、電話口で答えた。

深谷は、早速その日倶知安町に車を走らせた。そして、東家を訪れて夫人のトシ子に会って取材目的を口にすると、彼女も寺井タケヨと同じように顔色を変えた。

「話をしてください」

深谷は頼みこんだが、私が初めにお話するのはいやだとトシ子は言い、それからは頭をふりつづけて質問に応じようとはしない。

深谷は、それなら最初にこのことを話す立場にある生存者の住所と氏名を教えて欲しいと頼むと、トシ子はしばらくためらった後に、

「日高の節婦《せつぷ》に、鳴海寿美さんがいる」

と、教えてくれた。

「その鳴海という人は、話してくれたのかね」

と、金子記者は、深谷の顔を見つめた。

「最初はどうしてもいやだと言って、話をしてくれませんでした。でも、しばらく考えていましたが、さとることがあったのか少しずつ口を開きはじめました。しかし、カメラのライトをつけると、口を閉ざして顔をそむけましてね。それに自決した人の名が出る度に泣きむせんで、話をきくのに手まどりました」

深谷はその折のことを思い出したのか、眼をうるませた。が、急に事務的な表情にもどると、

「実は、私の局では終戦の日の八月十五日午後四時から特別番組としてこの事件を放映しますが、その前に金子さんの社で記事にして下さって結構です。この素材は、金子さんからもらったものですからね」

と言って、笑った。

金子は、借りを返すというわけか、と頬をゆるめた。深谷が同系列の競争紙に流さず、自分に伝えてくれたことが嬉しかった。

さらに深谷は、鳴海寿美以外に青森県八戸市に住む角田（旧姓今谷）徳子という生存者をたずねたことも口にした。そして、その女性から取材したテープレコーダーのテープをきかせてもよいと言った。

金子は、その申し出に感謝し、夕方社務が一段落ついてから、深谷の局に赴いて未編集のテープをきいた。

録音機がまわりはじめると、深谷の質問する声につづいて女の声が流れ出てきた。それは、驚くほど澄みきった美しい声で、言葉には豊かな情感がこめられている。女の声はしばしば跡切れたが、それは嗚咽《おえつ》を必死にこらえているからであった。

金子は、メモ帳に鉛筆を走らせた。

三

今谷徳子は、当時十六歳で大平炭鉱病院に勤務してから二年しかたたぬ若い看護婦であった。

看護婦は、三十三歳の高橋ふみ子婦長を最年長に十代から二十代の者二十三名で、全員が寮で起居を共にしていた。

八月九日、ソ連参戦によって樺太は戦場と化し北方地域からの避難民が大平の町に流れこみ、その後も南下する列がつづいた。銃爆撃で傷ついた者たちも多く、それらは大平炭鉱病院にかつぎこまれてきた。院長は応召し医師もいなかったので、それらの負傷者の手当は、すべて彼女たちの手に託された。

同月十五日、天皇の終戦を告げる放送があったが、樺太に終戦はなかった。翌十六日未明、大平の町はソ連機の激しい銃爆撃にさらされ、さらに北西方にある塔路にソ連軍が上陸し、塔路の住民が大平になだれこんできた。大平炭鉱では、所員に避難命令を発し、かれらは白雲峡をぬけて内恵道路《ないけいどうろ》を東へ向って去った。そして、炭鉱病院に収容されていた百名近い軽傷者たちも、午後になると東方へ後送されていった。

避難民の群が充満し銃爆撃の音につつまれていた大平の町は、その日の夕方近くになった頃には人影も絶えていた。

徳子は、無人の町に恐怖を感じた。北方からは砲弾の炸裂音や銃の連射音がするだけで、町の中は静まり返っている。町に残っているのは、自分たち看護婦二十三名と壕の中に横たわった重傷者八名のみであるようだった。

徳子たちは社命で避難せねばならなかったが、看護婦としての責務上から八名の患者を放置することはできなかった。そうした徳子たちに患者たちは、

「早く逃げて下さい。若い女であるあなたたちを犠牲にはできない。早く逃げて下さい」

と、苦痛に堪えながら口々に叫んだ。しかし、高橋婦長は、患者たちの忠告を無視して避難準備もせず治療に専念していた。

十六歳の徳子は、婦長の毅然《きぜん》とした態度を理解しながらも恐怖が一層つのるのを意識していた。ソ連機が避難民に銃撃を浴びせかけていることから考えても、進攻してきたソ連兵が自分たちを凌辱し、殺害する可能性は高い。患者たちは、そうした事態の起ることを予想して避難することをすすめているのだ。

砲撃音が近づくにつれて、平静だった婦長の顔も徐々にこわばってきた。若い看護婦たちを危険にさらしたくないという気持と、重傷患者を置き去りにしてはならぬという意識が激しく交錯していることはあきらかだった。

西日が輝きはじめた頃、不意に藤原ひでが壕内に走りこんでくると、

「敵です」

と、叫んだ。三キロほどはなれた山肌にソ連兵の散開する姿がみえたという。

「早く逃げろ、逃げるんだ」

重傷患者たちが、一斉に叫びはじめた。

婦長のまわりに、重だった看護婦たちが走り寄った。彼女たちの意見は、すぐにまとま

った。ソ連兵も重傷患者たちに危害を加えることはないだろうし、自分たちも一応責任は果したので社命にしたがって退避しようということに決した。

婦長は、悲痛な表情で重傷患者に十分な食糧と薬品を配布するよう看護婦たちに命じた。徳子たちは、患者たちを置き去りにする後ろめたさを感じながらも、涙ぐみながら指示されたものを配って歩いた。患者たちは、一言も発せず眼を閉じていた。その間、婦長と副婦長の片山（現姓鳴海）寿美、石川ひさが劇薬類やメス、包帯、ガーゼ類を鞄につめこんでいた。

すでに日は没していた。周囲には砲弾の炸裂する火閃《かせん》が絶え間なくあがり、銃撃音も連続的にきこえてくる。二十三名の看護婦たちは、点呼を終えると患者たちに目礼し高橋婦長に引率されて壕をぬけ出た。そして、一団になって無人の大平の町を南へ向って走った。

彼女たちは、やがて武道沢の細い道に出た。星が空に散っているだけで、あたりは深い闇につつまれている。彼女たちは、互いにはげまし合いながら山路を南へと急いだ。

午前零時をまわった頃、突然路の前方に数名の人影があらわれた。彼女たちは、恐怖におそわれて立ちすくんだが、近づいてきたのは家族連れらしい避難民で、先頭に立った男が、

「だめだ。この先にソ連兵がいる」

と、ふるえを帯びた声で言った。そして、あわただしく道をはずれると、樹林の中に消えていった。

徳子たちは、婦長のまわりに身を寄せ合った。避難の時機を逸して、ソ連兵に退路を遮断されてしまったらしい。彼女たちは、路上に立ちつくして前方の闇を見つめていた。

その直後、闇の中からかすかなエンジン音の湧き上るのがきこえた。起伏のある地上を車が進んでいるらしく、その音は高低を繰返しながら次第に近づいてくる。

高橋婦長が灌木の茂みに走りこんだので、徳子たちもその後を追って草叢《くさむら》に身を伏した。

前方に眼を据えていると、星の淡い光に黒い逞《たくま》しいものが樹林の端に浮び上った。それは装甲車らしく、突き出た砲身が樹間を見えかくれしながら左方向に動いてゆく。その後から数十名の兵の列が、静かにつき従って移動してゆくのも見えた。

やがて車と人影が闇の中に没すると、灌木の茂みの中から人のかすかなざわめきが湧き上った。徳子たちは、愕然《がくぜん》として周囲の闇をうかがった。その樹林の中には、逃げ遅れた一般人が所々にひそんでいたのだ。

「露助の兵らしい」

という低い声が、徳子たちの耳にも伝わってきた。塔路に上陸したソ連兵が、早くもその附近一帯に進出してきていることはあきらかだった。

徳子たちは、高橋婦長のまわりに這《は》い寄《よ》った。徳子にとって十七歳も年上の婦長は、思慮にもたけた頼り甲斐のある存在に思えた。

婦長の表情はかたかった。身じろぎもせずしきりになにか考えこんでいるようだったが、闇に据えられたその眼の光に婦長が一つの決意をいだきはじめているのを感じて、徳子は身をふるわせた。
　徳子は父に付添われてはじめて病院を訪れた時、婦長が父に言った言葉を思い起してい
た。婦長は、「たしかにおあずかりしました。娘さんを立派な看護婦に仕上げて必ずお返
しいたしますから御安心下さい」と、言った。その後、新任の看護婦がやってきた時も、
婦長は同じ言葉を繰返していたが、ソ連兵に包囲されてしまった状況では、婦長としても
徳子たちを無事に親もとに返す望みは失われている。
　婦長が、副婦長の片山寿美と石川ひさを呼ぶと三人でなにか話しはじめた。婦長の言葉
に、片山と石川が頭を垂れて無言でうなずいているのがみえた。
　しばらくして婦長が、片山と石川を連れて徳子たちの傍にやってくると、
「これから歩いて行っても、無事に逃げられるかどうかわからない。むしろ敵につかまっ
て惨《みじ》めなことになる公算の方が大きい。私にも、あなた方若い人たちを守ってゆける自信
がなくなった。あなたたちを、きれいな体で親御さんにお返しすることはできそうにもな
い。実は、片山さんと石川さんに相談したのだが、日本婦人らしく一緒に潔《いさぎよ》く死のうと
いうことにきまったが、あなたたちもついてきてくれるか」
　と、沈痛な口調で言った。
　徳子は、その言葉に恐怖を感じない自分が不思議に思えた。むしろ婦長の申し出は予期
した通りだという気持が強かった。彼女は、数日前から病院に運び込まれてくる多くの負
傷者のことを思い浮べていた。手足のちぎれた者もいたし、内臓をはみ出させた者もいた。

肉を吹きとばされ骨の露出した顔で呻《うめ》き声《ごえ》をあげている少女もいて、徳子は傷ついた者の惨めさを身にしみて感じていた。

このまま逃避行をつづければ、やがては自分も負傷するにちがいない。たとえ負傷もせず生きのびることができたとしても、ソ連兵にとらえられれば、かれらの手で自分の体は玩具のように弄《もてあそ》ばれるにきまっている。

徳子の胸には、自分をはじめ婦長以下看護婦たちがソ連兵に追われて逃げまどい、次々に肉体を犯されてゆく光景が浮び上った。

「ついてきてくれる?」

と、再び言った婦長の言葉に、徳子は他の同僚とともにうなずいていた。

婦長が私物を入れた風呂敷を置いて、樹林の奥によろめくような足どりで歩き出した。徳子も手荷物を捨てると、同僚たちと婦長の後を追った。

まばらな雑草の生えるゆるい傾斜を、彼女たちは寄り添うように上っていった。体には激しいふるえが起っていたが、死の恐怖は依然として胸に湧いてこない。むしろ同じ職場で働いてきた者たちと共に死ねることは幸いだ、と思った。

丘の上に、枝葉を逞しくひろげた太い楡《にれ》の木が立っていた。

婦長は、梢を見上げるようにするとその樹の下で足をとめ、腰を下ろした。

徳子たちは、無言で婦長のまわりに坐《すわ》った。彼女たちは、頭を垂れたり、淡い星の光の散る夜空を見上げたりしている。時折り北方で炸裂する砲弾の火閃が、樹の梢を明るくさせていた。

「一緒に死にましょう」

婦長の声に、看護婦たちは眼をあげた。だれからともなく櫛《くし》で髪の乱れを直し、同僚の髪にも互《たがい》に櫛を当てた。徳子には、同僚の顔がひどく美しいものに感じられた。

婦長が、「君が代」を低い声で歌い、徳子たちもそれにならった。徳子は、歌いながら熱いものが眼から溢れ出るのを意識した。親兄弟のことが思われた。親孝行もせぬのに死ぬのかと思うと、嗚咽が咽喉元《のどもと》につき上げてきた。

国歌が終ると、「海ゆかば」が歌われた。体が冷えてきて、徳子は、日本人らしい死に方をしたいとしきりに自らに言いきかせていた。

別れの挨拶が、所々ではじまった。親しかった者同士が、互に肩を抱き合っている。

徳子の傍に、丸山貞子という先輩の看護婦が這い寄ってきた。丸山は仕事にきびしい看護婦で、徳子も手厳しく叱られたことがあった。そのことが気になったらしく丸山は徳子の手をにぎると、叱ったことを何度も詫《わ》びた。

徳子は、夜気がひどく澄みきっているのを意識した。過去の勤務中に味わったいまわしい記憶も拭《ぬぐ》い去《さ》られ、二十三名の看護婦たちが完全に気持も一致して純化されているのを感じた。

だれからともなく、徳子に「山桜の歌」をうたって欲しいという声がもれた。徳子は美声で、寮でもよく歌を口ずさんでいた。殊に副婦長の石川ひさに教えられた「山桜の歌」

が好きだった。

徳子は、それが訣別の歌になることを意識しながら、星空を見上げて歌いはじめた。

山ふところの山桜
一人匂える朝日影
見る人なしに今日もまた
明日や散りなん　たそがれに

徳子の声に、他の者の声も加わって低い合唱になった。

歌が終ると、彼女たちの間に深い静寂がひろがった。徳子は、その気配に死を迎える儀式がすべて終ったことを知った。

婦長の傍に副婦長の片山寿美と石川ひさが近づき、風呂敷で光が洩れぬようにおおってローソクに火をともした。そして、その光の下でタビナール、パントポン、カルモチンなどを薬包紙にわけ、注射薬の準備をしメスを揃えた。

徳子は、同僚たちと無言で樹木のまわりに身を横たえた。

自決が、婦長の手ですすめられていった。一人々々に注射針が刺しこまれ、水筒の水で睡眠薬が多量に服用された。が、それだけでは蘇生の可能性もあったので、婦長が手にしたメスで手首の血管を切っていった。

徳子の意識は、うすれた。その眼にメスを手にした婦長の顔が近づくのがみえた。婦長は自ら切ったらしく、その手首からはすでにかなりの血が流れ出ていた。

「ここに手を置いて」

婦長が、自分の膝を指さした。

徳子は、手を婦長の膝の上に置いた。鋭い痛覚が走った。瞬間的に、彼女は手をひいた。

「今谷さん、だめじゃないの。しっかりしなくちゃ」

婦長の厳しい声に、徳子は再び手を婦長の膝にのばしていったが、その直後彼女は自分の体に濃い闇がのしかかってくるのを感じていた。

意識のない時間が流れた。

徳子は、重苦しい夢の中にいた。咽喉が乾き、水を飲もうとあせっている。水が欲しい、と叫びつづけているが、自分を包みこむ深い闇の中に人の気配はない。

不意に顔が強い熱気にさらされているのを感じて、彼女は眼を開けた。透きとおった青い空がみえた。なんという美しく澄んだ空の色なのだ。徳子は、死の世界に身を置いているのだと思った。が、顔に感じられる熱さが太陽の眩《まぶし》い光だと気づいた時、自分が生き返ったことをぼんやりと意識した。

彼女は身を起そうとしたが、頭が土にはりついたように動かない。

彼女は、顔を動かして傍を見た。十七歳の佐藤春江が眼をとじ、身を横たえている。朦《もう》朧《ろう》とした意識の中で重い手をのばし春江の体をゆすったが、その手にふれた体はすでに冷えきっていた。

彼女は、愕然として眼を大きくひらいた。同僚たちと死を企てたのに、自分だけが生き返ってしまったらしい。

ふと、かすかな呻き声がきこえた。その方向に顔を向けると、寺井タケヨが身もだえしている。

「寺井さん、あんた、一体どうしたの」

徳子は、かすんだ眼でタケヨを見つめるといぶかしげに声をかけた。

「それがねえ、動けなくなってねえ」

か細い声が、地底からきこえるようにその口からもれた。

徳子は、看護婦としての職業的習性で寺井の身を気づかい、全身の力をふりしぼって雑草の上を這うと、寺井の体に近づいた。寺井は薬物を嘔吐したらしく、傍の土が汚れていた。

「寺井さん、苦しいのね。よくないねえ」

徳子は、顔をしかめた。

その時、彼女の眼に三人の同僚が這い寄ってくるのがみえた。彼女たちの顔に血の気はなく、その手は乾いた血におおわれていた。

不明瞭な発音で、彼女たちは言葉を交し合った。二十三名中五名が生き返ったらしいが、それは彼女たちにとって不本意なことであった。死んだ方がいい、と彼女たちは、口々に言い合った。

徳子は、土におかれた包帯を拾うとそれを首に巻き、力をふりしぼって首をしめた。意識が徐々にかすんだが、同時に手の力は失せて包帯がゆるむ。そんなことを何度も繰返したが、そのうちに力もつきてしまった。

徳子は、死にきれぬ自分が情け無かった。涙が流れ、彼女は土に身を伏していたが、そのうちに激しい渇きを感じはじめた。彼女は、少しはなれた所に赤茶けた水が光っているのを眼にした。それは馬の通った蹄《ひづめ》の跡にたまった雨水だった。

彼女は、くぼみに這い寄ると水をふくんだが、激しい嘔吐におそわれた。頭の中に炭酸水の気化するような音が満ち、彼女は再び意識を失って突っ伏した。

彼女たちが近くの佐野造材の従業員に発見されたのは、自決をはかってから三十時間以上もたった八月十八日の朝であった。

絶命していたのは婦長の高橋ふみ子、副婦長石川ひさ（二十四歳）、看護婦の久住きよ子（二十二歳）、真田かずよ（十九歳）、佐藤春江（十七歳）、瀬川百合子（十六歳）の六名で、他の十七名は奇跡的にも生存していた。が、救出された看護婦たちは、一人の例外もなく睡眠薬の注射・服用と手首からの激しい出血で衰弱しきっていた。殊に藤原ひで、坂本キミヱの二人は、意識を回復した後自分でメスを手首に突き立てたらしく、四筋の切傷があって出血も多く重体だった。彼女たちは、佐野造材の人々に抱き上げられても、放っておいてくれと丘から下りることを拒んだ。が、造材所の男たちは、その懇願を黙殺して彼女たちを背負うと丘をくだっていった。

すでに附近一帯はソ連軍の占領地域になり、日本軍との間に停戦交渉も開始されていた。そして、八月二十五日、南樺太の日本軍は全員武装解除を終り、その地区の戦火はやんだ。

十七名の看護婦たちは、六名の同僚の遺体をひそかに荼毘《だび》に附し、形ばかりの葬儀もおこなった。その席に、高橋婦長の父がやってくると、

「私の娘が死んでくれて本当によかった。責任者として生きていて欲しくなかった」

と、涙ぐみながら挨拶し、看護婦たちは肩をふるわせて泣いた。

生き残った看護婦たちは食事もとらず、泣きつづけていた。手首には包帯が巻きつけられ、蘇生後縊死《いし》をはかった者の首には青い痣《あざ》がはっきりと印されていた。

彼女たちは、骨箱を胸に抱いて、避難していた一般人とともに大平の町へもどり、病院で勤務するようになった。ソ連軍は町の中へ入ってきていたが、彼女たちが自決をはかったことをいつの間にか知ったようだった。かれらは、手首に白い包帯を巻いている彼女たちに畏怖を感じるらしく、近づくことも声をかけることもしなかった。

一カ年が過ぎ、高橋婦長ら六名の自決者の命日がやってきた。

徳子たちは、片山副婦長に連れられて花や線香を手に武道沢から樹林に入って自決場所の丘に向った。丘の頂にある楡の大樹は一年前と同じように枝葉を逞しくひろげていたが、その樹の下に近づいた徳子たちは、附近の光景が一変しているのを眼にして立ちすくんだ。

一年前、樹の下にはまばらな草しか生えていなかったが、その周囲には身の丈を越すよう

な雑草が生い繁っている。

徳子は、自分たちの流した多量の血が土を肥やし、雑草を繁らせているのにちがいないと思った。

四

金子記者は、翌朝社の車で日高の節婦に向った。そこには、石川ひさとともに副婦長の地位にあった片山寿美がいる。寿美は、救出された後、佐野造材の従業員鳴海竹太郎と結婚し、昭和二十二年七月に北海道へ引揚げてきた。

寿美の家を訪れた金子は、その家のあまりのひどさに呆然とした。彼女は、生存者中の最年長者であった。それは人家と呼ぶには程遠い三畳間ほどの広さしかない板張りの小舎であった。

寿美は、自決という過去の記憶の中に生きていた。自決の日から二十五年間、五十二歳になった彼女の生活は、手首の記憶から断ち切れないでいる。

「私は、あの時死んだ方がよかったのだと今でも思っています」

と、寿美は、低い声で言った。

彼女は、救出された後、六名の自決者の遺骨を遺族に返すまでは責任者として生きていなければならぬと思った。彼女は、激しい自責の念に苦しんで日を過した。十年勤務という経歴をもつ老練な看護婦である彼女は、確実に死を受け入れる知識をもっているはずであった。薬物の量と手首の切開度による出血量の多寡《たか》によって、自らの命を断つ方法を知悉《ちしつ》しているはずであった。が、彼女は死から脱れ出た。それは、彼女にとって不本意な蘇生であった。彼女は、看護婦としての自分を羞《は》じた。生き残ってしまったことは、自分の内部に気持のひるみがあったからではないのだろうか。少くとも第三者にそのように解釈されても仕方がない。

寿美は、遺骨がすべて遺族に手渡された日を自殺の日とかたく心にきめた。

自決を企ててから二週間ほどたった八月末、彼女は父の訪れを受けた。父は、山中にのがれてから日ソ両軍の停戦を知って恵須取町にもどってきたが、そこで大平炭鉱病院勤務の看護婦が集団自決をとげたことを耳にし、せめて遺骨でも拾おうとやってきたという。

無言で父と会った時、彼女はこの老父のためにもう少し生きてみようと思い直した。

「死のうと思っていながら死にそびれると、もう死ぬことができないんですね。それが私には情けなくて……」

と、寿美は金子に言って、視線を膝に落した。

金子は、寿美が二十五年間自らを苛《さいな》みつづけ、夫の竹太郎も妻の苦しみを理解してひっそりと共に生きつづけてきたことを知った。

寿美は、夫とともに北海道へ引揚げた後、人の眼にふれぬ地で生涯を終りたいと願い、あてもなく日高線の列車に乗り、わびしげな小駅で降りた。

駅の近くに丸太が積まれていてそこで夜を過そうとしたが、雨が落ちてきたので軒先にでも寝かせてもらおうと思い、数軒農家を訪れたが異様な姿をした鳴海夫婦を薄気味悪く感じたらしく、どの家でも拒絶された。そのうちにアイヌの家の戸をたたくと、家人は親切にも小さな物置を貸してくれた。

　行先もない寿美たちは、アイヌの人の好意でそこに住みつくようになり、夫は営林署の作業員の仕事を見つけ、寿美は、近所の出産児をとりあげたことがきっかけになって、助産婦として働くようになった。生活は安定するようになったが、彼女は、小舎での生活をやめようとはしなかった。冬には雪が舞いこみ、豪雨があると部屋は水びたしになる。蛇が入りこんでくることもあった。

「私は、生きているのが恥ずかしいのです。私が幸せになったら、死んだ人に申し訳ありませんから……」

　寿美は、息を吐くように金子に言った。

　部屋の隅には、六人の遺影に加えて二十五年前の片山寿美の写真が飾ってある。彼女は、その折にすでに自分が死亡したと思いこもうとしているのか。現在生きている自分の肉体をその脱け殻だとでも思っているのだろうか。

　金子は、寿美の手首に視線を走らせた。寿美は、金子と対している間、茶を淹《い》れる時も話をしている時も手首をかくしていた。が、髪のほつれを直すため手をあげた彼女の左手首にはっきりと刻まれたメスの痕があった。それは、二十五年の歳月を経て、妙につややかな光沢をおびた一条の筋にみえた。

八月十五日の朝刊に、金子の取材した看護婦集団自決の記事は大きなスペースをさいて活字になった。「樺太終戦秘話・うずく自決の傷跡」という見出しの下に高橋婦長以下六名の遺影が並び、うつろな表情をして語る鳴海寿美の写真も掲載されていた。またその日の午後四時から深谷の構成による「白い手首の傷痕」と題するドキュメンタリー番組が、テレビ局から放映された。

金子は、その画面で「山桜の歌」をうたったという角田徳子の顔を眼にした。幼い男児の母になっている徳子は、眼から涙をあふれさせ、しばしば絶句した。その顔を、かれはこの上なく美しいものに思った。

次のシーンでは、鳴海寿美が助産婦姿で狭い道を歩いていた。死の翳《かげ》と見まがうようなうつろな表情をした寿美が、緑の木立を背景にカメラに向って近づき、そして遠ざかってゆく。夫の鳴海竹太郎が、山道を一人で行く姿もカメラが追っていた。五十年輩の頭髪に白毛のまじった男の顔は、驚くほど目鼻立ちが整い、眼が冴えざえと光っていた。

金子は、純粋な人々が戦時の記憶を胸に秘めながら生きつづけているのを見たように思った。

鳴海寿美から社に電話があったのは、その日の夕方であった。寿美は、「新聞もテレビも見ましたが、お話してよかったのかどうか、今でもわかりません」と言いながらも、遠慮がちにたずねてきてくれたことに礼を言った。そして、死亡した真田かずよさんの弟さんから、この機会に慰霊祭をやりたいという申し出があったことを告げた。

「しかし、正直のところ私は気が進みません。慰霊祭をおこなってさっぱりした気持になりたくないのです。私は、亡くなった六人の方に申し訳ないとお詫びをしながらそっとこの世を去りたいのです。慰霊祭のような派手なことをして人目にふれたくもないですし……」

金子は、受話器の中からきこえてくる寿美の真剣な声に、侘《わび》しい小舎に住む寿美夫婦の姿を思った。

かれは、寿美を説得しなければならぬ義務に似たものを感じた。山中に生涯を終えようとしている寿美に、なにか心の救いをあたえるべきではないだろうか。寿美は、北海道に引揚げた後、生き残った看護婦たちと会うことも避け、稀《まれ》に文通を交しているにすぎない。それは、他の者にも共通していて互に交際することを避けている。

その一人々々が自らの周囲にはりめぐらした壁をつきくずすためには、慰霊祭という行事によって再会し合うことが最も好ましいように思えた。

金子は、「亡くなった方々の供養のためにも……」とか、「遺族からの申し出に協力するのが生き残った者の義務ではないでしょうか」とか熱っぽい口調で寿美を説いた。

寿美は、金子の言葉がとぎれた後しばらく黙っていたが、

「よく考えて、みなさんとも相談してみます」

と答えて、電話をきった。

金子は、寺井タケヨが頑《かたく》なに取材を拒否しつづけた意味が理解できたように思った。タケヨを支配しているのは、生き残ってしまったという激しい悔《く》いの混った羞恥《しゅうち》なのだ。死を受け入れる方法を知っているはずの看護婦である彼女が、蘇生してしまった事実を、死を恐れた怯懦《きょうだ》の結果ではないかと思っているのではないだろうか。そして、鳴海寿美が救出された後、自殺を企てながら果せなかったことに苛立ったと同じように、タケヨも生きつづけていることに憤りに似たものを感じているのだろう。

金子は、小樽市の露地奥に建つアパートの一室で、ひっそりと孤独な生活をつづけているタケヨの姿をしきりに思い描いた。

翌日、寿美から再び電話があった。他の生存者たちとも話し合った結果、遺族の方からの申し出もあるので、明十七日の命日に札幌の護国神社で午後一時から慰霊祭をおこなうことになったという。金子の書いた記事によって生存者十七名中十四名の消息がわかり、慰霊祭には十二名が出席予定だと言った。

「それはよかったですね」

かれは、答えた。

受話器を置くと、かれは社会部長に慰霊祭が催されることを告げ、すぐに取材予定を組んだ。そして、六名の自決者の写真を拡大して額に入れ、護国神社に届けるよう手配した。

翌日、かれは落着かない気分で早目に出社した。

しかし、正午近くになっても、かれは机の前からはなれなかった。時間ですよと、部下

に言われたかれは、

「お前が行ってくれよ」

と、若い記者に言った。

記者は、怪訝《けげん》そうな顔をした。

「おれは、仕事があるんだ」

かれが言うと、記者はカメラマンとともに部屋を出て行った。

おれらしくもない、と金子は胸の中で苦笑した。かれは、慰霊祭の光景を想像し、自分には堪えきれぬだろうと思った。冷静な記者だと言われてはいるが、彼女たちの二十余年ぶりに再会する姿を眼にしたら、嗚咽をこらえる自信はない。記者仲間に、自分の涙をみせるのはいやだった。

午後二時を過ぎた頃、護国神社から記者がもどってきた。金子は、その記者の眼が充血しているのを見た。

「どうだった」

金子が、傍の椅子に腰をおろした記者にたずねると、

「取材なんてものじゃないですよ。抱き合って泣いてばかりいるんですから……。次長が行きたくない気持がわかりましたよ。もうあんな取材は二度とごめんだ」

と、穏やかな記者には珍しく乱暴な口調で言った。

記者は、涙ぐんだ眼を見られたくないのか部屋を出て行った。そして、顔を洗ったらし

く冷やかな表情でもどってくると、机に向って原稿用紙に鉛筆を走らせはじめた。

寺井タケヨは列席したのだろうか、と金子は思った。記者にただせばすぐわかることだが、それをきくことがなぜかためらわれた。

記者は、原稿を金子の机の上に置くと、椅子に背をもたせて煙草に火をつけた。鳴海寿美の談話が記され、角田徳子が、「山桜の歌」をうたったことも書かれている。が、寺井タケヨの名は、記事の中に見当らなかった。

「おい、寺井タケヨという人はきていなかったのか」

金子は、たえきれず記者にたずねた。

記者は、

「来ていましたがね、感想をたずねても黙っていましたよ」

と、抑揚のない声で言った。

金子は、うなずくとなれた手つきで原稿に素早く朱を入れはじめた。

夜光虫

蓮見圭一

グラスボートで海の底を見た時のことを憶えているか。そう、Y……という灯台の近くの海だ。あの時、色んな魚の説明をしてくれた人がいただろう？　あの人が亡くなったんだよ。山城さんといって、戦争の時、おじいちゃんと同じ潜水艦に乗っていた人だ。山城さんは、その潜水艦の看護長だった。……

祖父からこの話を聞いたのは、小五の夏休みが始まったばかりの頃だった。その少し前に、珍しく祖父が家を空けたことがあった。遠方に住む友人が亡くなり、葬儀に出かけたのだ。

おじいちゃん子だった僕は、寝台車で戻ってきた祖父を駅まで迎えに行った。祖父は僕の出迎えを喜び、駅前のデパートでゲームを買ってくれた。それから最上階にあるレストランで一緒に食事をした。デパートで食事をすることが、何かまだ特権的なことだと思われていた時代のことであり、それだけで十分に特別な一日だと言えた。

「おじいちゃん、誰のお葬式に出たの？」

食事を待っている時、何気なくそう訊《たず》ねた。祖父は頷《うなず》き、ゆっくりとした口調で話し始めた。

祖父は話し好きな人だった。といって、おしゃべりだったわけではない。おしゃべりな人はどんな話題にも口を挟むものだけれど、祖父が熱を込めて語るテーマは一つしかなかった。戦争である。しかしながら、それはいかにも戦争らしい戦争といった話ではなかった。戦争に行って苦労をしたものの、結局は生きて帰ってきたのだし、捕虜になったわけでも、誰ひとり殺したわけでもなかったからだ。そもそも祖父は医者だった。海軍中尉だったとはいえ、敵と相まみえるような立場にはなかったのだ。

祖父は慣れないフォークとナイフを使いながら山城さんの話をした。その人のことは僕もよく憶えていた。山城さんはうちに泊まりに来たことがあった。それもやはり夏だった。広島から祖父に会いに来たと聞いて、広島がどのへんにあるのかを地図で調べ、絵日記に祖父と山城さんの顔を描いた。小二か小三の頃のことだ。広島に帰る日の朝、山城さんは玄関で祖父と握手をし、それから突然祖父の肩を抱きしめた。そんなことをする大人の男を見たのは初めてだったから、子供心にも軽いショックを受けた。

祖父の話は、山城さんのことからじきに戦争の話になった。話の途中で祖父は何度も窓の外を見た。よく晴れた日で、レストランの窓から遠くにある海が見えた。その時に見た海の輝きがいまも忘れられない。あの日、何のゲームを買ってもらったのかは忘れてしまったけれど、きらきらと光る夏の海の記憶と相まって、祖父の話は僕の中にいつまでも消えない印象を残した。

山城さんは広島の軍港近くの生まれで、お父さんもお兄さんも海軍の軍人だった。だから誰よりも軍隊のことをよく知っていたし、みんなから頼りにされていた。

あの人とは最初から仲がよかったわけじゃない。初めのうちは口もきいてもらえなかった。山城さんはおじいちゃんより八つ年上だったけれど、軍医の方が看護よりも上に見られていたからね。きっと右も左も分からないような医者の手伝いをするのが面白くなかったんだと思う。それでかな、あの人からは一度も名前で呼びかけられたことがなかった。いつも「軍医長殿」と呼ばれていた。そう呼びかけられるたびに、お前なんか、と言われているみたいで辛かった。

実際、おじいちゃんは新米だった。潜水艦に乗るのは初めてで、最初の訓練の時からとても不安だった。それで山城さんから色んなことを教わりたいと思っていたんだけれど、いつもそっぽを向かれた。そのことで、ずいぶん悩んだものだよ。

おじいちゃんが乗っていたのは長さが百メートル以上もある大きな潜水艦だった。乗組員も百人ちょっといたし、潜水艦の中には小さな神社まであった。色んな役割の人が乗っていたよ。潜水艦を操縦する人や魚雷を撃つ人もいれば、コックさんもいたし新聞を作っている人もいた。百人も乗っていると病気になる人も出てくる。人間の身体は陸で暮らすようにできているから、いつまでも海の底にいると変になってしまうんだ。

潜水艦も人間と一緒で、時々、休ませないと言うことを聞かなくなる。浮上充電といって、真夜中に浮かび上がって充電するんだ。この時、空気の入れ替えもした。新鮮な空気が入ってくると中にいる人たちは見違えるように元気になる。新鮮な空気は甘い、と言った人がいたが、あれは本当だ。努力せずに吸い込める空気はとても美味《おい》しいんだよ。

我々が乗った潜水艦が出撃したのは昭和十九年十月のことだ。その頃には日本はもう負けそうになっていた。連合軍の戦闘機が沖縄の航空基地を何度も襲撃していたからね。沖縄が敵の手に落ちたら、今度はそこを拠点に本土が空襲される。そうなったらもう勝ち目はないから、日本も応戦して物すごい空中戦をしていた。第六艦隊所属の潜水艦も次々に出撃していった。おじいちゃんが乗っていた潜水艦もその中の一艦だった。

出撃の準備が完了したのは十月八日の午後一時過ぎだ。時間まで憶えているのには理由がある。ちょうどその時間に電話があって、お前のお父さんが生まれたと聞かされたんだよ。二日後に出撃することが決まっていたから、大慌てで名前を考えておばあちゃんに電報を打った。でも、ちょっと慌てすぎたな。お前のお父さんは、八日の午後一時に生まれた。それで、「弥一」というんだよ。もっとましな名前を付けてやりたかったけれど、おじいちゃんには子供の名前をじっくり考えている暇がなかった。他に考えなければならないことがいくつもあったからね。

その日、おじいちゃんは手紙の文面を考えていた。それは普通の手紙じゃなかった。これまで育ててくれた両親や、お前のおばあちゃんに宛てた遺書のつもりだった。お前のお父さんにも一通書いたよ。その時、初めて「弥一」という名前を書いた。まだ赤ん坊の顔も知らないのに、その文字を見て、しみじみと泣けた。おばあちゃんがその子を抱っこしている姿を想像して、何だか急に哀しくなってしまったんだよ。おじいちゃんは、この出撃で死んでしまうに違いないと思っていた。あんな大きな鉄の塊が、敵に見つからないはずがないと思ったもの。でも、死ぬのが怖くて泣いたんじゃない。そうじゃなくて、生き残る者たちのことが心配で、おばあちゃんや弥一のことが不憫《ふびん》で仕方がなかったんだよ。

それが十月八日のことだ。お前のお父さんの誕生日が来るたびに、おじいちゃんはあの日のことを思い出す。そして、やっぱりちょっとだけ泣きたくなる。でも、この日のことを思い出すのは一年に一度だけだ。毎日のように思い出すのは十月二十五日のことだよ。これは誰の誕生日でもないが、お前に聞いてほしいのはこの日のことだ。

先に言っておくが、これは戦争の話じゃない。おじいちゃんたちが戦争に行って何を考えたのか、という話だ。でもまあ、そのためにはどうしたって戦争の話もしなくちゃならない。退屈かもしれないが、我慢して少し聞いてくれ。

広島県の軍港を出た潜水艦は、伊予灘から豊後水道《ぶんごすいどう》を南下した。その頃の潜水艦は水の上を走る時はディーゼルエンジンで、水中では二次電池で動いていた。いまの潜水艦とは比べ物にもならない。それでも、最初のうちは案外スピードが出るものだと思っていた。

水の上だと一時間に三十キロくらいも進むんだよ。ところが、いったん海に潜ると三ノットの速度で進むのがやっとだった。時速にすると、たったの五・五キロだ。敵の戦艦に囲まれたら、この程度のスピードではとても逃げ切れないだろうと思った。心配になって、出撃して間もない頃、航海長に色々と訊ねてみた。この人はおじいちゃんの中学校の先輩で、知っていることなら何でも教えてくれた。

「十二時間休みなしで潜航しても、三十分で敵に追いつかれる」と航海長は言った。

「それでは、深いところで待機していた方が賢明かもしれませんね」

「その通り。状況を見極めることの方が重要になる」

状況を見極めるといっても、潜水艦には敵の攻撃を防ぐようなものは何もない。見つかったら海の底にじっとしていて、あとは運を天に任せるしかない、ということらしかった。

航海長は他にも色んな話を聞かせてくれた。いまでも憶えているのは、インドシナ海の沖合で敵の船に出くわした時の話だ。最初のうちは手柄話かと思って聞いていたが、そうではなかった。その時、航海長たちが見つけたのはアメリカの輸送船だった。相手は一隻だけで、近くに潜水艦がいることにも気づいていなかった。魚雷で海の底に沈めるのは簡単なはずだったのに、輸送船を攻撃するかどうか、みんなで協議したというんだよ。

それを聞いて、ちょっと意外に思った。「会敵絶対攻撃」ということが言われていて、敵を見つけたら攻撃するのが当たり前だと思っていたからね。ところが、そう単純な話じゃなかった。潜水艦の狙いは航空母艦か、戦艦だった。敵の空母を沈められれば最高だ。駆逐艦に反撃されて死ぬことになっても、それならば諦めもつく。でも、輸送船を沈めても大して自慢にはならない。それに、攻撃することによって自分たちの居場所を敵に知らせることになる。難しいところなんだ。

「結局、艦長の判断で攻撃は中止された。艦長の判断は正しかった。輸送船を見送って小一時間くらいたった頃、敵の戦艦隊が近づいてきていることが分かった。しかも、全部で十一隻もだ。あの時、輸送船を攻撃していたら、いまこうしてはいられなかっただろう」

航海長の話は、潜水艦という兵器の特質を言い表していた。見つかりさえしなければ、潜水艦はかなり正確に敵を攻撃することができる。見つかってしまったら、あとは海の底でじっとしているしかない。

その頃には高性能のソナーや爆雷が開発されていて、潜水艦は非力な兵器になっていた。そのせいか、海軍の偉い人たちからも、戦力としてはさほど期待されていなかったように思う。海軍の主力はやはり戦艦だった。『大和《やまと》』のことはお前も聞いたことがあるだろう？　途方もなく大きな戦艦で、乗組員が三千人もいた。海軍の自慢はああいう見栄えのする戦艦で、潜水艦は脇役でしかなかった。だから、いつも軍港の端っこの目立たないところにいた。番号がつけられているだけで、潜水艦には名前さえなかったんだよ。じゃあ、潜水艦乗りはやる気をなくしていたのかというと、そんなことはない。それだからこそ、逆に強い敵を倒そうとみんな必死になっていた。その強い敵が現れたのが十月二十五日の夜だったんだ。

おじいちゃんたちが乗っていた潜水艦は、その日、フィリピン東方沖の水深四十五メートルのところにいた。そこはとても危険な海域だった。ガダルカナル、ニューギニア、サイパン、ペリリュー……アメリカ軍は日本の占領地を島伝いに一つひとつ攻略し、その五日前にフィリピンのレイテ島に上陸していた。レイテ島のリモン峠を巡る戦いは、あの戦争の伝説の一つになっている。海の上でも物すごい戦いをしているらしく、「敵空母を撃沈せり」とか、「『武蔵《むさし》』は魚雷攻撃を受けたるも航行に支障なし」といった電文が次々に入ってきていた。電信兵は汗だくになりながら電文を解読していたけれど、一体どちらが優勢なのか誰にも分からないほどだった。

フィリピンの海はひどく暑かった。潜水艦の中は湿度が八〇パーセントもあって、みんな汗をだらだらと流していた。夜になってもほとんど涼しくならない。それなのに艦内の冷房装置が突然切られ、扇風機も停めろという指令が下った。それが夜の八時頃だ。どうしたのかと思って司令室へ向かうと、「捜索機が敵艦を発見した」という声が聞こえてきた。

司令室には電令板を手にした航海長がいた。すぐ横に暗号長がいて、味方の捜索機が送ってきた情報をもとに敵艦の針路を説明していた。この時、初めて夜光虫の話を聞いた。いや、耳にしたことくらいはあったが、実際にそんなことがあるのだと初めて知った。

夜光虫というのは、言ってみれば海の蛍だ。一ミリにも満たない微生物だけど、夜になると集団で青白い光を出すんだよ。船は白い泡の線を曳《ひ》いて走るだろう？　夜光虫はその泡に群がってくるんだ。泡が消えても青白い光はなかなか消えない。低空で哨戒していた海軍の捜索機が、その光に気づいて我々に知らせてきたというわけだ。報告によれば、青白い光は何筋もあったという。

「敵はまだこちらに気づいていないようだが、単艦ではない可能性が高い」

暗号長は緊張した様子で話し、電令板を持ったまま司令塔へ昇って行った。艦長の判断は速く、一分もしないうちに「総員潜航配置」の声が響き渡った。来るべき時が来たのだ。

潜水艦には水中聴音機というのがついていた。敵の船が出す音を聴き取る機械で、それを専門に聴き取っている人たちが何人かいた。聴音機にも感度があるらしく、次々に報告が入ってきた。敵の艦隊が近づいてきているのは確かなようだった。おじいちゃんは気が弱いから、報告の声を聞いているだけで胸がどきどきした。

「左舷二十六度に音源がある。はっきりと聞こえる」

「音源はいくつもある。だんだん近づいてくる。感度二。スクリュー音が聞こえる。大艦のようだ」

「高速の大艦音が二つ、いや三つ。駆逐艦らしい音も多数聞こえる。音源はどんどん大きくなる」

掌水雷長《しょうすいらいちょう》が発射管室へ走っていき、「魚雷戦用意」という伝令の声が響き渡った。この時、送風口から入ってきていた冷風が完全に停まり、身体中から一どきに汗が噴き出してきた。

その後はもう混乱の極みだった。戦闘飲料のサイダーが各区画に配られ、誰もがせわしなく動き回る中、白い鉢巻をした艦長が「従兵、水をもってこい」と叫んでいた。やけに落ち着いているように見えたが、艦長も汗をだらだらと流し、肩で息をしていた。おじいちゃんは発射管室へ行ってみた。ちょうど発射管に圧搾空気を注入している最中で、魚雷の安全装置はすでに外されていた。それを見て、いよいよ始まるのだと思った。

攻撃の準備が進められている間にも敵の情報が逐一伝えられた。すぐ近くに空母が一隻、巡洋艦が一隻、他に四隻の駆逐艦がいるということだった。それを聞いて、思わず天井を見上げた。この潜水艦の上に、高速で敵艦隊が迫ってきているのだ。しかも、爆雷を積んだ駆逐艦が四隻もだ。襲撃に成功したところで、とうてい助かりっこない。そう思った途端、全身から滝のように流れていた汗が急に引いていった。

司令室へ戻る途中、看護長が診察室に一人でいるのを見かけた。どうしたのかと訊《き》いても山城さんは答えず、「あと二、三分で始まります」と言って部屋を出ていった。脇を通り過ぎる時、酒臭い匂いがした。案の定、部屋の棚に茶色い小瓶があった。山城さんほどのベテランでも平常心ではいられなかったんだ。

おじいちゃんも、近くにあった茶碗にウイスキーを入れてひと息で飲んだ。それでも足りなくて、残りのウイスキーを瓶からじかに飲んだ。そんな飲み方をすれば普通は酔っ払ってしまうものだけれど、心臓が早鐘を打ち、胃のあたりが締めつけられる感じがするだけで、この時は少しも酔いが回らなかった。戦争というのは、そんなふうに色々な感覚を麻痺させてしまうものなんだ。

魚雷を発射するために、潜水艦は少しずつ深度を上げていた。司令室に戻ると丸めたチリ紙を渡された。魚雷の発射音で耳を傷めないようにするためらしかった。確実に敵を襲撃するために魚雷発射の深度は十六メートル、襲撃距離は八百メートルということが何度か確認された。その位置から六本の魚雷を発射するということだった。積算電流計のゲージが赤い矢印のところにまで上昇し、魚雷はいつでも発射できるようになっていた。

「総員、配置された位置を動くな」

水深十八メートルを切ったところで、そんな指示が通達された。潜水艦の揺れで魚雷の発射角度が狂わないようにするためだ。司令塔からの声に応じて、発令塔もまったく同じ言葉を復唱する。伝令の声が伝わると全員が近くにあるものに掴まって身を硬くし、艦内はしんと静まり返った。潜水艦は深度十七メートルまで浮上し、いったん停止してから、さらにじりじりと上昇した。担当者によって水平計その他の目盛りが確認され、「突入」の声が艦内に響き渡った。その直後に六本の魚雷が次々に発射された。

緊張して耳を澄ましていたが、二十秒ほどたっても何事も起こらなかった。外れたのかもしれない。そう思った時、遠くの方で「コーン」と鉄板を叩くような音がし、何発もの爆音がこれに続いた。「当たったぞ」という声に歓声が沸き起こり、全員が立ち上がった。その数秒後、激しい衝撃があり潜水艦が大きく揺れた。もう敵の反撃が始まったのか。無我夢中でモンキーラッタルにしがみついたが、すぐ横にいた従兵長は床の上を転げ回って甲高い歓声を上げていた。あとで知ったことだが、敵艦の誘爆によって潜水艦が揺さぶられたのだった。

艦はすぐに向きを変え、大急ぎで海中深くに潜航した。これはこれで危険な作業だったから、艦内はまた静まり返った。水深七十メートルの地点でいったん停止し、そこでようやく戦果が伝えられた。

「本艦は、護衛駆逐艦とともに敵航空母艦を撃沈した」

大歓声が沸き起こり、その場で陛下のために万歳が三唱された。他にも戦死した山本元帥とか色んな人の名前を挙げて、その都度いちいち万歳をした。興奮しきって、みんなで肩を抱き合って大喜びしたよ。敵の空母を沈めたのだから喜ぶなという方が無理だった。実際、こんな華々しい戦果はそうあるものじゃない。

「初陣なのに、あなたは運がいい」

機関長はそう言って握手を求めてきた。たまたま乗っていただけなのだから、まさに運だけだった。実際には何もしていないのに、それでも国のために何かができたような気がして、この時はしみじみと嬉しかった。

潜水艦はすぐに無音潜航に移った。水中聴音機で敵の動きを探りながら、海の底を忍び足で歩くような微速で少しずつ襲撃地点から遠ざかった。聴音室からの報告によれば、巡洋艦と三隻の駆逐艦は襲撃された地点に留まっているとのことだった。

「敵駆逐艦は本艦を警戒しつつ、襲撃地点で救助活動を行っている模様」

襲撃から三十分、さらに一時間がたっても敵はまったく動き出そうとしなかった。一時間半がたっても、やはり何事も起こらない。このまま逃げ切れるかもしれない。二時間もたつと、司令室には次第に楽観的なムードが漂ってきた。艦隊司令部から帰投命令が下るはずだとの見込みもあり、軍港へ戻ったらどんな歓迎を受けるだろうかと口にする者もいた。

「軍医長殿、いまのうちに強心剤と注射器を用意しておきませんか」

この時、山城さんが近づいてきて、そう耳打ちした。それを聞いて浮かれた気分でいたことが恥ずかしくなった。おじいちゃんはすっかり戦勝気分に浸っていたけれど、山城さんはじきに敵が反撃してくることを予期していたんだ。その結果、みんなが艦内に閉じ込められて酸欠に苦しむことになるかもしれないとまで想定していたんだよ。それから二人で薬剤や注射器の用意をした。山城さんはほとんどしゃべらなかったけれど、時々、大きな息を吐いたりして、ひどく緊張しているらしいことが伝わってきた。その様子を見て、敵はきっと仕返しに来るに違いないと覚悟した。

アメリカの駆逐艦が動き出したのは、それからさらに一時間くらいがたってからだった。いったん動き出すと、敵はものすごい勢いでこちらに向かってきた。襲撃というのはあのことだ。まさに襲いかかってきたんだ。

「襲撃地点から、こちらへ真っ直《ます》ぐに向かってくる艦隊がある」

突然、そんな報告が入り、再び総員配置の指令が下った。水中聴音機の感度はどんどん高まり、「高速だ」「一直線に来る」「敵は三艦」「近い、感度三」などと矢継ぎ早の報告が入った。

艦は深度を百メートルにまで下げ、冷房その他の装置は全て切られた。艦長は逃げ切れないと判断したのだ。艦内の温度が急上昇し、再び汗が噴き出してきた。その間にも敵艦の接近が伝えられ、やがてどこからともなく不気味な轟音が響いてきた。「感度五」という聴音室の報告を聞いて、「速すぎる」と誰かが叫んだ。聴音機の感度は一から五まであり、「五」になるとじかに耳に聞こえてくる。つまり、もう敵はすぐそこまで来ているということだった。

「敵駆逐艦、直上」

その言葉を最後に聴音機のスイッチが切られ、一切の報告が途絶えた。直後に頭の上で最初の爆音がした。爆発の衝撃で艦が右に大きく傾き、あやうく身体が反転しそうになった。それから、たて続けに敵の攻撃を受けた。反撃するどころの話じゃない。何しろ立っていることもできないんだ。ほんの二十分ほど前までの、あの和やかな雰囲気がまるで嘘のようだった。

敵の攻撃が始まって一分もすると、艦内は地獄さながらの状態になった。電灯が消えて真っ暗になり、天井からぽたぽたと水が漏れてきた。温度計の針はみるみる上がり、もう体温と同じくらいになっていた。それなのにまったく汗をかかなかった。むしろ、寒くて仕方がなかった。そのうち、全身が震え出した。サイダーを飲もうとしても腕が震えて栓を抜けないんだよ。歯の根がかちかちと鳴り、いまにも身体が凍りついてしまうかと思うほどだった。寒気を感じていたのはおじいちゃんだけじゃない。いつの間に持ってきたのか、頭からすっぽりと毛布を被っている者までいた。その男は、それでもがたがたと震えている始末だった。

そんなことにはお構いなしに、敵はどんどん爆雷を投下してきた。どれか一つでも当たれば、それでもうおしまいだ。すぐ近くのラッタルに掴まっていた山城さんは、目を閉じて般若心経《はんにゃしんぎょう》を唱えていた。

「五メートル以内で爆発したら横腹に穴が空く」

半ば諦めたような口調で誰かがそう叫んだ。それを聞いて、もう弥一の顔を見ることはないだろうと観念した。水深百メートルのところで穴が空けば誰一人助かりはしない。絶体絶命とはこのことだった。

「軍医長、大丈夫ですか」と山城さんが話しかけてきた。「話には聞いていたが、それにしてもすごいやつらですね」

おじいちゃんは黙って頷いた。答えようにも、顎《あご》ががくがく震えて声を出すこともできなかった。こんなことじゃだめだ。どうせ死ぬんだ、山城さんのように最後まで堂々としていよう。そんなふうに自分に言い聞かせたけれど、身体がまるで言うことをきかなかった。震えながら、山城さんの言う「すごい」という言葉の意味を考えていた。

その時、おじいちゃんは二十八歳で、戦闘の経験はゼロだった。それでも、敵の立場になって考えることくらいはできた。向こうはすぐ目の前で仲間を殺されたんだ。一つ間違えば自分たちがやられていたって不思議じゃなかった。助かったのは、それこそ運だ。仲間の死体を拾い上げている時、駆逐艦の乗組員たちが何を思っていたのか、ちょっと想像してごらん。彼らが黙って敵の潜水艦を見逃すと思うか？　そんなはずはない。何十海里離れていたって、そこに敵がいると分かればがむしゃらに追いかけてくるよ。そして、事実やって来たわけだ。恐ろしい連中だと思うのと同時に、不思議だよ、雨あられと爆雷を受けていたのに敵ながらあっぱれだという気もした。立場が逆だったら、おじいちゃんだって、きっとそうしていたと思うからね。自分たちの仲間を殺した連中なんだもの、生かしちゃおけないよ。

こっちが最初にやったんだから仕返しされたって文句は言えない。戦争は殺し合いだ。仕返しが怖かったら相手を根絶やしにするしかない。でも、それができなかったんだから仕方がない。そう思う一方で、虫のいい話だが、死にたくない、どうしても生きていたいと思った。その頃は、そんなふうに思うのはとても恥ずかしいことだった。みんな自分の命は国のものだと思っていたし、国のために死ぬ覚悟でいたからね。おじいちゃんもそのつもりだった。それこそ、死ぬほど生きていたかったのに、生きて帰りたいなんて誰にも言えなかった。

「結婚したら、隠しごとをせずに何でも話し合っていこう」

一年前にそう言ったばかりなのに、亡くなったおばあちゃんにもそれだけは言えなかった。だからかな、せめて生まれてきた子供のために、つまりお前のお父さんのために、恥ずかしくない死に方をしたいと思うことにした。でも、それこそが本当の間違いでね。恥ずかしくない生き方というのはあっても、恥ずかしくない死に方なんてありはしないんだよ。だって、こんなにも生きていたいと思うんだもの。立派な死に方なんて、ありっこない。どんなに無様《ぶざま》でも生きている方がいいに決まっている。立派な死に方というのがあるように思えたとしても、それも結局は立派な生き方の裏返しでしかない。きちんと生きることのできなかった人間が、きちんと死ねるはずがないからね。

お前はまだ小さいから、自分が死んで、この世から消えてしまうなんて想像したこともないだろう。おじいちゃんくらいの年になると、毎日のようにそんなことを考える。この頃は、そのことばかり考えていると言ってもいい。毎朝、時間をかけて新聞の死亡記事を読む。同じ年の人が亡くなっていたら、自分もそろそろかな、なんて思ったりする。死亡欄に出ているのが全然知らない人でも、どんな人だったのかと想像しながら、何回も同じ記事を読んだりするんだよ。馬鹿みたいだろう？　実際、こんなのは年寄りの感傷に過ぎない。何の意味もないことだ。おじいちゃんたちの役割はもうとっくに終わっていて、あとはもう思い出や、お前たちの顔を見ることだけを楽しみに生きているだけなんだよ。

もう四年くらい前になるかな、海軍で同期だった人が亡くなったのを新聞で知った。花田さんといって、長い間、大学で歴史を教えていた人だった。花田さんとは大の仲よしで、よく一緒にお酒を飲んだりしていた。もう何年も会っていなかったけれど、この人の葬儀にだけは出ようと思って新聞社に電話をかけた。新聞には葬儀の日取りが書かれているだけで、葬儀場がどこなのか分からなかったからね。親族だけの葬儀にしたいというのが「故人の意向」だとかで、新聞記者は場所を教えてくれなかった。でも、山城さんに電話したらすぐに分かったよ。

花田さんは奈良に住んでいた。葬儀に出かけて驚いたよ。三十分も前に着いたのに、斎場の前には長い行列ができていて交通渋滞になっていたんだ。二月の一番寒い頃だというのにね。その列には海軍の時の仲間が大勢並んでいた。大学の教え子たちもいっぱいいた。教え子たちは花田さんを尊敬しているようだった。それが何だかおかしかったな。花田さんは確かに立派な人だった。でも、若い頃はあまり立派じゃないところもあった。というか、かなり問題があった。立派だったかどうかは別として、花田さんは一人の人間としてとても魅力があった。だから、葬儀をする場所を知らせなくても、あんなに大勢の人が来たんだよ。

その夜は奈良の旅館に泊まって、久しぶりに昔の仲間たちとお酒を飲んだ。花田さんのことを語って最後にみんなで歌を歌った。歌ったのは軍歌じゃなくて、奈良の小学校の校歌だ。海軍にいた頃、花田さんはお酒に酔うたびにその校歌を歌っていた。そして、その頃が一番楽しかった、と言っていた。あんまり何度も歌うんで、他のみんなも自然に憶えてしまったんだ。

見たこともない小学校の校歌を歌った後、みんなが順番に花田さんの思い出を語った。その時、山城さんが面白いことを言った。何日か前に自分の葬儀の夢を見たというんだよ。おかしな夢で、自分の葬儀なのに本人が受付に座っていたそうなんだ。受付係だから誰が来たのかがよく分かる。近所の人や親戚を別にすれば、自分の葬儀に来てくれたのは十八人しかいなかったというんだな。みんな笑いながら聞いていたけれど、山城さんは大真面目にこんなことを言った。

「その十八人は全員、十月二十五日の夜、同じ潜水艦に乗っていた者たちでした。その時の生き残りです。今日、そのうちの一人の葬儀があって十七人になってしまいましたが、私はあの夜の出来事を昨日のことのように思い出します。敵の爆雷を浴びるたびに、私は確実に訪れるであろう死を覚悟しました。それでもあまりにも恐ろしかったので、死ぬまでの間、他のことを考えて気を紛らわすことにしました。ラッタルにしがみつきながら、私は自分がしてきた色々なことを思い出そうとしました。ところが、よい思い出はほとんど浮かんできません。自分が犯した過ちばかりが胸に迫ってきて、後悔で胸が張り裂けそうになりました。私は敢《あ》えて、自分がしてきた間違いを一つずつ数えてみました。それまでの私の人生はひどいものであり、数え上げる材料には不足しませんでした。そうすることによって、私は気が触れることもなく、あの恐怖に耐えることができたのだと思っています」

山城さんの話を聞いて、おじいちゃんはひどく驚いた。というのも、あの時、おじいちゃんもそっくり同じことを考えていたからだよ。雨あられのように爆雷を投下され、きっと死んでしまうに違いないと感じながら、それまでに自分がしてきたことを一つひとつ思い返していたんだ。そして、やっぱり泣き出してしまいたいくらいに後悔した。山城さんと一緒で、おじいちゃんも後悔する材料だけはたっぷりあった。

お前くらいの年の頃に、おじいちゃんは顔に火傷《やけど》をした。母親が使っていた火箸が当ったんだよ。ほら、いまでも目の下にその痕《あと》が残っているだろう。火傷の痕をじろじろ見られるのが嫌で、母親を責めて何度も泣かせたものだ。友だちができず、いつも独りぼっちだったのもそのせいにした。実際には勉強のできない同級生たちを軽蔑していたからだよ。大学に合格すると、あいつは戦争に行くのが怖くて勉強したんだと陰口を言われた。そんなことを言う連中を殺したいほど憎んだけれど、半分は事実だった。いや、それ以上だったかもしれない。海軍に入っても相変わらず不満だらけだった。自分よりも成績の悪い連中が戦艦に配置され、自分が潜水艦に回されたことが我慢ならなかった。いじめたり、えこひいきをしたりする教官たちを死ぬほど憎んだ。戦争が終わったら仕返ししてやろうと思っていたものだよ。そんな度胸もないくせにね。おばあちゃんにもひどいことをした。長い間、結婚しようと切り出せずにいたのは、おばあちゃんの家が貧乏だったからだ。そのせいで両親にうんと反対された。最後には、そんな家の娘と結婚することが何だか恥ずかしいことのように思えてきた。結婚してからもおばあちゃんはそのことを気に病んでいて、家ではいつもびくびくしていた。それなのに、おじいちゃんは仕事にかまけて、おばあちゃんの悩みに真剣に耳を貸さなかった。そんなのは家の中の小さな問題だと思っていたんだ。いまから思えば、あれはおじいちゃんの一番の間違いだった。自分の両親を悪く言う人たちと一緒に暮らすなんて、そんなの、耐えられないじゃないか。

それまでのおじいちゃんは、つまらないことにばかりこだわっていた。悩んでも仕方のないことを悩み、言わなくていいことばかり口にして周りの人たちを傷つけていた。敵の爆雷を受けながら、そうしたことのひとつひとつを思い出して心底から後悔した。そして思った、自分は何てちっぽけな男だったんだろうかって。おじいちゃんは四六時中、何かに腹を立てたり、くよくよしたりしていた。でも、そんなことには何の意味もなかったんだ。死んでいくことに比べれば、全部どうでもいいことばかりだった。

潜水艦の中で死ぬことを覚悟した時、おじいちゃんは自分がしでかした間違いにやっと気がついた。叫び出したいくらいに後悔しながら、こう思った。もう一度、無事に太陽の光を見ることができたら、外の新鮮な空気を胸一杯に吸うことができたら、もうけっして同じ間違いをしでかしたりはしない、とね。

アメリカ軍の攻撃は執拗《しつよう》だった。たった一隻の潜水艦相手に、ほとんど休みなしに爆雷を投下してきた。爆音がするたびに潜水艦が揺れ、ミシミシと音を立てた。途中で「被害を知らせろ」という声が聞こえたが、立ち上がる者は一人もいなかった。司令室前の通路で額からだらだらと血を流している者がいた。爆発の衝撃で天井に頭を打ちつけたようだった。止血するのはおじいちゃんの仕事だったが、爆発のたびに潜水艦が大きく揺れて、とても彼のところへ辿《たど》り着けそうになかった。四、五時間前に空母を沈めて喜んだことなど、はるか遠い昔のことのようだった。

上の方で爆音がし、どこからか「浅い、浅い」という声がした。敵はまだこちらの深度を読みきれていないようだった。この機に爆雷から逃れようと艦がゆっくりと動き出すと、直後に物すごい衝撃があった。移動に気づいた敵が、爆雷の深度を下げたのだ。その衝撃は十数回も続いた。「防御せよ」という声が聞こえたが、防御といっても、そのへんの物に摑まってじっとしているしかなかった。

途中で何度か攻撃がやむことがあった。そのたびに、「動くな」「敵は様子を窺《うかが》っているだけだ」と誰かが叫んだ。事実その通りで、五分もすると再び爆雷の投下が始まった。一時的な中断の後は決まって投下される位置が変更され、そのたびに爆音が大きくなった。敵は闇雲に攻撃するのをやめ、爆雷の投下深度を調整し始めたのだ。だから、攻撃はもちろん、攻撃の中断も同じくらいに恐ろしかった。次の攻撃で今度こそ終わりだという新しい恐怖に、全身ががくがくと震えた。心臓だけでなく、胃や腸までが痙攣《けいれん》を起こしているような感じだった。

最初のうち、爆雷は一度に十発くらい投下されていた。その数が次第に減り、何度かの短い中断を挟んで、やや長目の中断があった。攻撃が開始されてから五、六時間がたった頃だ。最初の駆逐艦が爆雷を撃ち尽くし、別の艦と交代したのだ。それから、また大量の爆雷が投下された。爆音は近づいたり、遠ざかったりした。投下深度も変更され、その都度衝撃が伝わってくる位置が変わった。

人間はどんなことにでも慣れるというのは本当だ。爆音が遠くなるとサイダーを飲んだり、壁によりかかって状況を分析したりする余裕ができた。揺れは相変わらず続いていたものの、我々は爆音に鈍感になり始めていた。花田さんは爆雷の投下数を数えていた。彼によればこの時までに二百二十回の投下があったらしい。最初の攻撃がもっとも激しく、午前四時前後にも集中的な投下があったと聞いて意外な気がした。日付が替わって二、三時間くらいのものだと思っていたのに、実際には朝になっていたのだ。

「案外、当たらないものだね」

花田さんがそう言うと、あちこちから力のない笑い声が上がった。

それからしばらくして、かなり長い中断になった。もう朝の九時近くになっていた。ひょっとしたら攻撃を中止したのかもしれない。そんな淡い期待を抱いたが、やがてまた別の駆逐艦のスクリュー音がした。次の攻撃からは明らかに爆雷の投下数が減った。とはいえ、爆音はより近づいてきた。攻撃がやむのは、やはり我々が死んだ時でしかないようだった。

短い中断を挟んで敵の攻撃は続き、その後も何十発かの爆雷が投下された。すでに時間の感覚を失っていたし、花田さんも数えるのをやめていた。さらに何十分か、あるいは何時間かがたち、敵の攻撃がまた中断した。最初のうちは一時的な中断だろうと思い、次の攻撃に備えてみんなじっとしていた。ところが、三十分以上たっても何事も起こらない。無気味な静けさの中で何人かがゆっくりと身を起こした。やがて、「各自、状況を知らせよ」という艦長の低い声がした。

再び聴音機のスイッチが入れられ、敵艦のスクリュー音が遠ざかっていることが報告された。「浮上充電」の声にざわめきが起き、サイダーと水が回された。敵は爆雷を撃ち尽くしたのだ。それ以外には考えられなかった。

結局、敵の攻撃は十四時間も続いた。そして、唐突に終わった。それは、これまでの人生でもっとも長い十四時間だった。それこそ何百時間にも感じられたほどだが、不思議なことに、ある時点から恐怖感が薄れ、震えることもなくなり、再び汗をかくようになっていた。爆発の衝撃ではめていた腕時計のガラスが割れ、それでまた色んなことを考えることができたからだ。それは戦死した兄が出征する前にくれた腕時計だった。最後には兄の思い出がおじいちゃんを支えてくれた。おじいちゃんだけじゃない、我々は考えることによって救われたんだよ。

ほら、これがその時にしていた時計だよ。日に二回もネジを巻かなきゃならないけれど、いまでもちゃんと動く。そうだ、おじいちゃんが死んだらこの時計はお前にやろう。いまどき、こんな古ぼけた時計をするのは恥ずかしいだろうから、どこかにしまっておけばいい。でも、たまにこの時計を見て思い出してくれないか。おじいちゃんのことじゃなくて、おじいちゃんたちがあの潜水艦の中で考えたことを。

＊

祖父はその七年後に身体が不自由になり、自分から進んで老人ホームに入った。そこで二年間を過ごし、八十八歳で世を去った。

風景画を描くのが祖父の趣味だった。亡くなった時、老人ホームから戻された遺品の中にも何枚かの絵があった。僕はその中から古ぼけた腕時計と一枚の油絵をもらった。いくらネジを巻いても、腕時計は十二時五分のところを指したまま、まったく動かなかった。

祖父が描いたのは高い場所から見た海の絵だった。一緒に食事をしたデパートは何年か前に廃業していて、その時には駐車場になっていた。従って確認のしようもないのだけれど、僕はいまでも、描かれているのはあのレストランから見た夏の海なのではないかと思っている。

その絵を見るたびに、僕は祖父のことを思い出す。そして、この話を聞くことができてよかったと思う。世間は意味のない悪意や嫉妬、憎悪に満ちている。同意できない人間たちでいっぱいだし、誤解されることもしばしばだ。だから、気をつけていたつもりでも、時として面倒な事に巻き込まれてしまう。でも、何があったところで大抵のことは時間が解決してくれるのだし、命を取られることに比べればそんなことは何でもない——そう思うことで、今日まで何とかやってこられたという気がするからだ。

解説
戦争文学という奇蹟

浅田次郎

文学は平和の象徴であり、文化の背骨である。

一方の戦争は平和の反意語であり、あらゆる文化を破摧《はさい》する。

しかし皮肉なことに、この対蹠的《たいしょてき》両者が複合すると、まこと陰陽の妙とでもいうほかはない芸術作品が無尽蔵に生み出される。

編集にかかわりながら私が最も興味を抱いた点は、個々の作品の評価ではなく、その皮肉で不可思議なエネルギーの存在であった。

文学のみならず芸術の定義とは何か。ひとことで言うなら、「天然の人為的再成」にほかなるまい。むろんわれわれ人間も天然の一部分にはちがいないのだから、その生命、その存在、その営為のすべては芸術表現の対象となる。文学についてのみ言えば、人間以外の純然たる天然を表現して作品たりうるのはおそらく詩歌までで、物語を作り出すためには、ことごとく人間の生命、人間の存在、人間の営為に拠らねばならない。人間を描くもの、すなわち小説である。

すると必然的に、それらを歪曲させ破摧する戦争を主題に据えれば、すぐれた求心力を持つ小説が誕生することになる。

これを禁忌とするのは極楽の論理であろう。われわれは読者も作者も浮世にあればこそ読み書きをするのであるから、皮肉であろうが不可思議であろうが、目をそむけてはらわたを探るように、戦争文学なるものを体験しなければならない。

そう考えれば、三年にわたる編集委員会において、翻訳小説を当初から対象外としたのは炯眼《けいがん》であった。

キリスト教普遍主義のもとでは、戦争と文学の相関が異質だからである。つまりわれわれ日本人の多くは本質的に神仏を恃《たの》まず、少なくとも神仏との契約を交わしてはいない。西洋社会における三角関係から、神という契約者を排除すれば、生と死という究極の概念が対峙するばかりとなる。この条件下において、わが国固有の戦争文学は成立したのである。

編集作業を進めるうちに、私はそのことに気付き、わが国の戦争文学が世界に冠たる、かつ純粋なる日本文学であると考えるようになった。

「コレクション　戦争と文学」全二〇巻が戦争をまったく知らない現代作家や、架空の戦争を主題とした作品まで網羅しているのは、古典的文学世界から近現代を経て未来に至るまで、生と死を凝視する日本文学の姿が不変であることを表明しているように思える。

そうした価値については、自画自賛して憚《はばか》らない。

この巻には、アジア太平洋戦争を背景とした作品を収録した。戦争と聞いて多くの人がイメージする舞台はこれであろう。したがって作品は量質ともにすこぶる多彩であり、選出作業は困難を極めた。原本やコピーやゲラの散乱する書斎は、戦場さながらであった。

各巻に収録する作品の総量は、四百字詰め原稿用紙に換算して一千枚が目安である。一般の読者にはなかなかわかりづらい基準であろうが、小説ならば上下二巻の長篇と考えていただいてよい。

だとすると相当の余裕があるようにも思える。しかしこの一千枚の箱に、なるべく多くの作家の多彩な作品をきちんと詰めこむのである。いきおい一作が百枚以下の中短篇でなければならず、作家がそれぞれの視座から戦争を表現した個性も重要であり、むろん各作品が十分な文学的価値を有していなければならない。箱に詰めるというよりむしろ、巨大なパズルに挑むような作業であった。

すばらしい作品であっても、長さゆえに収録できなかった小説もあり、またテーマや舞台の重複という理由から、採れなかったものも数多かった。

こうした苦労はどの巻においても同様ではあったが、とりわけアジア太平洋戦争の戦場そのものを材としたこの巻では、顕著であったと思う。

無念にも採ることのできなかった作品については、後生の作家の責務として、小説的生命を救えなかったほどの悔悟を禁じ得ない。

かくしてとにもかくにも、この巻のパズルは完成した。アジア太平洋戦争そのものを主題とした二十作品である。総枚数は一二一八枚で、他の巻よりも少し厚くなってしまった。

〈I〉は「開戦と進軍」をテーマとし、歴史の時系列に沿って、アジア太平洋戦争における開戦と、緒戦にまつわる八作品を収録した。

冒頭に置いた三篇は、いずれも開戦まもない昭和十七年の前半に発表された作品である。こうした作品を収録することについて、異論を唱える読者も数あろうとは思うが、それを承知の上での掲載は委員会の総意であった。

たとえばかつて、日本ペンクラブが主宰する「電子文藝館」に高村光太郎の詩「十二月八日」をいまだに掲載しているのはいかがなものか、という意見が寄せられたことがあった。

たしかに作者自身も、後年この詩を悔いていたと聞く。しかし私は、作者の偉大な業績がこうした作品によって毀傷《きしょう》されるとは思わない。よき読者は作者の一部分について評価をせず、作品の綜合的理解によってその文学性や人間性を愛するべきだと考えるからである。ましてや本全集は純然たる文学全集であるから、歴史的批判はまったく念頭にない。

他の二作品についても立場は同様なのだが、作者の綜合的理解のためには必要な作品であり、なおかつ文学と社会との相関を示唆する重要な作品であると考えて、あえて巻の冒頭に置いた。

以降はおもに開戦当初を舞台とした、五篇の短篇小説である。いずれもさまざまの角度から戦争を捉えた佳品として収録した。

〈Ⅱ〉のテーマは「南方、南洋での敗走・玉砕」である。

そのほかの戦場については他の巻に譲って、ここでは南方の島々における過酷な状況を描いた、五つの中短篇を選んだ。戦況は〈Ⅰ〉から急転し、生と死の対峙がいっそう濃密に描かれる。

ちなみに「玉砕」という言葉の出典は、「北斉書《ほくせいしょ》」の元景安伝《げんけいあんでん》である。「大丈夫《だいじょうふ》はむしろ玉砕すべきも瓦全《がぜん》する能《あた》わず」、つまり「立派な男ならば玉と砕け散ろうとも、瓦のように無価値のまま生き永らえるべきではない」という訓《おし》えである。

しかし大戦当時の識者はおそらく、この千三百年も昔の漢籍から「玉砕」を引き出したわけではあるまい。七十年ばかり前の西郷隆盛の手になる「偶成詩」に、「丈夫玉砕するも甎《せん》全《ぜん》を恥《は》ず」とあり、出典はこれと思える。

北斉書の一文を引用した西郷の教養には畏れ入るばかりだが、よもやわずか七十年後に自分の生んだ軍隊がこれを合言葉にして滅びようとは、思いもよらなかったであろう。

私はこの「玉砕」という字句にめぐりあうたび、言葉を社会が利用することの怖ろしさを思い知る。

中山義秀「テニヤンの末日」は一一七枚と過量ではあったが、押しこむようにして収録した。「玉砕」という状況下における人間の実態を、文学的に活写した名作と信ずるからである。さきに述べた神の不在、キリスト教社会における三角関係から神を排除した、生と死ばかりが対峙する日本の戦争文学のかたちが、これほどわかりやすく表現された小説はあるまい。

グアム、サイパン、テニアン、といったマリアナ諸島は今日、至近距離の南国リゾートとして知られているが、それらはかつてみな玉砕の島であった。今日のジェット旅客機で日本からほんの一ッ飛びのマリアナは、当時もB29で一ッ飛びであったから、軍はこれを死守すると決めた。「玉砕」と「甎全」は漢語的には対義語として使用されるが、先人の「玉砕」の結果、われわれが「甎全」を享受しているという事実を、文学を通じて知る意義は大きい。

〈Ⅲ〉では視点をさらに引き寄せ、「国内での玉砕・特攻」をモチーフとした三作品を選んだ。

沖縄戦にまつわる文学作品は枚挙にいとまなく、その文学的レベルでいうのなら数巻を費してもまだ足らぬほどであるが、この巻の一篇としては大城立裕「亀甲墓」を採った。

吉田満「戦艦大和ノ最期」は、汎《ひろ》く一般に普及している版ではなく、連合国軍総司令部（GHQ）の検閲により発表を阻まれた版を収録した。江藤淳により発掘された初出形をここに収めることができたのは幸甚であった。小説家がどれほど想像をたくましうしても、事実には及ばないという揺るがしがたい戒律を、この作品は示し続ける。

生と死の長い対峙ののち、戦争ではなく平和によってその均衡が破られた場合、つまり死の帰結が消えて生が強いられた場合を描いた作品が、島尾敏雄「出発は遂に訪れず」である。後世の読者が考えるほど、生と死は単純な陽と陰に分別されるものではなく、精妙で複雑な感情に支配されている。おそらく文筆で表現することは不可能と思えるそうした感情を、この作品は伝統的な自然主義の手法をたがえずに描き切った。

〈Ⅳ〉は「戦後からの眼差し」として、死を免れ生の時代へと歩みこんだ人間が、どのようにして過ぎにし「死」と関わるか、という難解な主題を持つ作品を収録した。

これもまた対象となる作品は数多い。「死」が客観的事実としては一律であるのに較べ、その「死」から放たれたのちの「生」は多様だからである。言い換えれば「死」そのものに主観はありえないが、「生」はすべて多様な主観を持つので、後世の主観を以て客体としての「死」を観察すれば、ほとんど無限に物語が誕生することになる。

現実生活において「死」を規格され、場合によっては既定されていた戦時中に引き較べて、「生」の代価としてもたらされた新たなる苦悩や悔悟や撞着は、多くの名作を世に送り出した。

いわゆる「戦後派」と呼ばれる作家たちの作品群は、大なり小なりこの「生」の代価として生み出されたと言えよう。しかしこの〈Ⅳ〉には、あえてそれら戦後派とは一線を画した作家の作品を四篇収録した。

川端康成は私が若いころ最も敬慕した作家である。その作品世界への憧れから、小説家を志したと言ってもよい。世事に超然としていた川端には戦争を素材とした作品が少なく、ここで採り上げた「生命の樹」は異色作と言えるであろう。

その川端の家に、三島由紀夫が「煙草」の原稿を持ちこんだというのは、有名な逸話である。しかし解しがたいことに、三島の作品には当初から川端の影響は見出せない。文体や物語の構成については、近代日本文学史上で最も対照的な作風を持つ両者と言えるのではあるまいか。むしろ三島が明らかに影響を受けているのは谷崎潤一郎で、ならばなぜ未来を託する人が谷崎ではなく川端であったのかは謎である。作風のちがいはともかく、新人発掘の名人と呼ばれた川端に望みを托したのであろうか。

ところで、私が原稿の束を抱えて出版社に押しかけたのは、昭和四十四年の年の瀬であった。も少し自信と根性があったのなら、鎌倉の川端邸を訪ねていたはずだが、夢にも考えなかった。

それでも応対に出た編集者は、高校二年生が抱えてきた九十枚の原稿が物珍しかったとみえて、懇切な指導をして下さった。

数日後に赤の入った原稿を剝き出しで抱えて帰る道すがら、三島由紀夫とばったり出会《でくわ》した話は、あちこちに書いているのでここでは割愛する。そのときほんの数メートルの目の前で、三島は実に不愉快な顔をした。おそらくは熱狂的なファンが原稿の束を抱えて、刺客のように待ち伏せていたと思ったのであろう。むろん偶然の邂逅であった。

後日編集者にその話をすると、たいそう仰天して、「それも何かのご縁だから、今度きちんと紹介しよう」と約束して下さった。

約束の日より先に、昭和四十五年十一月二十五日が来てしまった。私は大学進学はせずに自衛隊に入り、編集者も退社して業界を去った。幼な心にも指呼の間にあると信じた未来が、跡かたもなく消えてしまった。

その編集者から袂別《べいべつ》の餞《はなむけ》に托された一冊の本が、ご本人の担当された「英霊の声」であった。たしか「十日の菊」が併録されていたと記憶する。

ことの成り行き上、読む気になれぬ作品であった。精読したのはずっと後年、生活に追われて未来の夢も失いかけていたころであったと思う。

お涙作家などと呼ばれる私はあんがい鉄面皮で、物心ついてこの方、まず泣いたためしがない。しかしただ一度だけ、家族の寝息を背にしながら「英霊の声」を読んだときには、涙がとめどなく流れた。むろんおのれの不遇を果無《はかな》んだわけではない。ただひたすら、その短い小説にすきまなく鏤《ちりば》められた、宝石のような母国語に心打たれたのである。

かくして話は長くなったが、作者晩年の思想と文学的偏倚性において、これを収録することに異論はあろうけれど、私は個人的な経緯というよりひとりの作家として、美しい日本語の精華たるこの作品を、除外する勇気を持たなかった。

二十作品一二一八枚を選ぶためには、膨大な量の文章を読んだ。活字中毒者の私が膨大というのだから、なまなかではない。

そしてことさら膨大と感ずるのは、量というよりその質が、実に濃密であったからであろう。

戦争文学である限り、その本質には例外なく生と死が関わるのである。しかも作者のほとんどは、その生と死の時代を生き、あるいはその現場に立ち会った。そうした作品を、戦争など与《あずか》り知《し》らぬ世代の編集委員が読むのだから、ことさら膨大に思えて当然である。

思うにわれわれが今日読み書きしている文学には、本質的に生と死の苦悩がない。あるいは生理としての生き死にはあっても、国家によって定められた生死は、死刑執行を除けばまずありえないと言えるであろう。

そうした今日の文学を、戦争文学と引き較べてみれば、思想や文体の質とはもっぱら関係なく、甚だお気楽な、核心を欠いた作品と感ずる。つまり平和な時代の作家が戦争文学と同じ質感の作品を生み出すためには、相当の思索と努力とを覚悟しなければならない。

他の芸術表現は、平和が正しくその質を担保するのである。しかしこと文学に限っては、苦悩を免れた時代に名作が生まれるとは思えない。天然の一部たる人間を描くこと、さらにはその人間の内なる苦悩を描くことこそが、必ずしも文学の使命ではないにせよ、古今東西を問わず文学の王道だからである。

そう考えれば、平和な時代の作家である私に、この辛く長い作業がもたらした福音は計り知れない。しかもたまたま戦争を素材とした長篇小説を、同時期に連載していたことは幸運であった。

編集作業のさなか、戦争文学がおしなべて持つ重量感や稠密感《ちゅうみつかん》が、そのテーマ性ばかりに由来しているわけではないと気付いた。

長いこと読書に親しみながら、今さらこんなことに気付いたというのも妙である。こと戦争文学にかぎらず、昔の小説は実に改行が少ない。もし今日的な体裁に組み換えれば、おそらく倍の頁数を要するにちがいないと思える。その点は、一読して読者もおわかりになるであろう。

作品によっては、戦時下の折ゆえ紙数を節約したのではないかと疑い、あるいはユリシーズの摸倣ではないかと考えてしまうほど、ぎっしりと文字が詰めこまれていた。はたして余白の多い今日の小説が、読者のために進化したのか、または読者とともに退行したのか、私にはわからない。

さらにはもう一点、過去の小説には会話文が少なく、ほとんど地の文によって進行する。一方今日の小説の多くは、ストーリーの展開を会話に依存する傾向が顕著である。

一言でいうなら、小説のシナリオ化であろう。これは映像文化の影響にちがいないのだが、会話の多い小説で重厚感を出すためには、登場人物が特別な知識人か哲学者でなければなるまい。したがって、会話多用の文体ではストーリーのほかに思想を盛りこむことができず、ただ面白いだけの軽薄な作品とならざるをえない。

数千年の文学の伝統が、たかだか百年の映像文化に追随するという危機に瀕しているのではあるまいか。だとするとこちらは、明らかな退行であろう。

こうした発見もまた、私にとっては大きな収穫であった。

巻末には、昭和十六年の開戦から終戦に至るまでの年表と戦域の地図、そして軍人勅諭、戦陣訓、開戦の詔書、終戦の詔書、陸軍・海軍階級一覧といった資料を添えた（文庫では割愛）。

ご年配の読者にはもとより知れ切ったことであろうし、文学全集には蛇足と思われる向きもあろうが、すでに読書子の多くは戦争の実態を知らず、基礎知識も持ち合わせぬだろうと考えて、あくまで作品を理解するために必要な範囲内で記載することにした。

恥ずべきことにわが国では、初中等教育において近現代史をきちんと教えてはいない。よって多くの若者たちは、日本がかつてアメリカや中国やロシアや、世界のほとんどを敵に回して戦をしたという事実すらも知らない。

恥ずべき、というのは諸外国に対して恥ずるのではなく、おのれ自身に対して恥ずべき無知という意味である。なぜなら、歴史を学ばねばならぬ最大の理由は、それがおのれにまつわる幸不幸の合理的確認だからである。

自分の幸福がけっして天から降り落ちてきた「幸運」ではなく、先人の努力と犠牲とによってもたらされたものであるということ、あるいは不幸の種がやはり偶然の「不運」ばかりではなく、先人の失敗と悪意によって強いられたものであることを、冷静に確認するために近い歴史ほど細密に学ばねばならないはずなのである。

したがって、自己の座標に近い父母の時代、祖父母の時代の歴史を、他国の出来事のごとく放棄することは、何よりもまずおのれの尊厳にかかわる恥と考えねば嘘であろう。

戦争はあらゆる文化を破摧する。しかし唯一の例外として、戦争文学は成立する。この奇蹟を通して、戦争を知らない世代が歴史の灼《あらたか》さを知り、同時に文学の誠実を信じることができれば幸いである。

（あさだ・じろう　作家）

〔初出　二〇一一年六月〕

付録　インタビュー

戦場を生き、戦争を描く

水木しげる

一九四三（昭和一八）年に召集されたとき、水木しげるさんは二一歳の青年だった。鳥取歩兵第四〇連隊に入営後、南方行きを命じられ、岐阜歩兵第二二九連隊の補助要員としてラバウルに送られた。そこで死線をさまよう激しい戦闘を経験。マラリアにかかり、連合軍の爆撃によって左腕を切断するほどの傷を負った。戦地での壮絶な体験をもとに、多くの戦記漫画を描いてきた水木さんに話を伺った。

戦争体験を描く

――復員されてすぐ、後に「ラバウル戦記」に収録されることになる絵を描かれています。自身の戦争体験をまとめておこうという思いからでしょうか。

そうです。戦場のことで、今ではもう忘れていることはたくさんありますけど、その頃は鮮明でしたからね。ラバウルから内地に戻って腕の再手術のために病院に入れられたんですが、そこにいたときかなり時間があったんですよ。相模原病院というところに結局、二、三年入院していたことになるけれども、とにかく手術する順番が来ない。手とか足とかを手術しなきゃならない負傷兵が多くてね。毎日、三人とか五人ぐらいしか手術できない状況でしたから。それで、順番を待っている間に描いたんです。とにかく覚えているうちに描いておこうって。

ようやく退院して、それからしばらく経って紙芝居をはじめました。その後貸本漫画で戦記物を描きましたが、内容の方は私が体験した戦争の話ではなくいわゆる普通の戦記物。自分の戦争体験を描くようになったのはだいぶ時間が経ってからです。

自分が参加していない戦いの話を描くわけだからとにかく調べましたよ。本もそうだし、戦いに参加した人の話も聞いたりしてね。それで実際の戦場に行った私が描くわけだから、どうしたってみじめな内容の戦記物になるわけです。だから、なかなか売れなくて困りましたよ。それでも戦記物を描くと気持ちが妙に落ち着きました。多分、亡くなった戦友たちの霊が関係していたんでしょう。死んだ仲間の真実をどうしても描き残しておかないといけないとずっと思っていましたから。

——七三（昭和四八）年に発表された「総員玉砕せよ!!」には、水木さんの体験と亡くなった兵士の無念が強烈に描かれています。

これはね、九〇%が事実です。あるがままです。戦友たちの霊というか魂が導いてくれたんだと思うけれども、戦地にいた頃の気持ちになって、だーっと描きました。戦友たちの多くは、ここで描いたとおりに戦って死んでいます。私は奇跡というか、不思議と生かされたけれども、みんな無念な気持ちを抱えて死んでいったんです。最前線の危険な場所にいると、生きたい、内地に帰りたいという思いが何倍にもなる。その思いを念じたまま何も言えずに亡くなるわけですから、どれだけ無念だったか。

――この作品は英訳版も二〇一一（平成二三）年に刊行されました。

アメリカの兵隊たちも、大体これに描いた状況と同じような具合でしょう。戦争ってそういうものですよ。当時、アメリカの兵隊が五人ほどやってきて捕虜にしてくれって言うわけ。どうなるかなと思っていたら彼ら全員、一食も与えられずに銃殺ですよ。戦争をやめて、自分たちだけ助かろうというような考えは、特に日本軍ではダメなんだね。そういうことを認めないんですよ。軍隊、そして戦争というのは戦うことが大義だって言って。

――玉砕の場面に限らず、兵士たちがあっけなく戦死する場面が次々と描かれます。

われわれが送られたラバウルの最前線は、とにかくひどいところでした。一緒に行った仲間はほとんど死んでしまってね。戦争っていうのは敵に遭えば、大体おしまいなんですよ。そういうケースが多い。私の場合は二、三回敵と出会ったけど、なんとか助かって生き残りました。ただ、戦争で生き残るには、一回だけ助かればどうにかなるということじゃない。一か月に一回ぐらいピンチがあって、それを何回も生き抜く必要がある。

――「地獄と天国」では、水木さんだけが生き残り、分隊が全滅した戦闘を描かれています。

あの戦闘で私が生き残ったのは偶然です。敵は海から来るだろうということで、海岸に出て海を望遠鏡で監視しておったんですよ。その歩哨の順番が、たまたま私は最後で、それが生死を分けたんです。

順番が回ってきて、見張りに立っていたとき、もう明け方近かったけれども、私は望遠鏡でジャングルの木にとまっているオウムたちを見ていました。あまりに幻想的で美しかったから、しばらく眺めてしまってね、起床を知らせる時間に五分ばかり遅れてしまった。それで慌てて兵舎に戻ろうとしたら、敵の銃撃です。敵は山の方から攻めてきたんです。とにかく頭を伏せて、兵舎の方を見ると、味方は既にやられていました。なんとか岩陰に隠れて応戦したけれど、あっという間に敵の集中砲火をあびて身動きがとれなくなってしまった。もうダメだ、とにかく逃げようと思ったんだけれども、陸の方は敵の機銃掃射で味方は全滅、逃げ道も塞がれているわけです。絶体絶命ですよ。しまいには海に飛び込んで逃げたんですが、渦巻きに飲み込まれそうになってね。これはイカンと、銃を捨てて岩にしがみついた。そのまま敵から見えにくい断崖まで動いて、必死に登りました。

それから三、四日逃げ続け、ようやく味方の海軍の基地にたどりついたとき、私は体中が傷だらけでフンドシ一丁でした。もう一歩も歩けないほど疲れていたから、そこで飲ませてもらった砂糖水はひどくうまかったね！　おかわりを所望しましたが断られました。

――周囲の反応はどうでしたか。

自分の中隊に戻ったら、よく生きて戻ったな、と誉められると思っていたんですが、これが違うんだ。まず、なんで銃を捨てたんだ、と古兵に叱られて。それから中隊長のところへ行ったら、なんで逃げてきたんだ、お前も死ね！　と言われてね。たまげましたよ。怒りもあったけれど、なにより軍隊というものがわからなくなってしまった。敵に殺されかけて、生きて戻ったら死ねと言われるわけだから、これはまさに地獄だと思った。

軍隊の日常

――戦地での食べ物の話がとても印象深く描かれています。

食べ物だけが楽しみみたいな感じだったから。また、なぜか腹がよく減るんです。みんな若いからとにかく渇望していてね、いつも食べ物のことばかり考えていましたよ。与えられるのは福神漬けと米と乾燥人参だけのわずかな食事。とにかくおかずがないんです。それで、おかずを探すといってもジャングルだからね。最初はそこらの草食うわけにいかんと思っていたけれども、しまいには木の根を煮たものとか芋の茎とか、そんなものを食べてましたね。

間食なんてもちろんなくて、パパイヤの木が多少あったくらいです。けれど一個中隊、二〇〇人おるからね、二、三本あったってどうしようもない。喧嘩して取りあいですよ。それで、あっという間になくなってしまう。

――水木さんのエッセイや漫画に登場する兵士たちの食べ物に関する発言や行動は、悲惨な戦場にあってもどこか明るく笑えます。

戦争の第一線に行って戦う主体というのは、二〇歳ぐらいの健康な青年ですよ。だから、朗らかと言ってはおかしいけど、どこか明るい部分があるんです。ただ、塹壕を掘ったり、兵舎を建てたりといった重労働もそうだし、古兵の服の洗濯から炊事なんかもみんな、入隊したばかりの初年兵の仕事でね、やらなきゃいけないことが色々あって大変でした。それで敵が来ると戦わなきゃならないから、ゲラゲラ笑ってばかりというわけにはいかない。そういう重労働や戦いも大変だったけれども、まあとにかく古兵がよく殴るんだ。これがこたえましたよ。

――古兵が初年兵をビンタする場面は繰り返し描かれていますね。

特に前線に行った場合ですけど、軍隊っていうのはなんでもないことでバチバチバチバチバチと殴るところなんですわ。古兵に意味もなくバチバチバチバチ、ドカドカと毎日殴られる。五〇回、一〇〇回ぐらい、敵の鉄砲の弾が来るより味方のビンタが炸裂する。それも顔だけじゃなくてあちこち殴るんです。私は一番余計に殴られた感じでしたけれどね。

例えば朝の点呼のとき、私だけ寝てるんです。すると班長が脱走兵が出たと思って何度も点呼を取るんですよ。「番号！」「一！」「二！」「三！」「四！」って。そうやってみんなで何回も点呼をやっているときに、私はまだ寝てるの。で、ようやく起きて点呼の一番最後に間に合うように走っていって「五三！」って言う。そこに班長が来て、「おい、お前！」とバチバチバチバチ殴られる。でもね、こんなふうに理由があって殴られるのはまだいい方で、ほとんどが理由もなく殴られる。これは大変気持ち悪かったですよ。それが一日で終わればまだいいけど、毎日毎日同じように続くもんだから、これはなんかおかしいと思ったよ。殴る古兵に対しては相当な憎しみを抱いたけれども、どうしようもないんだ。こちらが古兵を殴るわけにいかない。

——毎日朝から殴られて、敵と戦おうという気持ちはわいてきましたか。

戦う意欲なんかわいてこない。味方に殴られるわけですから。戦う気持ちよりも、自分の命を守るということですね。とにかく現状を維持するっていうことが使命になる。だから興味があるのは、目前のビンタをよけることですよ。なんとか殴られるのを減らす、そういう感じです。

結局、古兵に殴られるのは戦争が終わってからも続いてね。私は階級が一番下でしたから、日本に帰るまではバチバチバチバチバチです。日本に戻って父に会ったら、お前顔の形が変わったなって言われました。そのぐらい殴られたんです。

トライ族との交流

——一方で、ラバウルではトライ族の人々と幸福な出会いがありました。

負傷してナマレの傷病兵部隊に行ってからです。そこでもやはり食べるものが全然なくて、とても腹が減るんだ。パパイヤの根とかワラビとかを採ってきて食べてみたけども、美味しいものではない。その上しょっちゅうマラリア熱が出るわけですよ。熱で動けないし、ろくに食べ物も与えられない。そんな状態だから傷の方もなかなかよくならんのです。それでこのままでは助からんと思ってね、食べ物を探しに山の方へ行ったら土人たちと出会ったんですよ。

土人っていうのは土の人、大地から生まれた尊敬すべき人たちなんです。彼らも私たちと同じような性格だろうと思ってたから、すぐ仲良くなれましたね。向こうも私と気持ちがあったんですよ。だから、お互いつき合えた。それでトライ族とのつき合いは半分遊んでる状態でね、とにかく楽しかった。

戦争が終わって、土人が、家も建ててあげる、花嫁も探す、だから残れって言うわけです。それも一回や二回じゃなく何回も言うわけ。それで初めは冗談半分だったけど、しまいにはほんとにラバウルに残ろうかという感じになってきてね。軍医に相談したら、一旦日本へ帰って両親に会ってから、また来たらいいと、こういう返答でした。それで、私はその方針に従って帰ったんですよ。そうしたら、アメリカが日本を占領していてマッカーサーが日本から出てはいかんと、そうなってたね。それでラバウルには戻れなかったんです。土人には七年たったら戻ってくると約束したけれども、結局行ったのは二六年後でした。

戦争をどう考えるか

——戦争そのものをどう捉えておられますか。

やっぱり戦争はね、「死」が問題です。死ぬわけですから。私が考えなくても、誰が考えてもわかる。死にたくない、それはつまり戦争に行きたくないということです。実際、戦争が好きで行きたいなんて人は、ほとんどいないんじゃないでしょうか。いざ実際に戦争に行くということになると、やっぱり「死」の問題が出るから、みんな進んで行かなくなるんじゃないですか。

でも最前線にいるときは、こういった「死」の問題を考える余裕なんかはないですよ。人は簡単に死ぬし、古兵に一日中バチバチバチバチバチと殴られて、腹も慢性的に減っている状態ですから。考えるようになったのは、戦地から戻ってきてからです。

死っていうのは、無になるということです。生きていれば幸福になることもあるけれども、死んでしまったらそれは一切ない。誰だって人間は生きて幸福になりたいですから、それを簡単に奪う戦争はやっぱりひどいもんだね。

（みずき・しげる＝漫画家）

聞き手＝儀部牧人

「コレクション　戦争と文学」第13巻（二〇一一年一一月刊）月報より

著者紹介

海外の地名表記は、原則として当時の一般的な呼称に従った

太宰治（だざい・おさむ）
一九〇九（明四二）～四八（昭二三）　青森生。三三年同人誌に発表した「魚服記」で注目される。三六年「晩年」刊。四一年肺浸潤のため徴用を免れる。「富岳百景」「走れメロス」「津軽」「斜陽」「人間失格」など。

上林暁（かんばやし・あかつき）
一九〇二（明三五）～八〇（昭五五）　高知生。三二年「薔薇盗人」を発表。四六年「聖ヨハネ病院にて」で作家としての地位を築く。「白い屋形船」（読売文学賞）「ブロンズの首」（川端賞）など。

高村光太郎（たかむら・こうたろう）
一八八三（明一六）～一九五六（昭三一）　東京生。父は彫刻家の光雲。一〇年評論「緑色の太陽」を発表。四一年詩集「智恵子抄」刊。詩集「道程」「典型」彫刻「裸婦坐像」「手」など。

豊田穣（とよだ・じょう）
一九二〇（大九）～九四（平六）　満洲生。艦上爆撃機操縦員となり、撃墜され米軍捕虜に。四九年「帰還」で注目される。七一年連作「長良川」で直木賞受賞。「ミッドウェー海戦」大河小説「昭和交響楽」三部作など。

野間宏（のま・ひろし）
一九一五（大四）～九一（平三）　兵庫生。四一年応召。四六年「暗い絵」で第一次戦後派の先駆けとなる。「崩解感覚」「真空地帯」（毎日出版文化賞）「青年の環」（谷崎賞）「狭山裁判」など。

下畑卓（しもはた・たく）
一九一六（大五）～四四（昭一九）　兵庫生。三八

年花岡大学と「新童話集団」、三九年岡本良雄らと「新児童文学」創刊。「修学旅行」「煉瓦の煙突」など。

北原武夫（きたはら・たけお）

一九〇七（明四〇）〜七三（昭四八）神奈川生。三八年「妻」を発表。四一年陸軍報道班員として徴用される。「魔に憑かれて」「抱擁」「別離」「情人」など。

庄野英二（しょうの・えいじ）

一九一五（大四）〜九三（平五）山口生。三七年応召。五五年「こどものデッキ」、六三年「星の牧場」（日本児童文学者協会賞・サンケイ児童出版文化賞・野間児童文芸賞）刊。「ロッテルダムの灯」（日本エッセイスト・クラブ賞）「アルファベット群島」（赤い鳥文学賞）など。

火野葦平（ひの・あしへい）

一九〇七（明四〇）〜六〇（昭三五）福岡生。三七年「糞尿譚」（芥川賞）で注目される。三八年徐州会戦に従軍した経験を「麦と兵隊」「土と兵隊」「花と兵隊」の兵隊三部作（朝日文化賞）として発表。「青春と泥濘」「赤い国の旅人」「革命前後」など。

中山義秀（なかやま・ぎしゅう）

一九〇〇（明三三）〜六九（昭四四）福島生。三八年「厚物咲」（芥川賞）、三九年「碑《いしぶみ》」で作家として認められる。四三年海軍臨時報道班員として南方に派遣される。「仇し野」「残照」「咲庵」（野間文芸賞）など。

三浦朱門（みうら・しゅもん）

一九二六（大一五）〜二〇一七（平二九）東京生。八五年から八六年まで文化庁長官。二〇〇四年日本芸術院長に就任。「箱庭」（新潮社文学賞）「武蔵野インディアン」（芸術選奨）など。

梅崎春生（うめざき・はるお）

一九一五（大四）〜六五（昭四〇）福岡生。三九年「風宴」を発表。四四年応召。四六年「桜島」、五

四年「ボロ家の春秋」（直木賞）、六五年「幻化」（毎日出版文化賞）を発表。「崖」「日の果て」「狂い凧」（芸術選奨）など。

江崎誠致（えざき・まさのり）
一九二二（大一一）～二〇〇一（平一三）　福岡生。四三年応召。五七年「ルソンの谷間」（直木賞）刊。「死児の齢」三部作（「爆弾三勇士」「笹りんどう」「幡ケ谷ハウス」）など。

大城立裕（おおしろ・たつひろ）
一九二五（大一四）～　沖縄生。六七年「カクテル・パーティー」（芥川賞）で認められる。「小説 琉球処分」「日の果てから」（平林たい子賞）「かがやける荒野」「レールの向こう」（川端賞）「あなた」など。

吉田満（よしだ・みつる）
一九二三（大一二）～七九（昭五四）　東京生。学徒出陣で戦艦大和に乗艦、艦の最期を体験。四六年発表予定であった「戦艦大和の最期」が、ＧＨＱの検閲で全文削除。同作品の初版は五二年刊。「臼淵大尉の場合」「提督伊藤整一の生涯」など。

島尾敏雄（しまお・としお）
一九一七（大六）～八六（昭六一）　神奈川生。海軍予備学生出身の特攻隊隊長として出撃命令を受けるも終戦。「贋学生」「死の棘」（芸術選奨・読売文学賞・日本文学大賞）「硝子障子のシルエット」（毎日出版文化賞）「日の移ろい」（谷崎賞）「湾内の入江で」（川端賞）「魚雷艇学生」（野間文芸賞）など。

川端康成（かわばた・やすなり）
一八九九（明三二）～一九七二（昭四七）　大阪生。五八年菊池寛賞、六八年ノーベル文学賞受賞。「伊豆の踊子」「浅草紅団」「雪国」「山の音」（野間文芸賞）「眠れる美女」（毎日出版文化賞）など。

三島由紀夫（みしま・ゆきお）
一九二五（大一四）～七〇（昭四五）　東京生。一六歳で「花ざかりの森」を発表。四五年召集を受けるが、即日帰郷。四九年「仮面の告白」が反響をよぶ。「潮騒」（新潮社文学賞）「金閣寺」（読売文学賞）「憂国」「豊饒の海」「文化防衛論」など。

吉村昭（よしむら・あきら）
一九二七（昭二）～二〇〇六（平一八）　東京生。六六年「星への旅」で太宰賞を受賞。七三年「戦艦武蔵」「関東大震災」などのドキュメント作品で菊池寛賞受賞。「ふぉん・しいほるとの娘」（吉川文学賞）「破獄」（読売文学賞・芸術選奨）「冷い夏、熱い夏」（毎日芸術賞）など。

蓮見圭一（はすみ・けいいち）
一九五九（昭三四）～　秋田生。二〇〇一年「水曜の朝、午前三時」でデビュー。「ラジオ・エチオピア」「心の壁、愛の歌」「八月十五日の夜会」「夜と朝のあいだに」など。

初出・出典一覧

待つ（太宰治）
初出　「女性」一九四二年六月　博文館
出典　「太宰治全集　六」一九九八年九月　筑摩書房

歴史の日（上林暁）
初出　「新潮」一九四二年二月号
出典　「上林暁全集（増補改訂版）三」一九七七年八月　筑摩書房

十二月八日の記（高村光太郎）
初出　「中央公論」一九四二年一月号
出典　「高村光太郎全集（増補版）六」一九九五年三月　筑摩書房

真珠湾・その生と死（豊田穣）
初出　「小説宝石」一九七一年一二月号（原題「特殊潜航艇・その生と死」）
出典　「豊田穣戦記文学集　三」一九八三年七月　講談社

バターン白昼の戦（野間宏）
初出　「別冊文藝春秋」第三一号　一九五二年一二月
出典　「野間宏全集　二」一九七〇年二月　筑摩書房

軍曹の手紙（下畑卓）
初出　「新児童文学」第一七輯　一九四四年二月
出典　「児童文学名作全集　五」一九八七年七月　福武文庫

嘔気（北原武夫）
初出　「新生」増刊小説特輯第一号　一九四六年一〇月
出典　「北原武夫文学全集　二」一九七四年一二月

講談社

船幽霊《ふなゆうれい》（庄野英二）
初出「海」一九七八年一一月号
出典「庄野英二全集 六」一九七九年一二月 偕成社

異民族（火野葦平）
初出「思索」一九四九年九月号
出典「火野葦平選集 七」一九五八年九月 東京創元社

テニヤンの末日（中山義秀）
初出「新潮」一九四八年九月号
出典「中山義秀全集 二」一九七一年九月 新潮社

礁湖（三浦朱門）
初出「三田文学」一九五五年二月号
出典「礁湖」一九五七年四月 村山書店

ルネタの市民兵（梅崎春生）
初出「文藝春秋」一九四九年八月号
出典「梅崎春生全集 一」一九六六年一〇月 新潮社

渓流（江崎誠致）
初出「別冊小説宝石」第二巻第二号 一九七二年五月
出典「江崎誠致戦争と青春文学選 三」一九七八年六月 光人社

亀甲墓《かめのこうばか》（大城立裕）
初出「新沖縄文学」夏季特集号 一九六六年七月
出典「カクテル・パーティー」一九七五年四月 角川文庫

戦艦大和ノ最期（初出形）（吉田満）
初出「文学界」一九八一年九月号
出典「吉田満著作集 上」一九八六年九月 文藝春秋

出発は遂に訪れず（島尾敏雄）
初出　「群像」一九六二年九月号
出典　「島尾敏雄全集　六」一九八一年一月　晶文社

生命の樹（川端康成）
初出　「婦人文庫」一九四六年七月号
出典　「川端康成全集　七」一九八一年一月　新潮社

英霊の声（三島由紀夫）
初出　「文藝」一九六六年六月号
出典　「三島由紀夫全集（決定版）二〇」二〇〇二年七月　新潮社

手首の記憶（吉村昭）
初出　「小説新潮」一九七二年一月号
出典　「総員起シ」一九八〇年一二月　文春文庫

夜光虫（蓮見圭一）
初出　「野性時代」二〇〇五年三月号
出典　「心の壁、愛の歌」二〇〇五年六月　角川書店

凡例

本セレクションは、日本語で書かれた中・短編作品を中心に収録し、原則として各作品の出典の表記を尊重した。

一、漢字の字体は、原則として、常用漢字表および戸籍法施行規則別表第二（人名用漢字別表）にある漢字についてはその字体を採用し、それ以外の漢字は正字体とされている字体を使用した。
一、仮名遣いは、小説・随筆については、出典が歴史的仮名遣いで書かれている場合は、振り仮名も含め、原則として現代仮名遣いに改めた。詩・短歌・俳句・川柳の仮名遣いは、振り仮名も含め、原則として出典を尊重した。
一、送り仮名は、原則として出典を尊重した。
一、振り仮名は、出典にあるものを尊重したが、読みやすさを考慮し、追加等を適宜行った。
一、明らかな誤字・脱字・衍字と認められるものは、諸刊本・諸資料に照らし改めた。

「セレクション　戦争と文学」において、民族、出自、職業、性別、心身のハンディキャップ等々、今日では不適切と思われる差別的な語句や表現が使われている作品が複数あります。また、疾病に関する記述など、科学的に誤った当時の認識のもとに描かれた作品も含まれています。

しかし作品のテーマや時代性に鑑みて、当該の語句、表現が差別をいたずらに助長するものとは思われません。私たちは文学者の描いた戦争の姿を、現代そして後世の読者に正確に伝えることが必要だと考え、あえて全作品をそのまま収録することにしました。作品の成立した時代背景を知ることにより、作品もまた正確に理解されると信ずるからです。読者のみなさまのご理解をお願い申し上げます。

集英社「セレクション　戦争と文学」編集室

本書は二〇一一年六月、集英社より『コレクション　戦争と文学　8
アジア太平洋戦争』として刊行されました。

本文デザイン　緒方修一

セレクション 戦争と文学 全8巻

① ヒロシマ・ナガサキ
原民喜「夏の花」、林京子「祭りの場」他。解説＝成田龍一
発売中

② アジア太平洋戦争
三島由紀夫「英霊の声」、蓮見圭一「夜光虫」他。解説＝浅田次郎
発売中

③ 9・11 変容する戦争
小田実「武器よ、さらば」、重松清「ナイフ」他。解説＝高橋敏夫
２０１９年9月発売

④ 女性たちの戦争
河野多惠子「鉄の魚」、石牟礼道子「木霊」他。解説＝成田龍一・川村湊
２０１９年10月発売

集英社文庫ヘリテージシリーズ

「コレクション 戦争と文学」全20巻より
精選した8巻を文庫化

⑤
日中戦争
伊藤桂一「黄土の記憶」、火野葦平「煙草と兵隊」他。解説＝浅田次郎
2019年11月発売

⑥
イマジネーションの戦争
小松左京「春の軍隊」、田中慎弥「犬と鴉」他。解説＝奥泉光
2019年12月発売

⑦
戦時下の青春
井上光晴「ガダルカナル戦詩集」、古井由吉「赤牛」他。解説＝浅田次郎
2020年1月発売

⑧
オキナワ　終わらぬ戦争
知念正真「人類館」、灰谷健次郎「手」他。解説＝高橋敏夫
2020年2月発売

集英社文庫ヘリテージシリーズ

S 集英社文庫 ヘリテージシリーズ

セレクション戦争《せんそう》と文学《ぶんがく》2 アジア太平洋戦争《たいへいようせんそう》

2019年8月30日 第1刷 定価はカバーに表示してあります。

著 者 太宰《だざい》 治《おさむ》 他
編 集 株式会社 集英社クリエイティブ
東京都千代田区神田神保町2-23-1 〒101-0051
電話 03-3239-3811
発行者 徳永 真
発行所 株式会社 集英社
東京都千代田区一ツ橋2-5-10 〒101-8050
電話 【編集部】03-3230-6094
【読者係】03-3230-6080
【販売部】03-3230-6393(書店専用)
印 刷 凸版印刷株式会社
製 本 加藤製本株式会社

フォーマットデザイン アリヤマデザインストア マークデザイン 居山浩二

Printed in Japan
ISBN978-4-08-761048-2 C0193